Corrente de Ferro

Obras da autora publicadas pela Editora Record:

Série Os Instrumentos Mortais
Cidade dos ossos
Cidade das cinzas
Cidade de vidro
Cidade dos anjos caídos
Cidade das almas perdidas
Cidade do fogo celestial

Série As Peças Infernais
Anjo mecânico
Príncipe mecânico
Princesa mecânica

Série Os Artifícios das Trevas
Dama da meia-noite
Senhor das sombras
Rainha do ar e da escuridão

Série As Maldições Ancestrais
Os pergaminhos vermelhos da magia
O Livro Branco perdido

Série As Últimas Horas
Corrente de ouro
Corrente de ferro

O códex dos Caçadores de Sombras
As crônicas de Bane
Uma história de notáveis Caçadores de Sombras e seres do Submundo:
Contada na linguagem das flores
Contos da Academia dos Caçadores de Sombras
Fantasmas do Mercado das Sombras

CASSANDRA CLARE

Corrente de Ferro

AS ÚLTIMAS HORAS

Tradução de
Mariana Kohnert

1ª edição

— **Galera** —

RIO DE JANEIRO

2021

EDITORA-EXECUTIVA
Rafaella Machado

COORDENADORA EDITORIAL
Stella Carneiro

EQUIPE EDITORIAL
Juliana de Oliveira
Isabel Rodrigues

PREPARAÇÃO
Leonardo do Carmo

REVISÃO
Renato Carvalho

DIAGRAMAÇÃO
Abreu's System

TÍTULO ORIGINAL
Chain of Iron

CIP-BRASIL. CATALOGAÇÃO NA PUBLICAÇÃO
SINDICATO NACIONAL DOS EDITORES DE LIVROS, RJ

C541c

Clare, Cassandra
  Corrente de ferro / Cassandra Clare ; tradução Mariana Kohnert. – 1ª ed. – Rio de Janeiro : Galera Record, 2021.
  (As últimas horas ; 2)

  Tradução de: Chain of iron
  ISBN 978-65-5981-045-1

  1. Ficção americana. I. Kohnert, Mariana. II. Título. III. Série.

21-72462
CDD: 813
CDU: 82-3(73)

Leandra Felix da Cruz Candido – Bibliotecária – CRB-7/6135

Copyright © 2021 by Cassandra Clare, LLC

Publicado mediante acordo com a autora a/c BAROR INTERNATIONAL, INC.,
Armonk, Nova York, EUA.

Todos os direitos reservados.
Proibida a reprodução, no todo ou em parte, através de quaisquer meios.
Os direitos morais da autora foram assegurados.

Texto revisado segundo o novo Acordo Ortográfico da Língua Portuguesa.

Direitos exclusivos de publicação em língua portuguesa somente para o Brasil adquiridos pela
EDITORA RECORD LTDA.
Rua Argentina, 171 – Rio de Janeiro, RJ – 20921-380 – Tel.: (21) 2585-2000,
que se reserva a propriedade literária desta tradução.

Impresso no Brasil

ISBN 978-65-5981-045-1

Seja um leitor preferencial Record.
Cadastre-se e receba informações sobre nossos
lançamentos e nossas promoções.

Atendimento e venda direta ao leitor:
sac@record.com.br

Para Rick Riordan. Obrigada por me deixar
usar o nobre nome di Angelo.

PARTE UM

- ❊ -

JOGUETES

Logo vai ouvir falar de mim com meus joguetes divertidos. Guardei parte da conveniente coisa vermelha em uma garrafa de cerveja de gengibre depois do último trabalho para poder escrever com ela, mas ficou espessa como cola, e não consigo usar. Tinta vermelha serve, eu espero.

— Jack, o Estripador

PASTEUM

Londres:
East End

Era estranho ter um corpo humano de novo. Sentir o vento agitando
seu cabelo e as partículas frias de neve ferindo seu rosto conforme ele avançava
pelos paralelepípedos. Agitar os braços e medir a nova largura da passada dele.

Mal passava do alvorecer, e as ruas estavam praticamente desertas. De
vez em quando, ele via um verdureiro empurrando a barraca pela rua cheia
de neve, ou uma faxineira usando avental e xale apressando-se para seu
trabalho ingrato.

Quando ele desviou de uma pilha de neve, tropeçou e franziu a testa.
Seu corpo estava tão fraco. Ele precisava desesperadamente de força. Não
conseguiria continuar sem ela.

Uma sombra escura passou pela sua frente. Um velho usando macacão de
trabalho, com o chapéu puxado sobre o rosto, entrando sorrateiramente em um
beco afastado da via pública principal. Enquanto ele observava, o homem se
acomodou sobre uma caixa de madeira, encostando na parede de tijolos. Enfiando a mão no casaco esfarrapado, o homem pegou e abriu uma garrafa de gim.

Ele entrou no beco sem fazer barulho. As paredes se elevavam dos dois
lados, interrompendo a fraca luz do sol. O homem ergueu o rosto para ele
com os olhos turvos.

— O que você quer?

A faca de adamas *brilhou à luz fraca. Ela mergulhou no peito do homem repetidas vezes. O sangue espirrou, um fino jato de partículas vermelhas que tingiram a neve encardida de escarlate.*

O assassino se ajoelhou e se apoiou nos calcanhares, inspirando. A energia da morte do homem, a única coisa útil que a criatura mortal tinha a oferecer, fluiu para dentro dele através da faca. Ele se levantou e olhou sorrindo para o céu branco. Ele já se sentia melhor. Mais forte.

Logo, ele estaria forte o bastante para enfrentar seus verdadeiros inimigos. Quando se virou para sair do beco, sussurrou os nomes deles.

James Herondale.

Cordelia Carstairs.

1

A TEIA OFUSCANTE

E assim ela se senta, jovem, enquanto a terra é velha,
E, sutilmente contemplando-se,
Atrai homens para que assistam à teia ofuscante que ela tece,
Até que coração e corpo e vida estejam sob seu controle.
A rosa e a papoula são suas flores; pois onde
Ele não é encontrado, Ó Lilith, a quem o perfume,
E os doces beijos e o leve sono aprisionará?

— Dante Gabriel Rossetti, "Beleza do corpo"

Uma névoa vaporosa invernal tinha se assentado sobre a cidade de Londres, estendendo seus tendões pálidos pelas ruas, envolvendo os prédios em um tom metálico fosco. Aquilo lançava uma aparência cinzenta sobre árvores destruídas conforme Lucie Herondale guiava sua carruagem para o alto da longa e abandonada rua em direção à Casa Chiswick, cujo telhado se elevava acima da névoa como o topo de um pico do Himalaia acima das nuvens.

Com um beijo no focinho e um cobertor sobre seu dorso, ela deixou o seu cavalo, Balios, ao pé dos degraus da entrada e avançou entre as ruínas do jardim em vários patamares. Lucie passou pelas estátuas rachadas e

Corrente de Ferro

quebradas de Virgílio e Sófocles, agora tomadas por longas gavinhas de trepadeiras, braços e pernas destruídos e caídos entre as ervas daninhas. Outras estátuas estavam parcialmente escondidas por árvores cujos galhos estavam quebrando e cercas malcuidadas, como se estivessem sendo devoradas pela densa folhagem.

Desviando de uma roseira caída, Lucie finalmente chegou ao velho galpão de tijolos no jardim. O teto tinha sumido havia muito tempo; Lucie sentia-se quase como se tivesse encontrado a cabana abandonada de um pastor entre colinas. Um tendão fino de fumaça cinza ainda subia de lá de dentro. Se aquilo fosse *A bela Cordelia*, um duque louco, porém atraente, apareceria cavalgando pela vegetação, mas nada jamais era como nos livros.

Em torno do galpão ela via pequenos montes de terra onde, durante os últimos quatro meses, ela e Grace tinham enterrado os resultados fracassados dos seus experimentos — os corpos infelizes de pássaros caídos ou ratos mortos por gatos que elas haviam tentado repetidas vezes trazer de volta à vida.

Nada tinha dado certo. E Grace nem estava ciente de tudo. Ela ainda não sabia do poder de Lucie de comandar os mortos. Ela não sabia que Lucie tinha tentado *ordenar* que os pequenos corpos voltassem à vida, que tinha tentado *buscar* dentro deles alguma coisa que pudesse os atrair para o mundo dos vivos. Mas nunca funcionou. Qualquer que fosse a parte deles que Lucie podia comandar tinha sumido com as suas mortes.

Ela não mencionara nada disso a Grace.

Lucie deu de ombros e foi até a imensa placa de madeira que era a porta — ela algumas vezes questionava qual era o objetivo de se ter uma porta em uma construção que não tinha telhado — e bateu em código: um dois, um dois.

Imediatamente, ela ouviu alguém cruzando o piso e abrindo a tranca, as portas se abriram. Grace Blackthorn estava de pé à porta, o rosto tenso e sério. Mesmo na bruma, o seu cabelo, solto nos ombros, brilhava como prata.

— Você veio — disse ela, parecendo mais surpresa do que satisfeita.

— Eu disse que viria. — Lucie entrou, passando por Grace. O galpão tinha um único cômodo dentro, com o piso cheio de terra, agora parcialmente congelado.

CASSANDRA CLARE

Uma mesa tinha sido empurrada contra a parede sob a espada da família Blackthorn, a qual pendia de ganchos de ferro grosseiramente forjados. Sobre a mesa, um laboratório improvisado fora construído: havia fileiras de alambiques e frascos de vidro, um pilão e almofariz, e dúzias de tubos de ensaio. Uma variedade de pacotes e latas ocupava o resto da mesa, alguns abertos, outros vazios e acumulados em uma pilha.

Ao lado da mesa havia uma fogueira que tinha sido acesa diretamente no chão, a fonte da fumaça escapando pelo telhado ausente. O fogo estava sobrenaturalmente silencioso, emanando não de toras de lenha, mas de um monte de pedras, as chamas esverdeadas subindo vorazmente como se tentassem consumir o caldeirão de ferro suspenso de um gancho acima dela. O caldeirão continha uma concocção preta fervente que tinha cheiro de terra e química ao mesmo tempo.

Lucie se aproximou lentamente de uma segunda mesa maior. Sobre ela havia um caixão. Pela tampa de vidro ela conseguia ver Jesse, exatamente com a mesma aparência que da última vez que estiveram juntos — camisa branca, cabelo preto caído suavemente sobre a curva do pescoço. As pálpebras eram meias-luas pálidas.

Ela não havia se limitado a pássaros, morcegos e ratos. Ela havia tentado ordenar que Jesse também voltasse à vida, embora só tivesse tentado fazer isso durante os curtos períodos em que Grace tinha ido buscar alguma coisa e a deixara sozinha com o corpo. Ela havia se saído ainda pior do que com os animais. Jesse não estava vazio, como os animais estavam — ela conseguia sentir alguma coisa dentro dele: uma vida, uma força, uma alma. Mas independente do que fosse, estava ancorado no espaço entre a vida e a morte, e ela não tinha como mudar isso. A mera tentativa a fazia se sentir enjoada e fraca, como se estivesse fazendo alguma coisa errada.

— Eu não sabia se você ainda viria — disse Grace, irritada. — Estou esperando há séculos. Você trouxe a figueira-do-diabo?

Lucie procurou pelo pacotinho no bolso.

— Foi difícil dar uma fugida. E não posso ficar muito tempo. Vou me encontrar com Cordelia esta noite.

Grace aceitou o pacote e o abriu.

— Porque o casamento é amanhã? Mas o que isso tem a ver com você?

Lucie olhou para Grace com seriedade, mas a jovem parecia sinceramente não entender. Grace muitas vezes não conseguia entender por que as pessoas faziam as coisas quando a resposta era *porque é assim que os amigos se comportam* ou *porque é isso que se faz por alguém de quem se gosta.*

— Sou a *suggenes* de Cordelia — respondeu ela. — Eu a acompanho até o altar, mas também dou assistência e apoio antes da cerimônia. Hoje à noite eu vou com ela até...

Woosh. Grace tinha virado o pacote no caldeirão. Um clarão de chamas subiu até o teto, seguido de um sopro de fumaça. Tinha cheiro de vinagre.

— Não precisa me dizer. Tenho certeza de que Cordelia não gosta de mim.

— Não vou falar sobre Cordelia com você — disse Lucie, tossindo um pouco.

— Bem, eu não gostaria de mim se fosse ela — comentou Grace. — Mas não precisamos conversar sobre nada. Eu não chamei você aqui para bater papo.

Ela olhou para o caldeirão. Névoa e fumaça colidiam no pequeno cômodo, cercando Grace com um halo nebuloso. Lucie esfregou as próprias mãos enluvadas, o coração acelerado conforme Grace começou a falar:

— *Hic mort ui vivunt. Igni ferroque, ex silentio, ex animo. Ex silentio, ex animo! Resurget!*

Enquanto Grace entoava, a concocção começou a ferver mais rápido, as chamas chiando, subindo mais e mais, alcançando o topo do caldeirão. Um pouco da mistura transbordou pelo lado, derramando no chão. Lucie instintivamente saltou para trás quando hastes verdes surgiram do chão, caules, folhas e botões brotando delas conforme subiam até quase a altura dos seus joelhos.

— Está funcionando! — arquejou ela. — Está funcionando de verdade!

Um breve espasmo de satisfação percorreu o rosto normalmente inexpressivo de Grace. Ela avançou na direção do caixão, e Jesse...

Tão rapidamente quanto tinham brotado, as flores murcharam e caíram dos caules. Foi como ver o tempo acelerar. Lucie observou impotentemente conforme as folhas caíam, e as hastes secaram, quebraram e estalaram sob o próprio peso.

Grace permaneceu imóvel, encarando as flores mortas caídas na terra. Ela olhou para o caixão — mas Jesse não tinha se mexido.

É óbvio que ele não tinha se mexido.

Os ombros de Grace estavam rígidos com desapontamento.

— Vou pedir a Christopher amostras mais frescas da próxima vez — disse Lucie. — Ou reagentes mais potentes. Deve haver alguma coisa que não estamos acertando.

Grace se postou ao lado do caixão do irmão. Ela colocou a palma da mão contra o vidro. Seus lábios se moveram, como se estivesse sussurrando algo; Lucie não conseguiu discernir.

— O problema não é a qualidade dos ingredientes — disse ela, com a voz fria e baixa. — O problema é que estamos nos fiando demais na ciência. Ativadores, reagentes... a ciência é terrivelmente limitada quando se trata de feitos como o que estamos tentando.

— Como você poderia saber disso?

Grace olhou com frieza para ela.

— Eu sei que você me acha burra porque eu nunca tive nenhuma educação formal — disse ela —, mas eu li alguns livros enquanto estava em Idris. Na verdade, eu cobri a maior parte da biblioteca.

Lucie precisava admitir que Grace estava pelo menos parcialmente certa — ela não tinha ideia de que Grace se interessava por leitura, ou por qualquer coisa que não fosse torturar homens e trazer Jesse de volta dos mortos.

— Se não confiarmos na ciência, o que está propondo?

— O óbvio. Magia. — Grace falou como se estivesse instruindo uma criança. — Não isso... isso é brincadeira de criança, fazendo feitiços que tiramos de um livro que minha mãe nem se dava ao trabalho de esconder. — Ela praticamente cuspiu as palavras de tanto desprezo. — Precisamos tirar poder do único lugar onde ele pode ser encontrado.

Lucie engoliu em seco.

— Está falando de necromancia. Tirar magia da morte e fazer magia nos mortos.

— Alguns considerariam esse tipo de magia maligno. Mas eu chamo de necessário.

Corrente de Ferro

— Bem, eu chamaria de maligno — falou Lucie, incapaz de esconder a frustração na voz. Grace parecia ter chegado a uma decisão sem ela, o que definitivamente não era condizente com a parceria delas. — E eu não quero fazer coisas malignas.

Grace balançou a cabeça como se rejeitasse aquilo, como se Lucie estivesse fazendo alarde por nada.

— Precisamos falar com um necromante sobre isso.

Lucie colocou as mãos nos cotovelos.

— Um necromante? De jeito nenhum. A Clave proibiria mesmo que conseguíssemos encontrar um.

— E há um motivo para isso — replicou Grace, em tom seco, puxando a saia. Ela parecia estar prestes a sair do galpão batendo os pés. — O que nós precisamos fazer não é de todo bom. Não... da forma como a maioria das pessoas pensa no que é bom, pelo menos. Mas você já sabia disso, Lucie, então pode parar de fingir que é muito melhor do que eu.

— Grace, não. — Lucie se moveu para bloquear a porta. — Não quero isso, e não acho que Jesse iria querer também. Não podemos falar com um feiticeiro? Alguém em quem a Clave confia?

— A Clave pode confiar, mas eu não confio. — Os olhos de Grace ardiam. — Eu decidi que deveríamos trabalhar juntas porque Jesse parecia gostar de você. Mas você conheceu meu irmão durante muito pouco tempo, e nunca quando ele estava vivo. Você não é nenhuma especialista. Eu sou irmã dele, e vou trazê-lo de volta, não importa o que eu precise fazer, e não importa como eu precise fazer isso. Entendeu bem, Lucie? — Grace respirou fundo. — Está na hora de decidir se você se importa mais com a preciosa santidade da sua própria vida do que com devolver ao meu irmão a vida dele.

———

Cordelia Carstairs estremeceu quando Risa prendeu o pente de casco de tartaruga com mais firmeza. Ele se ancorou pesadamente em um cacho ruivo escuro, o qual a dama de companhia da jovem a convencera a prender para o alto em um estilo elaborado que, segundo ela, era muito popular.

— Não precisa fazer esse trabalho todo esta noite — protestara Cordelia.
— É apenas uma festa de trenós. Meu cabelo vai acabar uma bagunça, não importa quantos grampos e pentes você espete nele.

O olhar de reprovação de Risa tinha vencido. Cordelia presumiu que ela sentia que a jovem deveria estar fazendo um esforço para ficar bonita para o noivo. Afinal de contas, Cordelia se casaria com James Herondale, um grande partido sob qualquer padrão social, dos Caçadores de Sombras ou dos mundanos — lindo, rico, bem relacionado e gentil.

Era inútil dizer que não importava a aparência dela. James não ligaria se ela aparecesse com um vestido de ópera, ou completamente nua. Mas ela não ganharia nada tentando explicar isso a Risa. Na verdade, era arriscado demais explicar a qualquer um.

— *Dokhtare zibaye man, tou ayeneh knodet ra negah kon* — disse Risa, levantando um espelho de mão prateado para Cordelia. *Minha linda filha, olhe no espelho.*

— Está lindo, Risa — precisou admitir Cordelia. Os pentes de pérolas ficavam impressionantes contra o cabelo de tom rubi escuro dela. — Mas como você vai superar isso amanhã?

Risa apenas piscou um olho. Pelo menos alguém estava ansiosa pelo dia seguinte, pensou Cordelia. Sempre que ela pensava sobre o casamento, sentia vontade de pular da janela.

No dia seguinte, ela se sentaria pela última vez naquele quarto, enquanto sua mãe e Risa entrelaçariam flores de seda em seus longos e pesados cabelos. No dia seguinte, ela precisaria parecer uma noiva tão feliz quanto era elaborado seu vestido. No dia seguinte, se Cordelia tivesse muita sorte, a maioria de seus convidados estaria distraída com as roupas dela. Pelo menos era para o que torcia.

Risa lhe deu um leve tapinha no ombro. Cordelia se levantou obedientemente, tomando um último fôlego antes de Risa apertar as fitas do espartilho dela, puxando seus seios para cima e endireitando sua coluna. A natureza do espartilho, pensou Cordelia, irritada, era fazer uma mulher ciente de cada minúsculo detalhe em que seu corpo destoava do ideal impossível da sociedade.

CASSANDRA CLARE

— Chega! — protestou ela, quando os suportes de osso de baleia apertaram sua pele. — Eu tinha esperança de poder comer na festa, sabe.

Risa revirou os olhos. Ela estendeu um vestido de veludo verde e Cordelia entrou nele. Risa guiou as longas mangas justas pelos braços dela, ajustando a renda volumosa nos punhos e no decote. Então vinha o processo de apertar cada um dos minúsculos botões que percorriam as costas do vestido. O caimento era justo; sem o espartilho Cordelia jamais teria conseguido. O anel Herondale, a evidência de seu noivado, brilhou em sua mão esquerda quando ela levantou o braço para que Risa pudesse ajustar Cortana em suas costas.

— Eu preciso me apressar — disse Cordelia, quando Risa lhe entregou uma pequena bolsa de seda e um aquecedor de mãos. — James raramente se atrasa.

Risa assentiu bruscamente, o que, para ela, era o equivalente a um caloroso abraço de despedida.

Era verdade, pensou Cordelia, conforme ela se apressava escada abaixo. James quase *nunca* se atrasava. Era o dever de um noivo acompanhar uma dama a festas e jantares, pegar limonadas e leques, e atender a pedidos gerais. James tinha interpretado seu papel à perfeição. Durante toda a estação, ele a acompanhara fielmente em todo tipo de evento da Clave, tão entediantes que enchiam os olhos de lágrimas de sono, mas, tirando essas ocasiões, ela mal o via. Às vezes ele se juntava a ela e ao resto dos amigos dele para ocasiões que até eram divertidas — tardes na Taverna do Diabo, chá na casa de Anna —, mas, mesmo nesses momentos, ele parecia distraído e preocupado. Havia pouca oportunidade de conversarem sobre o futuro deles, e Cordelia não tinha muita certeza do que falaria se houvesse.

— Layla?

Cordelia havia chegado à entrada decorada com azulejos de espadas e estrelas da casa, e a princípio não viu ninguém ali. Ela percebeu um momento depois que sua mãe, Sona, estava parada à janela da frente, mantendo aberta uma das cortinas com a mão fina. A outra mão repousava sobre a barriga redonda.

— *É você* — falou Sona. Cordelia não podia deixar de notar que as sombras escuras sob os olhos da mãe pareciam ter se aprofundado. — Para onde você vai, de novo?

Corrente de Ferro

— À festa de trenós dos Pounceby, em Parliament Hill — disse Cordelia. — Elas são péssimas, na verdade, mas Alastair vai, e eu achei que poderia ir também, para não ficar pensando em amanhã.

Os lábios de Sona se curvaram em um sorriso.

— É muito normal estar nervosa antes de um casamento, Layla *joon*. Eu fiquei apavorada na noite antes de me casar com seu pai. Quase fugi em um trem leiteiro para Constantinopla.

Cordelia tomou um fôlego breve, intenso, e o sorriso da mãe dela vacilou. *Ai, não*, pensou Cordelia. Fazia uma semana desde que o pai dela, Elias Carstairs, tinha sido solto do confinamento no Basilias, o hospital dos Caçadores de Sombras em Idris. Ele ficara lá durante meses — muito mais tempo do que esperavam a princípio — para curá-lo de seu problema com álcool, um fato que todos os outros três membros da família Carstairs sabiam, mas jamais mencionavam.

Eles o esperavam em casa cinco dias atrás. Mas não havia notícias exceto por uma carta sucinta enviada da França. Nenhuma promessa de que estaria de volta para o dia do casamento de Cordelia. Era uma situação miserável, tornada ainda pior pelo fato de que nem a mãe nem o irmão de Cordelia, Alastair, queriam discutir aquilo.

Cordelia respirou fundo.

— *Mâmân*. Eu sei que você ainda tem esperanças de que papai chegue a tempo do casamento...

— Eu não tenho esperanças, eu sei que vai acontecer — disse Sona. — Não importa o que tenha feito com que ele desviasse do caminho, ele não vai perder o casamento da única filha.

Cordelia quase balançou a cabeça, impressionada. Como a mãe podia ter tanta fé? O pai dela tinha perdido tantos aniversários, até mesmo a primeira Marca de Cordelia, por causa da "doença" dele. Era uma doença que tinha feito com que ele terminasse sendo preso, e enviado para o Basilias em Idris. Ele deveria estar curado agora, mas a ausência até então não era promissora.

Botas soaram escada abaixo, e Alastair apareceu no saguão da entrada, o cabelo preto esvoaçante. Ele estava bonito com um novo casaco de inverno de tweed, embora estivesse fazendo cara feia.

— Alastair — falou Sona. — Você também vai para essa festa de trenós?

— Não fui convidado.

— Isso não é verdade — disse Cordelia. — Alastair, eu só ia porque você ia!

— Eu decidi que meu convite foi infelizmente perdido no correio — disse Alastair, com um gesto displicente. — Eu posso me divertir sozinho, mãe. Alguns de nós têm coisas a fazer e não podem sair para festejar até altas horas.

— Sinceramente, vocês dois — ralhou Sona, balançando a cabeça. Para Cordelia, aquilo parecia ser profundamente injusto. Ela só havia corrigido a inverdade de Alastair.

Sona levou as mãos à lombar e suspirou.

— Eu preciso falar com Risa sobre amanhã. Ainda há tanto a ser feito.

— Você deveria estar *descansando* — falou Alastair, quando sua mãe se dirigiu pelo corredor até a cozinha. Assim que ela saiu de vista, ele se virou para Cordelia, uma expressão tempestuosa. — Ela estava esperando papai? — indagou ele, com um sussurro. — Ainda? Por que ela se tortura?

Cordelia deu de ombros, frustrada.

— Ela o ama.

Alastair emitiu um ruído deselegante.

— *Chi! Khodah margam bedeh* — disse ele, o que Cordelia considerou muito grosseiro.

— O amor nem sempre faz sentido — disse ela, e, com isso, Alastair rapidamente desviou o olhar. Ele não mencionava Charles na presença de Cordelia havia alguns meses, e, embora ele tivesse recebido cartas com a letra cuidadosa de Charles, Cordelia tinha encontrado mais de uma ainda fechada na lixeira. Depois de um momento, ela acrescentou: — Mesmo assim, queria que ele desse notícias de que está bem, ao menos... pelo bem de mamãe.

— Ele vai voltar em seu próprio tempo. No pior momento possível, se eu o conheço.

Cordelia acariciou a lã de ovelha macia de seu aquecedor de mãos com um dos dedos.

— Não quer que ele volte, Alastair?

O olhar de Alastair era inexpressivo. Ele havia passado anos protegendo Cordelia da verdade, inventando desculpas para os "acessos da doença" e as ausências frequentes do pai deles. Alguns meses antes, Cordelia tinha descoberto o custo emocional das intervenções de Alastair, as cicatrizes invisíveis que ele se esforçava tanto para esconder.

Ele parecia prestes a responder quando, do lado de fora da janela, o som dos cascos de um cavalo ecoou, o estrondo abafado pela neve que ainda caía. A silhueta escura de uma carruagem parou subitamente diante do poste na frente da casa. Alastair puxou a cortina e franziu a testa.

— Essa é a carruagem dos Fairchild — observou ele. — James não podia se dar ao trabalho de buscar você, então mandou o *parabatai* no lugar?

— Isso não é justo — disse Cordelia, em tom afiado. — E você sabe disso.

Alastair hesitou.

— Talvez. Herondale tem sido bastante prestativo.

Cordelia observou enquanto Matthew Fairchild saltou com leveza da carruagem do lado de fora. Ela não conseguiu conter um lampejo de medo — e se James tivesse entrado em pânico e mandado Matthew para terminar as coisas entre eles antes do casamento?

Não seja ridícula, disse a si mesma, com firmeza. Matthew estava assobiando conforme subia os degraus. O chão estava branco de neve, pisoteado aqui e ali com marcas de botas. Flocos já estavam nos ombros da sobrecasaca de gola de pelo de Matthew. Cristais brilhavam nos seus cabelos loiros, e as maçãs do rosto proeminentes estavam coradas de frio. Ele parecia um anjo pintado por Caravaggio e salpicado de açúcar pela neve. Certamente não estaria assobiando se trouxesse más notícias, não?

Cordelia abriu a porta e encontrou Matthew no degrau da entrada, batendo neve das botas Oxford.

— Olá, minha querida — disse ele a Cordelia. — Vim para levar você para uma grande colina, a qual vamos ambos descer em pedaços de madeira bambos e descontrolados.

Cordelia sorriu.

— Parece maravilhoso. O que faremos depois disso?

— Por incrível que pareça — disse Matthew —, vamos subir até o topo da colina para repetir o feito. É algum tipo de mania da neve, pelo que dizem.

— Onde está James? — interrompeu Alastair. — Você sabe, aquele entre vocês que deveria estar aqui.

CASSANDRA CLARE

Matthew olhou para Alastair com antipatia. Cordelia sentiu um peso familiar no coração. Era sempre assim agora, quando Alastair interagia com qualquer um dos Ladrões Alegres. Subitamente, alguns meses antes, todos tinham ficado com uma raiva terrível de Alastair, e ela não fazia ideia do motivo. Não tinha coragem de perguntar.

— James foi chamado para um assunto importante.

— Que assunto? — disse Alastair.

— Um assunto que não diz respeito a você — respondeu Matthew, obviamente satisfeito consigo mesmo. — Caiu direitinho nessa, não é?

Os olhos pretos de Alastair brilharam.

— É melhor você não arrastar minha irmã para nenhuma encrenca, Fairchild — disse ele. — Eu sei com que tipo de companhia você anda.

— Alastair, pare com isso — disse Cordelia. — Agora diga, você vai mesmo perder a festa dos Pounceby, ou só estava provocando mamãe? E se foi mesmo apenas para implicar, quer acompanhar Matthew e eu na carruagem?

O olhar de Alastair se voltou para Matthew.

— Por que — disse ele — você não está nem usando chapéu?

— E cobrir este cabelo? — Matthew indicou as mechas loiras com um floreio. — Você ofuscaria o sol?

Alastair estampou o tipo de expressão que indicava que não havia revirar de olhos que bastasse.

— Eu — disse ele — vou dar uma caminhada.

Ele saiu batendo os pés pela noite nevada, sem mais uma palavra, o efeito da saída sufocado pela neve que engolia os passos das botas.

Cordelia suspirou e seguiu pela calçada com Matthew. South Kensington era um conto de fadas de casas brancas cobertas de gelo reluzente, o brilho dos postes da rua envolto em halos de névoa suavizados pela neve.

— Eu sinto como se estivesse sempre pedindo desculpas por Alastair. Na semana passada ele fez o leiteiro chorar.

Matthew a conduziu até o assento da carruagem.

— Jamais peça desculpas por Alastair para mim. Ele me oferece a oportunidade para fazer bom uso da minha esperteza.

Ele subiu ao lado dela e fechou a porta pesada. O interior forrado de seda da carruagem se tornava aconchegante com almofadas macias e cortinas de veludo nas janelas. Cordelia se encostou no banco, a manga da sobrecasaca de Matthew roçando no seu braço de modo reconfortante.

— Eu sinto como se não visse você há um século, Matthew — disse ela, feliz por mudar de assunto. — Soube que sua mãe voltou de Idris? E Charles de Paris? — Como Consulesa, a mãe de Matthew, Charlotte, muitas vezes estava fora de Londres. O filho dela, Charles, irmão de Matthew, tinha aceitado uma posição inicial no Instituto de Paris, onde estava treinando em política: todos sabiam que Charles esperava ser o próximo Cônsul algum dia.

Matthew passou os dedos pelo cabelo, soltando cristais de gelo.

— Você conhece minha mãe, ela mal para quieta. E é óbvio que Charles não perdeu tempo, ao voltar para casa, para visitá-la. Lembrando ao Instituto de Paris o quanto ele é próximo da Consulesa, o quanto ela depende do conselho dele. Pontificando a papai e Martin Wentworth. Quando eu saí, ele havia interrompido a partida de xadrez dos dois para arrastá-los para uma discussão sobre a política do Submundo na França. Wentworth parecia um pouco desesperado, na verdade, provavelmente esperando que Christopher causasse mais uma explosão no laboratório para lhe dar uma oportunidade para fugir.

— Outra explosão?

Matthew sorriu.

— Kit quase explodiu as sobrancelhas de Thomas com o último experimento. Ele diz que está perto de fazer pólvora entrar em ignição mesmo na presença de Marcas, mas Thomas não tem sobrancelhas para doar à causa da ciência.

Cordelia tentou pensar em algo a dizer sobre as sobrancelhas de Thomas, mas não conseguiu.

— Tudo bem — disse ela, abraçando o próprio corpo. — Desisto. Onde está James? Ele ficou com medo e fugiu para a França? O casamento está cancelado?

Matthew tirou um frasco prateado do casaco e tomou um gole antes de responder. Será que estava ganhando tempo? Ele parecia um pouco preocupado, pensou Cordelia, embora ansiedade e Matthew fossem coisas que raramente andassem juntas.

CASSANDRA CLARE

— Isso é culpa minha, creio — admitiu ele. — Bem, minha e do resto dos Ladrões Alegres, para ser justo. No último minuto, não conseguimos deixar James se casar sem dar uma festa para ele, e é meu trabalho me certificar de que você não saiba nada sobre os eventos escandalosos.

Um alívio percorreu Cordelia como uma onda. James não a estava abandonando. É óbvio que não. Ele jamais faria isso. Ele era James.

Ela se empertigou.

— Como você acabou de me dizer que os eventos serão escandalosos, isso não significa que sua missão fracassou?

— De maneira nenhuma! — Matthew tomou outro gole do frasco antes de colocar de volta no bolso. — Eu apenas lhe contei que James vai passar a véspera do casamento com os amigos. Até onde você sabe, eles estão tomando chá e estudando a história das fadas na Bavária. Minha missão é me certificar de que você não descubra nada que coloque isso em dúvida.

Cordelia não conseguiu reprimir um sorriso.

— E como você pretende fazer isso?

— Escoltando você até um evento escandaloso próprio, é óbvio. Não achou que *realmente* iríamos para a festa dos Pounceby?

Cordelia abriu a cortina da carruagem e espiou a noite. Em vez das ruas ladeadas por árvores de Kensington, envoltas na neve invernal, eles haviam chegado ao limite de West End. As ruas eram estreitas e densas com névoa, e multidões de pessoas perambulavam, falando dúzias de línguas, aquecendo as mãos em fogueiras dentro de barris de óleo.

— Soho? — disse ela, curiosa. — O que... a Hell Ruelle?

Matthew arqueou uma sobrancelha.

— Onde mais? — A Hell Ruelle era um clube noturno e taverna do Submundo que funcionava durante algumas noites de cada semana em um prédio aparentemente desinteressante em Berwick Street. Cordelia tinha se aventurado lá duas vezes, meses atrás. Suas visitas tinham sido memoráveis.

Ela deixou a cortina se fechar e se virou de volta para Matthew, que a observava com atenção. Ela fingiu conter um bocejo.

— Sério, a Ruelle de novo? Já estive tantas vezes lá que pode muito bem ser um clube de bridge para senhoras. Sério que você não conhece um lugar mais escandaloso do que esse?

— 25 —

Matthew sorriu.

— Está me pedindo para levar você até a Estalagem do Lobisomem Depilado?

Cordelia bateu nele com o aquecedor de mãos.

— Esse não é um lugar de verdade. Eu me recuso a acreditar nisso.

— Acredite quando eu digo que há poucos lugares mais escandalosos do que a Ruelle, e nenhum para onde eu poderia levar você e esperar que James me perdoasse — disse Matthew. — Corromper a noiva de seu *parabatai* não é considerado apropriado.

A diversão de Cordelia evaporou; ela subitamente se sentiu muito cansada.

— Ah, Matthew, você sabe que não é um casamento de verdade — disse ela. — Não importa o que eu faça. James não vai ligar.

Matthew pareceu hesitar. Cordelia tinha interrompido a farsa, e era óbvio que ele ficaram sem jeito. Mas ele jamais ficava sem palavras por muito tempo.

— Ele se importa, sim — falou Matthew, quando a carruagem virou em Berwick Street. — Não, talvez, da forma como todos imaginam. Mas não acho que vai ser difícil ser casada com James, e é apenas por um ano, não é?

Cordelia fechou os olhos. Era esse o acordo que ela fizera com James: um ano de casamento, para salvar a reputação dos dois. Então ela pediria o divórcio. Eles se despediriam em bons termos, e permaneceriam amigos.

— Sim — disse ela. — Apenas um ano.

A carruagem parou, logo abaixo de um poste cuja luz amarela iluminava o rosto de Matthew. Cordelia sentiu um leve aperto no coração. Matthew sabia tanto da verdade quanto qualquer outro, até mesmo James, mas havia alguma coisa em seu olhar — alguma coisa que fez com que ela sentisse por um momento que ele suspeitava da última peça do quebra-cabeça, a parte que Cordelia tinha escondido de todos, menos de si mesma. Cordelia não suportava que sentissem pena dela. Não suportaria se alguém soubesse o quão desesperadamente ela amava James e desejava que o casamento fosse verdadeiro.

Matthew abriu a porta da carruagem, revelando a calçada de Berwick Street, reluzente com neve derretida. Ele saltou para fora e, depois de uma breve conversa com o condutor, estendeu a mão para ajudar Cordelia a descer da carruagem.

A Hell Ruelle era acessível pelo beco estreito de Tyler's Court. Matthew entrelaçou o braço ao de Cordelia e, juntos, eles avançaram pelas sombras.

— Acaba de me ocorrer — disse ele — que, embora nós saibamos da verdade, o resto do Enclave não sabe. Lembra-se de como eles foram inoportunos assim que você chegou a Londres, e agora, até onde aquele bando arrogante sabe, você vai se casar com um dos solteiros mais cobiçados do país. Olhe para Rosamund Wentworth. Ela ficou noiva de Thoby Baybrook apenas para provar que você não é a única que vai se casar.

— Verdade? — Cordelia estava bastante interessada; jamais lhe ocorrera que ela tivesse alguma coisa a ver com o anúncio repentino de Rosamund. — Mas imagino que aquele casamento seja por amor.

— O timing deixa algumas dúvidas, é tudo o que estou dizendo. — Matthew gesticulou com a mão distraidamente. — Meu único argumento é que você pode muito bem aproveitar que é a inveja de toda a Londres. Todo mundo que foi arrogante com você assim que chegou, todo mundo que diminuiu você por causa de seu pai, ou que sussurrou boatos, eles devem estar se roendo de inveja, querendo estar no seu lugar. *Aproveite* isso.

Cordelia riu.

— Você sempre encontra a solução mais decadente para qualquer problema.

— Acredito que a decadência seja uma perspectiva valiosa que deva sempre ser considerada. — Eles haviam chegado à entrada da Hell Ruelle e passaram por uma porta reservada para um corredor estreito coberto com tapeçarias pesadas. O corredor parecia decorado para o Natal (embora a festividade em si estivesse a semanas de acontecer); as tapeçarias estavam adornadas com galhos verdes entremeados por rosas brancas e papoulas vermelhas.

Eles avançaram por um labirinto de pequenos aposentos até o salão principal octogonal da Ruelle. Tinha sido transformado; árvores reluzentes, os galhos expostos e os troncos pintados de branco, tinham sido posicionadas a intervalos, enfeitadas com coroas de flores verde-escuras e globos de vidro vermelho pendurados. Um mural brilhante retratava uma cena florestal: uma geleira delimitada por um bosque de pinheiros cobertos de neve, corujas despontando das sombras entre as árvores. Uma mulher de cabelos pretos com o corpo de serpente se enroscava em torno de uma árvore atingida por um raio; as escamas dela reluziam com tinta dourada. Na frente do salão, Malcolm Fade, o Alto Feiticeiro de Londres de olhos roxos, parecia liderar um grupo de fadas em uma dança complicada.

O piso estava cheio de pilhas do que parecia ser neve, mas, examinando mais de perto, era papel branco delicadamente cortado, chutado para o alto em sopros pelos Seres do Submundo que dançavam. Nem todos estavam dançando, lógico: muitos dos convidados do salão estavam reunidos em pequenas mesas circulares, as mãos fechadas sobre canecas de cobre contendo vinho quente temperado. Perto deles, um lobisomem e uma fada estavam sentados juntos, discutindo sobre a autonomia irlandesa. Cordelia sempre ficava encantada com a diversidade de Seres do Submundo que frequentava a Hell Ruelle; inimizades no mundo exterior entre vampiros e lobisomens, ou entre diferentes cortes das fadas, pareciam ser suspensas pelo bem da arte e da poesia. Ela conseguia entender por que Matthew gostava tanto.

— Ora, ora, minha Caçadora de Sombras preferida — cantarolou uma voz familiar. Virando-se, Cordelia reconheceu Claude Kellington, um jovem músico lobisomem que supervisionava o entretenimento na Ruelle. Ele estava sentado a uma mesa com uma fada, com longos cabelos azul-esverdeados; ela olhou para Cordelia com curiosidade. — Vejo que você trouxe Fairchild — acrescentou Kellington. — Convença-o a ser mais divertido, sim? Ele nunca dança.

— Claude, sou crucial para os seus entretenimentos — disse Matthew. — Sou aquele elemento insubstituível, a plateia ansiosa.

— Bem, traga mais artistas como esta — disse Kellington, indicando Cordelia. — Se você por acaso conhecer alguma.

Cordelia não conseguia deixar de lembrar da apresentação que impressionara tanto Kellington. Ela havia dançado no palco da Ruelle, tão escandalosamente que chegou a chocar a si mesma. Ela tentou não corar agora, mas sim parecer um tipo de jovem sofisticada que estava pronta para dançar como Salomé assim que a ocasião surgisse.

Ela indicou com a cabeça os galhos decorados.

— 28 —

CASSANDRA CLARE

— Quer dizer que o Natal é comemorado na Hell Ruelle?

— Não exatamente. — Cordelia se virou e viu Hypatia Vex, a anfitriã da Hell Ruelle. Embora Malcolm Fade fosse o dono do lugar, os convidados eram chamados por Hypatia; qualquer um que ela reprovasse jamais passaria pela porta. Ela usava um vestido vermelho brilhante, e uma peônia banhada a ouro estava presa em seus cabelos pretos. — A Ruelle não comemora o Natal. Os clientes podem fazer o que quiserem em suas casas, lógico, mas em dezembro, a Ruelle homenageia sua padroeira com a Festum Lamia.

— Sua padroeira? Está falando... de você? — disse Cordelia.

Um lampejo de diversão passou pelos olhos singulares de Hypatia, de pupilas em forma de estrelas.

— Sua padroeira cósmica. Nossa ancestral, chamada por alguns de a mãe de feiticeiros, por outros, de Mãe de Demônios.

— Ah — falou Matthew. — Lilith. Agora que mencionou, vocês têm mesmo muito mais corujas na decoração do que o habitual.

— A coruja é um dos seus símbolos — falou Hypatia, passando a mão pelo encosto da cadeira de Kellington. — Nos primeiros dias da Terra, Deus fez para Adão uma esposa. O nome dela era Lilith, e ela se recusava a ser subserviente aos desejos de Adão, então ela foi expulsa do Jardim do Éden. Ela se acasalou com o demônio Samael, e com ele teve muitos filhos demônios, cujas crias foram os primeiros feiticeiros. Isso irritou os Céus, e três anjos vingativos — Sanvi, Sansanvi e Semangelaf — foram enviados para punir Lilith. Ela foi tornada estéril pelos anjos, banida para o Reino do Edom, um deserto de criaturas noturnas e corujas guinchantes, onde ela ainda reside. Mas ela às vezes estende a mão para ajudar feiticeiros que são fiéis a sua causa.

A maior parte da história era familiar a Cordelia, embora, pela perspectiva dos Caçadores de Sombras, os três anjos fossem heróis e protetores. Oito dias depois de uma criança Caçadora de Sombras nascer, um ritual era realizado: os nomes Sanvi, Sansanvi e Semangelaf, entoados como feitiços, eram colocados sobre a criança tanto pelos Irmãos do Silêncio como pelas Irmãs de Ferro. Era uma forma de trancar a alma da criança, explicara Sona a Cordelia certa vez, tornando-a uma porta fechada para qualquer tipo de possessão ou influência demoníaca.

— 29 —

Provavelmente era melhor não mencionar isso no momento, pensou ela.

— Matthew me prometeu um escândalo — disse ela —, mas suspeito que a Clave não veja com bons olhos participar de festas de aniversário de demônios famosos.

— Não é o aniversário dela — disse Hypatia. — Apenas um dia de comemoração. Acreditamos que seja a época em que ela deixou o Jardim do Éden.

— As bolas vermelhas penduradas nas árvores — disse Cordelia, percebendo. — São maçãs. Fruto proibido.

— A Hell Ruelle se deleita — disse Hypatia, sorrindo — com o consumo daquilo que é proibido. Acreditamos que é mais delicioso por ser tabu.

Matthew deu de ombros.

— Não vejo por que a Clave se importaria. Eu não acredito que precisamos celebrar Lilith, ou nada assim. Não passam de decorações.

Hypatia pareceu se divertir.

— É lógico. Nada além disso. O que me lembra...

Ela olhou significativamente para a companhia da fada de Kellington, a qual se levantou e ofereceu o assento a Hypatia. Hypatia aceitou sem olhar duas vezes, esticando a saia ao redor ela. A fada desapareceu de volta na multidão conforme Hypatia prosseguiu:

— Minha Pyxis está sumida desde a última noite em que você esteve aqui, Srta. Carstairs. Matthew também estava aqui, eu me lembro. Estou me perguntando se eu talvez tenha distraidamente dado a você como presente?

Ai, não. Cordelia pensou na Pyxis que tinham roubado meses antes: tinha explodido durante uma batalha com um demônio Mandikhor. Ela olhou para Matthew. Ele deu de ombros e pegou uma caneca de vinho de especiarias da bandeja de um garçom fada que passava. Cordelia pigarreou.

— Acredito que tenha sim, na verdade. Acredito que você tenha me desejado toda sorte no futuro.

— Não foi apenas um presente atencioso — acrescentou Matthew —, foi bastante útil para salvar a cidade de Londres da destruição.

— Sim — concordou Cordelia. — Instrumental. Um auxílio absolutamente necessário para evitar o desastre completo.

— Senhor Fairchild, você é uma má influência sobre a Srta. Carstairs. Ela está começando a desenvolver um nível de atrevimento preocupante. —

CASSANDRA CLARE

Hypatia se virou para Cordelia, os olhos estrelados indecifráveis. — Preciso dizer que estou um pouco surpresa por ver você esta noite. Achei que uma noiva Caçadora de Sombras iria querer passar a noite anterior às núpcias afiando as armas, ou decapitando manequins.

Cordelia começou a se perguntar por que Matthew a levara até a Ruelle. Ninguém queria passar a noite anterior ao casamento ouvindo provocações de feiticeiros arrogantes, por mais interessante que fosse a decoração dos arredores.

— Não sou uma noiva Caçadora de Sombras comum — disse ela, seca.

Hypatia apenas sorriu.

— Como você quiser — disse ela. — Acho que alguns convidados aqui estão a sua espera.

Cordelia olhou pelo salão e viu, para sua surpresa, duas figuras familiares sentadas a uma mesa. Anna Lightwood, linda como sempre, usando uma sobrecasaca justa e perneiras azuis, e Lucie Herondale, parecendo elegante e bela com um vestido marfim de miçangas azuis e acenando energeticamente.

— Você as convidou? — disse ela a Matthew, que estava com o frasco na mão de novo. Ele virou o objeto na boca, fez uma careta ao ver que estava vazio, então o guardou novamente no bolso. Os olhos dele brilhavam.

— Convidei — respondeu ele. — Não posso ficar, preciso ir para a festa de James, mas queria me certificar de que você ficasse bem acompanhada. Elas têm instruções para dançar e beber noite afora com você. Aproveite.

— Obrigada. — Cordelia se inclinou para beijar Matthew na bochecha, ele tinha cheiro de trevo e brandy, mas ele virou o rosto no último minuto, e o beijo dela roçou os seus lábios. Ela se afastou rápido e viu Kellington e Hypatia observando com o olhar atento.

— Antes de ir embora, Fairchild, estou vendo que seu frasco está vazio — disse Kellington. — Venha comigo até o bar; vou pedir que encham com qualquer coisa que você gostar.

Ele estava olhando para Matthew com uma expressão curiosa, um pouco como Cordelia se lembrava de Kellington ter olhado para ela, depois da dança. Um tipo de olhar faminto.

— Nunca fui de recusar uma oferta de "qualquer coisa que você gostar" — disse Matthew, permitindo-se ser levado por Kellington. Cordelia con-

— 31 —

Corrente de Ferro

siderou chamá-lo, mas decidiu em contrário, e, de toda forma, Anna estava gesticulando para que ela se juntasse à mesa delas.

Cordelia se despediu de Hypatia e estava na metade do salão quando alguma coisa chamou sua atenção nas sombras: duas silhuetas masculinas, próximas. Ela percebeu, sobressaltada, que eram Matthew e Kellington. Matthew estava encostado na parede, Kellington, o mais alto dos dois, estava inclinado sobre ele.

A mão de Kellington se ergueu para tocar a nuca de Matthew, os dedos dele tocando o cabelo macio do outro homem.

Cordelia viu Matthew balançar a cabeça no momento em que mais dançarinos se juntaram à multidão na pista de dança, atrapalhando a visão dela; quando pararam, ela viu que Matthew tinha ido embora e Kellington, parecendo irritado, estava caminhando de volta até Hypatia. Ela se perguntou por que tinha ficado tão chocada — não era novidade para ela que Matthew gostava tanto de homens quanto de mulheres, e Matthew era solteiro: ele tomava as próprias decisões. Ainda assim, a atitude de Kellington a deixou desconfortável. Ela torcia para que Matthew tomasse cuidado...

Alguém colocou a mão no seu braço.

Cordelia se virou e viu uma mulher diante de si — a fada que estava sentada com Kellington mais cedo. Ela usava um vestido de veludo esmeralda e, no pescoço, um colar de pedras azuis brilhantes.

— Perdoe-me a intromissão — disse ela, sem fôlego, como se estivesse nervosa. — Você é... você é a menina que dançou para a gente há alguns meses?

— Sou sim — respondeu Cordelia, desconfiada.

— Achei que tivesse reconhecido você — disse a fada. Seu rosto pálido estava determinado. — Eu admirei muito a sua habilidade. E a espada, é óbvio. Estou certa em pensar que a lâmina que você carrega é a própria Cortana? — Ela sussurrou a última parte como se apenas invocar o nome exigisse coragem.

— Ah, não — falou Cordelia. — É falsa. Apenas uma réplica bem-feita.

A fada a encarou por um momento, então caiu na gargalhada.

— Ah, muito bom! — disse ela. — Eu às vezes me esqueço de que mortais brincam, é um tipo de mentira, não é, mas que deveria ser engraçada? Mas

CASSANDRA CLARE

qualquer fada de verdade reconheceria o trabalho de Wayland, o Ferreiro. — Ela olhou para a espada com admiração. — Se me permite dizer, Wayland é o maior ferreiro vivo das Ilhas Britânicas.

Isso fez Cordelia parar subitamente.

— *Vivo?* — repetiu ela. — Está me dizendo que Wayland, o Ferreiro ainda está vivo?

— Ora, é óbvio! — disse a fada, unindo as mãos, e Cordelia se perguntou se ela estava prestes a revelar que Wayland, o Ferreiro era, na verdade, o duende meio bêbado no canto com a luminária na cabeça. Mas ela apenas disse: — Nada que ele tenha feito passou para mãos humanas em muitos séculos, mas dizem por aí que ele ainda opera a forja, sob uma toca nas colinas Berkshire Downs.

— É mesmo — falou Cordelia, tentando chamar a atenção de Anna na esperança de um resgate. — Que interessante.

— Se você tiver algum interesse em conhecer o criador de Cortana, eu poderia levar você. Depois do grande cavalo branco e sob a colina. Por apenas uma moeda e a promessa de...

— Não — disse Cordelia, com firmeza. Ela podia ser ingênua como a clientela da Ruelle presumia, mas até mesmo ela sabia qual era a resposta certa para uma fada que tentasse fazer um acordo: dar as costas. — Aproveite a festa — acrescentou ela —, mas eu preciso ir.

Quando ela se virou, a mulher disse, com a voz baixa:

— Você não precisa se casar com um homem que não ama você, sabe.

Cordelia congelou. Ela olhou novamente por cima do ombro; a fada a olhava sem ostentar mais a expressão distraída de antes. Estava atenta, afiada e cautelosa agora.

— Há outros caminhos — disse a mulher. — Eu poderia ajudar.

Cordelia manteve a expressão neutra.

— Minhas amigas estão esperando por mim — disse ela, e deu as costas, o coração batendo forte. Ela afundou em uma cadeira do lado oposto a Anna e Lucie. As duas a cumprimentaram alegremente, mas sua mente estava a quilômetros dali.

Um homem que não ama você. Como aquela fada podia saber?

— 33 —

Corrente de Ferro

— Daisy! — disse Anna. — Preste atenção. Estamos fazendo alarde para você. — Ela estava bebendo de uma taça de champanhe pálido afunilado, e com um gesto dos dedos, uma segunda apareceu, a qual entregou a Cordelia.

— Hurrah! — gritou Lucie, animada, antes de voltar a ignorar completamente a sidra e as amigas, alternando em vez disso entre rabiscar furiosamente em um caderno e encarar o nada.

— A luz da inspiração já atingiu você, querida? — perguntou Cordelia. O coração dela começava a desacelerar. A fada só havia falado besteiras, disse Cordelia a si mesma com firmeza. Ela devia ter ouvido Hypatia falando com Cordelia sobre o casamento e decidiu usar as inseguranças comuns a qualquer noiva. Quem não se preocupava que o homem com quem estava se casando não a amasse? No caso de Cordelia podia ser verdade, mas qualquer um temeria aquilo, e fadas iam atrás dos medos dos mortais. Não significava nada, era apenas uma tentativa de conseguir de Cordelia o que ela havia pedido antes: uma moeda e uma promessa.

Lucie gesticulou a mão manchada de tinta para chamar a atenção dela.

— Tem *tanto* material aqui — disse ela. — Você viu Malcolm Fade ali? Adoro o casaco dele. Ah, decidi que em vez de ser um oficial da marinha encantador, Lorde Kincaid deveria ser um artista cujo trabalho foi banido em Londres, então ele fugiu para Paris, onde ele faz da bela Cordelia sua musa e é recebido em todos os melhores salões...

— O que aconteceu com o duque de Blankshire? — disse Cordelia. — Eu achei que a Cordelia fictícia estava prestes a se tornar duquesa.

— Ele morreu — falou Lucie, lambendo o dedo para limpar a tinta. Em torno do seu pescoço, uma corrente de ouro brilhava. Ela estava usando o mesmo medalhão de ouro simples há vários meses; quando Cordelia perguntou a respeito daquilo, Lucie disse que era uma antiga herança de família que deveria representar boa sorte. Cordelia ainda conseguia se lembrar da presença dele, um lampejo dourado na escuridão, na noite em que James quase morreu do veneno do demônio no cemitério Highgate. Ela não se lembrava de ter visto Lucie usar o medalhão antes daquele momento. Ela podia ter insistido para que Lucie falasse sobre o assunto, supôs Cordelia, mas sabia que guardava os próprios segredos de sua futura *parabatai*, então

— 34 —

nem tinha como exigir saber todos os de Lucie, principalmente sobre uma questão tão pequena quanto um medalhão.

— Esse parece um romance bastante trágico — disse Anna, admirando a forma como seu champanhe refletia a luz.

— Ah, não é — respondeu Lucie. — Eu não queria que a Cordelia fictícia ficasse amarrada a um homem só. Eu queria que ela vivesse aventuras.

— Não é exatamente a ideia que se espera na véspera de um casamento — falou Anna —, mas eu concordo, mesmo assim. Embora se espere que você continue vivendo aventuras depois de se casar, Daisy. — Os olhos azuis dela brilharam quando ela ergueu a taça para um brinde.

Lucie levantou a caneca.

— Ao fim da liberdade! Ao início de um cativeiro cheio de felicidade!

— Besteira — disse Anna. — O casamento de uma mulher é o início de sua libertação, Lucie.

— Como assim? — perguntou Cordelia.

— Uma moça não casada — disse Anna — é vista pela sociedade como estando em um estado temporário de não estar casada, e com esperança de se tornar casada a qualquer momento. Uma mulher casada, por outro lado, pode flertar com quem quiser, sem ferir sua reputação. Ela pode viajar livremente. Para dentro e para fora de meu apartamento, por exemplo.

Os olhos de Lucie se arregalaram.

— Está me dizendo que alguns de seus casos amorosos foram com moças que já eram casadas?

— Estou dizendo que isso acontece com frequência — disse Anna. — É apenas o caso de uma mulher casada estar em uma posição mais livre para fazer o que quiser. Uma jovem solteira mal consegue sair de casa desacompanhada. Uma jovem casada pode fazer compras, assistir a aulas, encontrar amigos… ela tem dezenas de desculpas para estar longe de casa usando um chapéu que lhe cai bem.

Cordelia riu. Anna e Lucie sempre conseguiam animá-la.

— E você gosta de uma jovem usando um chapéu que lhe cai bem.

Anna levantou um dedo.

— Uma jovem que pode escolher um chapéu que realmente lhe cai bem provavelmente prestou atenção a cada camada de seu conjunto.

Corrente de Ferro

— Que observação sagaz — comentou Lucie. — Você se importa se eu colocar isso no meu romance? É o tipo de coisa que Lorde Kincaid diria.

— Faça como quiser, querida — disse Anna —, você já roubou metade das minhas melhores falas. — O olhar dela percorreu o salão. — Você viu Matthew com Kellington? Espero que isso não recomece.

— O que aconteceu com Kellington? — perguntou Lucie.

— Ele meio que partiu o coração de Matthew, há mais ou menos um ano — falou Anna. — Matthew tem o hábito de ter o coração partido. Ele parece preferir um amor condenado.

— É mesmo? — Lucie rabiscava no livro de novo. — Ah, não.

— Boa noite, belas jovens — disse um rapaz alto com pele pálida como a morte e cabelo castanho cacheado, surgindo à mesa como se por mágica. — Qual de vocês, beldades fascinantes, gostaria de dançar comigo primeiro?

Lucie ficou de pé com um salto.

— Eu danço com você — disse ela. — Você é um vampiro, não é?

— Hã... sim?

— Excelente. Vamos dançar, e você vai me contar tudo sobre o vampirismo. Você persegue belas moças pelas ruas da cidade na esperança de roubar um gole do requintado sangue delas? Você chora porque sua alma está condenada?

Os olhos escuros do rapaz percorreram os arredores com preocupação.

— Eu só queria valsar mesmo — disse ele, mas Lucie já o havia agarrado e arrastado para a pista. O volume da música se elevou como uma onda, e Cordelia brindou com Anna, as duas rindo.

— Coitado do Edwin — falou Anna, olhando para os dançarinos. — Ele tem um jeito nervoso na melhor das ocasiões. Agora, Cordelia, conte-me todos os detalhes dos planos do casamento, e eu vou conseguir mais champanhe para a gente.

— 36 —

2

Tudo que gira

*Se às vezes, nos degraus de um palácio, na grama verde
de uma encosta, na solidão triste de seus aposentos, você
acorda, a intoxicação reduzida ou dissipada, pergunta ao
vento, uma onda, uma estrela, um pássaro, um relógio,
tudo que voa, tudo que geme, tudo que gira, tudo que canta,
tudo que fala, pergunta que horas são; e o vento, a onda,
a estrela, o pássaro, o relógio responderão a você: "Está
na hora de se intoxicar! Para não ser o mártir escravo do
Tempo, intoxique-se; torne-se cada vez mais intoxicado!
Com vinho, com poesia, com virtude, como quiser."*

— Charles Baudelaire, "Intoxique-se"

— **Atrás de você!** — gritou Christopher como aviso. James se abaixou
para sair rápido do caminho. Dois lobisomens dispararam por eles, atracados
em um combate embriagado, e caíram no chão. Thomas levantou o copo
acima da cabeça para mantê-lo a salvo da multidão agitada.

James ficara em dúvida sobre se a Taverna do Diabo seria o lugar certo para
aquela festa, considerando que ele mesmo a frequentava vários dias na semana,
mas Matthew insistira, anunciando que tinha organizado uma coisa especial.

— 37 —

James olhou para o caos em volta e suspirou baixinho.

— Eu tinha imaginado uma noite mais calma.

As coisas não estavam tão agitadas assim que eles chegaram. A Diabo seguia com sua habitual vida noturna alegre e amigável, e James teria ficado feliz em subir de fininho para os aposentos particulares deles, como tinha feito tantas vezes antes, e simplesmente relaxar com seus amigos mais antigos.

Matthew, no entanto, tinha imediatamente sentado em uma cadeira e exigido a atenção do pub inteiro ao bater com a estela no lustre de metal e gritar:

— Amigos! Esta noite meu *parabatai*, James Jeremiah Jehoshaphat Herondale, comemora sua última noite como um homem solteiro!

O pub inteiro vibrou e comemorou.

James tinha gesticulado com a mão para agradecer e dispensar aqueles que vinham desejar boa sorte, mas parecia que não tinham acabado. Seres do Submundo de todo tipo se aproximaram para apertar a sua mão e bater em suas costas e parabenizá-lo. Para sua surpresa, James se deu conta de que conhecia a maioria dos presentes — de que conhecia muitos deles, na verdade, desde menino, e eles o viram crescer.

Havia Nisha, a "mais antiga vampira da parte mais antiga da cidade", como ela sempre dizia. Havia Sid e Sid, os dois lobisomens que estavam sempre discutindo para saber qual deles podia ser "Sid" e qual deveria ser "Sidney". O habitual aglomerado de duendes tagarelando entre si, que jamais falava com mais ninguém, mas que de vez em quando mandava bebidas de graça para outros clientes, aparentemente de forma aleatória. Eles cercaram James e exigiram que ele terminasse o uísque que segurava para que pudesse beber o uísque que eles haviam levado para substituí-lo.

James estava sinceramente comovido com as demonstrações de carinho, mas aquilo só o fez se sentir mais desconfortável com a natureza de seu casamento. *Tudo vai acabar em um ano*, pensou ele. *Se vocês soubessem disso, não estariam comemorando.*

Matthew tinha desaparecido escada acima logo depois do seu discurso, deixando o resto do grupo cercado pelos festejadores barulhentos que ficavam cada vez mais bêbados em homenagem a James, até, é lógico, o momento inevitável em que Sid deu um soco em Sid e um rugido tanto de aprovação como de deboche subiu da multidão.

CASSANDRA CLARE

Thomas, com uma carranca no rosto, usou sua compleição ampla e seus consideráveis músculos para guiar os três para um canto menos entulhado do salão.

— Saúde, Thomas — disse Christopher. O cabelo castanho estava bagunçado e os óculos estavam sobre a cabeça. — A atração especial de Matthew deve começar logo... — Ele olhou esperançoso para as escadas. — A qualquer minuto.

— Quando Matthew planeja alguma coisa especial, costuma ser terrivelmente agradável ou agradavelmente terrível — disse James. — Alguém quer apostar qual vai ser?

Christopher sorriu um pouco.

— Uma coisa de beleza insuperável, de acordo com Matthew.

— Isso pode ser qualquer coisa — falou James, observando Polly, a atendente do bar, entrar no meio da confusão para afastar os Sids enquanto Pickles, o kelpie, recolhia dinheiro das apostas sobre quem seria o vencedor.

Thomas descruzou os braços e falou:

— É uma sereia.

— É uma o quê? — disse James.

— Uma sereia — repetiu Thomas. — Interpretando algum tipo de... apresentação sedutora de sereia.

— Alguma amiga dele do *demimonde*, sabe — acrescentou Christopher, que parecia satisfeito por conhecer a palavra "*demimonde*". Sem dúvida, os frequentes encontros de Matthew com poetas e cortesãos estavam longe de ser as tinturas e os tubos de ensaio de Christopher, ou a extensa biblioteca e o intensivo regime de treino de Thomas. Mesmo assim, os dois pareciam aliviados por terem contado o segredo.

— O que ela vai fazer? — disse James. — E... onde ela vai fazer?

— Em um grande tanque de água, esperamos — disse Christopher.

— Quanto ao que ela vai fazer — disse Thomas —, alguma coisa boêmia com sinos, castanholas e véus. Eu imagino.

Christopher parecia preocupado.

— Os véus não vão ficar molhados?

— Vai ser uma experiência inesquecível — prosseguiu Thomas. — É o que diz Matthew. Beleza insuperável e tudo o mais.

— 39 —

Sem pensar, James se viu levando a mão à pulseira de prata no pulso, passando os dedos distraidamente pela superfície dela. Ele mal notava a presença do objeto depois de tanto tempo — Grace Blackthorn confiara a joia a ele quando James tinha apenas catorze anos. Mas James estava se esforçando para não pensar em Grace conforme seu casamento se aproximava.

Um ano, pensou James. Ele tinha que tirar Grace da cabeça, por mais um ano. Era essa a promessa que tinham feito um ao outro. E ele havia prometido a Cordelia, também, que não veria Grace sozinho ou pelas costas dela: se alguém descobrisse, ela seria humilhada. O mundo deveria achar que o casamento deles era uma união verdadeira.

A ideia de seguir em frente com aquele casamento com Cordelia enquanto ainda usava a pulseira o deixava enjoado. Ele lembrou a si mesmo de tirar, quando voltasse para casa. Tirar a pulseira poderia ser uma afronta a Grace, mas deixá-la no pulso parecia uma afronta a Cordelia. Ele tinha decidido quando tudo aconteceu que ele não trairia seus votos matrimoniais com palavras nem ações. Poderia não conseguir controlar seu coração e seus pensamentos, mas podia tirar a pulseira. Isso estava a seu alcance.

Do outro lado do salão, Polly estava dando ordens a um pequeno grupo de fadinhas. Elas haviam montado um palco na outra ponta do salão, sobre o qual havia, de fato, um grande tanque de água. Uma dupla de fadinhas movia candelabros para fornecer iluminação teatral, e outras se agitavam, limpando o chão para abrir caminho para uma plateia.

As escadas chacoalharam; Matthew descia às pressas, o cabelo claro tinha a cor de luz de velas sob a fumaça do bar. Ele havia tirado o paletó e estava usando camisa e um colete listrado azul e verde. Ele jogou o corpo por cima do corrimão da escada e aterrissou no palco. De pé atrás do tanque, ele levantou as mãos para pedir silêncio.

A confusão prosseguiu inabalada, no entanto, até que o primeiro Sid uniu os imensos pulsos acima da cabeça e gritou:

— Oi! Calados ou vou esmagar seus crânios sarnentos!

— Isso aí! — concordou o outro Sid; aparentemente, eles tinham deixado as diferenças para trás.

Houve bastante resmungos, e um lobisomem próximo murmurou:

CASSANDRA CLARE

— Sarnentos! *Ora!* — Mas, por fim, a multidão se calou.

— Calma — sussurrou James. — Como uma sereia vai descer as escadas?

Houve uma pausa, e Christopher, que tinha tirado os óculos para limpá--los, falou:

— Como a sereia subiu as escadas?

Thomas deu de ombros.

— Boa noite, meus amigos! — gritou Matthew, para uma onda de aplausos educados. — Esta noite temos algo realmente excepcional para apresentar a vocês em homenagem a um grande amigo da Diabo. Vocês têm sido bastante gentis ao tolerar a nossa presença, os Ladrões Alegres, há muitos anos...

— Nós apenas achamos que vocês, Caçadores de Sombras, estavam fazendo uma busca no lugar — falou Polly, com um risinho — e se demorando bastante.

— Amanhã, um de nós, o primeiro de nós, marcha para seu destino e se junta à sua tropa dos tristes casados — prosseguiu Matthew. — Mas, esta noite, nós nos despedimos dele em grande estilo!

Vivas e comemorações acompanharam provocações berradas e socos nas mesas. Um sátiro e uma criatura atarracada e chifruda perto da frente ficaram de pé e simularam um abraço vulgar, até que alguém jogou uma linguiça neles. Ao piano, um dos duendes tocou uma melodia leve e engraçada. Música preencheu o salão, e Matthew estendeu a pedra de luz enfeitiçada dele. Brilhando, o objeto iluminou uma silhueta que descia as escadas.

James se perguntou por um momento se aquela era a primeira vez que alguém tinha usado uma pedra de luz enfeitiçada como iluminação de palco antes de se dar conta de para que estava olhando e sua mente se esvaziar. Christopher emitiu um ruído baixo no fundo da garganta, e Thomas encarou, de olhos arregalados.

A sereia tinha pernas humanas. Eram longas, e bastante torneadas, James precisou admitir, cobertas frouxamente por saias diáfanas feitas de algas marinhas exuberantes tecidas.

Infelizmente, da cintura para cima, ela era formada pela metade dianteira de um peixe boquiaberto e de olhos arregalados. As escamas eram de um prateado metálico brilhante e refletiam a luz de uma forma que quase, mas não exatamente, distraíam de seus olhos amarelos do tamanho de pratos que sequer piscavam.

A plateia enlouqueceu, comemorando e torcendo duas vezes mais alto do que antes. Um dos lobisomens uivou:

— CLARIBELLA! — com uma voz triste e desejosa.

— Apresento a vocês — gritou Matthew, com um sorriso — Claribella, a Sereia!

A multidão assobiou e bateu nas mesas com os punhos em aprovação. James, Christopher e Thomas não conseguiam encontrar palavras.

— A sereia está ao contrário — disse James, tendo recuperado parte do vocabulário, embora talvez não por completo.

— Matthew contratou uma sereia pelo avesso — concordou Thomas. — Mas por quê?

— Eu me pergunto que tipo de peixe ela é — disse Christopher. — As sereias são um tipo específico de peixe? Tubarões, ou arenque ou algo assim?

— Eu comi arenque defumado no café da manhã de hoje — falou Thomas, triste.

A sereia pelo avesso começou a balançar o quadril de um lado pro outro, com a fluidez de uma dançarina de cabaré experiente. Sua boca se abria e fechava ao ritmo da música. As pequenas barbatanas, de cada lado do corpo, batiam.

Para o crédito de Matthew, o resto da Taverna do Diabo parecia admirar Claribella e a apresentação dela sem ironias. Quando a dança terminou, ela se recolheu para trás do tanque, pelo menos em parte para se proteger dos devotos mais ardentes.

— Ela tem mesmo um certo ar — falou Christopher. Ele olhou para James com esperança. — Não é?

— Deveríamos ter ido à festa de trenós dos Pounceby — disse James.

— Talvez uma noite tranquila lá em cima? — disse Thomas, com empatia. — Eu abro caminho pelas pessoas.

Conforme eles acompanharam Thomas pela multidão de Seres do Submundo, Matthew, que estava vendendo ingressos para sessões particulares com Claribella, viu o grupo e saltou do palco.

— Buscando o doce conforto da solidão? — perguntou Matthew, segurando o braço de James. Ele tinha o cheiro habitual de Matthew: colônia e brandy, misturados com um pouco de fumaça e serragem.

— Vou subir com vocês três — falou James. — Não chamaria isso de "solidão".

— Ao silêncio, então — disse Matthew. — És a noiva ainda inviolada da quietude, és a protegida do silêncio e do vagaroso tempo...

Quando chegaram aos degraus, Ernie, o dono da taverna, saltou para o palco e tentou dançar com Claribella, mas, com apenas um par de barbatanas curtinhas, ela fugiu facilmente dele e saltou de cabeça na banheira de gim habitada por Pickles, o kelpie. Ela emergiu um segundo depois, cuspindo um jato de gim enquanto Pickles relinchava de alegria.

Os rapazes subiram para os aposentos particulares no andar de cima, Thomas trancando as portas com firmeza atrás deles. Estava frio, e uma goteira permanente vazava água do teto até os tapetes desgastados, mas James achou que era uma visão acolhedora mesmo assim. Aquele era o quartel-general dos Ladrões Alegres, o esconderijo deles, o lugar afastado do mundo, e o único lugar onde James queria estar no momento. A neve tinha apertado e estava caindo em rajadas brancas espiraladas contra as janelas de vidro colorido.

Enquanto Thomas carregava uma panela vazia para recolher a água da goteira, Christopher se ajoelhava diante da lareira e examinava os troncos dispostos dentro dela, encharcados com neve derretida. Ele tirou um objeto do bolso, um tubo de metal preso a um pequeno frasco de vidro — um invólucro para um acelerador de combustão químico inventado por ele mesmo, no qual estava trabalhando nas últimas semanas. Ele ligou um interruptor e o frasco se encheu de um gás rosado. Ouviu-se um *pop* baixinho e um lampejo rápido de chama disparou pela ponta do tubo, mas rapidamente se extinguiu e fumaça preta espessa escorreu para dentro do cômodo.

— Eu não esperava por isso — disse Christopher, tentando tampar o tubo com a ponta do lenço. James trocou um olhar exasperado com Matthew, e eles se apressaram a abrir as janelas, tossindo e arquejando. Thomas pegou um livro em frangalhos das prateleiras e tentou abanar a fumaça em direção à janela. Eles abriram o resto das janelas e das portas e pegaram o que

Corrente de Ferro

estivesse à mão para agitar a fumaça acre pelo quarto até que finalmente se dissipou, deixando um fedor amargo e um monte de fuligem preta em todas as superfícies.

Eles fecharam as janelas. Thomas entrou no quarto adjacente e voltou com lenha seca: dessa vez, quando Christopher tentou acender o fogo — com fósforos comuns —, deu certo. Os quatro se reuniram em torno da mesa circular no meio do quarto, todos tremendo; Matthew pegou as mãos de James e as aqueceu entre as dele.

— Bem, que bela maneira de se passar a véspera do casamento — disse ele, como um pedido de desculpas.

— Não tem outro lugar onde eu gostaria de estar — falou James, batendo os dentes. — Vocês são os únicos que sabem a verdade sobre esse casamento, para começar.

— O que nos livra da expectativa habitual de que esta penúltima noite precisa ser agradável — disse Matthew. Ele soltou as mãos de James e serviu quatro canecas. Pegando a garrafa de brandy, ele serviu uma dose em cada uma.

O tom de Matthew era tranquilo, mas havia uma ansiedade na voz dele, e James se perguntou o quanto Matthew tinha bebido antes de sequer chegar à taverna naquela noite.

— Os clientes pareceram gostar da apresentação de Claribella — disse Thomas.

— Você sabia que ela era uma sereia pelo avesso? — perguntou Christopher, os olhos lilases arregalados com curiosidade inocente.

— Há — respondeu Matthew, enchendo a caneca novamente —, não exatamente, não. Quero dizer, o homem que fez a reserva disse que ela era atravessada, mas eu achei que ele estivesse dizendo que ela era mal-educada, e eu não queria ser um esnobe.

Thomas riu.

— Talvez você devesse ter pedido para vê-la antes de reservar — falou James. Ele tomou um gole da caneca, o brandy começava a aquecer seu interior como o fogo, que agora crepitava, tinha começado a aquecer seu exterior.

Ele tinha dito como uma piada, mas Matthew pareceu magoado.

— Eu fiz um esforço — protestou ele. Para Thomas e Christopher, ele falou: — Eu não ouvi nenhuma ideia magnífica do resto de vocês esta noite.

— Só porque você disse que tinha tomado todas as providências — falou Thomas.

— O importante — falou Christopher, parecendo alarmado diante do potencial conflito — é que estamos juntos. E que levaremos James para a cerimônia a tempo, lógico.

— Lógico, porque o noivo está tremendo nas bases de medo de se casar — brincou Matthew, e todos se entreolharam, tão alarmados quanto Christopher. Os quatro discutiam ou brigavam muito raramente, e James e Matthew, quase nunca.

Até mesmo Matthew pareceu perceber que seu comentário tinha ido longe demais, o esqueleto da verdade brilhando como osso branco sob a terra. Ele tirou a garrafa do paletó e a virou, mas estava vazia. Matthew jogou a garrafa no sofá próximo e olhou para James, os olhos brilhando.

— Jamie — disse ele. — Meu coração. Meu *parabatai*. Não precisa fazer isso. Não precisa seguir em frente. Sabe disso, não é?

Tanto Christopher quanto Thomas ficaram sentados imóveis.

— Cordelia... — começou James.

— Cordelia pode não querer isso também — falou Matthew. — Um casamento falso... não é o que uma jovem sonha, certamente...

James se levantou da mesa. O coração dele batia com um ritmo estranho no peito.

— Para me salvar de ser aprisionado pela Clave por incêndio criminoso, destruição de propriedade privada, e sabe lá o Anjo o que mais, Cordelia mentiu por mim. Ela disse que passamos a noite juntos. — O tom dele foi severo, cada palavra clara e precisa. — Você sabe o que isso significa para uma mulher. Ela destruiu a própria reputação por mim.

— Mas não está destruída — disse Christopher. — Você...

— Eu me ofereci para me casar com ela — falou James. — Não, esqueça isso, eu comuniquei a ela que nos casaríamos. Porque Cordelia realmente seria a primeira a dizer não a essa união. Ela jamais iria querer que eu fizesse algo que eu me sentisse forçado a fazer, jamais iria querer que eu me fizesse infeliz por ela.

— E você está? — Os olhos de Thomas estavam nítidos e firmes. — Está se fazendo infeliz por ela?

— Eu ficaria mais infeliz se ela estivesse arruinada — falou James —, e a culpa fosse minha. Um ano de casamento com Daisy é um preço pequeno a pagar para salvar nós dois. — Ele exalou. — Lembra? Nós todos dissemos que seria divertido? Uma brincadeira?

— Acho que quanto mais perto do dia, mais sério parece — falou Christopher.

— Não é uma coisa boba — falou Thomas. — As Marcas de casamento, os votos...

— Eu sei — disse James, virando-se para as janelas. A neve parecia ter engolido Londres inteira. Eles estavam sentados envoltos em um ponto de luz e calor, no centro de um mundo de gelo.

— E Grace Blackthorn — falou Matthew.

Um breve silêncio se seguiu. Nenhum deles tinha dito o nome de Grace na frente de James desde a festa de noivado dele e de Cordelia, quatro meses antes.

— Eu não sei o que Grace pensa, de verdade — disse James. — Ela ficou muito estranha depois do noivado...

A boca de Matthew se retorceu.

— Embora ela mesma já estivesse noiva e não tivesse direito nenhum de...

— Matthew — disse Thomas, em voz baixa.

— Eu não falo com ela há meses — falou James. — Nem uma palavra.

— Não se esqueceu de que queimou aquela casa por ela, ou esqueceu? — disse Matthew, enchendo novamente a caneca.

— Não — respondeu James, tenso. — Mas não importa. Eu fiz uma promessa a Daisy, e vou manter essa promessa. Se queria me impedir de fazer o certo, deveria ter começado a campanha bem mais cedo do que na noite anterior ao meu casamento.

Tudo ficou muito quieto por um momento. Os quatro ficaram imóveis, mal respirando. A neve batia contra os vidros da janela com leves explosões de branco. James conseguia se ver refletido no vidro: o cabelo preto, o rosto pálido.

Por fim, Matthew falou:

CASSANDRA CLARE

— Você está certo, lógico; é só que talvez a gente se preocupe por você ser honesto demais, bom demais, e a bondade pode ser uma faca tão afiada que corta, sabe, tanto quanto a maldade.

— Não sou tão bom assim — falou James, dando as costas à janela...

...e subitamente o quarto e os amigos dele se foram, e ele teve a sensação de cair, se contorcendo e revirando por uma longa expansão de nada, embora ele também estivesse de pé, parado.

James tinha aterrissado em um trecho de terra duro.

Não, agora não, não pode ser. Mas quando James se levantou, ele se viu em um deserto estéril, sob um céu coberto de cinzas. Não era possível, pensou ele — tinha visto aquele Reino de Sombras se desfazer, enquanto Belial urrava de ódio.

A última vez que estivera naquele lugar, tinha visto Cordelia enterrar a espada no peito de Belial. Uma imagem dela surgiu inesperadamente na sua mente, dando o golpe, a espada dela em punho e o cabelo voando, como se ela fosse uma deusa capturada em uma pintura: Liberdade ou Vitória liderando o povo.

E então o próprio mundo tinha se escancarado conforme o céu se partia e uma luz vermelha e preta se projetava na terra despedaçada. E James tinha visto o rosto de Belial ruir e o corpo dele se estilhaçar em mil pedaços.

Belial não estava morto, mas tinha sido tão enfraquecido por Cortana que Jem tinha dito que ele não conseguiria voltar por pelo menos cem anos. E certamente, desde aquele momento, tudo tinha ficado quieto. James não vira o avô, nem um indício do Reino de Sombras do avô. Mas quem mais, além de Belial, poderia ter atraído James até ali agora?

James se virou, semicerrando os olhos. Alguma coisa a respeito daquele lugar, que ele tinha visto tantas vezes em sonhos e visões, estava diferente. Onde estavam as pilhas de ossos brancos, as dunas de areia, as árvores retorcidas e curvas? Ao longe, do outro lado de uma expansão desolada de rochas cobertas de ervas daninhas, James viu o contorno de uma imensa estrutura de pedra, uma fortaleza imponente se erguendo acima das planícies.

Apenas mãos humanas — e mãos inteligentes, pelo menos — poderiam ter construído tais coisas. James jamais vira um indício de tal história na desolação do Reino de Belial.

Ele deu um passo cauteloso, apenas para sentir o ar se chocar contra ele como uma onda. Ele foi cegado, forçado, enquanto engasgava, a ficar de joelhos, e puxado para uma escuridão sem fim. James disparou de novo pelo nada, contorcendo-se e se debatendo até aterrissar com força em um piso de madeira duro.

Ele se forçou a ficar sobre os cotovelos, inalando o fedor de produtos químicos queimados misturados com lã úmida. Ele ouviu vozes antes de sua visão ficar mais nítida, a de Matthew se elevando acima das outras duas:

— James? Jamie!

James tossiu, fraco. Ele sentiu gosto de sal, e tocou a boca com a ponta dos dedos. Elas saíram pretas e vermelhas. As mãos de alguém seguraram seus pulsos; ele foi puxado bruscamente para cima, um braço em torno de suas costas. Brandy e colônia.

— Matthew — disse ele, com a voz seca.

— Água — falou Christopher. — Temos água?

— Eu nem toco nisso — falou Matthew, acomodando James no comprido sofá. Ele se sentou ao lado do amigo, encarando o rosto de James com tanta determinação que, apesar de tudo, James precisou conter uma risada.

— Estou bem, Matthew — falou James. — E, além disso, não sei o que você espera descobrir olhando para minhas íris.

— Trouxe água — falou Thomas, passando por Christopher para oferecer uma caneca a James: as mãos de James estavam tão trêmulas que o primeiro gole desceu em parte pela traqueia e em parte pela frente da camisa. Christopher bateu nas costas dele até que James conseguisse puxar ar e respirar, e beber direito.

Ele apoiou a caneca vazia no braço do sofá.

— Obrigado, Thomas...

Ele foi pego, subitamente, por um abraço apertado de Matthew. As mãos de Matthew estavam firmes nas costas da camisa, a bochecha fria de Matthew contra ela.

— Você ficou sombreado — falou Matthew, com a voz baixa —, como se fosse sumir, como se eu tivesse desejado que você sumisse e você estivesse sumindo...

James se afastou o suficiente para afastar o cabelo de Matthew da testa.

— Você desejou que eu sumisse? — disse ele, provocando.

— Não. Só desejo que eu mesmo suma, às vezes — disse Matthew, sussurrando, e era um dos momentos mais raros de acontecer com Matthew, uma afirmação absolutamente verdadeira, sem deboche ou provocação ou humor.

— Jamais deseje isso — falou James, e se sentou o suficiente para ver os outros dois Ladrões Alegres, e as expressões de preocupação deles. — Eu virei uma sombra?

Thomas assentiu. Matthew estava apoiado no encosto do sofá agora, apenas a mão direita fechada sobre o pulso de James, como se ele estivesse se assegurando de que James ainda estava ali.

— Achei que aquela besteira tivesse acabado — admitiu James.

— Faz meses — disse Christopher.

— Achei que não podia acontecer mais com você — falou Thomas. — Eu achei que o reino de Belial tivesse sido destruído.

James olhou para os amigos, querendo reconfortá-los — *não significa nada, pode haver vários motivos para isso acontecer, tenho certeza de que não é nada de mais* —, mas as palavras morreram em seus lábios. A desolação do lugar ainda estava próxima demais dele, o gosto ácido do ar, a fortaleza distante coberta de fumaça.

Alguém quis que ele visse aquilo, pensou James. E era improvável de ser alguém que desejava o seu bem.

— Eu sei — disse ele, por fim. — Foi o que eu também achei.

O ar do lado de fora estava tão frio que parecia brilhar quando Cordelia, tonta e rindo, desceu da carruagem do Instituto e acenou um adeus enérgico para Lucie. Atrás dela, a rua Cornwall Gardens estava escura e as cortinas das casas estavam fechadas.

— Obrigada pela festa surpresa — disse ela, fechando a porta da carruagem. — Eu nunca imaginaria passar a véspera do meu casamento jogando corrida de botões com lobisomens.

— Acha que eles estavam roubando? Eu achei que eles estavam roubando. Mas foi incrivelmente divertido mesmo assim. — Lucie colocou o corpo para fora da janela aberta e jogou um beijo dramático para Cordelia. — Boa noite, minha querida! Amanhã eu vou ser sua *suggenes*! Nós seremos irmãs.

Cordelia pareceu momentaneamente ansiosa.

— Apenas por um ano.

— Não — disse Lucie, com firmeza. — O que seja que aconteça, sempre seremos irmãs.

Cordelia sorriu e se virou para entrar na casa. A porta da frente estava aberta e Lucie conseguia ver Alastair à porta, segurando uma lâmpada no alto, como Diógenes procurando por um homem honesto. Ele assentiu para Lucie antes de fechar a porta atrás da irmã; Lucie bateu no lado da carruagem, e Balios voltou a cavalgar, o som dos cascos como chuva abafada contra o chão nevado.

Ela encostou com um suspiro contra o assento de seda azul, subitamente cansada. Tinha sido uma longa noite. Anna tinha sumido mais ou menos uma hora depois da meia-noite com Lily, uma vampira de Pequim. Lucie tinha permanecido — ela queria ficar na Ruelle por tanto tempo quanto Cordelia estivesse se divertindo; ela sabia que a amiga estava tensa com o dia seguinte. Não podia culpá-la. Não que as pessoas não se casassem por todo tipo de motivos práticos, em vez de por amor, mas mesmo que fosse temporário, era tudo muito dramático. Cordelia precisaria interpretar muito bem no dia seguinte, assim como James.

— Uma moeda por seus pensamentos — disse uma voz grave. Lucie ergueu o rosto, a boca se abrindo em um sorriso.

Jesse. Sentado diante dela, o rosto iluminado pelo brilho rosado da lâmpada da carruagem que entrava pela janela. Ela havia se treinado para não se sobressaltar quando ele aparecia subitamente do nada; nos quatro meses desde que tinham se reencontrado, ela o via quase toda noite.

Ele sempre parecia igual. Jamais ganhava um centímetro de altura ou de cabelo. Ele estava sempre reconfortantemente vestido na mesma calça preta e camisa branca. Seus olhos estavam sempre profundos e verdes, como cobre esverdeado em uma moeda.

E sua presença sempre a fazia sentir como se delicados dedos estivessem subindo por sua coluna. Tremor e calor, tudo ao mesmo tempo.

— 50 —

CASSANDRA CLARE

— Uma moeda é muito pouco — disse Lucie, se esforçando para manter a voz calma. — Meus pensamentos são bastante interessantes e deveriam exigir uma quantia maior de dinheiro.

— Pena que eu estou completamente duro — disse ele, indicando os bolsos vazios. — Você se divertiu na Ruelle? As roupas de Anna são realmente espetaculares; eu queria que ela me aconselhasse sobre coletes e perneiras, mas, sabe como é... — Ele levantou os braços, gesticulando para seu conjunto que jamais mudava.

Lucie sorriu para Jesse.

— Você estava espreitando? Não vi você.

Era raro que ela não visse Jesse se ele estivesse presente em um aposento. Quatro meses antes, ele dera seu último suspiro, quando ficara aprisionado pelo medalhão de ouro que Lucie agora usava em volta do pescoço, para salvar a vida de James. Depois Lucie tinha ficado preocupada que a perda significasse que Jesse poderia se dissipar ou desaparecer; embora ele permanecesse irritantemente insubstancial, ainda era bastante visível, ainda que apenas para ela.

Ele encostou a cabeça de cabelos pretos contra o estofado azul e dourado.

— Eu posso ter aparecido para me certificar de que você tinha entrado na Ruelle com segurança. Há muitos tipos suspeitos em Berwick Street à noite: ladrões, batedores de carteira, patifes...

— Patifes? — Lucie ficou encantada. — Isso parece algo saído de *A bela Cordelia*.

— E por falar nisso. — Ele apontou um dedo acusatório para ela. — Quando vai me deixar ler?

Lucie hesitou. Ela permitira que ele lesse parte de seus primeiros romances, como *A princesa secreta Lucie é resgatada de sua terrível família*, do qual ele havia gostado bastante, principalmente do personagem do Cruel Príncipe James. Mas *A bela Cordelia* era diferente.

— Estou polindo o livro — disse ela. — Precisa de polimento. Todos os romances precisam ser polidos, como diamantes.

— Ou sapatos — disse ele, sarcasticamente. — Eu andei pensando em escrever um romance também. É sobre um fantasma que está muito, muito entediado.

— Talvez — sugeriu Lucie — você devesse escrever um romance sobre um fantasma que tem uma irmã muito dedicada e uma... amiga muito

— 51 —

dedicada que passam boa parte do tempo delas tentando entender como fazer com que ele deixe de ser um fantasma.

Jesse não respondeu. Ela tentara ser engraçada, mas os olhos dele tinham ficado graves e sérios. Que estranho que mesmo quando se era um fantasma, os olhos eram a janela da alma. E ela sabia que Jesse tinha uma alma. E que ela estava viva como a de qualquer outra coisa viva, desesperada para ser livre no mundo mais uma vez, não condenada a uma meia existência de consciência que só vinha à noite.

Jesse olhou pela janela. Eles estavam passando por Picadilly Circus, quase deserta naquela hora da noite. A estátua de Eros no centro estava levemente coberta de neve; um único mendigo dormia nos degraus abaixo dela.

— Não tenha esperança demais, Lucie. Às vezes a esperança é perigosa.

— Você já disse isso a Grace?

— Ela não dá ouvidos. A sequer uma palavra. Eu... eu não quero que você fique decepcionada.

Lucie estendeu a mão, ainda com a luva azul de pelica. Jesse parecia observá-la pelo reflexo fraco delineado contra o interior da janela, embora, é óbvio, ele também não pudesse se ver. Talvez ele preferisse assim.

Ele virou a própria mão, a palma para cima. Tirando a luva, Lucie tocou levemente os dedos dele. *Ah*. O toque dele... a mão de Jesse era fria, mas ligeiramente substancial, como a lembrança de um toque. E, no entanto, ela lançava faíscas pelas veias dela; Lucie quase conseguia vê-las, como vaga-lumes no escuro.

Ela pigarreou.

— Não se preocupe com me desapontar — disse ela. — Estou terrivelmente ocupada com coisas importantes, e tenho um casamento para organizar amanhã.

Ele olhou para ela então, sorrindo quase relutantemente.

— Você é a única planejando esse casamento?

Lucie jogou a cabeça para trás, fazendo as flores em chapéu tremerem.

— A única competente.

— Ah, de fato. Eu me lembro da cena em *A princesa secreta Lucie é resgatada de sua terrível família* na qual a Princesa Lucie supera o Cruel Príncipe James na arte dos arranjos florais.

CASSANDRA CLARE

— James ficou muito irritado com aquele capítulo — disse Lucie, com certa satisfação. Uma luz brilhou na carruagem quando eles passaram pelos postes da rua: do lado de fora, um policial solitário caminhava em seu ritmo solitário diante da entrada de estilo coríntio do Haymarket Theatre. Ela não conseguiu mais sentir a mão de Jesse contra a sua. Lucie olhou para baixo e viu que ela parecia apoiar os dedos no nada — ele parecia ter passado de ligeiramente para inteiramente insubstancial. Ela franziu a testa, mas Jesse já havia retirado a mão, deixando Lucie se perguntando se havia imaginado coisas.

— Suponho que você verá Grace amanhã — falou Jesse. — Ela parece inabalada com o casamento e aparentemente deseja bem ao seu irmão.

Lucie não pôde conter a dúvida. Grace era um assunto do qual ela e Jesse só podiam falar por alto. Ela jamais os via ao mesmo tempo, pois Jesse ficava inconsciente durante o dia, e Grace tinha dificuldades de escapar dos Bridgestock e de Charles durante a noite; Jesse costumava visitá-la, mas ela jamais falava com Lucie sobre o que conversavam. Apesar de Grace e Lucie estarem trabalhando juntas para salvar Jesse, o assunto dele como ele era, agora, era desconfortável.

Jesse parecia entender que Grace tinha ficado noiva de Charles para ser protegida da influência de Tatiana, e que James e Cordelia estavam se casando para salvar a reputação de Cordelia. Ele até mesmo parecia achar que era o certo a fazer. Mas Jesse amava a irmã com um amor bastante protetor, e Lucie não desejava discutir com ele o fato de que ela temia que Grace tivesse partido o coração de James.

Principalmente não quando ela ainda precisava da ajuda de Grace.

— Bem, fico feliz em saber — disse ela, bruscamente. Virando a rua para fora de Shoe Lane, eles avançaram pela entrada de ferro do Instituto até o pátio. A catedral se elevava acima deles, escura e imponente contra o céu. — Quando verei você de novo?

Ela imediatamente desejou não ter perguntado. Ele sempre aparecia, quase nunca deixando passar mais do que uma noite entre os encontros deles. Ela não deveria pressioná-lo.

Jesse deu um sorriso um pouco triste.

Corrente de Ferro

— Se pudesse, eu apareceria durante o casamento. É uma pena. Eu gostaria de ver você no vestido de *suggenes*. Parecia com as asas de uma borboleta.

Ela havia mostrado o material a ele — uma seda iridescente tingida de pêssego e lavanda —, mas, mesmo assim, ficou surpresa por ele se lembrar. As luzes se acendiam no Instituto; Lucie sabia que seus pais logo apareceriam para recebê-la. Ela se afastou de Jesse, esticando a mão para pegar a luva jogada, quando a porta da frente do Instituto se abriu, projetando uma luz amarela morna sobre a laje.

— Talvez amanhã à noite... — começou Lucie, mas Jesse já havia sumido.

Grace:
1893-1896

Certa vez, ela fora outra pessoa, disso ela se lembra. Uma menina diferente, embora tivesse o mesmo pulso fino e o cabelo loiro-platinado. Quando ainda era pequena, seus pais se sentaram com ela e explicaram que ela e eles e todos que conheciam não eram pessoas comuns, mas os descendentes de anjos. Nephilim, que haviam jurado proteger o mundo dos monstros que o ameaçavam. A menina tinha o desenho de um olho nas costas da mão, de um tempo anterior às suas memórias. Os seus pais tinham colocado o desenho ali, e aquilo a marcava como um dos Caçadores de Sombras, e permitia que ela visse os monstros que eram invisíveis aos outros.

Normalmente, ela deveria conseguir se lembrar dos detalhes dos rostos de seus pais, da casa onde viviam. Ela estava com sete anos na época — deveria conseguir se lembrar de como se sentira no quarto de pedra em Alicante, quando uma multidão de adultos que eram estranhos para ela apareceu e lhe contou que seus pais estavam mortos.

Em vez disso, aquele momento foi o fim da sensação. A menina que existia antes de ela entrar no quarto de pedra — aquela menina havia morrido.

A princípio, a menina achou que seria enviada para viver com outros membros de sua família, embora seus pais fossem distantes deles e eles fossem estranhos. Em vez disso, ela foi enviada para viver com uma estranha completamente diferente. De repente, ela era uma Blackthorn. Uma carruagem de ébano, tão preta e brilhante quanto uma tecla de piano foi buscá-la; a carruagem a levou pelos campos ensolarados de Idris, até o limite da Floresta Brocelind, e através de portões de ferro intricadamente forjados. Até a Mansão Blackthorn, seu novo lar.

Deve ter sido um choque para a menina, passar de uma casa modesta na parte baixa de Alicante para a casa ancestral de uma das famílias de Caçadores de Sombras mais antigas. Mas aquele choque e, de fato, a maioria das suas lembranças da casa em Alicante sumiram, como tantas outras coisas.

A sua nova mãe era estranha. A princípio, ela era bondosa, quase demais. Ela segurava a menina pela cintura do nada e a abraçava forte.

— Nunca achei que teria uma filha — murmurava ela, em tom de encanto, como se estivesse falando com alguém na sala que a menina não podia ver. — E uma que veio com um nome tão lindo. Grace.

Grace.

Havia outros modos, mais assustadores, pelos quais Tatiana Blackthorn era estranha. Ela não se esforçava para manter a casa em Idris ou para evitar que caísse aos pedaços; sua única criada era uma dama de companhia de rosto azedo e calada, a qual Grace raramente via. Às vezes, Tatiana era agradável; outras vezes, ela gritava bruscamente uma fileira interminável de seus rancores — contra seus irmãos, contra outras famílias de Caçadores de Sombras, contra os Caçadores de Sombras em geral. Eles eram responsáveis pela morte do marido, e todos eles, foi o que Grace passou a entender, podiam ir para o inferno.

Grace ficava agradecida por ter sido acolhida, e ela estava contente por ter uma família e um lugar ao qual pertencer. Mas era um lugar estranho, a sua mãe nunca estava realmente atenta, estava sempre se ocupando com magias estranhas em cantos escuros da mansão. Teria sido uma vida muito solitária, não fosse por Jesse.

Ele era sete anos mais velho, e feliz por ter uma irmã. Ele era calado, e bondoso, e lia para ela e a ajudava a fazer coroas de flores no jardim. Ela notou que o rosto dele ficava inexpressivo quando a mãe deles tagarelava sobre seus inimigos e a vingança que desejava contra eles.

Se havia alguma coisa no mundo que Tatiana Blackthorn amava, era Jesse. Com Grace, ela podia ser crítica, e liberal com a distribuição de tapas e beliscões, mas jamais levantava a mão para Jesse. Será que era porque ele era um menino, perguntou-se Grace, ou seria porque ele era o filho de sangue de Tatiana, enquanto Grace era apenas uma protegida que fora acolhida?

A resposta pouco importava. Grace não precisava da adoração da mãe, contanto que tivesse Jesse. Ele era um companheiro quando ela mais precisava, e tão mais velho que parecia quase um adulto para ela.

Era bom que eles tivessem um ao outro como companhia, pois raramente deixavam a propriedade da mansão, exceto quando iam com a mãe nas viagens breves dela até a Casa Chiswick, uma ampla propriedade de pedra na Inglaterra pela qual Tatiana tivera que lutar para ganhar dos irmãos havia 25 anos e que agora vigiava com o maior cuidado. Embora a Casa Chiswick ficasse perto de Londres, e, portanto, fosse uma propriedade valiosa, Tatiana parecia determinada a ver o lugar apodrecer.

Grace sempre ficava aliviada ao voltar para Idris. Estar perto de Londres não a lembrava exatamente de sua antiga vida — que tinha se transformado em sombras e sonhos —, mas lembrava a ela que ela tivera um passado, um tempo antes de pertencer a Jesse, a Tatiana, e à Mansão Blackthorn. E qual era a utilidade disso?

—

Um dia, Grace ouviu batidas estranhas vindo do quarto acima do seu. Ela foi investigar, mais curiosa do que preocupada, e descobriu que a fonte do barulho era, para seu espanto, Jesse, que tinha montado uma galeria improvisada de arremesso de facas com alguns montes de palha e uma tela de juta em um dos quartos de teto alto e arejados do último andar da mansão. Eles deviam ser usados como salas de treino pelos moradores antigos da casa, mas sua mãe apenas se referia a eles como os "salões de baile".

— O que você está fazendo? — perguntou Grace, escandalizada. — Sabe que não devemos fingir que somos Caçadores de Sombras.

Jesse foi buscar uma faca de arremesso de um monte de palha. Grace não pôde deixar de notar que ele havia, com muita precisão, atingido o alvo.

Corrente de Ferro

— Não é fingimento, Grace. Nós somos Caçadores de Sombras.

— Por nascimento, é o que diz mamãe — respondeu ela, com cautela. — Mas não por escolha. Caçadores de Sombras são brutamontes e assassinos, é o que ela diz. E nós não temos permissão de treinar.

O irmão dela se preparou para arremessar a faca de novo.

— E, no entanto, moramos em Idris, uma nação secreta construída e conhecida apenas por Caçadores de Sombras. Você usa uma Marca. Eu... deveria.

— Jesse — falou Grace, lentamente. — Você realmente se importa tanto com ser um Caçador de Sombras? Com lutar contra demônios com pedaços de pau e tudo isso?

— Foi o que eu nasci para fazer — respondeu ele, com a expressão sombria. — Eu me ensinei, desde os oito anos... o sótão desta casa é cheio de antigas armas e manuais de treino. É o que você nasceu para fazer também.

Grace hesitou, e uma memória rara voltou a sua mente, seus pais arremessando facas em um mural pendurado na parede da pequena casa deles em Alicante. Eles haviam combatido demônios. Era como haviam vivido e morrido. Certamente não era tudo baboseira, como Tatiana alegava. Certamente não era uma vida sem sentido.

Jesse reparou na expressão estranha dela, mas não insistiu que Grace lhe contasse em que estava pensando. Em vez disso, prosseguiu com seu argumento.

— E se um dia formos atacados por demônios? Alguém precisaria proteger nossa família.

— Você me treinaria também? — disse Grace, apressadamente, e o irmão abriu um sorriso que a fez cair em lágrimas, tomada pelo sentimento repentino de ser amada. De pertencer a algo maior do que ela mesma.

⸺

Eles começaram pelas facas. Não ousaram treinar durante o dia, mas quando a mãe estava dormindo, ela estava longe o suficiente para não ouvir as batidas das lâminas nos batentes. E Grace, para sua surpresa, foi bem no treino, aprendendo rápido. Depois de algumas semanas, Jesse deu a ela um arco de caça e uma aljava de um lindo couro curado vermelho — ele pediu desculpas por não serem novos, mas ela sabia que ele os havia encontrado no sótão e passara semanas limpando e consertando-os para ela, e isso significava mais do que qualquer presente caro.

Eles começaram as aulas de arco e flecha. Aquele era um feito mais perigoso, envolvia saírem de fininho no meio da noite para praticar na velha área de tiro ao alvo nos fundos da casa, quase até os muros. Grace ia dormir toda vestida, esperava até que a lua estivesse visível pela janela, e descia as escadas escuras da casa para se juntar ao irmão. Jesse era um professor paciente, gentil e encorajador. Ela jamais pensara em ter um irmão, mas agora ficava grata todos os dias por ter um — e não apenas grata da maneira obediente que sentia em relação à mãe.

Antes de ir morar com Tatiana, Grace jamais entendera como a solidão podia ser um veneno poderoso. Conforme os meses se passavam, ela percebeu que a solidão tinha levado sua mãe adotiva à loucura. Grace queria amar Tatiana, mas a mãe não permitia que tal amor crescesse. A sua solidão tinha se tornado tão deturpada em si mesma que ela estava com medo do amor, e rejeitava as afeições de qualquer um, exceto de Jesse. Lentamente, Grace passou a entender que Tatiana não queria o seu amor. Ela apenas desejava a sua lealdade.

Mas aquele amor precisava ir para algum lugar, ou Grace poderia explodir, como um rio rompendo uma barragem. Então ela despejou todo seu amor em Jesse. Jesse, que havia lhe ensinado a escalar árvores, a falar e ler francês, que terminava todas as noites ao lado da cama dela, lendo para ela obras tão diversas quanto a *Eneida* de Virgílio e a *Ilha do tesouro*.

Quando a mãe deles estava distraída com outros assuntos, eles se encontravam no escritório em desuso no fim do corredor, onde havia estantes de livros do chão ao teto de todos os lados e várias poltronas grandes em ruínas. Aquilo também era parte do treino deles, disse Jesse, e eles leriam juntos. Grace jamais soube por que Jesse era tão bom com ela. Imaginou que talvez ele entendesse desde o início que ele e Grace eram os únicos aliados um do outro, e que sua sobrevivência dependia um do outro. Separados, eles poderiam cair no mesmo poço que havia reivindicado a mãe; juntos, eles poderiam até prosperar.

Corrente de Ferro

Quando Grace tinha dez anos, Jesse convenceu a mãe a permitir que ele, finalmente, recebesse uma Marca. Era injusto, disse ele, viver em Idris sem nem uma Marca da Vidência para ter a Visão. Era subentendido que todos que viviam em Idris tinham a Visão, e talvez fosse até perigoso para ele não ter. A mãe fez cara feia, mas cedeu. Dois Irmãos do Silêncio vieram. Grace mal se lembrava da própria cerimônia da Marca, e a visão das figuras cobertas de cicatrizes e flutuando pelos corredores escuros da Mansão Blackthorn lhe causaram arrepios. Mas ela tomou coragem e ficou com Jesse quando um Irmão do Silêncio gravou a Marca da Vidência nas costas da mão direita de Jesse. Ela estava lá para vê-lo estender a mão, olhar para a Marca maravilhado, e agradecer profusamente aos Irmãos.

E ela estava lá naquela noite para vê-lo morrer.

3

DOCE E AMARGO

Ah, ora, ora, ora, eu posso estar seduzido
Por um truque feminino.
Mas, se ela não fosse ardilosa,
Se Maud fosse tudo o que aparentava,
E seu sorriso fosse tudo que eu sonhei,
Então não seria o mundo tão amargo
Pois um sorriso poderia torná-lo doce.

— Alfred, Lord Tennyson, "Maud"

Você não precisa se casar com um homem que não ama você.

A voz da fada ecoou na mente de Cordelia quando ela se virou para encarar o espelho em seu quarto. Ela parecia quase um fantasma para si mesma, apesar do dourado vívido de seu vestido de casamento — um espírito flutuante, preso a essa realidade por uma fita estreita. Não era *ela* aquela prestes a se casar com um homem que não a amava. Aquele dia não podia ser a última vez que ela ficaria de pé naquele quarto, que despertaria do sono sob o mesmo teto que a mãe e o irmão, que olharia pela janela para a fileira de casas de South Kensington, pálidas sob o sol do inverno. A vida dela não podia estar prestes a mudar tanto estando com apenas dezessete anos.

Corrente de Ferro

— *Doktare zibaye man.* Minha linda filha — disse sua mãe, abraçando Cordelia por trás em um abraço desajeitado, tomando cuidado com a barriga grávida. Cordelia olhou as duas pelo espelho: os formatos semelhantes das mãos, das bocas. Ela usava um cordão de ouro que tinha sido parte do dote da mãe. Sua pele era alguns tons mais claros que a da mãe, mas os seus olhos tinham o mesmo tom de preto. E quando foi que ela havia ficado mais alta que Sona?

Sona emitiu um estalo com a língua. Uma mecha de cabelo tinha escapado do arco dourado incrustado de joias que circundava a cabeça de Cordelia; ela se mexeu para alisar a mecha de volta para o lugar.

— Layla, *azizam*. Você parece preocupada.

Cordelia exalou lentamente. Ela não conseguia nem mesmo imaginar a reação de Sona se contasse a verdade a ela.

— É que é uma grande mudança, *Mâmân.* Mudar desta casa… e não de volta para Cirenworth, mas para uma casa bem estranha…

— Layla — disse Sona. — Não se preocupe. É sempre difícil enfrentar uma mudança. Quando me casei com seu pai, eu fiquei terrivelmente nervosa. Mas todo mundo só falava da sorte que eu tinha, porque ele era o herói encantador que tinha matado o demônio Yanluo. Mas minha mãe me puxou para um canto e me disse: "Ele é mesmo muito encantador, mas você não deve se esquecer do seu próprio heroísmo." Então, vai ficar tudo bem. É só não se esquecer do seu próprio heroísmo.

As palavras espantaram Cordelia. Sona raramente mencionava a família dela, exceto como um ideal de heroísmo, uma família cuja linhagem se estendia ao passado distante dos Caçadores de Sombras da Pérsia. Cordelia sabia que seus avós não eram mais vivos, que haviam morrido antes de seu nascimento, mas havia tias e tios e primos em Teerã. Sona mal falava deles, e não os convidara para o casamento de James e Cordelia, dizendo que seria grosseiro esperar que eles viajassem até tão longe, e que eles não confiavam em Portais.

Era como se, quando se casou com Elias, ela houvesse se separado da antiga vida por completo, e agora Risa era o mais próximo que Sona tinha de sua família persa. E o isolamento de Sona não era a única questão que deixava Cordelia inquieta. Elias, afinal de contas, não era um herói encan-

— 62 —

tador havia muitos anos. O que Sona pensava disso? O que ela achava do próprio heroísmo, colocado de lado para criar os filhos e viajar o tempo todo, jamais se estabelecendo, por causa da "saúde" do marido?

— Sona *khanoom*! — Risa surgiu subitamente à porta. — Ele veio — prosseguiu ela, olhando com urgência por cima do ombro. — Agora mesmo, sem qualquer aviso...

— Alastair! Cordelia! — gritou uma voz familiar do andar de baixo. — Sona, meu amor!

Sona empalideceu e apoiou a mão na parede para se equilibrar.

— Elias?

— É *bâbâ*? — Cordelia segurou as pesadas saias do vestido e correu para o corredor. Risa já estava descendo, a expressão tempestuosa. Elias passou por ela sem olhar, correndo para o alto dos degraus com um sorriso no rosto, apoiando a mão no balaústre da escada.

Cordelia parou subitamente. Uma onda de alegria tinha percorrido seu corpo quando ouviu a voz do pai, mas agora... agora ela não conseguia se mover conforme sua mãe corria para abraçar Elias. Cordelia se sentia estranhamente distante enquanto seu pai abraçava e beijava sua mãe, recuando em seguida para colocar a mão na barriga dela.

Sona abaixou a cabeça, falando baixinho e rápido com Elias. Embora ele estivesse sorrindo, parecia exausto, rugas profundas marcando o seu rosto, com trechos de barba por fazer em torno da mandíbula. Seu terno estava em frangalhos, como se estivesse usando a mesma roupa todos os dias desde que fora preso.

Ele estendeu os braços.

— Cordelia — disse Elias.

Ela saiu do estupor. Um momento depois, estava nos braços do pai, e a sensação familiar dele, o raspar áspero de sua barba por fazer enquanto ele beijava sua testa, a reconfortaram apesar de tudo.

— *Bâbâ* — disse ela, inclinando a cabeça para trás para olhar para ele. Ele parecia tão *velho*. — Por onde você andou? Estávamos tão preocupados.

O cheiro das roupas e do cabelo do pai — fumaça, como de tabaco — também era familiar. Ou será que havia uma podridão adocicada por baixo? Será que ela estava sentindo cheiro de álcool nele, ou imaginando coisas?

Elias a segurou à distância de um braço.

— Eu agradeço a recepção, minha querida. — Ele a olhou de cima a baixo e, com um brilho no olhar, acrescentou: — Mas não precisava ter se arrumado tanto apenas para mim.

Cordelia gargalhou e pensou: *Meu pai voltou. Ele vai estar no meu casamento. É isso que importa.*

— É meu vestido de casamento — começou ela, no momento em que Elias a interrompeu com um sorriso.

— Eu sei, filha. Por isso voltei hoje. Nem em sonho eu perderia seu casamento.

— Então por que não voltou quando o Basilias liberou você? — Todos se voltaram e viram Alastair, que tinha acabado de surgir do quarto. Ele estava nitidamente no processo de se vestir para a cerimônia, os punhos da camisa abertos e ele estava sem paletó. Usava um colete preto, bordado com Marcas douradas de Amor, Alegria e União, mas sua expressão não era nada comemorativa. — Sabemos que eles deixaram você sair há uma semana, pai. Se tivesse voltado antes, teria tranquilizado mamãe. E Layla também.

Elias olhou para o filho. Ele não estendeu os braços, como tinha feito para Cordelia, mas sua voz estava carregada de emoção quando falou:

— Venha me receber, Esfandiyãr — disse ele.

Era o nome do meio de Alastair. Esfandiyãr tinha sido um grande herói do *Shahnameh*, um livro persa de antigos reis míticos que podiam prender qualquer demônio com uma corrente encantada. Alastair amava ouvir histórias do *Shahnameh* quando era pequeno; ele e Cordelia se aninhavam diante da lareira com Elias enquanto o pai lia.

Mas isso tinha sido há muito tempo. Agora, Alastair estava parado no mesmo lugar, e Elias começava a franzir a testa.

— Sim, eles me soltaram há alguns dias — disse ele. — Mas, antes de voltar, eu fui para a floresta na França, a oeste de Idris.

— Para cumprir penitência? — A voz de Alastair era seca.

— Para buscar o presente de casamento de Cordelia — falou Elias. — *Risa!* — gritou ele escada abaixo.

— Ah, não, podemos trocar presentes depois? — protestou Cordelia. Ela conseguia sentir a tensão subindo, a mãe olhando ansiosamente do filho para o marido. — Quando eu os abrir com James?

CASSANDRA CLARE

— Risa — gritou Elias para baixo das escadas de novo —, pode pegar aquela caixa de madeira longa entre as minhas coisas? E, que besteira — disse ele a Cordelia. — Não é um presente para sua casa. É um presente para *você*.

Risa logo surgiu com a caixa equilibrada no ombro, um olhar irritado no rosto. Ignorando a cara feia dela, Elias pegou a caixa e se virou para presentear Cordelia. Ela olhou para Alastair, recostado na parede. Ela ergueu as sobrancelhas, como se para perguntar a ele o que o irmão achava que ela deveria fazer. Ele apenas deu de ombros. Ela queria sacudir um pouco Alastair: seria pedir demais que ele fingisse estar feliz?

Cordelia se virou de novo para o pai, que segurava a caixa enquanto ela abria os fechos de bronze e levantava a tampa.

Ela arquejou.

Apoiada em um leito de veludo azul vivo havia uma bainha de espada — uma das bainhas mais lindas que Cordelia já vira, digna de ser exposta em um museu. Era forjada de aço luxuoso, tão brilhante quanto prata, a superfície intricadamente incrustada com dourado e gravada com delicados desenhos de pássaros, folhas e gavinhas. Quando olhou com atenção, viu minúsculas Marcas parecidas com borboletas entre as folhas.

— O único presente digno de minha filha — falou Elias — é o presente digno da espada que a escolheu.

— De onde veio isso? — perguntou Cordelia. Ela não conseguiu conter a emoção. O que Alastair tinha lhe dito sobre as muitas vezes que precisara resgatar o pai, e ele mesmo e Cordelia e a mãe deles, das consequências da bebedeira... aquilo tinha... ela ficara com raiva. Como o pai podia ser tão egoísta, tão indiferente às necessidades da própria família?

Mas ele também tinha estado lá para ela muitas vezes, ajudando-a a escalar árvores, a treinar, ensinando a ela o significado de Cortana e a responsabilidade concedida àquela que a empunhava. E ele tinha ido até ela naquele dia, no dia do casamento de Cordelia, e trazido aquele presente. Seria tão errado pensar que ele tinha boas intenções?

— O povo das fadas do norte da França é famoso por seus belíssimos trabalhos — falou Elias. — Diz-se que a bainha foi feita pela própria Melusine. Eu sabia que tinha de ser sua. Espero que aceite como um símbolo do meu amor, filha, e... como uma promessa de ser melhor.

Sona deu um sorriso trêmulo. Elias apoiou a caixa com cuidado na mesa do corredor.

— Obrigada, pai — disse Cordelia, abraçando-o. Quando ele a abraçou firme, ela viu um lampejo de movimento pelo canto do olho e levantou o rosto a tempo de ver Alastair voltando para o quarto sem dizer uma palavra.

A maldita pulseira ainda estava no pulso dele, pensou James, conforme caminhava de um lado para o outro sobre o tapete do quarto. Ele pretendia tirá-la havia dias. Na verdade, ele tinha quase certeza de que *tinha* tentado tirá-la, mas o fecho estava travado.

Ele estava a meio caminho da escrivaninha procurando um abridor de cartas que pudesse usar para cutucar o fecho quando viu o próprio reflexo. Ele parou para se certificar de que estava tudo no lugar; pelo bem de Cordelia, ele precisava estar em sua melhor aparência.

James alisou o cabelo — inutilmente, pois os fios se arrepiaram de novo imediatamente — e fechou o último botão do fraque de brocado dourado feito para ele pelo alfaiate de seu pai, um homem bastante velho chamado Lemuel Sykes.

Ele pensou na animação do pai quando apresentou James a Lemuel:

— Meu filho vai se casar!

Sykes tinha murmurado, irritado, seus parabéns. Considerando a quantidade de pelos na orelha do homem, James achava provável que ele fosse um lobisomem, mas achou que seria deselegante perguntar. De toda forma, Will estava certo, afinal, ao ignorar os modos desencorajadores de Sykes e o medo constante de que ele fosse cair morto de idade bem na frente deles. James sentiu que não era o melhor juiz da própria aparência, mas até mesmo ele ficou impressionado com a forma como aquele traje, paletó de dourado vivo e tudo, o fazia parecer *sério*. Como um rapaz determinado, que sabia o que estava fazendo. Considerando a situação, ele precisava até mesmo da ilusão de confiança.

James acabara de começar a avançar até a mesa de novo quando uma batida soou à porta. James abriu e encontrou os pais, elegantes, usando os próprios

CASSANDRA CLARE

trajes formais. Como James, Will estava vestindo um fraque e calça preta, mas seu paletó era feito de lã da cor de ébano. Tessa usava um vestido simples de veludo rosado, adornado com minúsculas pérolas. Os dois pareciam sérios.

O estômago de James afundou.

— Tem algo errado?

Eles descobriram, pensou. *Sobre eu ter incendiado a Mansão Blackthorn — sobre Cordelia ter me defendido —, o ardil que é esse casamento, destinado a salvar nós dois.*

— Não fique alarmado — disse Will, em tom apaziguador. — Temos uma notícia.

Tessa suspirou.

— Will, você está apavorando o coitado do menino — disse ela. — Ele provavelmente acha que Cordelia rompeu o noivado. Ela *não rompeu* — acrescentou Tessa. — Nada do tipo. É que... o pai dela voltou.

— Elias está em casa? — James saiu do caminho, deixando os pais entrarem no quarto; os corredores estavam cheios de empregados e cocheiros se apressando para arrumar o lugar, e aquele parecia o tipo de discussão que se devia ter em particular. — Quando ele voltou?

— Esta manhã mesmo, aparentemente — falou Will. Havia três cadeiras posicionadas perto da janela. James se juntou aos pais ali. Do lado de fora do vidro, galhos de árvores cobertos de gelo brilhavam ao vento do inverno. Luz do sol pálida se projetava sobre o tapete. — Como você sabe, o Basilias o liberou há um tempo, mas parece que ele está dizendo que foi buscar o presente de casamento de Cordelia. E, por isso, a chegada tardia.

— Não parece que vocês acreditam nele — falou James. — Por onde acham que ele andou?

Will e Tessa trocaram um olhar. O destino de Elias Carstairs tinha se tornado uma parte intensa das fofocas da Clave apenas uma ou duas semanas depois de ele ter sido enviado para o Basilias para ser "curado". A maioria sabia, ou suspeitava, que ele havia encontrado a doença no fundo de uma garrafa. Cordelia tinha sido bastante franca a respeito disso com James: que ela não sabia, quando era nova, que o pai tinha um problema com álcool, e que ela tanto esperava que o Basilias o curasse quanto temia que eles não conseguissem.

— 67 —

Corrente de Ferro

Quando Tessa falou, as palavras saíram cautelosas.

— Ele é o pai de Cordelia — disse ela. — Precisamos confiar que está falando a verdade. Sona parece encantada por tê-lo de volta, e Cordelia sem dúvida vai ficar aliviada por ele estar no casamento.

— Então eles estão aqui? — disse James, com uma pontada de preocupação. — Cordelia e a família? Ela parece bem?

— Ela foi levada às escondidas lá para cima, para evitar que alguém visse qualquer lampejo dela — falou Will. — Ela parecia... bem, bastante volumosa e dourada, pelo que eu consegui ver.

— Você faz com que ela pareça um pudim de Yorkshire — disse James, sombriamente. — Será que eu deveria ir atrás dela? Ver se ela precisa de mim?

— Acho que não — disse Tessa. — Cordelia é uma jovem inteligente, corajosa e astuta, mas esse é o pai dela. Eu imagino que a questão seja bastante sensível, principalmente com tanta gente na Clave ciente do problema. O melhor que pode fazer é ficar ao lado dela, e ao lado de Elias. Deixe evidente que estamos felicíssimos por ele estar aqui, e que essa é uma ocasião alegre.

— Isso é parte de ser um marido — disse Will. — Você e Cordelia são um agora. Suas metas, seus sonhos, serão todos compartilhados, assim como suas responsabilidades. Pelo que eu entendo, Elias escondeu a condição dele durante muitos anos; se não tivesse feito isso, as coisas poderiam ser bem diferentes. Posso lhe dar um conselho marital?

— Acho que nem por um decreto eu conseguiria impedir você — disse James. *Por favor, não*, pensou ele. *A última coisa que eu quero é que você pense que meu casamento fracassou porque seu conselho foi ruim.*

— Isso depende — falou Will. — Você por acaso tem o poder de promulgar decretos?

James deu um sorriso.

— Não no momento.

— Então é isso — disse Will. — Aqui está: sempre diga a Cordelia como se sente. — Ele olhou James nos olhos. — Você pode ter medo do que vai acontecer se contar a verdade. Pode desejar esconder coisas porque tem medo de magoar os outros. Mas segredos têm uma forma de corroer relacionamentos, Jamie. No amor, na amizade, eles os minam e destroem, até que no fim você se encontra sozinho e amargo com os segredos que guarda.

— 68 —

CASSANDRA CLARE

Tessa apoiou a mão com cuidado sobre a de Will. James apenas assentiu, sentindo-se mal. *Segredos. Mentiras.* Ele estava mentindo para os pais naquele momento, mentindo para todos sobre seus sentimentos. O que diriam quando ele e Cordelia se divorciassem, em um ano? Como ele explicaria? Uma imagem surgiu em sua mente, de seu pai riscando as Marcas matrimoniais de James com uma expressão arrasada no rosto.

Will parecia prestes a dizer mais alguma coisa quando o ruído de um chacoalhar e esmagar veio de fora: rodas sobre neve e pedras. Alguém gritou um cumprimento. O primeiro dos convidados tinha chegado.

Todos se levantaram, e Will estendeu a mão para tocar de leve o cabelo de James.

— Precisa de um momento? Você está bastante pálido. É natural ficar nervoso antes de um evento desses, sabe.

Eu devo a Cordelia uma atuação melhor do que esta, pensou James. Estranhamente, pensar em Daisy o deixou mais forte: ele se esquecia às vezes de que era com *Daisy* que estava se casando, Daisy, com sua risada leve, seu toque carinhoso e familiar, sua força surpreendente. Não era uma estranha. Se não fosse pela ideia do quanto seus pais ficariam desapontados quando tudo ruísse, James até poderia estar bastante feliz.

— Não precisa — disse ele. — Só estou animado, só isso.

Os pais dele abriram sorrisos de alívio. Os três desceram, passando pelo Instituto alegremente decorado. Will abriu a porta, deixando entrar uma lufada de cristais de gelo brilhantes junto com os primeiros convidados, e quando James se preparou para cumprimentá-los, ele percebeu que ainda estava usando a pulseira de Grace. Bem, não havia tempo para tirar agora. Cordelia entenderia.

—

James estava no meio de cumprimentar o que parecia ser todos os Caçadores de Sombras de Londres (e um bom número vindo de outros lugares), quando viu Lucie surgir do outro lado da sala.

Ele pediu licença à fila de convidados e se apressou em sua direção. Tinham passado para o que Tessa chamava de Longo Salão, a sala retangular

Corrente de Ferro

que separava a entrada da capela. Pelas amplas portas duplas da própria capela, James viu que havia sido transformado. As vigas estavam enfeitadas com guirlandas de crisântemos entrelaçadas com trigo de inverno e amarradas com fitas douradas, o corredor estava cheio de pétalas douradas. As pontas dos bancos estavam decoradas com ramos de lírios de miolo amarelo, narcisos do País de Gales e calêndulas, e faixas de veludo dourado pendiam do teto, bordadas com desenhos de pássaros e castelos — os símbolos das famílias Herondale e Carstairs, unidos. De cada lado do altar — *o altar onde você vai estar de pé, muito em breve*, murmurou uma voz dentro da sua cabeça — havia imensos vasos de cristal, transbordando com mais flores. Velas brilhavam de cada nicho e superfície.

A mãe de James e Sona tinham planejado tudo, como bem sabia; elas realmente haviam se superado.

— Por onde você andou? — sussurrou James, alcançando a irmã. Ela estava usando um vestido de seda cor de pêssego sobreposto com uma camada de chiffon e laços dourados de cetim nas mangas. O medalhão dourado de que ela tanto gostava brilhava em seu pescoço. James tinha perguntado antes onde Lucie o conseguira: Lucie dissera a ele que deixasse de ser bobo, que ela possuía o medalhão havia muito tempo, e, de fato, ele se lembrava de Lucie levar o medalhão aos lábios dele na noite em que James quase morreu no cemitério Highgate. Para dar sorte, foi o que ela afirmou depois.

— Matthew ainda não chegou e estou cumprimentando sozinho milhares de estranhos. Inclusive os Pangborn do Instituto da Cornualha.

Lucie fez uma careta para ele.

— Até o Velho Mãos Grudentas?

James sorriu ao ouvir o apelido deles para Albert Pangborn, que tinha assumido o controle do Instituto da Cornualha depois de Felix Blackthorn em 1850.

— Creio que papai tenha pedido que eu me referisse a ele como "senhor". *E* que apertasse a mão grudenta dele.

— Infelizmente. — Lucie olhou para o irmão com arrogância. — Eu — disse ela — preciso estar ao lado de Cordelia hoje, James. Não do seu. Eu sou a *suggenes* dela. Ela está se arrumando em meu quarto.

— 70 —

CASSANDRA CLARE

— Por que eu também não posso me arrumar em paz? — perguntou-se James com razão, pensou ele.

— Porque você não é a noiva — disse Lucie. — Você é o noivo. E quando você a vir pela primeira vez, na capela, toda arrumada para o casamento, deve ser mágico.

Houve silêncio por um momento. Lucie sabia muito bem da verdade, mas havia uma expressão teimosa em sua boca que fez James suspeitar de que aquele não era o momento de observar que não era esse tipo de casamento.

— Quem acendeu todas as velas? — disse James. — Deve ter levado pelo menos uma hora.

Lucie tinha entrado discretamente na capela e olhava ao redor.

— Sinceramente, James. Não é o tipo de coisa em que você deveria estar pensando agora. Suponho que possa ter sido Magnus; ele tem sido muito prestativo. — Ela saiu da capela, segurando um punhado de rosas amarelas. — Aqui está. Boa sorte, James. Preciso voltar para Daisy. — Ela olhou para trás dele, alegrando-se. — Ah, veja, Thomas e Christopher chegaram. Matthew não deve estar muito longe.

James começou a atravessar o salão em direção aos amigos, apenas para ser cercado por um redemoinho de tias e tios — tia Cecily e o marido, Gabriel Lightwood; o irmão de Gabriel, Gideon, e a esposa, Sophie, e, com eles, uma mulher que James não conhecia.

Gideon deu um tapinha no ombro de James.

— James! Você está com uma aparência fantástica.

— Que excelente paletó — falou Gabriel. — Minha filha ajudou você a encontrá-lo?

— Infelizmente, este não é trabalho de Anna — respondeu James, puxando os punhos da camisa. — Meu pai me levou ao alfaiate ancião dele, que não conseguia entender de jeito nenhum por que eu queria um paletó dourado e não uma cor mais cavalheirística, como preto ou cinza.

— Caçadores de Sombras não se casam de cinza — falou Cecily, com os olhos brilhando. — E Will usa esse alfaiate há tanto tempo que já comecei a me perguntar se ele talvez tenha perdido uma aposta para o homem em um jogo de cartas. Você já conheceu Filomena?

Corrente de Ferro

James olhou para a mulher de pé ao lado dos tios. Ela devia ter a idade de Anna, com cabelo preto macio preso na altura da nuca. Seus lábios eram muito vermelhos, os olhos, escuros e de pálpebras grandes. Ela olhou para ele e sorriu.

— Não tive o prazer — falou James.

— Pelo Anjo, onde estão nossos modos? — disse Gabriel, balançando a cabeça. — James, posso lhe apresentar Filomena di Angelo? Ela acaba de chegar de Roma, em seu ano de viagem.

— Você é o noivo? — disse Filomena, com um inglês de sotaque carregado. — Que desperdício. Você é muito bonito.

— Bem, sabe o que dizem — respondeu James. — Os melhores homens ou estão casados, ou são Irmãos do Silêncio.

Cecily deu risinhos. James foi poupado de ter que conversar mais devido ao surgimento súbito de Charles Fairchild, que interrompeu a conversa com um barulhento:

— Parabéns! — Ele deu um tapa entusiasmado nas costas de James. — Viu um de seus pais recentemente?

Por sorte, Will apareceu, tendo aparentemente avistado o cabelo vermelho vívido de Charles do outro lado do salão.

— Charles — disse ele. — Você estava atrás da gente?

— Eu queria consultar vocês a respeito de Paris — começou Charles, e puxou Will de lado para falar em um tom de voz sussurrado, mas intenso. Os Lightwood tinham entrado em uma discussão com Filomena sobre a longa ausência de demônios de Londres, e a irritação da Clave porque os números deles estavam subindo mais uma vez, exigindo patrulhas noturnas. Sentindo que havia pouco que ele pudesse fazer para acrescentar à conversa, James se virou, na intenção de procurar Matthew.

De pé diante dele, como se tivesse surgido, fantasmagoricamente, de uma parede próxima, estava Grace.

—

Um trecho de Tennyson percorreu a mente de James. *Meu coração a ouviria e bateria, fosse terra em um leito terreno.*

Ele não conseguia se lembrar o que vinha depois no poema, apenas do poeta sonhando que a menina que ele amava caminhava sobre seu túmulo.

Com exceção de festas do Enclave, onde ele a vira de longe sem se aproximar, fazia meses desde que James tinha visto Grace. Certamente fazia muito tempo desde que havia falado com ela. James tinha sido fiel à sua promessa. Nenhuma comunicação com Grace. Nenhum contato.

Se ele esperava que aquilo mudasse o modo como se sentia, ele soube naquele momento que não tinha mudado. O vestido dela era cinza-escuro, da cor dos olhos de Grace: havia um pouco de cor em alguns pontos da bochecha dela, como gotas de sangue manchando um vinho claro. Ela estava tão linda quanto um alvorecer que chega sem cor, uma extensão de mar cinza imaculado por espuma ou ondas. Ela preencheu a visão de James como uma lâmpada apaga as estrelas.

De alguma forma, James a havia segurado pelo pulso; ele a puxara para trás de uma pilastra, para fora de vista do resto dos convidados.

— Grace — disse ele. — Eu não sabia se você viria.

— Eu não tinha desculpa plausível para ficar longe. — Tudo a respeito dela, a aparência, o som nítido da voz dela, o pequeno pulso na mão dele, tudo atravessou James como uma faca. — Charles esperava que eu o acompanhasse.

Ele soltou o pulso dela, olhando ao redor apressadamente. A única pessoa próxima era uma criada de rosto sardento, que se afastou sem jeito. James não a reconheceu, mas ele não conhecia a maioria dos criados do Instituto naquele dia; tinham sido trazidos por Bridget para ajudar com o casamento.

— Eu preferiria que você não tivesse vindo.

— Eu sei. — Ela mordeu o lábio. — Mas eu preciso falar com você a sós antes da cerimônia. Eu *preciso*. É importante.

James sabia que deveria recusar.

— Na sala de estar — disse ele rápido, antes que o bom senso entrasse em ação. — Em dez minutos.

— Ah, não *mesmo*. — Era Matthew. James levantou o rosto, surpreso. Como seu *suggenes* os havia encontrado ele não fazia ideia, mas havia. Ele estava olhando com raiva para os dois como uma coruja que foi mortalmente ofendida por outra coruja. — Grace Blackthorn, é o *dia do casamento* de James. Deixe-o em paz.

Grace não pareceu minimamente intimidada.

— Eu deixo a companhia de James se *ele* me pedir, não se você me pedir para fazer isso — disse ela. — Não devo nada a você.

— Não tenho certeza se isso é verdade — respondeu Matthew. — No mínimo, você me deve pela dor que causou ao meu *parabatai*.

— Ah, sim — disse Grace, com um tom de voz leve e debochado —, você sente a dor dele, não é? Se o coração dele se estilhaça, o seu também? Ele sente o que você sente? Porque eu consigo entender como isso deve ser desconfortável.

— Grace — falou James. — Chega.

Ela pareceu espantada; ele supôs que era bastante raro que ele falasse com ela daquela forma.

— Eu jamais tive a intenção de magoar você, James.

— Eu sei — disse James, baixinho, e viu Matthew balançar a cabeça, as bochechas coradas de raiva.

— *Dez minutos* — murmurou Grace, saindo de fininho; ela atravessou o salão, voltando para Charles.

Matthew ainda estava com raiva. Ele estava magnificamente vestido com um fraque sobre um colete de brocado impressionante, com o nível de esplendor de Magnus Bane, bordado com uma espetacular cena de batalha. Ele tinha uma gravata ascot de seda brilhante no pescoço que parecia ser tecida de ouro puro. Mas o efeito era parcialmente prejudicado pelo cabelo despenteado e a sua expressão de fúria.

— O que *ela* queria com você?

— Parabéns pelo seu casamento para você também — disse James. Ele suspirou. — Desculpe. Eu entendo a sua preocupação. Ela disse que precisava falar comigo antes da cerimônia, só isso.

— Não fale com ela — disse Matthew. — O que seja que ela tenha a dizer, só vai magoar você. É só o que ela faz.

— Math — disse James, com carinho —, ela também está magoada. Isso não é culpa dela. É culpa minha, se é que é culpa de alguém.

— Para se sentir magoada, ela precisaria ter sentimentos — começou Matthew; ao ver a expressão de James, ele visivelmente segurou as palavras.

— Talvez se você a conhecesse melhor... — começou James.

Matthew pareceu breve e sinceramente confuso.

CASSANDRA CLARE

— Acho que nunca falei com ela a sós — admitiu ele. — Ou, se falei, não me lembro. — Ele suspirou. — Muito bem. Como seu *suggenes*, é meu trabalho ajudar você. Vou manter minha opinião para mim mesmo. Seja lá o que você precise, posso perceber que não é isso.

— Obrigado. — James apoiou a palma da não no peito de Matthew e descobriu que era surpreendentemente duro e metálico. Ele bateu na lapela de Matthew com os dedos; com um sorriso torto, Matthew levou a mão ao paletó e James viu o frasco prateado dele.

— Coragem líquida — disse Matthew.

— Não sou eu quem precisa disso? — perguntou James, em tom leve. Ele esperava que Matthew não bebesse muito antes da cerimônia, mas melhor do que falar isso. Às vezes, ele se sentia tolo por se preocupar, Anna era famosa pelas festas de absinto dela, e todos bebiam na Taverna do Diabo. Mas ainda sim.

Mas mencionar álcool com Matthew só lhe garantiria uma tirada e um olhar inexpressivo se James insistisse. Em vez disso, ele sorriu e retirou a mão.

— Bem, então, como meu *suggenes*, tente puxar o Inquisidor Bridgestock para uma conversa, sim? Acho que ele está se roendo para compartilhar um conselho masculino comigo, e não tenho certeza se consigo manter o rosto sério.

———

As vozes ao redor de Grace começavam a se misturar em um rugido desagradável. Ela estava parcialmente ouvindo a conversa de Charles com os pais de James — alguma coisa sobre vampiros — e observando os ponteiros subirem lentamente na face de um relógio de pêndulo encostado na parede.

Ela esperou exatamente nove minutos. Quando passaram, ela sussurrou para Charles:

— Se me dá licença um momento, estou vendo que os Wentworth chegaram, e eu deveria ir cumprimentar Rosamund.

Charles assentiu distraidamente e voltou para a conversa com Will Herondale. Não que Grace se importasse. Era melhor que ele estivesse distraído, e ela não o escolhera exatamente por sua devoção a ela.

— 75 —

Grace saiu de fininho, em meio à multidão de convidados, seguindo para as escadas que davam na parte principal do Instituto. Era bom estar longe do clamor. A maioria dos membros do Enclave de Londres olhava para Grace com estranheza, com exceção dos Lightwood, e a atenção amigável deles era ainda pior do que os olhares de esguelha.

Gideon e Sophie Lightwood ofereciam a ela um quarto na casa deles praticamente toda vez que a viam, dizendo que como sobrinha deles e como prima de Thomas e Eugenia, ela era sempre bem-vinda. Cecily e Gabriel Lightwood tinham feito a mesma oferta, embora não estivessem tão inclinados a repeti-la quanto Gideon e a mulher dele. Grace, por sua parte, não sentia nada em relação a nenhum deles. Ela supôs que isso fosse obra de Tatiana. Ela havia desenhado os irmãos como monstros, embora parecesse que eles eram homens bastante comuns.

Por mais comuns que fossem, eles não conseguiam entender que Grace aceitar abrigo dos tios seria a pior traição possível à mãe. E Grace não acreditou por um momento que Tatiana fosse permanecer na Cidadela de Adamant para sempre, independentemente da Clave. Ela encontraria um modo de sair em algum momento, e traria o inferno com ela.

Ao chegar ao andar seguinte, Grace ouviu passos atrás de si e se virou — James, talvez, alcançando-a? Mas era Lucie, carregando um monte de flores amarelas. O medalhão Blackthorn — o medalhão de Jesse — brilhando em seu pescoço; Lucie sempre o usava com o lado gravado contra a pele, a coroa de espinhos característica escondida com segurança. Mas Grace sabia a verdade.

— Grace? — disse Lucie, surpresa.

Um encontrou acidental, mas talvez conveniente, pensou Grace. Ela sempre temia mandar mensagens para Lucie, caso fossem interceptadas. Era melhor falar pessoalmente.

— Lucie — disse ela. — Você disse que queria consultar um feiticeiro sobre nosso... projeto. Que tal Malcolm Fade?

As flores tremeram nas mãos de Lucie; ela assentiu com entusiasmo.

— Ah, de fato. Ele é fácil de encontrar, está sempre na Hell Ruelle, e o Enclave confia nele. Mas acha que ele estaria disposto a nos ajudar com esse... assunto em particular?

CASSANDRA CLARE

— Em circunstâncias normais, talvez não — disse Grace. — Mas acho que sei de uma coisa que poderia persuadi-lo a nos ajudar.

— Minha nossa, o que é? — Lucie pareceu intrigada, mas antes que pudesse insistir por mais informações, uma voz no fim do corredor chamou seu nome. — Precisa me contar depois — disse ela, e disparou na direção dos preparativos do casamento, as flores balançando como bandeiras amarelas.

Excelente, pensou Grace. Com sorte, ela mataria dois coelhos com uma cajadada só naquela saída. Era estranho, aquele negócio com Lucie, estranho que ela se encontrasse tão profundamente envolvida em uma parceria com alguém que não podia influenciar ou controlar. Mas era para Jesse. Ela faria qualquer coisa por ele.

Foi fácil encontrar a sala de estar. Era o quarto onde, quatro meses antes, Grace tinha tomado a pulseira de prata de volta de James e dito a ele que não se casaria com ele. Era verão na época, e agora lufadas brancas sopravam pelas janelas. Fora isso, nada mudara muito: ali estava o mesmo papel de parede florido, o sofá de veludo e as poltronas de encosto largo, o leve cheiro de nanquim e papel para escrever.

Aquilo a levou de volta até aquele dia, intensamente demais. O olhar chocado de James. As coisas que ele dissera para ela.

Grace sabia que deveria ter havido prazer em causar dor a ele. Teria havido para a mãe dela, mas não havia para ela. Durante anos, Grace tinha vivido com o conhecimento do amor de James como um peso em seus ombros. Ela pensava naquilo como uma corrente — uma corrente de ferro que o atava a ela. *Os Herondale são feitos para amar*, dissera a sua mãe. *Eles dão tudo o que têm e não seguram nada.*

Ela não o amava. Ela sabia que ele era lindo — tinha observado James crescer até virar quem ele era, todo verão, como se estivesse vendo uma pintura de Rossetti se transformar de um esboço em arte linda e vívida — mas o que importava? Parecia que jamais havia ocorrido à mãe dela — e jamais teria importado para ela se tivesse — que assim como era um tormento amar, poderia ser um tormento *ser* amada. Ser amada e saber que não era real.

Ela havia tentado libertá-lo das correntes antes, naquele mesmo quarto. Ela vira o modo como ele olhava para Cordelia, e ela soube: as correntes se partiriam, e ele a odiaria como se fosse um monstro. Melhor deixar que

— 77 —

ele se fosse, enquanto a mãe dela dormia. Melhor fazer algo que não podia ser desfeito.

É impossível entre nós, James.

Ela achou que não haveria nada que sua mãe pudesse fazer. Ela estava errada. E talvez estivesse errada, agora, em tentar de novo — mas fazia quatro meses. Quatro meses nos quais ela não tinha se aproximado de James, mal havia falado com ele, e nenhuma mensagem de sua mãe tinha vindo. A cada semana que se passava, a esperança tinha crescido em seu coração: certamente ela fora esquecida? Se contasse a James, bem, certamente tal poder não funcionaria se a pessoa estivesse ciente dele?

A porta chacoalhou; Grace se virou rapidamente. Ela estava esperando James, mas era a jovem criada que vira lá embaixo, aquela com o cabelo castanho-claro e as sardas no nariz. Ela carregava uma vassourinha e uma pá. A jovem olhou para Grace, surpresa, sem dúvida se perguntando como ela conseguira se afastar da festa.

— Posso ajudá-la, senhorita?

Grace tentou não fazer cara feia.

— Eu estava tentando achar a biblioteca.

A criada avançou em direção a Grace. Agora que ela estava próxima, Grace podia ver que a mulher tinha um sorriso estranho, fixo nos lábios.

— Então está perdida?

Desconfortável, Grace começou a seguir para a porta.

— De modo algum. Eu vou só voltar para a festa.

— Ah, *Grace.* — A vassourinha estava pendurada em um ângulo esquisito, percebeu Grace. Como se tivesse alguma coisa errada com a mão da menina. Os olhos dela encaravam, sem foco. — Ah, você *está* perdida, minha querida. Mas está tudo bem; vim encontrar você.

Grace foi em direção à porta, mas a criada foi mais rápida. Ela correu para se posicionar entre Grace e a saída.

— Não me reconhece, querida?

A criada riu, um barulho que soou como uma corda de piano desafinada, sem harmonia e estranhamente vazio.

Quatro meses. *Quatro meses.* Grace engoliu a bile que subiu por sua garganta.

— Mamãe?

A criada riu de novo; os lábios dela se moviam fora de sincronia com o som.

— Filha. Está mesmo surpresa em me ver? Devia saber que eu iria querer ver este casamento.

— Eu não sabia que você tinha o poder de possuir pessoas, mamãe — disse Grace, com cautela. — *Ele* está ajudando você?

— Está — sussurrou a mãe dela. — Nosso benfeitor, que deu a você seu dom, muito gentilmente me ajudou a entrar neste corpo, embora eu duvide que aguente muito tempo. — Ela olhou para as mãos trêmulas da criada com expressão crítica. — Ele podia ter enviado um demônio Eidolon transfigurador, é lógico, ou qualquer um dos servos dele, mas queria que eu visse isto pessoalmente. Ele não quer que seu dom seja desperdiçado. E você não quer irritá-lo. Quer?

O dom dele. O poder que permitia que Grace controlasse as mentes dos homens, que os obrigasse a fazer o que ela quisesse. Apenas os homens, é óbvio; Tatiana nunca imaginaria que mulheres teriam poder ou influência que valessem a pena subverter.

— Não — disse Grace, inexpressivamente. Era a verdade. Não se irritava um demônio tão poderoso por nada. — Mas se você, e seu benfeitor, quisessem impedir este casamento, deveriam ter agido antes disso.

Tatiana riu com escárnio.

— Eu confiava que você agiria sozinha. Parece que foi tolice. Você sabia como me contatar, com o *adamas*, mas jamais se deu o trabalho. Como sempre, você me decepciona.

— Eu estava com medo — disse Grace. — Os Bridgestock... ele é o Inquisidor, mamãe.

— Foi escolha sua viver na cova daquele leão. E quanto ao casamento, pouco importa. Fazer com que Herondale traia os votos dele é uma ideia encantadora. Ele vai se odiar ainda mais pelo que nosso poder causou. — O rosto de Tatiana se partiu em um sorriso escancarado; era assustador, *errado*, de alguma forma, como se o rosto humano que ela tivesse tomado emprestado estivesse prestes a se desfazer. — Sou sua mãe — disse ela. — Não tem ninguém neste mundo que conhece você como eu. — *Jesse*, pensou Grace,

Corrente de Ferro

mas não disse nada. — Eu vi sua expressão, lá embaixo. Você pretendia libertá-lo de novo, não é? Pretendia confessar?

— Isso tudo é inútil — falou Grace. — A magia não é forte o suficiente. Eu *não consigo* atá-lo para sempre. Ele vai ver através dela, sabe, da falsidade.

— Bobagem. — Tatiana fez um gesto de dispensa, o pulso da criada balançando como se não tivesse ossos quando ela se moveu. — Você não sabe nada sobre o plano maior, menina. James Herondale é uma peça num tabuleiro de xadrez. Seu dever é mantê-lo no lugar, não contar a ele segredos que ele não tem que saber.

— Mas ele não faz o que eu digo...

— Ele vai fazer o que precisarmos que faça, se você concentrar sua força de vontade nisso. Só importa que você faça o que é pedido. — Os ombros dela estremeceram, violentamente; Grace se lembrou de histórias que tinha ouvido sobre animais, ainda vivos, se contorcendo dentro dos corpos de cobras que os haviam engolido. — E se você pensar em desobedecer, nosso benfeitor está pronto para cortar você de qualquer acesso a Jesse. O corpo dele será levado para onde você nunca mais poderá vê-lo.

O terror perfurou Grace como uma faca. O demônio não podia saber, ou será que podia, o que ela estava planejando, esperando fazer para ajudar o irmão.

— Não pode fazer isso — sussurrou ela. — Não pode deixar que ele faça isso, mamãe, estou tão perto de ajudar Jesse, você não nos separaria...

Tatiana gargalhou; nesse momento, a porta chacoalhou na estrutura. O rosto da criada se contorceu; ela tremeu violentamente e desabou no chão. A vassoura e a pá saíram voando. Grace correu para o lado da mulher quando a porta se escancarou e alguém falou:

— Srta. Blackthorn! Srta. Blackthorn, o que aconteceu?

Era Christopher Lightwood, de todas as pessoas. Grace o conhecia apenas como amigo de James; ele parecia o menos alarmante dos três.

— Não sei — disse ela, freneticamente. — Ela acabou de entrar e desabou na minha frente.

— James me mandou para dizer a você que volte para o Longo Salão. — Christopher se ajoelhou e levou dois dedos ao pulso da mulher, medindo a

CASSANDRA CLARE

pulsação dela. Uma leve ruga de preocupação surgiu entre as suas sobrancelhas. Ele se levantou, apressado. — Espere aqui. Já volto.

Grace apenas encarou a criada inerte — ela parecia pelo menos respirar, ainda bem — e esperou. Em um momento, Christopher voltou, com a cozinheira dos Herondale, Bridget, e dois cocheiros.

Bridget, usando um vestido preto simples e um chapéu com uma flor amarela artificial inclinado na cabeça, se ajoelhou e virou a cabeça da criada para examiná-la.

— Ela está respirando normalmente. E está com uma cor boa. — Ela deu a Grace um olhar de irritação. — Fazendo hora, talvez, para fugir de todo o trabalho que esse casamento está dando.

— Acho que o pulso direito dela está quebrado, deve ter machucado na queda — disse Christopher. — Não acho que seja fingimento.

— Hunf — disse Bridget. — Bem, vamos ajudar Edith, não se preocupe. Vocês dois, voltem para a capela. A cerimônia já vai começar, e o jovem mestre vai querer vocês lá.

Christopher apoiou a mão no braço de Grace e começou a guiá-la para fora do cômodo. Normalmente, Grace desgostava intensamente de ser guiada, mas Christopher fez isso de um modo gentil, não dominador.

— Você está bem? — disse ele, quando os dois chegaram à escada.

— Eu levei um susto — disse Grace, o que ela supôs ser sincero o bastante.

— Você quer que eu passe alguma mensagem a James? — perguntou Christopher. — Ele disse que você queria falar com ele, mas que não havia tempo.

Ah, quanta ironia, pensou Grace. James, o leal e certinho James, tinha decidido não se encontrar com ela sozinho na sala de estar, afinal de contas. Tudo tinha sido em vão.

— Eu só queria desejar um dia feliz a ele — disse ela. Então, depois de um momento de hesitação, Grace acrescentou, com a voz mais baixa: — E dizer a ele que cuide bem de sua noiva. O amor é uma raridade neste mundo, e a amizade verdadeira, também. Era só isso.

4

Um bom nome

Que esse casamento seja um sinal de compaixão,
um selo de felicidade, aqui e adiante.
Que esse casamento tenha a face justa e um bom nome,
um presságio tão bem-vindo
quanto a lua em um céu azul limpo.

— Rumi, "Esse casamento"

James estava de pé ao altar, observando a multidão reunida. Ele se sentia um pouco zonzo de ver os bancos completamente ocupados pelos convidados do casamento — os Wentworth e Bridgestock, os Townsend e Baybrook sentados com pessoas que ele mal conhecia. E então havia os seus pais no banco da frente, as mãos deles bem unidas. A família de Cordelia — Sona usando seda marfim com bordados de ouro e prata; Elias parecia cansado, e anos mais velho do que James se lembrava. Alastair, cujo rosto estava arrogante e indecifrável como nunca. As tias e os tios de James, reunidos. Henry, com um sorriso largo no rosto, a cadeira de rodas Bath estacionada ao lado do banco em que Charles estava sentado. Thomas e Anna, sorrindo de forma encorajadora.

Por todo lado, havia flores pálidas de Idris, enfeitando os corredores e derramando-se sobre o altar, o aroma delicado enchendo a capela. O salão brilhava sob a luz dourada suave das velas. James tinha caminhado pelo corredor cheio de flores com a mão de Matthew firme em seu braço. Matthew tinha murmurado para ele — comentários leves, engraçados, sobre os convidados e algumas palavras ofensivas para o chapéu da Sra. Bridgestock — e James tinha pensado no quanto ele era sortudo por ter um *parabatai* que estava sempre ao seu lado. Ele jamais poderia cair de verdade enquanto tinha Matthew para segurá-lo.

As portas da capela se entreabriram — todos olharam naquela direção, mas não era Cordelia; era Grace, acompanhada por Christopher. Ela avançou rapidamente até o banco de Charles e se sentou ao lado dele, enquanto Kit correu para se juntar a Thomas e Anna.

James sentiu a mão de Matthew apertar seu braço.

— Muito bem, Kit — murmurou ele.

James tinha que concordar. Ele fizera uma promessa para si mesmo que não ficaria sozinho com Grace, e o dia de seu casamento dificilmente era o momento de quebrar essa promessa. Depois que ela saiu do Longo Salão, ele não conseguiu mais imaginar o que o havia levado a aceitar se encontrar com ela.

Matthew tinha dito que ele não se preocupasse, ele mandaria Christopher avisar a Grace que o encontro estava cancelado. Sentindo-se um pouco culpado, James se dedicou a cumprimentar convidados — conversar com Anna e Thomas, receber Ariadne, apresentar Matthew a Filomena e se divertir ao ver os dois flertando. Por fim, Bridget apareceu, com o rosto um pouco sombrio, e exigiu que os convidados restantes fossem levados para a capela. Estava na hora da cerimônia.

James sabia que em cerimônias mundanas costumava haver música, e isso também acontecia em casamentos de Caçadores de Sombras às vezes, mas estava mortalmente silencioso agora. Era possível ouvir um alfinete caindo. As palmas das mãos dele coçavam com ansiedade.

As portas se abriram, escancaradas dessa vez. As velas ficaram mais intensas, os convidados viraram e olharam. Uma exalação baixinha percorreu o salão.

CASSANDRA CLARE

A noiva estava lá.

Matthew se aproximou de James, os ombros deles se tocando. James sabia que Matthew também estava olhando; estavam todos olhando, mas ele sentia como se estivesse sozinho no salão, o único observando conforme Cordelia entrou, com Lucie ao seu lado.

Daisy. Ela parecia brilhar como uma tocha. James sempre soube que ela era linda — *será que sempre soube mesmo? Será que houve um momento em que ele se deu conta disso?* —, mas, mesmo assim, a visão dela o atingiu como um golpe. Ela era toda fogo, toda calor e luz, das rosas de seda douradas presas em seu cabelo vermelho-escuro até as fitas e miçangas no vestido dourado. O cabo de Cortana era visível por cima de seu ombro esquerdo; as faixas que a prendiam ali tinham sido feitas de fitas douradas grossas.

— Pelo Anjo, ela é corajosa — James ouviu Matthew murmurar, e ele não pôde deixar de concordar: tecnicamente, esse casamento existia para corrigir uma violação social terrível. Cordelia era uma noiva de reputação comprometida, e para alguns, pareceria bastante ousado que ela tivesse comparecido ao casamento completamente vestida de dourado, uma noiva Caçadora de Sombras em toda sua glória, a espada às costas, a cabeça erguida.

Se haveria alguma expressão de reprovação dos membros mais antigos e conservadores do Enclave, aquele seria o momento. Mas não havia nada — apenas pequenos arquejos de apreciação, e o olhar maravilhado de Sona quando Cordelia deu seu primeiro passo em direção ao altar, a renda e o dourado do vestido se abrindo por um momento para revelar uma bota de brocado dourado e marfim.

Alguma coisa apitou no ouvido de James. A princípio, ele achou que estava ouvindo o som do vento nos galhos gelados do lado de fora. Mas ele viu Lucie sorrir e olhar para trás — era, de fato, música, ficando mais próxima, aumentando o volume. Um som delicado e cristalino como o inverno, tocado por uma doçura quase melancólica.

O som de um violino, audível até mesmo através das espessas paredes de pedra. Os convidados olharam em volta, assustados. James olhou para Matthew.

— Jem?

— 85 —

Corrente de Ferro

Matthew assentiu e indicou os pais de James: Will e Tessa estavam sorrindo. James achou que havia lágrimas nos olhos da mãe, mas era natural chorar em casamentos.

— Seus pais perguntaram se ele tocaria. Ele está lá fora, no pátio. Não quis entrar... disse que os Irmãos do Silêncio não têm lugar em um casamento.

— Não sei se concordo com isso — murmurou James, mas ele reconheceu aquilo pelo que era: um presente do homem que sempre fora como um tio para ele. A música se elevou, tão exuberante quanto Cordelia, tão pura e orgulhosa quanto a expressão no rosto dela quando a noiva avançou e se juntou a ele no altar.

———

Cordelia não esperava se sentir tão estranha quanto estava se sentindo: ao mesmo tempo extraordinariamente presente e distante, como se estivesse observando a cerimônia de um lugar distante. Ela viu sua família, viu Alastair olhar para ela, então para o banco da frente, viu o olhar da mãe. Ela não esperava o cheiro de flores, ou a música, a qual parecia um tapete se abrindo diante dela, impulsionando-a até o altar, elevando-a até lá.

E ela não esperava James. Não esperava que os olhos dele se fixassem nela assim que ela entrasse no salão, olhando para ela e para nada mais. Ele estava tão lindo que Cordelia perdeu o fôlego, o paletó dourado escuro dele era da mesma cor de seus olhos, o cabelo estava selvagem, preto como a asa de um corvo. James parecia confuso, um pouco chocado quando ela se juntou a ele no altar, como se seu fôlego tivesse sido puxado dele.

Ela não podia culpá-lo. Os dois sabiam que aquele dia chegaria, mas a realidade era chocante.

A música do violino ficou mais baixa quando a Consulesa se levantou para se juntar a eles. Charlotte Fairchild ocupou seu lugar atrás do altar. Ela deu um sorriso acolhedor, e Cordelia se afastou de Lucie; James pegou as mãos dela, e os dois se olharam. O toque dele era morno e firme, os dedos, calejados. Ele havia curvado a cabeça; tudo o que Cordelia conseguia ver era seu cabelo preto ondulado caindo sobre a maçã do rosto acentuada.

Corrente de Ferro

— Bem-vindos a todos. — A voz autoritária de Charlotte preencheu o salão. Lucie vibrava de animação, sutilmente elevando e descendo o corpo nas pontas dos pés. O olhar de Matthew percorreu a multidão, um sorriso curto e irônico repuxando a sua boca. — Há 23 anos, eu casei Will e Tessa Herondale nesta mesma capela. Estou tão orgulhosa e grata por estar aqui para casar o filho deles, James, com uma mulher cuja família também é próxima de meu coração. Cordelia Carstairs.

Charlotte voltou o olhar firme para Cordelia, que sentiu imediato desconforto. Certamente Charlotte, de todas as pessoas, enxergaria a verdade. Mas ela apenas sorriu de novo e falou:

— Nós nos reunimos, Clave e Enclave, filhos do Anjo e seus entes queridos — ela piscou um olho e Cordelia percebeu, com alguma surpresa, que Magnus Bane tinha se juntado a Will e Tessa entre os convidados —, para comemorar a união de vidas sob os auspícios de Raziel. Nós caminhamos uma estrada solitária e altruísta, nós os Nephilim. O fardo que Raziel colocou sobre nós é pesado, como temos motivos recentes para nos lembrar. — O olhar dela se voltou para Gideon e Sophie. — Mas ele nos deu muitos dons para equilibrar nossas responsabilidades — prosseguiu Charlotte, e agora o olhar dela repousava carinhosamente sobre o marido, Henry. — Ele nos deu uma imensa capacidade de amar. De entregar nossos corações, de deixar que eles sejam preenchidos repetidas vezes com o amor que consagra todos nós. Amar um ao outro é chegar o mais perto que conseguiremos de sermos, nós mesmos, anjos.

Cordelia sentiu um apertão leve na mão. James tinha levantado a cabeça; ele olhava para ela com uma expressão séria e um sorriso encorajador. *Aguente firme*, disseram seus lábios, sem som, e Cordelia não pôde deixar de sorrir em resposta.

— James Morgan Henry Herondale — falou Charlotte. — Caminhaste entre as ruas da cidade e suas sentinelas e encontraste aquela a quem tua alma ama?

Cordelia ouviu Lucie prender o fôlego. Ela não soltou até que James respondesse com uma voz firme e nítida que ecoou pela capela.

— Encontrei — disse ele, então ele pareceu um pouco espantado, como se surpreso com a força da própria convicção. — E não vou soltá-la.

88

— Cordelia Katayoun Carstairs — disse Charlotte. — Caminhaste entre as ruas da cidade e suas sentinelas e encontraste aquele a quem tua alma ama?

Cordelia hesitou. As mãos de James eram firmes e suaves sobre as suas; ela sabia que ele sempre seria daquele jeito, carinhoso e determinado, bom e atencioso. Seu coração bateu forte e traiçoeiramente dentro do peito. Ele não tinha sido suave na Sala dos Sussurros. Não fora suave com as mãos no corpo dela e os lábios sobre os dela. Aquele era o James que ela queria, seu único lampejo do James que não podia ter.

Cordelia dissera a si mesma que ela podia enfrentar aquele momento com facilidade, e que pelo menos estaria perto de James, estaria ao lado dele, ela o veria dormindo e acordando. Mas agora Cordelia sabia, ao olhar para o rosto dele — as curvas da boca de James, o arco formado pelos seus cílios, os quais se fechavam para esconder os pensamentos dele —, que ela não sairia ilesa ao fim daquele ano. Estava concordando em ter seu coração partido.

— Sim — respondeu Cordelia. — E não vou soltá-lo.

Houve um floreio de música de violino. Charlotte sorriu.

— Está na hora da troca das primeiras Marcas, e dos segundos votos — disse ela. Os Caçadores de Sombras normalmente colocavam duas Marcas um sobre o outro quando se casavam: uma Marca no braço, feita durante a cerimônia pública, e uma sobre o coração, feita depois, com privacidade. Uma Marca para a comunidade e outra para a privacidade do casamento, era o que Sona sempre dizia.

Matthew e Lucie se viraram para o altar, voltando com duas estelas douradas.

— Coloca-me como um selo sobre teu coração, como um selo sobre teu braço — disse Lucie, entregando a primeira estela para Cordelia com um sorriso encorajador. As palavras do ritual eram antigas, carregadas da seriedade dos anos. Às vezes eram ditas pela noiva e pelo noivo, às vezes, pelos *suggenes* deles. Naquela ocasião, James e Cordelia quiseram que Matthew e Lucie falassem.

— Pois o amor é tão forte quanto a morte — disse Matthew, entregando a segunda estela na mão de James. O tom de voz dele era incomumente sério. — E o ciúme, cruel como o túmulo.

Corrente de Ferro

James puxou a manga esquerda do paletó e da camisa, revelando mais das Marcas que tinham sido colocadas nos braços mais cedo naquele dia. Marcas para Amor, Sorte e Felicidade. Cordelia se aproximou para colocar a Marca de casamento acima do cotovelo dele — alguns traços rápidos, fluidos. Ela precisou segurar o braço dele com a mão livre para fazer isso, e estremeceu um pouco devido ao contato: o músculo forte do bíceps dele sob os seus dedos, a maciez da pele dele.

Então foi a vez de James; ele foi cuidadoso e rápido, colocando a primeira das Marcas de casamento no antebraço de Cordelia, logo abaixo da bainha de renda da sua manga.

Charlotte curvou a cabeça.

— Agora, vocês dois repitam depois de mim: "Pois tenho certeza de que nem a morte, nem a vida, nem anjos, nem demônios, nem principados, nem poderes, nem coisas presentes, nem coisas por vir, nem altura, nem profundidade, nem qualquer outra criatura será capaz de nos separar."

— Pois tenho certeza — sussurrou Cordelia, e conforme disse as palavras em voz alta depois de Charlotte, ela olhou de esguelha para James. O perfil dele era sério, a curva de seus lábios estava determinada conforme ele dizia as palavras depois dela: — Nem a morte, nem a vida, nem anjos, nem demônios, nem principados, nem poderes, nem coisas presentes, nem coisas por vir...

Cordelia pensava, *Está acontecendo. Está acontecendo mesmo.* E, no entanto, apesar de tudo isso, ela estava despreparada para o que vinha a seguir. Depois que as palavras foram ditas, ela e James se entreolharam aliviados. Mas durou pouco.

— Vocês podem se beijar agora — disse Charlotte, alegremente.

Cordelia olhou para James, boquiaberta. Ele parecia igualmente surpreso; parecia que os dois tinham se esquecido de que aquilo seria parte da cerimônia.

Não posso fazer isso, pensou Cordelia, quase em pânico. Ela não podia dar um beijo indesejado em James, e certamente não em público. Mas ele já estava puxando Cordelia para seus braços. A mão dele segurou a bochecha dela em concha, seus lábios roçando o canto da boca de Cordelia.

— Nós já chegamos até aqui — sussurrou ele. — Não me deixe na mão agora.

— 90 —

CASSANDRA CLARE

Ela levantou o queixo, seus lábios roçando os dele. James estava sorrindo.

— Eu jamais faria isso — começou ela, indignada, mas ele já a estava beijando. Ela sentiu o beijo, e o sorriso que ele carregava, por todo seu corpo, até os ossos. Impotente, ela o acompanhou, segurando os ombros de James. Embora ele mantivesse a boca comportadamente fechada, seus lábios eram incrivelmente macios, tão macios e mornos contra os dela que Cordelia precisou reprimir um gemido baixinho.

Ele se afastou e Cordelia alisou o vestido com as mãos trêmulas. Quase antes de eles terminarem, vivas irromperam pela congregação, aplausos acompanhados de alguns assobios e batidas de pés.

As comemorações continuaram conforme eles uniram as mãos e começaram a seguir pelo altar. Cordelia viu Lucie sorrir para ela — e então o rosto de Matthew, sério e impassível. A expressão dele a espantou. Ele devia estar preocupado com James, percebeu ela. Cordelia não podia culpá-lo. Não havia preparação que bastasse para aquele dia para deixá-la pronta para a vida real.

Ela estava casada.

Ela estava casada, e estava absolutamente apavorada.

—

Eles saíram da capela para uma explosão de aplausos e vivas que os acompanharam até o Longo Salão, e para cima, até o salão de baile, onde as mesas tinham sido postas para o banquete de casamento.

Cordelia, ainda de mãos dadas com James, olhou em volta maravilhada. O salão de baile tinha sido transformado em um espetáculo brilhante. Sona tinha trabalhado incansavelmente com Tessa para planejar a festa, e elas não tinham deixado um canto do salão de baile intocado, desde as velas tremeluzindo até centenas de arandelas de bronze e faixas de seda dourada nas janelas. Os tons dourados do vestido de Cordelia eram repetidos diversas vezes, em penduricalhos brilhantes e sinos reluzentes pendurados do teto. Ouro brilhava das faixas que entrelaçavam guirlandas de tanacetos e papoulas do País de Gales, e delineava as maçãs e as peras aninhadas em conjuntos de sempre-verdes e sorveiras de frutos brancos. Até mesmo os dois imensos bolos de vários andares no centro do bufê abundante tinham cobertura dourada e marfim.

Havia um bufê realmente impressionante servido: bandejas fumegantes de frango e cordeiro assado, costeletas de ovelha amaciadas, língua bovina, patê de fígado de ganso. Outra mesa longa estava coberta com salmão frio em molho de pepino; uma salada de lagosta e arroz e outra de batatas cozidas e picles; e ovos graúdos flutuando engenhosamente em gelatina. Distribuídas entre as bandejas havia torres de gelatinas de cores alegres, âmbar, fúcsia e verde.

Cordelia trocou olhares maravilhados com James conforme os amigos deles os cercavam. Christopher tinha roubado uma pera de um arranjo e pareceu desapontado ao descobrir que era feita de cera.

— Minha nossa, é magnífico — disse Cordelia, olhando ao redor do salão.

— Fico lisonjeado, querida — disse Matthew, tranquilamente. — Eu *estava* guardando este colete para uma ocasião especial, no entanto.

Cordelia gargalhou no momento em que os pais de James se aproximavam — querendo parabenizá-los e, também, suspeitava Cordelia, proteger os dois de serem sufocados por membros ansiosos do Enclave. Cordelia viu o olhar de Will quando ele sorriu para o filho, e sentiu o sorriso dela se desfazer. De todos aqueles que acreditavam na ficção do casamento dela com James, trair Tessa e Will era o mais difícil de suportar.

— Estou faminto — sussurrou James para Cordelia quando Lucie tentou enxotar para as mesas aqueles que parabenizavam o casal; como a noiva e o noivo, eles não podiam comer até que todos os convidados estivessem sentados. Ela podia ver o pequeno grupo de sua própria família na outra ponta do salão, Alastair e Elias ajudando Sona a se sentar em uma cadeira com cuidado. Ela teria gostado de se juntar à família, mas Sona já havia deixado evidente que a cerimônia tinha acabado, que ela esperaria que Cordelia permanecesse ao lado de James.

— É cruel ter de olhar para um banquete como aquele e não poder comer sequer um biscoito.

— Christopher está *comendo* a pera de cera dele? — sussurrou ela de volta. — Isso não pode ser saudável.

— 92 —

CASSANDRA CLARE

Cordelia desistiu de tentar acompanhar todos os convidados; era difícil sequer se lembrar quais deles ela já conhecia e quais não. James, provavelmente devido aos anos frequentando eventos do Instituto, conhecia quase todos pelo menos de nome. Cordelia se sentia aliviada quando aparecia alguém que ela realmente conhecia: Gabriel e Cecily e o filho pequeno deles, Alexander, que tinha sido trazido do quarto e permanecera, surpreendentemente, dormindo durante os parabéns e os vivas barulhentos. Rosamund Wentworth, que queria falar sobre bolos de casamento porque "como você sabe, lógico, eu também vou me casar em breve. Thoby, pare com isso e preste atenção". A irmã mais velha de Thomas, Eugenia, que recentemente voltara de Idris. Henry Fairchild, que apenas segurou as mãos de Cordelia e desejou felicidade a ela com uma sinceridade franca que a fez ter vontade de chorar.

Com a ajuda de Lucie e Tessa, os convidados foram guiados até os lugares, e James e Cordelia puderam se sentar. Lucie tinha conseguido organizar as coisas de forma que a maioria dos amigos estivesse sentada junta em um grupo animado. Apenas Anna — em um cantinho parecendo glamorosa e conversando com Magnus Bane sobre a temporada de Ragnor Fell em Capri — não havia se juntado a eles. (Cordelia tinha sugerido perguntar a ela, mas Matthew respondeu que "Anna é como um gato. Você precisa deixar que ela venha até você", o que Christopher confirmou ser verdade.)

Garçons encheram o salão, trazendo até eles pratos cheios de um pouco de tudo. Cordelia colocou um figo na boca, saboreando a doçura que se espalhou em sua língua. Ela pensou na mãe, nos figos com mel que eles costumavam comer em ocasiões especiais.

— Bem-vinda à família — disse Christopher a Cordelia. — Você é nossa prima por casamento agora. Eu nunca tive uma dessas.

— Todos os Caçadores de Sombras já são parentes — disse Matthew, guardando o frasco no bolso do peito e interceptando habilmente um garçom com uma bandeja de taças de champanhe. Ele pegou duas e passou uma para James com um floreio. — Vocês já deviam ser primos de nono grau, provavelmente.

— Obrigada por essa análise perturbadora — falou Cordelia, levantando a própria taça em um brinde formal debochado. — Eu serei uma Ladra honorária, espero.

— 93 —

Corrente de Ferro

— Bem, isso nós veremos — disse Matthew, com os olhos brilhando. — Se você é boa em furtos e coisas do tipo.

— Isso é mesmo excelente, sabe — disse Christopher. — Quero dizer, embora o casamento todo seja... você sabe... porque...

Thomas se intrometeu antes que Christopher conseguisse encontrar as palavras.

— Caro, sim — concordou ele em voz alta. — Mas valeu muito a pena, devo dizer.

— Enfim, vai ser muito divertido você ter sua própria casa agora, James — prosseguiu Christopher. — Chega de quartos frios na Taverna do Diabo.

— Os Ladrões Alegres se reunindo em um ambiente respeitável — disse Matthew. — Quem poderia imaginar?

— Eu gosto dos quartos da Taverna do Diabo — protestou James.

— Eu gosto de fogo na lareira que não se apaga com chuva — respondeu Thomas.

— Você *não vai* mandar suas coisas da Taverna do Diabo para minha nova casa — disse James, com seriedade. — Não é um depósito para meus amigos degenerados.

Cordelia não disse nada quando os meninos começaram a protestar e tagarelar. Ela era grata a eles por terem aceitado tudo, por não a odiarem por se casar com James. Eles pareciam entender a situação, apesar das complexidades.

Por outro lado, estavam todos falando da nova casa deles, e não pela primeira vez naquele dia, ela pensou: *Ao fim desta festa, não vou para casa com minha mãe e meu pai e Alastair. Vou para casa com meu marido, para a nossa casa.* A casa deles. A casa sobre a qual ela não sabia nada, nem mesmo onde ficava.

Sua mãe tinha ficado impaciente com a decisão de Cordelia de deixar que James cuidasse da compra e da preparação da casa. Cavalheiros, dissera Sona, não tinham noção de como decorar coisas, e Cordelia não queria colocar a personalidade dela ali? Ter certeza de que seria uma casa onde ela iria querer morar pelo resto da vida?

Cordelia apenas disse que estava feliz em deixar James fazer uma surpresa. Os pais dele comprariam a casa, pensou ela, consigo mesma, e seria dele depois do divórcio. Talvez ele fosse querer morar nela com Grace.

CASSANDRA CLARE

Cordelia olhou para o final da fileira de mesas, incapaz de se conter. Grace estava lá, sentada ao lado de Charles, calada e linda, como sempre. Ariadne estava sentada do outro lado dela — Cordelia quase havia se esquecido de que Grace estava agora morando com os Bridgestock. Era tudo muito estranho.

Subitamente, Charles ficou de pé e seguiu na direção deles, parecendo satisfeito consigo mesmo de uma maneira que causava preocupação.

Matthew também tinha visto.

— Meu irmão surge no horizonte — disse ele a James com a voz baixa.

— Cuidado. Ele parece muito feliz com alguma coisa.

— Os novos Sr. e Sra. Herondale! — gritou Charles, e Matthew revirou os olhos. — Posso ser o primeiro a oferecer meus parabéns? — Ele estendeu a mão a James.

James aceitou e apertou a mão.

— Você não é o primeiro, Charles, mas, mesmo assim, agradecemos.

— Que casamento excelente — prosseguiu Charles, olhando para as vigas do Instituto acima deles como se observando o salão pela primeira vez. — Teremos uma bela *temporada* de casamentos este ano, não é?

— Hã? — disse James, e então: — Ah, sim, você e... a Srta. Blackthorn. Matthew tomou um longo gole de champanhe.

Cordelia estudou o rosto de James, mas a sua expressão se manteve uma incógnita. Ele sorriu agradavelmente para Charles, e como sempre, Cordelia ficou ao mesmo tempo impressionada e um pouco assustada com a impenetrabilidade da Máscara — o nome que ela dava à expressão indecifrável e impassível que James usava com bastante eficácia quando queria disfarçar seus sentimentos.

— Estamos ansiosos por brindar a sua saúde e felicidade neste mesmo salão muito em breve, Charles.

Charles foi embora. Matthew levantou uma taça.

— Isso é o que em Paris se chama *sang-froid*, monsieur Herondale.

Cordelia concordou intimamente. A Máscara a assustava às vezes, quando ela não sabia dizer o que James estava pensando, mas certamente tinha seus usos. Quando a estampava, James parecia invulnerável.

— Isso foi um elogio? — perguntou Christopher, curioso. — Não significa "sangue frio"?

Corrente de Ferro

— Vindo de Matthew, com certeza é um elogio — disse Anna, gargalhando; ela apareceu à mesa muito subitamente, com Magnus Bane ao encalço. Ele usava um fraque azul-claro com botões dourados, um colete dourado, calça marrom-clara na altura dos joelhos e botas afiveladas. Ele se parecia com as imagens que Cordelia tinha visto de homens na corte do Rei Sol.

— Todos vocês conhecem Magnus Bane, certo? — Anna gesticulou para a figura alta ao seu lado.

— Pelo que entendo — disse Cordelia —, a pergunta nunca é se *você* conhece Magnus Bane. A pergunta é sempre se Magnus Bane conhece *você*.

— Ah, eu gosto disso — falou Anna, obviamente satisfeita. — Muito, muito inteligente, Daisy.

Magnus, para seu crédito, pareceu um pouco envergonhado. Era um efeito muito estranho com o nível geral de glamour dele; o feiticeiro e Anna, a qual estava usando um terno preto lustroso e um colete azul-celeste, com o cordão de rubi da família no pescoço, formavam um par bastante elegante.

— Parabéns. Desejo a você e James toda a felicidade do mundo.

— Obrigada, Magnus — respondeu Cordelia. — É bom ver você. Acha que tem alguma chance de ficar em Londres permanentemente?

— Talvez — falou Magnus. Ele vinha e voltava de Londres pelos últimos meses, às vezes estando na cidade, frequentemente estando longe. — Antes, preciso partir para o Instituto da Cornualha, para cuidar de um projeto lá. Amanhã, na verdade.

— E que projeto é esse? — perguntou Matthew. — Glamoroso, secreto e admirável?

— Entediante — disse Magnus, com firmeza —, mas que paga bem. Fui incumbido com a tarefa de conduzir uma análise dos livros de feitiços do Instituto da Cornualha. Alguns podem ser perigosos, mas outros podem ser indispensáveis nas mãos do Labirinto Espiral. Jem, o Irmão Zachariah, melhor dizendo, me acompanhará; parece que ele é o único Caçador de Sombras de confiança tanto da Clave quanto do Labirinto Espiral.

— Você vai estar em boas mãos, então — falou Cordelia. — Mas sinto muito que tenha de deixar Londres. James e eu gostaríamos de convidar você para jantar em nossa nova casa.

— 96 —

— Não se preocupem — disse Magnus —, não ficarão sem minha luminosidade por muito tempo. Eu volto em duas semanas. E então vamos comemorar.

Matthew estendeu a mão.

— Eu também exijo ser convidado para o jantar com Magnus. Não serei desprezado.

— E por falar em desprezado — murmurou Lucie. Do nada surgira Ariadne Bridgestock, parecendo linda em um vestido cor-de-rosa com passamanaria dourada.

— Aí está você — disse Ariadne. — James, Cordelia. Parabéns. — Então, sem pausar, ela se virou para Anna: — Gostaria de dar uma volta pelo salão comigo, Srta. Lightwood?

Cordelia trocou um olhar de interesse com Matthew, que fez um sutil gesto de ombros. Mas as orelhas dele se empinaram, como as de um gato.

A postura de Anna mudou; ela estivera relaxada, com as mãos nos bolsos, mas agora ela havia se empertigado.

— Ninguém mais está perambulando pelo salão, Ariadne.

Ariadne ocupou os dedos com um vinco no vestido.

— Nós poderíamos conversar — disse ela. — Talvez fosse bom.

Cordelia ficou tensa; Ariadne estava se expondo a uma resposta grosseira. Mas, em vez disso, Anna apenas disse:

— Acho que não. — O tom de voz dela foi bastante inexpressivo, e então ela saiu sem dizer mais uma palavra.

— Ela é uma pessoa mais complicada do que finge ser — ofereceu Magnus, como consolo, a Ariadne.

Ariadne não pareceu gostar da empatia. Os olhos dela brilharam irritados.

— Eu sei melhor do que quase ninguém. — Ela deu um aceno curto para James e Cordelia. — De novo, desejo a vocês toda a felicidade no mundo.

Cordelia sentiu uma vontade estranha de desejar a ela sorte na batalha, mas não houve tempo: ela havia partido, a cabeça erguida.

— Bem — disse Magnus, brincando distraidamente com a flor dourada presa em sua lapela. Uma peônia, reparou Cordelia, banhada a ouro. — É difícil não admirar a coragem dela.

Corrente de Ferro

— Ela é muito determinada — disse Lucie. — Aborda Anna em todos os bailes e festas, sempre com algum tipo de pedido.

— Anna tem respondido?

— A julgar pelo calendário social dela, não — falou James. — Sempre que eu a vejo, ela está acompanhando alguma nova dama pela cidade.

— Ela e Ariadne certamente têm uma história — falou Thomas. — Só não sabemos muito bem qual é.

Cordelia pensou em Anna ajoelhada ao lado da cama de Ariadne, murmurando baixinho, *Por favor, não morra.* Ela jamais mencionou o momento com ninguém. Anna, pelo que ela sentia, não gostaria que Cordelia mencionasse.

Magnus não comentou; a atenção dele tinha sido atraída por outra coisa.

— Ah — disse ele. — Sr. Carstairs.

Era Alastair, aproximando-se com determinação de Cordelia e James. Magnus, como se sentisse o advento de uma situação desconfortável, pediu licença e saiu de fininho para a multidão.

Cordelia olhou com preocupação para Alastair; ele realmente se sentia obrigado a desbravar o covil dos Ladrões Alegres para oferecer parabéns? Parecia que sim: avançando até a irmã com uma precisão quase militar, ele disse, em tom afiado:

— Estou aqui para oferecer minhas felicitações aos dois.

James olhou para ele.

— Suponho que você ao menos tenha gracejo social suficiente para saber as coisas certas a se dizer — disse ele, baixinho —, mesmo que não consiga se fazer soar sincero.

A boca de Alastair se contraiu em uma linha severa.

— Não ganho crédito pela tentativa, então?

Pare, pensou Cordelia. Ela sabia que Alastair não era sempre assim — ela sabia que ele podia ser bondoso, gentil, até mesmo vulnerável. Ela sabia que seu pai tinha partido o coração do filho de uma dúzia de jeitos diferentes, e Alastair estava fazendo o melhor que podia com os pedaços. Mas não ajudava que Alastair se comportasse assim, que recuasse para trás de uma fachada fria tão afiada quanto vidro.

Da forma como James recuava para trás da Máscara.

CASSANDRA CLARE

— Somos irmãos agora, Alastair — falou James —, e você é bem-vindo em nossa casa. Serei civilizado com você e espero que você seja civilizado comigo, por Cordelia.

Alastair pareceu um pouco aliviado.

— É óbvio.

— Mas é melhor você tratar ela bem — falou James, ainda em tom de voz contido, calmo. — Porque minha hospitalidade dura exatamente o tempo que Cordelia achar sua presença agradável.

— É óbvio — disse Alastair de novo. — Eu não esperaria algo diferente. — Ele se virou para Thomas, que estava encarando fixamente o próprio prato. — Tom — disse ele, com cautela. — Se eu puder conversar com você um momento...

Thomas se levantou, quase derrubando a mesa. Cordelia olhou para ele, espantada.

— Eu falei para você que se você falasse comigo de novo, eu o atiraria no Tâmisa — disse Thomas. O rosto normalmente receptivo e amigável dele estava contraído em uma expressão de fúria. — Você podia pelo menos ter escolhido um dia mais quente para dar um mergulho.

— Parem. — Cordelia soltou o guardanapo. — Alastair é meu irmão, e eu o amo. E este é o dia do meu casamento. Ninguém vai jogar meus parentes no Tâmisa.

— *Francamente,* Thomas — disse Lucie, olhando para o amigo com desapontamento. Thomas fechou as mãos em punho ao lado do corpo.

— Agora — falou Cordelia. — Alguém pode me dizer qual é o *motivo* de tudo isso?

Houve um silêncio desconfortável. Nem mesmo Alastair olhou para ela. Ele fez um tipo esquisito de ruído, no fundo da garganta.

— Isso é... insuportável — disse ele. — Não se deve passar por isso.

— É o que você merece — disse Matthew, com os olhos brilhando; James estendeu a mão para o seu *parabatai*, como se para acalmá-lo, no momento em que um estalo alto veio da outra ponta do salão.

Sem mais uma palavra, Alastair saiu correndo. Sabendo o que aquilo significava, Cordelia empurrou a cadeira para trás e disparou atrás dele. As pesadas saias de veludo a seguravam, e ela chegou aos pais momentos

— 99 —

Corrente de Ferro

depois de Alastair. Seu pai estava no chão, ao lado da cadeira, segurando o joelho e gemendo de dor.

Sona se esforçava para sair da cadeira.

— Elias... Elias, você está...

O rosto do pai estava vermelho como beterraba, e ele parecia transtornado.

— Vou lhe dizer, eu deveria ter sido o *suggenes* de minha filha — disparou Elias. — Ser cortado da cerimônia como se eu fosse um segredo vergonhoso, bem, só posso imaginar que ela foi persuadida, mas é um absurdo, uma humilhação deliberada, e você não vai me convencer do contrário!

Ele bateu a mão no chão.

O coração de Cordelia afundou tanto que chegou às botas de brocado. Ela olhou para Alastair, já tentando ajudar Elias a ficar de pé. Rapidamente, ela se moveu para bloquear a cena dos convidados do casamento, aqueles perto o suficiente para ver a confusão encaravam fixo. Fúria percorreu Cordelia como uma lança. Como o pai dela podia *ousar* sugerir que ele não tinha tido um papel relevante no casamento, com eles não tendo ideia que ele sequer apareceria até sua chegada naquela mesma manhã.

— Estou aqui — disse uma voz ao ombro dela. Era James. Ele tocou o braço de Cordelia suavemente, então se ajoelhou ao lado de Alastair e pegou o outro braço de Elias, puxando-o de pé.

Elias olhou com raiva para James.

— Não preciso da sua ajuda.

— Como quiser — respondeu James, em igual tom. Sona estava com as mãos no rosto; Cordelia parou para tocar o ombro da mãe de leve antes de olhar para James e Alastair, que estavam levando Elias para fora o mais rápido que os pés conseguiam.

— Pai, acho que você precisa de um descanso — dizia Alastair. Ele falava em tom equilibrado, a expressão tranquila e calma. *Foi assim que ele conseguiu aguentar esses anos*, pensou ela.

— Por aqui, senhor — disse James, e disse, sem som, *salão de jogos* para Alastair, o qual assentiu. Sona tinha afundado de volta na cadeira; Cordelia se apressou atrás dos rapazes, que estavam se dirigindo para as portas duplas na outra ponta do salão. Ela manteve o olhar fixo adiante conforme

— 100 —

prosseguiu, sem dúvida que estavam todos olhando, embora ela conseguisse ouvir Will e Gabriel conversando em voz alta, as vozes elevadas, fazendo o possível para distrair os convidados.

James e Alastair já tinham desaparecido com Elias. Ela passou pelas portas duplas atrás deles e se viu no corredor estreito do lado de fora do salão de jogos. Era um alívio estar sozinha, mesmo que por apenas um momento; ela encostou na parede, fazendo uma oração baixinha para Raziel. *Eu sei que não mereço isso, mas, por favor, me dê forças.*

Vozes se elevaram atrás da porta do salão de jogos. Ela parou; será que James e Alastair não tinham percebido que ela os havia seguido?

— Eu suponho — disse Alastair — que você e seus amigos vão rir muito disso mais tarde. — Ele parecia derrotado, em vez de irritado. Por mais que Cordelia se incomodasse com a teimosia de Alastair, era pior vê-lo sem forças para lutar.

— Ninguém culpa você por seu pai, Alastair — foi o que ela ouviu James responder. — Só pelo que você mesmo fez e disse.

— Eu tentei pedir desculpa, e mudar — falou Alastair, e mesmo do outro lado da porta, Cordelia ouvia a voz dele falhar. — Como posso consertar meu passado quando ninguém me deixa?

Quando James respondeu, havia bondade genuína em sua voz.

— Você precisa dar tempo às pessoas, Alastair — disse ele. — Nenhum de nós é perfeito, e ninguém espera a perfeição. Mas quando você fere as pessoas, precisa permitir que elas sintam raiva. Caso contrário, isso vai apenas se tornar mais uma coisa que você tentou tirar delas.

Alastair pareceu hesitar.

— James — disse Alastair. — Ele...

Um som alto soou, como se algo tivesse sido derrubado de uma mesa, então os ruídos familiares de Elias vomitando. Cordelia conseguia ouvir Alastair dizendo a James que deixasse aquilo de lado, que ele cuidaria daquilo. Sem saber o que mais fazer, Cordelia voltou calada para o salão de baile.

A festança de casamento tinha sido retomada a todo vapor. Olhando em volta, ela viu que os Ladrões Alegres tinham deixado a mesa. Eles estavam perambulando de um lado para o outro do salão, cumprimentando as pessoas, recebendo parabéns por ela e por James. Matthew e Anna levaram

Corrente de Ferro

um grupo de convidados a um ataque de risos; Will presenteava outra mesa com uma sinopse longa e bastante exagerada de um romance de Dickens. Ela encostou na parede. Estavam fazendo aquilo por James, Cordelia sabia, mas também por ela — distraindo as pessoas, divertindo-as, fazendo com que se esquecessem de Elias. Pareceu um alívio tão grande, não estar enfrentando aquilo tudo sozinha.

Ela avançou pelo salão, sorrindo conforme era parada várias vezes para ser parabenizada. O quarteto de cordas estava tocando baixinho; a maioria das pessoas parecia ter terminado de comer e relaxava com taças de vinho do Porto (para os homens) e ratafia (para as mulheres). Eugenia e Ariadne estavam brincando com Alex. Matthew tinha começado a cantar, e Lucie e Thomas pareciam tentar convencê-lo a parar. Charlotte olhou para eles — Cordelia se perguntou o que Charlotte achava de seu filho mais novo, com suas inclinações boêmias, a insatisfação inquieta que parecia conduzi-lo, o modo que ele tinha de ser muito triste, ou muito feliz, sem meio-termo.

E havia a mãe dela — Sona estava de pé, conversando alegremente com Ida Rosewain e Lilian Highsmith, como se nada tivesse acontecido. Cordelia se deu conta de que estava vendo a mãe fazer o que ela sempre fizera: juntar os cacos e seguir em frente. Como Cordelia ficara de olhos fechados por tanto tempo?

Ela respirou fundo, estampou um sorriso, e se juntou à mãe. Ela viu a breve expressão de alívio de Sona quando se aproximou, e agradeceu às companheiras da mãe por terem vindo. Ida Rosewain elogiou o vestido dela; Lilian Highsmith admirou a nova bainha de Cortana.

— Obrigada — respondeu Cordelia. — É linda também, não é? Um presente de casamento de meu pai.

Ela sorriu; todas sorriram. Se alguém tinha algo a dizer sobre o seu pai, todas ficaram em silêncio. Sona tocou a bochecha de Cordelia, e Cordelia prosseguiu, indo de grupo em grupo de convidados, agradecendo a eles por terem comparecido, por terem feito do casamento dela uma ocasião feliz. Tudo que era preciso fazer era fingir, percebeu ela, maravilhando-se um pouco, e todo mundo acompanharia, fingindo junto.

Quando ela deu as costas aos Wentworth, que queriam saber quem tinha fornecido o champanhe, a mão gentil de alguém tocou seu ombro.

— 102 —

— Minha querida. — Ela se virou; era Tessa. — Você está se saindo maravilhosamente bem.

Cordelia apenas assentiu; Tessa merecia mais do que um sorriso falso. Os convidados estavam começando a ir embora, reparou ela, aliviada, saindo em fileira aos grupos de dois e três.

— Grande parte de se virar na sociedade é manter a cabeça erguida — acrescentou Tessa, com cautela, e Cordelia pensou no que Tessa e a família dela tinham aturado ao longo dos anos: murmúrios e sussurros sobre o sangue de feiticeira de Tessa, o pai demônio dela. — E desprezar as coisas ignorantes que as pessoas dizem.

Cordelia assentiu, calada. Ela sabia que Will e Tessa tinham total consciência da temporada de Elias no Basilias, e do motivo. Mas, mesmo assim, como era humilhante que os pais de James vissem a família dela daquele jeito.

— Eu preciso começar a me despedir dos convidados — falou Cordelia —, mas James está com... com meu pai.

— Então eu vou acompanhar você — disse Tessa, e indicou que Cordelia a seguisse. Juntas, elas se dirigiram para as portas principais do salão de baile, onde Cordelia sorriu repetidas vezes conforme os convidados iam embora. Ela lhes agradeceu por terem vindo, e prometeu convidá-los assim que ela e James estivessem estabelecidos na casa nova. Ela podia ver Lucie e Will de esguelha, circulando o salão de baile, distribuindo caixas com pedaços de bolo de casamento dentro para os convidados levarem para casa para dar sorte.

— Teoricamente, eu deveria esperar um ano e depois comer isto — disse Christopher, balançando a caixa de bolo na direção de Cordelia quando ele partiu. Sua família o cercava; Cecily e Gabriel e um Alexander adormecido, até mesmo Anna, embora ela estivesse indo embora com Magnus Bane, talvez para a Ruelle, ou para um lugar desconhecido. — Vai ter desenvolvido umas culturas de fungos muito interessantes àquela altura.

— Estou ansiosa para saber dos resultados — disse Cordelia, solenemente.

Thomas, que partia com Eugenia, sorriu. Pelo menos ele não estava com raiva dela, mesmo que estivesse furioso com Alastair. O que, ela pensou, não era uma situação que podia continuar; ela precisava pelo menos descobrir *por que* os Ladrões Alegres estavam com tanta raiva de seu irmão.

Corrente de Ferro

Quando poucos convidados restavam no salão de baile, Cordelia viu Alastair e James saindo do salão de jogos. Eles seguiram em direções opostas — Alastair se juntou a Sona, e James observou o salão, obviamente procurando por alguém.

Ele viu Cordelia então, e acenou, e ela percebeu, com um sobressalto, que ele estava procurando por *ela*. James se aproximou apressado e segurou as mãos dela, abaixando-se para falar baixinho ao seu ouvido. Cordelia olhou em volta, corando, mas ninguém olhava duas vezes para eles. (Tessa, discretamente, tinha desaparecido de volta na multidão.) É óbvio que não, pensou ela: eram recém-casados, deveriam sussurrar ao ouvido um do outro.

— Desculpe por abandonar você — murmurou ele. — Seu pai resistiu um pouco. — Ela estava feliz por ele não tentar ignorar ou esquecer o que tinha acontecido. — Conseguimos uma flanela fria para colocar na testa dele, e apagamos as luzes do salão de jogos. Ele disse que precisava ficar sozinho até que a dor de cabeça passasse.

Cordelia assentiu.

— Obrigada — disse ela. — O Basilias deveria tê-lo curado, mas...

James segurou o rosto dela com uma das mãos em concha, o polegar dele acariciando a sua bochecha.

— Ele estava sob muito estresse. Isso pode não acontecer de novo. E se ele dormir no salão de jogos até de manhã, não vai fazer mal.

Ela olhou para Alastair. Ele estava conversando tranquilamente com a mãe dela. Cordelia sempre achou que o mau humor de Alastair era resultado da criação estranha e solitária deles. Agora ela sabia que havia mais. Com que frequência Alastair precisou lidar com o pai daquele jeito? O que aquilo havia custado a ele?

Vou falar com ele sobre isso em casa, vou fazer um chá e nós...

Mas não. Ela não voltaria para a casa em Cornwall Gardens. Ela não dormiria na mesma casa que Alastair. Ela iria para casa com James. Para a casa deles.

Ela ergueu o queixo. O rosto de James estava logo acima do dela: ela podia ver os pontinhos âmbar nos olhos dele, a pequena cicatriz branca no queixo. O lábio inferior cheio dele, o qual ela havia beijado apenas horas antes. O olhar dele se fixou no dela, como se James não quisesse virar o rosto, embora ela soubesse que era apenas sua imaginação.

Ela se sentiu cansada. Tão incrivelmente cansada. O dia todo, tinha interpretado um papel. Tudo o que queria era estar em casa, independente do que aquilo significasse no momento. E se sua casa significasse James, então ela não podia mais se enganar que era uma coisa que ela não queria.

— Vamos para casa, James — falou Cordelia. — Me leva para casa.

5

O REI ESTÁ MORTO

É um tabuleiro de xadrez de noites e dias
Onde o Destino com homens, no lugar de peças, joga:
Aqui e ali ele avança, executa xeques e destrói,
E um após o outro de volta à caixa ele manda.

— Edward FitzGerald (trad.),
O Rubaiyat de Omar Khayyam

Eles conseguiram sair do Instituto com um mínimo de comoção, despedindo-se das famílias e dos *suggenes*. Lucie abraçou Cordelia com força, sem palavras pela primeira vez. Por cima do ombro dela, Cordelia viu Matthew sussurrar alguma coisa ao ouvido de James, que sorriu.

— Cuide bem do meu menino — disse Will a Cordelia, parecendo que queria afagar o cabelo dela, mas sendo impedido pelo grande número de flores e pérolas ali.

Alastair tocou a bochecha de Cordelia.

— *Agar oun ba to mehraboon nabood, bargard khooneh va motmaen bash man kari mikonam ke az ghalat kardene khodesh pashimoon besheh.*

Se algum dia ele ferir você, volte para casa, e vou fazer com que ele se arrependa.

Era o jeito de Alastair de dizer a ela que sentiria falta da irmã. Cordelia escondeu um sorriso.

Quando eles saíram do Instituto, tudo pareceu ecoante, vasto e estranho para Cordelia, como se ela estivesse sonhando. À entrada, James diante da porta, fingindo se ocupar em tirar as luvas enquanto olhava demoradamente para os sulcos desgastados no piso de pedra pelas centenas de anos de visitantes, para a escada com seu corrimão de madeira alisado por inúmeras mãos. Parecia bastante peculiar para Cordelia deixar a casa em South Kensington para sempre, embora só tivesse morado ali por quatro meses. Devia ser mais estranho ainda para James deixar para trás a única casa que conhecera em toda a vida.

— Vai me contar onde fica nossa nova casa? — perguntou ela, esperando distraí-lo. — Ou ainda é segredo?

Ele olhou para ela, e ela ficou aliviada ao ver que havia uma faísca de humor travesso nos olhos dourados dele.

— Eu guardei o segredo esse tempo todo. Posso muito bem guardar por mais uma hora.

— Bem, é bom que seja muito espetacular, James Herondale — disse ela, com uma severidade zombeteira conforme eles desciam os degraus gelados. Os últimos raios de sol eram uma faixa amarela fraca no leste, a cidade tinha caído na quietude de uma noite de inverno.

Bridget tinha pedido que trouxessem a carruagem: um presente de Tessa e Will, assim como a nova casa. Era uma carruagem resistente de modelo Brougham, com assentos dobráveis a mais para quando eles viajassem com amigos. O cocheiro, herdado do Instituto, acenou com o chapéu para eles. Preso à carruagem estava um cavalo chamado Xanthos, que tinha sido de Will quando era jovem; ele tinha uma cara afável, branca salpicada, e um temperamento tranquilo. Xanthos deveria pertencer a James e Cordelia dali em diante, e, quando Lucie se casasse, o irmão dele, Balios, seria dela.

Provavelmente devido ao hábito de Cordelia de dar cenouras para Xanthos comer, Will tinha decidido que ele era o cavalo com a melhor opinião a respeito de Cordelia, e ela apenas assentiu e perguntou a James mais tarde se o pai dele estava brincando.

CASSANDRA CLARE

— Geralmente, é difícil dizer — dissera James. — Às vezes ele está só provocando, mas então, às vezes, é uma misteriosa atitude do País de Gales. Acho que no que diz respeito a cavalos, é provavelmente o último caso.

Cordelia percebeu que estava grata pela familiaridade da carruagem e do cavalo. Ela estava tentando entrar no espírito da coisa e se permitir ser surpreendida pela casa, embora, devido aos avisos da mãe, não pôde deixar de temer quartos úmidos, falta de aquecimento, quem sabe de mobília. E se a casa não tivesse telhado? Não, certamente que James teria notado a ausência de um telhado. E Risa estaria lá; ela fora antes deles, para preparar o lugar para a chegada do casal. Cordelia tentou não sorrir, imaginando Risa xingando irritada enquanto a neve caía no balde de carvão.

Conforme eles chacoalhavam pelas ruas, ela se viu tentando adivinhar a localização da casa pela direção da carruagem. Eles viajaram para oeste, ao longo da Strand, pelo tráfego caótico de Trafalgar Square, e seguiram pela Pall Mall, passando pelo prédio do Departamento de Guerra, os portões flanqueados por membros da guarda real usando chapéus de pele de urso. Mais algumas viradas rápidas se seguiram, e Cordelia viu que estavam em um lugar chamado Curzon Street, do lado de fora de uma linda casa geminada branca em um quarteirão silencioso. Cordelia ficou aliviada ao ver que, de fato, tinha um telhado, e todas as outras partes exteriores necessárias para ir junto.

Ela se virou para James, chocada:

— Mayfair! — disse ela, apontando um dedo acusatório para o peito dele. — Eu não estava esperando um endereço tão chique!

— Bem, eu ouvi dizer que a Consulesa mora aqui perto, com os filhos irresponsáveis dela — falou James. — Não iria querer que eles esfregassem isso na nossa cara. — Ele desceu da carruagem e ofereceu a ela a mão, para ajudar Cordelia a desembarcar.

— Com isso você quer dizer que queria morar perto de Matthew. — Cordelia gargalhou, olhando para cima para ver os quatro andares da casa. Luz quente se projetava das janelas. — Era só dizer! Eu não o culparia.

A porta da frente se abriu e Risa saiu. Ela estava com roupas mais formais mais cedo, para o casamento, mas tinha trocado para um vestido simples e um avental, e agarrava o *roosari* de algodão na altura do queixo para se proteger do vento. Ela gesticulou para que eles entrassem.

— 109 —

Corrente de Ferro

— Venham e saiam da neve, crianças tolas. Tem comida quente para vocês aqui dentro, e chá.

Ela falou em persa, mas James pareceu entender o suficiente. Ele subiu os degraus saltitando e logo assumiu o controle da logística, orientando o cocheiro a levar as malas para cima.

Cordelia entrou mais devagar. Risa a ajudou com o casaco de veludo largo e, então, com Cortana, pegando a espada com cuidado enquanto Cordelia olhava em volta, surpresa. A entrada estava iluminada por um brilho suave das arandelas de cobre ornamentadas que se enfileiravam nas paredes. Havia papel de parede com uma estampa de pássaros e passifloras com um fundo verde-esmeralda intenso.

— Que lindo — disse ela, tocando a silhueta de um pavão dourado com a ponta dos dedos. — Quem escolheu isso?

— Eu — respondeu James. Diante da surpresa dela, ele acrescentou: — Talvez eu devesse mostrar a casa a você? E Risa, talvez Effie possa preparar um jantar simples? Acho que você mencionou algo sobre chá.

— Quem é Effie? — sussurrou Cordelia, enquanto Risa, com Cortana na mão, levou o cocheiro para cima com as malas.

— A nova criada. Risa a contratou. Aparentemente, ela trabalhava para os Pounceby — falou James, conforme Cordelia o seguia para uma grande sala de jantar com tapete grosso, uma lareira de mármores e janelas altas que davam para Curzon Street. O olhar dela imediatamente foi atraído por um conjunto de quatro iluminuras dispostas na parede. James a observou, nervoso, os dedos da mão direita tamborilando contra a perna, conforme ela se aproximava.

Eram miniaturas persas feitas de tons intensamente pigmentados de escarlate e cobalto e ouro. Ela se virou para olhar para James, chocada.

— Onde você encontrou isso?

— Um antiquário no Soho — respondeu James. Ela ainda não conseguia decifrar a expressão dele. — Estavam vendendo os bens de um mercador persa que mora no exterior.

Cordelia se aproximou para examinar a linda caligrafia *nasta'līq* acima das imagens de profetas e acólitos e músicos, pássaros e cavalos e rios.

— 110 —

CASSANDRA CLARE

— Isto é de Rumi — sussurrou ela, reconhecendo um verso: *A ferida é o lugar por onde a Luz penetra você.* Sempre fora um dos seus preferidos.

Com o coração acelerado, ela se virou para observar o resto da sala, com as paredes cobertas de seda, o lustre de filigrana elaborado e a mesa e as cadeiras de pau-rosa com entalhes detalhados.

— A mesa se expande para acomodar dezesseis pessoas — falou James. — Embora eu não tenha certeza se conheço tanta gente assim com quem gostaria de jantar. Venha ver o resto da casa.

Cordelia o seguiu para o corredor, as saias volumosas mal passando pela porta. Havia uma linda sala de estar para visitas, com papel de parede azul e branco e um imenso piano; pulando o escritório, eles desceram para uma cozinha cheia de luz amarela. Uma pequena porta dava para um trecho de jardim — agora coberto de neve, mas havia treliças de rosas cujas flores desabrochariam no verão.

Uma criada usando um vestido preto — Effie, Cordelia presumiu — marchou para dentro da cozinha, com uma bandeja vazia na mão. Ela olhou para James e Cordelia especulativamente, como se os avaliando para venda. O cabelo dela era cinza como aço, preso para o alto em estilo pompadour, e seu olhar era como o de um falcão.

— Servi comida para vocês no escritório — disse ela, sem se dar ao trabalho de se apresentar. — Não vai ficar nem de longe tão gostosa depois de esfriar.

Os cantos da boca de James se repuxaram.

— Então acho que é melhor irmos comer agora — disse ele a Cordelia, com uma expressão de grande seriedade, e a levou para cima.

Ela esperava que o escritório fosse um cômodo pequeno, talvez com uma escrivaninha, mas como tudo mais naquela casa, também a surpreendeu. Era um espaço lindo e gracioso ladeado quase inteiramente com prateleiras de livros e cheio de mobília confortável, inclusive um aconchegante sofá Knole. O estofado de cor de damasco combinava com as cortinas das janelas que davam para a rua. Uma escrivaninha que Cordelia reconheceu do Instituto ancorava um canto do cômodo, e uma linda mesa ocupava o centro, a superfície incrustada com um tabuleiro de xadrez de ébano polido e madrepérola. Sobre ela, um conjunto de xadrez tinha sido disposto para uma partida, as peças intricadamente entalhadas de marfim, metade delas pintadas de preto, a outra metade, de vermelho vivo.

— Você me disse que adora xadrez — disse James. — Lembra? Na festa dos Townsend?

Ela se lembrava. Foi um dos muitos eventos para os quais ele a havia acompanhado, um baile nada memorável durante um outubro úmido. Ela se lembrava de ter conversado com ele enquanto os dois dançavam, mas nunca teria imaginado que ele se lembraria do que ela dissera.

Cordelia se viu perambulando pela sala em um tipo de admiração, lendo os títulos nas lombadas dos livros, pegando um relógio de bronze sobre a lareira, então colocando de volta. Acima da lareira havia uma pintura belamente fluida da Senhora de Shalott, à deriva em seu barco, os longos cabelos caindo sobre ela em ondas escarlates. Sobre um atril de madeira perto da janela havia um imenso volume de encadernação de couro.

— Esse não pode ser o *Novo Dicionário da Língua Inglesa*? — exclamou ela.

— Apenas até a letra *K*, sinto informar — disse James. — Eu pedi assim que lançaram a última parte. Só podemos torcer para que não leve mais vinte anos para publicarem o resto. Por enquanto, tomara que você não precise consultar palavras que comecem com *L* ou *M*.

— É maravilhoso, James. Lucie vai ficar desesperadamente cheia de inveja.

— Lucie pode vir consultá-lo sempre que quiser — disse James. — Mas não a deixe começar a trazer os livros dela para cá, ou vai encher as prateleiras que reservei para você.

Cordelia não tinha notado as prateleiras vazias sob a enorme coleção de livros de James, muitos dos quais ela o vira carregar uma ou outra vez. Não parecia haver assunto que não interessasse a James, e ela viu volumes sobre tópicos que variavam desde o naturalismo até navegação e *As maravilhas da Grã-Bretanha*, além de um punhado de guias de viagem de Baedeker.

Mas ele havia deixado espaço para ela. E as coisas que ele escolhera — o dicionário, as miniaturas, o conjunto de xadrez — eram atenciosas, lindas. Não era de espantar que ela mal tivesse visto James nos últimos meses. De-

CASSANDRA CLARE

via ter levado bastante tempo para ele criar um espaço tão encantador. Era perfeito, tudo que ela teria sonhado e escolhido para si mesma.

Embora ainda houvesse partes da casa que ela não tivesse visto. A parte mais íntima, na verdade. O quarto.

Cordelia imaginou um quarto imenso, e bem no centro, uma cama grande o bastante para duas pessoas. O sangue dela pareceu ferver nas veias. Como conseguiria dormir, deitada ao lado de James e usando apenas uma camisola? E se ela chegasse perto dele durante o sono, incapaz de se conter? Será que James ficaria horrorizado? Será que ele a afastaria?

Ou... e se ele esperava uma verdadeira noite de núpcias? Cordelia tinha ouvido coisas sussurradas entre as outras meninas, tinha se debruçado sobre uma cópia bastante folheada de *The Lustful Turk* que ela havia furtado do escritório dos pais, mas ainda não tinha ideia do que acontecia na cama matrimonial. Lucie parecia saber mais do que ela: quando ela chegava às partes de *A bela Cordelia* em que tais coisas poderiam realmente acontecer, ela inevitavelmente invocava o tempo — cortinas voando com ventos fortes, tempestades ressoando, relâmpago partindo o céu. Talvez Cordelia devesse torcer para chover?

— Você gosta? — James tinha ido até uma mesa baixa ao lado do sofá onde Effie havia colocado a comida: chá, manteiga, pão e tortas quentes de carne de caça. — Da casa, quero dizer.

— Até agora, é perfeita — disse ela. — Tem algum segredo horrível do qual eu não sei? Um lunático no sótão? Demônios no porão?

James riu. As bochechas dele estavam coradas, provavelmente do calor da sala. A luz da lareira fazia reluzir o cabelo preto, e se refletia da pulseira prateada dele.

Era a primeira vez naquele dia que ela notava que ele estava usando a peça. Cordelia conteve a mágoa. Ela não tinha direito de exigir que ele a tirasse. Poucas pessoas sabiam que era um símbolo do elo entre ele e Grace. Ela tinha o direito de exigir não ser humilhada por um marido infiel, mas não tinha direito de reivindicar os pensamentos dele, ou o coração. Mesmo assim, a pulseira era um lembrete de como as emoções dele estavam divididas entre as balanças da amizade, do amor e do desejo.

Isso mesmo, pensou Cordelia. *Não se permita esquecer.* Ela pigarreou.

Corrente de Ferro

— Poderíamos jogar uma partida. De xadrez.

James pareceu intrigado.

— A senhora da casa solicita um jogo?

— Ela exige um. — Cordelia se acomodou com cuidado no sofá. Seu vestido era mesmo volumoso.

— O primeiro movimento é da senhora da casa — disse ele, afundando no sofá ao lado de Cordelia.

Você pode se arrepender de ter me dado essa vantagem, pensou ela. Eles executaram os primeiros movimentos em silêncio, mas logo o jogo tomou um ritmo tranquilo, e eles conseguiram conversar. James explicou a situação com os empregados da casa: Effie vinha de uma longa linhagem de mundanos com a Visão, assim como os dois cocheiros e mais uma criada que viria de vez em quando para "limpar o grosso". Risa permaneceria em Curzon Street até que Cordelia estivesse estabelecida antes de voltar para Cornwall Gardens a tempo de ajudar Sona com o bebê.

— Minha mãe insistiu veementemente para que Risa ficasse por pelo menos algumas semanas — disse Cordelia, mordiscando uma fatia de pão com manteiga. — Risa está com ela desde que se casou, e suspeito que ela acredite que, se eu for deixada por conta própria, serei encontrada afogada em uma panela de ensopado ou esmagada sob uma pilha de vestidos.

James moveu um bispo.

— Risa realmente não entende uma palavra de inglês?

Cordelia realocou um peão.

— Ah, ela entende tudo que dizemos. Ela finge que não, quando isso serve a seus propósitos. O que seja que Risa ouça, pode presumir que minha mãe também vai ouvir. Precisaremos tomar cuidado com o que dizemos e fazemos na presença dela.

James tomou um gole de chá.

— Então precisamos manter a ficção de que somos recém-casados felicíssimos.

Cordelia sentiu o rosto corar. Ela supôs que deveria ser um alívio que James não achasse a situação tão vergonhosa quanto ela.

— Sim — disse ela. — E nós provavelmente deveríamos discutir, hã, o que fazer com relação a isso. Especificamente.

CASSANDRA CLARE

James moveu a torre de forma a ameaçar a rainha de Cordelia, tirando vantagem da sua falta de atenção.

— Como regras do jogo de xadrez, mas nossas regras serão para o jogo do nosso casamento.

— Isso, exatamente.

— Bem, suponho que a primeira coisa a considerar seja que precisamos tomar cuidado com quem entra e sai da casa — falou James.

— Os Ladrões Alegres e Lucie são sempre bem-vindos, lógico — falou Cordelia. — Mas, para todo o resto, precisamos pedir permissão com antecedência. Nenhuma visita inesperada que possa nos pegar...

— *Não* em flagrante? — disse James, com um sorriso que a fez pensar no brilho malicioso que ela vira nos olhos dele mais cedo.

— Não sendo domésticos — respondeu ela, comportadamente, e moveu outra peça de xadrez. Dessa vez, uma torre.

— Eu deveria estar sentado de pantufas diante da lareira, e você deveria estar reclamando comigo por eu ter largado os livros de poesia na banheira?

— E... — Cordelia hesitou. Talvez ela não devesse dizer. Mas abandonar sua dignidade jamais tinha sido parte daquele ardil. — Se você for visitar Grace Blackthorn, peço que me diga com antecedência, para não parecer que está fazendo isso pelas minhas costas. Eu quero estar preparada.

— Se eu for... — James parou de falar, quase irritado. — Eu não tenho intenção nenhuma de visitá-la, Daisy. O que você acha que eu sou? Não vou ficar sozinho com ela, com ou sem sua permissão, não este ano. Eu não faria isso com você.

— É óbvio que não. — Ela estendeu a mão para mexer em um dos pentes de pérolas; estava começando a doer. — Nós seremos convidados para festas e outros eventos públicos — acrescentou ela, tentando tirar o pente. — Devemos aceitar um de cada dois convites...

— Feito.

— ... e, quando formos a um evento, você deve parecer ser intensamente devotado a mim o tempo todo. — Ela enfim conseguiu soltar o pente, e o puxou do cabelo. Devia estar segurando mais da arquitetura do seu penteado do que Cordelia pensava: o cabelo desceu em uma cascata, roçando seus ombros expostos. — Combinado?

— 115 —

Cordelia esperava que James risse, mas ele ficou sério. Ele estava olhando para ela. Ela sentiu que corava; será que o que tinha dito fora audacioso demais? Ela só teve a intenção de brincar, mas James parecia ter sido mortalmente surpreendido. Seus olhos tinham adquirido um tom de dourado escuro.

Ela olhou para o tabuleiro de xadrez e viu que James tinha se deixado vulnerável. Ela rapidamente moveu a rainha para uma posição que ameaçava tanto um cavalo quanto o rei dele.

— Xeque — disse ela.

— Verdade — falou James, com a voz estranhamente rouca. — Cordelia, eu...

— É melhor você fazer sua jogada — disse ela. — É a sua vez.

— Certo. — Ele estudou o tabuleiro antes de mover um cavalo. — Eu estava pensando... nossa melhor chance de sucesso é compartilhando tudo um com o outro. Talvez toda noite, cada um de nós deveria poder perguntar uma coisa ao outro. Alguma coisa que queremos saber sobre o outro, e a pergunta precisa ser respondida com sinceridade.

Cordelia se sentiu um pouco sem fôlego. E se ele perguntasse...? Não. Ele não perguntaria.

— Ou — disse ela —, e se somente o vencedor pudesse fazer uma pergunta?

— O vencedor?

— Toda noite, jogaremos um jogo — disse ela, indicando o tabuleiro de xadrez. — O vencedor de cada jogo deve ganhar uma coisa. Não dinheiro, mas o direito de perguntar algo ao outro.

James uniu as mãos e olhou para ela pensativamente.

— Vou concordar com uma condição. O perdedor pode escolher o próximo jogo. Xadrez, ou damas ou cartas. O que quiser.

— Combinado. Posso enfrentar seu intelecto com o meu em qualquer jogo que você escolher. Embora eu prefira xadrez. Foi inventado na Pérsia, sabe.

Os olhos dele se detiveram sobre a boca de Cordelia por um momento. Então ele abaixou o rosto, voltando a se concentrar no tabuleiro.

— Eu não sabia disso.

CASSANDRA CLARE

Cordelia examinou a posição de uma torre no tabuleiro.

— Você conhece o *Shahnameh*?

— O Livro dos Reis — disse James. — Lendas persas.

— Todas as histórias são verdadeiras — lembrou ela. — E tem uma história no *Shahnameh* sobre dois príncipes, Gav e Talhand. Talhand morreu em batalha, mas quando recuperaram o seu corpo, não tinha ferimentos. A rainha, sua mãe, perdeu a cabeça por causa do luto, acusando Gav de envenenar o irmão, pois como poderia um homem morrer em batalha sem ferimentos? Para convencer a mãe de que não tinha sido esse o caso, os sábios da corte criaram o jogo de xadrez, mostrando como a batalha se desenrolou ao moverem as peças no tabuleiro. Talhand tinha morrido de exaustão, cercado de inimigos. Disso veio a expressão *shah mat*, que significa "o rei está morto". — Ela rapidamente esticou a mão e fez o movimento que estava planejando durante a maior parte do jogo, um clássico mate epaulette. — *Shah mat*. Também conhecido como "xeque-mate".

James inspirou.

— Maldição — disse ele, e caiu na gargalhada. Cordelia se permitiu se perder naquela risada por um momento, ele ria dessa maneira tão raramente, e aquilo transformava seu rosto inteiro. — Muito bem-feito, Daisy. Excelente uso da distração.

— E agora você está tentando me distrair — disse ela, unindo as mãos de forma modesta.

— Hã? — O olhar dele a percorreu. — Do quê?

— Eu ganhei. Você me deve uma resposta.

Ele se empertigou depois disso, jogando para trás o cabelo que tinha caído nos olhos.

— Bem, vá em frente — disse James. — Pergunte o que quiser.

— Alastair — disse ela, imediatamente. — Eu... eu quero saber por que todo mundo odeia tanto ele.

A expressão de James não mudou, mas ele tomou um fôlego longo e lento.

— Não é verdade que todo mundo odeia Alastair — disse ele, por fim. — Mas existe um rancor entre ele, Matthew e Thomas. Quando estávamos todos na escola, Alastair foi... cruel. Acho que você sabe disso. Ele também espalhou um boato horrível sobre Gideon e Charlotte. Não foi ele quem começou, mas ele repetiu. Aquele boato causou muita dor, e Matthew e Thomas não estão com disposição de perdoar.

— Ah — disse Cordelia, baixinho. — Alastair pediu... desculpas? Por isso, por... por tudo o que ele fez na Academia? — *Ai, Alastair.*

— Para ser justo com ele, não acho que Matthew e Thomas deram a ele a chance de fazer isso — falou James. — Ele não foi o único que foi cruel comigo, com a gente, mas... esperávamos mais dele, e acho que, por isso, a decepção foi maior. Sinto muito, Daisy. Queria que a resposta fosse mais fácil.

— Fico feliz por ter me contado a verdade. Alastair... sempre foi o pior inimigo dele mesmo, parecendo determinado a estragar a própria vida.

— A vida dele não está estragada — falou James. — Eu acredito em perdão, sabe. Em graça. Mesmo para as piores coisas que fazemos. — Ele se levantou. — Posso lhe mostrar o andar de cima? Imagino que esteja tão exausta quanto eu.

O andar de cima. Aí estava. Cordelia foi levada de volta para a confusão quando seguiu James escada acima, provavelmente para o quarto *deles.* Um espaço que pertencia apenas a ela e James, onde nenhum visitante poderia entrar, ou entraria. Uma intimidade que ela não podia entender.

Todas as luzes estavam acesas no segundo andar. Arandelas reluzentes percorriam um corredor curto; James abriu a primeira porta, e indicou que Cordelia deveria segui-lo para dentro.

O quarto pintado de azul dava para o jardim dos fundos. Cordelia viu galhos brancos e um filete de lua pelo vidro das janelas antes de James ligar um interruptor embutido na parede. Lâmpadas idênticas brilharam ao ganhar vida de cada lado de uma cama lindamente feita que era sem dúvida grande o bastante para duas pessoas.

Cordelia se concentrou na primeira coisa sobre a qual seu olhar recaiu, um painel embutido sobre a lareira. As torres com ameias do brasão dos Carstairs estavam entalhadas no mármore.

— Isto é...?

— Espero que não tenha problema — disse James baixinho atrás dela. — Eu sei que para o resto do mundo você é uma Herondale agora, mas achei que talvez você gostasse de ter uma lembrança da sua família.

CASSANDRA CLARE

Ela olhou mais uma vez ao redor do quarto, observando a colcha aveludada, o dossel de seda, as cortinas de jacquard nos tons de joias preferidos dela, esmeralda e ametista. As cores eram ecoadas no espesso tapete Kerman sob os pés de Cordelia. Risa tinha pendurado Cortana em ganchos de cobre ao lado da cama, obviamente destinados àquele propósito. Um assento à janela, grande o bastante para duas pessoas, estava cheio de almofadas de seda e ladeado por prateleiras abarrotadas de livros... os seus livros. James devia ter pedido com antecedência que Risa os desempacotasse como uma última surpresa para Cordelia.

— O quarto — disse ela. — É... você escolheu tudo só para mim. *Mas onde estão as suas coisas? Onde está você, James?*

Ele tinha tirado o paletó dourado; estava dobrado sobre um dos braços. O cabelo dele estava embaraçado, havia uma mancha de pólen das flores do casamento em uma das bochechas, outra de vinho no punho da camisa. Se ela o beijasse, ele teria gosto de chá açucarado, aquele gosto doce aguçado. O interior de Cordelia parecia um turbilhão de incerteza e desejo.

— Achei que seu quarto deveria ser um lugar para onde você poderia ir para ser você mesma — disse ele. — Onde você não precisaria fingir nada. — Ele atravessou o quarto, abrindo uma porta menor: através dela havia um banheiro moderno reluzente com uma banheira esmaltada e instalações reluzentes folheadas a níquel. Do outro lado dele havia outra porta, pintada de esmeralda.

— A porta verde dá no meu quarto — falou James —, então, se precisar de alguma coisa, e não quiser acordar os empregados, pode bater.

Uma terrível sensação de vergonha percorreu Cordelia.

— Muito sensato — foi o que ela se ouviu dizendo, a voz baixinha e distante. Muitos casais casados mantinham quartos separados com um banheiro compartilhado no meio. O que diabo tinha feito Cordelia pensar que James planejava dividir um quarto com ela? Os pais dela compartilhavam um quarto, mas isso era incomum. Cada cômodo daquela casa tinha sido personalizado: é evidente que ele iria querer um quarto próprio.

Ela percebeu que James a estava encarando, esperando que ela falasse.

— Estou muito cansada — disse ela. — Eu deveria...

Corrente de Ferro

— Sim. — Ele se dirigiu para a porta do quarto, mas parou ali, com a mão na maçaneta. Quando James falou novamente, o seu tom de voz era suave. — Nós conseguimos, não é, Daisy? Aos olhos do Enclave, somos agora casados. Superamos o dia de hoje. Vamos superar todos os outros dias também. — Ele sorriu. — Boa noite.

Cordelia assentiu mecanicamente conforme James saía. Ela ouviu os passos dele no corredor, a porta para o outro quarto se abriu e então se fechou de novo.

Muito lentamente, Cordelia fechou a porta do banheiro, então apagou todas as lâmpadas, exceto a pedra de luz enfeitiçada em sua mesa de cabeceira. Uma das gavetas da cômoda estava entreaberta, e Cordelia soube que sua camisola a estava esperando ali, perfeitamente dobrada e perfumada com água de linho por Risa. Havia um sino ao lado da porta; Cordelia só precisava tocar e Risa viria ajudá-la...

Par ajudá-la a tirar o vestido. Cordelia congelou. Ela não podia chamar Risa. Se chamasse, Risa saberia que a pessoa que deveria tirá-la do vestido naquela noite, James, estava dormindo no quarto ao lado, e certamente não planejava passar a noite com a nova esposa. A notícia chegaria até Sona. Haveria preocupação. Até mesmo horror.

Cordelia puxou o vestido, tentando tirá-lo do corpo. Mas estava justo, preso com centenas de botõezinhos, minúsculos e muito longe do alcance. Ela se virou freneticamente. Talvez conseguisse cortar o vestido do corpo usando Cortana. Mas não, Risa encontraria o vestido arruinado e saberia.

Com o coração galopando no peito, Cordelia abriu a porta do banheiro. Seus saltos emitiam cliques contra o piso de parquete conforme atravessava o cômodo. Ela precisava fazer aquilo imediatamente, na mesma hora, ou perderia a coragem.

Ela levantou a mão e bateu à porta de James.

Houve um farfalhar do outro lado, a porta se abriu, e James apareceu à porta, com uma expressão confusa. Ele estava descalço, o colete aberto, e alguns botões no alto da camisa abertos também. O paletó tinha sido jogado em uma cadeira próxima.

Cordelia fixou o olhar a meia distância, embora isso não ajudasse muito — ela viu que estava encarando diretamente a base do pescoço de James,

CASSANDRA CLARE

normalmente coberta por um botão fechado da camisa. Ele tinha o pescoço forte e esguio, e aquela visão era realmente fascinante, mas ela não podia se permitir perder a compostura por causa de pedaços de James Herondale naquele momento. Ela reuniu a coragem e falou:

— Você vai ter que me ajudar com meu vestido.

Ele piscou, os longos cílios batendo várias vezes.

— O quê?

— Não consigo tirar o vestido sem a ajuda de uma criada — disse ela —, e não posso chamar Risa, ou ela vai saber que não estamos passando a noite juntos, no sentido marital, e vai contar a minha mãe, que vai contar a todos.

Ele encarou.

— Tem botões — disse ela, em tom tranquilo. — Muitos botões. Você não precisa ajudar com o espartilho. Eu me viro com ele. Não vai precisar tocar minha pele. Só vai tocar tecido.

Houve uma longa e dolorosa pausa, durante a qual Cordelia se perguntou se era possível morrer de humilhação.

Então ele abriu mais a porta.

— Tudo bem — disse ele. — Entre.

Ela entrou no quarto, tentando se concentrar na decoração. Livros, lógico, por todo lado. Era ali que ele colocava seus amados livros de poesia; Wordsworth, Byron, Shelley e Pope, ao lado de Homero e Wilde.

O quarto era decorado com tons de ocre morno e vermelho. Ela abaixou os olhos para o tapete carmesim escuro quando James falou:

— Acho que é melhor você se virar.

Virar-se foi um alívio, na verdade. Era muito pior ter que olhar para ele e saber que James conseguia ver que ela corava. Cordelia sentiu quando ele se aproximou por trás, sentiu as mãos dele tocarem seus ombros de leve.

— Por onde começo? — disse ele.

— Vou tirar o cabelo do caminho — respondeu ela, estendendo a mão para pegar a pesada massa de cabelo dos ombros. James fez um ruído esquisito. Provavelmente chocado com o número de botões no vestido.

— Apenas comece pelo alto — respondeu Cordelia —, e se precisar rasgar um pouco o tecido, não tem problema. Não vou usar isto de novo.

121

Ela tentou fazer um pouco de graça, mas ele estava em silêncio absoluto. Ela sentiu as mãos dele se movendo e roçando sua nuca. Ela fechou os olhos. Os dedos dele eram leves, gentis. Ele estava tão perto que ela conseguia senti-lo ali, sentir a respiração contra a sua pele, arrepiando todos os pelos dos braços dela.

Os dedos dele desceram. O vestido estava ficando mais frouxo, começando a cair. A palma da mão de James deslizou por trás do ombro dela. Cordelia sentiu as pálpebras tremerem. Ela ainda sentia que podia morrer, mas não de humilhação agora.

— Daisy — disse ele, e a voz de James soava embargada, quase arrastada. Ele devia estar morrendo de vergonha, pensou ela. Talvez aquilo pudesse até mesmo parecer infidelidade a Grace. — Tem... outra coisa que precisamos discutir. A questão das segundas Marcas.

Ah, Raziel. As segundas Marcas... aquelas que uma noiva e um noivo gravavam na pele um do outro intimamente. Será que James estava sugerindo que como as roupas dela estavam saindo de qualquer maneira, eles fariam aquilo agora?

— James — disse ela, com a garganta seca. — Não estou com a minha estela...

Ele parou. Se Cordelia não soubesse melhor, diria que as mãos dele estavam tremendo.

— Não, agora não — interrompeu ele —, mas precisaremos fazer as Marcas em algum momento. Se alguém descobrir que não fizemos...

Ela conseguia sentir a primeira Marca que ele fizera nela naquele dia, queimando no seu braço.

— Vamos apenas ter que tentar — disse ela, com os dentes trincados — não tirar a roupa na frente de outras pessoas.

— Muito engraçadinha. — Os dedos dele estavam se movendo de novo, deslizando pelas suas costas. — Eu estava pensando em Risa. — Cordelia ouviu James inspirar, profundamente. Ele devia ter chegado ao último botão, pois o alto do vestido caiu como uma flor murcha, descendo até a sua cintura. Cordelia ficou parada, congelada, por um momento. Tudo que ela estava vestindo no alto agora era o espartilho, e a blusa fina sob ele.

Não havia nada em nenhum livro de etiqueta sobre aquilo. Cordelia puxou a frente do vestido para cima, segurando-a contra o peito. As costas do vestido deslizaram mais para baixo, e ela percebeu, horrorizada, que James provavelmente podia ver onde o quadril dela se alargava abaixo do espartilho, abrindo-se em uma curva a partir da cintura sufocada.

O olhar dela se fixou nos livros de Oscar Wilde apoiados ao lado de Keats na prateleira. Ela pensou em *A balada do cárcere de Reading*: "Cada homem mata aquilo que ama." Cordelia se perguntou se era possível matar de vergonha aquilo que se amava.

— Por favor, vá embora — disse James. A voz dele estava quase irreconhecível. O que ela havia feito?

— Eu realmente... sinto muito — disse ela, sem fôlego, e fugiu. Cordelia mal havia chegado no próprio quarto quando ouviu o clique da porta dele ao se fechar, e se trancar, atrás dela.

LONDRES:
Nº 48 DA CURZON STREET

Encolhido na reentrância de um muro, ele os vira entrar — James *Herondale e a sua noiva ruiva, a portadora de Cortana. Eles tinham descido da carruagem usando o ouro e o esplendor dos Caçadores de Sombras, ambos brilhando como preciosas bijuterias sob a luz poente do sol de inverno.*

Estava quase escuro agora. Luz amarela surgiu em uma janela superior, então outra. Ele sabia que não podia esperar ali por muito tempo; ele estava arriscando uma geladura, ou algum outro tipo de dano. Corpos humanos eram terrivelmente frágeis. Bijuterias, de fato, pensou ele, se aconchegando mais para dentro do casaco. Quando chegasse o momento, eles se desfariam com tanta facilidade nas suas mãos — como bugigangas reluzentes e sem valor. Como os brinquedos quebrados de uma criança.

6

Coisas por vir

*Não vê como um mundo de mágoas e atribulações é necessário
para ensinar uma inteligência e transformá-la em alma?*

— John Keats, *Cartas*

James jamais mencionou o episódio com o vestido de casamento,
para alívio de Cordelia. Além de se certificar de que Risa estaria sempre
por perto para ajudá-la quando ela se vestisse, Cordelia ficou muito feliz em
seguir adiante como se nada tivesse acontecido.

Ela achou mais fácil do que teria imaginado. No dia do casamento, ela
estava certa de que um ano de terrível constrangimento estava adiante.
Mas, para sua surpresa, conforme as duas semanas seguintes se passaram,
a questão do constrangimento jamais surgiu. Ela não foi lembrada de Grace;
na verdade, ela se viu esquecendo, às vezes durante horas seguidas, que os
sentimentos de James estavam comprometidos com outra pessoa. Estar com
outras pessoas era fácil, até mesmo agradável — ela e James saíam, jantavam
com amigos e no Instituto, embora ainda não tivessem sido convidados a
Cornwall Gardens. Magnus ainda não tinha visitado — por Anna, eles haviam descoberto que ele e Jem haviam encontrado problemas com os livros

Corrente de Ferro

no Instituto da Cornualha, e os tinham levado até o Labirinto Espiral para investigar melhor. Ainda não era certo quando eles voltariam.

No entanto, os Ladrões Alegres apareciam para festejar e comer a comida de Risa quase todo dia. Will, Tessa e Lucie os visitavam com frequência. Anna aparecia à noite, certa vez acabando em uma conversa de quatro horas com James sobre tapeçarias, durante a qual Cordelia pegara no sono no divã.

Estar sozinha com James, descobriu Cordelia, para sua surpresa, era igualmente fácil.

Não aconteceu tudo de uma só vez, é óbvio. Eles foram chegando aos poucos até lá: normalmente liam juntos, em cadeiras opostas diante da lareira da sala de estar. Em outras noites, jantavam no escritório e jogavam: damas, xadrez, gamão. Cordelia não sabia jogar cartas, e James se ofereceu para ensinar, mas ela recusou; preferia a característica física dos jogos de tabuleiro, a forma como eles se desenvolviam como uma batalha, no espaço real.

A cada noite, depois que o jogo terminava, o vencedor fazia uma pergunta. Foi assim que Cordelia descobriu que James não gostava de pastinacas, que às vezes desejava ser mais alto (embora, como ela o lembrou, ele tinha respeitáveis 1,80 metro), que ele sempre quis conhecer Constantinopla. E como ela contou a James que tinha medo de cobras, embora soubesse que era bobagem, e que gostaria de saber tocar violoncelo, e que achava que sua melhor qualidade física era o cabelo. (James apenas sorriu diante daquilo, e quando ela tentou fazer com que ele contasse a ela em que estava pensando, ele se esquivou.) A provocação e as gargalhadas depois eram geralmente a melhor parte; Cordelia amara James como amigo antes de amá-lo de outra forma, e era naqueles momentos que ela se lembrava do motivo.

Ela gostava da maneira como a conversa se dissipava e ficava mais devagar conforme os dois iam ficando com mais sono, mas nenhum deles queria parar de falar sobre qualquer coisa e sobre tudo. Ela conversava sobre viajar o mundo, e sobre o que tinha visto: macacos-de-gibraltar acorrentados em Marrakesh, os limoeiros de Menton, a baía de Nápoles depois de uma tempestade, uma procissão de elefantes no Forte Vermelho, em Délhi. James falava de forma sonhadora sobre viagens: como, quando menino, ele tinha um mapa na parede com alfinetes presos nos lugares onde esperava um dia conhecer. Como nenhum dos dois tinha ido a Constantinopla, eles

CASSANDRA CLARE

passaram uma noite tirando livros e mapas das prateleiras, lendo em voz alta relatos de viagens até a cidade, discutindo os lugares que queriam ver — os minaretes de mesquitas iluminados à noite, Santa Sofia, o antigo porto, a cidade dividida pelo rio. James se deitou no tapete com os braços cruzados atrás da cabeça enquanto Cordelia lia em voz alta de uma antiga memória de viagens: *"A Rainha das Cidades estava diante de mim, entronada em suas colinas populosas, com o Bósforo prateado, enfeitado por palácios, correndo aos seus pés."*

Ele riu, apenas um filete de dourado visível sob as pálpebras entreabertas.

— Você é melhor do que um Baedeker — disse ele. — Pode continuar.

E ela continuou, até que o fogo se extinguiu e Cordelia precisou despertar James, e eles subiram juntos. Os dois se despediram em suas portas separadas. Às vezes ela achava que a mão de James se demorava no ombro dela enquanto ele lhe dava um beijo de boa-noite, comportado, na bochecha.

Cordelia havia sonhado com tudo aquilo, de um jeito um pouco culpado — morar com ele, estar tão perto, tão frequentemente. Mas jamais havia imaginado a realidade daquilo. A doce e penetrante intimidade da vida normal de casada. De James fazendo-a rir enquanto ensinava gírias a ela (consideradas grosseiras demais para as damas) no café da manhã — "o café da manhã de um asno" era um chapéu de palha, e "meio-rato" era estar praticamente inebriado. De entrar no banheiro compartilhado deles enquanto ele fazia a barba, sem camisa, com uma toalha nos ombros. Ela quase fugiu, mas ele apenas gesticulou amigavelmente e puxou uma conversa sobre se precisavam ir à festa de noivado de Rosamund Wentworth.

— Ah, é bom irmos, suponho — disse ela. — Lucie vai, Matthew também.

Ele limpou o sabão do rosto, e Cordelia observou o suave declive dos músculos sob a pele dos braços, das costas. Ela não sabia que homens tinham depressões tão profundas acima do osso do quadril, assim como não sabia por que ver aquilo lhe dava uma sensação esquisita no fundo da garganta. Ela olhou para cima rápido, apenas para notar que havia sardas claras no alto dos ombros de James, como explosões douradas de estrelas contra a pele. Não havia uma parte dele que ela tivesse visto e não achasse linda. Era quase injusto.

Ele era mais lindo quando estava em movimento, decidira Cordelia. Era uma conclusão à qual ela chegara enquanto eles treinavam juntos — outra

Corrente de Ferro

parte da vida de casados que ela jamais havia considerado, mas da qual descobriu que gostava muito. A sala de treino que James tinha instalado no andar de cima era pequena, mas confortável, com um teto alto o suficiente para que usassem uma espada, com uma corda de escalar e plataformas para criar elevações improvisadas. Ali, ela e James lutavam e repassavam posições, e ela conseguia vê-lo de verdade, a sua beleza em movimento, a longa linha de seu corpo estendida em um agachamento ou graciosa em uma queda controlada. Ela queria acreditar que, quando não estava prestando atenção, ele estava roubando olhares dela da mesma forma que ela roubava dele. Mas Cordelia jamais o pegou fazendo isso, e ela disse a si mesma que era apenas um desejo.

Às vezes Cordelia se perguntava se seu amor não correspondido era um tipo de terceiro membro da casa, presente mesmo quando ela não estava — assombrando os passos de James, fechando seus braços fantasmagóricos sobre ele conforme ele amarrava a gravata diante do espelho, aninhando-se, incorpóreo, ao lado dele enquanto James dormia. Mas se ele sentia tal coisa, certamente não demonstrava.

—

— Daisy — falou James. Ele estava no corredor, do lado de fora da porta entreaberta de Cordelia; Risa tinha quase terminado de ajudá-la a se vestir. — Posso entrar?

— Um momento — disse Cordelia; Risa estava fechando os últimos botões do vestido.

— *Bebin ke mesle maah mimooni* — falou Risa, recuando, e Cordelia se olhou apressadamente no espelho. *Olhe como você está linda como a lua.*

Cordelia se perguntou sarcasticamente se Risa estava se referindo ao fato de que o vestido tinha um decote tão profundo que revelava o alto dos seios: apertados e visíveis acima da seda verde-escura. Ela supôs que *era* verdade que uma mulher casada podia usar roupas que eram muito mais ousadas do que as de uma moça solteira. Cada costura do vestido tinha sido desenhada para enfatizar suas curvas; cada painel de renda embutido oferecia um indício sugestivo da pele nua por baixo. O efeito, como Anna

— 130 —

CASSANDRA CLARE

tinha explicado a ela quando escolheu o material, estava nos olhos do espectador: nem mesmo as piores fofoqueiras podiam culpar o corte, mas um admirador poderia facilmente imaginar o que havia por baixo.

Mas será que James vai imaginar?, disse uma voz baixinha no fundo da sua mente. *Será que ele vai reparar no vestido? Elogiá-lo?*

Ela não sabia: fazia duas semanas desde seu casamento com James e ele algumas vezes era completamente opaco. Mesmo assim, tinham sido duas semanas tão felizes que a haviam surpreendido. Talvez aquela aposta insana valesse a pena. Ela teria uma boa lembrança quando estivesse velha e retorcida como um galho de árvore — um ano de felicidade casada com um rapaz que adorava. Algumas pessoas jamais tinham sequer isso.

— Talvez o vestido seja demais — falou Cordelia, puxando o decote.

— *Negaran nabash.* — Risa afastou a mão de Cordelia com um tapinha, fazendo um *tsc.* — Não se preocupe. Esta é sua primeira noite de verdade diante do Enclave todo como uma mulher casada. Mostre a eles que tem orgulho. Mostre a eles que não vai deixar que se sinta inferior. Mostre a eles que é uma Jahanshah. — Ela fez um gesto para Cordelia sair. — Agora eu vou embora. — Ela piscou um olho. — Você não deve manter *Alijenab* James esperando.

Risa saiu de fininho, deixando Cordelia de pé ali se sentindo bastante tola. James raramente entrava no quarto dela; sentia que ele queria que ela tivesse privacidade. Ele bateu uma vez antes de entrar e fechar a porta.

Ela tentou não encará-lo. James estava usando um fraque preto e colete branco. O alfaiate lobisomem maluco do pai dele tinha feito mais um trabalho excelente: as roupas de James cabiam perfeitamente nele, lã escura moldava seus ombros e as longas pernas, a camisa de linho branco mostrava a forma esguia do peito e do pescoço. O olhar de James recaiu sobre ela, o corpo dele ficou completamente imóvel. Havia um leve rubor nas bochechas dele.

— Daisy — disse ele. — Você está... — Ele parou, balançando a cabeça, e tirou uma coisa do bolso. Era uma caixa de veludo preto simples. Ele a estendeu para ela e Cordelia a pegou, bastante surpresa.

— Nosso aniversário de duas semanas — disse ele, em resposta à expressão confusa dela.

— Mas... eu não comprei nada para *você.* — Ela aceitou a caixa, o tecido de veludo macio contra os dedos. — Eu não sabia que deveria.

— 131 —

Corrente de Ferro

— Não deveria — falou James. — Às vezes eu tenho impulsos. Este foi um deles. — Ele sorriu. — Abra.

Ela abriu, revelando, aninhado em uma almofada de mais veludo escuro, um pingente dourado brilhante preso em uma corrente. Ela o tirou da caixa, exclamando, ao perceber o que era, um pequeno globo redondo, o leve contorno de mares e continentes gravado na superfície.

— Nós conversamos tanto sobre viagem — disse James. — Eu quis dar o mundo a você.

— É perfeito. — Cordelia sentiu como se seu coração pudesse sair voando do peito. — Aqui... vou colocar...

— Espere, espere. — James riu, passando para trás dela. — O fecho é pequeno. Vou ajudar.

Habilmente, ele encontrou o fecho na nuca de Cordelia. Ela congelou. Os dedos de James deslizaram sobre a pele delicada no alto da sua coluna, onde o vestido de Cordelia mergulhava para baixo. Ele tinha um cheiro delicioso, como folhas de louro e pele masculina limpa. Ouviu-se um clique quando o colar se fechou; ele inspirou profundamente quando estendeu a mão para esticar o pingente, e Cordelia *sentiu*, sentiu quando o peito dele inflou ao respirar, o linho da camisa de James contra as costas dela, fazendo seus pelos da nuca se arrepiarem. As mãos dele se detiveram por um momento, a centímetros da seda verde, da pele nua.

James deu um passo para trás, pigarreando. Ela se virou para olhar para ele. A Máscara estava no lugar, e Cordelia não conseguia decifrar nada na expressão dele além de uma neutralidade amigável.

— Está lindo — disse ele, tirando um papel dobrado do bolso. — E eu quase me esqueci... Neddy trouxe bilhetes para nós dois, de Lucie. Não abri o seu, apesar de minha óbvia curiosidade intensa.

Querida Cordelia, dizia o bilhete, com a familiar letra cursiva de Lucie, *sinto muito, muito mesmo, por perder a festa desta noite e deixar você aos ataques da Sociedade, mas estou me sentindo bastante enjoada. Se alguém a incomodar, mantenha a cabeça erguida e lembre-se do que a Bela Cordelia diria: "Não vou, e não pode me obrigar!" Espero ouvir tudo sobre a festa amanhã, principalmente o que todos estavam vestindo e se Thoby deixou crescer mais uma aldraba. Com todo meu amor, LUCIE.*

— 132 —

CASSANDRA CLARE

Cordelia entregou o bilhete para James ler enquanto eles desciam e saíam para a noite. O cocheiro já havia trazido a carruagem. Estava uma noite gelada: o ar estava seco como giz, e a neve continha uma camada superior de gelo que estalava e se partia sob os pés. Havia pesados tapetes de pele dentro da carruagem, e aquecedores de pés aconchegantes; Cordelia se acomodou com um suspiro.

— Aldraba? — indagou James, conforme a carruagem começou a avançar esmagando a estrada gelada.

— É um tipo de barba — disse Cordelia, sorrindo. — Vou apontar uma se vir. — Embora barbas fossem raras entre os Caçadores de Sombras: desde a época dos exércitos de Roma, os Nephilim viam pelo facial como algo que um inimigo poderia potencialmente agarrar durante a batalha. Não havia tais proibições para os cabelos das mulheres, provavelmente porque os Romanos jamais teriam imaginado mulheres lutando.

— Bem, se Thoby estiver usando uma, isso me deixa duas escolhas — falou James. — Desafiá-lo para um duelo, ou deixar crescer uma ainda maior.

— Espero que você não faça nenhuma das duas coisas. — Cordelia fez uma careta.

— Suponho que, como minha esposa, você tenha algum direito de opinar sobre minha aparência — falou James. Cordelia olhou para ele, mas ele estava apenas olhando pela janela para a noite preta e branca. — Os Wentworth não entretêm com frequência. Estou ansioso para que você veja o Confeito pela primeira vez.

— O Confeito? — repetiu ela.

— Você vai ver.

E ela viu, assim que eles entraram pelos portões. A casa era uma mansão ridiculamente ornamentada com torres e torretes, como um castelo, mas pintada de marfim pálido, de modo que lembrava um cruzamento do Taj Mahal com um bolo de casamento. Com luzes fortes saindo das janelas e a propriedade que a cercava coberta de neve, o efeito era ofuscante.

A carruagem parou diante de um tapete verde, o qual levava, como uma trilha na floresta, para cima dos degraus brancos reluzentes até uma imensa porta medieval falsa. Os degraus estavam cheios de cocheiros usando trajes marfim, todos de pé rigidamente, em pose de sentido, conforme James e

— 133 —

Cordelia passaram por eles. Ela não conseguiu conter uma risada quando chegaram em um saguão bastante grandioso com um elaborado piso de placas de mármore rosas e brancas. Realmente parecia um bolo.

James piscou um olho quando eles entraram no salão de baile, outro espaço imenso com tetos ornamentados, coberto com frisos dourados e pinturas pastel exuberantes de nuvens e querubins. Os cantos do salão estavam cheios de gente: Cordelia reconheceu Will e Tessa conversando num canto com Gabriel e Cecily Lightwood. Os Ladrões Alegres estavam lá também, jogados em uma mesa num canto, com Anna. Matthew ergueu uma taça de champanhe ao ver os dois; Anna gesticulou preguiçosamente. A dança ainda não havia começado: convidados perambulavam por uma longa mesa de banquete cheia de comida o suficiente para alimentar uma pequena cidade. Torres prateadas de confeitos e sanduíches serviam de fundo para imensos presuntos caramelizados e peixes do tamanho de crianças pequenas em gelatina reluzente, encarando sinistramente com os olhos cozidos de dentro das bandejas de prata.

No centro do salão de baile, Martin Wentworth e a esposa, Gladys, admiravam uma grande escultura de gelo de Rosamund e Thoby, ambos usando vestes esvoaçantes. Havia uma pequena pomba no ombro de Rosamund. James encarou aquilo abertamente.

— Você diria que esta festa é uma "Recepção Fria"? — sussurrou ele para Cordelia.

Ela apertou os lábios, mas não conseguiu se impedir de estremecer com risadas silenciosas. James olhou inocentemente para os querubins no teto conforme os verdadeiros Rosamund e Thoby se aproximavam para recebê-los.

— Ah, vocês dois estão lindos, um casal *tão* lindo, como eu dizia, eu não estava dizendo justamente isso, Thoby? — exclamou Rosamund.

Thoby pareceu surpreso.

— Estava?

Rosamund lançou a James um olhar voraz, como se ele fosse um delicioso bolinho de creme que ela mal podia esperar para cobrir de geleia de mirtilo. Sentindo a necessidade de resgatar o marido, Cordelia disse:

— E que maravilha que todos vieram comemorar! James, precisamos cumprimentar seus pais...

CASSANDRA CLARE

— Nem todos — disse Rosamund, com um forte suspiro. — Amos Gladstone teve que morrer, e muita gente achou que comparecer hoje era de mau gosto, o que é muito injusto, porque nós *obviamente* planejamos este evento antes de ele morrer. E teríamos cancelado, mas já havíamos encomendado a escultura de gelo.

— Essa foi uma observação extraordinária, Rosamund — falou James.

— Obrigada — disse Rosamund, parecendo satisfeita. — Quero dizer, como poderíamos saber que ele seria derrotado durante um patrulhamento?

— Quando foi isso? — disse Cordelia. Ela olhou para James, que deu de ombros. — Nós não ficamos sabendo...?

— Ah, foi na noite de anteontem — respondeu Thoby, um rapaz jovem de pouco queixo com cabelo loiro claro.

— Foi um ataque de demônio? — perguntou James.

— Bem, obviamente — disse Rosamund. — O que mais teria sido? Agora, Thoby, mostre a James o salão de bilhar, sim? É *novo*. — Ela deu um risinho e segurou o braço de Cordelia. — Nós moças precisamos ir a um lugar.

Conforme Thoby levou James, Rosamund guiou Cordelia para um grupo de mulheres de vestido pastel posicionadas perto das bebidas. Entre elas estava a irmã de Thomas, Eugenia, usando um vestido amarelo pálido e luvas combinando.

— Pronto — disse Rosamund, com alguma satisfação. O cabelo dela tinha sido penteado bem alto, e decorado com flores. Pétalas caíam quando ela jogava a cabeça para trás. — É aqui que as moças *casadas* estão — acrescentou ela, com um sussurro teatral.

É óbvio, percebeu Cordelia, um pouco tarde. Mulheres casadas costumavam ficar juntas em bailes: afinal, não estavam mais procurando maridos. Ela olhou com esperança para Eugenia, mas Rosamund já viera em sua direção.

— *Eugenia*. Você não deveria estar aqui. Volte para onde estão as moças jovens, há muitos cavalheiros aqui esta noite ansiosos para dançar...

— Não vou — disse Eugenia, parecendo amotinar-se, mas ela não era páreo para Rosamund. Um momento depois, ela era uma manchinha amarela desaparecendo na multidão.

— Cordelia Herondale, não é? — disse uma mulher angulosa usando seda cor de damasco. Cordelia a reconheceu como Eunice Pounceby, a

— 135 —

mãe de Augustus Pounceby. Parecia que Rosamund a deixara não apenas com as moças casadas, mas com as matronas, mães e avós. — Você parece bastante cansada.

Houve uma onda de risadas; Cordelia olhou perplexa.

— Eunice só está provocando você — disse Vespasia Greenmantle, uma mulher de aparência amigável usando veludo roxo. — Recém-casados e as noites em claro deles, hein?

Cordelia sentiu as bochechas corarem.

— Aproveite enquanto puder — disse Eunice. — Logo você estará preparando o quarto do bebê.

— Bebês são chatos, Eunice — disse Lilian Highsmith, que parecia majestosa em um vestido azul antiquado e joias de safira. — Agora armas, por outro lado, são interessantes. — Ela estendeu a mão para Cortana. — Eu, por exemplo, fiquei admirando a sua espada, minha querida. Posso?

Cordelia assentiu, e Lilian tocou o cabo de Cortana, sorrindo desejosa.

— Quando menina, tudo o que eu queria era uma arma feita por Wayland, o Ferreiro. Quando eu tinha doze anos, fugi de casa e meus pais me encontraram perambulando por Ridgeway Road, procurando a toca do ferreiro. Eu tinha levado uma moeda, como as histórias diziam que eu deveria fazer, e estava absolutamente certa de que ganharia uma espada em troca! — Ela riu. — A sua é linda.

— Obrigada — falou Cordelia, mas atrás de si ela ouviu algumas das outras moças sussurrando, alguém se perguntando em voz alta por que ela não estava em lua de mel, e outra pessoa, provavelmente Eunice, respondendo que James e Cordelia não tinham o luxo de esperar e planejar. *Por conta da reputação dela, sabe.*

Ai, aquilo era insuportável. E a música também estava prestes a começar: logo, todos os amigos de Cordelia estariam dançando, então ela não conseguiria fugir para a companhia deles. Ela viu que James tinha voltado para o salão de baile, mas ele tinha sido puxado para o lado pelos pais, com quem estava envolvido em uma intensa conversa. Não era como se ele pudesse chamá-la para dançar, lembrou-se Cordelia. Os maridos não deveriam dançar com as esposas nos bailes.

— Se a honra da primeira dança está disponível, Sra. Herondale?

Corrente de Ferro

Houve um pequeno farfalhar de choque entre as moças casadas. Cordelia olhou surpresa, reconhecendo a voz preguiçosa e indolente: Matthew estava de pé diante dela, parecendo inquisidor e colorido — o colete dele era decorado com pavões bordados, o cabelo loiro brilhava reluzente sob as luzes dos lustres.

Grata, ela deixou que ele a levasse para a pista.

— Ora, *essa* vai ser a coisa mais emocionante que acontece com aquele grupo em eras — disse ela. — Ai, nossa, suponho que isso seja rude, não? Eu também sou casada; não posso achar que as pessoas casadas são chatas.

— A maioria das pessoas é chata — disse Matthew. — Ser ou não casado tem pouco a ver com isso.

A primeira dança era uma polonesa, e casais vinham de todo canto do salão para se juntar à procissão na pista. Cecily e Gideon, Catherine Townsend e Augustus Pounceby, Filomena di Angelo — Cordelia se lembrava de ter conhecido a jovem italiana de cabelos pretos no casamento — e Albert Breakspear. Christopher tinha se unido a Eugenia, e ali estava Alastair, dançando educadamente com Ariadne.

— Por que vir a festas, então? — indagou Cordelia. — Se você acha todo mundo tão chato.

— As *pessoas* são chatas. Fofocar sobre elas *nunca* é. Olhe, ali estão Thoby e Rosamund, já brigando. Sobre o que será a briga? Lilian Highsmith bateu em Augustus Pounceby com o guarda-chuva mais cedo: o que será que ele fez? Será que ele a insultou? Esme Hardcastle está contando a Piers Wentworth sobre o livro que está escrevendo acerca da história do Enclave de Londres, mas ele só tem olhos para Catherine Townsend. E a linda Eugenia, rejeitando todos os pretendentes. Possivelmente devido a experiências passadas ruins.

— O que aconteceu com Eugenia?

— Augustus Pounceby. — Matthew fez cara feia. — Ele a levou a crer que tinham um entendimento. — Cordelia ficou surpresa; um entendimento podia ser uma coisa muito séria. Significava que uma jovem estava confiante em uma proposta de casamento. — Então ela se comportou de modo bastante livre com ele, saindo para passear sem acompanhante, tudo muito inocente, mas quando ele propôs casamento a Catherine Townsend,

CASSANDRA CLARE

que recusou, Eugenia foi feita de tola. Ela foi para Idris para fugir da fofoca do Enclave.

— Que terrível — disse Cordelia. — Mas certamente alguém deve ter um segredo maior do que tudo isso? Esqueletos sob as tábuas do piso e coisas do tipo?

— Quer saber se alguém é um assassino? — Matthew a girou em um círculo ágil: as dúzias de velas pareciam se embaçar em uma corrente de luz ao redor deles. — Eu sou.

Cordelia riu, um pouco sem fôlego. Eles tinham girado na direção do limite mais exterior do salão de dança. Ela viu James de relance; ele ainda estava em uma conversa animada com Will e Tessa.

— E se eu lhe dissesse que consigo ler lábios? — disse Matthew. — Que eu sei cada palavra que James e os pais dele estão trocando? E que a notícia que eles estão compartilhando é chocante?

— Eu diria a você que pare de entreouvir. E também não acreditaria. Leva anos para se aprender a ler lábios. Na verdade, o que eu diria é que você está contando anedotas assustadoras para se fazer parecer mais interessante, quando a verdade é que, se há notícias chocantes, você provavelmente ouviu de sua mãe.

Matthew fingiu levar um golpe no coração.

— Questionado! Emasculado! Crueldade, teu nome é mulher. — Ele olhou para ela por um olho semicerrado. — Isso significa que você não quer saber do que eles estão falando?

— É óbvio que quero, seu bobo. — Ela deu um tapinha de leve no ombro dele. A polonesa não era uma dança tão íntima quanto a valsa, mas Cordelia estava, ainda assim, perto o bastante de Matthew para notar as linhas finas em torno dos seus olhos quando ele sorria *de verdade*. Ela não via isso com frequência. Ele tinha cheiro de brandy, *frangipani* e charutos.

— Bem — disse ele, abaixando a voz. — Você sabe que Charles anda em Paris, trabalhando no Instituto.

— Eu ouvi falar que o chefe do Instituto de Paris estava doente, e que Charles estava ajudando.

— E uma bela ajuda ele foi — disse Matthew. — Houve uma reunião com todos os clãs de vampiros da França, e Charles deixou de convidar o

— 139 —

Corrente de Ferro

clã de Marselha. Provavelmente foi apenas esquecimento, mas eles viram isso como uma ofensa mortal.

— Ele não poderia simplesmente explicar e pedir desculpas?

Matthew riu com escárnio.

— Você já conheceu Charles? Ele não pede desculpas. Além do mais, os vampiros não estão inclinados a confiar nele. Eles sentem, não sem motivo, que em qualquer desavença séria a Consulesa ficaria do lado do filho. Então tio Will e tia Tessa vão voltar com ele para Paris amanhã para ajudar a acalmar as coisas sem alarde. — Os olhos de Matthew brilhavam. — Os Seres do Submundo costumam vê-los com olhos favoráveis, pois a própria Tessa é do Submundo, e Will achou justo defendê-la contra a Clave e até mesmo se casar com ela.

Eles levantaram as mãos e as uniram palma contra palma. Cordelia viu a Marca preta da Vidência brilhar contra as costas da mão dela quando seus dedos se entrelaçaram com os de Matthew.

— Bem, eu diria que eles mandaram o irmão Fairchild errado, para início de conversa — disse ela.

Eles começaram a girar em um círculo lento, mantendo as mãos unidas.

— Como assim?

— É *você* que ama a França. Está sempre falando de Paris — disse ela. — E você é diabolicamente charmoso, sabe que é. Teria sido um embaixador muito melhor do que Charles.

Matthew pareceu... bem, "chocado" talvez fosse a melhor descrição. Ela teve a sensação de que ele quase nunca era favoravelmente comparado ao irmão quando se tratava de assuntos profissionais. Eles fizeram mais um giro em silêncio. Sem a segurança da conversa frívola, a dança pareceu subitamente mais íntima. Ela conseguia sentir os movimentos dele ao seu lado, sentir o calor da sua mão, o toque frio do anel de insígnia. O que James lhe dera.

Cordelia já vira casais daquele jeito na pista de dança: completamente calados, sorvendo a visão um do outro, a rara oportunidade de se tocarem e serem íntimos sem causar um escândalo. Não que ela e Matthew fossem assim — ela apenas dissera uma coisa que fizera com que ele se sentisse desconfortável, nada mais. *Bem, azar o dele*, pensou ela. *Ele precisava ouvir aquilo*. Ele valia cem Charles.

— 140 —

A música parou. Em meio à multidão de dançarinos que deixava a pista de dança, eles abaixaram as mãos.

— Infelizmente — disse Matthew, em seu familiar tom de voz alegre —, preciso devolver você ao seu castigo, temo. Eu pediria mais uma dança, mas é malvisto que homens solteiros dancem demais com jovens casadas. Nós deveríamos nos atirar a fêmeas descompromissadas como bolas de canhão.

Cordelia riu.

— Não tem problema. Você me poupou de dez minutos que, caso contrário, teriam sido entediantes. Eu estava prestes a me jogar no pavê.

— Que desperdício de pavê — disse uma voz familiar, e Cordelia se virou, surpresa ao ver James. À luz dourada, os olhos dele eram de um tom de ouro impressionante.

— Você se libertou das garras dos seus pais, é? — disse Matthew, depois de uma hesitação tão breve que Cordelia se perguntou se a teria imaginado. — Soube de Charles?

James simulou um assobio.

— De fato. Muito a ser dito sobre esse assunto, mas, por enquanto... — Ele se virou para Cordelia: — Sra. Herondale, poderia me dar a honra de dançar a primeira valsa comigo?

Cordelia olhou para ele, surpresa.

— Mas os maridos não devem... quero dizer, eles não dançam com as esposas.

— Bem, este aqui dança — falou James, e a levou girando pela pista.

GRACE:
1896

A morte de Jesse não foi rápida. Ele começou a gritar à noite, e Grace correu para dentro, encontrando o irmão já num horror grotesco, um emaranhado de lençóis e sangue, tanto sangue, gritando, desumano em seu tormento. Grace gritou pela mãe, os gritos dela se unindo aos de Jesse. Ela sabia que havia Marcas de cura, magia de Caçadores de Sombras que poderia ajudar, mas ela não sabia como desenhá-las. Além do mais, não tinha estela.

Ela segurou o irmão, o sangue dele encharcando o pijama, e quando ela o soltou, ele estava morto. Em meio a isso, Grace teve a vaga noção da chegada de Tatiana, dos choros dela, ali, ao lado de Grace. Em certo momento, a mãe segurou um medalhão de ouro contra os lábios do filho, chorando violentamente; o motivo daquilo Grace não sabia no momento, embora fosse descobrir em breve.

Grace quisera a mãe ali, mas apenas se sentiu mais sozinha. Tatiana se descontrolou, gritando, rasgando as próprias roupas, gritando orações e imprecações para entidades desconhecidas por Grace para que o salvassem, que salvassem seu menino, e, depois que ele se foi, ela se sentou no chão, suas pernas abertas como uma menininha, chorando sozinha. Ela nem olhou para Grace.

Nos dias que se seguiram, se Grace esperava encontrar conforto no luto que tinha em comum com a mãe, ela se desapontou. Ao encalço da morte de Jesse, a mãe se recolheu ainda mais para dentro de si mesma, e costumava passar longos períodos sem reconhecer a presença de Grace ou reagir quando ela falava. Enquanto Grace procurava entender como prosseguir diante de sua desolação, a mãe disparava imprecações sobre a corrupção dos Caçadores de Sombras, sobre a determinação deles de arruiná-la, da indisposição dela de permanecer calada, sem lutar. Ela até mesmo conseguiu culpar diretamente a família Herondale, embora Grace não conseguisse ver qualquer conexão entre eles e a morte de Jesse.

Na verdade, embora parte dela teria adorado se agarrar à ideia de que alguém tinha culpa da morte de Jesse, ela sabia que às vezes os Caçadores de Sombras não aceitavam Marcas e morriam na tentativa. Era terrível — injusto, sem sentido —, mas era verdade. Então, Grace não encontrou conforto no ódio de sua mãe.

Também não foi reconfortante quando sua mãe começou a desaparecer dentro do porão da mansão e voltar com fedor de enxofre, murmurando consigo mesma em línguas estranhas. Quando falava com Grace, era em grande parte sobre o assunto da traição e da má-fé dos Nephilim. Esses discursos começavam e terminavam aparentemente sem motivo, retomando o meio de um pensamento como se os dias desde o primeiro discurso sequer tivessem passado, e era uma longa e contínua lição.

Grace não via maldade nos Caçadores de Sombras como um grupo — ela vivera entre eles durante seus primeiros anos de vida, afinal de contas —, mas Tatiana ilustrava bem suas lições, mergulhando nos cantos sombrios da Mansão Blackthorn e encontrando todo tipo de história cruel ali. Em um baú empoeirado no porão, uma coleção de relíquias dos Seres do Submundo: dentes de vampiro, uma pata de lobisomem dissecada e preservada, o que parecia ser a asa de uma mariposa enorme suspensa em um líquido transparente e viscoso. Era ilegal usar essas relíquias durante os últimos trinta anos, admitiu Tatiana, mas durante os novecentos anos da história dos Caçadores de Sombras anteriores a isso elas eram comuns. As anotações de um diário detalhavam a retirada de Marcas do filho mais jovem insubordinado de alguém.

CASSANDRA CLARE

— "Eles o atiraram na estrada" — leu Tatiana em voz alta —, "pelo bem da família e da Clave."

A *pièce de résistance* da coleção, escondida no escritório da Mansão Chiswick, era um cristal de *aletheia*, uma pedra multifacetada encantada para preservar as memórias de uma pessoa. Grace teria pensado que as famílias usavam essa magia para preservar os eventos felizes, mas aquela continha uma cena breve e sangrenta na qual Annabel Blackthorn, que vivera cem anos antes, era torturada pelo Inquisidor por ter se envolvido com um ser do Submundo e sentenciada a ser exilada para a Cidadela Adamant.

— Esses são os Nephilim — dizia Tatiana —, são esses que querem nos destruir. Foram esses que mataram nosso Jesse.

Ela desabava então, chorando e caindo no chão, e Grace saía de fininho para a cama depois que percebia que a mãe não exigiria mais a presença dela naquela noite. Mas, embora Grace fechasse os olhos, a imagem da jovem Blackthorn do passado permanecia em sua mente durante muitas horas. Como estava indefesa. O terror dela. Ela tomara uma decisão por conta própria, Annabel, e por isso tinha perdido tudo. Grace se perguntou, então, se a mãe pretendera uma lição diferente daquela que dera.

—

Certa noite, poucos dias depois da morte de Jesse, uma carruagem preta parou na frente da mansão, e Grace recebeu a ordem de abrir os portões. Era uma noite lamacenta e chuvosa, mas ela atendeu ao pedido, arrastando os pés pela entrada de cascalho e abrindo os pesados portões de ferro; eles rangeram um ruído esganiçado devido ao desuso. A carruagem passou, e Grace seguiu, observando-a com curiosidade. Havia símbolos estranhos entalhados na superfície dela — não eram Marcas de Caçadores de Sombras, e nada que ela reconhecesse.

A carruagem parou subitamente na porta da entrada, e, quando Grace a alcançou, uma figura emergiu. Era um homem — na memória dela, ele era muito alto, mas talvez fosse apenas porque ela ainda era uma criança — usando uma capa preta com o capuz sobre a cabeça, escondendo o rosto. Ele falou com a voz grave e rouca, mais severa do que Grace teria esperado.

Corrente de Ferro

— Onde está Tatiana Blackthorn?

— Minha mãe — disse ela, rapidamente. — Vou buscá-la. Quem devo dizer que...

— Não precisa — disse, rouca, a figura. — Minha presença é aguardada.

— Ele passou por ela e entrou na casa, virando no primeiro corredor, como se conhecesse o caminho.

Grace pensou em segui-lo, mas, depois que o homem passou por ela, percebeu que tremia tanto que não conseguia andar. Ela cruzou os braços em torno da cintura, tentando se aquecer, os dentes batendo, e depois de um minuto conseguiu subir até seu quarto. Havia uma pequena fogueira, e ela aumentou o fogo o máximo que conseguiu, embora o tremor não deixasse seu corpo.

━

O tempo pareceu perder todo o sentido depois da morte de Jesse. Grace acordava e resolvia seus assuntos mecanicamente, e dormia à noite sem sonhar. A cor das folhas mudava nos jardins, e os arbustos ficavam mais altos. Tatiana perambulava de um cômodo escuro até outro, sem falar, normalmente encarando os relógios quebrados nas paredes, os quais sempre mostravam a hora de vinte minutos para as nove.

Elas não se consolavam. Grace sabia que estava sozinha, tão sozinha que quase não ficou surpresa quando começou a alucinar que Jesse estava ali. Ela acordou na calada da noite, ofegante. E ali estava ele, ainda com as roupas com que tinha morrido. Ele parecia flutuar longe do alcance da sua visão, do outro lado do quarto. E então, de repente, ele estava ao lado dela, uma aparição completa e detalhada de seu irmão morto, brilhando levemente, sorrindo exatamente como ele teria feito se estivesse vivo.

Era demais para suportar, a crueldade da morte e a crueldade da mente dela. Grace gritou.

— Grace! — disse o irmão dela, alarmado. — Grace, não tenha medo! Sou só eu. Sou eu.

— Você não é real — respondeu Grace, entorpecida. Ela se obrigou a olhar para ele.

CASSANDRA CLARE

— Sou sim — falou Jesse, parecendo um pouco ofendido. — Sou um fantasma. Você sabe sobre fantasmas. Não estava alucinando daquela vez que viu aquele sujeito bebendo sangue. Ele era um vampiro.

Grace emitiu um som que foi metade uma risada e metade um soluço.

— Pelo Anjo — disse ela, uma expressão proibida na casa, mas ela não conseguiu evitar. — Você é real. Só o verdadeiro Jesse poderia ser tão irritante.

— Peço desculpas. Suponho que seja difícil para mim ser sensível com seu luto. Pois eu estou bem aqui.

— Sim, mas um fantasma — falou Grace. Ela permitiu que o significado daquilo entrasse em sua mente, e, sentindo-se um pouco mais atenta, ela se deixou olhar com curiosidade para o espírito do irmão. — Você tem sido um fantasma esse tempo todo? Por que demorou tanto para vir me ver?

Jesse pareceu triste.

— Eu não demorei. Eu tentei, mas... você não me ouvia. Até agora. — Ele balançou a cabeça, confuso. — Talvez leve um tempo para os fantasmas voltarem completamente. Talvez tenha alguma burocracia que precisa ser entregue.

Grace hesitou.

— Talvez — disse ela. — Jesse... Mamãe está tramando alguma coisa. Alguma coisa secreta. Não sei o que é, mas ela anda vasculhando livros de cantos esquecidos da casa, e um cavalheiro veio... ajudá-la com alguma coisa. Quem é ele?

— Eu não sei — respondeu Jesse, em tom pensativo. Ele esticou a mão e acariciou o cabelo de Grace, quase distraidamente. Ela conseguiu sentir o toque dele como teia de aranha a acariciando. Ela se inclinou na direção dele, determinada a aceitar qualquer conforto que o irmão ainda pudesse oferecer. — Vou descobrir, Grace — continuou ele. — Afinal de contas, eu entro e saio da casa o quanto quiser agora.

— E agora sem correr o risco de acordar mamãe — falou Grace. — Volte logo, Jesse. Eu sinto sua falta.

Quando ela acordou na manhã seguinte, estava quase convencida de que o encontro todo tinha sido um sonho, que era apenas um truque da sua mente, causado pela tristeza. Mas Jesse voltou na noite seguinte, e na noite depois daquela — e somente à noite. E, por fim, na quinta noite, ele explicou.

Corrente de Ferro

— Mamãe agora também pode me ver — disse ele, com um tom estranho, inexpressivo. — E ela está determinada a me trazer de volta dos mortos.

Grace sentiu uma descarga de emoções conflitantes dentro de si. Ela podia entender por que a mãe estaria decidida a fazer aquilo — pensar em Jesse completamente restaurado a encheu de uma esperança tão intensa que ela mal conseguiu suportar. No entanto.

— Aquele homem que veio... era um necromante?

— Um feiticeiro versado na magia sombria, sim. — Jesse pareceu triste.

— Eu fui... preservado — disse ele, pronunciando a palavra com desgosto. — Foi isso que ela o contratou para fazer. Tem um caixão de vidro no porão, com meu corpo dentro, imutável, como se eu fosse algum tipo de... vampiro. Em torno do pescoço dele, do meu pescoço, há um medalhão de ouro que contém meu último suspiro.

Grace não tinha certeza se sentia alívio ou perturbação.

— Para que ela tenha todo o tempo que precisar para... para tentar trazer você de volta.

— Sim — disse ele. — Enquanto isso, eu continuo preso aqui, entre a vida e a morte, o sol e a sombra. Assombrando a casa à noite, quando estou acordado, e desaparecendo quando o sol nasce. Ao pôr do sol, eu acordo e percebo que passei o dia todo dormindo, alheio em meu caixão. — Grace não podia imaginar como aquilo devia ser assustador, como ainda era. — Mesmo sem a necromancia, ainda é a magia sombria que me mantém neste estado. Ele não é sustentável para sempre.

Ela sabia que Jesse estava certo. Mas uma faísca de felicidade tinha se revirado em seu estômago, uma felicidade causada pela culpa, talvez — mas ter Jesse com ela, mesmo que apenas à noite, era muito melhor do que estar sozinha para sempre. Sozinha com a mãe, em uma casa escura e fria.

7

AVANCE COM CUIDADO

Zonza encontrei o choque de formas girando
Unidas umas às outras, as escravizadas de galé da Moda,
Em devaneios oníricos, como um fantasma desabituado
Que se espanta, surpreso, ao tropeçar sobre túmulos.

Pois túmulos havia sob meus pés, cujas máscaras plácidas
Sorriam de minha alegria temerosamente,
Enquanto o anfitrião dos finados dizia,
"Avance com cuidado — és cinzas, assim como nós."

— Julia Ward Howe, "Minha última dança"

A visão de Anna foi como uma agradável dor no peito de Ariadne.
Agradável porque Anna só tinha ficado mais linda desde a primeira vez que Ariadne a vira, quando ela ainda tinha um longo cabelo preto, vestidos mal ajustados, olhos azuis incandescentes e carrancas terríveis. Agora a beleza dela brilhava através do conforto que ela sentia ao estar na própria pele — as carrancas tinham sumido, os lábios dela se curvavam vermelhos e sorridentes conforme ela tomava um gole da taça de champanhe.

Corrente de Ferro

E dor porque Ariadne não podia tocá-la. Anna era uma fortaleza cercada dos amigos: o alto e belo Thomas; Christopher, que compartilhava a delicadeza severa de feições com a irmã; o extravagante Matthew, que sempre parecia ter acabado de sair de uma cama desarrumada cheia de sedas e veludo. Se James e Cordelia não estivessem valsando na pista de dança — Cordelia parecendo viçosa como uma flor em um vestido que Ariadne tinha certeza de que fora sugestão de Anna —, ela estava certa de que os dois também estariam cercando Anna.

O grupo olhou para Ariadne com desconfiança quando ela se aproximou de Anna. A outra jovem não pareceu sequer vê-la; Anna estava encostada na parede, com um pé, calçado em bota, atrás do corpo. Seu corpo era formado por linhas finas pretas e brancas, o paletó justo acompanhando o contorno de suas curvas esguias, e sua cabeça caía para trás enquanto ria. O pingente de rubi, que Ariadne sabia que era sensível a energias demoníacas, reluzia no pescoço.

— Oi, Anna — falou Ariadne.

Anna virou um olhar tranquilo na sua direção.

— Srta. Bridgestock.

Ariadne ergueu a cabeça. Ela estava usando o vestido mais novo — um modelo azul meia-noite, com fitas combinando trançadas em seu cabelo. Da cor dos olhos de Anna. Ela sabia que Anna notaria.

— Pode me dar a honra desta dança?

Anna suspirou e fez um gesto para o seu grupo: eles se afastaram apenas o suficiente para dar a Anna e Ariadne algum espaço.

— Mais uma tentativa, hein? — disse Matthew, com a voz baixa, quando passou por Ariadne e piscou um olho.

— Ariadne — falou Anna. — Quer mesmo dançar comigo? Aqui, na frente de toda essa gente?

Ariadne hesitou por um momento. Ela havia esperado até que seus pais tivessem ido para a sala de descanso, mas, mesmo assim, muitos dos amigos de sua família estavam ali assistindo. Os Rosewain, os Wentworth, Lilian Highsmith com os olhos velhos e alertas...

Não importava. Ela reuniu a coragem. Tudo o que importava era Anna.

— 150 —

CASSANDRA CLARE

Mas Anna já estava olhando para ela com ceticismo, tendo notado sua hesitação.

— É óbvio que não — respondeu Anna. — Nada mudou de verdade em você, não é, Ari? Quantas vezes vai me pedir para dançar quando sabe que é inútil?

Ariadne cruzou os braços diante do peito.

— Mil vezes — disse ela. — *Infinitas* vezes.

Anna apoiou a taça de champanhe no parapeito de uma janela.

— Isso é ridículo — disse ela, e Ariadne viu, com surpresa, que os olhos dela estavam incandescentes. — Vamos lá, então.

Puxando as pesadas saias, Ariadne seguiu Anna através de um conjunto de portas deslizantes para um salão de jantar deserto. Tecidos brancos cobriam a mobília. Anna continuou, confiante, pela extensão da sala, abrindo uma porta estreita e sumindo através dela.

Ariadne entrou de fininho atrás dela, apenas para descobrir que não estava em outra sala, mas em um pequeno espaço — uma despensa, pensou ela, no momento em que Anna fechou a porta, mergulhando as duas em semiescuridão.

Ariadne deu um gritinho. Ela ouviu Anna rir quando uma luz enfeitiçada começou a brilhar, iluminando aquele pequeno espaço. Estava vindo do pingente escarlate em volta do pescoço de Anna. Ariadne não sabia que o objeto podia fazer aquilo.

Ela olhou ao redor: estavam, de fato, em uma despensa. As prateleiras estavam praticamente vazias, exceto por alguns itens espalhados, retalhos que provavelmente tinham sido um dia usados para polir mobília. O chão estava vazio e limpo. Havia espaço o suficiente para movimento, de modo que um dos pés calçados em sandálias de Ariadne estivesse apoiado na bota esquerda de Anna; ela precisou inclinar o corpo para trás para evitar se chocar diretamente contra Anna.

Ela estava certa de que suas bochechas estavam muito coradas. Com sorte, Anna não conseguia vê-la direito. Ariadne respirou fundo.

Nos anos anteriores, Anna tinha cheiro de água de lavanda — agora havia um cheiro diferente nela, deixado por suas roupas e pele conforme ela se movia. Alguma coisa intensa e escura, como tabaco e resina doce. A

Corrente de Ferro

luz manchada de vermelho do pingente deixava os olhos dela de uma cor mais parecida com a do irmão, um tipo de roxo. As maçãs do rosto dela se destacavam como as lâminas de facas. A boca era rica e exuberante e farta, do mesmo vermelho-escuro das amoras. A garganta de Ariadne se apertou.

— Ouça — disse Anna. Não havia nada urgente na voz dela, apenas uma finalidade impassível. — Faz quatro meses desde que você me disse que me conquistaria de novo. Não sou algo para se conquistar, Ariadne. O amor é uma prisão, e eu não desejo ser acorrentada. Correntes não combinam com minha roupa.

— Mas eu amo você — falou Ariadne —, e não me sinto acorrentada.

— Levou você ao aprisionamento nesta despensa — observou Anna.

— Com você — disse Ariadne. Ela levantou a mão lentamente, movendo-se como se estivesse tentando não espantar um animal selvagem. A ponta de seus dedos roçou a bochecha de Anna, que segurou o pulso dela com a mão firme. Depois inclinou a cabeça; ela sempre fora ligeiramente mais alta do que Ariadne, principalmente usando botas. — Então estou feliz.

— Então você é uma tola — disse Anna. — Quer saber o motivo?

— Sim. Diga. Diga por que sou uma tola.

Anna levou a boca ao ouvido de Ariadne. Ela falou quase sussurrando, o hálito morno arrepiando os pelos das têmporas de Ariadne, os lábios dela roçando a pele de Ariadne.

— Porque nunca vou amar você — murmurou Anna. — Nunca estarei com você. Não temos futuro juntas. Nenhum. Quer que eu beije você mesmo assim?

Ariadne fechou os olhos.

— Sim. *Sim.*

A boca de Anna capturou a dela em um beijo forte, intenso. Ariadne arquejou quando a mão de Anna subiu para se entrelaçar a seus cabelos. Ariadne jamais beijara Charles, exceto por alguns selinhos contidos nos lábios em público. Ela havia tentado, antes dele, beijar outros meninos, e achou tudo muito ridículo. Duas pessoas esmagando o rosto um contra o outro sem um bom motivo.

Com Anna tinha sido diferente. *Era* diferente. Como ela quase se esquecera? O calor da boca de Anna, o seu gosto de vinho e rosas. Ariadne ficou na ponta dos pés; ela mordeu e lambeu o lábio inferior de Anna e sentiu os braços de Anna a envolverem, apertando. Levantando-a.

Anna era forte, como eram todos os Caçadores de Sombras: ela levantou Ariadne como se não pesasse mais do que um lenço e a colocou na beira de uma prateleira. Agora que suas mãos estavam livres de novo, Anna retomou sua tarefa com atenção redobrada. Ariadne gemeu, arqueando o corpo quando Anna invadiu sua boca, entreabrindo seus lábios — lambendo, sugando, beijando e mordendo, um turbilhão habilidoso que deixou Ariadne sem fôlego e em frenesi.

Ela não estivera errada durante aqueles últimos quatro meses. Qualquer coisa era válida, tudo, para ter aquilo. E ela jamais sentiu nada parecido daquilo com mais ninguém, exceto Anna. Ela se lembrava com carinho da primeira vez delas juntas, em como haviam se tocado inexperientemente, como tinham rido e tentado isso e aquilo até descobrirem o que cada uma delas gostava.

Havia muito que Ariadne ainda não sabia. Mas Anna a havia superado, como um carro a motor ultrapassa uma carruagem. As mãos dela estavam nos joelhos de Ariadne, deslizando para cima, encontrando a pele nua acima da meia-calça. Deslizando sob a anágua de musselina. A mão de Ariadne se fechou no cabelo de Anna. Ela sabia que estava soltando gemidos baixos conforme os dedos de Anna encontravam seu caminho sem hesitar até o seu centro. Ela abaixou as mãos, se debatendo por um momento antes de se agarrar à prateleira com força. Ela sentia como se estivesse caindo, em queda livre, da beira do mundo. Ela abriu os olhos devagar, desesperada para ver o rosto de Anna. Sob a luz escarlate, os olhos dela estavam azul--escuros, os lábios entreabertos. Pela primeira vez em dois anos, Anna estava se concentrando inteiramente em Ariadne.

Era demais. Ariadne arquejou e estremeceu quando o mundo se estilhaçou em torno de si.

— *Anna, Anna, Anna* — sussurrou ela, a palavra se perdendo contra a lã pesada do paletó de Anna. De alguma forma, ela havia enterrado o rosto no ombro de Anna.

Quando virou a cabeça, conseguiu ouvir o coração de Anna. Estava acelerado.

Ela se afastou, as mãos acariciando a frente da camisa de Anna, o material macio sobre a pele morna...

— Anna, vem aqui. Deixa que eu...

— Ah, não precisa. — Anna recuou um passo. — Sinceramente, Ariadne, deveria ter me dito que *isso* era o que você queria. Poderíamos ter feito isso há muito tempo.

Anna entreabriu a porta da despensa quando Ariadne se apressou para ajeitar a saia. Ela saltou para fora da prateleira, as pernas trêmulas mal conseguindo segurá-la.

— Anna, não podemos simplesmente...

— Voltar para a festa juntas? Concordo. As pessoas vão falar — disse Anna. — Eu vou primeiro; você me segue uns minutos depois. E deveríamos nos evitar pelo resto da noite, acho melhor. Não fique com essa cara, minha querida. Tenho certeza de que ninguém nos viu.

—

Cordelia podia ouvir os murmúrios conforme ela e James giravam pelo salão de baile. Não que ela se importasse. Que todos murmurassem sobre como ele estava sendo mal-educado, dançando com a esposa quando sem dúvida conversava bastante com ela em casa. Ela não se importava com o que ninguém dizia; ela se sentia encantada, triunfante. Não era uma tola que tinha entrado em um casamento com um homem relutante. James gostava dela.

Ela sabia que sim. Seus dedos estavam entrelaçados nos dele, a outra mão de James estava na sua cintura. A valsa era uma dança muito mais sensual do que a polonesa, e James não se incomodava em manter distância. Ela estava encostada nele, fazendo com que a goma da roupa se enrugasse. O canto da boca dele se curvou em um meio sorriso.

— Estou vendo que Matthew já inteirou você de toda a fofoca sobre Charles. Como foi sua noite entre as matronas do Enclave?

— Bem, elas estão olhando para a gente agora — falou Cordelia. — Parecem escandalizadas.

— Isso é porque os maridos delas estão bebendo vinho do Porto e jogando bilhar.

CASSANDRA CLARE

— Você não quer ir beber vinho do Porto e jogar bilhar? — provocou ela.

— Quando se dança tão bem quanto eu, existe a responsabilidade de dar o exemplo — disse James, girando Cordelia em uma volta exagerada. Ela riu, girando de volta até ele. James a segurou, seus dedos espalmados na cintura dela.

— Descobri mais sobre o que aconteceu com Amos Gladstone na outra noite — disse ele. — Foi encontrado com a garganta cortada. Congelado em um beco. Sem icor, ou qualquer vestígio demoníaco, mas tem chovido desde então...

Cordelia estremeceu.

— Não consigo deixar de me sentir inquieta. Da última vez que Caçadores de Sombras estavam morrendo...

— Aqueles eram ataques em plena luz do dia — falou James. — Isso é normal, ou tão normal quanto pode ser para os Nephilim. Perdemos o costume, mas as pessoas morrem patrulhando. Não que eu defenda fingir que isso não aconteceu porque uma escultura de gelo foi encomendada, veja bem...

Ele parou de falar. Dois convidados entraram no salão, e Rosamund e Thoby já haviam corrido para cumprimentá-los. Apesar da multidão, Cordelia soube quem eram: havia Charles, com o cabelo ruivo destacado pelo fraque preto, e, ao lado dele, Grace. O vestido dela era uma nuvem de renda marfim, jogada por cima de uma saia de seda azul-gelo.

Ela olhou para Cordelia por um longo momento, seus olhos cinza arregalados. Então ela virou o rosto.

— Eu não achei que Charles viria — disse Cordelia, lutando para permanecer indiferente. — Ele não vai para Paris amanhã?

— Assim que amanhecer, junto com meus pais, mas Charles está determinado a manter as aparências. — James não estava mais olhando para Grace e Charles. Ele tinha experiência, supôs Cordelia; não era a primeira vez que ela e James tinham visto Grace em uma festa, embora não tivesse acontecido desde o casamento. Ele jamais a olhava por muito tempo, nem ia falar com ela, mas Cordelia, atenta como estava aos humores dele, sempre sentia sua distração. — Peço desculpas... perdemos o ritmo da dança.

— E você estava fazendo um trabalho tão bom de dar o exemplo — disse Cordelia. James riu, mas soou frágil como vidro. Cordelia olhou para trás:

Rosamund parecia indicar para que Grace fosse com ela se juntar a algumas das outras moças solteiras, mas Grace apenas balançou a cabeça e se virou para Thoby.

Um momento depois, Thoby tinha tomado Grace pelas mãos e a girava pela pista de dança. Rosamund olhou para os dois, boquiaberta. Charles deu de ombros e saiu.

Cordelia não conseguiu parar de encarar — não havia nada nos livros de etiqueta que dizia que não se podia dançar com o anfitrião de uma festa, fosse ele noivo, casado ou solteiro. Mas entrar em uma dança no meio era estranho, e o fato de Grace ter pedido a Thoby — como ela obviamente fizera — era uma transgressão chocante. Aquilo certamente não lhe conquistaria amigos entre o grupo de Rosamund.

E o olhar de Thoby não ajudava. Ele estava olhando para Grace conforme os dois flutuavam pela pista, como se ele jamais tivesse visto uma criatura mais encantadora. Se Charles se incomodava, não deixava transparecer: ele seguia determinado para o outro lado do salão, na direção de Alastair, que estava sozinho ao lado de uma pilastra, parecendo cansado.

— Qual é o problema? — falou James. — Daisy?

Era uma grande ironia, pensou ela, que James a conhecesse tão bem. E era uma ainda maior que ele a tivesse um dia deixado em uma pista de dança, e agora ela o deixaria, embora fosse a última coisa que quisesse fazer.

— Alastair — disse ela, tirando as mãos das de James. Ela saiu apressada, sem olhar para trás, desviando entre o labirinto de dançarinos até irromper do outro lado.

Charles já havia chegado até Alastair e estava encostado casualmente contra a pilastra ao lado dele. Alastair parecia... bem, Alastair parecia inexpressivo, ou teria parecido, para alguém que não o conhecesse bem. Cordelia sabia, pela pose relaxada do irmão — ele estava quase deslizando para baixo da pilastra — e pelas mãos cerradas nos bolsos, que Alastair estava bastante chateado.

— Eu sei que você também lê os jornais mundanos — dizia Charles, conforme Cordelia se aproximava. — Estava me perguntando se você notou o assassinato recente em East End. É o tipo de coisa que parece que não deveria nos interessar, mas, ao olhar de perto...

CASSANDRA CLARE

Cordelia deu um passo na direção de Alastair, o retrato da modéstia. Ela sabia que as pessoas estavam olhando. Ela não queria dar motivo a elas para falar.

— Charles — disse ela, sorrindo com dentes demais —, acredito que você tenha concordado em ficar longe de meu irmão.

Charles ergueu uma sobrancelha com ar de superioridade.

— Cordelia, querida. Homens têm desavenças entre si de vez em quando. É melhor deixar que eles resolvam.

Cordelia olhou para Alastair.

— Você quer conversar com Charles?

Alastair se empertigou.

— Não — respondeu ele.

Charles corou. Aquilo fez suas sardas se destacarem.

— Alastair — disse ele. — Apenas um covarde precisa ser resgatado pela irmãzinha.

As sobrancelhas expressivas de Alastair se ergueram.

— E apenas um canalha coloca outras pessoas em situações nas quais elas precisam de resgate.

Charles respirou fundo, como se estivesse prestes a gritar. Cordelia se moveu rapidamente entre ele e o irmão; o sorriso dela estava começando a lhe causar dor no rosto.

— Charles, vá embora agora — disse ela. — Ou contarei a *todos* como sua tia e seu tio precisam sair correndo para Paris para resgatar a Clave de sua gafe.

Os lábios de Charles se contraíram. E, de alguma forma, estranhamente, naquele momento, ela viu Matthew nele — não podia imaginar o motivo. Eles não podiam ser pessoas mais diferentes. Se Charles apenas fosse mais gentil, mais compreensivo, talvez Matthew não...

Cordelia piscou. Charles tinha dito algo, sem dúvida algo afiado, e saiu batendo os pés. Quando ele fez isso, ela reparou que eles estavam realmente sendo observados — por Thomas. Ele olhava para o grupo do outro lado do salão, parecendo congelado no meio de um movimento. Atrás dele, James tinha se juntado novamente aos amigos e conversava com eles, uma de suas mãos estava apoiada com leveza no ombro de Matthew.

— 157 —

Várias coisas aconteceram ao mesmo tempo. Thomas, ao ver Cordelia olhar para ele, corou e virou o rosto. A música acabou, e os dançarinos começaram a sair da pista de dança. E Grace deixou Thoby sem dizer uma palavra e foi até James.

Matthew e Christopher estavam rindo juntos; Matthew parou, encarando, enquanto Grace dizia alguma coisa a James e os dois se afastavam do grupo. James fazia que não com a cabeça. A pulseira de prata brilhava no pulso dele conforme ele gesticulava.

— Quer que eu vá até lá e quebre as pernas do seu marido? — disse Alastair, baixinho.

— Ele não pode exatamente fugir gritando se Grace se aproxima dele — falou Cordelia. — Ele precisa ser educado.

— Como você foi educada com Charles? — disse Alastair, dando um sorriso torto. — Não leve a mal, Layla, sou grato por isso. Mas você não precisa...

Pelo canto do olho, Cordelia viu James se afastar de Grace. Ele foi até ela, parando apenas para cumprimentar com a cabeça alguns dos convidados de passagem. Ele estava branco como um lençol, mas, fora isso, a Máscara continuava firme no lugar.

— Alastair — disse ele, aproximando-se. — Que bom ver você. Seus pais estão bem?

Alastair tinha dito a Cordelia que ela não precisava ser educada. Mas a educação tinha sua utilidade. James usava sua educação como uma armadura. Uma armadura que combinava com a Máscara.

— Muito bem — respondeu Alastair. — Os Irmãos do Silêncio recomendaram que minha mãe descansasse em casa depois de toda a agitação do casamento. Meu pai não queria deixá-la.

Parte disso era, sem dúvida, verdade, e parte não era. Cordelia não tinha ânimo para investigar. Cordelia perdera todo o ânimo para a festa. James não havia quebrado o acordo deles, mas estava evidente que lhe causava dor estar no mesmo recinto que Grace.

A pior parte era que ela entendia. Cordelia sabia como era estar perto da pessoa que se amava, mas sentir como se estivesse a milhões de quilômetros de distância.

— James — disse ela, colocando a mão no braço dele. — Percebi que estou com uma vontade enorme de jogar xadrez.

Aquilo arrancou um sorriso dele, embora leve.

— É óbvio — disse ele. — Partiremos imediatamente.

— Para jogar xadrez? — murmurou Alastair. — A vida de casados parece emocionante.

Cordelia deu um beijo de despedida na bochecha de Alastair e James foi oferecer as desculpas necessárias aos anfitriões. Os dois recolheram seus pertences em silêncio e logo estavam nos degraus da frente da casa dos Wentworth, esperando que a carruagem fosse trazida.

Fazia uma linda noite, as estrelas estavam nítidas, parecendo diamantes. Grace os observara indo embora, uma expressão pensativa no rosto. Cordelia não podia deixar de se perguntar quanto Grace escondia. Não era do feitio dela se aproximar de James. Talvez tivesse se sentido desesperada. Cordelia não podia culpá-la se fosse esse o caso.

Mas ela não podia perguntar a James, porque eles não estavam sozinhos nos degraus — Tessa e Will estavam lá. Tessa sorria para Will enquanto enfiava as mãos em luvas com forro de pele; ele se abaixou para afastar o cabelo dela da testa.

James pigarreou alto. Cordelia olhou para ele.

— Caso contrário eles começariam a se beijar — disse ele, tranquilamente. — Acredite em mim, eu sei.

Tessa pareceu encantada ao ver os dois. Ela sorriu para Cordelia.

— Você está linda. Uma pena precisarmos sair cedo da festa, felizmente a Srta. Highsmith ofereceu à coitada da Filomena a carruagem dela mais tarde, mas precisamos viajar de Portal até Paris amanhã cedo. — Ela não mencionou, reparou Cordelia, Charles.

— Tentamos chegar até vocês lá dentro, mas fomos interrompidos por Rosamund correndo atrás de Thoby porque a escultura de gelo tinha derretido — falou Will. — O que isso diz sobre a juventude de hoje, o fato de não saberem que gelo derrete? O que estamos ensinando a eles nas escolas?

James pareceu divertir-se.

— Esse é mais um discurso sobre "a juventude de hoje"? — Ele abaixou o tom de voz até uma imitação convincente da de Will. — Correndo por aí, amoral, usando palavras ridículas, como "apatetado" e "trecoços"...

Corrente de Ferro

— Até eu sei que "trecoços" não é uma palavra — disse Will, com bastante dignidade. Ele e James se provocavam sem parar conforme a carruagem do Instituto virava a esquina e parava diante da escada, conduzida por um cocheiro magricela usando prata e marfim. Cordelia não conseguiu deixar de pensar em como o relacionamento de James com o pai era diferente do de Alastair com Elias. Ela se perguntava, às vezes, o que Elias diria se soubesse sobre Alastair e Charles. Se ele soubesse que Alastair era diferente. Ela queria pensar que ele não se importaria. Meses antes, teria tido certeza disso. Agora, ela não tinha certeza de nada.

Seus devaneios foram interrompidos por um grito repentino. O cocheiro magricela tinha ficado de pé com um salto, equilibrando-se no assento da carruagem. Ele olhou em volta, com os olhos arregalados.

— Demônio! — gritou o homem, rouco. — *Demônio!*

Cordelia ficou olhando. Alguma coisa que parecia uma roda de fiar coberta de bocas vermelhas e úmidas disparou de baixo da carruagem e rolou formando um círculo. Ela levou a mão até as costas, pegando Cortana — e estremeceu, a palma da mão ardendo.

Será que tinha se cortado com a espada, de algum jeito? Isso não era possível.

James colocou a mão no ombro de Cordelia.

— Está tudo bem — disse ele. — Não precisa.

Will olhava para Tessa, os olhos azuis arregalados.

— Posso?

Tessa sorriu permissivamente, como se Will tivesse pedido uma segunda fatia de bolo.

— Ah, vá em frente.

Will soltou um grito de comemoração. Enquanto Cordelia encarava, confusa, ele saltou escada abaixo e saiu correndo, perseguindo o demônio--roda. James e Tessa estavam sorrindo.

— Deveríamos ajudá-lo? — perguntou Cordelia, completamente espantada.

James sorriu.

— Não. Aquele demônio e meu pai são velhos amigos. Na verdade, velhos inimigos, mas dá no mesmo. O demônio gosta de sair atrás dele depois das festas.

CASSANDRA CLARE

— Isso é muito peculiar — falou Cordelia. — Estou vendo que me casei com uma família muito peculiar.

— Não finja que já não sabia disso — falou James.

Cordelia riu. Era tudo tão ridículo, mas tão parecido com o modo como a família de James era. Ela sentia como se as coisas estivessem quase normais de novo quando a carruagem chegou e os dois subiram nela. Conforme eles seguiam noite afora, passaram por Will, o qual empunhava uma lâmina serafim enquanto alegremente perseguia o demônio-roda pelo jardim de rosas dos Wentworth.

—

— Você deve estar tão terrivelmente desapontada por perder a festa de hoje à noite — falou Jessamine ao flutuar pelas estantes de livros na sala de estar. — Deve estar completamente *arrasada*.

Lucie estava no meio de uma leitura de *Kitty Costelo*, ou tentando ler, quando Jessamine apareceu, procurando companhia. Normalmente, Lucie não se incomodava com a presença de Jessamine, mas a sua dor de cabeça de latejar os ossos tinha acabado de desaparecer, e ela apenas se sentia cansada.

Com um suspiro, ela dobrou uma página para marcar a posição e fechou o livro.

— Sinceramente, não me sinto mal por perder a festa.

— Mesmo que aquela menina italiana pôde ter ido? — indagou Jessamine.

— Filomena? — Lucie sentia que mal conhecia Filomena; a jovem mais velha, embora teoricamente morasse no Instituto, estava sempre perambulando por Londres, indo a museus e exposições. Lucie mal a via. — Não, fico feliz que ela se divirta um pouco. É que não quero ver Rosamund e Thoby sendo arrogantes, mas *fico* mal por não apoiar Cordelia. Rosamund sem dúvida vai isolá-la com as mulheres casadas, e ela vai ficar entediada até não poder.

Jessamine tinha flutuado para baixo para se sentar na beira da mesa, balançando as pernas insubstanciais.

— Pelo menos o casamento dela é publicamente reconhecido. Quando eu me casei com Nate, ninguém nem quis saber.

Corrente de Ferro

— Bem, isso é provavelmente porque ele era um assassino, Jessamine. — Lucie colocou o livro de lado e ficou de pé, apertando a faixa do penhoar de flanela. Ela já havia soltado o cabelo para a noite, e ele caía até o meio das costas, fazendo com que Lucie pensasse nostalgicamente em quando era menina; tinha passado tantas noites naquela sala, enroscada ao lado da mãe enquanto Tessa prendia o cabelo dela em laços e tranças, e Will lia em voz alta. Ela sentiria saudade dos pais enquanto eles estivessem em Paris com Charles, pensou Lucie; a partida deles logo depois de James ter se mudado era um baque, embora eles lhe tivessem assegurado que certamente estariam de volta a tempo da festa de Natal anual do Instituto. Pelo menos tia Cecily e tio Gabriel fariam companhia a ela, pois estavam se prontificando a gerenciar o Instituto enquanto os Herondale estivessem fora. Christopher e Alexander também, embora ela suspeitasse de que Christopher passaria a maior parte do tempo no porão explodindo coisas.

Jessamine fungou, mas não disse nada. Ocasionalmente, ela romantizava o passado, mas sabia a verdade tão bem quanto Lucie. Não que Jessamine tivesse merecido morrer pelos erros que havia cometido, pensou Lucie, ao seguir pelo corredor até seu quarto, ou que merecesse ter se tornado um fantasma também, para sempre presa entre a vida e a morte, assombrando o Instituto e incapaz de deixá-lo.

Era realmente melancólico pensar naquilo. Ao chegar ao quarto, Lucie se perguntou se deveria procurar Bridget e pedir uma xícara de leite quente, caso não conseguisse dormir — então a porta se escancarou, e, subitamente, o leite quente era a última coisa em sua cabeça.

O luar brilhante entrou no quarto, iluminando o vestido lilás cuidadosamente disposto que ela havia escolhido para aquela noite, o qual não fora usado. Botas de pelica de salto baixo estavam sob a janela; os seus cordões e anéis estavam dispostos sobre a penteadeira, brilhando como gelo à luz fria. Diante de sua escrivaninha coberta de papéis jogados estava Jesse, as páginas de *A bela Cordelia* espalhadas diante dele.

Lucie sentiu uma pontada de pânico. Ela pretendera mostrar a Jesse *A bela Cordelia*, mas também tinha planejado escolher que páginas ele veria.

— Jesse! — disse ela, entrando no quarto e fechando a porta atrás de si. — Você não deveria estar...

— 162 —

— Lendo isto? — completou ele. Havia um tom estranho em sua voz, e uma expressão mais estranha ainda em seu rosto. Uma expressão que Lucie não vira antes, um tipo de sombra projetada nas feições bonitas dele.

— Estou vendo o porquê.

— Jesse...

Ela estendeu a mão, mas ele já havia levantado uma página. Para horror de Lucie, Jesse começou a ler em voz alta, a voz tensa:

"*A corajosa Lucinda uniu as mãos diante do corpo. Será que seus olhos a enganavam? Mas não! Era de fato seu amado, Sir Jethro, de volta da guerra. Ele parecia realmente cansado e assolado pela guerra, sua armadura brilhante manchada de sangue — sem dúvida o sangue de inúmeros covardes que havia matado no campo de batalha. Mas aquelas marcas de batalha apenas faziam com que a beleza dele brilhasse mais forte. O cabelo preto reluzia, os seus olhos verdes brilhando conforme ela correu até o amado.*

— Meu amor, você está vivo — gritou ela.

Ele segurou o rosto dela entre as mãos frias.

— Não estou vivo. Sou um fantasma, e apenas você pode me ver.

— Não importa! — gritou Lucinda. — Vivo ou morto, ainda amo você!"

Lucie arrancou a página da mão de Jesse. Ela estava respirando com dificuldade.

— Pare — disse ela. — Pare de ler.

Ele ficou de pé.

— Entendo por que você não queria que eu lesse isso. Imagino que você pode estar debochando de mim...

Ela olhou para ele. Havia uma expressão revoltada em seus lábios que pareceu mudar seu rosto inteiro, ou será que era por que ela jamais o vira furioso?

— Não, como você pode achar isso?

— Obviamente eu sou uma espécie de piada para você, ou a minha situação é. — Aquela curva terrível ainda estava na boca de Jesse. Aquele tom frio na voz. Mas, em meio à humilhação, Lucie sentiu uma fagulha de raiva se acender.

— Isso *não* é verdade — disse ela. — É ficção. E, embora existam... semelhanças... entre Lorde Jethro e você, isso é só o que escritores fazem. Nós baseamos trechos e pedaços de personagens no que vemos na vida real. Não significa nada.

— Tem razão — disse ele, com rispidez. — Esse menino no livro não sou eu. Não sei quem ele é, ele é sua fantasia imaginada, Lucie.

Com as mãos trêmulas, Lucie amassou a página do livro em uma bola e jogou no chão.

— Eu apenas escrevi. Inventei uma história.

— Está bem evidente que se eu não fosse um fantasma, seria de pouco interesse para você. Só um menino que não viveu muito, e que morreu sem heroísmos — disse ele. Jesse começou a caminhar de um lado para o outro, os passos completamente silenciosos. Ela conseguia ver parcialmente através dele, através do ombro dele, quando Jesse se virou. Como se ele estivesse perdendo força, pensou ela, gelando; perdendo a habilidade de parecer sólido e inteiro. — Você quer criar uma história na qual eu morri em batalha, ou pereci nobremente. Não tolamente, fracamente, recebendo minha primeira Marca.

Ela olhou para o espelho sobre a penteadeira: Lucie viu a si mesma, muito pálida, o penhoar amarrado firme em volta do corpo. E onde Jesse estava parado, nem mesmo uma ondulação no ar. Ela desviou o olhar do reflexo.

— Não — respondeu Lucie. — Eu gosto de você exatamente como você é, da forma como é. O livro é um tipo de verdade, mas não é o que somos. O Cruel Príncipe James não é o *James*. Matthew não é uma coleção de duendes de gelo usando perneiras. E a Princesa Lucinda não sou eu. Eu a criei muito mais corajosa, mais inteligente, mais astuta do que eu. — Ela respirou fundo, cheia de medo. — A Princesa Lucinda teria dito que ama você, muito tempo antes de agora.

— Não — disse ele. — Não confunda o que você sente com as histórias que está escrevendo. Você não me ama. Não é possível.

Lucie queria bater o pé no chão, mas se conteve.

CASSANDRA CLARE

— Eu sei o que eu sinto — disparou ela. — Você não pode afirmar essas coisas, nem me dizer o que é possível!

— Você não entende — respondeu ele. — Quando estou com você, eu imagino que meu coração está batendo, embora não tenha batido há sete anos. Você me dá tanto, e eu não posso dar nada a você. — Ele pegou um punhado de papéis da mesa dela. — Eu disse a mim mesmo que você não sentia nada por mim, nada mais do que sentiria por... por um retrato, ou uma fotografia de alguém que um dia viveu e respirou. Se o que disse a mim mesmo foram mentiras, então a culpa é minha. Toda ela. É preciso colocar um fim nisso.

Lucie esticou a mão, como se fosse conseguir segurar a manga da camisa dele.

— E se eu ordenasse a você — disse ela, com a voz rouca aos próprios ouvidos. — Que se esquecesse que leu o livro? E se...

— Não — disse ele, e agora parecia absolutamente furioso. — Você *jamais* deve ordenar um fantasma a não ser que ele peça!

— Mas, Jesse...

Ela mal conseguia vê-lo com nitidez agora: ele havia começado a se dissolver, a ficar embaçado nos limites.

— Eu não posso, eu não *vou* ficar — disparou ele. — A não ser que me dê uma ordem, lógico. É isso que você quer? Me forçar a ficar?

Sem palavras, Lucie fez que não com a cabeça. E Jesse sumiu, deixando as páginas brancas do livro flutuarem lentamente até o chão.

James estava sentado diante da lareira no seu quarto, deixando que a luz das chamas brincasse sobre suas mãos, criando padrões e sombras.

Ele não conseguia dormir; Cordelia tinha dispensado o xadrez assim que eles chegaram em casa, e, de fato, ela parecia preocupada e exausta. James se sentiu amargamente irritado consigo mesmo.

Ele não tinha quebrado o acordo com Cordelia — tinha falado com Grace brevemente, e apenas sobre a morte de Amos Gladstone. Ela dissera a ele que tomasse cuidado. Tudo perfeitamente correto, mas ele sabia que devia

— 165 —

Corrente de Ferro

ter parecido hipnotizado quando Grace entrou no salão. Cordelia tinha ficado chocada. Ele devia ficado com uma cara terrível; ela normalmente era tão alegre e inabalável.

Ele nem mesmo queria ir àquela noite: fazia três dias inteiros que mal se aventurava para fora da porta da própria casa. Teoricamente, o mau tempo o mantivera em casa; estava ventando neve úmida desde terça-feira. Mas James precisava admitir: se ainda morasse no Instituto, teria se arrastado para fora, mal-humorado como um gato molhado, para se juntar aos amigos no quarto úmido acima da Diabo.

Mas ficar em casa com Daisy — ele tinha dito a ela que o casamento seria uma diversão, e fora sincero, mas estava se divertindo mais do que imaginou que se divertiria. Ele descobriu que ansiava por vê-la no café da manhã para contar no que tinha pensado à noite, e à noite, para ouvir o que ela havia pensado desde o café da manhã. Eles viam os amigos durante o dia, mas James adorava as noites a sós dos dois, quando eles rivalizavam sua inteligência nos jogos, faziam e perdiam apostas e falavam sobre tudo e qualquer coisa.

Ele se lembrava, quando era menino e a família inteira se reunia na sala de estar, de ver uma expressão no rosto de seu pai que James sempre pensava ser o Olhar Quieto. O olhar azul de Will percorria a esposa — passando por cada linha dela como se ele a estivesse memorizando de novo —, e então os filhos, e uma expressão de felicidade que era ao mesmo tempo aguçada e carinhosa tomava conta de seu rosto.

James sabia agora, no entanto, em que seu pai estava pensando quando estampava o Olhar Quieto. Era o mesmo pensamento que ele tinha no escritório à noite, observando a luz da lareira passar entre os cabelos vermelhos soltos de Cordelia, ouvindo a sua risada, vendo os movimentos graciosos das mãos dela na luz quente da lâmpada. *Como vivo neste momento para sempre, sem deixar que ele passe?*

Será que seria assim com Grace, quando eles estivessem casados? Era o que James se perguntava. Ele jamais se sentira confortável perto de Grace como se sentia com Cordelia. Talvez fosse a diferença entre amor e amizade. Amizade era mais fácil, mais relaxada.

No entanto, sussurrou uma voz traiçoeira no fundo da sua mente, não era relaxamento que ele sentia quando deixava o olhar percorrer Cordelia

— 166 —

CASSANDRA CLARE

enquanto ela se sentava perto do fogo, como se ele tivesse recebido uma tarefa matemática divina de somar os encantos dela: o formato da boca, a pele macia no pescoço e nos antebraços, a curva do pescoço, a leve saliência dos seios sob a camisola. Cordelia estava deslumbrante naquela noite; ele vira muitos homens olhando para ela, para as suas curvas, derramando-se dentro daquele vestido verde, para a graciosa inclinação da cabeça enquanto ela dançava, para o pingente dourado dele brilhando na pele dela...

Uma dor forte latejou atrás dos olhos de James. Ele estava tendo dores de cabeça terríveis ultimamente. Talvez por falta de sono. Ele esfregou as têmporas. Certamente não dormiria sentado ali, encarando a lareira. Quando James se levantou, ele se lembrou de que pretendia procurar um canivete mais cedo. Talvez pudesse abrir o fecho da pulseira. Mas estava cansado demais para se aventurar até o escritório, e quando chegou na cama, não se lembrava mais do que pretendera fazer.

LONDRES:
FINCH LANE

A neblina chegou sorrateira no fim da madrugada, assentando-se *em cada porta e beco de Bishopsgate, e escondendo os limites de prédios e árvores. Conforme o alvorecer chegava, os verdureiros foram os primeiros a quebrar o silêncio, a neblina abafando os sons das carroças conforme eles as empurravam para as ruas para exibir a mercadoria. Um leve brilho vermelho entre os prédios anunciava um sol fraco no momento em que as patrulhas de Caçadores de Sombras arrastavam os pés pelas ruelas a caminho de casa, invisíveis aos mercadores mundanos pelos quais passavam.*

E em Threadneedle Street, um assassino seguia em busca de uma vítima.

Ele se movia como um espectro, deslizando silenciosamente da cobertura de um toldo para o seguinte, quase invisível sob um manto escuro que se misturava com a pedra coberta de fuligem. Ele passou correndo pela estátua do Duque de Wellington e por trás das colunas brancas do Banco da Inglaterra. Ao redor, banqueiros e investidores bem-vestidos a caminho do trabalho não reparavam nele conforme passavam pelas portas das instituições financeiras de Londres como peixes se reproduzindo rio acima. O assassino se divertiu com a ideia de que aqueles mortais patéticos podiam muito bem ser peixes,

Corrente de Ferro

pois eram tão fracos, tão ignorantes, motivados por nenhuma busca mais nobre do que a troca de moeda.

Mas o problema do assassino não era com qualquer mortal. Ele tinha presas mais poderosas em mente.

Ali — aquela figura de preto, cabelos grisalhos, exaustão aparente no curvar dos ombros conforme saía da rua principal para Finch Lane, o tipo de rua vicinal quieta na qual ninguém repara ao passar com pressa. O assassino seguiu alguns passos atrás da presa, maravilhando-se porque aquilo era o melhor que os Nephilim tinham a oferecer, aquele caçador cansado que nem mesmo se dera conta de que era ele quem estava sendo caçado agora.

Ele se perguntou se os demônios ficavam desapontados com suas presas; certamente, ao longo dos últimos mil anos, eles tinham se acostumado com os Nephilim lutando melhor. Esse, por exemplo, nem mesmo notou a aproximação do assassino. Não reparou na lâmina até que a ponta fria dela estivesse pressionada contra seu pescoço. Adamas na pele, a ponta afiada do trabalho das Irmãs de Ferro nas forjas delas, trabalhando o adamas até se tornar uma ferramenta de morte.

Ele cortou de novo e de novo, sangue escorrendo pela lâmina e encharcando o pulso, caindo nas pedras sob seus pés, empoçando-se nas reentrâncias. Ódio subiu dentro dele, e logo ele estava esfaqueando com mais força, descendo a faca de novo e de novo, a outra mão enluvada sobre a boca da vítima, abafando os gritos até que não passassem de arquejos gorgolejantes.

Quando não restou mais nada do Caçador de Sombras a não ser pele inerte, o assassino afrouxou a mão. O corpo deslizou para o paralelepípedo. Ele se ajoelhou e, com cuidado, quase carinhosamente, puxou a manga da camisa do homem moribundo e estendeu o próprio braço exposto próximo do braço do Caçador de Sombras.

O assassino tirou um objeto do casaco, uma haste de metal fina que não refletia luz, a superfície cortada por linhas gravadas. Ele passou o dedo pela Marca de Velocidade da vítima, traçando os símbolos na pele do homem morto, sentindo a energia logo abaixo da superfície, o poder da própria Marca.

O assassino sorriu.

A Marca era dele agora. Ele a havia conquistado.

8

TRAZER UM INCÊNDIO

Vim trazer fogo à terra, e quem dera
já estivesse aceso! Mas devo me submeter a um batismo,
e estou atado até que seja realizado!
Pois acham que vim trazer paz na terra?
Não, digo-lhes, mas sim a divisão.

— Lucas 12:49–51

Depois de acordar tarde na manhã seguinte, Cordelia vestiu uma saia
de lã quente e uma blusa de gola alta branca e desceu as escadas até a sala de
jantar, onde encontrou James sentado à mesa com uma cópia dos poemas
de Housman aberta sobre o cotovelo esquerdo e um prato de café da manhã
do lado direito.

Ele ofereceu um sorriso cansado para ela. Não parecia muito melhor
do que ela se sentia — havia luas crescentes de sombras sob os olhos dele.
Quando ela se sentou diante de James, não deixou de notar que o livro de
poesia estava de cabeça para baixo.

Risa entrou agitada com chá e o café da manhã para ela. James continuou
calado, o rosto fechado, os olhos pesados. Assim que Risa se foi, ele disse:

— Daisy, tem uma coisa que eu queria contar a você. É sobre o que aconteceu na noite antes do nosso casamento.

Cordelia atacou seu ovo cozido com vigor. Ela não tinha certeza de que queria saber o que tinha acontecido na Diabo.

— Eu... creio que ouvi alguma coisa sobre uma sereia invertida?

— Ah — disse James, encostando na cadeira. — Isso foi culpa de Matthew, e realmente, uma das coisas mais estranhas que eu já vi. Enfim, parece que Claribella encontrou o verdadeiro amor nos braços de um kelpie mergulhado em gim, então suponho que ninguém tenha sido profundamente prejudicado.

— Sério? — Cordelia estava se divertindo, mas James prosseguiu, a expressão dele ficando mais fechada.

— Não é isso. Tudo o que eu queria de verdade era passar um tempo com os Ladrões Alegres naquela noite. Mas tinha acabado de chegar ao nosso quarto quando... eu me vi naquele outro mundo. — A mão esquerda dele, com os longos e elegantes dedos, brincava com o garfo no prato. Ele tinha comido muito pouco. — O mundo de Belial.

O nome pareceu cair entre eles como uma sombra. Belial. Quando Cordelia o vira, ele havia assumido a forma de um lindo homem, pálido como gelo, tinha sido difícil olhar para ele e imaginar que era o avô de alguém, muito menos de Lucie e James.

— Mas... isso não é possível — disse Cordelia. — O Reino de Belial foi destruído. Nós o vimos se estilhaçar e sumir, e Jem falou que levaria centenas de anos para que ele recuperasse força suficiente para voltar!

James deu de ombros, deprimido.

— No entanto... foi tão real. Eu senti, Cordelia... senti a presença dele. Talvez eu não consiga explicar, mas...

— Você contou a Jem?

— Sim. Mandei uma mensagem a ele esta manhã. Ou, pelo menos, tentei. — James soltou o garfo. Ele tinha entortado vários dos dentes do utensílio. — Parece que ele ainda está no Labirinto Espiral com Magnus; não consigo entrar em contato. Vou tentar de novo, mas, enquanto isso, precisamos fazer o possível para entender o que está acontecendo, como é possível que eu estivesse sentindo Belial por perto quando ele não poderia estar ali.

Uma expressão lampejou no fundo dos olhos de James — uma expressão que fez Cordelia se empertigar, de repente muito preocupada de verdade. Mas antes que ela pudesse responder, eles ouviram a campainha tocar.

Risa correu para dentro, vindo do corredor da entrada.

— *Oun pessareh ke tou Sirk bazi mikoneh, injast* — disse ela a Cordelia, revirando os olhos.

James fez uma expressão de dúvida.

— Ela disse: "Aquele do circo está aqui" — traduziu Cordelia, dando a Risa um olhar fingido de repreensão. — Ela está falando de Matthew. Ela reprova os coletes dele.

James começou a sorrir quando Matthew entrou na sala de jantar, saltitando. Ele usava perneiras vinho e verde-oliva, com um colete combinando, e se sentou graciosamente em uma cadeira na ponta da mesa. Ele se serviu de arenque defumado do prato intocado de James antes de anunciar:

— Tenho novidades.

— Por favor, sinta-se em casa, meu amigo delinquente — disse James.

— Tenho certeza de que a senhora da casa não vai se incomodar.

— Você se incomoda? — perguntou Matthew a Cordelia, com o garfo a meio caminho da boca.

— Não — disse Cordelia, sem rodeios. — Venha quando quiser.

— Ah, que bom. Então acham que eu poderia tomar um café? Com leite e uma quantidade excepcional de açúcar? — Risa, que estava espreitando no canto da sala, lançou a ele um olhar desconfiado e partiu para a cozinha. Matthew se inclinou para a frente. — Tudo bem. Querem ouvir a novidade?

— É boa? — disse Cordelia.

— Não — disse Matthew, e James gemeu. — Mas acho que é importante. Ouvi Charles conversando com mamãe esta manhã, antes de ir de Portal para Paris com os seus pais. Ele estava patrulhando tarde ontem à noite e voltou com o contingente do alvorecer. Um membro do grupo deles estava desaparecido: Basil Pounceby. O pai de Augustus. Charles foi com a equipe de resgate, e estava junto quando encontraram o corpo. Parece que ele foi morto enquanto patrulhava ontem à noite.

James e Cordelia trocaram um olhar.

Corrente de Ferro

— Suspeitam do mesmo demônio que matou Amos Gladstone? — perguntou Cordelia.

— Estão achando que nem mesmo foi um demônio — disse Matthew, quando Risa apareceu com o café. — Os ferimentos foram feitos à faca, uma lâmina muito afiada que foi usada para fazer muitos buracos no Pounceby sênior. Demônios costumam massacrar, como animais. Pounceby foi esfaqueado por uma lâmina de metal fina, Gladstone teve a garganta cortada, e não havia vestígios de presença demoníaca em nenhum dos locais dos assassinatos. — Ele inclinou a cabeça para trás para sorrir para Risa como um anjo de Botticelli. — Você é tão linda quanto todas as estrelas — disse ele a ela —, mas melhor ainda, porque tem café.

— *Dary mano azziat mikoni* — disse Risa, erguendo as mãos, e saiu da sala batendo os pés.

— Minhas tentativas de conquistá-la não têm sido bem-sucedidas — observou Matthew.

— Risa é uma mulher sensata — disse James. Os olhos dele encaravam o nada. Ele parecia quase insuportavelmente tenso; Cordelia podia ver isso na disposição dos seus ombros, na linha rígida dos lábios. — Pounceby foi morto em algum lugar perto de pilastras brancas? E uma estátua, talvez de alguém sobre um cavalo?

Matthew apoiou a xícara de café com lenta deliberação.

— Perto de uma estátua do Duque de Wellington, na verdade — disse ele. — Perto do Banco da Inglaterra.

— Que tem uma colunata de pilastras brancas — disse Cordelia, olhando com surpresa para James. — Como você...?

James carregava o olhar de um homem que tinha suspeitado de um diagnóstico de morte e que acabara de confirmá-lo com o médico.

— Ele estava perto de Threadneedle Street, certo?

— Você andou falando com tio Gabriel ou tia Cecily? — falou Matthew, evidentemente confuso. — Deveria ter me interrompido se já sabia disso tudo.

— Eu não sabia. — James afastou a cadeira da mesa e caminhou até a janela, encarando a sebe coberta de gelo. — Ou, pelo menos, eu não sabia do que eu sabia.

— 174 —

— James — disse Cordelia. — O que está acontecendo?

Ele se virou para encarar os dois.

— Isso é... mais do que parece, acho. Seria melhor se eu falasse com todo mundo junto. Deveríamos reunir os outros Ladrões.

— Isso vai ser fácil — disse Matthew, casualmente; Cordelia teve a nítida sensação de que ele estava se contendo para não encher James de perguntas.

— Lucie e Christopher já estão na Diabo, colocando um pouco de juízo na cabeça de Thomas.

As sobrancelhas pretas de James se ergueram.

— Por que Thomas precisa de juízo?

— Bem, se vierem até a Diabo, podem descobrir — disse Matthew.

— Minha carruagem está esperando; podemos chegar lá em quinze minutos. Acham que Risa se importaria se eu levasse um prato de torrada com manteiga?

<hr>

— Não vou fugir da patrulha — dizia Thomas quando James, Matthew e Cordelia entraram. Vivas baixinhos haviam recebido Matthew e James conforme eles adentraram o pub, mas o humor na Diabo parecia quieto. Notícias dos assassinatos e afins costumavam chegar rápido no Submundo. — É uma sugestão ridícula e não tem nada que você possa dizer para me convencer!

Thomas parou de falar ao ver Cordelia e os outros. Ele estava com uma das mãos erguidas, o dedo espetando o ar conforme ele falava, como se para pontuar as frases. Ele estava corado, o cabelo castanho-claro despenteado. Cordelia ficou surpresa — o gentil e calmo Thomas raramente perdia a calma.

Embora tivesse havido aquela ocasião com Alastair no casamento.

Lucie e Christopher estavam sentados lado a lado em um sofá diante de Thomas, como duas crianças pequenas que ouviam um sermão dos pais. Os dois estavam com as mãos cruzadas no colo, embora, ao ver Cordelia, Lucie não tivesse contido um aceno.

— Graças ao Anjo, vocês estão todos aqui! Não é terrível?

Cordelia se juntou a Lucie e Christopher no velho sofá. Quando ela afundou agradecida nas almofadas de pena desgastadas, uma nuvem de

Corrente de Ferro

poeira subiu no ar e se juntou aos cheiros reconfortantes de livros antigos e incenso. Apesar das circunstâncias, era bom estar de volta naquele quarto familiar. Cordelia observou James se sentar em uma das poltronas murchas de brocado e Matthew ocupar seu lugar de sempre no canto. Enquanto estavam se acomodando, Lucie tocou a mão de Cordelia.

— Estávamos dizendo a Thomas que ele não deveria patrulhar — disse ela, com sinceridade. — Pelo menos não sozinho. Não depois do que aconteceu com Basil Pounceby.

— E Amos Gladstone — disse Christopher. — Duas mortes em tão pouco tempo, ambos mortos patrulhando, parece provável que estejam conectadas.

— Ou talvez seja apenas azar. — Thomas levantou os braços. — A patrulha sempre vai ser perigosa. Isso faz parte do trabalho, como demônios e Alastair Carstairs... — Ele parou de falar, ficando ainda mais corado. — Ah, Cordelia, eu...

Ela deu um sorriso tranquilo.

— Acabou de se lembrar que Alastair é meu irmão?

— Sim. Não — disse Thomas. Ele olhou em volta, para os amigos, suplicante.

— Ah, não — disse James. — Você precisa sair desta sozinho, Tom.

Thomas virou para Cordelia, deixando-a subitamente ciente do quanto ele era alto. Ela precisou inclinar a cabeça para trás para olhar para ele.

— Cordelia, eu... eu lhe devo desculpas há um tempo. Eu posso ter meus problemas com Alastair, mas sinto muito por ter sido grosseiro com ele no seu casamento. Foi imperdoável. Eu gosto muito de você e a considero uma amiga. Embora eu não possa perdoar Alastair, vou tratá-lo com educação por você. Eu jamais deveria ter sugerido o contrário.

— Bem — falou Cordelia. — Obrigada. Embora eu concorde que você não deveria estar patrulhando sozinho agora.

Thomas abriu a boca, fechou, então abriu de novo.

— Posso pedir sua permissão para gritar, lembrando que não estou gritando com você? — disse ele a Cordelia.

— Ah, sim — respondeu ela. — Adoro uma gritaria.

— Sim — concordou Lucie. — Grite com Matthew se quiser.

— Muito obrigado, Luce — falou Matthew.

CASSANDRA CLARE

— *Parem* — disse James. Todos olharam para ele surpresos. — Precisamos discutir com o que estamos lidando antes de discutirmos sobre quem vai patrulhar e quando. Patrulha diz respeito a demônios, e Math me disse que o Enclave já tem considerado que não foi um demônio que...

— O QUÊ? — falou Thomas, tão alto que todos deram um salto. — Desculpem — disse ele. — Eu estava todo pronto para gritar e não tinha tido a chance ainda.

— O que os faz pensar que não foi um demônio? — perguntou Christopher, pensativo.

— Pounceby foi esfaqueado pelo menos trinta vezes com uma lâmina afiada — disse Matthew. — Demônios não carregam armas.

— Podia ser um demônio com garras muito afiadas — replicou Christopher —, ou... podia ser um demônio com uma cara de faca. — Ele olhou em volta, ansioso.

— Cara de faca? — repetiu Matthew. — Esse é o seu argumento?

— Sim — disse Christopher, teimoso. — Pode ter algum tipo de protuberância facial. Talvez várias. Como um longo nariz pontudo com a ponta afiada.

— Não havia qualquer resíduo de atividade demoníaca também, nos corpos ou no local — falou Matthew. — Um demônio deixaria algum vestígio.

— E um mundano com a Visão? — sugeriu Lucie. — Talvez ele nem mesmo soubesse o que estava vendo. Ele podia estar bêbado. Ou louco. Podia estar tropeçando pelo escuro, viu um Caçador de Sombras e enxergou como algum tipo de ameaça.

— Ou poderia ser outro Caçador de Sombras — disse Matthew. — Não me olhe assim, precisamos considerar a possibilidade. Afinal, as pessoas cometem assassinato por todo tipo de motivos.

— Como o quê? — falou James, cético.

— Não sei... talvez Basil fosse um rival romântico de outra pessoa, ou o objeto de uma desavença. Ou alguém se ressentisse dele por ter criado Augustus. Ninguém se surpreenderia. Na verdade, pode ter sido Alastair.

— Matthew — disse Cordelia, furiosa. — Precisamos ficar mencionando meu irmão? Alastair pode ser muitas coisas, mas ele não é um assassino.

Corrente de Ferro

— É que eu gosto de culpá-lo pelas coisas — respondeu Matthew, um pouco envergonhado.

— Nada disso faz sentido, de toda forma — disse Cordelia. — Se alguém assassinou Basil Pounceby por vingança, ou amor, ou qualquer coisa dessas, por que também assassinariam Amos Gladstone? E nós seríamos tolos de achar que as mortes não estão conectadas.

— Acredito que estejam conectadas — falou James. Ele olhou para baixo, tenso; ele parecia se preparar, como se para dar más notícias. — Eu tive um sonho ontem à noite — acrescentou ele, subitamente. — Um sonho horrível que pareceu muito real...

— Real como... como viajar para o Reino das Sombras? — Lucie pareceu alarmada. Matthew e os outros estavam trocando olhares de preocupação também.

— Nada como cair nas sombras — falou James. — Eu estava muito aqui, em Londres. Eu *vi* o assassinato.

— Você viu? — repetiu Matthew. — Como assim?

— Foi um sonho, mas não como um sonho comum — disse James. — Eu estava lá, eu senti o frio do ar, os paralelepípedos sob meus pés. Reconheci Threadneedle Street. Vi uma faca, vi um corpo caindo, e vi mãos. Mãos cobertas de sangue. Eram... mãos humanas.

— As mãos do assassino? — disse Thomas.

— Não sei — falou James —, mas eu senti tanto ódio, ódio como só senti antes no mundo de Belial. Não pareceu um ódio humano.

— Quem você odiava? — sussurrou Cordelia. — No sonho?

Os olhos dele se fixaram nela. Sua voz era um sussurro.

— Todo mundo.

— Então você testemunhou o assassinato no sonho — disse Lucie, com preocupação estampada no rosto. — Mas aqui, em Londres, não no Reino das Sombras, ou através dele. Se deu pra entender o que eu quis dizer.

— Não no Reino das Sombras — concordou James. — Aquilo era Londres, não era uma paisagem detonada de morte infernal e destruição.

— A não ser que esteja falando de Piccadilly Circus quando o tráfego está ruim — disse Matthew.

— 178 —

— Vou ignorar esse comentário — disse James —, pois não é útil. Só posso dizer que não acredito que Pounceby tenha sido morto por um demônio, ou por um marido ciumento, ou um vampiro, ou o marido ciumento de um vampiro. Não sei dizer, mas acredito que a mesma entidade que matou Amos Gladstone tenha matado Pounceby também.

— Você sonhou com isso também? — perguntou Cordelia. — Mas foi apenas uma ou duas noites antes de ontem, não?

— Eu tive o que presumi ser um pesadelo — falou James. — Nada tão nítido e detalhado quanto o sonho que tive ontem à noite. Mas lembro de uma sensação de horror sufocante. Simplesmente não me ocorreu que havia alguma conexão com o que aconteceu com Gladstone, não até ter sonhado com a morte de Pounceby ontem à noite.

— Jamie — disse Lucie. — Quando os demônios Khora estavam atacando, antes de sequer levarem uma vítima, você teve uma visão do que estava por vir. É possível que talvez você tenha a habilidade de, por algum motivo, ver quando coisas ruins vão acontecer com Caçadores de Sombras?

— Não antes que aconteça, infelizmente — disse James. — Eu tinha acabado de acordar do pesadelo, talvez meia hora antes de Matthew chegar para nos contar que Pounceby estava morto e a Clave inteira sabia.

— E já eram dez da manhã — falou Matthew. — Você sabe dizer a que horas foi seu sonho?

James balançou a cabeça.

— Perto do alvorecer, acho.

— Então não foi bem um aviso com antecedência — falou Thomas. — E não tem como saber se vai acontecer de novo.

— Deveríamos contar a alguém — falou Christopher. — Não apenas ficar sentados aqui pensando em teorias. Embora eu adore pensar em teorias. — Ele pareceu desejoso.

— Nossos pais... — começou Lucie.

— Não — falou James. — De jeito nenhum que vamos arrastar nossos pais de volta de Paris para isto. Eles acabaram de sair. Vou tentar novamente mandar uma mensagem para Jem.

Matthew franziu a testa.

— Minha mãe disse algo sobre ele... o que seja que ele e Magnus estejam fazendo no Labirinto Espiral, parece importante. Tenho a sensação de que os dois estão enclausurados lá; ela disse que não tinha como falar com Magnus, por enquanto.

— Se contássemos para o Enclave... — começou Thomas.

— Não podemos — disse Matthew. — Eles já pensam que as duas mortes estão conectadas. Não tem nada de novo que poderíamos dizer, exceto que James tem tido esses sonhos, e para eles acharem que os sonhos têm alguma relevância ou significado...

— Precisamos contar a eles sobre Belial — disse Cordelia.

— E isso seria potencialmente desastroso — falou Matthew. — Para Jamie, para Lucie, para Will e Tessa, por todos os motivos pelos quais decidimos não contar a eles para início de conversa.

Thomas tinha se sentado na beira do sofá. Ele colocou a mão no ombro de James.

— É lógico. Não estávamos sugerindo contar a eles nada *disso*.

— Eu estaria preparado a contar a eles sobre Belial se isso afetasse apenas a mim — falou James —, mas isso também colocaria minha mãe e Lucie sob o escrutínio da Clave. — Ele se virou para Thomas. — Agora. Tom, ninguém está dizendo que você não pode patrulhar. Apenas não sozinho. Eu vou com você.

— Queria que você pudesse — disse Thomas. — Mas estão impondo um toque de recolher para todo mundo com menos de dezoito anos. Nenhum de vocês vai poder patrulhar, e se eu não posso patrulhar com vocês, prefiro ficar sozinho. Da última vez me colocaram com Augustus Pounceby. Foi tortura.

— E por falar nos Pounceby — disse Lucie. — O que Amos Gladstone e Basil Pounceby tinham em comum, além de ambos estarem patrulhando?

— Imagino que seja o que o Enclave está investigando agora — falou Matthew. — Quanto a nós, talvez devêssemos nos concentrar em evitar que James seja atormentado nos sonhos dele.

— Existem tinturas e coisas feitas para oferecer um sono sem sonhos — falou Christopher. — Vou perguntar a Henry sobre isso.

CASSANDRA CLARE

— Ah, isso seria maravilhoso — disse Lucie, parecendo aliviada. — Tenho certeza de que são apenas sonhos ruins, algum resquício do poder das sombras atormentando você, James.

— Sem dúvida — falou James, mas Cordelia via pela expressão dele que James tinha muitas dúvidas.

***

Enquanto eles recolhiam os casacos e as luvas, Lucie observava o irmão com atenção, procurando pistas de como ele estava se sentindo, mas seu rosto estava impassível. Ela se perguntou se aquilo incomodava Cordelia, quão pouca emoção James demonstrava às vezes. Mas, por outro lado, Cordelia não devia esperar muito, nem observar muito, de James. Era um pensamento entristecedor.

— Vou visitar os Pounceby — falou James, passando o cachecol pelo pescoço. — Eu deveria ir oferecer minhas condolências.

Matthew fez uma careta.

— Tenho certeza de que o Enclave está cuidando bem deles — falou o *parabatai* de James. — Não precisa se preocupar, Jamie.

— No entanto, vou me dar ao trabalho — falou James, esticando os ombros. — É o que minha mãe e meu pai fariam se estivessem aqui. Com eles em Paris, é minha responsabilidade prestar respeito aos Pounceby.

— Você é um bom homem, James — falou Thomas, com simpatia.

— Grandioso da sua parte assumir a responsabilidade de tio Will e tia Tessa — acrescentou Christopher. — Por favor, mande nossas condolências, os Ladrões Alegres, também.

— Sim — concordou Matthew. — Queiram eles ou não.

Lucie admirava a determinação do irmão, mas não compartilhava isso.

— Eu iria com você — disse ela —, mas Cordelia e eu precisamos treinar hoje. Estamos muito atrasadas, e precisamos correr atrás se quisermos estar prontas para nossa cerimônia de *parabatai* em janeiro. Você vai voltar pro Instituto com a gente, Kit?

— Não... vou para o laboratório de Henry.

Lucie não podia dizer que estava surpresa — apesar do fato de que Christopher estava, a princípio, residindo no Instituto, ela esperava que ele estivesse quase sempre fora: ou na Taverna do Diabo ou no adorado laboratório dele na casa da Consulesa.

Christopher se virou para James:

— Se vai até os Pounceby mesmo, venha até Grosvenor Square depois. Tem uma coisa que quero que veja no laboratório.

Enquanto James e Christopher iniciavam uma discussão sobre o laboratório, Matthew levou Thomas para o lado. Lucie deixou os ouvidos em alerta. Ela suspeitava de que Cordelia estivesse entreouvindo também, embora ela estivesse colocando as luvas de couro napa e parecesse perfeitamente comportada.

— Por favor, tome cuidado, Tom — aconselhou Matthew. — Eu sei que você tem dezoito anos e pode fazer o que quiser, mas não corra riscos desnecessários.

Thomas colocou o capuz do casaco do uniforme, cobrindo o cabelo castanho-claro.

— Você também, Matthew. Tome cuidado.

Matthew pareceu confuso.

— O que isso deveria querer dizer?

Thomas suspirou. Lucie não conseguiu deixar de se perguntar se ele também tinha notado o que ela havia percebido sobre Matthew. O que todo mundo parecia determinado a não ver ou comentar.

— Apenas cuide-se.

Do lado de fora, todos se dispersaram para suas respectivas carruagens. Todos, exceto Lucie.

— Já vou, Daisy — disse ela a Cordelia, então correu até a carruagem de Christopher e puxou a porta.

— Que diabo...? — Ele olhou para ela. — Tem algo errado, Luce?

— Não! — Ela abaixou a voz até sussurrar. — Você deveria trazer mais figueira-do-diabo para mim... não lembra?

— Ah. Sim — disse Christopher, enfiando a mão no bolso para pegar um pequeno pacote. — Mas Henry está ficando mais desconfiado com o motivo pelo qual você está pedindo essas coisas.

CASSANDRA CLARE

Lucie pegou o pacote de flores secas sem caule, segurando-o com delicadeza pelas pontas, e o enfiou no bolso da saia.

— Não é nada — respondeu ela. — Só estou trabalhando em uma poção de beleza, mas você pode imaginar que meu irmão não me deixaria em paz se descobrisse.

— Você deveria ter falado — replicou Christopher, se alegrando. — Henry tem um pouco de óleo de cachalote. Teoricamente é bom para a pele se você passar no rosto.

— Não, obrigada — respondeu Lucie, dando de ombros. — Acho que esta figueira-do-diabo vai resolver o problema.

— Apenas tome cuidado — falou Christopher, quando ela recuou da carruagem. — É muito venenosa. Não engula, nem beba, nem nada assim.

Lucie deu a ele um sorriso reconfortante.

— Eu nem sonharia com isso.

E ela não sonharia. Não sonharia em fazer uma poção de beleza também, mas até mesmo Christopher — que, entre todos os meninos do mundo, era certamente um dos melhores e mais gentis — achava aquela uma desculpa fácil de acreditar. *Homens*, pensou Lucie, correndo para alcançar Cordelia.

Era um daqueles dias em que nada parecia dar certo na sala de treinamento.

Cordelia tinha ido de carona com Lucie até o Instituto. Normalmente, ela achava que a melhor amiga era uma excelente parceira de luta. Mas nenhuma delas parecia conseguir se concentrar direito naquele dia. Elas se abaixavam quando deveriam desviar, erravam o alvo quando estavam arremessando facas, e Cordelia tinha girado quando deveria ter avançado, batendo com o quadril em um mastro. Pior, ela se atrapalhara com Cortana duas vezes, deixando a espada escorregar de sua mão de uma forma que a espantara e alarmara.

— Temo que hoje não seja nosso dia — disse Lucie, sem fôlego, com as mãos espalmadas na cintura. — Acho que não conseguimos evitar nos distrairmos.

— 183 —

— É horrível que eu não estivesse sequer pensando nos assassinatos? — disse Cordelia.

— Isso depende de *em que* você estava pensando — disse Lucie. — Chapéus novos seria ruim, o sentido do universo, um pouco menos.

— Eu estava pensando em meu pai. Nós devemos jantar todos juntos em Cornwall Gardens amanhã à noite. Vai ser a primeira vez que o vemos desde o casamento. — Ela afastou o cabelo úmido impacientemente. — Tentei tanto para que isso acontecesse — disse Cordelia. — Fiz de tudo para conseguir meu pai de volta, e agora que ele está aqui, não sei como me sentir.

— Eles o mandaram para o Basilias porque você derrotou o demônio Mandikhor — observou Lucie. — Caso contrário, ele teria ido para a cadeia, Daisy, e ainda estaria lá. Você não precisa saber como se sentir, mas é por causa de você que há uma chance de reconciliação. Tenho certeza de que ele sabe disso.

— Suponho que sim — disse Cordelia, com um sorriso fraco. — Mas eu não sei o que dizer a ele, e não tenho tempo de pensar nisso. E parece algo horrível de se fazer, forçar James a participar desse jantar em família terrível...

— Ele é a sua família — disse Lucie, com firmeza —, assim como eu; você é minha irmã agora, e vai ser minha irmã para sempre. Nós sempre seremos irmãs e *parabatai*. É isso que importa. Na verdade... — Ela olhou em volta. — Por que não treinamos a cerimônia?

— A cerimônia *parabatai*? — disse Cordelia. Ela precisava admitir que a ideia tinha certo apelo. — Você sabe todas as palavras?

— Eu vi a cerimônia de James e de Matthew — disse Lucie. — Acho que me lembro. Aqui, finja que está de pé em um círculo de fogo, e eu estou de pé em um círculo de fogo diferente.

— Espero que a gente esteja usando uniforme — disse Cordelia, se posicionando no círculo imaginário. — Nossas saias pegariam fogo.

Lucie esticou as mãos e indicou que Cordelia deveria fazer o mesmo. Elas uniram as mãos, e Lucie, com um olhar de concentração intenso no rosto, começou a falar:

— Embora a maioria dos *parabatai* sejam homens, a cerimônia usa palavras das escrituras que foram ditas por Ruth para Naomi. De uma mulher para a outra. — Ela sorriu para Cordelia. — "Rogo não deixá-la, ou voltar após segui-la; pois, para onde fores, irei..."

CASSANDRA CLARE

Lucie subitamente deu um salto, como se tivesse sido ferroada, mas abaixou as mãos. Alarmada, Cordelia avançou na direção dela, esquecendo-se, em sua preocupação, dos anéis de fogo imaginários.

— Lucie, está tudo bem...?

A porta se abriu e Filomena di Angelo entrou. Ela estampava uma expressão entediada e deprimida, tinha as sobrancelhas bem escuras e os lábios vermelhos, e isso tornava tudo o que fazia dramático.

— Ah, Lucie, não sabia que você estaria aqui— disse ela, olhando em volta com curiosidade. — O Sr. Lightwood sugeriu que eu desse uma olhada na sala de treino, pois ainda não a havia visto. Confesso — acrescentou ela — que tenho mais interesse em examinar a arte e a cultura de Londres do que descobrir se os Caçadores de Sombras espetam demônios com coisas pontiagudas de formas decididamente diferentes. Suspeito que não. O que vocês acham?

Lucie pareceu ter se recuperado. Ela deu um sorriso alegre demais e falou:

— Você se lembra de Cordelia, Filomena? Foi ela quem se casou há algumas semanas...

— Ah, sim, com o rapaz, aquele que fica *magnifico* em *abiti formali*. — Filomena suspirou. — *Quelli sì che sono un petto su cui vorrei far scorrere le dita e delle spalle che mi piacerebbe mordere.*

Cordelia caiu na gargalhada.

— Creio que se você se aproximasse de James e... como era? Se mordesse o ombro dele, ele ficaria bastante alarmado.

— Eu não sabia que você falava italiano! — Filomena pareceu encantada.

— Eu na verdade disse que queria passar as mãos pelo peito dele e morder os ombros dele...

— Filomena! É meu irmão de quem estamos falando! — protestou Lucie.

— E o marido de Daisy. Prometo a você, há muitos outros homens bonitos no Enclave. Thomas tem belos ombros. Ombros lendários, na verdade.

Filomena pareceu surpresa.

— Thomas? Sim, mas... — Ela olhou de Lucie para Cordelia e deu de ombros. — Suponho que aquele menino Fairchild possa ser interessante. Não o de cabelo vermelho, óbvio.

Corrente de Ferro

— Anna Lightwood vai dar uma festa no apartamento dela amanhã à noite — disse Lucie. — Você precisa ir! Todos os jovens do Enclave estarão lá. Matthew também.

— *L'affascinante* Anna vai dar uma festa? — Filomena bateu palmas. — Isso sim parece uma coisa de que eu posso gostar muito.

— Ah, se você gosta de arte e cultura, e ombros atraentes, certamente vai — assegurou Cordelia. Ela mal podia esperar para provocar James a respeito da linda jovem italiana que o admirava tanto. — E encontrará muitos rapazes bonitos por lá, suspeito.

— Sim — disse Filomena, jogando os cabelos pretos para trás ao deixar a sala. — Roma conquistou o mundo em seiscentos anos. Eu vou conquistar o Enclave em uma noite.

—

A visita de James até a casa dos Pounceby tinha sido triste e difícil. A sala de estar estava escura, as cortinas estavam fechadas para manter fora o sol forte do inverno. Augustus tinha ficado de cara feia para ele o tempo todo, como se James tivesse dado nós em todos os cadarços dele, e a viúva de Basil, Eunice, tinha chorado no ombro de James durante muito tempo, dizendo a ele que era um bom menino e que tinha crescido e se tornado um rapaz atencioso.

James sentiu vontade de sair dali e correr para Mayfair o mais rápido possível. Mas sua lealdade aos pais prevaleceu, e ele tinha ficado com os Pounceby durante quase uma hora, até que os benditos Gideon, Sophie e Eugenia tinham aparecido e dado a ele uma oportunidade de fugir.

Foi um alívio quando James chegou à casa da Consulesa em Grosvenor Square. O lugar em si era reconfortante para ele. James tinha se distraído durante tantas tardes alegres ali ao longo da vida. Nem cinco minutos depois de ter chegado, no entanto, ele já começava a suspeitar de que essa não seria uma daquelas tardes.

Ele tivera intenção de ir direto para o laboratório, presumindo que os amigos estivessem lá. Infelizmente, ele encontrou seu progresso bloqueado pelas portas escancaradas do escritório, onde Matthew estava jogado sobre um sofá como Cleópatra, olhando impassivelmente para as unhas enquanto Charlotte caminhava de um lado para outro, preocupada. Oscar, o cão, estava dormindo no canto, se mexendo enquanto sonhava.

— O Enclave está reunindo uma patrulha diurna para varrer a área onde o corpo de Basil Pounceby foi encontrado. Seu nome foi mencionado, Matthew, mas eu tirei você da lista, explicando que você não está bem — disse Charlotte. Ela não parecia nada feliz com aquilo.

James teria tentado passar despercebido, mas Matthew o vira. Matthew começou a gesticular frenética, porém sutilmente (o tipo de truque que somente ele conseguia fazer), para que James ficasse. James olhou com raiva, mas ficou.

— Por que você faria isso? — indagou Matthew. — Estou em perfeita forma, mãe.

— Eu disse porque é a verdade. — A voz de Charlotte falhou. — Matthew, você *não está* bem. Você está sempre bebendo, e quando não está bebendo, suas mãos estão tremendo. Nenhuma dessas condições é adequada para patrulhar.

Matthew revirou os olhos, sentando-se um pouco mais alto e reorganizando as almofadas.

— Não é culpa minha que você e papai eram as pessoas mais chatas do mundo quando eram adolescentes. Não sou como vocês. Quero *aproveitar* minha juventude. Quero beber e ficar acordado até tarde. Não tem nada errado com isso. Você está se preocupando demais.

— Tem um velho ditado. — A voz de Charlotte tinha ficado muito baixa. — Primeiro um homem toma uma bebida, depois a bebida toma o homem.

James pensou no pai de Cordelia e estremeceu. Por mais que a intenção fosse boa, Charlotte estava usando justamente a tática errada com Matthew, confundindo a atitude blasé dele com indiferença. Ele se acomodara novamente em uma posição de inatividade ainda mais infame do que a anterior; Charlotte poderia entender o gesto como desprezo, mas James sabia que por baixo da prostração de Matthew havia fúria — a mesma fúria que o levava a menosprezar a situação na frente de James, como se dissesse: *Veja como tudo isso é ridículo, veja como eles estão sendo tolos.*

— Então você preferiria que eu fosse mais como Charles, é isso? — indagou Matthew. — Ele quer que todos saibam o quanto ele é importante

Corrente de Ferro

e capaz. E, no entanto, Will e Tessa precisaram se mandar para Paris para acalmar a última catástrofe dele. E se tiverem sucesso em evitar que a guerra seja deflagrada por causa da confusão que ele criou, ele vai ter que retornar para uma aliança sem amor com Grace Blackthorn...

— *Não* tente mudar de assunto, Matthew. — Charlotte estava obviamente lutando para continuar calma. — Não estávamos falando de Charles. Estávamos falando de você...

James não aguentou mais; ele pigarreou e deu alguns passos para dentro da sala. Matthew fez um gesto exagerado ao se sentar com surpresa.

— Olhe quem chegou, mãe... *James* veio visitar.

Charlotte deu a James um sorriso tenso.

— Olá, querido.

— Mamãe e eu estávamos agora mesmo falando sobre por que seus pais precisaram sair às pressas para a França.

— Não deixem que eu interrompa. — James fez uma careta para Matthew em resposta ao olhar de raiva dele; ele sentia que os deveres de um *parabatai* acabavam quando discussões com a mãe começavam. — Achei que poderia vir dizer oi antes de descer até o laboratório para ver o que Christopher está fazendo.

Matthew desabou de volta nas almofadas. James conseguiu ouvir a voz dele, e a de Charlotte também, se elevando de novo conforme ele descia a escada em espiral até o porão. Tinha sido apelidado de "Masmorra" quando Henry ocupou o lugar para conduzir seus experimentos, muitos anos antes. James foi recebido, como sempre, por um vago cheiro de ovos podres que emanava da coleção de tubos de ensaio tampados, jarros de amostras e caixas rotuladas.

O laboratório estava fortemente iluminado com pedra de luz enfeitiçada, mas a bancada de trabalho de Henry estava vazia, exceto por uma pilha organizada de anotações. Na lareira, que havia muito tinha parado de funcionar, estava apoiado um boneco de palha coberto de manchas e rasgos: a vítima de inúmeros experimentos passados.

O canto de Christopher estava empilhado com a sua habitual pesquisa em progresso e pilhas de livros com rabiscos nas margens. Uma estátua de alabastro de Raziel, sobre cujo nariz alguém havia colocado um par de

— 188 —

óculos, olhava benevolentemente da cornija da lareira enquanto Thomas, sentado em um banquinho ao lado de Christopher, examinava alguma coisa nas mãos.

Quando James se aproximou, ele viu que o objeto que Thomas segurava era um revólver folheado a níquel. Caçadores de Sombras não podiam usar armas de fogo; armas precisavam receber Marcas para serem úteis contra demônios, mas as Marcas também evitavam que pólvora entrasse em ignição. Christopher tinha sido fazia muito tempo convencido de que devia haver algum modo de consertar aquele problema, e aquela arma em particular estava no laboratório havia um tempo; o níquel estava coberto de Marcas. Christopher jamais conseguira fazer com que funcionasse.

— Oi, James — disse Christopher, alegremente. — Você chegou bem na hora.

— Qual é a ideia aqui, Kit? — perguntou James. — Conseguiu fazer algum avanço?

— Não exatamente, mas tive uma ideia para alguns ajustes que eu poderia fazer no revólver. Depois do que aconteceu com o pobre Basil Pounceby, decidi colocar de lado meu projeto de envio de mensagens e voltar minhas atenções de volta à arma de fogo. Pense em como poderia ser útil! Se alguém fosse capaz de desenvolver uma arma com Marcas que funcionasse em demônios e em criaturas do tipo, elas poderiam ser entregues a todos que saem para patrulhar. Poderia ser uma ferramenta valiosa para derrotar o Cara de Faca, ou quem quer que seja o assassino.

James não conseguiu deixar de sorrir diante do entusiasmo de Christopher. Os olhos violeta do primo estavam brilhando, o cabelo estava arrepiado, e ele gesticulava incontrolavelmente ao falar. Thomas também sorria, embora parecesse um pouco cético.

— Então, estava precisando de uma ajuda sua, James — prosseguiu Christopher. — Obviamente, eu nunca disparei uma arma de fogo, e Thomas também não, mas você já. Queremos nos certificar de que estamos fazendo isso certo. *Está* carregada — acrescentou ele, mais como uma reflexão.

James foi até Thomas:

— Não é difícil — disse ele. — Você empurra o cão para baixo assim e alinha a visão ao longo do braço. Mira e puxa o gatilho.

Com um olhar intenso de concentração, Thomas seguiu as direções de James, o cão emitindo um clique quando ele engatilhou a arma e mirou na estátua de Raziel. James rapidamente recuou quando Thomas apertou o gatilho.

Ouviu-se um clique alto. O rosto de Christopher ficou tomado por decepção. Thomas sacudiu a arma, como se fosse uma carroça cujas rodas tivessem ficado presas na neve.

— Não fique sacudindo a arma, Tom, mesmo que não esteja funcionando — avisou James, e Thomas devolveu o revólver a ele rapidamente. James o examinou, tomando o cuidado de manter o cano apontado para a parede, longe dos outros. A arma era mais pesada do que ele esperava, o cano cinza estava gravado com a inscrição LUCAS 12:49.

— Onde conseguiu essa coisa, afinal? — disse Thomas.

— É da América — disse Christopher, parecendo desencorajado pelo fracasso do experimento. — Henry a comprou há anos. É um revólver Colt Single Action do exército. Mundanos chamam de "Pacificador".

James fechou a mão em torno do cabo, descobrindo que cabia em sua mão confortavelmente. Como experimento, ele empurrou o cão para baixo com o polegar. Então semicerrou os olhos ao longo do cano, alinhando a estátua empoeirada de alabastro com a mira.

— Mas Marcas evitam que ela dispare.

Christopher suspirou.

— Evitam. Mas eu achei que tivesse encontrado uma forma de contornar o problema. Tentei diferentes misturas para a pólvora, Marcas diferentes, até mesmo entoei o feitiço de proteção sobre a arma, sabe, "Sanvi à minha direita, Semangelaf às minhas costas...".

— Essa é parte dos feitiços de proteção que eles entoam sobre Caçadores de Sombras quando eles nascem — falou James. — É uma arma, não é um bebê, Kit. E, além do mais — acrescentou ele, apoiando o dedo no gatilho de forma experimental —, não...

A arma deu um pinote na mão de James. Um estalo ensurdecedor ecoou na pequena sala, seguido por uma explosão abafada. No silêncio chocado que se seguiu, os três observaram uma pequena nuvem de fumaça azul pairar da arma.

— 190 —

CASSANDRA CLARE

A estátua de Raziel estava agora privada da asa esquerda. Pedaços de alabastro rolavam da cornija da lareira para a bancada de trabalho abaixo. James abaixou os olhos para a arma em suas mãos com assombro, e sem pouca apreensão.

— Mundanos chamam isso de uma Pacificadora, você disse? — perguntou Thomas, indignado. — Mundanos são ainda mais estranhos do que eu pensei.

Mas Christopher soltou um grasnido triunfante.

— Pelo Anjo, James, isso é tremendo. Tremendo! Você fez ela funcionar! Deixe-me ver.

James estendeu a arma para Christopher, com o cabo voltado para ele.

— É toda sua. — Ele prestou atenção se ouviria passos apressados acima, mas nenhum som veio. Henry tinha mencionado que estava melhorando o abafamento no laboratório, ou talvez os residentes apenas estivessem tão acostumados com explosões ocasionais que sequer se sobressaltavam.

Christopher engatilhou a arma com mais segurança do que James esperava e apontou para o boneco na lareira. James e Thomas rapidamente taparam os ouvidos, mas quando Christopher puxou o gatilho, ouviu-se apenas o clique do cão retornando à posição inicial, e o cilindro girando. Christopher tentou mais duas vezes, então balançou a cabeça frustrado.

— Talvez tenha sido apenas um acidente ela ter disparado daquela vez — disse ele, seu desapontamento evidente.

— Posso? — James pegou a arma de volta de Christopher. — Imagino se...

Dessa vez ele mirou no boneco de palha na lareira, e dessa vez, estava pronto para o forte coice da arma. Com mais um poderoso *bang*, a arma pulou na mão de James, e o peito do boneco estourou, palha explodindo em todas as direções. Thomas inspirou um pedaço de palha e teve um acesso de tosse. James apoiou o revólver com cuidado de lado e se ajoelhou na lareira, procurando a cápsula, a qual ele encontrou presa num buraco perfeito na argamassa.

— Talvez apenas *você* consiga disparar — disse Christopher, depois de bater nas costas de Thomas até que ele conseguisse respirar de novo. — Por causa de sua... ascendência. Interessante.

— 191 —

Thomas pegou a arma e lançou um último olhar curioso para ela antes de entregá-la de volta a James.

— Talvez James devesse ficar com ela.

— Contanto que esteja disposto a voltar para alguns experimentos com a arma mais tarde, Jamie — falou Christopher. — Vamos tentar encontrar um lugar mais seguro para testar.

James sopesou a Colt nas mãos, equilibrando o peso. Ele ouvira outros Caçadores de Sombras falarem sobre descobrirem a arma que se tornaria sua preferida, aquela sem a qual jamais estavam, aquela que primeiro sacavam na batalha. James sempre presumira que sua arma eram as facas, ele era bom com elas, mas era verdade que jamais tinha havido uma lâmina em particular que cativara sua atenção. O fato de ele talvez ter descoberto sua arma de preferência por causa da ascendência não era um pensamento muito bem-vindo.

— Se funcionar em demônios — disse Thomas, como se tivesse adivinhado em que James estava pensando —, isso pode mudar as coisas. Mudar a forma como lutamos. Tornar a luta mais segura para os Caçadores de Sombras. Isso vale os riscos.

— Sim, você provavelmente está certo. — James cuidadosamente apoiou o revólver no casaco. — Kit, vou manter você informado de qualquer... novidade.

Ele podia ter ficado mais tempo, supôs, mas percebeu que queria estar em Curzon Street quando Cordelia voltasse do Instituto. Ela não podia ficar treinando por muito mais tempo, estava quase anoitecendo. Christopher tinha empacotado algumas tinturas destinadas a ajudar com o sono: enfiando-as no bolso, James correu para cima, onde ele encontrou a porta do escritório de Charlotte fechada. Ele conseguia ouvir a voz dela, misturada à de Matthew e agora à de Henry, erguendo e sumindo por trás da porta. Uma pena, pensou ele; James teria gostado de contar a Matthew sobre a arma, mas Christopher e Thomas precisariam inteirá-lo.

Conforme ele seguiu para casa, pensou na inscrição no cano da arma — LUCAS 12:49. Ele conhecia o versículo bíblico; qualquer Caçador de Sombras conheceria.

Vim trazer fogo à terra, e quem dera já estivesse aceso.

9

AS CICATRIZES QUE FICAM

Mas jamais um encontrava ao outro
Para libertar da dor o vazio coração —
Permaneciam alheios, resistindo suas cicatrizes,
Como penhascos partidos;
Um deprimente mar agora corre no meio —;
Mas nem calor, nem gelo, nem trovão,
Conseguirá de vez extinguir, creio eu,
As marcas daquilo que um dia foi.

— Samuel Taylor Coleridge, "Christabel"

— **Diga-me, James — falou Elias, com um brilho no olhar —, já ouviu** falar do temido demônio Yanluo?

Papa, é óbvio que ele já ouviu falar de Yanluo, era o que Cordelia queria dizer, mas ela se segurou. Desde o momento que chegaram à porta, tinha ficado evidente que a mãe dela tinha empregado bastante esforço em tornar a noite especial. A porcelana mais linda da família, de Paris, estava em exibição, assim como a toalha de mesa de damasco com delicados desenhos florais. Arranjos de mesa de flores de estufa caras — jasmim e heliotrópio — decoravam a mesa, e a casa cheirava a temperos e água de rosas.

Corrente de Ferro

A princípio, foi tudo um alívio — Cordelia estava mais preocupada com aquele jantar do que queria admitir para si mesma. Mentir para Will e Tessa sobre o casamento tinha sido horrível, mas para eles, pelo menos, aquele relacionamento tinha sido uma surpresa total. Mentir para a família dela era diferente. Para Sona, e sem dúvida para Elias, aquela união tinha sido um sonho. Não somente Cordelia tinha se casado, mas se casara com alguém de uma família poderosa e influente (não importava como Elias se sentisse a respeito dos Herondale). Ela dera a eles aquilo que esperavam, mas, agora que tinha feito os votos de casamento diante do Enclave e do Anjo, a mentira parecia pesar muito mais. Seus pais a conheciam melhor do que praticamente qualquer um: ela estava quase certa de que quando ela e James entrassem, seus pais olhariam para os dois e diriam, *Estamos vendo. Vocês obviamente não se amam e isso é nitidamente algum tipo estranho de casamento por conveniência.*

Em vez disso, todos tinham sido o mais educados possível. Sona fizera um alvoroço em torno de James, Alastair ficara olhando pensativo para o teto, e Elias tinha mostrado seu lado mais charmoso — expansivo, generoso, acolhedor e cheio de histórias de guerra.

James apoiou a garfada de *ghormeh sabzi* e assentiu tranquilamente.

— Um demônio muito famoso — disse ele. — Eu sei sobre o mal que ele trouxe para o Instituto de Xangai.

— Talvez esta não seja uma conversa apropriada para o jantar — disse Sona. Embora ela estivesse linda com um vestido informal aveludado decorado com renda e pele, e um *roosari* preto, ela parecia cansada. Devia estar cuidando aquela refeição desde o dia anterior, garantindo que a cozinheira tivesse as receitas e que soubesse preparar tudo, desde o *fesenjoon*, doce com cordeiro e pasta de romã, até o apimentado *kaleh pacheh*.

Ignorando Sona, Elias se inclinou na direção de James e ergueu as sobrancelhas. Com uma voz sombria e teatral, ele falou:

— Ele é o demônio que matou meu irmão Jonah e a esposa dele, Wen Yu, mas somente depois de ter torturado o filho deles, meu sobrinho Jem, na frente dos dois. Já ouviu a história de como matei Yanluo?

James sorriu; se havia alguma tensão ali, Cordelia tinha certeza de que o pai não notou.

— 194 —

CASSANDRA CLARE

— Somente que você o matou. E nunca ouvi em primeira mão. É óbvio que eu adoraria ouvir a história de você.

Cordelia encontrou o olhar de Alastair do outro lado da mesa. Ele ergueu uma sobrancelha como se para dizer *Ora, ora*.

Ela apenas deu de ombros. Não sabia o que tinha dado em James também. Como era apenas a família em casa, ele tinha se vestido casualmente — ela até mesmo o provocara porque o paletó azul-escuro de veludo era algo que Matthew usaria, mas assim que eles passaram pela porta, os modos de James não foram nada que não primorosamente formais. Ele elogiara Sona nos lindos arranjos de flores e o sabor delicioso da comida, e até mesmo tinha dito a Alastair que o cabelo dele estava bonito. Agora, conquistava Elias ao insistir em ouvir as histórias de heroísmo passado dele.

— Quando descobri que Jem tinha ficado órfão, fui para Xangai imediatamente, lógico — disse Elias. — O Instituto de Xangai queria vingança, tanto quanto eu, e eles me uniram à guerreira mais destemida que tinham: a lendária Ke Yiwen.

James murmurou algum tipo de reconhecimento ou concordância, mas Elias não parecia precisar da contribuição dele; àquela altura, ele já estava a todo vapor.

— Durante dois anos, Yiwen e eu caçamos o demônio pelo mundo. A passagem para o reino do próprio Yanluo ficava em Xangai, então ele jamais ficava longe muito tempo, mas fugia de nosso alcance. Até que um dia...

A história prosseguiu. Cordelia tinha ouvido tantas vezes que deixara de escutar de verdade as palavras, mas entendia que o pai estava repassando seus feitos mais impressionantes de caçada, as terríveis condições que suportara, e várias e dramáticas tentativas que fracassaram por pouco com demônios inferiores. A história ficava um pouco mais floreada a cada vez que era contada. Cordelia olhou para Alastair, esperando compartilhar um longo olhar de sofrimento.

Mas Alastair parecia mais do que sofrido. O olhar dele estava concentrado no pai com um ódio mal contido. Por fim, ele virou o vinho todo na boca com um só gole e interrompeu Elias no meio de uma frase:

— Pai, tenho me perguntado: você ainda tem contato com Ke Yiwen? Ou ela está ocupada demais para escrever cartas ultimamente, considerando que é a diretora do Instituto de Xangai?

195

Houve um momento de silêncio tenso. Nada que Alastair tinha dito era realmente muito ruim, mas era impossível deixar de notar a implicação. Todos à mesa estavam agora pensando na diferença entre o status atual dos assassinos de Yanluo: uma era chefe de Instituto e uma heroína aclamada, o outro tinha sido aprisionado pela Clave por incompetência bêbada e agora só esperava voltar a ser um Caçador de Sombras de algum respeito.

James olhou de Alastair para Elias. Não havia muito estampado no seu rosto; naquele momento, Cordelia ficou contente pela Máscara. Então ele sorriu, aquele sorriso que iluminava seu rosto, que o transformou em algo radiante. Ele inclinou a cabeça para Sona.

— De fato — disse ele —, *to bayad kheili khoshhal bashi ke do ta ghahraman tooye khanevadat dari.*

De fato, você deve sentir orgulho de ter dois heróis assim na família.

Cordelia ficou boquiaberta. Ela não fazia ideia de que James sabia persa além de alguns nomes de comidas, "obrigado" e "tchau". Até mesmo Alastair olhava para ele com uma mistura de surpresa e respeito.

Sona bateu palmas encantada.

— Você andou aprendendo persa, James? Que maravilha!

— Foi uma surpresa de casamento para Cordelia — respondeu James. Ele se virou para Elias, ainda parecendo perfeitamente à vontade. — Cordelia me disse que você ensinou xadrez a ela — disse ele, como se não houvesse tensões fervilhando sob a superfície do jantar. — Ela é uma jogadora incrível. Me derrotou todas as vezes que jogamos.

Elias riu; a empregada tinha vindo recolher os pratos, e ele estava na quarta taça de vinho. Havia uma mancha vermelha em sua lapela. Alastair o encarou de cara fechada, mas ele não pareceu notar.

— Bem, xadrez é um jogo persa, sabe, de acordo com o Livro dos Reis — disse ele. — Já ouviu a história da sua origem?

— Ainda não — respondeu James, com o rosto sério. — Conte-me.

Ele deu um leve chute em Cordelia sob a mesa. Que bom que eles não jogavam tanto cartas, pensou ela; James tinha o rosto perfeito para blefar.

— *Mâmân* — disse Cordelia, levantando-se da mesa. — Deixe-me ajudar você com o *chai.*

CASSANDRA CLARE

Era um pouco incomum que uma dama se ocupasse da preparação da comida, mas Cordelia conhecia a mãe: não importa o quanto as instruções fossem rigorosas, ela jamais confiaria em outra pessoa para fazer um chá para sua família. Precisava ficar em infusão durante horas, e temperado com a mistura correta de açafrão, cardamomo, canela e água de rosas. Então água do samovar era acrescentada; água de uma chaleira simplesmente *não servia*. Sona insistia que isso fazia toda a diferença.

Na cozinha, Cordelia viu com uma pontada de saudade que as sobremesas já haviam sido dispostas em uma bandeja de prata: *sohan assali* doce, e pedaços de *zoolbia bamieh* fritos banhados em xarope de rosas. Ela se aproximou por trás da mãe e cuidadosamente apoiou o braço nos ombros de Sona, a manga de seda do vestido informal de renda com chiffon ondulando levemente.

— *Mâmân* — insistiu ela. — Você não deveria ficar tanto em pé.

Sona ignorou isso e olhou na direção da sala de jantar.

— James e seu pai parecem se dar bem.

Cordelia fez um ruído de impaciência.

— Papai está reescrevendo o que aconteceu. Sempre que ele conta essa história, fica mais elaborada e ele se torna mais heroico.

Sona acrescentou um pouco de água ao chá vermelho e marrom na panela e lançou um olho crítico para o líquido.

— Todos temos o direito de florear um pouco as histórias. É inofensivo.

— Ela se virou para Cordelia: — Layla — acrescentou ela, seu tom de voz mais suave —, muita coisa mudou tão rápido. Você e seu irmão precisam dar uma chance a ele.

— Mas você não se pergunta onde ele esteve durante todos aqueles dias? Ele foi liberado do Basilias e, em vez de voltar para casa, ele simplesmente… saiu perambulando por aí?

Sona suspirou.

— Ele me contou tudo sobre suas viagens. Se quiser saber sobre elas, pode simplesmente perguntar você mesma. Sinceramente, fico triste ao pensar em todo o sofrimento que ele causou a si mesmo, mas acredito que a experiência o tenha mudado para melhor. Aquilo a que ele sobreviveu o tornou pleno de novo.

Cordelia desejou poder acreditar naquilo. O que seja que a mãe dela visse em seu pai desde o seu retorno, Cordelia não enxergava. Ele parecia o mesmo de sempre — e agora que ela sabia que durante todo aquele tempo ele estivera bêbado, ou de ressaca da bebedeira, em vez de cronicamente doente, a simpatia que ela sentia por ele pareceu um truque cruel que ele havia pregado. Ela não queria ser como a mãe — contando a si mesma uma história que fazia tudo ficar bem, quando obviamente não estava. Mas ela também não queria ser como Alastair, sempre com raiva, incapaz de fazer as pazes com a realidade de quem o pai deles era, insistindo naquilo sem parar, embora jamais fosse mudar.

Cordelia pegou a bandeja de sobremesas e a levou para a sala de jantar. James estava rindo. Alastair fez contato visual com ela, e Cordelia conseguiu decifrar as complexidades do olhar dele perfeitamente bem: ele achou que sabia exatamente o que elas estavam discutindo na cozinha, e Cordelia tinha certeza de que ele estava correto.

Felizmente, todos conseguiram comer a sobremesa sem mais discórdias. Sona pediu licença, dizendo que estava cansada, e ao ver que o pai também estava rapidamente apagando, Cordelia anunciou que eles também deveriam ir, pois já era tarde.

Com isso, restou a Alastair que os levasse até a porta. Ele foi com Cordelia até o vestíbulo enquanto James, educado como sempre, se demorou para agradecer a Elias a noite.

— Bem, *ele* estava em forma esta noite — disse Alastair, com desprezo.

Cordelia não precisou perguntar quem era "ele".

— É tão diferente — disse ela, quando Alastair a ajudou com o casaco. — Passar o tempo com ele, sabendo que ele... que ele não está sequer doente. Sempre foi assim para...

Ela parou de falar quando James apareceu, parando para recuperar o casaco e as luvas. Ele olhou mais uma vez para Cordelia e Alastair e falou:

— Vou esperar ali fora. Preciso de um pouco de ar puro, e ver como está Xanthos.

Cordelia sabia perfeitamente bem que estava congelando lá fora, e que Xanthos provavelmente estava dormindo, mas ela agradeceu por James lhe

CASSANDRA CLARE

dar um momento para falar sozinha com Alastair. Depois que James saiu, ela estendeu a mão para acariciar a bochecha do irmão.

— Alastair, *dâdâsh* — disse ela. — Você está bem? Se algum dia quiser ficar em Curzon Street...

— Com você e James? — Alastair ergueu uma sobrancelha, olhando pela janela. Cordelia podia ver James de pé diante da sarjeta nevada, acariciando o focinho de Xanthos. — Eu estava preocupado que ele jamais superasse a Srta. Blackthorn. Mas, ao que parece, ele não parece estar deprimido.

Era um alívio poder conversar sobre aquilo em voz alta.

— Não sei... quando ele a viu na festa de Rosamund, parecia que ele ia passar mal.

— Isso não significa nada. Sempre que vejo Charles, sinto como se fosse passar mal. Mas isso não quer dizer que eu ainda... Ao contrário do que seus amados poetas dizem, amor não correspondido não dura para sempre. E ser tratado mal por alguém não faz com que você ame mais a pessoa.

— Alastair — disse ela, baixinho. — Não me arrependo de meu casamento, mas parte de mim se sente terrível por deixar você sozinho no momento em que papai voltou. Toda noite é tão difícil quanto esta?

Alastair fez que não com a cabeça.

— Jamais se sinta assim, Layla. Uma das coisas que torna tudo isso — ele gesticulou, como se para abarcar toda a situação de moradia em Cornwall Gardens — suportável para mim é saber que você não está aqui, tendo que aguentar as mudanças de humor, as exigências e a amnésia seletiva dele. — Alastair sorriu. — E talvez seja egoísta de minha parte, mas agora que você sabe a verdade, e eu posso falar sobre isso com alguém, é um fardo mais fácil de carregar do que eu imaginava.

❦

Era tarde quando Lucie deixou a festa de Anna. Ela passara uma noite inquieta lá, incapaz de se deixar levar pelo champanhe ou pela conversa. Ela continuava olhando para as janelas, observando os espessos flocos brancos de neve caírem e se perguntando o quanto tinha esfriado naquela noite em um galpão sem telhado de Chiswick.

CASSANDRA CLARE

Ela sabia que Jesse não se importava. Não conseguia sentir o frio. Ela se preocupava mesmo assim.

Finalmente, Lucie desistiu e voltou para casa, entre gritos para que ficasse e participasse de mais uma rodada de jogos e conversa. Apesar da promessa de conquistar o Enclave, Filomena tinha passado a maior parte da noite em uma conversa animada com um vampiro que compartilhava da admiração dela pelo movimento *art nouveau* e por passear pela Europa. Depois que Filomena prometeu que encontraria alguém que a levasse com segurança para casa, Lucie ziguezagueou pela sala — alguém tinha virado uma mesa, e as pessoas a usavam como pista de dança improvisada — até Matthew, com a intenção de pedir a ele que a levasse para casa na carruagem dele.

Matthew sorriu para ela, então tropeçou e quase derrubou Percival, a cobra empalhada de Anna. Ele estava obviamente bêbado, e Lucie preferia a própria companhia à de um Matthew inebriado, o que lhe feria o coração e fazia com que ela quisesse sacudi-lo e perguntar por que ele não cuidava melhor de si mesmo. Por que ele não podia se ver da forma como o irmão de Lucie o via. Por que ele estava tão determinado a se ferir, e a ferir James no processo.

Conforme Lucie seguiu pela Percy Street, alguns flocos de neve perseguiam uns aos outros preguiçosamente sob o brilho das lâmpadas a gás, as ruas estavam vazias e silenciosas àquela hora. Londres envolta em neve era a promessa sussurrada de uma cidade, lâmpadas a gás pendiam como um colar de pérolas pelo céu. Lucie se aconchegou mais dentro do casaco de astracã. À sua cintura tilintavam as adagas e as lâminas serafim que ela levara naquela noite. Jamais se podia ser precavido demais.

Depois de caminhar por alguns quarteirões, ela tirou as luvas. Precisou admitir que estava frio, apesar da Marca de calor que colocara antes de sair da festa. Estava terrivelmente quente dentro do apartamento de Anna, e conforme a noite avançou, as coisas tinham se tornado mais tumultuadas quando a multidão dançou, bebeu e flertou, Anna empoleirada sobre a caixa acústica, observando a todos com seu sorriso de *La Gioconda*. A irmã de Thomas, Eugenia, tinha dançado com Matthew, jogando para trás os longos cabelos pretos. Em certo momento, Lucie falou rapidamente com uma menina mundana de olhos arregalados que afirmou que a festa era a

Corrente de Ferro

mais insana da qual ela havia participado, e perguntou a Lucie em um tom bastante chocado se todos na festa eram boêmios.

Lucie considerou responder que não eram boêmios, que eram vampiros, lobisomens e caçadores de demônios, mas não quis matar de choque a coitada da menina.

— Sim — respondeu ela. — Boêmios.

— Céus — exclamou a menina. Depois, Lucie a viu beijando Anna em um assento à janela e decidiu que o estilo de vida boêmio devia ter conquistado a moça.

A neve começou a cair mais forte quando Lucie passou pelo silencioso e deserto edifício do British Museum. Ele brilhou pálido atrás do corrimão, as colunas imponentes da entrada todas refrescadas por uma fina camada de gelo. Um arrepio surgiu na base da sua espinha. A sensação de ser observada. Sua respiração se condensou em uma nuvem branca fria quando ela se virou, a mão indo até a adaga na cintura.

Ele estava ali, uma silhueta escura contra um fundo de neve branca e prédios gelados. A neve caía em sua volta, mas não o tocava — nem seu cabelo preto, nem o eterno traje de camisa branca e calça preta.

— Você me assustou! — gritou ela, com o coração acelerado.

Jesse deu um sorriso estreito.

— Bem, eu sou um fantasma. Podia ter saltado de trás do museu e gritado "buuu", mas me segurei.

Lucie começava a tremer.

— Achei que você não quisesse me ver de novo.

— Eu jamais disse isso. — Era como se ele estivesse sob um escudo de vidro, pensou ela, a neve pairando para longe dele, como se ele e o espaço que ocupava não estivessem realmente *ali*. Mas os olhos de Jesse estavam alertas e pensativos como sempre. — Na verdade, eu estava curioso para saber como a Princesa Lucinda e Lorde Jethro estavam se entendendo.

Sem olhar para ele, Lucie começou uma caminhada apressada.

— Não caçoe de mim.

— Eu não estava caçoando — disse ele, em tom leve, juntando-se a ela conforme seguiam para High Holborn, desviando da neve derretida que tinha sido revirada pelas últimas carruagens voltando para casa, e viraram

— 202 —

na Chancery Lane. Não havia qualquer tráfego ali; as calçadas silenciosas brilhando com uma camada branca e frágil de neve. — Eu só gostaria de ver você um pouco.

Lucie esfregou as mãos. Estavam frias mesmo por baixo das luvas.

— Não consigo imaginar por quê. Você deixou bem evidente como se sentia.

— Deixei mesmo? — disse ele, em voz baixa, e então: — Por isso, preciso pedir desculpas.

Lucie ficou mais animada.

— Ah, bem, se vamos pedir *desculpas*...

Os olhos verdes dele brilharam com diversão.

— Vestida assim, você certamente não está patrulhando, está?

Lucie abaixou os olhos para o chiffon verde-pálido que despontava sob o casaco dela.

— Eu me vesti assim para uma festa — disse ela, em tom leve —, e eu fui a uma festa, e agora, como uma moça de respeito, estou sendo acompanhada até em casa após sair da festa.

— Foi uma festa de respeito, então?

— Certamente que não! Não tem absolutamente nada de respeito em qualquer evento oferecido por Anna Lightwood. Mas é isso que torna as festas dela tão boas.

— Eu nunca fui a uma festa — disse Jesse. — Eu teria adorado participar de uma das dela.

— Você estava no baile quando chegou a Londres — lembrou Lucie a ele.

— Verdade. Mas eu não podia dançar, não podia sentir o gosto da comida ou do vinho. — Ele inclinou a cabeça para o lado. — Você é a escritora — disse Jesse. — Descreva a festa para mim.

— Descrever? — Eles tinham virado em St. Bride's Lane. O bairro era menor, mais acolhedor; a neve dava às ruas de paralelepípedo uma sensação de contos de fadas. Estacas de gelo pendiam dos cantos de casas que eram feitas de madeira até a metade, e entre vidros coloridos de janelas era possível ver fogueiras brilhando. Lucie ergueu o queixo no ar. — Vou aceitar seu desafio, Jesse Blackthorn. Vou descrever a festa desta noite para você com tantos detalhes que vai sentir como se tivesse participado.

Ela se lançou em uma descrição, pintando o cenário como se estivesse escrevendo seu romance. Ela floreou conversas, tornando-as mais engraçadas do que tinham sido; ela descreveu o gosto de tudo que tinha sido servido, desde os doces folheados que quebravam até o ponche. E teceu a imagem da gravata de bolinha escandalosa que Matthew tinha combinado com calça de seda de risca e um colete magenta. Ela se lembrou de que Jesse não tinha conhecido Filomena, e contou tudo a ele sobre a jovem italiana e seu admirador vampírico.

— Ela é muito boa dançarina — falou Lucie. — Ensinou à gente uma valsa nova que aprendeu no Peru.

Os portões do Instituto se ergueram diante deles, as estacas perfurando as nuvens acima. Lucie parou aos portões, virando-se para Jesse:

— Obrigada por caminhar comigo até em casa. No entanto, não ouvi o pedido de desculpas que me foi prometido. Você não deveria ter lido meu livro sem pedir.

Ele se inclinou no mastro do portão. Ou pelo menos pareceu fazer isso: Lucie sabia que ele era insubstancial, e que o mastro era sólido.

— Não — disse Jesse. — Não deveria.

Havia algo a respeito dele, pensou ela; ele era o oposto de Matthew, da sua maneira. Matthew estampava um rosto alegre em todas as ocasiões, mesmo que fosse terrível. Enquanto Jesse falava diretamente, jamais se esquivando.

— E você não deveria ter dito que eu pensava em você como uma piada, ou de sua situação dessa forma — disse ela. — Tudo o que eu quero é ajudar você. Consertar isso.

— Consertar a morte? — disse ele, baixinho. — Lucie. Você *estava* errada no que falou, mas apenas quando alegou que não é como a Princesa Lucinda. Que não é corajosa ou astuta ou inteligente. Você é mil vezes essas coisas. Você é melhor do que qualquer heroína imaginada. Você é a *minha* heroína.

Lucie se sentiu corar.

— Então por que...

— Eu fiquei com tanta raiva? Deve ter parecido a você que eu odiei o livro — disse ele, com a voz baixa e rápida, como se desejasse chegar ao fim do que tinha para dizer antes que sua coragem lhe falhasse. — Ou que odiei sua escrita, ou odiei aquele personagem, Jethro, mas não foi nada disso. Na verdade, eu fiquei com ciúme do cafajeste. O único propósito dele é dizer exatamente como se sente. — Jesse olhou para o céu, para a neve. — Você precisa entender que eu sempre, *sempre* presumi que você jamais poderia sentir nada por mim. E que por isso eu achei que era seguro eu sentir o que sentia por você.

Lucie ficou parada, imóvel. Ela não conseguiria se mexer nem se um demônio Shax desgovernado surgisse de repente.

— Como assim? — sussurrou ela. — Como assim, o que você sentia?

Ele se afastou da parede. Estava realmente agitado agora, percebeu Lucie, tanto que quando ele gesticulou, o movimento das mãos dele pareceu brilhar no ar. Era algo que Lucie vira antes, quando fantasmas ficavam desesperadamente transtornados, não que ela quisesse pensar em Jesse como um tipo de fantasma comum como Jessamine ou Old Mol.

— É quase uma piada — disse ele, e a amargura em sua voz a surpreendeu. — Um fantasma se apaixonando por uma moça viva e apodrecendo em um sótão empoeirado enquanto ela vive a vida dela. Mas eu poderia sobreviver a isso, Lucie. Seria uma tragédia apenas para mim.

Um fantasma se apaixonando.

Uma pequena chama se acendeu no peito de Lucie. Uma brasa, o início de um fogaréu.

— Nunca é uma tragédia amar alguém.

— Acho que Romeu e Julieta discordariam de você nisso. — A voz dele falhou. — E não está vendo? Se... se você me amasse de volta, então não seria apenas uma tragédia para um de nós; seria uma tragédia para nós dois. Pois não pode haver futuro nisso.

— Jesse — disse ela. — Jesse, você está tremendo?

Ele ergueu o olhar e olhou ao redor com um tipo de assombro. Por um momento, ela viu o menino que a salvou na Floresta Brocelind quando ela era criança, aquele que ela achou que fosse um tipo de príncipe trocado pelas fadas, de pele pálida e olhos verdes.

— Acho — disse ele, com a voz sussurrada — que neste momento, talvez, eu consiga sentir o vento.

Corrente de Ferro

— Está vendo? — Ela segurou a mão dele; não estava quente nem fria, mas parecia capturar o calor da sua própria pele, os dedos dele se fechando nos dela. — Temos um futuro. Eu prometo que temos...

Ele acariciou a bochecha dela com a mão livre.

— Me dê a ordem, Lucie — disse ele, rouco. — Estou pedindo: me dê a ordem para dançar com você. Mostre essa valsa do Peru.

Muito lentamente, sem que seus olhos jamais deixassem os dele, Lucie abriu o casaco, deslizando cada círculo de couro do buraco do botão com os dedos enluvados. Por fim ela estava diante dele, o casaco pendurado nos ombros, o vento colando as faixas de renda do vestido ao corpo. Jesse parecia não conseguir virar o rosto; ela podia sentir o medalhão dourado em seu pescoço subir e descer com sua respiração.

— Dance comigo, Jesse Blackthorn — disse ela. — Eu ordeno.

Ele estendeu a mão, deslizando os braços para dentro do casaco dela, puxando-a contra ele. Lucie apoiou a palma da mão no ombro dele; a mão livre de Jesse segurou a sua cintura pelo lado. Lucie acomodou o corpo contra o dele, e um rubor percorreu o rosto de Jesse, corando suas bochechas. Ela não questionou aquilo. Não se deveria, sentiu ela, instintivamente, questionar demais os milagres.

A noite era silenciosa, encantada. Eles dançaram, com apenas o som da neve que caía suavemente como música. Ela salpicou as bochechas de Lucie, os seus cílios. Ela não conseguia parar de olhar para Jesse. Ele era tão lindo, tão incrível e terrivelmente lindo, como uma escultura de mármore de um anjo — mas escultura alguma tinha cabelos tão escuros, olhos tão misteriosos. Ele a segurou forte contra o corpo conforme os dois dançavam, e, pela primeira vez, ela sentiu o corpo de Jesse perto do dela, a forma dele, a força nos seus braços, a rigidez esguia do peito dele sob uma camisa superfina.

A saia dela varreu uma trilha na neve, embora quando ela olhasse para baixo só conseguisse ver os próprios passos, entrecruzando-se. Não havia qualquer sinal de onde Jesse havia andado. Ela inclinou a cabeça para cima e viu que ele olhava para ela, seu olhar deslizando dos olhos para a boca de Lucie. Era como se a ponta dos dedos dele roçasse os seus lábios, traçando o formato deles; o olhar dele permaneceu fixo, nenhum dos dois virou o rosto...

A porta da frente do Instituto bateu à distância. Como se a música tivesse parado, eles pararam, os dois congelados, olhando para o pátio.

— Não se vá — sussurrou ela, mas havia passos na trilha que dava até eles. Esticando a mão, Jesse pegou um pente dourado do cabelo de Lucie, fechando a mão no objeto. Os olhos dele arderam como estrelas contra a noite.

Lucie ouviu a voz do tio Gabriel, chamando o seu nome, e então o chacoalhar do portão. Virando-se, Jesse sumiu, derretendo na escuridão como neve.

—

James estava incomumente calado quando eles voltaram para casa depois do jantar. Cordelia não podia deixar de se preocupar que depois de uma noite passada com a família dela, ele estivesse se arrependendo do casamento, mesmo que fosse apenas por um ano. Depois de tirarem os casacos, ela achou que ele seguiria para a escada, para estar sozinho com os pensamentos sobre seus sogros bizarros, mas, em vez disso, ele se virou para ela, os olhos dourados indecifráveis.

— Não estou pronto para dormir ainda — disse ele. — Gostaria de se juntar a mim no escritório?

Óbvio. Qualquer coisa era melhor do que voltar sozinha para o quarto e se preocupar que tivesse horrorizado James permanentemente.

O escritório estava confortável e acolhedor como sempre; Effie tinha aumentado o fogo da lareira, e um prato de biscoitos de chocolate havia sido disposto na mesa de xadrez. Cordelia se acomodou em uma cadeira de brocado ao lado da lareira, esticando os pés gelados e as mãos na direção do fogo como uma menina. James, mais educado, como sempre, afundou no sofá parecendo pensativo.

— Você está bem? — perguntou Cordelia, quando o fogo estalou no silêncio entre eles. — Não posso imaginar que esta noite tenha sido agradável para você.

James pareceu surpreso.

— Para *mim*? Não sou eu quem sofre quando há tensão na sua família, Daisy. Eu só estava lá para tornar as coisas mais fáceis para você. Se eu não ajudei...

Corrente de Ferro

— Ah, mas ajudou. Você encantou minha mãe de vez. Ela mesma se casaria com você se pudesse. E meu pai ficou satisfeito por ter alguém para quem contar histórias antigas. E... eu não sabia que você estava aprendendo persa.

— Eu lembro de Lucie estudando para impressionar você — disse ele, com um sorriso torto. — Achei que era o mínimo que eu poderia fazer.

— Lucie só conseguiu memorizar algumas frases — riu Cordelia. — Ela é muito melhor em inglês. — Cordelia inclinou a cabeça para o lado. — Então você não está parecendo tão... tão sério porque teve uma noite horrível?

James olhou para as chamas. Elas dançavam, ouro se movendo dentro de suas íris douradas.

— Você me disse uma vez que Alastair escondeu de você a condição de seu pai durante sua infância. Que você nunca soube dela.

— Sim, é verdade.

— Acho que nunca me dei conta até hoje à noite do esforço que isso deve ter exigido. Não é algo fácil de se esconder. E não é fácil confrontar alguém a respeito disso, quando se teme que a pessoa tenha... essa doença.

— Eu me sinto culpada desde que Alastair me contou — disse Cordelia. — Quando eu era nova, acreditava que Alastair tinha ciúmes quando ele fazia cara feia ao me ver com papai, mas agora sei que ele apenas temia que eu percebesse a verdade e me magoasse.

— Vejo como seu pai pode ser muito encantador quando está bebendo — falou James. — Como Matthew.

Cordelia olhou para ele, surpresa.

— Matthew não é como meu pai. Matthew bebe para se divertir e ser divertido, meu pai bebe para afundar mais dentro de si mesmo. Matthew não é... — *Doente*, era o que ela queria dizer, mas parecia errado sequer mencionar a palavra tão perto de Matthew, da situação dele. — Amargo — completou ela, em vez disso.

— Eu às vezes me pergunto — falou James — se podemos realmente entender outras pessoas. — Ele passou a mão pelo cabelo. — Tudo o que podemos fazer é tentar, acho.

— Sou grata a você — disse ela. — Por tentar hoje à noite.

Ele deu um sorriso inesperado. Travesso.

— Sei de uma forma que pode me pagar. Uma da qual eu gostaria muito. Ela indicou que ele deveria continuar.

— Quero que leia para mim *A bela Cordelia*.

— Ah, pelo Anjo, *não*. James, não é um livro de verdade. Lucie só escreveu para me divertir.

— É por isso que quero ouvir — falou James, com uma franqueza inesperada. — Quero saber o que ela acha que faz você feliz. Que faz você rir. Quero saber mais sobre você, Daisy.

Era impossível dizer não *àquilo*. Cordelia foi buscar o livro; quando ela voltou, James tinha colocado uma manta no sofá e estava com metade do corpo debaixo dela. Ele estava sem sapatos, a gravata tinha sumido, o cabelo era um halo macio de chamas escuras.

Cordelia se sentou ao lado dele e abriu o livro encadernado que Lucie lhe dera de presente de casamento.

— Não vou começar do início — disse ela. — Não faria diferença nenhuma, e aquilo era quando eu tinha treze anos, então é bem diferente agora.

Ela começou a ler.

"A corajosa Princesa Lucinda corria pelos corredores de mármore do palácio.

— Preciso encontrar Cordelia — arquejava ela. — Preciso salvá-la.

— Acho que o príncipe esteja com ela agora mesmo, cativa no salão do trono dele! — exclamou Sir Jethro. — Mas, Princesa Lucinda, embora você seja a dama mais linda e sábia que já conheci, você certamente não pode lutar contra uma centena dos guardas mais ferozes do palácio! — Os olhos verdes do cavaleiro brilharam. Seu liso cabelo preto estava embaraçado, e a camisa branca estava totalmente aberta.

— Mas eu preciso! — gritou Lucinda.

— Então lutarei ao seu lado!

Enquanto isso, no salão do trono, a bela Cordelia se debatia contra as terríveis correntes de ferro que a prendiam ao chão.

Corrente de Ferro

— Eu realmente não entendo por que não quer se casar comigo — disse o Príncipe Augustus, emburrado. — Eu amaria você para sempre, e lhe daria muitas joias e uma cavalaria de garanhões.

— Não quero nenhuma dessas coisas — disse a nobre e bela Cordelia. — Só desejo que liberte meu verdadeiro amor, Lorde Byron Mandrake, de sua cruel prisão.

— Jamais! — respondeu o Príncipe Augustus. — Pois ele era um pirata malvado. E antes disso você estava envolvida com um ladrão de estrada, e antes disso houve o bando de contrabandistas... Sinceramente, se você concordasse em se casar comigo, finalmente se tornaria respeitável.

— Não desejo ser respeitável! — gritou Cordelia. — Só me importo com o amor verdadeiro!

Mal ousando olhar, Cordelia levantou o rosto na direção de James, e percebeu que ele ria tanto que parecia ter dificuldade para respirar.

— Muitas joias — arquejou ele —, e uma cavalaria... cavalaria de garanhões.

Cordelia mostrou a língua para ele.

— Você *quer* uma cavalaria de garanhões? — indagou ele, com dificuldade para controlar o riso.

— Seriam uma inconveniência terrível em Londres — respondeu Cordelia.

— Não tão inconveniente quanto Lorde Byron Mandrake — disse James. — Ele é o amor verdadeiro da Cordelia fictícia? Porque não acho que gosto dele.

— Ah, de modo algum. Cordelia tem muitos pretendentes. Ela os conhece, eles a cortejam, os dois se beijam, e então eles costumam morrer uma morte terrível para abrir caminho para o próximo pretendente.

— Que crueldade com eles — falou James, com empatia. — Por que tanta morte?

Cordelia apoiou o livro.

— Provavelmente porque Lucie não sabe o que acontece depois da parte do beijo.

— 210 —

— Bastante coisa — disse James, distraído, e subitamente o quarto pareceu quente demais. James devia estar pensando o mesmo, porque ele tirou a manta e se virou de modo a ficar de frente para ela. Embora a Máscara tivesse sumido, ela ainda não conseguia ler a expressão dele muito bem. O olhar de James a percorreu, desde os olhos até os lábios de Cordelia, até o pescoço e então para baixo, como se fosse a mão traçando as curvas do corpo dela. — Daisy — disse ele. — *Você* já se apaixonou?

Cordelia se sentou reta.

— Eu já... tive sentimentos por alguém — afirmou ela, por fim.

— Quem? — indagou ele, bruscamente.

Cordelia sorriu para James com todo o desinteresse que conseguiu reunir.

— Se quiser a resposta — respondeu ela —, vai ter de ganhar um jogo de xadrez.

O coração de Cordelia estava acelerado. O ar entre eles pareceu carregado, como o ar durante uma tempestade de raios. Como se qualquer coisa pudesse acontecer.

Subitamente, James estremeceu e levou a mão à cabeça, como se sentisse dor.

Cordelia prendeu a respiração.

— Alguma coisa errada?

Uma expressão estranha passou pelo rosto de James, parte surpresa e parte quase confusão, como se ele estivesse tentando se lembrar de algo que tinha esquecido.

— Nada — respondeu ele, lentamente. — Não é nada, e você está cansada. É melhor irmos deitar.

LONDRES:
SHOE LANE

A manhã chegou, derramando sangue e chamas pelo céu como os frutos de um grande massacre.

O assassino riu um pouco de seus devaneios. Londres no inverno era certamente digna de poesia. A temperatura tinha caído, a neve da noite anterior dera lugar para uma névoa congelante que pairava pelas ruas geladas e cinzas. A sua força tinha aumentado, fazendo com que se sentisse imune aos elementos, e ele se movia com uma confiança renovada, ousando caminhar entre os homens de negócios mundanos a caminho do trabalho, em vez de atravessar a rua para evitá-los. Ele passou por mercadores e entregadores e o ocasional bêbado congelado na marquise de um prédio. Nenhum deles despertava qualquer interesse nele.

Ele era mais forte — muito mais forte do que aqueles mortais —, mas ainda não era forte o bastante. Não para o que pretendia fazer.

O assassino podia ser mais exigente agora, e dispensou várias possibilidades antes de ver a moça de cabelos escuros saltitando para casa usando vestido de festa, o cabelo longo despenteado, cristais de gelo brilhando entre as mechas.

Outros também a viram. Mas ele não queria o que outros homens queriam dela. Mesmo de longe, ele conseguia sentir a sua força.

Corrente de Ferro

A moça virou em uma esquina para a High Holborn, um bulevar amplo ladeado de escritórios de advocacia. Ele se manteve distante, misturando-se com os recepcionistas e lojistas que passavam apressados. Quando ela virou em uma rua estreita e tranquila, ele se aproximou de novo.

Ela não o notou. Não sabia que estava dando seus últimos suspiros.

Ele estava pronto quando ela passou para a sombra de uma igreja. Ele avançou sobre ela como um lobo.

Para sua surpresa, ela tentou lutar contra ele. Não, ela fez mais do que tentar — ela revidou ferozmente, girando e chutando-o e socando-o, enquanto ele a apunhalava desajeitadamente com a faca, o ângulo todo errado, mal furando-a. Gotículas de sangue caíram na rua coberta de neve, mas não foi o bastante para matar.

Ele puxou a mão para trás para dar um golpe amplo, mas ela se abaixou sob a lâmina e chutou a canela dele, tirando-lhe o equilíbrio. Ela correu antes que ele pudesse reagir, seguindo para a entrada escura de um beco.

O assassino, ainda com a faca na mão, mergulhou atrás de sua presa.

10

A MALDITA TERRA

"Fora! esta noite meu coração está leve. Luto algum trajarei,
"Apenas soprarei o anjo em seu voo com
um hino de antigamente!
"Que sino algum soe! — para que a doce alma
dela, em meio a sua divina alegria,
"Não capture a nota enquanto flutua para
o alto a partir da condenada Terra.
"Aos amigos acima, de inimigos abaixo, o
fantasma indignado é afastado —
"Do Inferno para um lugar elevado bem no alto do Paraíso —
"Do luto e do desespero até um trono dourado,
ao lado do rei do Paraíso."

— Edgar Allan Poe, "Lenore"

— *James!*

Alguém estava em cima dele, segurando-o. James se debateu e chutou, tentando afastar a pessoa. As garras do sonho ainda estavam nele: não uma lembrança de verdade, mas uma sensação, uma sensação de ódio e escuridão, uma sensação sufocante de horror...

— James, *por favor*!

Os olhos dele se abriram de súbito.

O mundo girou em torno dele. Ele estava na cama, emaranhado em um nó de cobertores. A maioria de seus travesseiros estava no chão, e a janela estava entreaberta — o ar no quarto estava frio. Havia mãos sobre seus ombros, as mãos de Cordelia. Ela obviamente subira em cima dele para controlar seus movimentos. A blusa de Cordelia deslizava do ombro e seus cabelos ruivos estavam soltos, caindo sobre as costas como um rio de fogo.

— James? — sussurrou ela.

Ele tinha sonhado com alguma coisa, alguma coisa terrível, mas estava se dissipando, sumira como a névoa da manhã. Aquele era o mundo real. Seu quarto gelado, o ar tão frio, o hálito se condensava em nuvens brancas. A garrafa vazia de essência em sua mesa de cabeceira, o gosto amargo da borra ainda em sua língua. Cordelia estava em cima dele, de olhos arregalados. Ela tremia.

— Estou bem. — A voz dele era áspera, rouca. — Daisy...

Ele se sentou, puxando-a para o colo, tentando puxar as cobertas sobre os dois. Ele queria aquecê-la. E percebeu o quanto era uma tolice assim que ela deslizou contra ele. James estava congelando, mas ela irradiava calor: de repente, ele sentiu calor em todos os pontos que a pele dela tocaram a sua. Ela era toda maciez morna sob a blusa fina. James jamais tinha visto uma moça naquele estado de nudez em qualquer momento da vida, e certamente jamais havia imaginado qual seria a sensação de uma em seus braços.

Ela era perfeita.

James colocou as mãos na cintura dela. Cordelia estava parada, olhando para ele com surpresa, mas não nervosa. Não havia nada tímido a respeito de Daisy. Ela era incrivelmente macia e curvilínea. Ela se moveu, apoiando o peso contra ele, e ele não conseguiu deixar de se lembrar da noite em que ela pediu ajuda com o vestido de noiva. Ele tentou não ficar olhando naquela noite, mas ainda se lembrava da forma do corpo dela sob o tecido. Agora, ele sentia: a curva da cintura dela, o quadril de Cordelia logo abaixo das suas mãos, abrindo-se como o corpo de um violino.

— Você está tão frio — sussurrou ela, cruzando os braços em torno do pescoço dele. A voz dela fraquejou levemente. Cordelia se acomodou mais perto dele, a mão acariciando a nuca de James. Ele não conseguiu conter as próprias mãos; elas alisavam as costas de Cordelia de cima a baixo, de cada lado da coluna dela. Os seios dela eram redondos e firmes, pressionados contra o peito dele. James percebeu que ela não usava nada sob a blusa. Ele conseguia sentir os arcos e as curvas do corpo dela, e cada toque parecia liberar mais um fio da fina corda de controle que atava seu bom senso. Sangue se acumulou, quente e baixo no seu abdômen. O tecido da camisola dela se amontoou nas suas mãos. Os dedos de James se curvaram sobre a forma dela, roçando as macias coxas nuas de Cordelia, deslizando para cima...

Alguma coisa ecoou pela casa.

Era a campainha da porta. James se amaldiçoou baixinho por ter instalado uma campainha. E ouviu passos apressados, e se amaldiçoou também por ter contratado empregados domésticos. Ele e Cordelia estariam muito melhor sozinhos, no alto de uma montanha, talvez.

Mais passos, e vozes agora, vindos de baixo.

Cordelia saiu atrapalhada de cima dele, de cima da cama, alisando o cabelo. Suas bochechas estavam vermelho-incandescentes. O pequeno cordão com o globo que ele dera a ela quicava conforme ela se mexia, deslizando para dentro do decote da blusa.

— James, acho melhor a gente...

— Se vestir — disse ele, mecanicamente. — Sim. Provavelmente.

Ela correu para fora do quarto, sem olhar para ele. James ficou de pé às pressas, furioso consigo mesmo. Ele tinha perdido o autocontrole, e muito possivelmente deixara Cordelia horrorizada. Amaldiçoando profusamente, ele bateu a janela com tanta força que uma rachadura subiu pelo vidro.

⚊

Apesar de sentir como se o corpo inteiro estivesse vermelho, Cordelia se vestiu às pressas e correu escada abaixo, onde encontrou Risa no corredor da entrada, parecendo confusa e preocupada.

— *Oun marde ghad boland injast* — disse Risa, o que se traduzia, em suma, como "O homem muito alto está aqui".

Corrente de Ferro

De fato, Thomas pairava, hesitante, à porta. No verão, Cordelia achara que ele era quase loiro, mas percebeu que era a luz do sol, clareando as mechas de seu cabelo. Estava castanho agora, bastante bagunçado e úmido de neve. Ele estava sem fôlego, aparentando estar quase congelado, como se não conseguisse pensar no que dizer.

— Aconteceu alguma coisa? — Era James, que acabava de chegar do andar de cima. Cordelia olhou para ele de esguelha; pensar na forma como o vira pela última vez lhe fazia sentir como se penas fizessem cócegas nela de dentro para fora. James, no entanto, não parecia corado, descabelado ou abalado de qualquer modo: ele ainda abotoava o paletó, mas parecia, fora isso, tranquilo. Os olhos dourados se fixaram em Thomas.

— Eu estava na casa de Matthew — disse Thomas. Ele parecia distraído demais para entrar, embora sua respiração rápida estivesse formando nuvens brancas no ar frio. Cordelia não viu carruagem alguma atrás dele. Ele devia ter caminhado até lá, ou corrido. — Quer dizer, fui visitar Matthew. Mas Henry disse que Matthew não estava em casa, e não sabia quando ele voltaria. Ele levou Oscar também. Henry parecia mal-humorado. Eu achei aquilo estranho. Henry quase nunca está mal-humorado. É estranho, não é? Eu deveria ter perguntado mais, mas não consegui, não depois de ouvir...

— *Tom* — disse James, gentilmente. — Devagar. O que aconteceu?

— Eu deveria me encontrar com Matthew esta manhã — falou Thomas. — Mas quando cheguei à casa da Consulesa, apenas Henry estava em casa. Ele não quis falar sobre Matthew, na verdade, mas disse que Charlotte foi chamada para o Instituto, que outra pessoa tinha morrido... — Ele esfregou os olhos com a base das mãos, quase violentamente.

— Alguém foi morto ontem à noite? — disse Cordelia. — Outro Caçador de Sombras patrulhando? — Ela se lembrou dos gritos de James, de como ela entrara no quarto porque o som era terrível, e ele estava se debatendo, gritando no sono.

Com que teria sonhado?

— Não patrulhando — disse Thomas. — Henry disse que acham que foi alguém voltando da festa de Anna. Uma moça.

— Lucie estava na festa de Anna — sussurrou Cordelia. — Thomas...

— Não foi Lucie. Parece que tio Gabriel a viu voltar para casa ontem à noite. Essa moça estava na rua muito mais tarde, quase ao alvorecer. A patrulha que achou o corpo dela apenas disse que era uma moça de cabelos pretos. E... Eugenia... eu não a vi esta manhã. Eu sei que ela estava na festa ontem à noite, mas não achei que fosse nada até que Henry me contou o que tinha acontecido — disse Thomas, em voz baixa. — Eu deveria ter ido direto para casa depois que ele contou, sabe, mas... depois de Barbara, não consigo... preciso de você comigo. Preciso de você comigo, James.

Thomas tinha perdido uma irmã naquele ano, nos ataques do Mandikhor. Não era à toa que ele parecia doente de terror. James colocou um braço em volta dele quando Cordelia se virou para Risa:

— Por favor, chame a carruagem — disse ela. — Precisamos ir ao Instituto o mais rápido possível.

—

Já havia uma multidão no Instituto quando eles chegaram. Os portões tinham sido entreabertos, e Xanthos acelerou com animação por baixo do arco, como se feliz por chegar em casa.

Uma pequena aglomeração tinha se reunido à base dos degraus da entrada. Entre o grupo, Cordelia reconheceu muitos dos Caçadores de Sombras mais velhos — o Inquisidor e Charlotte, Cecily Lightwood — junto com Lucie, Anna e Matthew. (Cordelia ficou feliz ao ver que ele havia aparecido, embora Oscar não parecesse estar junto.) Todos eles pareciam chocados, as expressões sérias.

Quando o cocheiro parou no pátio, a multidão se afastou e Cordelia viu um embrulho pálido deitado à base dos degraus. Thomas abriu as portas da carruagem e ela percebeu: não, não um embrulho. Um corpo, coberto com um lençol branco. O lençol estava manchado de vermelho com sangue seco. De um lado do lençol a mão de alguém se projetava para fora, como se estivesse se esticando para pedir ajuda.

Na borda do lençol era possível observar o cabelo preto.

Thomas saltou para o chão. Ele parecia desesperado. James seguiu; quando ele desceu do esteio, Lucie disparou até eles. Anna, usando um sobretudo com capuz e estampando uma expressão grave, seguiu mais devagar, com Matthew. Cordelia percebeu que se perguntava onde estava Christopher, ainda mais porque ele estava atualmente morando no Instituto. Talvez do lado de dentro, com o pai?

Lucie abraçou James.

— Eu devia ter esperado por ela — soluçou Lucie, seu pequeno corpo tremendo. — É minha culpa, Jamie.

James abraçou a irmã com força.

— Quem foi? — indagou ele. — Quem morreu?

— Por favor — disse Thomas, parecendo enjoado. — Só diga...

— Filomena di Angelo — falou Anna. — Esfaqueada até a morte, como Basil Pounceby. Os Irmãos do Silêncio estão a caminho para levá-la até o Ossuário.

— Eu achei... — começou Thomas, e parou. Choque, alívio e culpa por causa do alívio percorreram o rosto dele. Cordelia não podia culpá-lo, ela também estava feliz por não ter sido a irmã de Thomas. No entanto, Filomena era tão jovem, tão cheia de vida... tão animada por estar em seu ano de viagem, tão apaixonada por arte e cultura.

— Estava preocupado com Eugenia? — disse Anna, apoiando a mão no ombro de Thomas. — Coitadinho. Não, Eugenia ainda está dormindo muito tranquilamente em meu sofá. Ela *talvez* tenha vomitado em um vaso de planta ontem à noite, mas está perfeitamente bem.

— Meus pais — começou Thomas. — Eles sabem...?

— Minha mãe mandou um mensageiro para eles com o recado — disse Matthew. — Eles devem estar a caminho.

— Quando Filomena deixou a festa? — perguntou Cordelia. — Ela foi embora com alguém?

— Ela ficou no meu apartamento até quase amanhecer — disse Anna. — Então ela foi embora, insistiu em voltar para casa sozinha. — Anna fechou a cara. — Eu deveria ter ido junto. *Alguém* deveria ter ido com ela.

— Tão perto do amanhecer — disse James, pensativo. — Então isso deve ter acontecido em algum momento das últimas horas.

— Anna, não é culpa sua — falou Cordelia. — Você não tinha como saber.

CASSANDRA CLARE

— Eu deveria ter esperado e me certificado de levá-la para casa... — começou Lucie.

James se virou com uma expressão séria:

— Você não deveria ter caminhado para casa sozinha, Luce, não no meio da noite. Prometa que não vai fazer isso de novo. É perigoso demais.

— Mas eu... — Lucie fechou a boca. Depois de um momento, ela tentou de novo: — Nenhum de nós deve ficar sozinho na rua, acho. Coitada da Filomena.

— Onde está Christopher? — perguntou Thomas.

— Parece que papai montou uma patrulha para vasculhar a vizinhança em busca de provas — falou Anna. — Christopher se ofereceu. Eles ainda estão procurando.

— Coitado do Kit, estava transtornado — falou Matthew. — Disse que teve uma conversa muito boa com Filomena na festa dos Wentworth, sobre botânica. Eu nem sabia que se *podia* ter uma boa conversa sobre botânica.

— Eu também me ofereci, mas tio Gabriel disse que se acontecesse alguma coisa comigo, ele ouviria um sermão eterno de mamãe — disse Lucie, parecendo contrariada.

Um Irmão do Silêncio — Enoch, pensou Cordelia — tinha surgido do Instituto. Ele se ajoelhou, as vestes de pergaminho roçando a neve, e puxou um canto do lençol para examinar o corpo. Cordelia virou o rosto.

— Onde ela foi morta? — perguntou ela. — Perto da casa de Anna?

— Não — disse James, baixinho. Ele tinha tirado as luvas e as amassava entre os dedos. O dia tinha esquentado, a luz forte do sol batia entre os galhos nus das árvores próximas, formando um delicado padrão de arabescos no rosto dele. — Ela foi morta em outro lugar. Perto daqui.

Anna olhou para ele, surpresa.

— Sim, em Shoe Lane — disse ela. — Filomena quase chegou ao Instituto.

James esmagava as luvas nas mãos. Lucie encarou o irmão, um olhar estranhamente vazio no rosto, como se não o reconhecesse direito, ou como se olhasse além dele, para outra coisa. Mas não havia mais nada ali.

— Estou começando a me lembrar — falou James.

Matthew apoiou a mão no ombro de James. Cordelia não podia deixar de se perguntar se ela deveria ter feito aquilo — talvez devesse estar recon-

221

fortando James? Mas a ideia de tocá-lo em público a assustava. Não porque era inapropriado, mas por causa do que aquilo poderia revelar. Certamente suas emoções estariam estampadas no rosto.

— Jamie — disse Matthew, com a voz baixa. — Você teve outro sonho?

— Eu não me lembrei assim que acordei — disse James, sem encontrar os olhos de Cordelia. — Mas agora está voltando aos poucos. — Ele soltou as luvas na neve que derretia, o preto contrastando com o branco. — Havia uma moça, ela estava cantando, cantando em italiano... Raziel, então tinha sangue... tanto sangue...

— *James* — disse Anna, em tom cortante, movendo-se para bloqueá-lo da vista daqueles reunidos em torno do corpo de Filomena. Ela olhou em volta do pequeno grupo deles. — Precisamos entrar.

James assentiu, o rosto pálido. Ele estava apoiado com bastante força em Matthew, que havia passado um braço em torno dele.

— Sim. Vou levar a gente pelo Santuário.

— Eu alcanço vocês — gritou Lucie, quando James levou os demais para a entrada quase escondida do Santuário, a única câmara no Instituto onde Seres do Submundo podiam ir e vir com tranquilidade, pois não tinha proteções contra eles. Costumava ser usada como sala de reuniões, e, em situação de emergência, como uma cela para arruaceiros, pois havia outro conjunto de portas dentro dele que o resguardava do resto do Instituto. Cordelia olhou para trás, preocupada, mas Lucie fez um gesto que ela esperou que indicasse *Não se preocupe. Estarei lá em um momento.*

Ela se abaixou para pegar as luvas de James, apenas para parecer que estava fazendo alguma coisa; quando ela se endireitou, os demais tinham sumido pela porta do Santuário. Lucie avançou pelo limite do Instituto, fora da vista de quem estava nos degraus da entrada. Olhando diretamente para um trecho esquisito de sombra, entre duas árvores desfolhadas, ela falou:

— Tudo bem. Pode agora se revelar de novo.

Lentamente, o fantasma começou a tomar forma das sombras e do ar, escurecendo até parecer sólido. Ela o vira no pátio primeiro, logo além do ombro de James — por um momento, achou que ele fosse Jesse, e quase entrou em pânico.

Mas Jesse não podia aparecer durante o dia. A maioria dos fantasmas não reparava no nascer ou no pôr do sol, no entanto, e aquele não era exceção. Ele parecia ser um rapaz, mas não se parecia em nada com Jesse: ele tinha os cabelos do tom da areia e curtos, com um rosto anguloso, pontudo. Ele usava roupas da era regencial — calça e botas e um lenço largo no pescoço, como um retrato do Sr. Darcy. Havia um olhar desesperado a respeito dele conforme o homem pairou até um pouco mais perto dela, virando a cartola insubstancial entre as mãos.

— Srta. Herondale — disse ele, a voz em um sussurro baixo. — Ouvi falar que você escuta os mortos. Que pode nos ajudar.

Houve um chacoalhar: mais carruagens, chegando no pátio. Lucie balançou a cabeça lentamente.

— Eu posso ver e escutar os mortos — disse ela. — Mas não sei o que eu poderia fazer para ajudar você. Não acho que fui muito útil no passado.

Os olhos do fantasma eram completamente sem cor. Ele piscou para ela.

— Não foi isso que ouvi.

— Bem — disse Lucie —, não posso controlar o que você ouviu. — Ela começou a se afastar. — Preciso entrar.

O fantasma ergueu a mão transparente.

— Posso lhe dizer que o fantasma da moça cujo corpo jaz no pátio já despertou — disse ele. — Ela está tomada pelo luto e terror dos recém-falecidos.

Lucie inspirou. Nem todos os mortos se tornavam fantasmas, lógico. Apenas aqueles que tinham negócios inacabados na terra dos vivos.

— Filomena? Ela... ela não seguiu em frente?

— Ela grita, mas está sozinha — disse o fantasma. — Ela chama, mas ninguém ouve.

— Mas eu deveria conseguir ouvir — gritou Lucie. Ela se virou para o pátio de novo, girou formando um círculo, olhando por todos os lados. — Onde ela está?

— Ela mal sabe — sussurrou o fantasma. — Mas eu sei. E ela se lembra. Ela se lembra de quem fez isso com ela.

Lucie semicerrou os olhos.

223

Corrente de Ferro

— Então me leve até ela.

— Não vou. A não ser que você faça uma coisa por mim.

Lucie levou as mãos ao quadril.

— Sério? Chantagem? Você é um fantasma *chantageador*?

— Não é nada tão inapropriado assim. — O fantasma de voz suave baixou ainda mais a voz, de uma forma que fez os pelos da nuca de Lucie se arrepiarem. — Eu ouvi falar que você pode comandar os mortos, Srta. Herondale. Que um terço dos afogados do Tâmisa se levantaram pela sua vontade.

— Eu não deveria ter feito aquilo. — Lucie se sentiu um pouco enjoada. Ela ainda se lembrava daquela noite, dos fantasmas se levantando do rio, usando os uniformes de prisioneiros, um carregando Cordelia nos braços.

— Eu podia ordenar você a me deixar em paz, sabe.

— Então jamais saberá onde está o fantasma da menina — disse o fantasma. — E é apenas uma coisa pequena que quero de você. Muito pequena.

— Na urgência dele, o fantasma tinha ficado mais sólido. Lucie podia ver que ele usava um requintado paletó da cor da pelagem de um cervo, e que a lapela do paletó estava salpicada de buracos pretos chamuscados. Buracos de bala. Ela se lembrou subitamente do fantasma de Emmanuel Gast, um feiticeiro que apareceu para ela depois de ser assassinado, coberto de sangue e vísceras. Aquela, pelo menos, parecia ter sido uma morte mais limpa.

— Você teria meu consentimento, e também minha gratidão, se apenas ordenasse que eu esquecesse.

— Esquecesse o quê?

— O motivo pelo qual não posso descansar — disse ele. — Eu assassinei meu irmão. Derramei o sangue dele em um duelo. Ordene que eu esqueça a visão final do rosto dele. — A voz do fantasma ficou mais alta. — Ordene que eu esqueça o que fiz.

Lucie precisou lembrar a si mesma: ninguém podia ouvir o fantasma, além dela. Mesmo assim, ela tremia. A força do luto nele era quase palpável.

— Não está vendo? Mesmo que você se esquecesse, isso não libertaria você. Ainda seria um fantasma. E nem mesmo saberia o motivo.

— Isso não importa — disse o fantasma, e o rosto dele tinha mudado. Por trás do rosto de todo fantasma, parecia a Lucie, havia a máscara da morte, a sombra do crânio sob a pele fantasma. — Seria melhor. O que passo agora

— 224 —

CASSANDRA CLARE

é um tormento. Eu vejo o rosto dele, a todo momento eu vejo o rosto dele, eu *jamais consigo dormir...*

— Chega! — Havia lágrimas nos olhos de Lucie. — Eu faço — disse ela.

Não tem problema, disse Lucie a si mesma. *Se eu puder falar com a sombra de Filomena, talvez ela possa me contar quem a assassinou. Valerá a pena.*

— Farei. Farei com que você se esqueça.

O fantasma soltou um longo suspiro — um suspiro sem tomar fôlego; parecia para o resto do mundo ser o vento entre galhos quebrados.

— Obrigado.

— Mas primeiro — disse ela — conte onde está Filomena.

⁓

Eles chegaram até a biblioteca. O mundo girava em torno de James como o convés agitado de um navio. Ele cambaleou até uma longa mesa e apoiou as mãos nela; ele estava remotamente ciente de Matthew a seu lado, da voz suave de Cordelia enquanto ela falava com Anna. Ele queria se aproximar dela e colocar a cabeça no colo de Cordelia. Ele a imaginou acariciando seus cabelos, e afastou a imagem: ele já devia a ela um pedido de desculpas pelo início daquela manhã.

Lembranças do sonho invadiam sua mente como água por uma represa destruída. As ruas de Londres — luz se refletindo de uma lâmina. Sangue vermelho, vermelho como rosas. A lembrança de uma música, cantada em italiano delicado, versos se transformando em gritos.

E aquele ódio de novo. Aquele ódio que ele não conseguia entender ou explicar.

— Math — disse James, rígido com tensão. — Conte... a Anna. Explique a ela.

Vozes rodopiaram em volta de James, a de Anna, calma e controlada, a de Matthew, urgente. Thomas e Cordelia contribuindo. *Preciso me controlar,* pensou James.

— Daisy — disse ele. — Constantinopla.

— Ah, Céus, ele está delirando — disse Thomas, assustado. — Talvez devêssemos chamar tia Charlotte...

Corrente de Ferro

— Ele não está — falou Cordelia. — Só está se sentindo terrível... Thomas, *saia* do caminho. — James sentiu a mão fria dela em seu ombro. Ouviu a voz suave dela quando Cordelia se inclinou na sua direção. — James, apenas ouça por um momento. Concentre-se em minha voz. Consegue fazer isso? Ele assentiu, trincando os dentes. O ódio era como se fossem facas em seu crânio. Ele conseguia ver mãos raspando no paralelepípedo, sentir um tipo de prazer doentio que era o pior de tudo.

— Um dia Constantinopla se chamou Basileousa, a Rainha das Cidades — falou Cordelia, com a voz tão baixa que James suspeitava que apenas ele conseguisse ouvir. — A cidade tinha um portão dourado, usado apenas para o retorno dos imperadores. Ninguém mais podia passar por ele. Sabia que os bizantinos criaram o fogo grego? Podia queimar debaixo da água. Historiadores mundanos perderam a fonte do fogo, o método de fabricação, mas alguns Caçadores de Sombras acreditam que tenha sido o próprio fogo celestial. Imagine a luz de anjos, queimando sob as águas azuis do porto de Istambul...

James fechou os olhos. Contra as pálpebras, ele via a cidade tomar forma — os minaretes erguendo-se escuros contra um céu azul, o rio prateado. A voz de Cordelia, baixa e familiar, se elevou acima do clamor de seus pesadelos. James seguiu aquela voz para fora da escuridão, como Teseu seguiu a extensão do fio para fora do labirinto do Minotauro.

E não tinha sido a primeira vez. A voz dela o havia trazido de volta da febre, um dia, tinha sido a luz nas sombras dele...

Uma dor aguda latejou em suas têmporas. James piscou e abriu os olhos: ele estava firmemente de volta ao presente, seus amigos o olhando preocupados. Cordelia já se afastara dele, deixando para trás o cheiro de jasmim. Ele ainda conseguia sentir o lugar onde os dedos dela repousaram em seu ombro.

— Estou bem — disse James. Ele ficou de pé; havia linhas nas palmas de suas mãos, onde a borda da mesa se enterrara em sua pele. Sua cabeça doía abominavelmente.

— Você sonhou com a morte de Filomena? — disse Anna, encostando no braço de uma cadeira. — E isso não tem nada a ver com suas visões do Reino das Sombras?

— 226 —

CASSANDRA CLARE

— Eu sonhei com a morte dela. A de Pounceby também. Mas não são sonhos de um mundo diferente — falou James, sacando a estela. Uma *iratze* consertaria sua dor de cabeça, ao menos. — Eu sonho com Londres. Os detalhes são reais. A única morte que eu não vi foi a de Amos Gladstone, e mesmo assim tive um pesadelo naquela noite, um tipo de visão de sangue.

— O Enclave tem quase certeza de que ele também foi assassinado — falou Thomas. — A garganta dele foi cortada toscamente, eles presumiram que pela garra de um demônio, mas poderia ter sido alguém com uma lâmina serrada.

— Talvez o assassino ainda estivesse aprimorando a técnica — falou Matthew. — Suponho que até mesmo assassinos precisam de prática.

— Ele certamente pareceu sentir mais prazer com a morte de Filomena — disse James. Depois de rabiscar uma breve Marca de cura no pulso, ele guardou a estela de volta no bolso. — Foi nauseante.

Lucie apareceu à porta, assustando a todos. Ela estava muito pálida.

— Sinto muito — começou ela. — Eu fiquei para trás...

— Lucie! — exclamou Cordelia, correndo até a amiga. — Você está bem?

Lucie esfregou os olhos, o mesmo gesto que ela um dia fizera quando era uma garotinha cansada.

— Eu vi um fantasma — disse ela, sem preâmbulos.

— Isso não acontece com certa frequência? — disse Matthew. Cordelia lançou a ele um olhar de reprovação. — Desculpe... eu só não achei que fosse tão fora do comum.

— Esse foi — disse Lucie. — Ele me contou que... que o fantasma de Filomena já despertou, e onde ela pode ser encontrada. Ele pareceu achar que ela podia saber quem a matou.

— Que estranho que eu não o vi — disse James. Ele normalmente via fantasmas, embora há muito tempo suspeitasse que Lucie os via mais. Ela jamais admitiria.

— Bem, você estava cambaleando, na verdade, e Matthew estava segurando você como se fosse um saco de aveia — observou Anna. — Então, onde está o fantasma de Filomena, Lucie?

— Limehouse. Uma antiga fábrica — disse Lucie. — Eu anotei o endereço.

— 227 —

Corrente de Ferro

— Sou todo a favor de conversar com os mortos e reunir pistas — disse Thomas — mas e se isso for uma armadilha?

— É verdade que quando figuras espectrais misteriosas aparecem nos romances dizendo ao herói que visite certo lugar, é sempre uma armadilha — admitiu Lucie. Um pouco da cor estava voltando para as bochechas dela. — Mas também pode ser verdade. Não podemos deixar de ir... Filomena pode conseguir nos levar diretamente ao assassino.

— Ainda é uma armadilha — disse Matthew.

— Uma armadilha é um ataque surpresa — disse James. — Não seremos surpreendidos, seremos? — Ele piscou um olho para Lucie.

— Exatamente — disse ela. — Esse fantasma, e ele não pareceu ser um sujeito ruim, era bastante elegante, até... ele me abordou sozinho. Ele não tem motivo para achar que se eu fosse até o lugar, levaria todos os meus amigos.

— Deveríamos ir — falou James, os pensamentos vindo rápido, quase rápido demais para acompanhar. — Se presumirmos que esse conselho fantasmagórico é uma armadilha e o ignorarmos, então não teremos pista alguma. Se presumirmos que significa alguma coisa e o acompanharmos, podemos descobrir algo útil. Entendem o que eu estou dizendo?

— Quer dizer que nós temos uma escolha — falou Anna. — Ir para o cais de Limehouse e talvez aprender alguma coisa, ou não fazer nada e com certeza não aprender nada.

— Se realmente existir uma chance de conseguirmos falar com o fantasma de Filomena, precisamos tentar. — Cordelia falou com firmeza.

— E se for uma emboscada, vai haver mais do que o suficiente de nós para dar conta — disse Anna. — Mas não podemos simplesmente chegar no cais com a carruagem da Consulesa. Precisaremos usar feitiços de disfarce e passar despercebidos.

— Maravilha! — disse Matthew. — Vamos pegar o trem. Adoro o trem. Os bilhetinhos são tão divertidos.

———

Conforme eles seguiram para o interior frio e tumultuado de Fenchurch Station, Cordelia se perguntou o que havia a respeito do lugar que encantava

CASSANDRA CLARE

tanto Matthew. Ela andara bastante de trem na vida, com a família, então talvez tivessem perdido o charme para ela. Aquela estação parecia igual a muitas outras: vendedores de flores, bancas de jornais, escritórios de telégrafos, passageiros correndo de um lado para o outro na fumaça de vapor dos motores, o cheiro de carvão queimado forte no ar. Uma luz fraca entrou por painéis sujos no teto arqueado bem alto, iluminando uma grande placa com os dizeres CHARRINGTON ALES. Abaixo dela ficava o grande relógio da estação.

Estavam todos de uniforme e com fortes feitiços de disfarce, exceto por Matthew. Ele tinha jogado um sobretudo para cobrir as Marcas, mas insistiu que pagassem pelos bilhetes de trem, independentemente do fato de que James, Thomas, Anna, Cordelia e Lucie estivessem completamente invisíveis aos olhos mundanos. Por sorte, a fila da bilheteria estava curta. Lucie revirou os olhos para ele quando Matthew cuidadosamente pescou seis moedas de três pence do bolso e as entregou. O trem deles partiria em poucos minutos, e quando o grupo seguiu Matthew para a plataforma, um motor roncou ao ligar, regurgitando fumaça e vapor. Era um trem pequeno, com apenas três vagões, e não havia muitos passageiros no meio do dia. Eles encontraram um compartimento de terceira classe convenientemente vazio e se amontoaram nele.

O grupo se dispersou pelos assentos de veludo marrom — todos, exceto Anna, que ficou de pé. Matthew tinha se jogado em um assento diante da janela. James olhou para ele; havia sempre amor no modo como ele olhava para Matthew, mas estava misturado com preocupação agora.

— Você se mudou da casa dos seus pais, Math?

Matthew levantou o rosto, corando levemente.

— Só você para adivinhar, suponho... ou alguém lhe contou?

— Seu pai deu a entender a Thomas — disse James. — E eu sei que você quer fazer isso há séculos.

— Bem, sim. — Matthew suspirou. — Eu andava de olho nessa mansão de apartamentos em Marylebone há alguns meses. Até fiz um depósito nela há um tempo, mas estava enrolando. Ontem à tarde eu decidi que estava na hora. — Ele encontrou o olhar de James. — Independência! Criados perambulando e minha própria chaleira! Receberei vocês todos para *pendre la crémaillère* quando as coisas estiverem um pouco mais animadas.

— 229 —

Corrente de Ferro

— Você deveria ter contado pra gente — disse Thomas. — Teríamos ajudado a mudar suas coisas. Sou excepcionalmente bom em carregar objetos grandes.

— E pense em todas aquelas escovas de cabelo que você precisou mover — disse Lucie. — Você não tem seis ou sete?

Matthew olhou para ela com uma irritação afetuosa.

— Eu tento ser no mínimo tão elegante quanto nossos fantasmas locais...

O apito soprou alto, abafando o resto da frase. As portas do vagão bateram e o trem saiu apitando da estação em uma nuvem de fumaça preta.

Thomas parecia pensativo.

— Eu me pergunto por que aquele fantasma abordou Lucie, em vez dos Caçadores de Sombras mais velhos do Enclave? A maioria dos Nephilim consegue ver fantasmas se os fantasmas desejam ser vistos.

Lucie deu de ombros.

— Talvez porque eu tenha sido a última a entrar no Instituto hoje de manhã.

— Pode ser — disse James. — Ou pode ser porque certamente há muitos membros do Enclave que não estariam nada dispostos a receber informações de um fantasma.

O compartimento era abafado e cheirava a casacos de lã úmidos. Do lado de fora, o sol tinha sumido atrás das nuvens. Uma chuva fraca encobria o limite de fileiras de pequenas casas geminadas sujas cujos fundos davam diretamente para os trilhos, com o vago horizonte de chaminés de fábricas à distância. O trem parou brevemente em Shadwell. Estava chovendo mais forte agora, e a longa e molhada plataforma com o dossel de madeira pingando estava completamente deserta. Conforme o trem se afastou, faíscas incandescentes de carvão dispararam pela janela como vaga-lumes, estranhamente belas entre a névoa.

— Caçadores de Sombras estão sendo mortos — disse Anna, sombriamente. — Deveríamos ficar felizes porque alguém se importa a ponto de passar uma pista, sendo ou não fantasma. Acredito que o consenso entre a maioria dos Seres do Submundo seja de que podemos cuidar dos nossos próprios problemas, pois nos metemos nos de todo mundo.

— 230 —

CASSANDRA CLARE

Agora o trem estava avançando ao longo de uma fila de armazéns pretos altos, os espaços entre eles revelando brevemente lampejos manchados de névoa de uma extensão de água à direita, tumultuada com os mastros altos e fantasmagóricos de barcas do Tâmisa, trazendo carregamentos do rio.

— Aquele é o cais de Regent's Canal — disse Matthew. — Estamos quase lá.

Todos se levantaram quando o trem parou na estação Limehouse. Um guarda usando um chapéu pontiagudo e um sobretudo pingando olhou para Matthew com curiosidade quando ele estendeu o bilhete para ser perfurado. Os outros passaram de fininho, invisíveis, e avançaram pela escada de madeira atrás dele.

Ainda estava chovendo quando eles emergiram da estação sob a ponte da ferrovia até uma rua estreita de paralelepípedos. Diante deles, erguendo-se entre a névoa, havia o sombreado volume de uma imensa igreja com uma alta torre quadrada. Eles seguiram para o endereço dado pelo fantasma, acompanhando o muro do cemitério da igreja pela rua até que chegaram a uma pequena e silenciosa travessa cheia de pequenas casas. Ao fim do beco havia um muro baixo, além do qual vinha o som fraco de alguma coisa grande atravessando a água: uma barca em um canal.

— Este é Limehouse Cut — disse Matthew. — Deve ser logo ali.

Era um dia de semana; o canal estava tumultuado com marujos gritando uns com os outros, as vozes deles ecoando estranhamente pela água conforme eles manobravam barcas bastante carregadas nas duas direções, mal visíveis em meio à névoa, a qual parecia ainda mais espessa ali. Os Caçadores de Sombras desceram pela estreita passagem de reboque em silêncio, passando pelos muros altos de armazéns até que Lucie parou ao lado de uma porta embutida em uma cerca alta.

Os cantos da porta estavam pesadamente cobertos com teias de aranha; ela obviamente não era usada havia anos. Um cadeado enferrujado pendia inutilmente de um ferrolho ainda mais enferrujado. Sobre as tábuas empenadas e podres, tinta descascada estampava os fantasmas de letras desbotadas, ilegíveis, exceto pela última linha: ELEIROS.

James ergueu uma sobrancelha.

— Thomas? — disse ele.

— 231 —

Corrente de Ferro

Thomas virou de lado e bateu com o ombro na porta. Ela rapidamente desabou. Os Caçadores de Sombras entraram em fila e se encontraram de pé em um minúsculo cemitério cheio de um emaranhado de ervas daninhas e escombros, parecendo os fundos de um prédio. Talvez um dia fosse pintado de branco. Agora, os tijolos estavam verdes com mofo, as janelas rachadas e ofuscadas pela poeira. Um conjunto de degraus de madeira podres dava para um portal que se abria para a escuridão.

— Se eu estivesse escrevendo um romance no qual alguém montava o quartel-general para suas empreitadas criminosas — disse Lucie —, eu descreveria um lugar exatamente assim.

— Queria ter um caderninho? — disse Cordelia, checando para se certificar de que Cortana estava presa firme às suas costas. Os dedos roçaram a nova bainha que seu pai lhe dera, e ela suspirou. Não tinha certeza se podia amá-la, assim como não tinha mais certeza de como se sentia em relação ao pai.

Lucie piscou um olho.

— Você me conhece bem demais.

Os degraus, surpreendentemente, se mantiveram no lugar conforme eles subiram com cuidado e leveza um a um. James foi na frente, levando um dedo aos lábios, e os outros cinco acompanharam pela porta e então por um corredor de teto baixo, escuro como breu, e cheio de aranhas. Teias roçavam desagradavelmente contra o rosto de Cordelia conforme eles se moviam em silêncio, e ela conseguia ouvir o farfalhar de ratos dentro das paredes.

Subitamente, eles estavam em um espaço aberto, sem dúvida o piso principal da fábrica, com pilastras de ferro por todo canto como o claustro de uma catedral. Um telhado de vidro pontiagudo com costelas de ferro se arqueava bem alto, e uma galeria circundava a sala à meia altura. Grandes ganchos de metal pendiam de correntes de ferro presas a vigas acima. VELEIROS, era o que indicava a placa do lado de fora. Devia ser a fábrica de um veleiro, onde pedaços de lona teriam sido pendurados para secar. Agora, os ganchos vazios giravam preguiçosamente no ar empoeirado; abaixo deles, mal iluminadas pela luz do telhado, jaziam as ruínas de um imenso e quebrado tear.

Lucie olhou ao redor, o rosto tenso.

CASSANDRA CLARE

— Ela está aqui — disse Lucie.

James lançou a ela um olhar de esguelha, curioso.

— Filomena? Onde?

Lucie não respondeu. Ela já estava disparando por várias máquinas de ferro enferrujadas cujo propósito não estava evidente, abrindo caminho sobre as tábuas do piso entulhado.

— Filomena? — gritou ela. Lucie chutou para o lado um pedaço de gesso podre. — Filomena!

Os outros trocaram olhares. Anna pegou uma pedra de luz enfeitiçada, lançando um clarão para o alto; os demais acompanharam o ritmo, seguindo Lucie. Ela parecia abrir caminho em direção ao centro da sala, onde destroços estavam caídos em pilhas escuras. Ela fez um ruído abafado.

— Venham cá!

Cordelia saltou sobre um pedaço de tábua quebrada do piso, encontrando Lucie de pé, com o rosto pálido e parecendo enjoada, sobre uma pilha do que pareciam ser retalhos descartados. O chão estava manchado com uma gosma escura.

— Luce?

Os outros tinham chegado, trazendo com eles o conforto da pedra de luz enfeitiçada. Anna cutucou os retalhos com a bota, então se ajoelhou para olhar com mais atenção, usando a ponta do dedo para levantar uma ponta do tecido. O rosto dela se contraiu.

— Esse é o xale que Filomena estava usando quando saiu do meu apartamento.

Thomas furou outro pedaço de tecido escuro com uma adaga, segurando-o no alto.

— E isto é a capa de alguém. Manchada de sangue...

Lucie estendeu a mão.

— Posso ver o xale... por favor?

Anna entregou a ela. O xale era de caxemira pálida, rasgado e esfarrapado agora. James recuou quando Lucie embrulhou o tecido na mão, os lábios se movendo, embora não estivesse emitindo som. Cordelia achou que conhecia as expressões de Lucie, mas nunca vira a amiga daquele jeito, tão determinada, tão introspectiva em sua concentração.

— 233 —

Alguma coisa brilhou no ar. Lucie levantou os olhos, e nos olhos dela Cordelia viu um reflexo crescente de luz, como se duas lâmpadas brilhassem dentro das pupilas dela.

— Filomena? — disse Lucie. — Filomena, é você?

O brilho se assentou, como um esboço sendo preenchido pelo contorno, tomando forma. Um vestido amarelo longo, um sapato branco manchado de sangue em um pé fino. Cabelo preto longo, tomado pela leve brisa, balançando como uma vela de navio preta. O fantasma de uma jovem, pairando acima deles, envolvida no fantasma translúcido de um xale.

Filomena di Angelo.

— *Mi sono persa. Ho tanto freddo* — sussurrou o fantasma, a voz desolada. *Ah, estou perdida. E com tanto frio.*

Cordelia olhou ao redor, para os rostos confusos dos outros; parecia que ela era a única que falava italiano.

— Você está entre amigos, Filomena — disse ela, com gentileza.

— Eu pairei na sombra — disse a menina fantasma, em inglês. — Agora vocês chamaram meu nome. Por quê?

— Para garantir que seja feita justiça — respondeu Lucie. — Você não deveria ter morrido. Quem fez isso com você?

Filomena abaixou o rosto para eles. Cordelia sentiu os pelos da nuca se arrepiarem. Ela jamais tinha pensado muito em como devia ser estranho para Lucie, para James, conseguir ver os mortos. Eles não eram apenas pessoas imateriais. Eram muito estranhos, de fato. Os olhos de Filomena, os quais tinham sido tão escuros, estavam completamente brancos agora — não havia íris nenhuma, apenas dois pontinhos pretos como pupilas.

— Ele saiu das sombras. Havia uma lâmina em sua mão. Eu lutei com ele. Eu cortei ele. Ele sangrou. Sangue vermelho, como um homem. Mas os olhos... — A boca de Filomena se contraiu, alongando-se de um jeito estranho. — Estavam cheios de ódio. Tanto ódio.

Cordelia olhou para James. *Eu senti tanto ódio. Não pareceu um ódio humano.*

— O sangue dele está aqui — sussurrou Filomena. O olhar dela tinha recaído sobre Thomas. — Eu o derramei, mas não foi o bastante. Eu não fui forte o bastante. Ele tomou de mim. Minha força, minha vida. — Cabelo preto voou sobre o rosto de Filomena. — Eu não consegui enfrentá-lo.

— Não é culpa sua, Filomena — disse Cordelia. — Você lutou com coragem. Mas diga quem ele era. Ele era um Caçador de Sombras?

A cabeça de Filomena se virou para ela. O olhar da jovem se fixou em Cordelia, os olhos dela mudaram de forma, arregalando-se em círculos impossíveis.

— *Per quale motivo sono stata abbandonata, lasciata sola a farmi massacrare?* — sussurrou ela. *Por que me deixou sozinha para ser morta?*

A voz de Filomena se elevou em uma cantoria esquisita, as palavras musicais do italiano tropeçando umas nas outras na pressa de dizê-las:

— *Cordelia, tu sei uma grande eroina. Persino nel regno dei morti si parla di te. Sei colei che brandisce la spada Cortana, in grado di uccidere qualunque cosa. Hai versato il sangue di un Principe dell'Inferno. Avresti potuto salvarmi.*

Chocada, Cordelia só conseguiu gaguejar:

— Filomena... eu sinto muito, Filomena...

Mas Filomena tinha começado a se contorcer e estremecer, como se um vento forte estivesse soprando através dela. Uma rede de linhas surgiu em seu rosto, partindo-se com a velocidade da luz em uma teia de rachaduras pelo corpo inteiro. Ela gemeu, um som terrível de dor.

— *Lasciami andare...* me deixem ir... Pronto, já falei... Não aguento mais...

— Vá, se deseja. — Lucie esticou as mãos. — Filomena, não vou prender você aqui.

A menina italiana ficou imóvel. Por um momento, ela se parecia como em vida — o rosto cheio de esperança e reflexão, a tensão em seu corpo se fora. Então ela estremeceu e se desfez como poeira, sumindo em nada entre as partículas no ar.

— Pelo Anjo — disse Anna, olhando para Lucie. — É sempre tão perturbador assim, falar com fantasmas?

Lucie ficou calada; foi James quem respondeu.

— Não — disse ele. — Mas fantasmas permanecem na Terra para realizar seus assuntos inacabados. Acho que o de Filomena era nos contar o que ela sabia. Depois de fazer isso, ela ficou desesperada para descansar.

Corrente de Ferro

— Não tenho certeza se ela sabia tanto assim, coitada — disse Matthew.

— O que ela disse a você, Cordelia? — perguntou Thomas. — Ela falou bastante em italiano.

Antes que Cordelia pudesse responder, um ruído alto ecoou do fundo da fábrica. O pequeno grupo de Caçadores de Sombras se virou. Cordelia prendeu o fôlego — as correntes penduradas estavam batendo de um lado para o outro acima de suas cabeças, e os ganchos suspensos delas balançavam descontroladamente.

— Não estamos sozinhos — sibilou Anna subitamente, inclinando a pedra de luz enfeitiçada na direção da galeria acima. O cordão de rubi em seu pescoço pulsava com luz como um segundo coração.

Poeira e cinzas, as silhuetas curvadas de máquinas quebradas; então Cordelia viu uma sombra se movendo pela parte inferior do corrimão da galeria, correndo sobre o que pareciam ser inúmeras pernas acinzentadas espessas.

Cordelia tirou Cortana da bainha. Em volta dela, os demais estavam se armando: Anna com o chicote, Thomas com as boleadeiras argentinas, James com uma faca de arremesso, Matthew com uma lâmina serafim, Lucie com seu machado.

Aranha, pensou Cordelia, recuando com Cortana estendida diante do corpo. O demônio era, de fato, aracnoide: a fileira de seis olhos brilhou quando ele saltou para um gancho de ferro pendurado e se balançou para o espaço aberto, estridulando sem parar. As quatro patas da frente terminavam em garras com longas unhas curvas. As pernas adicionais que se estendiam das costas terminavam, cada uma, em um gancho. Mandíbulas se projetavam de cada lado da boca cheia de presas.

O demônio saltou do gancho.

— *Anna!* — gritou Cordelia.

Anna abaixou bem a tempo. O demônio passou em disparada por ela, aterrissando sobre o tear quebrado. Anna saiu do agachamento formando um giro completo, lançando o chicote rapidamente na direção do demônio. A criatura deu um pinote para cima para evitar ser atingida, as quatro pernas traseiras se agarrando ao tear quando o chicote cortou o ar.

— Demônio Ourobas! — gritou James. Ele atirou a faca, mas o Ourobas já descera correndo do tear e disparara para baixo de um pedaço de máquina quebrada. A faca se enterrou na parede oposta.

CASSANDRA CLARE

— Você conhece isso? — Matthew estava com a lâmina pronta. Lucie ao lado dele, com o machado posicionado, evidentemente esperando uma oportunidade para atacar a criatura de perto.

James saltou sobre uma pilha próxima de metal enferrujado, voltando os olhos para o chão da fábrica.

— Jamais tive o prazer, mas eles são supostamente rápidos e ágeis. Mas não muito inteligentes.

— Parecem com algumas pessoas que conhecemos — disse Anna.

James gritou um aviso. Lucie atacou com o machado quando o demônio disparou por ela, avançando direto até Thomas. Ele estava pronto com as boleadeiras: a corda de couro flexível se esticou e girou, emitindo um estalo ensurdecedor ao se enrolar em uma das pernas do demônio e se fechar firme. A perna foi arrancada: com um jato de icor, ela caiu no chão, onde estremeceu como um inseto morrendo.

O demônio urrou e saltou para um gancho pendurado, se agarrando nele e se balançando para longe rapidamente. James soltou um palavrão, mas era inútil perseguir a criatura; ela já havia se impulsionado de uma das vigas e estava voando, icor pingando da perna ferida, diretamente para atacar Cordelia.

Ela levantou Cortana, com o arco da lâmina dourado e lindo sob a luz feia da fábrica...

Uma dor súbita e ofuscante irradiou nas palmas dela. Com um arquejo, ela soltou a espada. O demônio estava quase em cima: ela conseguia ver a boca feia e escura, os olhos brilhantes enfileirados. Ela ouviu Lucie gritar, e seu treinamento assumiu o controle: Cordelia se atirou no chão e rolou, as garras do Ourobas por pouco não a acertando.

O Ourobas uivou, caindo no chão cheio de escombros. O machado de arremesso de Lucie tinha se enterrado fundo no lado do corpo do demônio, mas ele nem mesmo diminuiu a velocidade. A criatura saltou em direção a Cordelia. Ela sentiu o fedor de icor ao rastejar para trás, vasculhando o cinto em busca de uma lâmina serafim...

Uma explosão ricocheteou pela sala, ecoando nas paredes. Alguma coisa perfurou o Ourobas, deixando uma ferida fumegante em seu rastro. Cambaleante e trêmulo, Ourobas soltou um grito sobrenatural e sumiu.

— 237 —

Corrente de Ferro

O machado de Lucie caiu no chão, onde ficou preso, com a lâmina para baixo.

Cordelia se atrapalhou para ficar de pé. Ela conseguiu ver todos os outros se virarem para encarar um ponto logo atrás dela. Havia fumaça no ar, e o cheiro inconfundível de explosivo.

Pólvora.

Cordelia se virou lentamente. Atrás dela estava James, o braço estendido, um revólver brilhando na mão direita. Um filete de fumaça subia do cilindro. O olhar dele estava fixo no de Cordelia, e ele abaixou a arma com cuidado até o lado do corpo. Havia uma expressão em seus olhos que ela não conseguia decifrar.

— James — disse Anna, limpando poeira das mangas do casaco do uniforme. — Explique-se.

— Foi o Christopher que fez — falou Matthew, quebrando o silêncio chocado. — Ele queria fazer uma arma com Marcas que conseguisse disparar. Mas só James consegue atirar com ela.

— Tem certeza? — disse Anna. Ela se aproximou de James, estendendo a mão. — Deixa eu tentar.

James entregou a arma. Anna apontou para uma janela e puxou o gatilho; todos se encolheram, mas nada aconteceu. Ela entregou a arma de volta a James com um olhar curioso.

— Bem — disse ela. — Isso *é* interessante.

James olhou para Lucie.

— Talvez também funcione com você — disse ele. — Eu não sou o único que... você sabe.

Mas Lucie ergueu as mãos, balançando a cabeça.

— Não. Não quero tentar, James.

— Mas você deveria, Luce — disse Matthew. — E se Christopher conseguir fazer uma outra? Pense no que poderíamos fazer contra demônios com duas delas. Dois de *vocês.*

— Ah, tudo bem — disse Lucie, irritada, e foi até James, tomando a arma da mão dele. Quando ele começou a mostrar a Lucie como usar a arma, Cordelia aproveitou a oportunidade para se afastar dos outros. Ali estava a sua espada, Cortana, brilhando como uma lâmpada entre os escombros e a

— 238 —

poeira. Cordelia se abaixou para pegar a espada, tocando o cabo hesitante, meio que esperando que a queimasse de novo.

Nada aconteceu. Com as mãos trêmulas, ela embainhou a espada. Não conseguia deixar de se lembrar do momento nos Wentworth quando ela pegou Cortana. A espada machucara a palma da sua mão. Cordelia não tinha pensado naquele momento, mas a memória era vívida agora.

Ela olhou para a palma. Havia uma marca vermelha ali, quase em forma de L, onde a guarda a queimara. Onde a *rejeitara*.

Mas Cortana é a minha espada, sussurrou uma voz baixinha no fundo da mente dela. *Ela me escolheu.*

Será que uma espada de Wayland, o Ferreiro poderia mudar de ideia?

Com um tremor, Cordelia voltou para os outros: eles estavam reunidos em torno de Lucie, que balançava a cabeça e entregava o revólver de volta a James.

— Nada — disse Lucie. — Não parece ser um talento que compartilhamos, James. Como ver o Reino das Sombras. — Ela olhou ao redor, para a fábrica. — E, por falar nisso, este lugar me dá arrepios. Preferiria estar em outro lugar, com ou sem arma.

Ninguém discordou. Conforme eles saíam da fábrica, para a chuvinha sombria, Cordelia não conseguia parar de ouvir, de novo e de novo, as últimas palavras que Filomena tinha dito a ela. Ela achava que as ouviria para o resto da vida.

Cordelia, você é uma grande heroína. Mesmo no reino dos mortos eles falam de você. Você é a portadora da espada Cortana, a qual pode matar qualquer coisa. Você derramou o sangue de um Príncipe do Inferno.

Você poderia ter me salvado.

GRACE:
1897

Algum tempo depois da morte de Jesse, Tatiana disse a Grace que tinha uma surpresa para ela, e que a levaria até a Floresta Brocelind para receber a surpresa. Mas, acrescentou ela, Grace deveria estar vendada durante todo o percurso, pois não era permitido que ela soubesse aonde na floresta estava indo, ou quem encontraria lá.

Por algum motivo, a excursão precisava acontecer na calada da noite, e Grace ficou chateada por perder seu encontro noturno com Jesse. Ele sempre conseguia fugir de Tatiana — que gostava de chorar sobre seu fantasma quando era tomada pelo sentimento — por tempo suficiente para passar um tempo lendo em voz alta para Grace. Eles estavam no meio de *O estranho caso do Dr. Jekyll e do Sr. Hyde*, de Stevenson. Grace achava o livro deliciosamente assustador de uma forma que não tinha nada a ver com os seus terrores do dia a dia.

A viagem para a floresta no breu tinha sido estranha. Grace seguiu a mãe às cegas, tropeçando em raízes e perdendo o equilíbrio ao pisar em turfas inesperadas, o que lançava solavancos desagradáveis por suas pernas. Tatiana não a apressou, mas também não reduziu o passo. E, quando pararam, ela não tirou a venda, deixando a filha de pé em um silêncio confuso conforme os minutos se passavam.

Corrente de Ferro

Grace não tinha certeza se ela se meteria em problemas caso falasse, então permaneceu calada e ficou contando o tempo passar. Quando chegou a mais ou menos duzentos, uma voz falou do escuro, embora não tivesse havido som que indicasse alguém se aproximando.

— Sim — disse, reflexivamente, a voz de um homem, com o timbre sombrio, doce. — Ela é tão linda quanto você falou.

Houve outro silêncio, então a mãe dela disse:

— Bem, vá em frente, então.

— Pequenina — disse a voz. Grace não sabia onde o homem estava, o quão perto ou longe, se diante dela ou ao lado. A voz dele parecia estar em todo canto ao mesmo tempo. — Vim lhe dar um grandioso dom. O dom que sua mãe pediu para você. Poder sobre as mentes dos homens. Poder para confundir os pensamentos deles. Poder de influenciar as opiniões deles. Poder de fazer com que sintam o que você deseja que eles sintam.

Havia mãos subitamente em suas têmporas, mas não eram mãos humanas, eram como atiçadores incandescentes. Grace se assustou com dor e medo.

— O que...

O mundo ficou branco, e então completamente escuro, e Grace acordou com um grito, desorientada, na própria cama, como se de um sonho no qual caía. Uma luz brilhava pelas cortinas de renda esfarrapadas, projetando faixas amarelas na coberta, e ela estava ainda mais desorientada, até que percebeu que devia ter dormido a noite inteira e que agora era o dia seguinte.

Trêmula, ela saiu da cama e encontrou os chinelos. Não tinha como chamar a mãe; os quartos ficavam longe demais, e as paredes eram espessas demais para que sua mãe ouvisse o chamado. Então ela caminhou pelos corredores de pedra da mansão usando a camisola, sentindo o frio da corrente de ar úmida nos tornozelos, e desejando que Jesse estivesse ali para conversar. Mas é lógico que ele só apareceria quando o sol se pusesse de novo.

— Você parece ter se recuperado bem — disse a mãe, quando Grace a encontrou no antigo escritório, estudando um pergaminho com uma lente de aumento. Ela olhou para Grace de modo apreciativo. — E melhor ainda com seu novo dom.

Grace não ousava discutir em contrário, e apenas falou:

— 242 —

— Qual é o dom, mamãe?

— Você recebeu poder sobre os homens — disse Tatiana. — Você tem o poder de fazer com que eles façam o que você pedir, apenas para agradar você. Para se apaixonar por você, se é isso que deseja.

Grace jamais pensara muito no amor — não naquele tipo de amor, de toda forma. Ela entendia que adultos se apaixonavam, e até mesmo pessoas tão jovens quanto Jesse. (Mas Jesse jamais tinha amado, e agora que ele estava morto, jamais amaria.)

— Mas se eu consigo obrigá-los a fazer o que eu quiser independentemente disso — falou Grace —, por que eu iria querer que eles me amassem?

— Esqueço do quão pouco você sabe — disse a mãe, pensativa. — Eu mantive você aqui para protegê-la, e é bom que você tenha encontrado tão pouco da maldade que permeia o mundo fora desta casa. — Ela suspirou. — Minha filha, como uma mulher, você vai estar em desvantagem neste mundo cruel. Se você se casar, seu marido será dono de tudo, e você, de nada. Seu próprio nome será levado, em favor do dele. Veja como meus irmãos prosperam, enquanto nós estamos na penúria. Veja como o mundo de Will Herondale é tido como mais crível do que o de Tatiana Blackthorn.

Isso não é uma resposta.

— Mas quem era o homem? Aquele que concedeu o dom?

— A questão é que — disse Tatiana — precisamos tomar todo o poder que está disponível para nós, pois estamos tão abaixo dos outros. Precisamos tomar apenas para ter uma chance de sobreviver.

— O poder de… obrigar os homens a fazerem o que eu quero — disse Grace, hesitante. — E de obrigá-los a me amar?

Tatiana sorriu como a lâmina de uma faca.

— Você vai ver, Grace. O amor leva à dor, mas se você tomar cuidado com a forma como o usa… pode usar para ferir também.

—

Na manhã seguinte, Grace acordou e descobriu que a mãe tinha feito a mala dela durante a noite, e que elas partiriam naquela tarde para Paris. Grace não queria ir, pois Jesse não poderia acompanhá-las. Era arrisca-

Corrente de Ferro

do demais, dissera Tatiana, tentar mover o corpo dele, e experimentos anteriores tinham demonstrado que ele não podia viajar até muito longe do corpo. Grace ficou horrorizada por não ter a chance de se despedir ou explicar para onde iriam, então Tatiana permitiu que ela deixasse um bilhete para ele. Grace escreveu com a mão trêmula, com a mãe observando, e deixou na mesa de cabeceira dela para que Jesse encontrasse. E então ela foi levada para Paris.

Naquela cidade reluzente, Grace foi vestida com elegantes trajes e apresentada em bailes de mundanos. Ela foi carregada de um salão de baile a outro, apresentada a estranhos cobertos de joias que a elogiavam profusamente.

— Que linda criança! — exclamavam eles. — Como é encantadora... como uma princesa de um conto de fadas.

A mudança na vida a chocou. Em pouco tempo, ela passou de falar com ninguém além da mãe e o irmão espectral em uma casa escura e silenciosa para falar com filhos das famílias nobres da Europa. Grace aprendeu que era melhor dizer pouco e parecer ser transportada até o êxtase pelo que quer que aqueles adultos arrogantes e os adolescentes entediantes estivessem dizendo. Em qualquer evento, a mãe tinha deixado evidente que elas estavam ali para praticar. Então Grace praticou.

Quando ela testava o poder em homens adultos, eles achavam que ela era uma curiosidade encantadora, como um lindo vaso ou uma flor rara. Eles queriam dar presentes a ela — brinquedos, bonecas, joias e até mesmo pôneis. Grace percebeu que usar o poder em meninos de sua idade era mais irritante, mas Tatiana insistia para que ela fizesse isso. O problema não era que os meninos não gostavam dela — era que gostavam demais. Eles invariavelmente esperavam beijá-la ou propor casamento — um absurdo, pois eram apenas crianças e o casamento nem mesmo seria possível durante anos pelo menos. Eles pareciam desesperados para fazer o possível para que ela os amasse de volta. Em um esforço para desviar a atenção deles de beijos, Grace pedia presentes, e prontamente os recebia.

O filho mais novo de um duque alemão lhe deu o cordão, uma herança de família, do próprio pescoço; o terceiro irmão mais jovem do imperador austro-húngaro a mandou para casa certa noite em uma carruagem e quatro cavalos que eram presentes para ela.

CASSANDRA CLARE

Apesar da atenção, Grace se sentia profundamente sozinha sem Jesse. Ela começou a sentir o veneno da solidão feri-la, da mesma forma como tinha deixado sua mãe vazia. Aqueles meninos fariam qualquer coisa por ela, mas nenhum deles sabia quem Grace realmente era. Apenas Jesse sabia. Grace ia se deitar toda noite sentindo-se desesperadamente solitária, sem Jesse para se sentar com ela até que ela pegasse no sono.

Então seus pedidos ficaram mais estranhos. Ela pediu ao sobrinho de um visconde tcheco por um dos dois cavalos presos à carruagem dele, e o rapaz, cortês, soltou o animal para ela, antes de partir sem jeito com apenas o cavalo que restava. Ela assumiu hábitos alimentares bizarros que mudavam a cada evento: um copo grande de leite frio com a refeição, ou cinquenta do mesmo tipo de canapé. E, dessa forma, ela aprendia mais sobre o próprio poder. Ela aprendeu como o poder funcionava dentro dos salões das classes mais altas. Não bastava ser capaz de confundir as mentes dos homens — ela precisava entender quais daqueles homens tinham o poder de conseguir o que ela desejava.

Pela primeira vez, Grace tinha uma forma de ganhar a aprovação da mãe, por mais que o método não fosse ético. Durante a temporada delas em Paris, Tatiana costumava estar de bom humor, finalmente satisfeita com Grace. Ela sorria para Grace na carruagem quando elas voltavam para casa após uma noite particularmente bem-sucedida.

— Você é a lâmina de sua mãe — dizia ela —, cortando aqueles meninos arrogantes.

E Grace sorria de volta, concordando.

— Eu sou a lâmina da minha mãe, de fato.

245

11

COROAS E LIBRAS E GUINÉS

Quando eu estava com a idade de um e vinte
Um sábio me disse o seguinte,
"Dê coroas e libras e guinés
Mas não entregue seu coração ao revés;
Dê pérolas e dê rubis
Mas fique com sua vontade como sempre quis".
Mas um e vinte anos eu contava,
Falar comigo não adiantava.

— A. E. Housman

Cordelia acordou no dia seguinte e viu que tinha nevado durante a noite, limpando o mundo. As ruas de Londres brilhavam, e ainda não tinham se transformado em lama revirada pelas rodas de carruagens. Telhados e chaminés estavam cobertos de branco, e neve escorria suavemente dos galhos de árvores desfolhadas ao longo de Curzon Street.

Ela estremeceu até sair da cama e chegar à penteadeira. Cortana pendia dos ganchos folheados a ouro na parede do quarto, a bainha reluzia, o cabo era como uma varinha de ouro. Ela passou pela espada a caminho do banheiro, tentando se concentrar em como era agradável poder lavar o rosto com água quente em vez de precisar quebrar uma camada de gelo na jarra que ficava em sua mesa de cabeceira — e não no fato de que a espada parecia que a encarava, fazendo uma pergunta.

Depois que eles deixaram a fábrica de velas no dia anterior, tinha ficado decidido que não tinha como fugir: os adultos precisariam saber sobre a fábrica, sobre a capa ensanguentada. Esconder a informação só interferiria na investigação dos assassinatos. Cordelia tinha alegado uma dor de cabeça, esperando simplesmente voltar para casa sem incomodar os outros, mas desesperada por um tempo sozinha para pensar em Cortana. Tinha funcionado apenas em parte. James tinha insistido em voltar com ela para Curzon Street, onde ele seguiu direto até Risa para buscar remédios para dor de cabeça. Risa fez alvoroço em cima de Cordelia durante metade da noite até que ela se escondeu sob as cobertas da cama e fingiu estar dormindo.

Agora, depois de prender o cabelo em um penteado, ela colocou um vestido de lã vinho por cima da camisola e das anáguas e tirou Cortana da parede. Tirando a espada da bainha, ela olhou para a arma. Cortana estampava um padrão de folhas e runas no cabo — Cortana era incomum porque não tinha Marcas na lâmina, apenas palavras: *Eu sou Cortana, do mesmo aço e têmpera que Joyeuse e Durendal.*

Ela ergueu a espada, em parte esperando outra descarga de dor pelo braço. Cordelia girou, cortando o ar — girou de novo, uma finta dupla, um passo para trás, a lâmina erguida.

Não houve dor dessa vez. Mas havia uma sensação estranha, uma sensação de algo errado. Ela estava acostumada com Cortana se encaixar perfeitamente em sua mão, como se tivesse sido forjada para ser dela. Cordelia sempre sentira uma comunhão sussurrada com a espada, principalmente quando se dirigia para uma luta, como se estivessem dizendo uma à outra que venceriam juntas.

Ela sentiu apenas silêncio agora. Desapontada, Cordelia pendurou a espada de volta na parede.

— Afe — murmurou ela, consigo mesma, fechando o cadarço das botas curtas. — É uma espada, não um porco-espinho de estimação. Seja sensata.

Ao descer, ela encontrou a sala de jantar vazia. Cordelia saiu para o corredor, onde viu Risa carregando uma bandeja com um conjunto de café de prata e parecendo muito contrariada.

CASSANDRA CLARE

— Todos os seus amigos estão na sala de estar, e o menino do circo passou a noite dormindo no banco do piano — disse ela, em persa. — Sinceramente, Layla, isso é muito inapropriado.

Cordelia se apressou pelo corredor e encontrou a porta da sala de estar aberta. Do lado de dentro, fogo rugia na lareira. Lucie estava sentada em uma poltrona de veludo, e esparramados no tapete estavam os Ladrões Alegres — James com as longas pernas esticadas diante do corpo, Thomas comendo mingau de colher de uma tigela, Christopher matando a fome alegremente com uma torta de limão e Matthew enterrado em uma imensa pilha de almofadas.

James ergueu o rosto quando ela entrou, os olhos dourados sonolentos.

— Daisy — disse ele, agitando uma xícara de café vazia na direção dela. — Por favor, não me culpe... esses jovens arruaceiros apareceram em uma hora inconveniente e se recusaram a ir embora sem infestar nossa casa.

Cordelia sentiu um rubor de prazer. *Nossa casa*. Risa tinha entrado atrás dela, e os meninos, extasiados ao verem café, caíram em uma interpretação animada de "Ela é uma boa companheira". Matthew saltou das almofadas para chamar Risa para dançar, mas ela simplesmente bateu com destreza no pulso dele usando uma colher e saiu da sala, a dignidade intacta.

— Caso esteja curiosa — disse James, enquanto os outros rapazes lutavam pela cafeteira —, Christopher está absolutamente furioso por ter sido deixado de fora dos acontecimentos de ontem, e decidiu se vingar de nós com uma enorme pilha de livros.

— Se ele deseja se vingar usando livros, escolheu o público errado — disse Cordelia, sentando-se no pufe ao lado de Lucie. — Onde está Anna, aliás?

— Patrulhando — respondeu Lucie. — Nós a elegemos para contar a tia Charlotte exatamente o que aconteceu na fábrica ontem, e para a tia e o tio também, pois eles estão no comando do Instituto enquanto mamãe e papai estão em Paris.

— *Exatamente* o que aconteceu? — Cordelia ergueu uma sobrancelha. — Cada detalhe?

Lucie deu um sorriso comportado.

— Lógico. Ela contou a eles que estava passeando por Limehouse ontem, quando seu colar a alertou sobre demônios por perto. Ela seguiu o aviso até

— 249 —

Corrente de Ferro

a fábrica de velas abandonada. Ao entrar, ela foi acossada por um demônio Ourobas, o qual ela destruiu. Uma investigação mais minuciosa revelou o xale de Filomena, e a capa ensanguentada.

— Que coincidência — disse Cordelia, aceitando uma xícara de café de James. Ele tinha colocado leite no café, sem açúcar, como ela gostava. Cordelia sorriu para ele, um pouco surpresa.

— O acaso *é* uma coisa formidável — disse Lucie, com os olhos brilhando.

— Presumo que ela não tenha dito nada sobre... sobre o fantasma de Filomena. Sobre nenhum dos fantasmas, na verdade.

— Isso teria prejudicado a credibilidade, acho, tentar explicar que Anna por acaso esbarrara com o demônio, a capa *e* o fantasma de Filomena — disse Thomas.

— E a fábrica? — falou Cordelia. — O Enclave fez uma busca lá?

— Sim, houve uma reunião ontem à noite, e então um grupo foi até Limehouse — explicou Thomas.

— Papai foi com eles — acrescentou Christopher, tirando os óculos e limpando-os na camisa. — Eles reviraram o lugar de ponta-cabeça, mas não encontraram nada além de um ninho de Ourobas abandonado. Vão ficar de olho, mas...

— Ninguém realmente acredita que o assassino deve voltar — falou James. — Por que ele largou a capa ali, não sabemos, provavelmente não queria ser pego perambulando por Londres usando roupas ensanguentadas.

— Eles tentaram usar Rastreamento para achar o assassino com a capa, mas sem sorte, até mesmo com o sangue nela — disse Thomas. — Provavelmente a entregarão para os Irmãos investigarem melhor.

— Não consigo evitar pensar nisso, será que deveríamos contar ao Enclave sobre o outro fantasma? Aquele que nos guiou até a fábrica? — perguntou Lucie. Ela estava torcendo a saia sobre uma das mãos ansiosamente.

— Não — respondeu James, com firmeza. — Fantasmas conversam uns com os outros, não é? Não tem por que acharmos que seu cavalheiro regencial teve algo a ver com os assassinatos. E se o Enclave descobrir que fantasmas estão apelando a você, Luce... — Ele suspirou, recostando na estrutura do pufe. Seu cabelo estava ainda mais desarrumado do que o normal, os olhos de um dourado escuro, sombrio. — Não gosto dessa ideia. Eles vão começar

— 250 —

CASSANDRA CLARE

a investigar e testar você, ver se consegue fazer com que outros fantasmas se aproximem, se podem usar você para conseguir pistas. E nem todos os mortos são amigáveis.

Lucie pareceu horrorizada.

— Acha que eles fariam isso?

— Bridgestock certamente gostaria disso — disse Matthew. — James está certo.

— Então vamos pensar em outra coisa — disse Cordelia. — E o motivo do assassino? Filomena era pouco conhecida, e por que alguém que quisesse Pounceby ou Gladstone mortos teria algo contra ela também?

— Seu irmão, Alastair, disse uma coisa ontem à noite, na reunião — disse Thomas, relutantemente. — Acho que ele lê.os jornais dos mundanos. Entre os mundanos, há loucos que matam apenas por matar. Talvez não *haja* motivo.

— Quando não há motivo ou conexão pessoal, apenas ódio indiscriminado, pode ser quase impossível encontrar um assassino — disse Matthew.

— Mas o assassino *não* mata indiscriminadamente — observou Lucie. — Ele matou três Caçadores de Sombras. Somos um grupo específico. Mundanos não sabem sobre nós, então não pode ser um deles matando aleatoriamente. Embora eu suponho... suponho que possa ser alguém com a Visão matando no Submundo.

— Se fosse esse o caso, os Seres do Submundo também apareceriam mortos — disse James. — E quanto aos Caçadores de Sombras, nós vivemos para matar. Eles colocam armas em nossas mãos quando somos crianças e nos dizem "Matem monstros". Essa violência pode fazer qualquer um perder a cabeça.

— E quanto a um Caçador de Sombras possuído? — disse Lucie. — Sob o controle de um feiticeiro, ou...

— Nós não podemos ser possuídos, Lucie — disse Christopher. — Sabe disso. Temos os feitiços de proteção que nos dão quando nascemos.

— Se Filomena voltou como fantasma para nos dizer que ela sabia sobre seu assassinato — disse Thomas —, não é estranho que ela não tenha realmente contado muito? — Ele olhou para Cordelia com expressão de desculpas. — O que ela falou em italiano...

— 251 —

Corrente de Ferro

Cordelia congelou. Ela conseguia ouvir a voz estranha de Filomena na mente.

— Ela falou sobre como eu cravei a espada em Belial. — Ela tentou manter a voz calma. — Queria saber por que, se eu fiz aquilo, não pude ajudá-la. Ela perguntou por que eu não a salvei.

Ela não mencionou Cortana. Não aguentaria. E se Filomena estivesse errada? E se Cordelia não fosse uma heroína, não fosse a verdadeira dona de Cortana? E se a espada tivesse decidido que ela não a merecia?

Cordelia abaixou o rosto para as mãos.

— Eu fracassei com ela.

Houve um murmúrio de vozes dissidentes; ela sentiu a mão de alguém acariciar seu braço. Ela sabia que era James, sem precisar olhar.

— Daisy — disse ele. — Somos Nephilim, não os próprios anjos. Não podemos estar onde não sabemos que somos necessários. Não podemos saber de todas as coisas.

— Eu, por exemplo — disse Matthew —, sei muito pouco.

— E eu não sei por que estou vendo essas mortes em sonhos. — James apoiou a xícara. — Tem algum motivo pelo qual eu estou conectado a tudo isso. Embora eu entenda muito bem se nenhum de vocês quiser se envolver.

— Eu acredito que o espírito de nossa organização é que queremos estar envolvidos — afirmou Matthew —, quando se trata de um de nós.

— Por isso deveríamos estar investigando a oneiromancia, o estudo dos sonhos — disse Christopher, alegremente. — Eu trouxe alguns livros sobre o tópico, para distribuir entre nós.

— Algum deles tem cenas românticas? — perguntou Lucie. — Estou trabalhando nas minhas.

— Se tiverem, tenho certeza de que são bastante perturbadoras — falou James.

— Esses livros são *muito interessantes* — disse Christopher, grave. — Há histórias de necromantes que viajaram nos sonhos, que até mesmo mataram e recolheram a energia de morte em sonhos.

— O que exatamente você quer dizer quando diz "energia de morte"? — perguntou Lucie. Se Cordelia não estivesse enganada, ela parecia um

CASSANDRA CLARE

pouco pálida. — Você quer dizer, o que necromantes usam para levantar os mortos?

— Exatamente isso — disse Christopher. — Há formas de levantar os mortos usando um catalisador, um objeto imbuído com poder acumulado por um feiticeiro, mas a maioria delas envolve usar a força vital liberada quando alguém morre para energizar o despertar de um cadáver.

— Bem, se o assassino fosse um Caçador de Sombras, ele ou ela não teria utilidade para energia de morte — falou Matthew, mordiscando as beiradas de um doce de confeitaria. — A não ser que estivesse em conluio com um feiticeiro, suponho...

— Ah, droga — disse Thomas, ficando de pé e limpando o colete. — Prometi chegar em casa até meio-dia. Meus pais estão agitados, e eles ficam ameaçando pedir a Charlotte para me tirar das listas de patrulha se eu não aceitar ter um parceiro.

— Não seja bobo, Tom — disse Lucie. — Vá com Anna, pelo menos. Ou eu espero que eles tirem *mesmo* você das listas. — Ela fez uma careta para ele.

— *Eu* espero encontrar o assassino — disse Thomas, sombriamente. — Até agora, ele não atacou ninguém que o estivesse esperando. Mas eu estarei.

Ele corou quando esse anúncio foi recebido por uma salva de vivas amigáveis. Os outros também estavam se levantando, exceto James e Cordelia — pegando cópias dos livros que Christopher tinha levado, conversando sobre quem ia ler o que, brincando sobre os sonhos mais estranhos que já haviam tido. (O de Matthew envolvia um centauro e uma bicicleta.)

Apesar de tudo, apesar de Cortana, Cordelia sentiu uma onda de felicidade. Não era só porque ela amava James, pensou. Ela amava os amigos dele, amava a família dele, amava os planos em comum deles, amava que Lucie fosse sua irmã. Ela teria se sentido culpada por estar tão feliz, não fosse pelo lugar vazio na parte mais profunda de seu coração — o pequeno espaço ecoante que guardava o conhecimento de que aquilo tudo era temporário.

A carruagem de Matthew estava esperando no meio-fio; estava quase chegando nela quando James o alcançou. Matthew se virou, surpreso, a

Corrente de Ferro

expressão mudando rapidamente para uma de divertimento: James tinha deixado a casa com o casaco vestido pela metade, e estava se atrapalhando para abotoá-lo com as mãos enluvadas.

— Deixe que eu faço isso — falou Matthew, tirando a luva direita com os dentes. Ele a enfiou no bolso e foi trabalhar no casaco estilo Ulster de James, seus dedos deslizando os círculos de couro pelas casas dos botões com uma facilidade experiente. — E por que você está correndo semivestido nesse tempo? Não deveria estar aninhado diante da lareira com Cordelia, lendo *Sonhos nos quais fui perseguido e as coisas que me perseguiram*, de C. Langner?

— Esse daí parece ter um valor informativo dúbio — admitiu James. — Math, eu não sabia que você tinha arrumado um apartamento. Não me contou.

Matthew, depois de terminar de abotoar o casaco de James, pareceu um pouco envergonhado. Ele passou a mão pelo cabelo, o qual já estava caindo em volta da cabeça como raios de sol incontroláveis.

— Eu estava pensando nisso há um tempo, mas jamais achei que me mudaria tão subitamente. Foi um impulso...

— Nada a ver com aquela discussão que teve com Charlotte no outro dia?

— Talvez. — O rosto de Matthew assumiu uma expressão defensiva. — E morar com Charles se tornou demais. Eu fervo de ódio quando ele fala do casamento iminente.

— Eu aprecio a lealdade — falou James. — E é, lógico, uma decisão completamente sua o que você faz. Mas não gosto da ideia de não saber onde você mora.

— Eu não queria incomodar você — falou Matthew, com uma timidez pouco característica.

— Nada do que você faz me incomoda — falou James. — Bem, isso não é exatamente verdade. Você é bastante incômodo, como bem sabe. — Ele sorriu. — Mas isso não significa que não quero saber o que está acontecendo em sua vida. Sou seu *parabatai*.

— Eu sei. Na verdade, pensei, acho que pensei, que, como você tinha acabado de se casar, iria querer passar um tempo sozinho com Cordelia. Que havia alguma chance de seu casamento poder se tornar real.

CASSANDRA CLARE

Havia uma expressão parecida com inquietude no rosto de Matthew. Aquilo espantou James — Matthew, que quase nunca se mostrava inquieto, mesmo que por dentro estivesse se sentindo assim. Talvez, pensou James, ele estivesse preocupado que as coisas pudessem mudar entre eles quando James se tornasse um homem casado. Que a proximidade deles pudesse diminuir.

— Cordelia e eu somos apenas amigos — disse ele, com mais certeza do que realmente sentia. — Você sabe que eu estou prometido à Srta. Blackthorn.

— Ela não chega aos pés de Daisy — falou Matthew, então pareceu completamente horrorizado. — Peço desculpas, não é absolutamente da minha conta. Eu deveria voltar para meu apartamento, antes de causar mais problemas.

James ficou espantado, embora imaginasse que não deveria ficar. Matthew quase arrancara a cabeça de Grace no casamento. Por certo que James não se ressentia diante da aversão de Matthew por Grace: ele entendia que Matthew não queria que ele fosse magoado.

— Me deixe ir com você — falou James.

Matthew fez que não com a cabeça, abrindo a porta da carruagem.

— Eu preciso ficar sozinho, me acomodar...

— Ninguém precisa ficar sozinho para se acomodar — disse James, em voz baixa. — Tudo o que eu quero para você, Math, é que você se ame tanto quanto eu amo você.

Matthew respirou, trêmulo.

— Cordelia não se incomoda de você vir até meu apartamento?

— Foi ela que sugeriu. Ela também ama você — respondeu James, e olhou para o céu. Nuvens escuras e carregadas de neve estavam chegando, cobrindo o azul. Ele não viu Matthew fechar os olhos e engolir em seco.

Um momento depois, Matthew tinha escancarado a porta da carruagem e gesticulava para James entrar.

— Bem, então entre — disse ele. — Se corrermos, conseguiremos chegar antes que comece a nevar.

Cordelia passou a tarde aninhada no escritório, lendo *Uma taumaturgia dos sonhos*. Christopher estava certo — o livro era muito interessante, embora fosse inteiramente sobre como era possível direcionar os sonhos dos outros e tratasse muito pouco do que fazer se alguém por acaso fosse visitado por sonhos violentos e desagradáveis que se revelavam ser verdadeiros.

Conforme o dia passou, grupos de homens passaram pelas ruas com pás e vassouras, e rasparam e limparam a neve da noite das calçadas; crianças saíram de casa também, cobertas como pequenos pacotinhos, e começaram a se atacar com bolas de neve. Ela se lembrou de muito tempo atrás fazer o mesmo com Alastair. Ela esperava que ele estivesse se virando bem em Cornwall Gardens.

Conforme o sol descia do lado de fora da janela, a neve começou a cair de novo. Ela escorria do céu como farinha, cobrindo o mundo com uma camada de vidro jateado. As crianças foram chamadas para dentro, e os postes da rua brilhavam entre uma névoa de cristais brancos finos. Cordelia percebeu que sua mente se afastava do livro: ela não conseguiu evitar pensar em Cortana de novo.

Se você tiver algum interesse em conhecer o criador de Cortana, eu poderia levar você. Depois do grande cavalo branco e sob a colina.

Ela mordeu o lábio. Confiar em fadas era uma coisa, mas Lilian Highsmith tinha mencionado Wayland, o Ferreiro também.

Quando eu tinha doze anos, fugi de casa e meus pais me encontraram perambulando por Ridgeway Road, procurando a toca do ferreiro.

Cordelia saiu do sofá e foi até as prateleiras de livros. A seção dedicada aos volumes sobre viagem estava bastante revirada — ela e James tinham lido metade dos volumes —, mas ela encontrou o que procurava com facilidade: *As maravilhas da Grã-Bretanha Antiga*.

Ela encontrou Ridgeway Road no índice e folheou até a página, ilustrada com um desenho a pena e nanquim de uma toca escura que perfurava a encosta de uma colina. *A caverna de Wayland, o Ferreiro fica na direção de Wiltshire, descendo Ridgeway Road, aquela estrada de corridas extintas que percorre os Downs de uma ponta a outra. Os campos estão cultivados agora, mas o lugar ainda tem uma aparência estranha. Um lugar adequado para se possuir a alma de alguém em silêncio depois de uma peregrinação até a colina Cavalo Branco...*

O som de rodas de carruagem na calçada gelada interrompeu os pensamentos de Cordelia. Ao ouvir a porta da frente bater, ela deixou o livro de lado às pressas; um minuto depois, James entrou no escritório, sem chapéu, o cabelo bagunçado cheio de neve.

Ela pegou um livro sobre Constantinopla quando ele se aproximou na lareira e estendeu as mãos para as chamas.

— Como foi na casa de Matthew? — perguntou ela.

— Bem agradável. — As maçãs do rosto proeminentes de James estavam coradas de frio. — Whitby Mansions, acho que é o nome, tudo muito elegante, eles têm um carro a motor que ele pode usar quando quiser, o que parece uma receita para o desastre, e uma cozinheira e criados no local. Não que eu ache que o Enclave ficaria muito feliz de saber onde ele está. Eles não gostam que tenhamos criados que não sabem sobre o Submundo, caso vejam algo inapropriado. Eu avisei a ele para não levar nada com tentáculos para casa.

— É mais provável que ele queime o apartamento tentando fazer chá — disse Cordelia com um sorriso. — Quer jantar? Risa está cozinhando o dia todo, e reclamando sobre isso. Podemos comer aqui — acrescentou ela. — É mais aconchegante.

Ele lançou a ela um olhar longo e observador. O tipo que fazia o coração de Cordelia bater mais forte sem motivo. A neve no cabelo dele tinha derretido, e as mechas molhadas estavam cacheando nas pontas.

— Por que não?

Ela foi falar com Risa; quando Cordelia voltou, James estava jogado no sofá com *Uma taumaturgia dos sonhos*, folheando as páginas distraidamente.

— Alguma coisa útil aqui? — perguntou ele.

— Na verdade, não — disse Cordelia, acomodando-se no sofá ao lado dele quando Risa entrou com uma bandeja cheia de pratos. Ela os deixou se servirem sozinhos: sopa e arroz, vegetais temperados e chá. — A maior parte é sobre como dar sonhos a outras pessoas, não sobre o que fazer se você mesmo os tiver.

Corrente de Ferro

— Matthew entrou em grandes detalhes sobre o sonho dele de centauro — disse James, pegando uma colher da sopa. — Foi muito perturbador.

— *Ele* era o centauro, ou era outra pessoa? Ou eu não quero saber? — perguntou Cordelia. James encarou a própria colher. — A sopa está boa? É *ash reshteh*. Risa cozinhou para você quando você teve a febre escaldante.

— É mesmo? — disse ele, lentamente.

— Nós dois tínhamos catorze anos — disse Cordelia. Ele *tinha* de se lembrar. — Você tinha vindo até Cirenworth; Alastair não estava lá, e você e Lucie e eu brincávamos nos jardins. Então, um dia, você caiu; estava ardendo de febre. Lembra disso?

James esfregou os olhos.

— É estranho. Eu deveria me lembrar mais da febre. Foi a pior doença que eu já tive.

— Eles mandaram Lucie embora, mas eu já tinha tido a febre. E me deixaram ficar e me sentar com você — disse ela. — Não se lembra de que li para você?

James apoiou o queixo na mão.

— Bem, eu me lembro de histórias de algum tipo, mas não sei se foi algo que eu sonhei, ou uma memória de verdade. Havia uma história como *Romeu e Julieta*, talvez? Alguma coisa melancólica e romântica?

— Sim — confirmou Cordelia, lentamente. Será que ele tinha mesmo se esquecido? Parecia para ela que meses antes, quando eles tinham falado do conto, ele tinha se lembrado bem. Será que ela havia se enganado? — A história de Layla e Majnun, você gostou bastante daquela. Conversamos sobre ela depois. Conversamos bastante, na verdade, porque parecia tirar sua mente de como você se sentia mal. Você não se lembra mesmo?

— Sinto muito, Daisy. Queria me lembrar.

Havia uma cópia do livro no andar de cima, Cordelia sabia, entre os volumes que tinham sido trazidos da casa dela. Ela se levantou, subitamente determinada. Se ela não podia refrescar a memória dele, talvez Nizami conseguisse.

— Então só há uma coisa a fazer. Vou lembrar você.

CASSANDRA CLARE

James ficou de pé e caminhou de um lado para o outro da sala assim que Cordelia saiu. Ele desejava conseguir se lembrar do que ela tão nitidamente queria que ele se lembrasse. Ele sentia como se a estivesse desapontando, decepcionando-a, de algum jeito. No entanto, quando ele buscava na mente, era como se uma cortina tivesse sido fechada sobre aquela época em Cirenworth, e ele só conseguia ver lampejos através de fendas no tecido.

O cheiro de jasmim e de fumaça de lenha.

A extensão de um corpo, quente e sólido, ao longo do dele.

A voz rouca dela: *Não busquei o fogo, mas meu coração é chama pura. Layla, este amor não é deste mundo.*

Ele respirou fundo. Sua cabeça doía. Ele entrara no escritório mais cedo preocupado, pensando em Matthew, preocupado com ele sozinho no apartamento novo. E então vira Cordelia — a cabeça curvada sobre o livro, o cabelo brilhando como uma moeda nova; ela estava usando um vestido de lã macio que se agarrava ao corpo, delineando cada curva. Ele quase tinha ido até ela e a beijado, como qualquer homem que estivesse voltando para a esposa em casa faria. Apenas no último instante ele se lembrou e, em vez disso, virou na direção da lareira.

E mesmo assim seu corpo latejava, como se desejasse algo completamente diferente do que o que sua mente sabia que era bom para ele. Fazia muito tempo — ele tinha quase certeza — Cordelia o abraçara enquanto ele queimava de febre. Na manhã do dia anterior, James a abraçara, macia e flexível contra ele, e ele queimara com outro tipo de febre.

Ele a desejava. Era algo que James precisava aceitar. Ela era linda e desejável e eles estavam enfurnados na casa juntos. Estava fadado a acontecer. Ele se lembrava da Sala dos Sussurros na Hell Ruelle. Ele a beijara ali, embora aquilo também parecesse desbotado em sua memória, como a época em Cirenworth. James esfregou o pulso direito, o qual doía; ele sabia que devia estar fora de si naquela ocasião — Grace tinha acabado de terminar tudo com ele. James buscou conforto em Cordelia, o que não era justo com ela. Na verdade, ele havia se comportado como um animal faminto: agarrando-a, jogando-a na escrivaninha, subindo em cima dela...

James levou a mão à cabeça. Aquilo o deixava dividido. Desejo e amor não eram a mesma coisa, lembrou a si mesmo, e Cordelia era inocente.

— 259 —

Corrente de Ferro

Ele não podia tirar vantagem dela. Ele precisaria se controlar melhor. Ele precisaria...

Um barulho soou à porta; ele olhou para cima, esperando Cordelia.

Um choque profundo percorreu seu corpo. Risa estava ali, com um olhar de consternação, mas não foi Risa que o surpreendeu. De pé atrás dela estava Elias Carstairs, usando um paletó marrom surrado de um estilo que não estava na moda havia anos.

O choque que percorreu James foi quase doloroso. Qualquer pensamento foi completamente interrompido; felizmente, uma vida de autocontrole e educação entrou em ação. Ele deu um passo à frente, estendendo a mão.

— Boa noite, senhor.

Elias devolveu o aperto de mão, olhando além de James para a comida servida na mesa baixa.

— Ah, vocês estão jantando? Peço desculpas.

— Está tudo bem com a Sra. Carstairs? — perguntou James, imaginando o que poderia ter feito Elias visitá-los sem aviso.

Elias não parecia preocupado.

— Sim. Jamais esteve melhor. Não quero atrapalhar você, James, e só peço um momento de seu tempo. Mas será que podemos ir até um lugar privado para discutir um assunto importante? De pai para filho. Entre homens.

James assentiu e levou Elias para a sala de estar com uma observação sussurrada para Risa. Ele não queria que Cordelia se perguntasse para onde ele tinha ido.

Ao chegar à sala de estar, Elias fechou e trancou a porta. James estava de pé diante da lareira fria, as mãos entrelaçadas às costas, confuso com a situação. Ele supôs que não deveria estar tão surpreso quanto estava. Era natural que um pai quisesse falar com o genro, havia todo tipo de coisas comuns que não eram consideradas assunto para mulheres: finanças, política, hipotecas, cavalos, manutenção de carruagem... não que ele pudesse imaginar que Elias tivesse se aventurado na rua em uma noite nevada para discutir sobre manutenção de carruagem.

O pai de Cordelia perambulou lentamente pela sala, se demorando, semicerrando os olhos desconfiados para as belas pinturas. Quando James viu Elias derrubar uma estatueta de cerâmica — e então tentar ajeitá-la, antes

— 260 —

de desistir e dar as costas —, seu coração afundou. Se Elias estava tentando parecer sóbrio, ele havia escolhido a pessoa errada para aquela atuação. Os últimos anos com Matthew tinham ensinado muito a James: Elias estava muito bêbado.

Depois do pequeno passeio, Elias apoiou a mão no tampo do piano e olhou para James de modo calculado.

— Tão elegantemente decorada, sua casa nova. Que pessoas maravilhosamente generosas são seus pais! Nós devemos parecer pedintes em comparação com isso.

— De modo algum. Posso lhe assegurar...

— Não precisa assegurar nada — disse Elias, com uma risada. — Os Herondale são abastados, só isso! É difícil para mim ignorar isso, suponho, depois de tudo pelo que passei recentemente.

— Um momento difícil, de fato — comentou James, procurando a resposta certa. — Cordelia está tão feliz por ter você de volta em casa.

— Casa — disse Elias, e havia um sutil tom maldoso em sua voz. Algo quase debochado. — Em casa está o marujo, de volta do mar, não é, James? Em casa, com um pirralho a caminho e sem ter como alimentá-lo. Essa é a minha casa.

Um pirralho. James pensou em Cordelia, tão determinada a salvar o pai, a família. Se não fosse pela coragem dela, Elias teria ido a julgamento, não para o Basilias. E, no entanto, nada no comportamento do sogro — no casamento, no jantar, agora — indicava sequer a menor indicação de que a filha merecia sua admiração. Sua gratidão.

— O que você quer, Elias? — disse James, inexpressivamente.

— Eu estou, se posso ser franco, em dívida. Cirenworth, veja bem, foi um investimento em meu legado. Foi cara demais, mas eu pensei, com muito bom senso na época, que, considerando meu histórico, eu logo seria promovido na Clave. — Elias encostou no piano. — Infelizmente, fui ignorado para promoções inúmeras vezes, e, devido a minhas atribulações recentes, não estou mais recebendo um salário. Eu não desejo tirar de meus filhos ou de minha mulher para pagar minhas dívidas. Certamente você consegue ver isso.

— 261 —

Corrente de Ferro

Certamente você consegue ver isso. E James via, embora ele pudesse ver com a mesma nitidez que Elias não estava lhe contando a verdade completa. Ele fez um ruído evasivo.

Elias pigarreou.

— Deixe-me chegar ao objetivo, James: somos família agora, e preciso de sua ajuda.

James inclinou a cabeça.

— Que tipo de ajuda?

— Cinco mil libras — anunciou Elias, em um tom de voz que ele poderia ter usado para anunciar o vencedor de uma corrida de cavalos. — Essa é a quantia que me colocaria nos eixos de novo. Você consegue arrumar isso, por certo... mal sentiria falta.

— Cinco *mil*? — James não conseguiu impedir que o choque transparecesse na voz. Ele não conhecia ninguém que não teria dificuldades para conseguir tal quantia. — Não tenho esse dinheiro todo.

— Talvez você não tenha — falou Elias, embora ele não parecesse acreditar naquilo. — Talvez pudesse falar com seus pais? Certamente eles poderiam vender alguma coisa, me ajudar em um momento de necessidade.

Elias estava mais bêbado do que James se dera conta. Ao contrário de Matthew, ele não escondia bem a bebedeira; aquilo o deixava tanto mais exaltado quanto mais insensato. Talvez o tempo, e as consequências das decisões ruins de Elias, o tivessem enfraquecido — um pensamento que preocupava muito James, não por causa do sogro, mas por causa de Matthew.

— Não posso ajudar você, Elias — falou James, mais agressivamente do que pretendia.

— Ah — disse Elias, fixando o olhar turvo em James. — Não pode, ou não quer?

— Os dois. É errado você vir até mim desse jeito. Isso só vai envenenar seu relacionamento com Daisy...

— Não use minha filha como desculpa, Herondale. — Elias bateu com a mão no tampo do piano. — Você tem tudo, eu não tenho nada; sem dúvida que pode me dar isso... — Com um esforço visível, ele forçou a voz a se equilibrar. — Há aqueles no Enclave que não acreditam que o lugar de sua mãe é entre os Nephilim — disse ele, e agora havia um olhar diferente em seu rosto, um tipo de sagacidade bêbada. — Ou que você e sua irmã pertencem também. Eu poderia falar ao ouvido do Inquisidor, sabe... se eu não desse minha aprovação, dificilmente eles permitiriam que a cerimônia de *parabatai* de sua irmã com minha filha prosseguisse...

Ódio percorreu James como uma flecha.

— Como ousa — disse ele. — Você não estaria ferindo apenas minha irmã e eu, mas o dano que causaria a Daisy...

— O nome dela é Cordelia — disparou Elias. — Eu permiti que você se casasse com ela, apesar dos boatos que cercam sua família, porque achei que você seria generoso. E é assim que você me paga?

James sentiu a boca se contorcer violentamente.

— Pagar você? Você alega que não quer roubar de sua família, mas fala de roubar de Cordelia a esperança mais preciosa da vida dela. E ela, entre todas as pessoas, teria vergonha de você, tentando ameaças onde as súplicas não funcionam...

— Tudo o que lhe contei é a verdade — disparou Elias, com a expressão transtornada. — Há muitos, muitos que não confiam em você. Muitos que ficariam felizes ao ver você e sua família inteira queimarem.

James prendeu o fôlego. Naquele momento, ele odiava Elias Carstairs, odiava tanto que ele desejava poder matá-lo onde ele estava.

— Saia da minha casa — grunhiu James; não confiava em si mesmo para dizer mais nada.

Elias se virou e saiu batendo os pés da sala de estar, quase colidindo com uma Cordelia pasma no corredor.

— Papai? — disse ela, surpresa.

— Seu marido é um homem muito egoísta — sibilou Elias. Antes que ela pudesse responder, ele a empurrou e saiu batendo a porta.

—

Lucie se encolheu em uma porta coberta ao lado da Hell Ruelle, fechando mais o casaco sobre o corpo, um escudo contra o ar gelado enquanto esperava por Grace. Era uma noite escura, as estrelas escondidas atrás de nuvens densas. O beco estava tomado por lama revirada e neve derretida, que manchavam as botas de pelica de Lucie.

Figuras furtivas passavam sorrateiras por ela, seguindo para a Hell Ruelle. Lucie olhava para elas ansiosa. Sempre que a porta discreta se abria à batida de um ser do Submundo, uma luz dourada brilhava da escuridão como um fósforo sendo aceso dentro de uma caverna.

— Aí está você — disse Grace, como se Lucie estivesse escondida. Ela entrou no campo de visão de Lucie sob a luz que saía pelas janelas superiores da Ruelle. Ela usava uma capa de lã pálida com gola de pele no pescoço e carregava um aquecedor de pele combinando. Seu cabelo estava preso em um conjunto de pequenas tranças traçadas com fitas prateadas. Ela parecia a Rainha de Gelo de um livro de contos de fadas.

— Tem certeza de que isso é uma boa ideia? — perguntou Lucie. — Eles acabaram de colocar o toque de recolher em vigor, e já estamos desobedecendo.

Grace deu de ombros.

— É você quem está insistindo em fazer isso do "jeito certo". Então, aqui estamos.

Ela estava certa: desobedecer ao toque de recolher era melhor do que fazer o mal. A breve discussão sobre necromancia na sala de estar de James mais cedo naquele dia tinha deixado Lucie arrepiada.

— Já veio aqui antes? — perguntou Grace.

— Só uma vez. — Mesmo assim, Lucie se sentia um pouco arrogante pela experiência. Ela seguiu determinada até a porta e bateu; quando uma fada de cabelo roxo, vestindo calça pantalona de lantejoulas, atendeu, ela deu seu sorriso mais charmoso.

— Vim ver Anna Lightwood — disse Lucie. — Sou prima dela.

— Hunf — respondeu a fada. — Anna não está, e também não gostamos de Nephilim. Vão embora.

— Ah, que ótimo — murmurou Grace, olhando para o alto, exasperada. A fada pareceu prestes a bater a porta na cara delas.

— Espere! — chamou uma voz. Era Hypatia Vex, com o cabelo preso com elaboradas flores de porcelana, a pele marrom salpicada de purpurina acima do decote de um vestido de veludo da cor de rubi.

CASSANDRA CLARE

— Ela é a prima de Anna — disse Hypatia para a fada à porta, indicando Lucie. — Ela esteve aqui há algumas semanas. Quanto à outra... — Ela deu de ombros. — Ah, deixe as duas entrarem. Ainda está cedo. Duvido que até mesmo um Herondale consiga causar problemas a esta hora. E chame minha carruagem, Naila. Estou pronta para sair.

Lucie e Grace passaram por uma Hypatia de saída quando entraram, e se viram em um labirinto de salas conectadas por corredores estreitos. Seguindo o som de vozes, elas chegaram à grande câmara central; estava completamente diferente de como era da última vez que Lucie estivera ali. Naquela ocasião, estava cheia de pessoas se divertindo. Esta noite, parecia mais tranquilo — lâmpadas estavam cobertas com veludo de cor creme, projetando um brilho suave. Sofás com cores de joias estavam espalhados pela sala, e neles estavam acomodados todo tipo de vampiros e fadas, até mesmo um ou dois lobisomens, assim como criaturas que Lucie não conseguia identificar. Eles falavam uns com os outros em voz baixa conforme sátiros carregando bandejas prateadas com bebidas geladas passavam entre eles.

— Dificilmente a bacanal que eu esperava — disse Grace, friamente. — Não consigo imaginar por que as pessoas são tão desesperadas para receber um convite.

Lucie viu Malcolm Fade primeiro, jogado em uma poltrona sozinho, o braço atrás da cabeça, o olhar roxo fixo no teto. Ele se ajustou no assento conforme elas se aproximaram, a expressão parecendo muito cética.

— É assim que vai ser, então? Caçadores de Sombras aparecendo aqui toda noite? — Malcolm suspirou. Ele estava usando um fraque branco formal, da mesma cor do cabelo. — Minha paciência começou a se esgotar.

— Que bom que apenas começou — disse Lucie —, porque precisamos falar com você. Em particular. Sou Lucie Herondale, e essa é Grace Blackthorn...

— Eu sei quem você é. — Com um suspiro, Malcolm saiu da poltrona. — Vocês têm cinco minutos do meu tempo, menos se me entediarem. Venham até meu escritório.

Elas o seguiram por um corredor estreito até uma sala particular com papel de parede estilo William Morris e mobiliado com uma escrivaninha e várias poltronas de brocado da cor de âmbar. Ele gesticulou impacientemente

Corrente de Ferro

para que elas se sentassem. Grace se colocou comportadamente na ponta do assento dela, inclinando a cabeça para olhar para Malcolm entre os cílios trêmulos. Grace era mesmo muito esquisita, pensou Lucie, sentando-se em outra poltrona de brocado. Será que ela achava que flertar com um feiticeiro de um século funcionaria? Por outro lado, qualquer ajuda era bem-vinda.

Malcolm, encostando na parede ao lado da pintura de um mar revolto, parecia divertir-se — e também completamente inabalado.

— Crianças, vocês não deveriam estar em casa a esta hora?

— Quer dizer — disse Grace, ágil como um chicote — que você sabe sobre os assassinatos?

Malcolm afundou em uma poltrona de couro atrás da escrivaninha. Alguma coisa a respeito dele lembrava a Lucie de Magnus, embora Magnus tivesse olhos mais gentis. Em contraste, havia algo distante a respeito de Malcolm, como se ele estivesse protegendo alguma parte dele que não podia ser tocada.

— Sou o Alto Feiticeiro. Coisas como toques de recolher de Caçadores de Sombras recaem sob minha jurisdição. Embora eu já tenha dito à Clave: não faço ideia de quem matou aqueles três Nephilim.

— Nós entendemos — falou Lucie. — E realmente sentimos muito por interromper sua noite. Eu estava esperando que você pudesse nos ajudar com outra questão. Uma coisa que estamos tentando aprender melhor. Tem a ver com levantar os mortos.

Os olhos de Malcolm se arregalaram.

— Que sinceridade refrescante — disse ele, passando um dedo pela decoração de ébano da escrivaninha. — É sempre bom ver a juventude de hoje com sede de conhecimento. Acham que o assassino está tentando levantar os mortos?

— Não é sobre isso — comentou Lucie, com cuidado —, mas se existem formas de levantar os mortos que não envolvam tanta... hã, morte. Formas que não envolvam fazer maldades.

— Não há como reanimar os mortos sem fazer um grande mal — disse Malcolm, inexpressivo.

— Isso não pode ser verdade — respondeu Grace. O olhar dela ainda estava fixo em Malcolm. — Estou implorando a você. Nos ajude. *Me* ajude.

— 266 —

CASSANDRA CLARE

O olhar de Malcolm ficou mais sombrio.

— Entendo — disse ele, depois de um longo momento, embora Lucie não tivesse certeza do que ele tinha entendido. — Grace, seu nome é Grace, não é? Já a estou ajudando, ao lhe dizer a verdade. A vida está em equilíbrio, assim como a magia está em equilíbrio. Então, não tem como dar vida sem tirar vida.

— Você é muito famoso, Sr. Fade — disse Grace. Lucie olhou para ela, alarmada: O que Grace *estava* fazendo? — Eu me lembro de ouvir que você um dia foi apaixonado por uma Caçadora de Sombras. E que ela se tornou uma Irmã de Ferro.

— E daí? — indagou Malcolm.

— Minha mãe acaba de se juntar às Irmãs de Ferro na Cidadela Adamant, mas não é uma delas. Ela não está limitada pelas regras delas de silêncio. Poderíamos pedir a ela que descubra como sua amada está na Cidadela. Poderíamos contar a você como ela está.

Malcolm congelou, a cor foi drenada de seu rosto já pálido.

— Está falando sério?

Lucie desejava que tivesse pedido mais detalhes a Grace sobre o que planejara. De alguma forma, ela havia imaginado que as duas simplesmente abordariam Malcolm e pediriam ajuda. Aquilo era completamente inesperado; ela não tinha certeza de como se sentia a respeito.

— Estamos falando sério — disse Grace. — Lucie concordaria comigo.

Malcolm se virou para Lucie. Os olhos dele ficaram sombrios; eles pareciam quase pretos.

— Essa é realmente sua oferta, Srta. Herondale? Presumo que a esteja fazendo sem o conhecimento de seus pais...

— Sim e sim — respondeu Lucie. — Mas... meus pais sempre me ensinaram a corrigir injustiças. É o que estou tentando fazer. Alguém está morto, alguém que... que jamais deveria ter morrido.

Malcolm riu com amargura.

— Determinada, não é? Você me lembra seu pai. Como um cachorro que não larga o osso. Eis o que você precisa saber: mesmo que houvesse a possibilidade de levantar os mortos sem também tomar vida para restaurar o equilíbrio, você precisaria de um corpo para o falecido ocupar. Um corpo

Corrente de Ferro

que não tenha apodrecido. Mas, infelizmente, como você certamente sabe a esta altura, é da natureza dos mortos apodrecer.

— Mas e se um tivesse um corpo que ainda estivesse em perfeitas condições? — disse Lucie. — Desocupado, de fato, mas ainda, hã, impecável?

— Mesmo? — O olhar de Malcolm passou de Lucie para Grace, então voltou. Ele suspirou, como se resignado. — Tudo bem — respondeu ele, por fim. — Se o que você diz é verdade, e você pode me trazer notícias de Annabel, então voltem quando tiverem uma mensagem dela. Eu estarei aqui.

Ele ficou de pé, inclinando a cabeça brevemente. Estava evidente que a conversa deles tinha acabado.

Lucie se levantou, descobrindo que se sentia trêmula. Grace já estava de pé, e fez menção de sair da sala batendo os pés, mas, quando passou por Malcolm, ele segurou seu braço e falou com uma voz mortalmente baixa.

— Srta. Blackthorn — disse ele. — Caso ainda não tenha percebido, o tipo de encantamento que você usa não funciona naqueles como eu, e eu também não considero isso uma frivolidade, um pouco de magia inofensiva. Tente esses truques na Ruelle de novo e haverá consequências.

Ele empurrou o braço dela para longe; Grace disparou para fora da sala, a cabeça baixa. Por um momento, Lucie pensou que... mas não. Não era possível. Ela não podia ter visto lágrimas brilhando nos olhos de Grace.

— O que quer dizer com encantamento? — perguntou Lucie. — Grace não pode lançar um feitiço nem para salvar a própria vida. Eu sei bem.

Malcolm olhou para Lucie por um bom tempo.

— Há tipos de encantamentos diferentes — disse ele, por fim. — A Srta. Blackthorn é do tipo que sabe que os homens gostam de ser necessários. Ela joga com vulnerabilidade e flertes.

— Hunf — disse Lucie. Ela se limitou a não observar que, considerando os limites impostos às mulheres pelo mundo, elas geralmente não tinham escolha a não ser buscar assistência de homens.

Malcolm deu de ombros.

— Só estou dizendo que você não deveria confiar naquela menina — comentou ele. — A decisão, lógico, cabe a você.

CASSANDRA CLARE

— É a coisa *mais* incrível — disse Ariadne, fechando a porta da Sala dos Sussurros ao entrar e trancando-a por precaução. — Grace Blackthorn acabou de irromper do escritório de Malcolm Fade e saiu correndo para fora da Ruelle. Acha que eu deveria ir atrás dela?

Elas haviam acendido a lareira; Anna estava deitada diante do fogo, usando apenas uma camisa masculina de botões. As longas pernas nuas, estendidas na direção das chamas, eram elegantes como se saídas de um poema. Ela rolou de barriga para baixo, apoiando o queixo nas palmas das mãos, e disse:

— Não... ela deixou bem evidente que não gosta muito de você. Talvez você devesse oferecer a mesma consideração. Além do mais — acrescentou Anna, os lábios vermelhos se curvando em um sorriso —, você não está pensando em sair no meio da noite usando *isso*, está?

Ariadne corou; ela quase havia se esquecido de que estava usando apenas a camisola, musselina branca com um laço verde-oliva fechando o corpete. O resto das roupas — vestido e sapatos, anáguas, roupa íntima, fitas e espartilho — estava todo jogado pela sala.

Ela avançou de volta até Anna, abaixando-se no tapete ao lado dela. Era a terceira ida de Ariadne até a Sala dos Sussurros para se encontrar com Anna, e ela passara a gostar bastante do lugar. Gostava do papel prateado nas paredes, da tigela de cobre sempre cheia de frutas de estufa, da fumaça da lareira que cheirava a rosas.

— Ela não é grosseira comigo — disse Ariadne, pensativa. — Ela é educada e murmura respostas quando lhe fazem perguntas, mas simplesmente não está *ali de verdade*.

— Provavelmente ocupada pensando em como destruir a vida de James — respondeu Anna, deitando-se de costas. O pingente de rubi brilhava no pescoço. — Venha aqui — disse ela, languidamente, estendendo os braços, e Ariadne deslizou para cima dela.

Anna era toda longilínea e de braços e pernas maleáveis, cada gesto um alongamento sensual. O coração de Ariadne bateu rápido quando Anna levou a mão pálida para cima para puxar suavemente as alças que seguravam a camisola de Ariadne. A peça deslizou até a cintura dela. Os olhos de Anna escureceram até parecerem safiras.

Corrente de Ferro

— De novo? — sussurrou Ariadne, quando as mãos de Anna fizeram sua mágica. Ela ainda ficava maravilhada com como dedos roçando seu pescoço, mesmo seus ombros, podiam fazer com que ela toda ardesse, deflagrando uma tempestade de desejo. Ela tentava fazer as mesmas coisas com Anna, e às vezes Anna deixava. Ela preferia, no entanto, estar no controle. Mesmo quando Ariadne a tocava, ela jamais se perdia por completo.

— Você se importa? — falou Anna, num tom que indicava que ela sabia muito bem a resposta.

— Não. Estamos recuperando o tempo perdido.

Anna sorriu e puxou Ariadne para baixo. As mãos dela encontraram o cabelo espesso, escuro e solto de Ariadne, a língua tocando o pescoço de Ariadne. Seus dedos tiraram música do corpo dela como se fosse um violino. Ariadne arquejou. Era para aquilo que ela vivia, cada longo e sombrio dia de inverno enquanto esperava para ver se o convite de Anna chegaria à noite. O pedaço de papel dobrado enfiado pela janela, a mensagem rabiscada na letra firme e elegante de Anna.

Me encontre na Sala dos Sussurros.

O corpo dela parecia tão fora de controle quanto um trem que saía do trilho. Ela encontrou os botões da camisa de Anna, abriu-os, pressionou a pele nua contra a de Anna. Ela sabia que estava apaixonada por Anna de novo, tão intensamente quanto antes, mas não se importava. Ela não se importava com nada, a não ser Anna.

Depois que o mundo havia se partido e se uniu de novo como o vidro quebrado de um caleidoscópio, elas se deitaram diante do fogo, Ariadne enroscada ao lado de Anna. O braço de Anna estava dobrado atrás da cabeça dela, os olhos azuis fixos no teto.

— Anna — disse Ariadne, hesitante. — Você sabe que o que aconteceu com Filomena, mesmo que ela estivesse voltando da sua festa, não foi culpa sua.

Anna olhou para ela.

— O que a fez pensar nisso?

O modo como você me beijou. Como se estivesse tentando esquecer alguma coisa.

Ariadne deu de ombros.

Corrente de Ferro

— Ari — disse Anna, com a sua voz grave e rouca. — Agradeço seu esforço, mas, se meus sentimentos me incomodarem, tenho muitos amigos com quem falar.

Ariadne se sentou, passando os braços pelas alças da camisola.

— Não somos nem amigas?

Anna colocou as duas mãos atrás da cabeça. À luz com cheiro de rosas, as curvas e reentrâncias de seu corpo esguio eram suavemente descritas por luz e sombra.

— Acho que fui bem explícita da primeira vez que conversamos — disse ela, calmamente. — Eu escolhi não ter minhas emoções amarradas por romances. Quando você entrega seu coração às pessoas, você dá a elas a oportunidade de ferir você, e isso leva à amargura. Você não iria querer que nós fôssemos amargas uma com a outra, não é?

Ariadne tinha ficado de pé. Ela começou a olhar em volta procurando as roupas jogadas. No passado, quando ela não se vestia rápido o suficiente, Anna — cujo traje masculino era muito mais fácil de colocar e tirar — partia sem ela, deixando-a para encontrar a saída da Ruelle sozinha.

— Não.

Anna se sentou.

— Não estou sendo desonesta com você, Ari. Eu lhe disse exatamente o que tenho a oferecer. Se não é o suficiente, não vou te culpar se você for embora.

Ariadne vestiu as anáguas.

— Não vou embora.

Anna olhou para ela com curiosidade genuína.

— Por que não?

— Porque — respondeu Ariadne —, quando você quer muito uma coisa, se dispõe a aceitar a sombra daquela coisa. Mesmo que seja apenas uma sombra.

— 272 —

LONDRES:
SHEPHERD MARKET

O alvorecer estava triste, uma luz amarela começava a passar pelas fendas nas pesadas nuvens cinza, quando o homem saiu cambaleando do pub para a praça. Ele mancou pela Half Moon Street, passando pelas várias lojas — verdureiros, açougueiros — que rodeavam a praça central. O bairro tinha seu charme, apesar das construções próximas e da fuligem, mas o homem não reparou. Ele não tinha sido o último cliente de Ye Grapes, mas os outros tinham bebido até ficar inconscientes e logo receberiam uma viagem gratuita pela porta dos fundos, onde seriam depositados sem cerimônia na calçada para esperarem o dia que chegava.

A assassino se espreitou de uma porta à outra, acompanhando a presa mais por esporte do que por necessidade. Mal era preciso ser sorrateiro ali. O homem estava cambaleando de bêbado, cantarolando sem ritmo, seu hálito soprando névoa branca quando encontrava o ar gelado. Ele não parecia sentir o frio usando o casaco surrado.

A menina estava pronta demais, fora rápida demais. Ela tinha voltado a lâmina do próprio assassino contra ele, mergulhando-a fundo no ombro. A morte dela tinha sido suja, rápida e brutal; depois, ele fora forçado a fugir e se esconder, abandonando a evidência sangrenta em uma fábrica vazia em

Limehouse. Enquanto ele rapidamente se curava, ouvia os arranhões e chilreios de um demônio Ourobas por perto, atraído pelo cheiro de assassinato e sangue. Ele não temia a criatura; demônios o reconheciam como igual agora. Mas ele estava com raiva. Não haveria mais acidentes como aquele.

O assassino apressou o passo. Uma, duas, três passadas e ele estava sobre o homem. Ele segurou o ombro do homem com violência e o virou, empurrando-o contra uma parede de tijolo. O homem piscou com raiva, então com confusão. A boca se abriu, e uma única palavra passou por seus lábios antes de a faca se enterrar em seu peito:

— Você?

12
RÉQUIEM

É este o verso de seu epitáfio para mim:
Aqui ele jaz onde desejava estar;
Em casa está o marujo, voltando do mar,
E o caçador, de volta da colina.

— Robert Louis Stevenson, "Réquiem"

A faca entrou, raspando em osso, enterrando-se em carne macia, *sangue pulsando para cima e em torno da lâmina, o fedor dele, quente e acobreado, deixando o ar mais espesso...*

James se sentou na cama, uma dor irradiando pelo peito. Seu coração estava batendo forte contra as costelas. Ele se engasgou, memórias voltando — as ruas vazias, as lojas e as barracas de Shepherd Market. O homem deixando o pub barulhento e iluminado, seguindo para as ruas mais estreitas, talvez esperando encontrar um estábulo vazio para dormir.

O assassino, a lâmina, o ódio de novo, aquele ódio quente como fogo.

Vim trazer fogo à terra, e quem dera já estivesse aceso.

Ele se levantou, um pesar crescendo como um câncer no fundo do estômago. Ele tinha se revirado na cama com tanta força que rasgara a parte de cima do pijama; seu ombro e seu braço estavam nus, congelando no ar frio que vinha da janela aberta.

Estava frio, tão frio; ele segurou o casaco marrom do homem com uma das mãos, enterrando a faca com a outra...

James ficou subitamente incapaz de respirar.

— Não — arquejou ele, tirando as cobertas, inspirando golfadas de ar. Ele cambaleou até a janela, ele *sabia* que não a havia deixado aberta; ele verificara duas vezes na noite anterior, e a fechara.

James conseguia ver o homem de costas, olhando para o céu. Ele o conhecia. O paletó marrom, o rosto, a voz.

Elias.

Ele colocou a calça, abotoou a camisa com as mãos trêmulas. Que aquilo fosse um pesadelo, um sonho insignificante, e não uma visão. Talvez ele só tivesse sonhado porque ele e Elias tinham discutido na noite anterior; talvez ele tivesse sonhado com Elias apenas porque estava com raiva dele. Essas coisas aconteciam.

Uma batida começou no andar de baixo, alguém batendo repetidas vezes à porta. James saiu correndo do quarto, descalço, e correu escada abaixo. Cordelia já estava na entrada, o cabelo escorrendo vermelho pelos ombros, um penhoar jogado sobre as roupas de dormir. Risa estava lá; ela escancarou a porta, e Sona entrou aos tropeços.

— *Mâmân?* — ele ouviu Cordelia dizendo, a voz se elevando com pânico. — *Mâmân?*

Sona soltou um choro agudo. Risa a segurou nos braços, e Sona enterrou o rosto contra o ombro de sua antiga babá, chorando como se seu coração fosse se partir.

— Ele está morto, Layla — chorou ela. — Eles o encontraram esta manhã. Seu pai está morto.

———

Embora Cordelia tivesse visitado a Cidade do Silêncio antes, ela jamais estivera dentro do Ossuário. Tivera a sorte, percebeu ela, zonza, conforme ela, James, Alastair e Sona entraram em fila por um corredor estreito, seguindo a luz da pedra enfeitiçada de Irmão Enoch. Ela não encontrara a morte tão de perto antes.

Alastair fora até a casa de Curzon Street depois de Sona e explicara com uma calma surpreendente que o corpo de Elias tinha sido descoberto por uma patrulha da manhã e que já fora levado para a Cidade do Silêncio. Se a família desejava vê-lo antes de a autópsia começar, eles precisariam se apressar até o Ossuário.

Cordelia se lembrava do que acontecera a seguir apenas por trechos. Ela fora se vestir, sentindo-se tão entorpecida quanto se tivesse caído pelo gelo Ártico até um mar escuro e congelado. Quando saiu da casa para se juntar à mãe e ao irmão na carruagem, ficou remotamente surpresa ao encontrar James ao seu lado. Ele fora absolutamente insistente ao ir até a Cidade do Silêncio, embora ela tivesse dito a ele que não era necessário.

— Apenas a família precisa ir — disse Cordelia.

Ao que ele respondera:

— Daisy, eu *sou* família.

Na carruagem, ele murmurara palavras de condolências em persa: *Gham akharetoon basheh.*

Que esta seja sua última tristeza.

Sona tinha chorado constante e silenciosamente até o cemitério Highgate. Cordelia em parte esperava que Alastair reagisse à morte de Elias com o ódio incandescente que ele costumava demonstrar quando estava magoado. Em vez disso, ele pareceu contido e vazio, como se estivesse sendo sustentado por fios. Ela conseguia ouvi-lo, como se de longe, dizendo todas as coisas certas quando eles encontraram o Irmão Enoch, que estava esperando pelo grupo à entrada da Cidade do Silêncio.

Cordelia tinha sentido uma pontada de tristeza por Jem. Se ao menos ele não estivesse no Labirinto Espiral. Se ao menos ele pudesse estar ali com eles: Jem era família, e Enoch não era. Será que Jem sequer sabia? Quanto tempo levaria até que ele recebesse a notícia de que o tio, o homem que tinha matado o assassino de seus pais, estava morto?

Haveria um funeral eventualmente, supunha ela agora, os olhos fixos na tocha de pedra de luz enfeitiçada de Irmão Enoch, oscilando diante deles. Aquilo precisaria esperar. O corpo de Elias seria estudado e então preservado

— 277 —

Corrente de Ferro

até que o assassino fosse capturado: eles não o queimariam e destruiriam potenciais pistas. Jem poderia estar com eles então, mas descobriu que não conseguia visualizar esse cenário — os campos de Alicante, o corpo de seu pai em uma pira, a Consulesa dizendo palavras acolhedoras. Parecia um sonho horrível.

Ela sentiu James pegar sua mão quando eles chegaram a uma praça de pedra, a entrada de ferro do Ossuário se elevando diante deles. Palavras estavam gravadas acima das portas:

TACEANT COLLOQUIA. EFFUGIAT RISUS.

HIC LOCUS EST UBI MORS GAUDET

SUCCURRERE VITAE.

Que a conversa pare. Que os risos cessem. Este é o lugar onde os mortos se deleitam ao ensinar aos vivos.

As portas se abriram diante deles, as antigas dobradiças de ferro rangendo. Sona caminhou adiante, aparentemente alheia a tudo, exceto o que esperava fora da grande sala sem janelas.

Dentro do Ossuário, paredes de mármore branco liso se erguiam até um teto arqueado bem acima deles. As paredes estavam vazias, exceto por uma série de ganchos de ferro simples dos quais vários instrumentos de autópsia pendiam: escalpos brilhantes, martelos, agulhas e serras. Frascos de líquido viscoso cobriam uma variedade de prateleiras; havia pilhas de seda branca dobrada — ataduras, pensou Cordelia, antes de perceber: não havia motivo para colocar ataduras nos mortos. As faixas de seda branca eram para atar os olhos dos Caçadores de Sombras antes de eles serem deitados na pira para serem queimados. Era tradição.

No centro da sala havia uma fileira de mesas de mármore altas onde os corpos dos mortos eram dispostos para exame. Era até ali que Amos Gladstone e Basil Pounceby tinham sido levados para serem examinados, pensou Cordelia, e Filomena também. Apenas uma mesa estava ocupada agora. Cordelia disse a si mesma que deitado ali, coberto com extensões de tecido branco impecável, estava o que restara de seu pai, mas ela não conseguia se fazer acreditar naquilo.

— 278 —

CASSANDRA CLARE

Vamos começar?, perguntou Enoch, aproximando-se da mesa.

— Sim — disse Sona. Ela estava perto de Alastair, o braço dele em volta dela para lhe dar apoio, a mão dela na barriga redonda. Os olhos de Sona estavam arregalados e assombrados, mas quando ela falou, sua voz soou nítida. Ela manteve o queixo erguido quando Enoch lentamente puxou os longos lençóis brancos para revelar o corpo de Elias. Ele usava o antigo paletó marrom, as lapelas dobradas para trás para exibir uma camisa branca surrada por baixo, muito manchada de sangue. A pele dele estava pálida, como se o sangue tivesse sido drenado: o cabelo e a barba por fazer dele pareciam salpicados de cinza, como os de um velho.

— Como ele morreu? — disse Alastair, o olhar fixo no corpo do pai. — Como os demais?

Sim. Ele foi esfaqueado múltiplas vezes com uma faca afiada. Os ferimentos dele são idênticos àqueles que descobrimos nos corpos de Filomena di Angelo e de Basil Pounceby.

Alastair olhava impassível para Elias. Cordelia falou:

— Foi uma briga? Uma batalha entre ele e o agressor?

O agressor se aproximou pela frente, como foi deduzido por um estudo dos ferimentos dele. Não há sinal de que uma briga aconteceu. Não havia armas na cena, e não há evidências no corpo que sugiram que Elias Carstairs tenha sacado uma arma.

— Ele devia estar bêbado demais — murmurou Alastair.

Talvez. Não havia bondade na voz de Enoch, mas também não havia crueldade. Não havia emoção nenhuma. *Ou talvez ele conhecesse a pessoa que o atacou. Vemos por ferimentos nas mãos dele que ele as levantou para se proteger, mas, àquela altura, era tarde demais, pois ele já havia recebido um ferimento mortal.*

— Não entendo — disse Sona, com um sussurro rouco.

— Ele quer dizer — falou Cordelia — que papai esperou até o último momento para se defender.

— Mas por quê? — A voz de Sona se ergueu angustiada. Ela segurou o material do paletó de Elias, fechando-o na mão. — Por que você não lutou, Elias? Você, que matou um Demônio Maior...

— Mãe, não comece — disse Alastair. — Ele não merece...

— 279 —

Cordelia não suportava mais. Desvencilhando a mão da de James, ela saiu correndo do Ossuário: longe da figura de cera cinza de seu pai morto, longe da mãe aos prantos.

Logo além da praça de pedras do lado de fora do Ossuário havia um corredor estreito. Cordelia virou nele, apenas para ser confrontada por uma longa e fina passagem, que se curvava para a escuridão absoluta. Aquilo foi agourento o suficiente para fazê-la parar de súbito. Ela encostou em uma das paredes, o frio da pedra passando pela lã de seu casaco.

Às vezes, pensou ela, ela desejava poder rezar, como os outros Nephilim faziam, para Raziel, mas ela jamais aprendera como. Seus pais não eram praticantes da religião que unia todos os Caçadores de Sombras: a adoração ao anjo que tinha feito deles quem eles eram, que os havia ligado a um destino severo como a beleza, tão impiedoso quanto a própria bondade. Lembrar da adoração a Raziel era como lembrar de que se era diferente, para o bem ou para o mal, daqueles que se jurava proteger. De que mesmo em uma multidão era possível estar sozinho.

— Daisy? — Era James, tendo avançado quase silenciosamente pelo corredor. Ele estava encostado na parede oposta, os olhos fixos nela.

— Você não precisava me seguir. — A voz dela era um sussurro, ecoando pelo corredor. O teto acima deles se elevava até as sombras: podia estar a 30 centímetros da cabeça deles, ou a 300 metros.

— Estou aqui por causa de você — disse ele. Os olhos dela se voltaram para ele: ele era um poema em preto e branco nas sombras, o cabelo como mechas de tinta preta sobre a tela pálida da pele. — E quero estar aqui. Por causa de você.

Ela inspirou.

— É que... eu estava com raiva dele desde que ele voltou do Basilias. — Se ela fosse sincera consigo mesma, estava com raiva dele desde que descobrira a verdade de Alastair. — Eu jamais o recebi em casa. Jamais o aceitei. Agora que ele está morto, perdi a chance de me reconciliar com ele, de perdoá-lo, de entendê-lo.

— Meu pai — falou James, e hesitou. — Meu pai costumava me dizer que às vezes não se pode se reconciliar com outra pessoa. Às vezes você precisa encontrar essa reconciliação sozinho. Alguém que partiu seu coração geralmente não é a pessoa que pode consertá-lo.

Alguém que partiu seu coração. Cordelia pensou no pai. Eles jamais teriam um bom momento novamente. Se ao menos ela tivesse deixado que ele a levasse até o altar. Lucie teria entendido. Se ao menos ela tivesse dado a chance a ele.

Ela devia tê-lo impedido de sair correndo de sua casa na noite anterior. A verdade terrível era que ela estava feliz ao vê-lo partir, e preocupada, não por ele, mas por James. Tudo em que ela conseguira pensar era que, de alguma forma, seu pai a havia humilhado de novo. *O que papai fez com James? O que ele disse?* James tinha insistido veementemente que não fora nada, mas ele parecia enjoado, e tinha ido se deitar mais cedo.

— Você viu? — sussurrou ela.

Estava tão silencioso que ela conseguiu ouvir o raspar do paletó de James contra a parede de pedra quando ele se mexeu.

— Vi o quê?

— Você sonhou? Com ele morrendo?

James levantou a mão para cobrir os olhos.

— Sim.

— Foi o mesmo assassino? — A voz dela soava pequena e seca. — O mesmo assassino, o mesmo ódio?

— Sim. Mas Daisy...

Ela levou a mão à barriga, sentindo vontade de se abraçar, de evitar se estilhaçar.

— Não me conte. Não agora. Mas se houver alguma coisa...

— Que possa nos dizer quem fez isso? Eu estou vasculhando minha mente, Daisy. Se houvesse alguma coisa, eu contaria, eu mandaria mensagem para Jem, meus pais... — Ele balançou a cabeça. — Não tem mais nada do que havia antes.

— Então me diga por que ele foi até nossa casa ontem à noite. — Ela soltou uma risada sem alegria. — Finja que eu ganhei um jogo de xadrez. Eu posso ficar te devendo uma resposta. Mas conte a verdade. O que ele queria?

Houve uma pausa antes de James dizer:

— Ele queria dinheiro.

Corrente de Ferro

— Dinheiro? — repetiu ela, incrédula. — Quanto dinheiro? Para que ele precisava disso?

James ficou muito quieto, mas, estranhamente, a Máscara não tinha surgido. Cordelia podia ver o que ele estava pensando, sentindo. O olhar de mágoa em seu rosto. Ele estava se permitindo sentir tudo aquilo, pensou ela, e mais do que isso. Ele estava se permitindo *mostrar*.

— Seu pai me pediu cinco mil libras — disse ele. — Onde ele achou que eu conseguiria isso não faço ideia. Ele me disse que eu podia pedir a meus pais. Ele insinuou que eles tinham tanto dinheiro que nem mesmo notariam. Ele disse que era para Cirenworth. Que ele não podia cobrir os custos da casa. Não sei se isso era verdade.

— Não faço ideia — sussurrou Cordelia, embora muitas possibilidades se apresentassem. Dívidas de jogos. Empréstimos não pagos. Contas por acertar. — Por que você não me contou? — O corpo dela parecia fogo e gelo, queimando e congelando com ódio e desespero. — Se ao menos soubesse que ele estava com dificuldades, eu poderia ter ajudado.

— Não — respondeu James, baixinho. — Não poderia.

— Eu poderia tê-lo impedido de sair pelas ruas, na neve...

— Ele não morreu de falta de dinheiro — falou James. — E não morreu de frio. Ele foi *assassinado*.

Cordelia sabia que James estava sendo racional, mas ela não precisava de razão. Ela queria explodir de fúria, queria destruir alguma coisa.

— Você não precisava dar cinco mil libras a ele, podia ter dado um pouquinho, um dinheiro para que ele chegasse em casa com segurança.

Alguma coisa brilhou nos olhos de James. Raiva. Ela jamais vira aqueles olhos dourados furiosos antes, não com ela. Cordelia sentiu um tipo de satisfação doentia: agora, em vez de não sentir nada, ela sentia fúria. Ela sentia desespero. Ela sentia a agonia de ferir James, a última coisa no mundo que desejava fazer.

— Se eu tivesse dado qualquer dinheiro a ele, ele teria saído para gastar no pub, e mesmo assim estaria cambaleando de bêbado, e mesmo assim teria sido morto. E você mesmo assim me culparia, porque não quer pensar que as escolhas que ele mesmo fez...

— Cordelia.

— 282 —

CASSANDRA CLARE

Ela se virou e viu Alastair, de pé à entrada do corredor estreito. Ele estava iluminado pelas costas por uma pedra de luz enfeitiçada; aquilo deixava as pontas de seus cabelos claras, lembrando a ela da época em que ele o tingia.

— O Irmão Enoch diz que se você quiser se despedir, precisa ser agora.

Cordelia assentiu mecanicamente.

— Já vou.

Ela precisou passar por James antes de se virar para ir embora; ao fazer isso, os ombros deles roçaram. Ela o ouviu suspirar de frustração antes de a seguir. Então eles estavam de volta à praça acompanhando Alastair até o Ossuário, onde Sona estava ao lado do corpo de Elias. O Irmão Enoch estava lá também, imóvel, as mãos unidas diante dele como as de um padre.

James tinha parado às portas duplas. Cordelia não olhou para ele; ela não conseguia. Ela pegou a mão de Alastair e avançou pelo piso de mármore até onde seu pai estava. Alastair a puxou para perto, do lado do corpo. A mãe estava muito quieta, os olhos vermelhos e inchados, a cabeça baixa.

— *Ave atque vale* — disse Alastair. — Saudações e adeus, pai.

— *Ave atque vale* — repetiu Sona. Cordelia sabia que também deveria dizer, a despedida tradicional, mas sua garganta estava apertada demais para as palavras. Em vez disso, ela estendeu o braço e segurou a mão do pai, exposta onde o lençol estava puxado. Estava fria e rígida. Não era a mão de seu pai. Não a mão que a levantara quando ela era pequena, ou que guiara os movimentos de espada dela quando ela treinava. Gentilmente, ela a apoiou no peito dele.

O corpo de Cordelia enrijeceu. A Marca da Vidência de Elias — a Marca que todo Caçador de Sombras tinha nas costas da mão dominante — estava faltando.

Ela ouviu a voz de Filomena de novo, ecoando pela fábrica de velas vazia. *Ele tomou de mim. Minha força. Minha vida.*

A força dela.

Enoch, pensou ela. *Sabe se Filomena di Angelo tinha uma Marca de Força?*

Os Irmãos do Silêncio não podiam parecer surpresos. Mesmo assim, Cordelia sentiu um tipo de sobressalto irradiar de Enoch. Ele disse, *Não sei, mas o corpo dela está em Idris, com Irmão Shadrach. Vou pedir que ele a examine, se isso é importante.*

— 283 —

É muito importante, pensou ela.

Enoch assentiu quase imperceptivelmente. *A Consulesa vai chegar em breve. Querem ficar e recebê-la?*

Sona passou a mão sobre os olhos.

— Sinceramente, eu não aguento — disse ela. — Tudo o que quero é ir para casa e ficar com os meus filhos... — Ela parou, sorrindo fracamente. — Peço desculpas, lógico, Layla. Você tem sua própria casa.

— James não vai se importar se eu ficar com você esta noite, *Mâmân* — disse Cordelia. — Vai, James? — Ela olhou para James, perguntando-se se os vestígios da discussão que tiveram apareceriam em seus olhos. Mas ele estava sem expressão, a Máscara firme no lugar.

— É óbvio que não. O que quer que a deixe confortável, Sra. Carstairs — disse James. — Vou pedir que Risa vá até vocês também, e que leve as coisas que Cordelia desejar.

— Só tem uma coisa que eu quero — disse Cordelia. — Eu só quero ver Lucie. Por favor, por favor, avise a ela.

***

Quando James deixou a Cidade do Silêncio, ele não voltou imediatamente para casa. Tinha planejado chamar uma charrete, mas alguma coisa a respeito da ideia de voltar para Curzon Street sem Cordelia era sombriamente dolorosa. Ele não conseguia evitar sentir que tinha fracassado com ela.

Ele se encontrou perambulando pelos corredores nevados entre as lápides do cemitério Highgate, lembrando-se da última vez que tinha estado ali — quando tinha conseguido chegar ao mundo roubado por Belial com a ajuda de Matthew e Cordelia. Ele quase morrera entre aqueles mausoléus, aquelas árvores inclinadas e os anjos de pedra sérios. Mesmo agora, ele às vezes se perguntava como tinha sobrevivido, mas sobre uma coisa ele não tinha dúvidas: Cordelia salvara sua vida.

Ele não deveria ter contado a verdade a ela. Ele bateu com força em um galho baixo acima de sua cabeça, tomando uma chuva de partículas prateadas de neve. Neve e gelo tinham obscurecido as faces da maioria das

CASSANDRA CLARE

lápides, deixando apenas uma ou outra palavra visível: PROFUNDAMENTE, e QUERIDO, e PERDIDO.

Era ruim o suficiente que ele e Cordelia tivessem trocado palavras ríspidas. Era muito pior que ele não tivesse encontrado uma forma de dizer a ela, de algum jeito: *Quando eu sonhava com a morte de seu pai, ele olhou para mim. Ele pareceu me reconhecer, quem eu era no sonho. Ele sabia quem eu era. Tenho medo de haver um motivo para isso. Tenho medo de que esses sonhos sejam mais do que somente sonhos. Mais, até, do que visões.*

Ela dissera que não queria os detalhes, e ele se permitira esconder a verdade. Mas agora não conseguia pensar em mais nada. A memória que tinha de Elias, do rosto dele se contorcendo com surpresa e medo, o reconhecimento em seu olhar, fez James andar de um lado para o outro na neve, chutando nuvens brancas de neve para o alto com as botas. Em sua mente, ele suplicava a Cordelia:

Meus pesadelos só vêm nas noites em que ocorrem assassinatos. Quando eu acordo, minha janela está aberta, como se eu a tivesse aberto no sono, e escancarado. E por quê? Para que alguém pudesse entrar? Para que eu mesmo pudesse sair?

Havia fatos que contradiziam a ideia. Ele estava saindo descalço pelas ruas de Londres, usando pijama? Se fosse o caso, ele certamente teria queimaduras de frio. Será que estava lavando o sangue das mãos ao chegar em casa? Como era possível, sem que sua mente estivesse remotamente ciente disso? E Filomena não parecia ter reconhecido James como seu assassino — mas eles haviam encontrado aquela capa ensanguentada na fábrica; se o agressor dela estivesse usando aquilo, o rosto dele poderia estar escondido pelo capuz.

E se for eu, Daisy? E se Belial estiver me controlando de alguma forma, me transformando em um assassino, sujando minhas mãos de sangue?

Mas Belial se foi, James. A voz de Cordelia, aquela voz que fazia com que ele quisesse contar tudo a ela, aquela voz que prometia não julgar, apenas prometia gentileza. *Por pelo menos um século, foi o que Jem falou.*

James parou, encostado na parede de um mausoléu de mármore, decorado com entalhes de sarcófagos egípcios. Ele colocou o rosto nas mãos. *Ele é um Príncipe do Inferno. Quem sabe o que ele pode fazer? Não posso viver*

— 285 —

minha vida com essa dúvida, e também não posso me permitir ser livre se sou algum tipo de ameaça. Preciso saber.

Eu tenho que saber.

Grace olhou pela janela do seu pequeno quarto na casa dos Bridgestock. Ela havia esperado por muitas horas até que todos na casa tivessem ido embora. O Inquisidor tinha ido até o Instituto para uma reunião; Ariadne e a mãe estavam fora fazendo visitas. Elas tinham convidado Grace para ir junto, mas Grace recusara, como sempre fazia. Ela não gostava de companhias, e odiava refeições com os Bridgestock, onde os quatro tinham conversas tensas. Ela mal podia esperar para ir para seu quarto, onde seus livros a esperavam — livros sobre magia, necromancia e ciência.

O quarto dela era pequeno, mas com mobília bonita. Havia até mesmo uma pequena vista da janela: o alto das árvores em Cavendish Square, balançando desfolhadas e escuras contra o céu cinza. Ela já havia se certificado de que a porta estava trancada; tinha colocado um vestido branco simples e soltado o cabelo. Era melhor parecer o mais inocente possível.

Da primeira gaveta da penteadeira, ela tirou uma pedra de luz enfeitiçada. Tinha pedido a Charles que lhe desse uma, e é óbvio que ele não teve escolha a não ser obedecer. Ela evitou pedir mais, não queria levantar suspeitas.

O *adamas* parecia frio e liso como água em sua mão. Ela o ergueu até os lábios, observando seu reflexo no espelho da penteadeira. O *adamas* era branco, salpicado de partes prateadas: da mesma cor do cabelo dela. Seus olhos estavam arregalados e assustados. Não havia nada que ela pudesse fazer a respeito daquilo, e talvez fosse melhor assim.

Ela levou a pedra aos lábios e falou.

— Mamãe — disse ela, com a voz baixa e nítida. — *Audite*. Ouça.

Seu reflexo ondulou. O longo cabelo pálido ficou cinza-ferro, os olhos escureceram até um verde sem vida. Linhas marcaram seu rosto. Ela quis estremecer, se afastar, mas ficou parada. Não era seu reflexo o que ela estava vendo, disse Grace a si mesma. Ela estava olhando por uma janela, abrindo um caminho.

CASSANDRA CLARE

Tatiana Blackthorn sorriu de volta para ela do vidro. Ela usava um vestido cinza simples, e o cabelo estava preso em longas tranças ao estilo das Irmãs de Ferro. Os olhos não tinham mudado: estavam aguçados, calculistas.

Tatiana sorriu sem alegria.

— Achei que você tivesse se esquecido de sua pobre mãe, presa na Cidadela Adamant.

— Penso muito em você, mamãe — falou Grace. — Mas eles me vigiam, você sabe. É difícil ficar sozinha.

— Então por que está me chamando agora? — Tatiana franziu a testa. — Quer alguma coisa? Eu fiz um acordo com o Inquisidor antes de ser exilada: deve haver bastante dinheiro para os Bridgestock comprarem vestidos novos para você. Não quero que digam por aí que minha filha está malvestida.

Grace não tentou argumentar que não havia pedido dinheiro à mãe; era inútil.

— É sobre Malcolm Fade — disse ela. — Estou perto de trazê-lo para nosso lado.

— Como assim?

— Ele vai nos ajudar — falou Grace. — Com Jesse. Você se lembra daquele cristal *aletheia* no escritório da Casa Chiswick? Aquele que mostra o julgamento de Annabel Blackthorn?

Tatiana indicou impacientemente que sim.

— Ela foi exilada para a Cidadela — falou Grace. — Por causa de seu relacionamento com Malcolm. Mas, se você puder falar com ela, talvez mandar uma mensagem para ele...

Tatiana caiu na gargalhada.

Grace ficou sentada muito imóvel, sentindo-se fria e pequena, como costumava se sentir quando era criança. A risada debochada da mãe era tão frágil quanto o rachar de gelo derretendo.

— Uma mensagem — disse Tatiana, por fim. — De *Annabel Blackthorn*. Grace, ela está morta há quase um século. — Ela sorriu; havia um verdadeiro prazer em seus olhos. — Os Blackthorn a mataram. Sua própria família. A história de que ela havia se tornado uma Irmã de Ferro foi apenas uma mentira para enganar Malcolm. Eles não se importavam com o que *ele*

Corrente de Ferro

faria, um feiticeiro sempre pode ser útil. Mas Annabel era filha deles. Eles eram uma antiga família de Nephilim. Chefiavam o Instituto da Cornualha. Ela os havia envergonhado, então ela precisava morrer. — Tatiana parecia exultante. — Eu lhe disse que os Nephilim eram selvagens.

O estômago de Grace afundou.

— Tem certeza?

— A prova está no cristal — falou Tatiana. — Assista, se quiser; sabe onde está. Eu nunca mostrei tudo a você antes, mas como você conseguiu causar todo esse problema, pode muito bem saber de tudo.

— Mas precisamos da ajuda de Malcolm, mamãe. Ele pode nos mostrar como reanimar Jesse...

— Bem, então você deveria ter planejado mais para o futuro, não é? — disse Tatiana, sarcasticamente. — Durante todos esses anos, a verdade foi escondida de Fade, pela Clave, por outros feiticeiros, quem sabe o que o Labirinto Espiral poderia ter dito a ele, se quisessem? Ele não vai agradecer a você por ser aquela que conta a ele. Isso eu posso prometer.

Por que você não se importa mais?, pensou Grace. *Não quer Jesse de volta?* Mas tudo o que ela disse foi:

— Desculpe, mamãe.

Um sorriso lento se abriu no rosto de Tatiana.

— Ora, ora. Eu tinha começado a me preocupar que você tivesse desistido do seu irmão. Da sua família. Que tivesse se esquecido, na sua pressa de se tornar a nora da Consulesa.

— Eu jamais me esqueceria de você — falou Grace. Era verdade. — Mamãe... onde está o cristal?

Os olhos de Tatiana brilharam.

— Posso lhe dizer exatamente onde encontrá-lo — disse ela. — Em troca disso, eu só peço que você visite James Herondale na nova casa dele em Curzon Street. Estou muito curiosa para saber da vida que está levando com a nova esposa. Satisfaça a curiosidade de uma velha mulher, sim, minha querida?

288

CASSANDRA CLARE

Quando James finalmente voltou para Curzon Street, estava perto do pôr do sol: o céu era como safira manchada de âmbar. Ele encontrou Effie esperando por ele, parecendo transtornada: ela disse que os Ladrões Alegres tinham ficado todos na sala de estar durante horas, exigindo inúmeras xícaras de chá. Por fim, a Consulesa tinha chegado, trazendo flores e condolências, e exigiu que os meninos voltassem para casa, pois o toque de recolher se aproximava. Matthew (por quem Effie parecia ter uma quedinha) deixara um bilhete, o qual esperava por James no quarto. Risa tinha ido até Kensington com uma mala feita, e também sem se explicar, o que Effie achou ser muito rude, e ela não tinha problema nenhum em dizer isso.

James assentiu, mal ouvindo, e por fim deu seu casaco para ser guardado, para que ela tivesse alguma coisa para fazer. Tudo o que ele queria era ficar sozinho. O que ele precisava fazer exigia isso. Ele quase se sentiu culpado pelo alívio de ter se desencontrado dos amigos, por eles terem ido embora antes do seu retorno. Se tivesse contado a eles suas suspeitas, eles teriam insistido em ficar. James sabia disso, mesmo antes de chegar ao andar de cima e se sentar, cansado, na cama, abrindo o bilhete de Matthew.

> *Jamie bach...*
> *Eu ficaria se pudesse, você sabe disso, mas é impossível enfrentar a Consulesa sozinho, principalmente se ela for sua mãe.*
> *Eu deixei um xelim no banco do piano, caso você queira mandar Neddy com um recado, e, se fizer isso, vamos todos nos reunir em volta de você imediatamente. Conhecendo você, suspeito que deseje ficar sozinho, mas não espere que eu aceite isso por mais do que um dia. Além disso, espero o xelim de volta, seu bastardo pão duro.*
>
> *Sinceramente,*
> *Matthew*

James dobrou o bilhete e o guardou no bolso da camisa, perto do coração. Ele olhou pela janela. A escuridão estava vindo. Ele não podia mais confiar na noite, ou na própria mente. Sua determinação só tinha ficado mais intensa conforme ele se dirigia para casa: ele se testaria. Depois que soubesse, conseguiria enfrentar os amigos, qualquer que fosse a verdade.

— 289 —

Ele subiu e, na sala de treino, encontrou um pedaço de corda espessa trançada. Então voltou para o quarto, fechou a porta com firmeza e se deitou — descalço e sem casaco, mas, fora isso, vestido — na cama. Ele usou os nós mais fortes que conhecia para amarrar as pernas e um braço aos mastros da cama. Estava tentando pensar numa forma de amarrar o outro braço usando apenas uma das mãos quando Effie entrou no quarto, carregando uma bandeja de chá.

Quando ela viu as cordas, congelou por um momento antes de apoiar a bandeja com cuidado na pequena mesa ao lado da cama dele.

— Ah, Effie, oi. — James tentou puxar o cobertor por cima das cordas, mas era impossível. Ele acenou com a mão livre distraidamente. — Eu só estava... eu ouvi que isso era bom para a circulação.

Effie suspirou.

— Espero um aumento de salário, espero mesmo — disse ela. — E vou tirar a noite de folga. Nem tente me impedir.

Ela saiu batendo os pés do quarto sem dizer mais uma palavra. Infelizmente, tinha apoiado a bandeja logo além do alcance dele, e, a não ser que James quisesse passar por todo o enlace com as cordas mais uma vez, ele simplesmente precisaria se virar sem o chá naquela noite.

A lâmpada também estava fora de alcance, mas isso não era um problema, pois James pretendia mantê-la acesa a noite toda. Ele tinha se certificado de que a faca estava próxima, e seu plano era segurá-la levemente no punho fechado. Se ficasse sonolento, ele apertaria a lâmina com tanta força que acordaria com a dor.

Um pouco de sangue não era nada se isso significasse provar para si mesmo que não era um assassino.

―

Grande parte da tarde tinha sido um borrão. Cordelia voltou a Cornwall Gardens e ajudou Alastair a colocar Sona na cama, um travesseiro apoiado às costas dela e panos frios para os olhos. Ela segurou a mão da mãe enquanto Sona chorava e repetia diversas vezes que ela não podia suportar pensar

CASSANDRA CLARE

que Elias agora jamais conheceria seu terceiro filho. Que ele tinha morrido sozinho, sem a família, sem saber que era amado.

Cordelia tentou não olhar muito para Alastair; ele era seu irmão mais velho, e era doloroso para ela vê-lo tão impotente quanto ela. Cordelia assentia conforme Sona falava, e dizia à mãe que tudo ficaria bem no final. Em algum momento, Risa chegou com uma pequena mala contendo algumas das coisas de Cordelia e assumiu o controle. Cordelia só conseguiu sentir gratidão quando Risa deu a Sona um chá com láudano. Logo, a mãe dormiria, e se esqueceria por um tempo.

Ela e Alastair entraram na sala de estar e ficaram sentados lado a lado no divã, calados e chocados, como os sobreviventes de um naufrágio. Depois de algum tempo, Lucie chegou, sem fôlego e em lágrimas — parecia que James tinha de fato mandado um mensageiro ao Instituto levando o pedido de Cordelia. Alastair disse a Cordelia que ele podia ficar e receber visitas, caso alguma viesse; ela e Lucie deveriam subir e descansar. Todos sabiam que poucos viriam prestar condolências: Elias não era nem famoso, nem querido.

Lucie foi buscar chá enquanto Cordelia trocava o vestido pela camisola — muitas de suas roupas antigas ainda estavam dobradas em gavetas. Ela subiu na cama. Embora o sol não tivesse se posto ainda, ela se sentia exausta.

Quando Lucie voltou, Cordelia chorou um pouco no ombro suave e com cheiro de nanquim da amiga. Então Lucie serviu chá a ela e juntas as duas lembraram de Elias — não o Elias como Cordelia tinha passado a conhecê-lo, mas o pai que ela sempre achou que tinha. Lucie se lembrava de como ele havia mostrado a elas onde as melhores frutas silvestres podiam ser encontradas nas sebes de Cirenworth, ou do dia em que ele as levara para andar a cavalo na praia de Devon.

Quando o sol começou a descer por trás dos telhados, Lucie levantou relutantemente e beijou o topo da cabeça de Cordelia.

— Sinto muito, minha querida — disse ela. — Você sabe que, se precisar de mim, sempre estarei aqui.

Lucie tinha acabado de ir embora quando a porta de Cordelia se abriu de novo, e Alastair entrou; ele parecia exausto, linhas finas repuxando para baixo os cantos de sua boca e dos olhos. Parte da tinta preta tinha desbotado

Corrente de Ferro

de seu cabelo, e ainda havia trechos loiros nele, incongruentes entre as mechas mais escuras...

— *Mâmân* finalmente dormiu — disse ele, se sentando na beira da cama.

— Ela ficou chorando sem parar com Risa sobre como essa criança jamais vai conhecer o pai. Pois eu digo: criança sortuda.

Outra Cordelia, em outra época, poderia ter brigado com ele por dizer tal coisa. Em vez disso, ela se sentou reta contra os travesseiros e estendeu a mão para acariciar a bochecha do irmão. Estava um pouco áspera — ela não conseguiu se lembrar de quando Alastair tinha começado a se barbear. Será que seu pai tinha ensinado ele a fazer isso? A amarrar uma gravata, colocar abotoaduras? Se ele tinha, ela não se lembrava.

— Alastair *joon* — disse ela. — A criança vai ter sorte, mas não porque nosso pai está morto. Porque sempre vai ter você como irmão.

Alastair virou o rosto na palma da mão dela, segurando seu pulso com uma das mãos.

— Não consigo ficar triste — comentou ele, com a voz embargada. — Não consigo ficar triste por meu próprio pai. O que isso diz a meu respeito?

— Que o amor é complicado — falou Cordelia. — Que ele está lado a lado com a raiva e o ódio, porque apenas aqueles que nós amamos de verdade podem nos desapontar.

— Ele disse alguma coisa a você ontem à noite? — falou Alastair e, quando ela arregalou os olhos, ele acrescentou relutantemente: — Ele morreu em Shepherd Market, a alguns quarteirões de Curzon Street. Não foi difícil presumir que ele estivesse visitando sua casa.

— Ele não me disse nada — falou Cordelia. Alastair tinha soltado o pulso dela; ela entrelaçou os dedos, pensativa. — Ele falou com James. Pediu dinheiro a ele.

— Quanto dinheiro?

— Cinco mil libras.

— Maldição — disse Alastair. — Espero que James o tenha mandado embora com as mãos abanando.

— Você não acha que James deveria ter dado dinheiro a ele? — indagou Cordelia, embora ela soubesse a resposta. — Ele disse que era para Cirenworth.

— 292 —

CASSANDRA CLARE

— Bem, não era — respondeu Alastair. — O dinheiro de nossa mãe pagou por Cirenworth. Nosso pai, por outro lado, devia dinheiro em bares e inferninhos de jogatina por toda Londres, ele deve há anos. Simplesmente teria servido para pagar essas dívidas. Que bom para James, palavras que eu jamais achei que diria em minha vida.

— Acho que eu não fui tão compreensiva assim — admitiu Cordelia. — Eu perdi a calma com ele por ter botado papai na rua na neve, embora eu soubesse que não era culpa dele. O que isso diz a *meu* respeito?

— Que o luto nos faz perder a cabeça — disse Alastair, em voz baixa. — James vai entender isso. Não se espera que ninguém esteja em seu melhor momento no dia em que perde o pai.

— Não é tão simples assim — sussurrou Cordelia. — Tem alguma coisa errada com Cortana.

Alastair piscou.

— Cortana? Nós *estamos* falando da sua espada?

— Da última vez que tentei usá-la em batalha, e não peça os detalhes, não posso lhe contar, subitamente o cabo pareceu arder como o fogo, como se tivesse ficado sobre carvão. Não tinha como segurá-la. Eu soltei, e, se James não estivesse lá, eu teria sido morta.

— Quando foi isso? — Alastair pareceu abalado. — Se isso é verdade...

— É verdade, e não faz muito tempo, mas... eu sei por que aconteceu — continuou Cordelia, sem olhar para ele. — É porque não sou mais digna dela.

— Não é digna? Por que diabo isso seria verdade?

Porque estou vivendo uma mentira. Porque meu casamento é uma farsa. Porque sempre que falo com James e finjo que não o amo, estou mentindo para ele.

Ela disse:

— Eu preciso que *você* fique com Cortana, Alastair. Ela não me escolhe mais.

— Isso é ridículo — disse Alastair, quase com raiva. — Se alguma coisa está errada, é com a espada, não com você.

— Mas...

— Leve a espada para os Irmãos do Silêncio. Peça que eles a examinem. Cordelia, não vou ficar com Cortana. Você é a dona por direito da espada. — Ele ficou de pé. — Agora vá dormir. Você deve estar exausta.

293

GRACE:
1899

— Vou pedir ao menino Herondale que venha cortar nossos arbustos — disse Tatiana, casualmente, certo dia depois do café da manhã.

Grace não disse nada. Fazia dois anos, mas ela às vezes sentia falta da aprovação que a mãe certa vez lhe mostrara em Paris. Quando elas voltaram, Tatiana tinha proibido Grace de contar a Jesse os detalhes das atividades delas, e Grace não precisou ser persuadida. Não queria que Jesse soubesse o que ela fizera. Ele podia achar que ela era uma pessoa horrível, e Grace não podia suportar aquilo. Ela sabia que Jesse jamais forçaria a vontade de alguém, mesmo que Tatiana ordenasse. Mas não havia comparação a ser feita. Tatiana jamais teria levantado um dedo contra o próprio filho, e jamais o teria voluntariamente impregnado de feitiçaria também. Tatiana tinha regras diferentes para o filho e a filha. Não fazia nem sentindo tentar questionar as regras.

Tatiana olhou pela janela para os muros da mansão.

— Os espinhos cresceram sobre os portões. Mal conseguimos abrir e fechá-los sem nos cortarmos todas. É urgente.

Grace ficou espantada. A mãe dela não costumava parecer familiarizada com a noção de que uma casa precisava ser mantida, ou sequer consertada quando quebrada. Grace sabia que os odiados Herondale estavam ficando

Corrente de Ferro

na própria casa de família, que não estava muito longe, para o verão, e que havia um menino e uma menina, ambos próximos da idade dela. Eles tinham passado outros verões lá, e Tatiana sempre proibira Grace de conhecê-los.

— Eu achei que você não queria que a gente tivesse nada a ver com eles — disse ela, com cautela.

Tatiana sorriu.

— Quero que você coloque o menino, James, sob seu feitiço.

Isso era ainda mais confuso.

— O que quer que eu peça a ele? — O que a mãe dela poderia querer com James Herondale?

— Nada — falou Tatiana, parecendo saber mais do que estava falando. — Nada ainda. Apenas faça com que ele ame você. Isso vai me divertir.

Depois de todas as maldições e do escândalo da mãe dela sobre aquela família, Grace meio que esperava que alguma coisa monstruosa pairasse do horizonte com o nome Herondale. Mas James se revelou ser um menino completamente normal, muito mais amigável e tranquilo do que os grosseirões que ela conhecera em Paris, e não tão ruim de se olhar também. E, embora ela soubesse que era apenas a serviço das ordens de sua mãe, ela estava querendo demais uma companhia, e James pareceu gostar da dela. Era bom ter alguém com quem conversar que não fosse um fantasma. Logo eles estavam conversando todas as noites, e ela percebeu que James estava prolongando seus deveres de cortador de arbustos para estender o número de dias que ele seria preciso na Mansão Blackthorn.

Será que era o poder dela? Grace não tinha tanta certeza. Ela não tinha pedido mais nada de James além de que ele a visitasse, e ele estava disposto a fazer isso, mas Grace achava que ele poderia ter feito isso sem qualquer feitiçaria. Ele também devia ser solitário, sem amigos próximos, e ele tinha uma alma bondosa.

Em certo momento ela disse, como quem não queria nada:

— Vou ver você aqui amanhã à noite? — Era o tipo de pergunta que ela fizera uma dúzia de vezes antes.

James franziu a testa.

— Não — disse ele. — Fui convocado para uma leitura amanhã à noite, do último capítulo da obra-prima inacabada de minha irmã sobre o Cruel Príncipe James.

— 296 —

CASSANDRA CLARE

— Hã? — disse Grace, sem entender muito bem o que isso significava.

— Evidentemente — disse James, repuxando um lado da boca —, nesse capítulo o Cruel Príncipe James tenta separar a Princesa Lucie do verdadeiro amor dela, o Duque Arnoldo, mas ele cai em um poço de porcos. Emocionante.

Grace fez um biquinho — uma expressão que ela não tinha usado com James antes, mas tinha bastante prática da temporada em Paris.

— Mas eu gostaria muito de ver você — disse ela, em tom triste. Grace inclinou o corpo na direção dele. — Venha me ver amanhã à noite mesmo assim. Diga a sua família que minha mãe ameaçou você, e que você precisa trabalhar, ou vai arriscar a ira dela.

James riu.

— Por mais que isso seja tentador, desculpe, Grace, mas preciso muito estar lá, ou Lucie vai acabar comigo. Vejo você no dia seguinte, eu prometo.

Grace esperou até o fim do verão para falar com a mãe sobre a situação. James e a família já tinham partido para Londres. Era tão estranho pensar neles como os mesmos Herondale contra os quais a mãe dela vociferava; a julgar pelas descrições de James, eles não se pareciam nada com os inimigos mortais de Tatiana. Ela estava quase certa do que estava acontecendo havia algumas semanas, mas tinha decidido esperar o fim da estação.

— Meu poder não está funcionando em James.

As sobrancelhas de Tatiana se ergueram.

— Ele não gosta de você?

— Ele gosta de mim, acho — falou Grace. — Mas às vezes eu fiz pedidos, pedidos irracionais, coisas que ele não faria normalmente, para ver se eu conseguia obrigá-lo. E não consigo.

A mãe dela tinha um olhar azedo.

— As coroas da Europa caem aos seus pés — disse ela —, mas o filho de um fazendeiro de lama galês foge ao seu controle.

— Eu estou tentando, mamãe — falou Grace. — Talvez seja porque ele é um Caçador de Sombras. Talvez eles tenham mais resistência à magia.

Tatiana não disse mais nada então, mas, algumas semanas depois, ela anunciou abruptamente que elas partiriam para Alicante em uma hora, e que Grace deveria se arrumar para sair.

13

O VENTO INVERNAL

Galho nenhum definhou por causa do vento invernal;
Os galhos definharam porque eu lhes contei meus sonhos.

— William Butler Yeats, "O definhar dos galhos"

Depois que Alastair foi embora, o quarto pareceu terrivelmente quieto. Cordelia olhou para a porta — ela estava acostumada a cair no sono com James a poucos metros. Agora, ele estava a quilômetros de distância, e provavelmente iria dormir pensando que ela estava furiosa com ele.

James. Ela havia se acostumado a vê-lo de manhã cedo, e antes de dormir. Ainda parecia muito estranho se despir no banheiro sabendo que ele estava a poucos metros dela, mas... Agora ela estava sozinha. Não sozinha — seu irmão estava no fim do corredor, a mãe estava dormindo no andar de cima —, mas ela sentia falta de James.

Cordelia suspirou. Ela não pegaria no sono tão cedo, o que quer que Alastair tivesse dito. Ela estava prestes a procurar um livro para passar o tempo quando a janela se abriu subitamente com um estalo, e alguém entrou disparado pela fenda, caindo no chão ao lado da cama em uma cambalhota caótica de ar frio congelante, cachos loiros e lampejos de laranja vivo.

— *Matthew?*

Corrente de Ferro

Ele tinha caído no chão todo desajeitado. Matthew se sentou, esfregando o cotovelo e xingando baixinho.

— Aquela foi a primeira coisa decente que Alastair fez na vida. E só de pensar que eu estava aqui para ver. Bem, para espionar, na verdade.

— Vá fechar a janela — disse Cordelia —, ou eu *vou* jogar a chaleira em você. O que está fazendo aqui?

— Visitando — respondeu ele, se limpando e seguindo para fechar a janela. — O que parece?

— A maioria das pessoas usa a porta da frente — falou Cordelia. — O que você quis dizer a respeito de Alastair?

— Cortana. Estou falando de Alastair ter recusado a sua oferta ridícula. Eu concordo com ele, aliás: aquela espada não pode "desescolher" você, e ela não tem motivo para fazer isso. Provavelmente está quebrada.

— É uma espada mitológica. Não pode ser *quebrada*. — Cordelia puxou os cobertores; parecia mesmo muito estranho estar sentada diante de Matthew de camisola. — Você estava mesmo ali fora ouvindo?

— Sim, e você poderia ter sido mais rápida em mandar seu irmão embora. Eu estava congelando.

A total falta de remorso de Matthew tornava impossível ficar com raiva dele. Cordelia escondeu um sorriso — o seu primeiro naquele dia.

— E por que, pergunto eu.

— Quando eu soube do que aconteceu, fui prestar respeito em Curzon Street, mas nenhum de vocês estava lá…

— James não estava em casa?

— Suspeito que ele estivesse passeando. Ele gosta de caminhar quando se sente inquieto, aparentemente, tio Will costumava fazer o mesmo — disse Matthew. — Achei que você pudesse estar aqui, mas fiquei com medo de sua família não me deixar ver você se eu batesse à porta, não a esta hora.

Ela olhou para ele, confusa.

— Você poderia ter esperado até amanhã.

Ele se sentou na ponta da cama. Era bem pouco apropriado, pensou Cordelia, mas, por outro lado, ela era uma mulher casada. Como Anna tinha dito, ela era livre para fazer o que quisesse, até mesmo deixar rapazes usando perneiras laranja sentarem na ponta da sua cama.

CASSANDRA CLARE

— Eu não acho que poderia — disse ele, evitando o olhar dela ao cutucar o cobertor. — Tinha uma coisa que eu precisava dizer a você.

— O quê?

Muito rápido, ele falou:

— Eu sei como é sentir dor e não poder buscar conforto daquele que você mais ama, e não poder compartilhar essa dor com ninguém que você conhece.

— Como assim?

Ele levantou a cabeça. Seus olhos estavam bastante verdes à luz fraca.

— Quero dizer — explicou ele — que esse pode ser um casamento falso, mas você está realmente apaixonada por James.

Cordelia o encarou, horrorizada. O cabelo dele estava completamente embaraçado, úmido com a neve que derretia. O frio tinha açoitado uma cor intensa em suas bochechas, e seus olhos estavam brilhando de... nervoso? Será que Matthew estava mesmo nervoso?

— James sabe? — sussurrou ela.

— *Não* — disse Matthew, rápido. — Céus, não. Eu amo James, mas ele é tão cego quanto um morcego quando se trata de questões do coração.

Cordelia segurou o cobertor com as duas mãos.

— Há quanto tempo? Há quanto tempo você sabe, e como... como adivinhou?

— A forma como você olha para ele — disse Matthew, simplesmente. — Eu sei que você não teve a intenção de que esse casamento acontecesse, que você não planejou. Na verdade, deve ser um tipo particular de tortura para você. E sinto muito por isso. Você merece ser feliz.

Cordelia olhou para ele, surpresa. Ela percebeu que jamais tinha pensado em Matthew como alguém tão incrivelmente perspicaz. Ela não tinha pensado que ele levava as coisas a sério àquele ponto.

— Eu sei como é esconder o que você sente — disse ele. — Eu sei como é sentir dor e não poder explicar o motivo. Eu sei por que você não está com James esta noite. Porque quando estamos magoados, ficamos expostos, e quando estamos expostos, não podemos esconder quem realmente somos. E você não consegue suportar que ele saiba que você o ama.

— Como você descobriu tudo isso? — perguntou Cordelia. — Quando você se tornou tão sábio?

— 301 —

Corrente de Ferro

— Eu já conheci amor não correspondido no passado.

— É por isso que você é tão triste? — disse Cordelia.

Matthew ficou calado.

— Eu não sabia — comentou ele, depois de um momento — que eu parecia triste para você.

Cordelia estremeceu um pouco, embora não estivesse frio no quarto.

— Tem alguma coisa pesando em sua consciência, Matthew — disse ela, com cautela. — Um segredo. Eu sei disso, assim como você sabia que eu estava apaixonada por James. Pode me dizer o que é?

Ela viu a mão dele ir até o bolso no peito, onde ele costumava guardar sua garrafa. Então ele a abaixou, tenso, até o lado do corpo e respirou fundo.

— Você não sabe o que está pedindo.

— Sim, eu sei — respondeu ela. — Estou pedindo a verdade. *Sua* verdade. Você conhece a minha, e eu nem mesmo sei o que deixa você tão triste.

Foi como se ele tivesse congelado, sentado ali, na ponta da cama dela, uma estátua de Matthew. Apenas seus dedos se moviam, traçando o bordado em um travesseiro. Quando ele falou, finalmente, sua voz soou quase como a de um estranho, não no tom habitual, alegre e ágil, mas algo muito mais intenso e mais quieto.

— Eu não contei esta história a ninguém — disse ele. — Em toda minha vida. Jem a conhece. Ninguém mais. Talvez seja a maior das tolices contar a você, e pedir que você esconda isso de James. Eu mesmo jamais contei a ele.

Cordelia hesitou.

— Não posso prometer que vou esconder dele.

— Então só posso deixar a seu critério, e esperar que você compartilhe de minha opinião de que não faria bem algum a ele — disse Matthew. — Mas, esteja avisada. Esta história também envolve Alastair, embora eu ache que ele não a conheça por completo.

— Então James me contou uma parte. Os boatos que Alastair espalhou. Talvez você ache que eu sou horrível porque o amo mesmo assim.

— Não. Acho que você é aquilo que se salva nele. Se você sabe sobre os boatos, sabe uma parte, mas não tudo.

— Eu quero saber tudo — disse Cordelia.

CASSANDRA CLARE

Matthew, encarando a parede ao lado da cama dela, disse com a mesma voz grave e sem entonação:

— Tudo bem, então. Estávamos na escola. Éramos novos demais para conhecer o poder das palavras, talvez. Quando Alastair apareceu, dizendo coisas sobre minha mãe... dizendo que Henry não era meu pai, que eu era o filho bastardo de Gideon, na verdade... — Ele balançando a cabeça, o corpo inteiro ficando tenso. — Eu achei que fosse matar Alastair ali mesmo. Não matei, é lógico, mas... — Ele jogou o travesseiro de lado. — O terrível nisso tudo foi que, depois que a ideia foi plantada na minha cabeça, eu não consegui parar de pensar nela. Meu pai foi ferido antes de eu nascer; eu só o conheci confinado à cadeira. E não me pareço nada com ele. Aquilo começou a me consumir, as dúvidas... e um dia eu reuni coragem e fui até o Mercado de Sombras. Eu não sabia exatamente o que estava procurando, mas, no fim, comprei uma garrafa de "poção da verdade".

"Na manhã seguinte, coloquei um pouco na comida da minha mãe. Eu achei que poderia pedir a ela para me contar quem era meu pai, e que ou ela não perceberia que estava sob um feitiço, ou me perdoaria e entenderia que eu merecia saber."

Matthew inclinou a cabeça para trás. Ele encarou o teto ao dizer:

— Não era poção da verdade nenhuma, embora eu acho que se poderia ter adivinhado isso. O que quer que fosse, era veneno, e... minha mãe estava grávida. Eu não sabia, é óbvio, mas o que eu dei a ela lhe causou dor e ela... ela perdeu o bebê.

Horror percorreu o corpo de Cordelia.

— Ah, Matthew — sussurrou ela.

Ele não parou, o fôlego vindo com as palavras.

— Os Irmãos do Silêncio conseguiram salvar minha mãe, mas não minha irmã. Minha mãe desde então não engravidou, embora eu saiba que meus pais tenham desejado e tentado.

— Naquele mesmo dia, eu descobri a verdade, eu era sem dúvida o filho de meu pai. Tinha sido tudo um boato idiota. Eu estava me afogando, sem palavras, estilhaçado. Meu pai presumiu que eu estivesse lutando para encontrar sentido na perda. A verdade é que eu estava horrorizado com minhas próprias ações, enojado por minha falta de fé naqueles mais próximos de

— 303 —

Corrente de Ferro

mim. Eu jurei para mim mesmo que jamais perdoaria Alastair, embora tivesse culpado a mim mesmo muito mais do que jamais culpei ele.

Por fim, ele olhou para ela.

— Essa é a história, Cordelia. Esse é meu segredo. Você me odeia agora, e não posso culpar você. Não posso nem mesmo lhe pedir para não contar a James. Faça o que precisar fazer. Eu entenderei.

Cordelia tirou a coberta. Matthew a observou com apreensão — talvez ele achasse que ela fosse expulsá-lo da casa. Em vez disso, ela avançou, quase caindo, e fechou os braços em volta dele.

Ela ouviu Matthew inspirar profundamente. Ele tinha cheiro de neve, de sabão e lã. Ele estava rígido como uma tábua, mas ela se manteve firme, determinada.

— Cordelia — disse ele, com a voz engasgada, por fim, e apoiou a cabeça no ombro dela.

Ela o abraçou tão perto quanto conseguiu, sentindo o coração dele bater contra o peito. Ela o abraçou da forma como queria poder ter pedido a James que a abraçasse, naquela manhã no corredor de pedra do lado de fora do Ossuário. Ela acariciou o cabelo macio da nuca dele.

— Você jamais teve a intenção de ferir ninguém, embora tenha causado mal — disse Cordelia. — Você precisa se perdoar, Matthew.

Ele fez um barulho incoerente, abafado contra o ombro dela. Cordelia não conseguiu deixar de pensar em Alastair. Ele não podia saber, é evidente, em que resultaria sua fofoca, mas Matthew também não poderia saber qual seria o resultado da poção da verdade dele. Eles eram mais parecidos, pensou ela, do que qualquer um dos dois gostaria de admitir.

— Matthew — disse ela, com carinho —, você *precisa* contar a sua mãe. Ela vai perdoar você, e você não vai mais carregar esse peso amargo sozinho.

— Não posso — sussurrou Matthew. — Agora ela sofre por um filho. Depois disso, vai sofrer por outro, pois ela e meu pai jamais me perdoariam. — Ele ergueu a cabeça do ombro dela. — Obrigado. Por não me odiar. Eu prometo a você, isso faz diferença.

Cordelia se afastou, apertando a mão dele.

— Agora que você ouviu o que eu fiz — disse Matthew —, talvez pare de pensar que não é digna de Cortana. Pois não há nada que *você* poderia ter

— 304 —

feito para merecer esse tratamento, mesmo de um objeto inanimado. — Ele sorriu, embora não fosse o habitual sorriso alegre como o sol de Matthew, mas algo mais tenso e contido.

— Então talvez seja um defeito da espada, como Alastair disse, mas... — Ela parou de falar, olhando pensativa para Matthew. — Eu tenho uma ideia. E envolve outro segredo. Se eu pedisse a você que fosse a um lugar comigo...

Ele deu um sorriso torto.

— Eu faria qualquer coisa por você, por certo, minha senhora.

— Não brinque — disse ela, dispensando a teatralidade dele. — James me contou que seu prédio novo tem um carro a motor que o deixam usar. E eu preciso viajar uma certa distância. Venha me buscar amanhã de manhã, e iremos juntos. — Rapidamente, ela contou a ele o que a fada na Hell Ruelle tinha dito a ela sobre Wayland, o Ferreiro. — Se alguém pode me dizer o que há de errado com Cortana, é ele. Se é que ele existe, mas... preciso fazer *alguma coisa*. Preciso ao menos tentar encontrá-lo.

— E quer que eu leve você? — Matthew pareceu tão surpreso quanto satisfeito.

— É óbvio que quero — disse Cordelia. — Você é a única pessoa que conheço que tem um carro a motor.

—

Alastair estava na sala, olhando inexpressivo pela janela para a casa ao lado. Ele estava observando dois meninos brincando no chão da sala de estar enquanto a mãe deles trabalhava em seu bordado e o pai lia o jornal. Ele não podia deixar de ouvir as palavras de sua mãe enquanto ela chorava, *A criança nunca vai conhecer o pai.*

Criança sortuda, dissera ele a Cordelia, mas sob a agressividade, havia uma tristeza severa, fria, uma tristeza que parecia uma lâmina de gelo que o cortava. Era difícil respirar em meio à perda. Fazia muito tempo desde que ele sentira um amor pelo pai que fosse livre de complicações, mas não havia tranquilidade nesse fato. Na verdade, fazia com que a lâmina de gelo dentro dele girasse mais forte a cada fôlego, a cada pensamento no futuro.

Nunca mais vê-lo de novo. Nunca mais ouvir sua voz, seus passos. Jamais o ver sorrir para o bebê.

Fechando as cortinas, Alastair disse a si mesmo que o bebê teria tudo que ele pudesse dar. A presença na vida dele de alguém que não podia exatamente ser um pai, mas que tentaria ser um irmão melhor do que ele tinha sido para Cordelia. Alguém que diria à criança que ele ou ela era amado, e perfeito, e que não precisava mudar para ninguém ou nada.

Uma batida soou à porta. Alastair se sobressaltou — era tarde, tarde demais para alguém vir prestar respeito. Não que muitas pessoas tivessem feito isso. Até mesmo os Caçadores de Sombras mais velhos, que conheciam Elias como o herói que tinha matado Yanluo, tinham se esquecido ao longo das últimas décadas; a morte dele era a morte de um fantasma, o sumiço de alguém que mal estivera presente.

Risa tinha ido dormir havia muito tempo; Alastair foi pessoalmente atender à porta. Quando ele a abriu, encontrou Thomas Lightwood de pé à entrada.

Alastair não conseguiu pensar em nada para dizer. Ele apenas encarou. Thomas, como todos os amigos tolos dele, saía sem chapéu: o cabelo dele estava molhado, e as pontas encharcadas tocavam a ponta do rosto. Suas feições eram surpreendentemente refinadas, apesar de ele ser tão enorme — bem, "enorme" não era de fato a palavra. Ela não capturava o modo compacto de Thomas de se mover. Ele era alto, mas, diferentemente de outros homens altos, se portava com uma autoridade silenciosa que combinava com a altura. O corpo dele era perfeitamente proporcional também, pelo que Alastair se lembrava... era difícil dizer quando a pessoa estava embrulhada em um sobretudo.

Thomas pigarreou. Os olhos avelã dele estavam fixos quando ele falou:

— Vim lhe dizer que sinto muito por seu pai. De verdade.

— Obrigado — sussurrou Alastair. Ele sabia que precisava parar de encarar Thomas, mas não tinha certeza de como conseguiria fazer aquilo, e em um momento aquilo não importou. Sem dizer mais uma palavra, Thomas deu meia-volta e foi embora rápido.

— O que você fez com meu pente dourado? — disse Lucie.

Jesse, que tinha se jogado na cama dela com uma atitude nada fantasmagórica, sorriu. Ele estava encostado nos travesseiros, parecendo bastante satisfeito consigo mesmo. Ela estava sentada à escrivaninha de camisola, rabiscando anotações, quando ele apareceu, fazendo com que Lucie borrasse a página. Ele pareceu satisfeito por ter conseguido surpreendê-la.

— Escondido em um lugar seguro — disse ele. — Ele me lembra de você quando você não está comigo.

Ela se sentou na beira da cama.

— Talvez você devesse me assombrar com mais frequência.

Ele tocou um filete do cabelo dela, o qual ela havia soltado naquela noite. Lucie desejava às vezes ter um cabelo radiante como Cordelia, que sempre parecia um pôr do sol. Em vez disso, o dela era de um castanho simples, como o da mãe.

— Mas então você não conseguiria ver seus amigos à noite, o que seria uma pena — disse ele. — Parece que você anda se divertindo bastante. No entanto — acrescentou ele, franzindo a testa —, eu queria saber quem era esse cavalheiro do período regencial que importunou você. Não gosto da ideia de você ver outros fantasmas.

Lucie tinha contado a ele sobre os assassinatos, a visita deles à fábrica, a conversa dela com Filomena. A única coisa que ela não tinha contado a ele era o favor que tinha feito ao fantasma do período regencial. Ela não achou que ele gostaria disso.

— Qual é o problema? — perguntou Jesse. — Você parece atormentada por pensamentos sombrios.

Tio Gabriel, tia Cecily e Christopher tinham todos cercado Lucie quando ela voltara da casa de Cordelia, querendo saber como os Carstairs estavam. Lucie tinha se sentido exausta demais para falar muito na hora, mas falar com Jesse era diferente.

— Estou preocupada com Cordelia — disse ela. — Não consigo imaginar perder meu pai.

— O seu pai parece ser muito bom — falou Jesse. Ele estava olhando para ela com aquele olhar contido, sério, que sempre a fazia se sentir como se ele estivesse prestando atenção nela, pensando nela acima de todas as outras coisas no mundo.

— Eu sempre achei que ele fosse perfeito — confidenciou ela. — Até mesmo agora, que tenho idade suficiente para saber que nenhum ser humano é perfeito, eu posso dizer com confiança que, como um pai, ele jamais me desapontou ou me fez duvidar do quanto ele me ama. Mas para Daisy...

— O pai dela estava longe — disse Jesse. — E quando ele voltou, qualquer alegria que ela pudesse ter sentido foi complicada pelo comportamento dele.

— E agora ela jamais terá a chance de confrontá-lo, ou fazer as pazes com ele, ou até mesmo perdoá-lo.

— Ela pode perdoá-lo independentemente disso — falou Jesse. — Meu pai morreu antes de eu nascer. Eu o amava mesmo assim. E até mesmo o perdoei por ter me deixado. É possível encontrar a paz sozinho, embora seja difícil, mas Cordelia tem você. Isso vai tornar as coisas mais fáceis. — Ao ver o olhar de preocupação dela, Jesse estendeu o braço. — Venha até aqui — disse ele, e Lucie saiu da cama e se aninhou ao lado dele.

Da mesma forma como quando eles dançaram, Jesse parecia sólido. Ela conseguia sentir o tecido da camisa dele, até mesmo ver um minúsculo conjunto de sardas do lado do pescoço dele.

Ele tocou o cabelo dela novamente, passando a mão pelas mechas.

— Eu tenho sorte de ver você assim — disse ele, com a voz baixa. — Com o cabelo solto. Como se eu fosse seu marido.

Ela sentiu o rosto corar.

— É um cabelo tão sem graça. Só castanho, não é de uma cor interessante como o de Grace, ou...

— Não é "só castanho" — disse ele. — Brilha como madeira polida, e tem todo tipo de cor nele, uns trechos dourados onde o sol brilhou, e mechas de chocolate e caramelo e avelã.

Ela se sentou, levando a mão à escova de cabelo que estava na mesa de cabeceira.

— E se eu ordenasse você — disse ela — a escovar meu cabelo? Jessamine faz isso às vezes...

O sorriso dele foi longo e preguiçoso.

CASSANDRA CLARE

— Estou às suas ordens.

Ela entregou a escova a ele e se virou, balançando as pernas da ponta da cama. Ela o sentiu se mover atrás dela, se ajoelhando, a mão levantando o peso do seu cabelo castanho para soltá-la sobre os ombros.

— Há muito tempo — disse ele, com a voz baixa —, assim que Grace chegou em nossa casa, eu costumava escovar o cabelo dela à noite. Minha mãe não tinha interesse em fazer isso, e, se não fizesse, ficava embaraçado e cheio de nós, e Grace chorava.

Lucie encostou quando a escova pesada deslizou pelo seu cabelo, seguida pelos dedos dele. Pareceu indecente, luxuriante, ser tocada daquela forma. A mão dele tocou a nuca de Lucie, lançando calafrios pela coluna. Muito diferente de quando Jessamine fazia aquilo.

— Grace devia ser apenas uma criança quando ela chegou em sua casa — disse ela.

— Era um fiapo de gente. Apavorada. Não se lembrava de quase nada sobre os pais. Acho que se minha mãe tivesse dado amor a ela, Grace teria se dedicado inteiramente aos desejos e objetivos de minha mãe. Mas... — Ela o sentiu balançar a cabeça. — Eu era tudo que Grace tinha. Às vezes eu acho que por isso voltei desse jeito. Eu não me lembro da morte em si, mas me lembro de despertar dela. Eu ouvi Grace chorando no sono e soube que precisava chegar até ela. Eu sempre fui tudo para ela. É por isso que não suporto contar a ela...

Ele parou. Lucie se virou; ele estava ajoelhado nos cobertores, a escova em uma das mãos, a expressão congelada entre culpa e alarme.

— Que você está sumindo — disse ela, baixinho. — Que você está, lentamente, desde que deu seu último suspiro para salvar meu irmão.

Ele deixou a escova de lado.

— Você sabe?

Ela pensou no modo como a mão dele tinha sumido contra a dela na carruagem, da forma como ele tinha ficado parcialmente transparente quando estava com raiva, como se lhe faltasse energia para aparecer inteiro.

— Eu imaginei — sussurrou ela. — É por isso que estou tão desesperada... estou com medo. Jesse, se você sumir, será que vou ver você de novo um dia?

309

— Não sei. — Os olhos verdes dele estavam sérios. — Eu tenho medo disso como qualquer um teria medo de morrer, e sei tão pouco quanto sobre o que nos espera do outro lado do grande portão.

Ela apoiou a mão no pulso dele.

— Você confia em mim?

Ele conseguiu dar um sorriso.

— Na maior parte do tempo.

Ela se virou completamente, de forma que suas mãos ficassem nos ombros dele.

— Eu quero ordenar que você viva.

Ele se sobressaltou; Lucie sentiu o movimento sob as mãos. Ela estava tão perto dele quanto na noite em que tinham dançado.

— Lucie. Há limites. Não posso ser ordenado a fazer o impossível.

— Vamos nos esquecer, apenas por um momento, o que é possível e impossível — disse Lucie. — Pode não fazer nada; pode deixar você mais forte. Mas eu não posso viver comigo mesma se eu não tentar.

Ela não mencionou os animais nos quais tinha tentado aquele experimento, ou as tentativas malsucedidas de chamar o próprio Jesse de volta à vida enquanto ele dormia no caixão. Mas — diferentemente dos animais — Jesse ocupava um lugar entre a vida e a morte, e, portanto, era imprevisível; talvez ela precisasse dele ali, conscientemente ao seu lado, para despertá-lo direito. Ela pensou mais uma vez no fantasma do período regencial, depois de ter ordenado que ele esquecesse. Ele foi tomado por uma expressão de paz que a espantou.

Houve uma longa pausa.

— Tudo bem — disse Jesse. Havia incerteza nos olhos dele, mas suas bochechas estavam vermelhas; ela sabia que não era sangue de verdade, calor de verdade, mas aquilo mesmo assim a fez se alegrar. Outros fantasmas não coravam, não tocavam, não tremiam. Jesse já era diferente. — Tente.

Ela apoiou o corpo sobre os calcanhares. Lucie era bem menor do que ele, e se sentiu ainda menor ao colocar as palmas das mãos no peito dele. Ela conseguiu sentir o tecido da camisa de Jesse, o estado sólido e rígido dele.

— Jesse — disse Lucie, baixinho. — Jesse Rupert Blackthorn. Eu ordeno que você respire. Que volte a ser quem era. *Viva.*

Ele arquejou. Ela jamais ouvira um fantasma arquejar, nem imaginara aquilo, e, por um momento, seu coração disparou. Os olhos dele se arregalaram, e Jesse segurou o ombro dela, seu toque foi firme, quase doloroso.

— Entrelace sua alma ao corpo — disse ela. — Viva, Jesse. Viva.

Os olhos dele ficaram escuros. E subitamente, Lucie estava caindo, lutando em uma escuridão absoluta e sufocante. Não havia luz — não, havia luz à distância, piscando, a luz fraca de uma porta iluminada. Ela lutou para se agarrar a alguma coisa que interrompesse sua queda.

Jesse. Onde estava Jesse? Ela não conseguia ver nada a não ser escuridão. Ela pensou em James: seria essa a sensação de *cair nas sombras*? Aquela sensação horrível, estranha, desapegada?

Jesse! Ela estendeu a mão para ele — ela conseguia sentir que Jesse estava ali com ela, de alguma forma. Ela tocava névoa, sombra, e então suas mãos se fecharam em alguma coisa sólida. Aquilo se contorceu ao toque dela. Lucie segurou firme; sim, tinha forma humana. Eles estavam caindo juntos. Se ela se segurasse firme, conseguiria trazê-lo de volta, pensou Lucie, como Janet tinha feito por Tam Lin na antiga história.

Mas tinha alguma coisa errada. Uma pressão horrível de algo errado, invadindo seu peito, roubando seu fôlego. As sombras em torno de si pareciam se partir, cada uma como um monstro grunhindo, se contorcendo — mil demônios nascidos da escuridão. Ela sentiu uma barreira, intransponível, terrível, se erguer diante dela, como se tivesse chegado aos portões do Inferno. A forma em seus braços era afiada como espinhos, queimando e esfaqueando-a; Lucie soltou…

E caiu no chão, com força, o que a deixou sem fôlego. Ela gemeu e se virou, tendo ânsias de vômito.

— Lucie! *Lucie!* — Jesse estava pairando acima dela, uma expressão de terror no rosto. Ela estava no piso de madeira do quarto, percebeu Lucie, confusa. Devia ter cambaleado para fora da cama.

— Desculpe — sussurrou ela, estendendo a mão para tocá-lo, mas seus dedos atravessaram o ombro dele. Os dois congelaram, encarando um ao outro. — Não, não — disse ela. — Eu piorei tudo…

— Não piorou. — Jesse fechou a mão sobre a mão esticada dela. Os dedos dele eram sólidos. — Está igual. Nada mudou. Mas não podemos tentar aquilo de novo, Lucie. Algumas coisas, eu acho, não podem ser ordenadas.

CASSANDRA CLARE

— A morte é uma amante ciumenta — sussurrou Lucie. — Ela luta para ficar com você.

— Não sou dela — disse ele. — Sou seu pelo tempo que puder.

— Fique — disse Lucie, e fechou os olhos. Ela se sentia mais esgotada do que nunca, mais exausta. Ela pensou de novo em James. Deveria ter sido mais compreensiva, pensou ela, todos aqueles anos. Jamais entendera antes: como era amargo ter poder e não poder usá-lo para fazer bem algum.

    —

Thomas quase agradeceu pelo frio fustigante, o esmagar de gelo sob as botas, a rigidez dolorosa em seus dedos das mãos e dos pés. O dia todo ele esperara por aquilo, pela solidão de patrulhar sozinho tarde da noite, quando todos os seus sentidos estavam mais aguçados, e a melancolia que o acompanhava por todo canto era substituída — ao menos por algumas horas — por uma sensação de propósito.

Thomas sentia falta do peso das boleadeiras na mão, mas até mesmo seu tutor em Madri — Maestro Romero de Buenos Aires — teria concordado que não era a melhor escolha para procurar um assassino nas ruas de Londres. Tal arma não era fácil de esconder, e ele precisava ser sorrateiro.

Ele sabia que, se alguém descobrisse o que estava fazendo, haveria problema. Ele jamais vira os pais tão rigorosos quanto tinham sido quando explicaram as novas regras que o Enclave tinha decidido. E ele concordava com as regras: o toque de recolher fazia total sentido, assim como a regra contra qualquer um patrulhando sozinho.

Exceto por ele.

Mais cedo naquela noite, Thomas estava em South Kensington e não conseguiu resistir a uma visita aos Carstairs. Ele em parte esperava que Cordelia estivesse lá — ele gostava dela, e realmente sentia muito por sua perda. Mas tinha sido Alastair quem atendera à porta. Alastair, parecendo sofrido e tenso, como se o luto tivesse repuxado a pele sobre os ossos. O lábio inferior dele estava vermelho, como se o tivesse mordido, seus dedos *— dedos que tinham percorrido tão suavemente o interior do antebraço de*

— 313 —

Corrente de Ferro

Thomas, onde uma rosa dos ventos agora estendia suas coordenadas de tinta — estremecendo ao lado do corpo.

Thomas quase saíra correndo na mesma hora. Nas últimas vezes que vira Alastair, o ódio conseguira ofuscar qualquer outro sentimento. Mas, naquele momento, o abandonara. Fazia apenas alguns meses que Barbara tinha morrido, e havia momentos em que a dor de perdê-la era tão grande quanto tinha sido durante as primeiras horas depois que ela se foi.

Ele conseguia ver a mesma dor no rosto de Alastair. Alastair, que Thomas dissera a si mesmo que não tinha sentimentos. Alastair, que ele tentava tanto odiar.

Thomas conseguira dizer apenas algumas palavras atrapalhadas de condolências antes de se virar e ir embora. Desde então, ele simplesmente seguiu em frente, avançando por quilômetros e quilômetros de Londres, mantendo-se nas ruas e nos becos menores, onde o assassino poderia estar escondido. Agora, ele se encontrava na área em torno de Fleet Street, os escritórios de jornais, os restaurantes e as lojas fechados, a única luz vinha das janelas dos prédios que abrigavam as imprensas, as quais trabalhavam incansavelmente imprimindo os exemplares do jornal do dia seguinte.

Pounceby tinha sido morto a apenas quarteirões de onde Thomas agora caminhava. Ele decidiu virar em Fleet Street, para ver a cena da morte do Caçador de Sombras. Se Thomas refizesse os passos de Pounceby, talvez conseguisse descobrir alguma coisa que os outros tinham deixado de ver. Ou, se o assassino fosse uma criatura de hábitos, Thomas poderia até mesmo atraí-lo. Essa ideia não o amedrontava; pelo contrário, o deixava determinado e sedento por uma briga.

Thomas virou na rua vicinal onde o corpo de Pounceby tinha sido encontrado. Estava cheia de neve, silenciosa, sem indícios de que alguma coisa terrível tinha acontecido ali. Apenas uma sensação de tensão no ar — um arrepio na nuca de Thomas, como se ele estivesse sendo observado...

Uma passada esmagou a neve compacta. Thomas ficou tenso e se virou, aterrissando em uma pose defensiva.

Ali, sob a sombra de um toldo, uma figura escura congelou, o rosto escondido por um capuz. Por um momento, nenhum dos dois se mexeu — e então o estranho fugiu. Ele era rápido — mais rápido do que Thomas

— 314 —

esperava. Mesmo enquanto Thomas corria, o estranho já colocava distância entre eles dois. Thomas se apressou quando a figura cortou caminho agilmente por um beco.

Soltando palavrões, Thomas se abaixou sob um parapeito; ele disparou para o beco, mas a figura já havia sumido depois de dobrar uma esquina distante. Thomas correu até o fim do beco, já sabendo o que ele veria. Nada. Seu perseguidor tinha sumido, suas pegadas eram indiscerníveis de dúzias de outras na neve bastante pisoteada.

14

A FORJA ARDENTE

*E assim, à forja ardente da vida
Nossas sortes devem ser forjadas;
E assim, em sua bigorna ressoante, moldados
Cada feito e pensamento incandescente.*

— Henry Wadsworth Longfellow, "O ferreiro da aldeia"

Cordelia estava esperando cedo na manhã seguinte, quando Matthew chegou em seu Ford Modelo A brilhante. Estava muito frio; apesar do casaco pesado e do vestido de lã, o vento parecia chegar até a pele. Cortana estava presa em suas costas; ela não tinha colocado um feitiço de disfarce em si mesma para ficar invisível para os mundanos, mas *tinha* colocado um na espada.

Ela saiu antes do café da manhã, deixando um bilhete para a mãe dizendo que precisava voltar para James em Curzon Street. Sua mãe entenderia isso; exigências do lar eram imperativas para Sona. Quanto a Alastair, Cordelia deixara um bilhete separado para ele, insistindo que ele era bem-vindo em sua casa e implorando a ele que a visitasse sempre que quisesse. Ela estava preocupada com ele; podia ver os sinais pela casa de que ele tinha ficado acordado a noite inteira.

— 317 —

Corrente de Ferro

Pensando no pai deles, presumira Cordelia. Ela se sentiu um pouco desconectada quando Matthew lhe deu um tour pelo pequeno carro, admirando distraidamente a pintura vermelha e os esteios reluzentes de metal enquanto ele falava animado sobre os detalhes do motor, inclusive uma coisa chamada câmara de combustão. Embora ela tentasse contê-los, vez ou outra, pensamentos sombrios e dolorosos se intrometiam:

Meu pai está morto. Meu pai está morto. Esta é a primeira manhã da minha vida em que eu vou acordar sabendo que ele morreu.

— ... e tem um mecanismo combinado de engrenagem epicíclica e marcha acoplado à câmara de combustão — prosseguiu Matthew. Cordelia, distante, reparou que as finas rodas do carro com os raios vermelhos combinando mal pareciam presas ao resto dele; que o assento acolchoado de couro era grande o suficiente para acomodar duas pessoas. O dossel dobrado atrás provavelmente não forneceria muito abrigo caso chovesse, e a engenhoca toda parecia tão frágil que seria soprada por um vento forte.

— Isso tudo é muito bom — disse ela, por fim, afastando os pensamentos tristes —, mas não posso deixar de notar que este carro não tem teto. É provável que nós dois fiquemos congelados.

— Não se preocupe — disse Matthew, vasculhando atrás do banco e exibindo um par de mantas de viagem magníficas forradas com pele. Ele estava vestido impecavelmente em um elegante, e também forrado de pele, casaco estilo duster e botas polidas com um brilho forte. Ele parecia surpreendentemente desperto, considerando tudo.

— Alguém sabe para onde vamos? — perguntou ela, segurando a mão estendida dele e entrando no carro.

— Eu não contei a ninguém *onde* — disse Matthew —, mas avisei a Thomas que daríamos um passeio de carro. Voltaremos a tempo de encontrar os outros em Curzon Street esta noite.

Os outros, pensou Cordelia. O que incluía James. Ela afastou o pensamento dele, determinada, quando se acomodou sob a manta de viagem. Olhando para trás, para Cornwall Gardens, seus olhos viram um lampejo de movimento. Alastair estava de pé em uma janela superior, olhando para ela; Cordelia levantou a mão enluvada para ele, hesitante — a última coisa que podia suportar naquele momento era uma discussão entre Matthew e seu irmão — e ele assentiu, fechando a cortina de novo.

CASSANDRA CLARE

— O que foi aquilo? — perguntou Matthew.

— Alastair — disse Cordelia. — Apenas... dando tchau.

Matthew girou a manivela de ignição, e Cordelia se acomodou graciosamente no encosto conforme o Ford rugiu ao despertar. Ela não conseguiu deixar de pensar, enquanto eles arrancavam para a rua, em como seu pai teria amado ver o carro.

—

James piscou e abriu os olhos; seu quarto estava cheio de luz do sol. Se havia sonhado, não se lembrava de com o quê: sua mente estava por sorte livre de lembranças de gritos, escuridão, de ódio e do lampejo de uma faca. Ele abaixou os olhos: ainda estava vestido, amarrotado depois de uma noite de sono. Estava gelado.

Ele olhou em volta, tremendo: a janela estava aberta vários centímetros.

Xingando, James se sentou reto. As cordas estavam em pedaços em volta dele, a faca estava ao lado de sua mão. De algum modo, durante a noite, ele havia se soltado.

Ele rolou para fora da cama e caminhou até a janela. Esticou o braço para fechá-la, talvez fosse hora de fechar aquela coisa com pregos, e parou.

No gelo do parapeito havia uma marca estranha desenhada. Ele ficou parado um momento, estudando aquilo. Quem teria rabiscado aquilo ali?

Seu estômago afundou. Ele não tinha ficado parado enquanto dormia. Tinha se libertado com a faca. Qualquer coisa podia ter acontecido. E o símbolo, na janela...

Ele precisava falar com Daisy. Estava a meio caminho do quarto dela quando se lembrou, a mente se desanuviando: ela não estava lá. Estava na casa da mãe. Ele queria correr até Kensington, queria implorar a Cordelia que voltasse para casa. Ela morava *ali*, pertencia àquela casa. Mas ele não podia culpá-la se não quisesse voltar para ele. Ele tinha sido a última pessoa a falar com o pai dela, e a conversa tinha sido feia e cruel. E o que ele propunha confessar? Que ele achava que podia ser o motivo pelo qual o pai dela estava morto? Que podia ter sido a mão dele que havia empunhado a faca?

E só Deus sabia o que fizera na noite passada.

— 319 —

Uma náusea o perfurou. Para o andar de baixo, pensou ele. Era ali que estavam os livros que ele trouxera do Instituto. Precisava pesquisar, ter certeza absoluta. Ele vestiu um paletó e sapatos e se apressou escada abaixo...

A campainha tocou.

Effie não apareceu para atender; ela não devia ter voltado da noite de folga. Rezando para que não fosse algum estranho trazendo condolências, James abriu a porta. Um menino lobisomem de oito ou nove anos ocupava o lance de escadas do lado de fora, o cabelo desarrumado preso sob um chapéu de lã desgastado, o rosto sujo.

— Neddy — disse James, surpreso. — O que está fazendo aqui? — A mão dele apertou a maçaneta. — Aconteceu outro assassinato?

— Não, senhor — disse o menino, buscando no bolso um bilhete amassado, o qual ele entregou a James. — Nenhum relato de morte de Caçadores de Sombras.

Nenhuma morte. O assassino não tinha agido. Sentiu alívio — ninguém tinha sido ferido — assim como apreensão: ele não estava melhor do que estivera no dia anterior. As mortes estavam ocorrendo esporadicamente, não toda noite, mas próximas. Ele não podia presumir que não haveria outra. O que ele poderia fazer naquela noite, se amarrar as mãos à cama não tinha funcionado?

James abriu o bilhete e imediatamente reconheceu a letra de Thomas. Ele percorreu as breves linhas com rapidez: Matthew tinha levado Cordelia para um passeio de carro para animá-la; os outros Ladrões, Thomas e Christopher, chegariam a Curzon Street em breve. *Eu sei que a morte de Elias foi um choque,* escrevera Thomas. *Mas penteie o cabelo. Risa disse que você parecia que tinha acabado de ser eletrocutado.*

— Está tudo bem, então? — falou Neddy. — Bem o bastante para eu receber minha gorjeta?

Quando James entregou um xelim para Neddy, ele viu que o menino olhava boquiaberto e curiosamente para a grande e lustrosa carruagem que tinha acabado de parar diante da casa. James franziu a testa. Era a carruagem dos Fairchild, marcada na lateral com a estampa de asas. Será que Charlotte tinha vindo prestar condolências?

James entregou o dinheiro na mão de Neddy e mandou o menino embora, no momento em que a porta da carruagem se abriu e a mão fina de alguém

— 320 —

CASSANDRA CLARE

usando uma luva de couro branca apareceu, seguida por saias esvoaçantes da cor de marfim e um casaco curto de pele de zibelina pálida, encimado por uma cabeça de cabelos loiro-prateados presos no alto, reluzindo como metal ao sol.

Era Grace.

Cordelia pescou um comprido lenço de lã da bolsa e envolveu o cabelo com ele, prendendo o chapéu firmemente à cabeça para evitar que saísse voando ao vento. Mesmo contido pelo tráfego de Londres, o pequeno carro parecia descontroladamente rápido; ele conseguia entrar e sair de espaços que uma carruagem jamais teria sido capaz de navegar. Sentindo a força do vento, ela amarrou o chapéu com mais firmeza usando o lenço conforme eles costuravam o tráfego entre duas carruagens a cavalo e um carrinho de leite, e por pouco não viraram em cima da calçada. Vários trabalhadores no canto da rua vibraram.

— Minhas desculpas! — gritou Matthew, com um sorriso, girando o volante habilmente para a direita e disparando por outra junção.

Cordelia olhou para ele com seriedade.

— Você sabe mesmo para onde vamos?

— É lógico que sei! Tenho um mapa.

Ele tirou de um dos bolsos um livro fino encadernado com tecido vermelho e entregou a ela. *A estrada de Bath*, dizia a capa.

— Realmente, precisamos usar as piscinas de Bath quando chegarmos lá — disse ela, conforme o carro espirrava água de uma poça enlameada.

A rota deles os levou por Hammersmith, acompanhando de longe o curso do Tâmisa, o qual era visível em lampejos pelas fábricas e casas dos subúrbios da periferia. Conforme passaram por uma placa para o retorno para Chiswick, Cordelia pensou em Grace, sentindo um desconforto no peito.

Depois que eles passaram por Brentford, a rua principal movimentada cheia de ônibus, o tráfego escasseou e os prédios deram lugar a uma paisagem mais rural. Campos abertos se estendiam diante deles, pálidos com geada tingida de rosa pelo sol do início da manhã. Matthew, sem chapéu e sorrindo, os cabelos jogados para trás pelo vento, sorria para ela.

— 321 —

Cordelia jamais vivera algo assim antes. O mundo se abria diante deles, prometendo o desconhecido. Cada quilômetro que eles dirigiam fazia a dor em seu peito recuar mais um pouco. Ela não era Cordelia Carstairs que acabara de perder o pai e que amava um homem que jamais a amaria. Ela era alguém livre e sem nome, voando como um pássaro acima da estrada que passava como um borrão sob as rodas deles.

Conforme o campo disparava por eles, as colinas verdes salpicadas com trechos de neve derretendo, as pequenas aldeias com fumaça subindo das chaminés, Cordelia imaginou qual era a sensação de ser Matthew — vivendo sozinho, capaz de ir aonde quisesse, sempre que quisesse. Sempre mantendo uma parte dele separada, entrando e saindo de eventos e festas, jamais se comprometendo com estar em lugar nenhum, desapontando anfitriões ou chegando tarde para o grande prazer de todos que o conheciam. Ela não tinha certeza se alguém realmente tinha controle sobre Matthew, exceto por James.

É lógico que Matthew seria aquele entre todos eles que dirigiria, pensou ela. Ele com esforço buscava exatamente a sensação que aquilo fornecia, de nada sob os pés, de velocidade e propósito, de barulho alto demais para pensar. Talvez pela primeira vez ela percebesse que uma pequena parte dela também buscava aquilo.

Cordelia manteve o pequeno mapa no colo e riscou as cidades e aldeias conforme eles passavam por elas. Hounslow, Colnbrook, Slough, Maidenhead. Em Maidenhead, eles pararam brevemente para tomar chá em um hotel ao lado do Tâmisa, perto da linda ponte de pedra de sete arcos. A decoração e a atmosfera eram bastante vitorianas; uma dupla de senhoras que tomavam o café da manhã olhou com reprovação para as roupas do passeio de carro um pouco desarrumadas deles. Matthew empregou o Sorriso nelas, fazendo as senhoras se agitarem como pardais assustados.

De volta ao carro, as aldeias corriam por eles como cenários de palco. Twyford, Theale, Woolhampton, Thatcham, Lambourn. Havia uma estalagem em Lambourn, na minúscula praça do mercado da aldeia. Ela se chamava George, e tinha um lugar para deixar o carro e um interior com pouca luz e aconchegante no qual Cordelia — que congelava àquela altura — não reparou em nada, exceto na imensa lareira com um lindo fogo crepitante e duas poltronas a uma mesa ao lado dela, as quais estavam maravilhosa-

CASSANDRA CLARE

mente vazias. Cordelia suspeitou que não havia muitos viajantes passando por aquela parte de Downs no meio do inverno.

Uma jovem usando um vestido de algodão bordado e avental branco correu para servi-los. Ela era bonita, com cabelo castanho-avermelhado e uma silhueta exuberante. Cordelia não deixou de notar a forma como a jovem olhou para Matthew, o qual estava realmente bonito no paletó de couro, os óculos puxados sobre os embaraçados cabelos loiros.

Matthew também notou o olhar. Ele pediu cerveja para si e uma cerveja de gengibre para Cordelia, então perguntou, de maneira provocadora, o que era bom para comer. A menina flertou de volta como se Cordelia não estivesse ali, mas ela não se incomodou; estava gostando de ver os outros clientes, a maioria deles fazendeiros e comerciantes. Não estava acostumada a ver os londrinos bebendo no meio do dia, mas suspeitava que aqueles homens estavam trabalhando desde muito antes do amanhecer.

Quando a atendente do bar foi para a cozinha para providenciar as tortas de carne deles, Matthew voltou o sorriso charmoso para Cordelia. Mas ela não cairia naquilo.

— Céus — disse ela. — Você é terrível com esses flertes.

Matthew pareceu ofendido.

— De maneira nenhuma — respondeu ele. — Sou diabolicamente excelente com meus flertes. Aprendi com os melhores.

Cordelia não conseguiu conter o sorriso.

— Anna?

— E Oscar Wilde. O dramaturgo, não meu cachorro.

A atendente voltou com as bebidas deles e uma faísca no olho. Ela os apoiou e foi cuidar do bar. Cordelia tomou um gole da cerveja de gengibre: era apimentada na língua.

— Você sabe alguma coisa sobre Anna e Ariadne? Obviamente tem alguma história ali, um passado entre as duas, mas eu sempre me senti desconfortável perguntando. Anna é tão reservada.

— Faz alguns anos. Anna estava apaixonada por Ariadne, muito apaixonada, pelo que lembro, mas Ariadne não sentia o mesmo. Parece que o jogo virou, mas... — Matthew deu de ombros. — Eu tive que perguntar muito para descobrir tudo isso. Anna domina a arte de ser completamente aberta

— 323 —

sem jamais revelar nada significativo sobre si mesma a ninguém. É por isso que ela é um excelente ombro sobre o qual chorar.

— E você fez uso dele? — Cordelia o observou: os olhos verde-escuros, uma cicatriz suave na bochecha, as mechas de cabelo loiro que cacheavam nas têmporas. Era raro que ele ficasse parado por tempo suficiente para que ela realmente olhasse para ele. — Anna disse que você tem o hábito de ter o coração partido.

— Nossa — disse Matthew, girando o copo meio vazio na mão. — Que insensível. Ela deve estar se referindo a Kellington. — Ele olhou de esguelha para ela, como se medindo como ela reagiria àquela notícia. Cordelia se perguntou o que Matthew diria se ela contasse a ele sobre Alastair e Charles. Era estranho saber algo tão pessoal sobre o irmão de Matthew e não poder dizer. — Não muito depois da minha primeira visita à Ruelle, Kellington me ofereceu um concerto particular na Sala dos Sussurros.

Cordelia sentiu as bochechas corarem.

— E isso se tornou um coração partido?

— Isso se tornou um caso, e o caso se tornou um coração partido. Embora eu esteja, como você pode ver, completamente recuperado.

Cordelia se lembrou de Matthew na Ruelle, das mãos de Kellington nos ombros dele. Ela se lembrou do olhar de Lucie também, quando Anna disse: *Matthew parece preferir um amor condenado.*

— E quanto a Lucie? Ela partiu seu coração? Porque ela não iria querer fazer isso.

Matthew recuou na cadeira, como se ela o tivesse empurrado.

— Todo mundo sabe disso? — perguntou ele. — Lucie também?

— Ela nunca me contou nada indiscreto de propósito — assegurou Cordelia. — Mas nas cartas dela, ela sempre revelou mais do que eu acho que pretendia. Lucie sempre... se preocupou com você.

— Exatamente o que todo cavalheiro quer — murmurou Matthew. — Que se preocupem com ele. Um momento. — Ele ficou de pé e foi até o bar; Cordelia sentiu uma pontada de empatia pela atendente quando Matthew se inclinou sobre a madeira polida, exibindo seu sorriso charmoso. Ela esperava que a jovem entendesse que os flertes de Matthew eram apenas um jogo, uma máscara que ele usava sem pensar. Jamais deveria ser levado a sério.

CASSANDRA CLARE

Matthew voltou com uma nova cerveja de uma cor muito mais escura e afundou de novo na cadeira.

— Você não terminou a outra — falou Cordelia, indicando o vidro. Ela não conseguia evitar pensar no pai, ele também costumava começar uma nova bebida sem ter terminado a primeira. Mas Matthew não era como Elias, disse ela a si mesma. Elias não tinha conseguido chegar ao fim do casamento dela sem perder a compostura. Matthew bebia mais do que deveria, mas isso não queria dizer que ele era como o pai de Cordelia.

— Como nós estamos aparentemente desabafando, eu decidi trocar para algo mais forte — disse Matthew. — Creio que você estava me dando um sermão por flertar?

— Estávamos falando sobre Lucie — disse Cordelia, que estava começando a se arrepender de ter mencionado aquilo. — Ela ama você, é só que...

Ele deu um sorriso torto, mas genuíno.

— Você não precisa me consolar. Eu *cheguei* a pensar que gostava de Lucie de forma romântica, mas isso acabou. Eu prometo que não estou cultivando um coração partido e encobrindo isso com flerte.

— Eu não me *incomodo* com o flerte — disse Cordelia, irritada. — É que isso impede você de ser sério.

— É tão ruim assim?

Ela suspirou.

— Ah, provavelmente não... você é jovem demais para seriedade, acho.

Matthew engasgou com a cerveja.

— Assim faz parecer que *você* tem cem anos.

— Eu — respondeu Cordelia, com dignidade — sou uma mulher velha e casada.

— Não é isso que eu vejo quando olho para você — disse Matthew.

Cordelia o encarou, surpresa. Ele tinha terminado o copo, e o apoiou na mesa entre os dois com um estampido determinado. Ela podia jurar que um rubor percorreu suas bochechas. *Mais flertes*, pensou ela. *Insignificante.*

Matthew pigarreou.

— Então, considerando o que você me contou em Maidenhead, estamos procurando uma toca mítica em algum lugar da Ridgeway Road. Como vamos encontrá-la, exatamente?

— De acordo com o livro que li, fica perto do Cavalo Branco de Uffington.

— 325 —

Corrente de Ferro

— Fica perto de um *cavalo*? Eles não passeiam por aí?

— Esse cavalo, não — disse Cordelia. — É o desenho gigante de um cavalo, em uma encosta, bem, não exatamente uma encosta, na verdade. É escavado na colina com valas de giz, de forma a parecer ser branco contra a terra.

— Vocês estão falando do Cavalo de Uffington? — disse a atendente do bar, que tinha se aproximado deles de fininho com as tortas de carne.

Matthew e Cordelia trocaram um olhar.

— Esse mesmo — disse Matthew, fixando-se na atendente com seu olhar mais angelical. — Pode nos dar alguma ajuda para encontrá-lo?

— Fica um pouco para o fim da estrada. Dá para ver por quilômetros na encosta da colina, e as pessoas vêm de toda parte todos os anos para ajudar a escavar o cavalo, manter o giz branco, sabem. Tem uma trilha para o alto da colina que dá nas trincheiras de giz. As pessoas sobem com frequência, e deixam oferendas também, flores e velas. É um lugar de feitiçaria.

Os olhos de Matthew brilhavam quando a atendente os deixou sozinhos para comerem o almoço.

— Você acha que a toca fica lá?

— Lá, ou perto. — Cordelia começava a sentir uma verdadeira animação. Tinha sido um gesto desesperado, ir até ali na esperança de descobrir o que havia de errado com Cortana. Um método de tomar as rédeas do próprio destino, mesmo que isso significasse encontrar uma coisa que ela não queria saber. — Talvez fosse um dia sabido que Wayland, o Ferreiro tinha uma forja ali, e o cavalo branco foi criado como um tipo de...

— Fachada de loja? — disse Matthew, sorrindo. — Comprem suas espadas encantadas aqui?

— Como uma forma de informar às pessoas que era um lugar poderoso, protegido. Mas — acrescentou ela — aposto um xelim com você que vai ter uma barraca vendendo sidra quente quando chegarmos lá.

Matthew gargalhou. Eles se apressaram para terminar a comida e pagar a conta antes de irem embora. Os dois deixaram a atendente do bar olhando com desejo para Matthew e voltaram para o carro. Cordelia rastejou para baixo de uma variedade de cobertores quando o carro ligou com um rugido, e eles se arrastaram para a estrada.

— Grace. — James bloqueou a porta com o corpo. — Você não deveria estar aqui.

Ela levantou o olhar para ele, o rosto pequeno estava sombreado pelo chapéu e a expressão de Grace era invisível.

— Mas preciso falar com você — disse ela. — É importante.

Ele fechou a mão na ombreira da porta. A pressão estava ali, no fundo do cérebro, o sussurro que dizia: *Deixe ela entrar. Deixe ela entrar. Você quer vê-la. Você precisa vê-la.*

— Grace...

Ela passou por ele, de algum jeito, e entrou na casa. Graças ao Anjo, Risa tinha ido até a casa dos Carstairs para ajudar Sona. James bateu a porta — não havia sentido em fazer uma cena que a Curzon Street inteira poderia ver — e se virou para ver Grace já a meio caminho do corredor.

Shah mat, pensou ele, e saiu correndo atrás dela. Ela sempre conseguia passar por ele de alguma forma. Pelas paredes emocionais dele. E pelas paredes reais da casa dele, ao que parecia. James conseguia ouvir as saias de Grace farfalhando pelo corredor; ele a alcançou quando ela estava prestes a virar no escritório.

— Aí não — disse ele. Por algum motivo, aquele cômodo era dele e de Cordelia. Já era ruim o bastante ter Grace em casa no dia seguinte à morte de Elias. Precisava haver limites. — A sala de estar.

Ela lançou a ele um olhar demorado e curioso, mas foi até onde James indicou, suas delicadas botas estalando no piso de parquete conforme caminhava.

James trancou a porta da sala de estar atrás deles. Ele não estivera ali desde a discussão com Elias. Ainda via uma pequena miniatura de porcelana caída em uma das prateleiras, onde Elias a havia derrubado.

Ele se virou para Grace:

— Nós tínhamos um acordo.

Ela havia tirado a pesada capa; por baixo, Grace usava um vestido de lã de cor creme bordado de azul. Era apertado em volta da cintura e do quadril, estreitando-se até virar um redemoinho de painéis de renda abaixo do joelho.

— Você me disse como as coisas vão funcionar — disse ela —, mas eu não me lembro de concordar.

Ele encostou do lado do piano.

— 327 —

— Eu não quero ser indelicado — disse James. — Mas isso não é justo com nenhum de nós. E não é justo com Daisy. Eu fiz uma promessa a ela, e pretendo cumprir.

— Daisy — ecoou Grace, apoiando a mão enluvada no encosto de uma cadeira. — Um apelido tão bonito. Não acho que você tenha um para mim.

— Cordelia é um nome muito mais longo do que Grace — disse ele, seco. — Você falou alguma coisa sobre algo importante para me contar.

— Tenho uma pergunta, na verdade. Sobre Lucie.

James não se deu ao trabalho de esconder a surpresa.

— Você nunca demonstrou muito interesse por Lucie. — Todo verão em Idris, ele oferecera apresentar Grace a sua irmã, mas ela se recusava, dizendo às vezes que não podia suportar abrir mão de seu tempo sozinha com James, dizendo outras vezes que gostaria de conhecer Lucie quando estivesse livre da mãe e pudesse falar de seu amor por James abertamente. James achava que a última coisa que Lucie iria querer era ouvir sobre a paixão de uma menina estranha pelo seu irmão mais velho, mas Grace não se comovia.

— É sobre o poder dela — falou Grace. — Eu sei que Lucie, como você, pode ver os mortos, mas você também consegue viajar nas sombras. Lucie pode fazer o mesmo?

— Por que você quer saber? — perguntou James. — E por que agora?

— Os assassinatos, eu acho — disse Grace, virando o rosto. — Eles são tão terríveis, e eu sei sobre seu poder das sombras, mas poucos outros sabem, e eu acho que estava me perguntando se você e Lucie têm alguma forma de... de talvez ver os fantasmas daqueles que foram assassinados? De saber quem pode ter feito isso?

Aquilo era muito estranhamente próximo da verdade, pensou James, embora ele não pudesse compartilhar esse pensamento com Grace. Certamente nada que ele sabia no momento poderia confortá-la. Ele não podia deixar de sentir empatia; ela sempre fora tão protegida em Idris, de demônios, da violência comum de uma cidade mundana.

— Só podemos ver fantasmas que permanecem nesta terra porque eles têm assuntos inacabados, ou porque estão presos a um lugar ou objeto — disse ele, gentil. — Só posso esperar que os mortos assassinados tenham encontrado a paz, então, não, nós não os veremos.

Ele não podia imaginar contar a Grace sobre o fantasma do período regencial, a fábrica, o fantasma de Filomena. Não da forma como ele contava as coisas para Cordelia.

— Grace — disse James —, é realmente isso que está incomodando você? Tem alguma outra coisa errada? Você não está feliz com os Bridgestock?

— Feliz? — repetiu ela. — Está tudo bem, acho. Eu não acho que eles gostam muito de mim, mas veja bem a minha posição. Ariadne quer ser minha amiga e trocar confidências, mas como posso fazer isso? Não posso contar a ela sobre minha situação sem revelar a sua; não posso falar de minha dor sem revelar seus segredos, e os de Cordelia. Não posso confidenciar com ninguém, enquanto você pode confidenciar com qualquer um dos seus amigos.

James abriu a boca, e fechou de novo; ela estava certa, de seu jeito, e ele não tinha pensado naquilo, não tinha pensado no isolamento dela, apenas no casamento iminente com Charles.

Grace se aproximou, voltando os olhos para os dele, e James sentiu o coração acelerar.

— Também não posso falar com Charles — disse ela. — Ele está em Paris, e, além do mais, não temos o hábito de trocar confidências. Pensei que você encontraria alguma forma de levar mensagens até mim, alguma forma de me dizer que ainda me amava...

— Eu falei que não podia — disse James, o sangue pulsando.

— Você disse que *não iria*. O dever, você disse, e honra. — Ela apoiou a mão enluvada sutilmente no braço dele. — Mas nós também não temos uma dívida com o amor?

— É por isso que você veio até aqui? — disse James, rouco. — Para ouvir que eu amo você?

Ela apoiou as mãos no peito dele. O rosto dela quase parecia de cera em sua compleição — belo, mas, mesmo assim, como o de uma boneca. James conseguia sentir o peso da pulseira, puxando seu pulso. Um lembrete de tudo que ele tinha jurado, tudo que ele e Grace tinham sentido um pelo outro, que ainda deviam sentir um pelo outro.

— Eu não preciso ouvir isso — sussurrou ela. — Apenas me beije. Me beije, James, e eu vou saber que você me ama.

Me ama. Me ama. Me ama.

Corrente de Ferro

Uma força que parecia impressa em cada canto da alma dele tomou vida, queimando seu sangue: James conseguia sentir o perfume dela, jasmim e temperos. Ele fechou os olhos e segurou os pulsos de Grace. Uma pequena parte do seu cérebro estava gritando em protesto, mesmo quando ele a puxou contra si, ela era pequena e esguia; por que ele se lembrava dela macia e curvilínea? James apertou os lábios contra os dela e a ouviu soltar um ruído abafado, um arquejo de surpresa.

As mãos dela se fecharam em torno do seu pescoço; os lábios dela responderam aos seus quando James a beijou de novo e de novo. A fome dentro dele era desesperadora. Era como se ele estivesse em um banquete de fadas, onde quanto mais os mortais consumiam, mais intensa a fome deles ficava, até que eles morressem de fome em meio à abundância.

Quando ele subitamente a soltou e cambaleou para trás, Grace pareceu tão chocada quanto ele se sentia. Um imenso vazio doía dentro dele. Ele estava se afogando nele: era uma dor física, quase violenta.

— Eu preciso ir — disse ela. As bochechas de Grace estavam coradas. — Vejo que... talvez eu não devesse ter vindo até aqui. Eu não vou... não voltarei.

— Grace...

A meio caminho da porta, ela se virou para olhar para ele, uma acusação em seus olhos.

— Eu não sei quem você estava beijando agora há pouco, James Herondale — disse ela. — Mas certamente não era eu.

———

Em pouco tempo, a pequena aldeia de Uffington entrou no campo de visão deles, a colina se erguendo contrastante atrás dela, e Matthew e Cordelia conseguiram ver o cavalo branco — como o desenho de uma criança atrapalhada jogado na encosta da montanha. Ali perto, um rebanho de ovelhas pastava tranquilamente, pelo visto, nada impressionadas por estarem na presença de um artefato histórico famoso.

Matthew pegou a estrada para cima até acabar, deixando o Ford ao lado de uma trilha que seguia um caminho irregular para o topo. Eles andaram o resto do caminho, Cordelia ficou feliz por ter levado o casaco de lã mais espesso; o vento colina abaixo era afiado como uma faca. As bochechas de Matthew estavam escarlates quando eles chegaram ao topo da escarpa, a alguns metros das trincheiras cobertas de giz que formavam o cavalo — de perto, eram surpreendentemente brancas.

— Olhe. — Cordelia apontou. Ela sentiu uma certeza estranha, uma sensação instintiva de que estava certa até os ossos. — O cavalo está virado para aquele lado, quase apontando com o focinho. Até aquele bosque, está vendo, tem uma trilha, uma estrada antiga, eu acho.

Matthew pareceu um pouco espantado, mas ele se juntou a ela na descida da trilha, de vez em quando parando para ajudar Cordelia quando as saias dela dificultavam a caminhada. Cordelia desejava em parte que estivesse de uniforme, embora ele provavelmente não a teria mantido tão aquecida.

— Olhe — disse Matthew, quando chegaram até a trilha, e indicou um poste de madeira mergulhado fundo na terra. Uma placa retangular tinha sido pregada a ele, indicando o caminho para A RIDGEWAY. — Então aqui é a Ridgeway — disse Matthew, parecendo fascinado. — A estrada mais antiga da Grã-Bretanha. Não é uma estrada romana, é ainda mais antiga do que isso.

— Acho que seria. — A animação de Cordelia tinha se dissipado; alguma coisa mais séria tomava conta dela agora. Como se ela estivesse a caminho da Cidade do Silêncio ou do Salão dos Acordos. Como se aquilo não fosse uma jornada, mas uma peregrinação.

Eles passaram em silêncio pela colina seguinte, e ali estava, inconfundível. Uma variedade de placas de pedra, emoldurando a entrada escura de uma toca. A própria toca parecia um pouco mais do que uma saliência coberta de grama no chão, a entrada — um buraco escuro que formava um túnel para dentro da elevação da terra — era da metade do tamanho de uma porta comum.

Cordelia tirou o pesado casaco. Ela sacou Cortana da bainha às suas costas e a apoiou na grama, então tirou uma moeda do bolso e se ajoelhou para colocá-la diante da entrada da toca.

Matthew pigarreou.

— E agora?

— 331 —

Corrente de Ferro

— Não tenho certeza. De acordo com Lilian Highsmith, os mitos dizem que se deve deixar uma moeda diante da toca.

— Talvez tenha inflação? — sugeriu Matthew. — Eu poderia emprestar uma de seis pence a você.

Cordelia lançou um olhar grave para ele.

— Se você não consegue parar de brincar, Matthew...

Ele levantou a mão inocentemente, recuando.

— Tudo bem, tudo bem. Vou ficar de olho. Tem um fazendeiro subindo pela colina, e não seria bom se ele nos encontrasse tentando chamar a atenção de antigos ferreiros desta terra.

Ele voltou pelo caminho que eles tinham vindo, mantendo Cordelia em seu campo de visão. Ela o viu parar no alto da colina, e encostar em uma árvore, levando a mão ao paletó procurando a garrafa.

Cordelia voltou a atenção para a questão à sua frente, olhando da espada para a toca; a entrada do espaço subterrâneo da toca estava escura como a noite. Ela teria entrado de qualquer forma, mas alguma coisa lhe disse que não era isso que estava sendo pedido dela.

Cordelia esticou a mão e puxou Cortana para si, deitando a espada em seu colo, a lâmina brilhando ao sol.

— Wayland, o Ferreiro — sussurrou ela. — Sou a portadora escolhida da espada Cortana. Eu sempre a empunhei com fé, com coragem. Eu a carreguei para a batalha. Eu derramei o sangue de demônios com ela. Empunhando-a. Até mesmo matei um Príncipe do Inferno.

— Daisy — ela ouviu Matthew chamar, e se virou e viu um homem andando na direção deles. Devia ser o fazendeiro que ele mencionara antes, pensou ela, e estava prestes a ficar de pé quando gelou completamente.

O homem não era um fazendeiro. Ele era um ferreiro.

Ele estava vestido de forma simples com uma camisa de algodão áspera e um avental de couro manchado de fuligem amarrado por cima. Ele podia ter qualquer idade, tinha as feições joviais, porém velhas, que Cordelia associava com os feiticeiros. Ele lembrava uma placa do arenito da toca, os ombros largos e as mãos grossas, com uma barba curta e clara e cabelo bem curto. Em volta do pescoço do homem havia uma faixa de metal retorcido, incrustada com uma pedra de um azul intenso.

CASSANDRA CLARE

— Você me convocou, portadora da espada Cortana? — disse o homem. Wayland, o Ferreiro; não podia ser mais ninguém. — Você não pode achar que eu não saberia que um Príncipe do Inferno não pode ser realmente morto, no entanto, sua audácia de alegar tal feito é admirável.

— Eu o matei *neste* mundo — disse Cordelia, erguendo o queixo. — Ferido e enfraquecido, e assim ele foi expulso do nosso reino.

— E essa ferida ainda sangra — disse Wayland, o Ferreiro, os dentes brilhando em um sorriso. — Um grande corte no lado do corpo dele, derramando seu sangue de demônio. Pode levar décadas até que ele se cure.

Cordelia inclinou a cabeça para trás.

— Como você sabe tudo isso?

— Eu conheço as ações de todas as espadas que já forjei. Ah, meus filhos de aço e ferro, como eles abrem caminhos por este mundo. — Sua voz era grave. — Agora, me dê sua espada.

Cordelia engoliu em seco e entregou Cortana a Wayland. Quando ele a tomou nas imensas mãos, o mundo ao redor dela pareceu mudar. Ainda ajoelhada, ela olhou em volta, maravilhada — o céu tinha escurecido, as colinas tinham vestido um manto de cinzas preto-azuladas. Matthew tinha sumido. Em volta dela havia ruídos de uma ferraria, o clangor do martelo sobre aço, o crepitar de fogo. Fagulhas vermelhas como cobre ganharam vida dentro da toca, subindo como vaga-lumes, reivindicando o escuro.

— Ah, minha filha, minha filha — cantarolou Wayland, segurando Cortana contra a estranha luz que surgira. — Faz tempo desde que eu forjei o aço que criou você e seus irmãos, Joyeuse e Durendal. — O olhar dele se voltou para Cordelia de novo. — E há muito tempo sua linhagem carrega minhas lâminas. Quando você mergulhou esta espada no corpo de Belial, não achou que haveria consequências?

— É por *isso*? — Cordelia tentou lembrar desesperadamente; era verdade que ela não tinha motivo para usar Cortana desde que tinha esfaqueado Belial. Não até a luta no armazém. — O contato com Belial... aquilo prejudicou Cortana?

— Esta lâmina foi forjada em fogo celestial e carrega dentro do cabo a pena de um anjo — disse Wayland. — Quando tocou o sangue de Belial, gritou. Você não ouviu. Você é apenas mortal — concedeu o ferreiro. — E faz muito tempo que os mortais deixaram de conhecer a alma de suas espadas.

— 333 —

— Diga-me o que fazer — falou Cordelia, com fervor. — O que for preciso por Cortana, eu farei.

Wayland virou a espada nas mãos. Os olhos dele eram âmbar acobreado, e seus dedos pareciam cantar de cima a baixo da lâmina conforme ele a acariciava. A espada emitiu uma única nota que retiniu, um som que Cordelia jamais ouvira antes, e Wayland sorriu.

— Está feito — disse ele. Cordelia o encarou, chocada por ser tão simples. — Cortana está curada. Eu concedi de volta a essência serafim dela. Guarde-a com essa bainha que você usa nas costas, quem quer que tenha lhe dado tal presente obviamente quis que você fosse protegida. Há feitiços poderosos sobre ela que vão proteger você e Cortana.

O único presente digno de minha filha é o presente digno da espada que a escolheu.

Parecia que seu pai lhe dera uma coisa verdadeira. Cordelia mordeu o lábio.

— Eu não achei que seria tão simples — disse ela.

— Pode ser simples, mas eu vou pedir algo em troca. E não será uma moeda.

Cordelia abraçou Cortana contra o corpo. Ela podia sentir, desde já, a mudança na espada — ela se acomodou em sua mão, como sempre fazia, familiar e amada.

— Qualquer coisa.

Wayland pareceu sorrir.

— Você está familiarizada com Joyeuse e Durendal?

— Sim... a espada de Carlos Magno e a espada de Roland. Irmãs de Cortana, como você disse.

— E você conhece a espada Caliburn? — perguntou ele, e quando ela balançou a cabeça, ele suspirou. — Talvez você a conheça — disse ele — como Excalibur.

— Sim — respondeu Cordelia —, sem dúvida...

— Carlos Magno, Arthur e Roland eram paladinos — disse Wayland. — As lâminas que forjei cantam com as próprias almas. Elas precisam encontrar almas semelhantes entre os deuses e mortais do mundo. Mas a força dessas espadas, o poder da união entre a lâmina e o portador, pode ser ampliada quando o portador jurou lealdade a um guerreiro maior, como Lancelot fez com Arthur.

— Mas Arthur não jurou lealdade a ninguém — disse Cordelia. — Ele mesmo era o rei, assim como Carlos Magno.

— Arthur tinha jurado lealdade — disse Wayland. — Ele jurou a mim.

— Meu pai me contou há muito tempo que você foi um Caçador de Sombras — disse Cordelia, a mente dando voltas. — Mas tudo que você fala aconteceu antes de Raziel criar os Nephilim, e os Caçadores de Sombras não vivem para sempre. E você não tem Marcas.

— Muitos me reivindicam. Eu já fui chamado de um ser das fadas. Outros dizem que sou um deus — falou Wayland. — Na verdade, estou além de todas essas coisas. Nos primeiros dias dos Nephilim, vim até os Caçadores de Sombras na forma deles, para que me reconhecessem como um dos seus e confiassem nas armas que eu fazia. Na verdade, sou muito mais velho do que eles. Eu me lembro de uma época antes de demônios, antes de anjos. — O olhar dele estava fixo, mas seus olhos de âmbar brilhavam com determinação.

— E agora, uma escuridão caminha entre os Caçadores de Sombras, atacando livremente. Essa morte só vai se espalhar. Se recair sobre seus ombros a tarefa de impedir as mortes, Cordelia Herondale, você consegue suportá-la?

Se recair sobre seus ombros. O coração dela começou a bater mais rápido.

— Você… você está me pedindo para ser seu paladino?

— Estou.

— Mesmo? Não os portadores de Excalibur ou Durendal?

— Excalibur está muito abaixo do lago; Durendal está presa na pedra — grunhiu o ferreiro. — Mas Cortana está livre, e arde por batalha. Você ofereceria sua lâmina? Pois acredito que você tem aí dentro a alma de uma grande guerreira, Cordelia Herondale. Mas ela exige um juramento de lealdade para ser realmente livre.

Distante, Cordelia se perguntou como Wayland, o Ferreiro sabia que ela havia se casado, ela ainda não estava acostumada a ouvir seu novo nome. Mas, por outro lado, ele parecia saber tudo. Ele era, como ele mesmo tinha dito, quase um deus.

— Sim — disse ela —, sim, eu ofereço minha lâmina.

Ele sorriu, e Cordelia viu que cada um de seus dentes era forjado de bronze, brilhando na luz fraca.

— Levante sua espada. Estenda-a diante do corpo.

Cordelia levantou a espada, a ponta virada para o céu. O cabo era um raio fino de fogo dourado, queimando diante dos seus olhos. Wayland, o Ferreiro avançou até ficar diante dela. Para surpresa de Cordelia, ele pegou a espada desembainhada com seu enorme punho direito, fechando a mão em torno dela. Sangue pingou de seus dedos, sujando a lâmina.

— Agora jure — disse ele. — Jure que será leal a mim, que não vai hesitar e que, quando sacar uma espada, vai sacá-la em meu nome.

— Eu juro minha lealdade — disse Cordelia, com fervor. O sangue dele continuou a escorrer pela lâmina, mas, assim que as gotas atingiram o cabo, elas se tornaram faíscas que subiram, douradas e acobreadas e bronze, até o ar. — Eu juro minha coragem. Eu juro não hesitar nem fracassar na batalha. Sempre que eu sacar minha espada, sempre que eu levantar uma arma em batalha, o farei em seu nome.

Wayland soltou a espada.

— Agora, levante-se — disse ele, e Cordelia ficou de pé pela primeira vez. Ela não tinha se dado conta até aquele momento do quanto o grande ferreiro era mesmo grande: ele se elevava acima dela, seu volume imenso era uma sombra escura contra o céu carregado. — Vá em frente — disse ele. — E seja uma guerreira. Eu a encontrarei de novo.

Ele a tocou, uma vez, na testa — e então se foi. Com um único piscar, o mundo mudou de novo: não havia mais tempestade, não havia mais faíscas, mais nenhum retinir da forja. Ela estava de pé em uma colina normal, sob um céu azul normal, o sol brilhando forte como uma moeda de ouro. Cordelia olhou uma última vez para a toca e não ficou surpresa ao ver que a abertura estava escura de novo, parcialmente escondida pelo musgo.

Ela começou a subir a colina de novo e viu Matthew, no pico, levantar a mão para cumprimentá-la. Com o coração enlevado pelo triunfo, ela correu até ele, Cortana erguida, a lâmina soltando faíscas douradas ao sol.

15

CAMINHAR À LUZ DO DIA

Sonhos que almejam parecer despertos,
Fantasmas que caminham à luz do dia,
Ventos cansados na direção que sopram,
Pois, pelo propósito de uma criança ausente,
Maio bem sabe, o que quer que se faça
Diversão, não é o mês de maio.

— Algernon Charles Swinburne, "Um mês sombrio"

Era o pôr do sol, e Berwick Street estava agitada com o fluxo de transeuntes: comerciantes voltando para casa do trabalho, damas usando ruge já vendendo seus serviços das portas, e trabalhadores animados chegando no pub Blue Posts.

Encostada na parede ao lado da entrada de Tyler's Court, Lucie suspirou. Uma névoa suavizava os limites da cidade, transformando as luzes das lâmpadas de nafta dos vendedores em fogueiras tremeluzentes e sem calor. Balios, esperando à calçada com a carruagem, bateu os pés e relinchou baixinho, o hálito como uma nuvem branca no ar.

— Lucie Herondale?

Corrente de Ferro

Ela se virou, prestes a brigar com Grace por estar atrasada — e congelou. Atrás dela estava uma menina usando um vestido de musselina fino, leve demais para o inverno. Cabelos loiros ralos estavam puxados para trás sob um chapéu branco. Ela era muito magra, os braços e o pescoço estavam cheios de feridas escuras. Através delas, Lucie conseguia ver a rua adiante, como se estivesse olhando através de rachaduras em uma parede.

— Sou Martha — sussurrou a menina. — Eu ouvi falar que você pode ajudar pessoas como eu. — Ela pairou para mais perto: sua saia parecia terminar em um tipo de fumaça branca que flutuava logo acima da calçada. — Que você pode nos comandar.

— Eu... — Lucie deu um passo para trás. — Eu não deveria. Eu não posso. Sinto muito.

— Por favor. — A menina se aproximou: os olhos dela estavam brancos, como os de Filomena estavam, embora fossem inexpressivos e sem pupilas. — Eu quero esquecer o que eu fiz. Não deveria ter tomado o láudano. Minha mãe precisava mais. Ela morreu gritando porque eu tomei. E então não tinha para mais ninguém.

— Você quer esquecer? — sussurrou Lucie. — É... é só isso?

— Não — disse a menina. — Eu quero sentir de novo o que eu senti quando tomei o láudano. — A menina mordeu o polegar insubstancial, seus olhos brancos se revirando. — Todos aqueles lindos sonhos. Você poderia me comandar para sonhá-los de novo. — Ela pairou até mais perto; Lucie cambaleou para trás, quase prendendo a sola da bota na calçada. Uma estranha sensação a percorreu, um tipo de gelo, chiando em suas veias.

— Deixe ela em paz.

Jesse estava na entrada do beco, parecendo tão real que era difícil até mesmo para Lucie se lembrar de que ele não estava exatamente *ali*. Seu olhar estava fixo em Martha.

— Por favor — protestou a menina fantasma. — Ela ajuda *você*. Não seja egoísta...

— Você sabe o que estava fazendo — falou Jesse. Os olhos verdes dele queimavam; Lucie percebeu, diante do olhar de medo no rosto de Martha, que Jesse devia ser uma bizarrice terrível para ela. Ele não estava vivo o bastante para estar entre os vivos, nem morto o suficiente para parecer

CASSANDRA CLARE

natural para os mortos. — Não tem desculpa para ferir os vivos. Agora vá embora.

A fantasma mostrou os dentes — um gesto súbito, selvagem. Eram tocos pretos e irregulares.

— Você não pode estar com ela o tempo todo...

Jesse se moveu com a velocidade do raio. Ele não estava mais na entrada do beco; estava ao lado de Martha, a mão se fechando no ombro dela. Ela soltou um gritinho, como se o toque a tivesse queimado, e recuou — o corpo dela pareceu se esticar como uma bala de caramelo, faixas de matéria fantasmagórica grudando na mão de Jesse conforme Martha rodopiou para longe. Ela soltou um chiado baixo ao se desfazer em faixas de uma coisa branca que parecia corda e que saiu flutuando como se fosse névoa.

Lucie arquejou. Um momento depois, Jesse estava ao seu lado, guiando-a para baixo do toldo de uma barraca do mercado que havia fechado.

— O que... o que foi aquilo? — indagou ela, inclinando o chapéu para se proteger do toldo que pingava. — Ela... morreu? Quero dizer, morreu mais?

— De maneira nenhuma. Ela vai se recompor de novo em algum lugar esta noite, tão amarga e vingativa como sempre. Mas vai ficar longe de você agora.

— Porque ela tem medo de você?

— Como você disse ontem, fantasmas fofocam. — O tom dele era muito sem emoção. — Eu não posso fazer mal a eles, não de verdade, mas posso deixá-los desconfortáveis. E eles sempre se preocupam se pode haver mais. A maioria dos fantasmas é covarde, tem medo de perder os frágeis pedacinhos de vida que ainda têm. Não sou exatamente um deles, mas consigo vê-los, tocá-los. Isso os deixa com medo. Eles sabem quem eu sou e, com sorte, Martha vai avisar a todos que fiquem longe de você a não ser que queiram lidar comigo.

— Eles não têm medo de *mim* — disse Lucie, pensativa —, embora eu sempre tenha conseguido vê-los...

No entanto, ela precisava admitir que isso não era inteiramente verdade. Ela se lembrava da sombra de Emmanuel Gast, o feiticeiro morto, sibilando para ela — *na verdade, vocês são monstros, apesar de seu sangue de anjo.* Mas ele era um criminoso, lembrou-se Lucie, e um mentiroso.

— 339 —

— Ah, eles provavelmente têm medo — falou Jesse, sombrio. — Mas também são gananciosos. Como o fantasma que deu a você a localização daquela fábrica... Outros começam a saber o que você fez com ele. Que você o fez esquecer o que o atormentava.

Lucie uniu as mãos enluvadas.

— Ele me pediu para fazer isso. Eu não o comandei sem que ele pedisse...

— E tenho certeza de que ele não lhe diria onde estava o fantasma de Filomena a não ser que você o ajudasse — disse Jesse. — Fantasmas podem ser tão inescrupulosos quanto os vivos. Mas você não me contou isso, contou...

— Porque eu sabia que você reagiria dessa forma — disparou Lucie. Ela estava com frio, preocupada com James e, acima de tudo, não aguentava o olhar de desapontamento no rosto de Jesse. — Esse é meu talento, meu poder, e posso decidir quando utilizar.

— Você pode — disse ele, com a voz baixa —, mas há consequências, e não estarei sempre esperando nas sombras, Lucie. Foi apenas por sorte que eu estava aqui para impedir Martha.

— Por que você *estava* aqui, afinal?

Ele apoiou as mãos nos ombros dela. Não havia calor onde seus dedos a tocaram, mas havia peso ali, e realidade.

— Eu sei que você anda tentando... me ajudar. Tentando me ressuscitar. — Ela queria inclinar o corpo contra o toque dele. — Quando eu desperto à noite, vejo onde você e Grace deixaram as marcas de seu trabalho para trás, as cinzas, as partes espalhadas de ingredientes de poções. Mas agora sangue... magia de sangue é coisa sombria, Lucie.

Lucie estremeceu. *Grace, o que você anda fazendo?*

— Você está sumindo — disse ela, baixinho. — Eu me preocupo que não haja muito tempo. Eu acho que Grace também sente, do jeito dela.

— Assim como eu — disse ele, com uma mágoa profunda na voz. — Acha que eu não quero viver de novo, de verdade? Andar com você na margem do rio, de mãos dadas sob o sol? Eu tive esperança. Mas depois do que tentamos ontem à noite, Lucie, você não pode continuar se colocando em perigo. Isso inclui ir atrás de pessoas perigosas como se estivesse em alguma festa.

CASSANDRA CLARE

Andar com você na margem do rio, de mãos dadas. Palavras que ela guardaria e depois reviraria nas lembranças como quem pega uma fotografia querida para estudar os detalhes. Agora, no entanto, ela apenas disse:

— Jesse, sou uma Caçadora de Sombras, não uma menina mundana que você precisa proteger da escória.

— Não estamos falando de escória. Estamos falando de necromantes. Perigo real, para você e para Grace.

— Não fizemos nada que seja tão sério assim. Por que você não fala com Grace sobre isso? Por que só eu ouço sermão?

— Porque eu posso dizer a você o que não consigo dizer a ela. — Ele hesitou. — Lembre-se, eu já testemunhei esta jornada antes. Não posso suportar que você, qualquer uma de vocês duas, seja atraída pela magia sombria como minha mãe foi.

Ela enrijeceu o corpo.

— Tatiana e eu não somos nada parecidas.

Jesse deu um sorriso amargo.

— Vocês certamente não são parecidas agora. Mas acho que minha mãe um dia foi uma pessoa plena, uma… uma pessoa comum, talvez até feliz, e eu não sei o quanto daquela vida foi arrancada dela pela amargura, e quanto foi porque ela se perdeu para esse tipo de magia sombria e necromancia, todas as forças com que você e Grace estão mexendo.

O vazio nos olhos dele quando ele falou de Tatiana partiu o coração de Lucie. O quão profundas eram as cicatrizes que a mãe de Jesse causara a ele?

— Você… você a odeia agora? Sua mãe?

Jesse hesitou, olhando por cima do ombro dela para a rua adiante. Um segundo depois, Lucie ouviu o som de rodas, e se virou para ver as delicadas asas de fada do brasão da família Fairchild pintadas na lateral de uma carruagem. Grace tinha finalmente chegado.

Ela soube sem olhar que Jesse já havia sumido quando Grace se juntou a ela sob o toldo. A voz dele ainda ecoava em sua cabeça: *Eu posso dizer a você o que não consigo dizer a ela.*

Ele tinha desaparecido na noite como se fosse parte dela. E talvez fosse, pensou ela. Era quase um conforto imaginar Jesse como parte das estrelas

— 341 —

Corrente de Ferro

e das sombras, sempre em torno dela, sempre presente mesmo que não pudesse ser visto.

— *Lucie* — disse Grace, e estava evidente que ela estava se repetindo. — Céus, você está muito introspectiva. Em que estava pensando?

— Em Jesse — disse Lucie, e viu a expressão de Grace mudar. Havia alguma coisa no mundo com que Grace se importava tanto quanto se importava com o irmão? Na verdade, havia alguma outra coisa no mundo com que ela se importasse? — Eu... o vi mais cedo. Ele disse que você estava fazendo experimentos no galpão. Tome cuidado. Necromancia com sangue é uma coisa terrível.

Alguma coisa brilhou nos olhos de Grace.

— É sangue de coelho — disse ela. — Eu não contei a você. Eu sabia que você não ia querer se envolver com isso. — Ela seguiu para a entrada da Hell Ruelle, forçando Lucie a sair apressada atrás dela. Os saltos de Grace estalavam na calçada; ela usava botas delicadas sob uma saia azul e marfim estreita com babados de renda. — Você vai ficar contente ao saber que não pareceu fazer efeito. A população de coelhos da Casa Chiswick está a salvo de minhas depredações futuras.

Lucie estava levemente horrorizada; ela tinha bastante certeza de que jamais conseguiria ferir um coelho.

— Você conseguiu a informação sobre Annabel que prometemos a Malcolm?

Os ombros de Grace pareceram ficar tensos.

— Sim, mas não vou contar a você. Só vou contar a *ele*.

Humf, pensou Lucie, mas não havia sentido em discutir. Pelo menos entrar na Hell Ruelle foi mais fácil dessa vez; o guardião da porta as reconheceu e, com um sorriso torto, as deixou passar.

Dentro da grande câmara central, uma multidão tranquila de Seres do Submundo conversava em pequenas mesas espalhadas pela sala. Lucie buscou Hypatia, mas não a viu, embora tivesse visto muitos outros rostos familiares, inclusive Kellington, que estava tocando violino entre um quarteto de cordas no palco. As mulheres usavam a última moda — saias estreitas e mangas em formato de sino, o tipo de coisa que se encontraria em Paris — o que era adequado, pois os salões tinham sido pintados com cenas da

— 342 —

CASSANDRA CLARE

vida parisiense. O tema tinha sido estendido para os garçons, que serviam *moules frites* e sanduíches de presunto com pequenos picles. Garrafas de vinho francês e absinto cobriam o bar. Os convidados pareciam se divertir imensamente, fofocando e rindo. Os mais animados tentavam aprender a dançar a beguine em um salão de dança improvisado no canto.

Grace pareceu chocada.

— O que *ela* está fazendo aqui?

Lucie acompanhou o olhar dela e viu — para sua surpresa — Ariadne Bridgestock, sentada a uma das mesas, sozinha. Ela estava muito bonita em um vestido verde-escuro, o cabelo preto preso por um arco de seda amarelo.

— Não faço ideia — disse ela. — Ariadne alguma vez mencionou a Ruelle?

— Não. Nós mal nos falamos — disse Grace. — Estou guardando segredos demais para ser a confidente de qualquer pessoa no momento.

— Nós deveríamos ir falar com ela, não acha?

— Nós *deveríamos* achar Malcolm — comentou Grace. — Não podemos deixá-lo esperando... Lucie!

Pois Lucie já estava no meio do salão. Ela se sentou em uma cadeira diante de Ariadne, que ergueu o olhar, surpresa ao reconhecer sua visitante.

— Lucie, querida. Ouvi que você frequentava este lugar.

— "Frequentar" parece um exagero — respondeu Lucie. — Mas e você? O que a traz aqui esta noite?

Ariadne prendeu um cacho escuro na orelha.

— Todo mundo fez parecer tão animado. Desde o fim de meu noivado, percebi o quanto minha vida tem sido... restrita. Eu vi tão pouco de Londres.

Lucie sorriu consigo mesma; embora Ariadne olhasse para ela com sinceridade, ela não podia deixar de se perguntar o quanto daquele interesse na Ruelle tinha a ver com uma certa Lightwood de olhos azuis.

— Esta noite está bem calma. Talvez você não veja a Ruelle em seu estado mais animado.

Ariadne deu de ombros tranquilamente.

— Bem, eu sempre posso voltar outra hora. — Ela olhou em volta. — Eu esperava ver a famosa Hypatia Vex, pelo menos, mas ela também não está aqui.

— Ela está abrindo uma nova loja de magia em Limehouse em breve.

— 343 —

Corrente de Ferro

— E de acordo com os boatos, ela tem uma nova admiradora. Um dos lobos me contou. Espero que vocês, meninas, se divirtam — acrescentou ela, olhando para Grace. — E, se ainda não provou absinto, talvez seja bom começar com muito *pouco*.

Lucie agradeceu a Ariadne o conselho e voltou para a parte principal do salão para encontrar Grace examinando uma guilhotina que tinha sido levada para dentro, sem a lâmina, e posicionada ao lado do busto de mármore de um homem decapitado.

— Que estranho — disse Lucie, olhando para a estátua. — Um busto sem cabeça é realmente apenas um *pescoço*, não é?

— Ainda bem que você voltou — disse Grace. — Podemos ir encontrar o feiticeiro agora?

A porta do escritório de Fade, no fim do corredor estreito, estava entreaberta. Lucie a empurrou para abrir com a ponta dos dedos enluvados; do lado de dentro, Malcolm Fade estava sentado em uma poltrona de brocado olhando pensativo para a lareira que brilhava, com um cachimbo de madeira texturizada apagado na mão.

Ele olhou para elas. Havia linhas de tensão em torno de seus olhos e de sua boca. Lucie sempre achou que ele parecia jovem, 24 ou 25 anos, talvez, mas, no momento, era impossível colocar uma idade no rosto dele. Os olhos escuros de ametista as encaravam friamente.

— Entrem — disse Malcolm. — E tranquem a porta.

Elas fizeram como ele pediu antes de ocuparem seus assentos, lado a lado, em um sofá de tapeçaria.

— Conseguiu a informação da Cidadela Adamant? — perguntou Malcolm, sem rodeios.

— Sim — disse Grace, seus olhos cinza estavam sérios. — Posso lhe contar sobre Annabel. Mas você pode não gostar.

— Sim, bem, você pode também não gostar de tudo o que eu sei — respondeu ele, tamborilando os dedos no braço da cadeira. — Isso não quer dizer que não vale a pena saber.

— Eu não tenho certeza se deveria lhe contar — falou Grace, sem emoção. — Costuma ser verdade que as pessoas se ressentem do portador de más notícias.

— 344 —

CASSANDRA CLARE

— *Grace* — sibilou Lucie. — É por isso que estamos aqui.

— Talvez você devesse dar ouvidos à Srta. Herondale — disse Malcolm a Grace. — Vou lhes contar uma coisa que sei: eu sei quem vocês estão tentando trazer de volta dos mortos. É seu irmão, não é? Jesse Blackthorn. Eu deveria ter me lembrado da história antes. Ele morreu recebendo a primeira Marca. Uma tragédia, mas não é incomum entre os Nephilim. O que faz você pensar que isso dá a ele o direito de outra chance na vida?

— Meu irmão não está completamente morto — falou Grace, e Lucie olhou para ela, surpresa: havia emoção verdadeira nas palavras dela. — Minha mãe preservou o corpo dele usando magia sombria. Agora ele está preso entre a vida e a morte, incapaz de vivenciar tanto a alegria de viver como a liberdade da morte. Ele paira entre dois mundos. Nunca ouvi falar de mais ninguém obrigado a suportar esse tormento.

Malcolm não pareceu completamente surpreso.

— Eu ouvi falar que podia haver um feiticeiro envolvido nessa história. Que Tatiana Blackthorn tinha contratado alguém para ajudá-la com... magia não ortodoxa.

Isso não foi novidade para Lucie. Ela se lembrou da primeira vez que Jesse lhe contou sobre a sua morte, e o que aconteceu depois disso. *Sei que ela trouxe um feiticeiro para o quarto horas depois da minha morte, para preservar e salvaguardar meu corpo físico. Minha alma foi cortada para perambular pelo mundo real e o reino dos espíritos.*

Não tinha ocorrido a ela, no entanto, que Malcolm saberia daquilo, ou saberia qual feiticeiro Tatiana havia contratado. E o feiticeiro que havia preservado Jesse, que tinha providenciado que ele permanecesse no estado de semivida — bem, quem melhor saberia como trazê-lo de volta?

— Qual feiticeiro? — indagou ela. — Você sabe?

Malcolm uniu os dedos.

— Nós tínhamos um acordo — disse ele. — Conte-me o que sabe sobre Annabel. Então discutiremos o que eu sei, e não antes disso.

Grace hesitou.

— Se o que você precisa me contar é que Annabel não quer saber de mim, então diga — falou Malcolm. A voz dele estava calma, mas seu rosto estava tenso, a ponta de seus dedos se unindo com tanta força que ficaram

— 345 —

Corrente de Ferro

brancas. — Acha que eu já não pensei nisso, que não me resignei a isso? A esperança é uma prisão, a verdade é a chave que a abre. *Conte.*

Grace estava respirando muito rápido, como se estivesse correndo montanha acima.

— Você queria saber que notícia eu tenho de minha mãe, da Cidadela Adamant? — disse ela a Malcolm. — Bem, aqui está: ela está morta. Annabel Blackthorn está morta. Ela jamais foi uma Irmã de Ferro.

Malcolm estremeceu, como se tivesse levado um tiro. Ficou muito nítido que estava preparado para ouvir uma coisa — que Annabel não queria nada com ele — e absolutamente despreparado para aquilo.

— *O que você disse?*

— Ela jamais se tornou uma Irmã de Ferro — repetiu Grace. — Isso foi uma mentira que contaram a você, para que você acreditasse que ela ainda estava viva, para fazer você achar que ela não *queria* estar com você. Há quase cem anos, a Clave a torturou até que ela quase ficasse louca, eles planejaram mandá-la para a Cidadela para viver os dias que lhe restavam. Mas a família dela a assassinou antes que ela sequer chegasse lá. Eles a assassinaram porque ela amava *você.*

Malcolm não se moveu, mas o sangue pareceu ser drenado de seu rosto, fazendo com que ele parecesse uma estátua viva, com os olhos incandescentes. Lucie jamais vira alguém com aquela aparência — como se tivesse levado um golpe mortal, mas ainda não tivesse caído.

— Não acredito em você — disse ele, fechando a mão firme no cachimbo. — Eles... eles não poderiam ter mentido para mim sobre isso. Sobre *ela.* — Havia um tom na voz de Malcolm quando ele disse "ela" que Lucie conhecia: era a forma como o pai dela falava sobre Tessa. Como se não pudesse haver outra "ela". — E como você poderia saber o que aconteceu? Ninguém teria lhe contado essas coisas, nem contaria à sua mãe.

Grace levou a mão à sacola. Ela pegou um objeto de dentro e estendeu entre o polegar e o indicador, um cristal redondo, multifacetado, mais ou menos do tamanho de uma bola de críquete.

— Isto é um cristal *aletheia.*

— Eu sei o que é — sussurrou Malcolm. E Lucie também: ela havia lido sobre eles. Cristais *aletheia* era feitos de *adamas.* No passado, a Clave os

— 346 —

CASSANDRA CLARE

usava para guardar informações em forma de lembranças que poderiam ser revistas se quem visse tivesse o poder para isso. Até onde Lucie sabia, apenas os Irmãos do Silêncio conseguiam libertar a imagem contida em tal cristal, embora fizesse sentido que um feiticeiro ou mágico pudesse ter a mesma habilidade.

Grace apoiou o cristal na mesa diante de Malcolm. Ele não fez menção de tocá-lo.

— Estava guardado na Casa Chiswick. Contém lembranças que provarão a verdade sobre o que estou falando.

Malcolm falou com a voz grave, gutural.

— Se alguma parte do que você está dizendo for verdade — disse ele —, vou matá-los. Vou matar todos eles.

Lucie ficou de pé.

— Sr. Fade, por favor...

— Não nos importamos — disse Grace, muito friamente — com o que você faz por vingança. — À luz do fogo, o cabelo trançado prateado dela brilhava como gelo. — Fizemos como você pediu; trouxemos a você notícias de Annabel Blackthorn. Eu lhe contei a verdade. Ninguém mais queria contar a você, mas eu contei. Isso deve importar. Deve contar para alguma coisa.

Malcolm olhou para ela sem enxergar. A fúria tinha tornado sua expressão quase vazia; apenas seus olhos se moviam, e eles eram como feridas no rosto.

— Saiam — disse ele.

— Nós tínhamos um *acordo* — falou Grace. — Você precisa nos dizer...

— *Saiam!* — rugiu Malcolm.

Lucie pegou o braço de Grace.

— Não — disse Lucie, com os dentes trincados. — Nós *vamos embora*.

— Mas... — Grace fechou a boca quando Lucie a puxou para fora do quarto até o corredor. Um segundo depois, a porta de Malcolm bateu; Lucie ouviu o clique da tranca.

Ela parou repentinamente e se virou para Grace.

— Por que diabos você fez aquilo?

— Eu contei a verdade a ele — disse Grace, em tom desafiador. — Você disse que eu deveria contar a verdade a ele...

— 347 —

— Não *daquele* jeito. Não contar de uma forma que é tão... que é tão cruel.

— A verdade é melhor do que mentiras! Por mais que seja cruel, é ainda mais cruel que ele não saiba, *todo mundo* sabia quando aconteceu, e ninguém contou a ele, e mesmo agora, ele foi levado a crer que ela ainda está viva esse tempo todo...

— Grace, há *formas* de se contar a verdade — protestou Lucie, olhando de um lado para o outro para se certificar de que ninguém estava se aproximando. — Você não precisava ter jogado isso na cara dele. Você o fez odiar os Blackthorn ainda mais; como poderia pensar que ele ainda iria querer ajudar Jesse?

Os lábios de Grace tremeram. Ela os contraiu juntos.

— Traição e dor são fatos da vida. Ele não pode escapar disso só porque é um feiticeiro.

Lucie sabia que Grace tinha sofrido, que Tatiana provavelmente tinha tornado a infância dela quase insuportável. Mas será que tinha se esquecido de vez de como as pessoas *eram*? Será que nunca soube?

— Eu nunca vou entender meu irmão — disse Lucie, sem pensar. — Por que diabos ele ama você?

Grace pareceu ter levado um tapa de Lucie. Ela parecia prestes a gritar, então se virou sem dizer uma palavra e correu pelo corredor.

Depois de uma pausa chocada, Lucie deu espaço, seguindo Grace até a sala principal da casa de espetáculos. Estava cheia agora, a pista de dança fervilhando com os frequentadores: ela viu de relance uma cabeça loira quando Grace abriu caminho por um grupo de lobisomens. Um momento depois, ela havia sumido.

Lucie olhou triste para uma puca malabarista. Ela discutira com Jesse, não tinha conseguido um pingo de informação de Malcolm, apenas o deixara irritado, e ela havia chateado Grace. E Jesse estava sumindo... o tempo deles estava acabando. Ela precisava fazer mais, saber mais. Talvez se voltasse para falar com Malcolm sozinha...

— Lucie?

Lucie se virou, surpresa. Atrás dela estava ninguém menos do que Ariadne Bridgestock, o vestido de seda esmeralda refletindo a luz das arandelas das paredes. Ariadne levou um dedo aos lábios.

CASSANDRA CLARE

— Venha comigo — disse ela, com a voz baixa, indicando para que Lucie a seguisse.

Elas seguiram por outro corredor, esse coberto com papel de parede damasco. Ariadne parou diante de uma porta de madeira e deu uma batida rápida. Uma placa na porta anunciava que aquela era a Sala dos Sussurros.

Ariadne recuou para indicar Lucie para dentro da sala e a seguiu, fechando a porta com cuidado atrás dela. Era bastante confuso o número de salas que havia na Hell Ruelle. Aquele era coberto de estantes de livros, mobiliado com poltronas e sofás de aparência confortável. Uma fogueira, roxa e com cheiro doce, queimava na lareira.

E a sala também não estava vazia. Deitada em uma espreguiçadeira diante da lareira estava Anna. Ela usava calça preta e um colete azul-safira desabotoado sobre uma blusa de cambraia de linho. Suas pernas estavam cruzadas e ela segurava uma taça de vinho tinto em uma das mãos.

— Bom ver que Ariadne encontrou você — disse ela. — Tem algum motivo pelo qual você e Grace Blackthorn estão sempre fazendo reuniões conturbadas com Malcolm Fade? Alguma coisa escandalosa que eu deveria saber?

Lucie olhou de um lado para o outro entre Anna e Ariadne, que tinha se sentado sobre uma grande escrivaninha de madeira de aveleira. Ela estava balançando as pernas, as anáguas farfalhando em volta dos tornozelos.

Então Ariadne estava esperando ver Anna. Lucie estava certa. Mas ela havia imaginado que Ariadne estava simplesmente esperando esbarrar com Anna por acidente. Estava evidente, no entanto, que um acordo prévio tinha sido feito. *Ora, essa é uma novidade interessante.*

— E onde *está* Grace? — disse Anna, tomando um gole de vinho.

— Ela saiu correndo — disse Ariadne. — Eu jamais soube que ela podia correr tão rápido.

Anna lançou a Lucie um olhar afiado.

— Isso está começando a soar familiar — disse ela. — Essa não é a segunda vez que você apareceu na Hell com Grace Blackthorn e ela saiu correndo como se o cabelo estivesse pegando fogo? Espero que isso não se torne um hábito.

Lucie ergueu as sobrancelhas.

— 349 —

Corrente de Ferro

— Vocês nos viram da última vez?

Anna deu de ombros.

— Lucie, querida, você não precisa me dizer nada que não queira. Seus segredos são seus. Mas Malcolm Fade é um homem poderoso. Se vai negociar com ele...

— Eu estava tentando ajudar — disse Lucie. Ela estendeu as mãos para o fogo roxo. Sua mente estava acelerada. O que ela poderia contar e o que deveria esconder? — Ajudar Grace.

— Isso é realmente estranho — disse Ariadne. — Ela nunca mencionou você. Na verdade, eu jamais a vi se encontrar com uma única amiga, e quando ela pega a carruagem, Charles empresta a dele, para que ela use enquanto ele está em Paris, está sempre sozinha. Não acho que ela goste muito de mim.

— Não acho que ela gosta muito de ninguém — disse Lucie. — Pelo menos não de ninguém vivo. — Uma história estava se tecendo na mente dela, uma que podia funcionar direitinho. — Mas ela não é tão ruim assim. Como você deve ter notado — acrescentou ela, olhando de volta para a prima —, Grace foi criada por um monstro delirante e, como tal, teve uma vida miserável. Eu não acho que ela tenha sentido um pingo de carinho de qualquer parte da família, exceto pelo irmão.

— Está falando de Jesse? — disse Anna. — Meu primo?

Lucie olhou para ela com um pouco de surpresa; não tinha lhe ocorrido antes que Anna, por ser mais velha, podia se lembrar de Jesse.

— Você chegou a conhecê-lo?

— Não exatamente — respondeu Anna. — Meu pai queria que a gente se conhecesse, mas tia Tatiana nos proibiu de vê-lo. De um dia eu me lembro, no entanto; eu devia ter uns oito anos. Minha tia tinha vindo até nossa casa para pegar um par de candelabros que ela insistia que eram heranças de família. — Anna revirou os olhos. — Ela não entrou, mas eu olhei pela janela porque estava curiosa. Vi Jesse sentado na carruagem aberta. Uma coisinha magricela, como um espantalho, com aquele cabelo preto liso e o rosto anguloso. Olhos verdes, eu acho.

Lucie começou a assentir, então se segurou.

— Ele era bom para Grace — disse ela. — Grace se lembra disso como a única bondade que ela conheceu. — Lucie respirou fundo. Sabia que não

CASSANDRA CLARE

podia contar para Anna e Ariadne toda a verdade: elas não podiam saber das esperanças dela de ressuscitar Jesse, ou sobre a conservação do corpo dele. Mas se soubesse apenas o bastante para querer ajudar... bem, havia outros feiticeiros além de Malcolm Fade. — O que eu estou prestes a contar precisa ficar entre nós três. Se Grace descobrir que contei a vocês, ela vai ficar muito chateada.

Ariadne assentiu, seus olhos âmbar refletindo a luz da lareira.

— É lógico.

— Jesse morreu quando a primeira Marca foi colocada nele. Foi algo terrível — disse Lucie, deixando parte do luto genuíno que sentia tomar sua voz. Anna e Ariadne podiam pensar que era empatia por Grace, e em parte era. Mas também era tristeza por Jesse, por todos os dias que ele não tinha vivido, os alvoreceres que ele não vira, pelas horas de silêncio preso em uma casa vazia durante todos os anos desde sua morte. — E... bem, digamos que houve circunstâncias misteriosas em torno do evento. Agora que Tatiana está na Cidadela Adamant e não pode mais controlar os movimentos da filha, Grace se tornou obcecada por encontrar a verdade.

Ariadne pareceu intrigada.

— Ela está bancando a detetive?

— Hã — disse Lucie, que não tinha esperado aquela reação. — Sim. Nós fomos ver Malcolm Fade para perguntar se ele sabia alguma coisa sobre Jesse Blackthorn. Ele é Alto Feiticeiro, afinal de contas; sabe muita coisa. Ele deixou implícito que havia mais na história sobre o que aconteceu com o irmão de Grace do que a Clave acredita. E que um feiticeiro estava envolvido de alguma forma.

— Envolvido de que jeito? — indagou Anna.

— E quem era o feiticeiro? — perguntou Ariadne.

Lucie balançou a cabeça.

— Ele não disse.

Anna olhou para o fogo.

— Eu não sentiria tanta empatia por Grace Blackthorn normalmente. Mas lembro quando Tatiana a adotou. Eu só tinha dez anos, mas houve... boatos.

— Que tipo de boatos? — perguntou Lucie.

— 351 —

Anna apoiou a taça de vinho.

— Bem, você sabe que Grace ficou órfã. Os pais dela foram mortos por demônios. — Ela lançou um olhar rápido para Ariadne, que também fora uma órfã desse tipo. — Normalmente, uma criança sobrevivente teria sido mandada para viver com um familiar. Se não houvesse familiares que pudessem acolher a criança, ela era enviada para o orfanato em Idris, ou colocada em um Instituto, como aconteceu com tio Jem. *Há* Cartwright vivos. Grace deveria ter sido enviada para viver com o primo do pai, mas Tatiana interveio.

— Como assim "interveio"? — perguntou Lucie.

— Tatiana a comprou — disse Anna, simplesmente. — Os Cartwright já estavam sobrecarregados com os próprios filhos, e ela aparentemente ofereceu a eles uma quantia bem volumosa. A história é que ela andava espreitando o orfanato havia anos, mas não tinha encontrado uma criança de que gostasse. Até Grace aparecer.

Lucie ficou horrorizada.

— Grace sabe disso? Que ela foi uma... uma transação?

— Eu espero que não, pois isso seria algo monstruoso de se encarar — disse Anna. — No entanto, talvez seja melhor saber a verdade.

O eco das palavras fez Grace se sobressaltar.

Ariadne falou:

— Eu queria que houvesse uma forma de podermos ajudar.

— Acho que pode haver — disse Lucie, escolhendo as palavras com cuidado. — Mas ela não pode saber que estamos fazendo isso. Talvez nós pudéssemos... *investigar* sobre as circunstâncias da morte de Jesse Blackthorn. Somos mais bem conectadas do que Grace; talvez nós possamos descobrir coisas que ela não descobriu.

— Você acha mesmo que isso a ajudaria, saber a verdade sobre a morte do irmão? — perguntou Ariadne. — Isso nem sempre faz bem, revirar o passado.

— Acho que qualquer tipo de resolução sobre o assunto pode trazer paz a ela — afirmou Lucie.

Por alguns momentos, o único som foi o crepitar das chamas. Anna olhou inquieta para as duas; sempre foi um paradoxo, pensou Lucie, a forma

CASSANDRA CLARE

como Anna — generosa e de coração aberto — podia ser tão opaca quanto vidro fosco.

Quando ela olhou para Lucie, seu olhar estava pensativo, um pouco curioso.

— Então, o que você tem em mente para essa investigação?

— Precisamos encontrar alguém com quem conversar — disse Lucie —, alguém que possa saber se havia mesmo um feiticeiro envolvido com Jesse... com o que aconteceu com Jesse Blackthorn. Ragnor Fell está em Capri, Malcolm Fade não fala sobre o que sabe, Magnus Bane é próximo de meus pais... Precisamos encontrar outra fonte. Pensei que talvez você pudesse falar com... Hypatia Vex?

Ela tentou não parecer ansiosa demais. Até onde Anna sabia, aquele mistério importava para Grace — não para ela. Anna ergueu as sobrancelhas. Ariadne não disse nada, embora não parecesse muito animada com a ideia.

— Hypatia continua um pouco insatisfeita comigo sobre a forma como nosso encontro terminou — disse Anna. — Embora não tão insatisfeita a ponto de me banir da Ruelle. — Ela se levantou, espreguiçando-se como um gato. — Acho que a pergunta é se eu quero testar a paciência dela de novo ou não...

Uma batida soou à porta. Descendo da escrivaninha, Ariadne foi atender.

— Ah, céus — Lucie a ouviu dizer —, e quem é você, rapazinho?

— Esse é Neddy — disse Anna, piscando um olho para Lucie. — Corre de um lado pro outro entregando mensagens para os Ladrões Alegres e os amigos deles. O que foi agora?

— Mensagem de James Herondale — disse Neddy, entrando curvado na sala. — Ele quer você na casa dele, o mais rápido possível, ele quer que você me dê meia coroa, pelo meu esforço. — Ele semicerrou os olhos para Lucie. — Mesma mensagem para você, senhorita — disse ele. — Mas agora não preciso ir até o Instituto entregar, então que isso me poupa um trabalho.

— Mas não me poupa meia coroa — disse Anna, fazendo aparecer a moeda como que por magia; Neddy a pegou com um ar satisfeito e saiu correndo da sala. — O que James pode querer? Você sabe, Lucie?

— Não, de modo algum, mas ele não nos chamaria se não fosse importante. Podemos ir com a minha carruagem; está logo na esquina.

— 353 —

Corrente de Ferro

— Tudo bem. — Anna colocou o casaco. Ariadne tinha voltado a se sentar na escrivaninha. — Ari, dê um jeito de entrar em minha próxima patrulha. Tenho uma ideia sobre Hypatia.

— Mas se você vai falar com Hypatia, quero estar lá também — protestou Lucie. — Eu sei quais são as perguntas certas a fazer...

Anna lançou a ela um olhar de interesse.

— Não fique agitada, querida. Vou avisar a você onde vamos encontrar Hypatia.

— Ah, ótimo, uma mensagem secreta — disse Lucie, satisfeita. — Vai ser em código?

Anna não respondeu; ela começou a sair da sala — então parou diante de Ariadne. Ela deslizou um dedo para baixo do queixo de Ariadne, levantando o rosto da outra jovem, e a beijou, forte — os olhos de Ariadne se arregalaram de surpresa antes que ela os fechasse, entregando-se ao momento. Lucie sentiu as bochechas corarem.

Ela virou o rosto, fixando o olhar no fogo ametista. Ela não conseguia deixar de pensar em Grace, comprada e vendida quando criança como se fosse uma boneca de porcelana, não uma pessoa. Não era à toa que ela parecia saber tão pouco sobre o amor.

16

A ESCURIDÃO SE FAZ ALVORADA

E ali, conforme as lâmpadas do sobre a ponte se tornam pálidas
À luz sem fumaça da ressurreição de Londres,
A escuridão se faz alvorada

— Dante Gabriel Rossetti, "Encontrado"

— Isso é loucura total, James — disse Anna, batendo com a xícara no pires com tanta força que criou uma rachadura na porcelana. Ela devia estar bem chateada, pensou James: sua afeição por porcelana fina era bastante conhecida. — Como pode sequer *pensar* isso?

James olhou ao redor da sala de estar. Seus amigos estavam olhando para ele de cadeiras puxadas para perto da lareira aconchegante. Anna — elegante com um colete azul e perneiras pretas — Christopher, de olhos arregalados, e Thomas, cuja boca estava contraída em uma linha tensa. Lucie, com as mãos no colo, obviamente combatia as emoções e estava determinada a não mostrá-las.

— Eu não tinha planejado dizer nada a vocês — falou James. Ele tinha se sentado em uma poltrona pela teoria de que era melhor estar confortável para contar aos amigos que talvez ele estivesse envolvido na morte de pessoas enquanto estava dormindo. — Se não tivesse aquela marca na minha janela...

— Isso deveria fazer com que a gente se sentisse melhor? — indagou Thomas.

— Você não quis nos contar porque sabia que nós diríamos que é ridículo — falou Lucie. — Você e Cordelia já nos livraram de Belial.

— Mas um Príncipe do Inferno não pode ser morto — disse James, cansado. Ele estava exausto até o último fio de cabelo: mal tinha dormido na noite anterior, mal comera, e a visita de Grace o abalara. Ele se afastou dos pensamentos dela no momento, voltando determinado para a questão presente. — Nós todos sabemos disso. Belial pode estar muito enfraquecido depois de ter sido ferido por Cortana, mas isso não quer dizer que a esfera de influência acabou. Alguma coisa fez aquela marca na minha janela esta manhã.

— Você mencionou a marca antes — disse Christopher. — O que era? O que faz você ter tanta certeza de que isso tem a ver com Belial?

James ficou de pé e pegou o *Monarchia Daemonium* de onde o havia colocado no banco do piano. Era um livro grosso, encadernado com couro roxo escuro.

— Foi aqui que li pela primeira vez sobre Belial e os outros oito Príncipes do Inferno — disse ele. — Cada um tem uma insígnia, um símbolo pelo qual é conhecido. — Ele se sentou e abriu o livro na seção de duas páginas sobre Belial. — Este é o símbolo que eu vi no gelo.

Os outros se reuniram em torno dele, Anna se debruçando sobre o encosto da cadeira de James. Houve um silêncio quando eles viram a ilustração de Belial — ele não estava de frente, a cabeça estava voltada para o lado, seu perfil era afiado como uma lâmina. Ele usava uma capa vermelho-escura, e uma única mão cheia de garras era visível ao lado dele. Não era exatamente o cavalheiro elegante que James tinha conhecido no mundo de Belphegor, embora restasse a mesma aura de ameaça contida nele.

— Então Belial deixou um cartão de visita — murmurou Anna. — Que grosseria não esperar até que o cocheiro estivesse em casa.

— Então isso deveria ser uma mensagem? — disse Thomas. — Uma forma de dizer "Aqui estou"?

— Talvez uma maneira de dizer que ele sou eu — falou James. — Talvez ele tenha encontrado uma forma de me possuir quando estou inconsciente…

CASSANDRA CLARE

— Você não é um assassino, nem possuído — disparou Lucie. — Caso tenha se esquecido, demônios não podem possuir Caçadores de Sombras. Você não acha que nossos pais se esqueceram dos feitiços de proteção quando nascemos, acha?

— Lucie — falou James. — Eu não os culpo, nem acho que esqueceram. Mas esse é Belial. Ele é um Príncipe do Inferno. Durante metade da minha vida, ele entrou nos meus devaneios diurnos. Se alguém conseguiria quebrar o feitiço de proteção, um Príncipe do Inferno...

— Deveria proteger contra interferência demoníaca — disse Christopher. — O feitiço foi originalmente destinado a manter Lilith afastada. Os anjos Sanvi, Sansanvi e Semangelaf são inimigos mortais dela. Mas o ritual completo, feito pelos Irmãos do Silêncio, deveria ser forte o bastante para manter até mesmo Belial longe, ou Leviatã.

— Um excelente lembrete de que poderia ser pior — falou James. — Nosso avô poderia ter sido Leviatã. Nós dois poderíamos ter tentáculos.

— Tão difícil achar roupas que sirvam — disse Christopher.

— Então, o que essas insígnias fazem? — perguntou-se Thomas, acomodando-se de novo na cadeira. — Elas servem apenas como assinaturas elaboradas?

James apoiou o livro na mesa de estampa incrustada diante da lareira.

— São mais do que apenas símbolos. Podem ser usadas para conjurar. Cultos antigos usados para criar insígnias imensas com pedras erguidas ou marcas no chão, as quais deveriam servir de portões para demônios. — Ele parou, tomado por um pensamento repentino. — Christopher, você tem um mapa de Londres?

— Sou um cientista — disse Christopher —, não um geógrafo! Não tenho um mapa de Londres. Eu tenho béquer com veneno de Raum — acrescentou ele —, mas está no meu sapato, e vai ser difícil pegar.

— Alguém tem alguma pergunta sobre isso? — disse James, olhando em volta. — Não? Bom. Tudo bem, um mapa...

Anna subiu cuidadosamente em uma poltrona estofada e esticou o braço até uma prateleira alta de livros. Ela pegou um tomo com mapas.

— Que sorte que você tem uma biblioteca bem abastecida, James.

— 357 —

Corrente de Ferro

James pegou o livro e o apoiou na mesa, virando as páginas. O mapa de Londres foi fácil de achar: não havia londrino que não conhecesse a forma da cidade, com as margens lotadas, as pontes, o rio entremeando pelos cais e as docas.

Sob os protestos de Thomas, James tirou uma caneta do bolso do amigo. Ele começou a marcar pontos no mapa, contando em ordem.

— Clerkenwell, Fitch Lane, Shoe Lane, Shepherd Market...

— Acho que ele está possuído — disse Thomas. — Está vandalizando um *livro*.

— Momentos de desespero requerem medidas desesperadas. — James semicerrou os olhos. Espalhadas pelo mapa estavam as marcas dele, uma para cada endereço em que um corpo tinha sido encontrado. Ele as havia conectado com uma caneta, mas não formavam nada que se parecesse com a insígnia de Belial. — Eu tinha imaginado...

— Que alguém estava tentando desenhar a insígnia, de certa forma, com os locais escolhidos para os assassinatos — disse Christopher, com o rosto animado e pensativo. — Eu entendi o que você estava fazendo, é muito inteligente, mas não vejo como isso poderia ser sequer o início da insígnia de Belial. São todos círculos, e este é mais como uma linha que forma um gancho no fim...

James jogou a caneta na mesa.

— Foi apenas uma teoria. Mas isso não quer dizer que Belial não está exercendo sua vontade através de mim enquanto eu durmo. Pense no que o fantasma de Filomena disse para Cordelia, que ela havia ferido Belial e que deveria ter conseguido ajudá-la. Talvez porque ela soubesse que seu assassino também era um dos príncipes do Inferno? Talvez até o mesmo?

— Não podemos saber se foi isso que ela quis dizer — falou Thomas. — E se Belial estiver influenciando você... você sabe que nada disso seria culpa sua, não sabe?

Eles ficaram todos calados por um momento. James respirou fundo.

— Você se sentiria dessa forma? — disse ele. — Se estivesse no meu lugar?

— Bem, não é como se fosse possível você nunca mais dormir — falou Christopher. — Estudos mostram que é muito pouco seguro.

— 358 —

— Seja racional — disse Anna. — Como você conseguiria ir e vir no meio da noite, esbarrando e batendo nas coisas porque não está nem mesmo acordado, e não acordar... não acordar a casa toda?

— Não tenho certeza de que é o mesmo que sonambulismo — falou James. — Talvez eu não esbarre nas coisas. Talvez eu esteja mais ciente do que isso, e os sonhos sejam um tipo de memória do que eu fiz. E... — A garganta dele pareceu seca como um deserto. — E na noite em que Elias morreu, quando eu sonhei... foi diferente do que nas outras. Ele pareceu me ver. Ele me *reconheceu.*

Anna, que estava andando de um lado para o outro, estancou subitamente.

— Ele disse o seu nome?

— Não — admitiu James. — Eu vi o reconhecimento surgir nos olhos dele... ele disse uma coisa, acho que foi "é você". Mas ele não falou meu nome.

Os amigos dele trocaram olhares preocupados.

— Estou vendo por que não queria Cordelia aqui — disse Anna, por fim. — Contar a ela que você acha que foi responsável pela morte do pai dela...

— Embora você *não tenha sido*, James — acrescentou Lucie.

— Eu a queria aqui, na verdade — falou James. — Achei que ela e Matthew já teriam voltado a esta altura. Não posso esconder isso dela. Uma conspiração de silêncio dessas... — Ele balançou a cabeça. — Não. Se ela me odiar depois disso, então vou precisar que vocês estejam aqui para apoiá-la. Seus amigos.

— Ela não vai — começou Anna — odiar você, James...

Como se por uma deixa, todos ouviram o som de um carro a motor parar diante da casa. As vozes dos amigos se elevaram como um murmúrio atrás de James conforme ele abriu a porta da frente.

Ele estava de camisa, e o ar frio do lado de fora entrou subitamente através do algodão. Não estava nevando, mas uma névoa tinha entrado com o sol poente, suavizando os limites da cidade, fazendo o carro a motor parecer uma carruagem de fadas puxada por cavalos invisíveis.

Ele encostou na ombreira na porta quando Matthew, uma sombra na névoa, deu a volta pelo carro para ajudar Cordelia a descer. A manta envolta nela começou a escorregar para baixo quando ela se levantou, mas Matthew segurou o tecido antes que caísse no chão e cuidadosamente recolocou em volta dos ombros dela. Mesmo pela névoa, James pôde ver o sorriso de Cordelia. Ele teve uma sensação estranha, um tipo de formigamento no meio das costas. Apreensão, talvez; ele não estava ansioso para contar sua história a Cordelia. Ela e Matthew estavam se aproximando da casa, os pés silenciosos protegidos em botas na calçada nevada. O cabelo de Cordelia estava solto, o vermelho brilhante dele era o único ponto focal de cor na névoa monocromática.

— Daisy! — gritou James. — Math! Entrem. Vocês vão congelar.

Um momento depois, eles passaram apressados por ele até a entrada, Matthew esticando a mão para ajudar Cordelia a tirar o casaco antes que James conseguisse pensar em fazer isso. Os dois pareciam queimados pelo vento, com bastante cor nas bochechas. Matthew estava tagarelando sobre o carro, e sobre como James deveria tentar dirigir.

Cordelia, no entanto, estava calada, tirando as luvas, os olhos escuros arregalados e pensativos. Quando Matthew parou um momento para respirar, ela disse:

— James, quem está aqui?

— Anna, Lucie, Thomas e Christopher estão na sala de estar — disse ele. — Eu pedi que viessem.

Matthew franziu a testa, tirando os óculos de direção.

— Está tudo bem?

— Não exatamente — falou James, e acrescentou, quando os dois voltaram expressões apreensivas para ele: — Não houve outra morte... nada assim.

— Mas não está tudo bem? — disse Matthew. — Aconteceu outra coisa? O Enclave fez alguma coisa terrível?

— O Enclave está dividido entre achar que é um feiticeiro fora de controle e achar que é um Caçador de Sombras — disse James. — Mas Thomas e Anna podem lhe contar mais sobre isso. Eu preciso falar com Cordelia por um momento. Se você não se importa, Math.

Um lampejo de emoção percorreu o rosto de Matthew, mas sumiu antes que James conseguisse identificar.

— É óbvio — disse ele, passando por James e sumindo no corredor.

CASSANDRA CLARE

Cordelia levantou o rosto para James, curiosa. O cabelo dela estava molhado, formava cachos em torno do rosto como botões de rosas. Um sussurro tocou o fundo da mente de James: *Você precisa contar a ela que beijou Grace.* Ele mandou o sussurro se calar. O que tinha para contar primeiro era muito pior.

— Senti sua falta — disse ele. — E antes de entrarmos na sala de estar, eu queria pedir desculpas. O que eu disse sobre seu pai no Ossuário foi imperdoável, e ter mandado ele embora é algo de que sempre vou me arrepender...

Mas ela balançou a cabeça.

— Eu queria pedir desculpas a *você*. Você não tem nada pelo que se desculpar. Você não poderia ter salvado meu pai. Por um acaso terrível, você foi o último a vê-lo, e ele foi... ah, a *vergonha* por ele ter exigido dinheiro de você. — Havia uma raiva fria em sua voz. Cordelia fez que não com a cabeça, o cabelo tentando se soltar dos poucos grampos que ainda o confinavam. — Alastair me mostrou a verdade, de todas as pessoas. Você fez o que deveria ter feito, James.

— Tem mais — disse ele, forçando as palavras por sua garganta seca. — Mais que eu preciso contar a você. Não sei se ainda vai se sentir tão generosa a meu respeito quando eu terminar.

Ele a viu estremecer, viu Cordelia se preparar. Era um lembrete do quanto a infância dela devia tê-la ensinado a se preparar para notícias ruins.

— Conte.

De certa forma, era mais fácil contar a ela do que tinha sido se explicar aos outros. Daisy já sabia que ele acordava aos gritos de pesadelos, da janela aberta no quarto, das coisas que ele via quando sonhava. Daisy, como ele, tinha conhecido Belial. Era uma coisa imaginar que se podia enfrentar um Príncipe do Inferno. Era outra completamente diferente estar perto de um, sentir a explosão congelante do ódio dele, do mal, do poder.

Ele se obrigou a contar o final — explicando seu experimento, as cordas, a marca no peitoril — enquanto ela o encarava, a expressão muito calma.

— Estou vendo — disse Cordelia quando ele terminou — que eu não deveria ter deixado você sozinho ontem à noite.

O cabelo dele estava sobre os olhos, James levantou a mão trêmula para empurrá-lo para trás.

— 361 —

— A pior parte é que eu sei pouco mais agora do que sabia então. E talvez precisemos contratar alguém para substituir Effie.

— E o que os outros disseram? — perguntou ela.

— Eles se recusam a acreditar... em tudo — disse ele. — Podem achar que o choque do que aconteceu com seu pai mexeu com o meu cérebro. — Ele ficou sem fôlego. — Daisy. O ódio que eu senti, sempre que sonhei, só posso imaginar que não passa do ódio de Belial. E seu pai... — Ele ficou sem fôlego. — Se não quiser ter nada a ver com isso, comigo, eu jamais a culparia.

— James. — Ela segurou o pulso dele; o pequeno gesto percorreu o corpo dele como um choque elétrico. O rosto dela estava fixo, determinado. — Venha comigo.

Ele a deixou puxá-lo pelo corredor, até a sala de estar, onde os outros tinham se reunido. Matthew estava sentado no encosto do sofá e se virou para James quando ele entrou na sala, seus olhos estavam escuros com preocupação.

O olhar azul de Anna se voltou para Cordelia.

— Contou a ela?

Cordelia soltou o pulso de James.

— Sei de tudo — disse ela. Sua voz estava bastante controlada. Havia algo diferente a respeito dela, pensou James, algo que ele não conseguia muito bem determinar. Ela havia mudado, desde o dia anterior, na verdade. Mas, por outro lado, havia perdido o pai. Sua família jamais seria a mesma.

— É ridículo — falou Matthew, deslizando para fora do encosto do sofá.

— James, não pode realmente acreditar...

— Eu entendo por que ele acredita nisso — disse Cordelia, e Matthew parou no meio do movimento. Todos os rostos na sala estavam virados para Cordelia. — Pensei em duas coisas quando eu conheci Belial. Primeiro, que eu faria qualquer coisa no mundo para sair de perto dele. E, segundo, que não faria diferença o que eu fizesse, porque o foco dele estava completamente em James. Já está há um tempo. Se tem alguma forma de ele o alcançar, vai fazer isso.

— Mas James não é um assassino — disse Lucie. — Ele jamais...

— Também não acho que ele seja — falou Cordelia. — Se Belial está controlando James, então nada disso é *culpa dele*. Ele não pode ser culpa-

CASSANDRA CLARE

do. Qualquer um de nós faria o mesmo, pois o poder de um Príncipe do Inferno... — Ela balançou a cabeça. — É irrefreável.

— Eu tentei me impedir, ontem à noite — falou James. — E, mesmo assim, de alguma forma, acordei com as cordas aos pedaços em volta de mim.

— Você não pode fazer isso sozinho — disse Cordelia. — Na verdade, se vamos provar alguma coisa sobre o que está realmente acontecendo, você não pode ficar sozinho nem por um momento.

— Ela está certa — falou Anna. — Vamos permanecer aqui esta noite, vigiando. Se você tentar deixar a casa, nós saberemos.

— Não se ele tentar sair pela janela — observou Christopher, com razão.

— Vamos pregá-la — disse Thomas, entrando no espírito da coisa.

— E alguém se senta com James. Deixa que ele durma, mas vigia o que acontece — disse Matthew. — Eu faço isso.

— Talvez seja melhor se Cordelia fizer isso — disse James, em voz baixa.

Matthew pareceu um pouco magoado.

— Por quê?

— Porque eu tenho Cortana — disse Cordelia. — Eu feri Belial com Cortana antes; se necessário, acho... — Pela primeira vez, ela pareceu hesitante. — Eu poderia fazer de novo.

— Com certeza — disse James. — Ela pode me fulminar se necessário.

— De jeito nenhum! — exclamou Lucie, ficando de pé. — Não vai ter fulminação de ninguém!

— Exceto de Belial — observou Christopher. — Se ele aparecer... sozinho, sabe, não dentro de James, se for o caso.

— Então apenas me machuque — disse James a Cordelia. — Pode me furar na perna se precisar. Na esquerda, se possível... eu gosto mais da direita.

— Apenas prometa que vai chamar se precisar de nós — disse Matthew. Ele trocou um olhar com James. O olhar disse todas as coisas que Matthew jamais diria na frente de todas aquelas pessoas, não importava o quanto ele gostasse delas: disse que ele amava James, que ficaria ali a noite toda se James precisasse dele, disse que Matthew acreditava em James como acreditava em si mesmo.

— Então está decidido — falou Anna. — Vamos esperar aqui esta noite e nos certificar de que James jamais saia do quarto. Cordelia vai montar

— 363 —

guarda lá em cima. E eu vou atacar a despensa, porque nós provavelmente sentiremos fome. Um exército marcha pelo estômago, como diz o ditado.

— Então, como planejamos ficar acordados a noite toda? — indagou Thomas.

— Eu poderia ler para todos vocês de *A bela Cordelia* — sugeriu Lucie.

— Tenho algumas páginas na bolsa. Nunca se sabe quando a inspiração pode surgir.

— Ah, céus — disse Matthew, levando a mão à garrafa. — Nesse caso, vou precisar de brandy. O que foi que Lorde Byron disse mesmo? "Homem, para ser racional, precisa se embebedar; o melhor da vida não passa da intoxicação." — Ele ergueu uma garrafa como saudação. — Lucie, comece. Assim como os demônios do inferno são enfrentados lá em cima, nós enfrentaremos os demônios da prosa romântica na sala de estar.

━

James se retirou para o quarto com Thomas, que ajudou a pregar a janela antes de descer de novo para jogar cartas. Cordelia, depois de dar uma passada no próprio quarto para colocar um vestido informal confortável, se juntou a James, que trancou bem a porta que conectava os quartos e moveu uma cadeira para a frente dela por precaução.

Então ele começou a se despir.

Cordelia supôs que ela deveria ter esperado por isso. A ideia toda era que James iria se deitar, afinal de contas, e não se podia esperar que ele dormisse de sapato e paletó. Ela puxou uma cadeira para o lado da cama e se acomodou nela, com Cortana no colo.

— Seu passeio de carro hoje — disse ele, abrindo as abotoaduras. Sua camisa se abriu nos pulsos, revelando a silhueta forte de seus antebraços. — Deixou você mais animada?

— Sim — disse ela. — Tem uma história extravagante sobre uma toca em Berkshire Downs onde, se você deixar uma moeda, Wayland, o Ferreiro conserta sua espada. Eu levei Cortana até lá, e parece mesmo estar mais leve em minha mão agora.

CASSANDRA CLARE

Ela queria contar o resto — sobre Wayland, o Ferreiro, sobre ter jurado lealdade como paladino. Ela não havia contado a Matthew. Era recente demais, então, e havia muita coisa incrível nisso. E agora, ela percebia que não conseguia contar a James também, era demais, um conto estranho demais para aquela noite. Se tudo desse certo, ela contaria a ele no dia seguinte.

— Dizem que Wayland, o Ferreiro fez a espada Balmung, a qual Sigurd usou para matar o dragão Fafnir — disse James, tirando o paletó e o suspensório. — Um rei aprisionou Wayland, para tentar forçá-lo a forjar armas. Ele matou os filhos do rei por vingança, e fez taças dos crânios dele e um colar com os olhos.

Cordelia pensou no colar de pedras azuis que Wayland estava usando e estremeceu um pouco. Não se parecia nem um pouco com olhos, mas nada a respeito do homem que ela conheceu a fez acreditar que ele seria incapaz dos feitos na história que James contava.

— Dizem que todas as espadas têm almas — disse ela. — Isso faz com que eu me sinta um pouco desconfortável com a de Cortana.

Ele deu um sorriso torto, desabotoando a camisa.

— Talvez nem *todas* as histórias sejam verdade.

— Só podemos torcer — disse ela, quando ele subiu na cama usando calça e uma camiseta; já havia travesseiros empilhados contra a cabeceira da cama, e um rolo de corda sobre a colcha. A camiseta deixava os braços dele expostos do cotovelo para baixo, cobertos de Marcas pretas e das cicatrizes pálidas de runas que já desbotavam. — Vou amarrar meu pulso ao mastro da cama, aqui — disse ele —, então, se puder amarrar o outro pulso, seria mais seguro, eu acho.

Cordelia pigarreou.

— Sim, isso... isso parece o mais seguro.

Ele olhou para ela, seus cabelos estavam despenteados.

— Qual foi o problema com Cortana?

— Não parecia certa na minha mão desde que combatemos Belial — admitiu Cordelia; isso era verdade. — Acho que o sangue dele talvez a tenha afetado. — *O que o próprio Wayland explicou para mim, mas não posso lhe contar isso.*

— 365 —

— Belial. — James pegou a corda, cuidadosamente dando voltas e voltas em seu pulso esquerdo e se amarrando ao mastro da cama. A cabeça dele estava baixa; Cordelia viu os músculos de seus braços se flexionarem e relaxarem conforme ele se amarrava. Embora fizesse meses desde o verão, ainda havia uma linha visível onde a pele dele era mais marrom, então mais branca, sob as mangas e o colarinho da camisa. — Por isso eu queria você no quarto comigo. — A voz dele estava grave, quase rouca. — Os outros conhecem Belial como um Príncipe do Inferno, mas só você e eu já o *vimos*. Só nós sabemos o que significa confrontá-lo.

Depois de terminar o nó, ele encostou nos travesseiros empilhados. O cabelo de James era muito preto contra a brancura deles. Por um momento, Cordelia viu de novo aquele lugar arrasado onde eles haviam lutado pela própria vida: a areia pegando fogo e se transformando em vidro, árvores pontiagudas como esqueletos, e Belial, com toda sua beleza, e qualquer pingo de humanidade queimado dele.

— Você não acredita que os outros estariam dispostos a impedir você se isso significasse ferir você — disse ela. — Mas você acha que eu estaria.

James mostrou o semblante de um sorriso.

— Tenho fé em você, Daisy. E tem mais uma coisa que eu preciso lhe contar. — Ele trincou a mandíbula, como se estivesse se preparando para alguma coisa. — Eu beijei Grace hoje.

—

A noite se estendia diante de James com todos seus horrores possíveis, mas, naquele momento, o mundo inteiro dele parecia ter se reduzido a Cordelia. Ele sabia que estava a encarando, e não conseguia parar. Não sabia o que esperava — ela não o amava, que ele soubesse, mas James tinha quebrado o acordo deles, a promessa de respeitar a dignidade dela.

De certa forma, seria mais fácil se ela o amasse, se ele tivesse rompido um acordo romântico. Ele podia se atirar aos pés dela, implorar e pedir desculpas. Ela podia chorar e fazer exigências. Mas aquela era Daisy; ela jamais faria qualquer dessas coisas. Ela não dizia nada no momento, mas seus olhos pareciam ter ficado um pouco maiores no rosto.

CASSANDRA CLARE

— Ela veio até aqui — disse ele, por fim, incapaz de suportar o silêncio. — Eu não a convidei. Você precisa acreditar em mim; eu não teria feito isso. Ela chegou inesperadamente, e estava chateada com os assassinatos, e... eu a beijei. Não sei por que — acrescentou ele, porque não podia explicar a Cordelia o que não podia explicar a si mesmo —, mas eu não vou dar desculpas.

— Reparei que havia uma rachadura — disse Cordelia, com uma voz baixa, inexpressiva — no metal da sua pulseira.

A corda dava uma volta no pulso direito de James, escondendo parcialmente a pulseira. Olhando para baixo, ele viu que Cordelia estava certa: uma rachadura como um fio de cabelo percorria o metal.

— Talvez eu tenha socado a estante de livros depois que ela foi embora — admitiu ele. Sua mão ainda doía pelo impacto. — Isso pode ter partido o metal.

— Pode? — disse ela, com a mesma voz baixa. — E por que está me contando isso agora? Você poderia ter esperado. Contado amanhã.

— Se vai cuidar de mim a noite toda, deveria saber de quem está cuidando — falou James. — Eu desapontei você. Como amigo. Como marido. Não queria piorar isso guardando segredos de você.

Ela deu um longo olhar para ele. Um olhar de reflexão.

— Se quiser ir embora — disse ele —, pode...

— Não vou deixar você. — A voz dela era controlada e calma. — Por outro lado, você rompeu com nosso acordo. Eu gostaria de algo em troca.

— Como se eu tivesse perdido no xadrez? — Ela jamais deixava de surpreendê-lo. Ele quase sorriu. — Você pode querer me perguntar em outro momento, quando eu não esteja amarrado a uma cama. Os serviços que posso lhe fazer no momento são limitados.

Ela ficou de pé, apoiando Cortana na parede. O vestido informal vermelho que ela usava era largo, mas de um material de seda que agarrava ao corpo, com faixas de veludo preto na bainha e nas mangas. O cabelo dela era um tom mais escuro do que a seda, seus olhos tinham a mesma cor do veludo, e estavam fixos nos dele quando ela subiu na cama.

— Adequado ao que eu preciso, acho — disse ela. — Quero que me beije.

O sangue dele pareceu correr mais rápido pelo corpo.

— O quê?

Ela estava ajoelhada, de frente para ele; os olhos dos dois na mesma altura. O vestido se espalhou em volta dela como se fosse um nenúfar, se elevando das folhas. O colarinho acentuado mergulhava baixo, com renda branca na borda que, leve como uma pena, tocava a pele marrom de Cordelia. Havia nela uma expressão que fazia James lembrar da noite em que ela dançou na Hell Ruelle. Uma determinação que parecia quase paixão.

— Um dia você vai encontrar seu caminho de volta para Grace, que conhece nossa situação — disse ela. — Mas eu vou me casar com algum outro homem, e ele vai saber que eu fui casada com você. Ele vai esperar que eu saiba beijar e... fazer outras coisas. Eu não espero um tutorial completo, mas acho que seria um pedido razoável que você me mostrasse como se beija.

Ele se lembrou de Cordelia dançando, puro fogo. Lembrou-se dos momentos depois disso, na Sala dos Sussurros. Ele podia dizer que ela dificilmente precisava que ele a ensinasse; ela sabia beijar. Mas sua mente se consumiu pela ideia daquele homem, algum homem com quem ela se casaria no futuro, que a beijaria e esperaria coisas dela...

James já o odiava. Ele se sentiu zonzo com aquilo — com ódio por alguém que ele não conhecia, e do quanto Cordelia seria próxima dele.

— Suba em mim — disse ele, sua voz quase irreconhecível aos próprios ouvidos.

Foi a vez dela de parecer surpresa.

— O quê?

— Estou amarrado à cama — disse James. — Não posso me levantar e beijar você, então vou precisar ficar sentado aqui e beijar você. O que significa que preciso de você — ele estendeu o braço livre, o olhar jamais deixando o dela — mais perto.

Ela assentiu. Um rubor tinha se espalhado por seu rosto, mas, mesmo assim, ela o observava, de olhos arregalados e séria, conforme se movia sobre a cama até ele, engatinhando um pouco desajeitada para o colo dele. O sangue de James já estava quente e acelerado nas veias conforme ela acomodava seus joelhos de cada lado do quadril dele. Seu rosto estava próximo do dele agora: ele conseguia ver as linhas escuras individuais dos cílios dela, o movimento da boca de Cordelia quando ela mordeu o lábio inferior.

— Diga novamente o que quer que eu faça — disse ele.

A coluna macia da garganta dela se moveu quando ela engoliu em seco.

— Mostre para mim como se beija — disse ela. — Direito.

Ele colocou o braço livre em volta dela, dobrando os joelhos para cima de forma que as costas de Cordelia ficassem apoiadas nas pernas dele. O vestido farfalhou, deixando o material mais justo conforme ela se movia, acomodando-se à silhueta dela. Ele conseguia sentir o cheiro do perfume de Cordelia: jasmim defumado. Sua mão deslizou para o cabelo espesso e sedoso dela, segurando a nuca de Cordelia em concha. Ela suspirou, acomodando-se mais perto dele; a sensação dela lançou uma pontada de desejo pela coluna dele.

Os lábios dela tinham formato de coração, pensou James: aquela depressão no lábio superior, o círculo formado pelo inferior. Ela não estava mais mordendo o lábio, apenas olhava para James, os olhos cheios do mesmo desafio com o qual ela enfrentara a Hell Ruelle. Não havia motivo para tratá-la como se Cordelia estivesse com medo, percebeu ele: aquela era Daisy. Ela jamais sentia medo.

— Coloque as mãos nos meus ombros — disse ele, e quando ela se inclinou para a frente para fazer isso, James a beijou.

O toque dele sobre ela imediatamente se apertou; ela exalou contra a boca de James, surpresa. Ele engoliu o arquejo dela, afastando os lábios de Cordelia com a língua, até que a boca de Cordelia estivesse quente e aberta sob a dele. Ele provocou o canto da boca de Cordelia com beijos leves, sugando e passando a língua pelo lábio inferior dela quando ela segurou os ombros dele com mais força. Cordelia tremia, mas ela pedira que ele a ensinasse, e James pretendia ser completo.

Com a mão livre, ele acariciou o cabelo dela, puxando os últimos grampos, entrelaçando os dedos nas mechas espessas. As mãos de Cordelia se moveram para segurar em concha cada lado do pescoço dele, os dedos nos cachos da nuca de James. A língua dele provocou a dela, mostrando a Cordelia como responder ao beijo, como a troca podia ser um duelo de lábios e língua, de fôlego e prazer. Quando ela sugou o lábio inferior dele, James arqueou contra ela, intensificando o beijo desenfreadamente, a mão livre puxando as costas do vestido dela, amassando o tecido.

Corrente de Ferro

Ah, céus. A seda fina mal representava uma barreira; ele conseguia sentir o corpo dela de cima a baixo do dele, a sua forma: seios, cintura, quadril. James se afogava nos beijos que dava nela, jamais se cansaria de beijá-la. A maciez da boca de Cordelia, os ruídos de prazer que ela fazia entre os beijos — Cordelia se moveu para chegar mais perto dele, o quadril oscilando contra o dele. Um sibilo alto escapou entre os dentes dele. O braço de James doía, ele estava puxando incansavelmente a corda que o prendia, seu corpo trabalhando de acordo com a própria necessidade e os desejos agora.

Cordelia gemeu e arqueou o corpo contra ele. Faíscas dispararam pelas veias de James; a necessidade de tocá-la era ofuscante, lancinante, o ardor crescia em seu sangue para que fizesse mais, que tomasse mais dela. Cordelia provavelmente não fazia ideia do que estava fazendo com ele — o próprio James mal sabia —, mas, se ela continuasse se movendo daquele jeito...

Ela era a esposa dele, e era linda, incrivelmente desejável. Ele nunca quis ninguém daquela forma. Quase fora de si, James moveu os lábios pelo queixo dela, até o pescoço. Ele conseguia sentir a pulsação de Cordelia, inspirar o cheiro do cabelo dela, jasmim e água de rosas. Ele a beijou descendo, roçando os dentes pela clavícula dela; os lábios tocando a depressão do pescoço dela.

Cordelia se afastou rapidamente, se atrapalhando para sair de cima dele, o rosto corado, seu cabelo caindo, livre, às costas.

— Isso foi bastante didático — disse ela, sua voz calma contrastando com o rosto vermelho e o vestido amassado. — Obrigada, James.

Ele deixou a cabeça encostar na cabeceira com um ruído. Ainda estava zonzo, o sangue martelava por suas veias. O corpo de James doía com desejo contido.

— *Daisy...*

— Você deveria dormir. — Ela já estava recolhendo Cortana, já se sentava de novo na cadeira ao lado da cama. — Você *precisa*, na verdade, ou nós jamais saberemos.

Ele lutou para controlar a respiração. Inferno. Se ela fosse qualquer outra pessoa, James teria dito que aquilo era vingança: o corpo dele parecia tomado pelo desejo por ela. Mas Cordelia se acomodara tranquilamente na cadeira, a espada sobre o colo. Apenas uma leve desordem nos cabelos e as marcas vermelhas no pescoço, onde os lábios dele tinham estado, mostravam o que tinha acontecido.

— Ah — disse ela, como se acabasse de se lembrar de um item de compras que tinha esquecido. — Você também precisa que o outro pulso seja amarrado?

— Não — foi o que James conseguiu responder. Ele não estava prestes a explicar por que mais proximidade com Cordelia parecia ser uma má ideia. — Assim está... bem.

— Quer que eu leia para você? — disse ela, pegando um romance da mesa de cabeceira.

Ele assentiu muito sutilmente. Estava desesperado por uma distração.

— Que livro?

— Dickens — respondeu Cordelia, prontamente, e abriu o livro e começou a ler.

—

Thomas abotoava o paletó ao cruzar a cozinha — escura agora, pois já passara da meia-noite e o lugar estava abençoadamente livre da equipe de empregados. Ele tinha saído de fininho da sala de estar sem que os outros reparassem, de tão envolvidos que estavam na conversa e nos jogos de cartas. Até mesmo Christopher, que vigiava à porta, não reparou quando Thomas recolheu o paletó e as boleadeiras e saiu de fininho pelo corredor.

Sentindo-se bastante orgulhoso de si mesmo, ele destrancou silenciosamente a porta do jardim e a abriu. Ele tinha acabado de sair para a escuridão gelada quando uma luz brilhou em sua frente. A ponta incandescente de um fósforo iluminou um par de olhos azuis aguçados.

— Feche a porta — disse Anna.

Thomas atendeu ao pedido, se amaldiçoando em silêncio. Ele podia jurar que, dez minutos antes, Anna estava dormindo em uma poltrona.

— Como você sabia?

— Que você sairia de fininho? — Ela acendeu a ponta do charuto e jogou o fósforo fora. — Sinceramente, Thomas, estou esperando por você há tanto tempo que temi que meu colete saísse da moda.

— 371 —

Corrente de Ferro

— Eu só queria um pouco de ar...

— Não, você não queria — disse ela, soprando fumaça branca no ar gelado. — Você tinha aquela expressão nos olhos. Vai sair e patrulhar sozinho de novo. Primo, não seja tolo.

— Eu preciso fazer o que posso, sou mais útil lá fora do que na sala de estar — respondeu Thomas. — James não precisa de cinco de nós para se certificar de que ele não vai sair de casa.

— Thomas, olhe para mim — disse ela, e ele olhou. O olhar azul dela estava firme. Sua prima Anna: ele se lembrava de quando ela usava anáguas e vestidos, o cabelo longo e trançado. E sempre nos olhos um ar de desconforto, de tristeza. Ele também se lembrava de quando ela havia surgido como uma borboleta de um casulo, transformando-se no que era agora, uma figura de abotoaduras reluzentes e colarinhos engomados. Ela vivia a vida tão corajosamente, tão livre de arrependimentos que às vezes o estômago dele doía um pouco, apenas de olhar para ela.

Anna apoiou a mão enluvada na bochecha dele.

— Somos pessoas especiais, incomuns, únicas. Isso significa que devemos ser corajosos e orgulhosos, mas também cuidadosos. Não pense que tem tanto a provar a ponto de isso tornar você um tolo. Se precisa patrulhar, vá até o Instituto e peça que lhe seja designado um parceiro. Se eu descobrir que você está lá fora sozinho, vou ficar muito irritada.

— Tudo bem. — Thomas beijou a palma da mão enluvada de Anna e devolveu a mão a ela gentilmente.

Ela o observou com os olhos inquietos conforme ele pulou desajeitado o muro do jardim dos fundos.

Thomas não tinha, é óbvio, intenção alguma de procurar um parceiro de patrulha. Ele não gostava de enganar Anna, mas aquela loucura de James precisava acabar. James era uma das melhores, mais gentis e mais corajosas pessoas que Thomas já conhecera, e vê-lo duvidando de si mesmo daquela forma era doloroso, pois se James podia duvidar de si mesmo daquele jeito, o que isso significava para aqueles como Thomas, que já se questionavam tanto?

Ele estava determinado a dar um fim àquilo, pensou ele, conforme caminhou por Curzon Street, deserta sob a lua. Ele encontraria o verdadeiro assassino mesmo que fosse a última coisa que fizesse.

— 372 —

Corrente de Ferro

"Depois que cheguei ao pior ponto de minha doença, comecei a notar que, embora todas as outras feições tivessem mudado, aquela única feição consistente não mudava. Não importava o rosto que me viesse à mente, ele se assentava no de Joe. Eu abria os olhos à noite e, na grande poltrona ao lado da cama, via Joe. Abria os olhos durante o dia e, sentado no banco sob a janela, fumando seu cachimbo diante da janela aberta sombreada, eu ainda via Joe. Pedia por uma bebida refrescante, e a mão carinhosa que me entregava era a de Joe. Eu mergulhei de volta no travesseiro depois de beber, e o rosto que parecia tão esperançoso e carinhoso acima de mim era o rosto de Joe."

James não sabia por quanto tempo Cordelia estava lendo: ele mantivera os olhos fechados, o braço livre jogado sobre o rosto, tentando se forçar a dormir. Mas o sono não vinha. Parecia uma impossibilidade. Ele não conseguia parar de pensar em Cordelia, embora ela estivesse ao lado dele. Na sensação dela, o cabelo pesado reunido em suas mãos, o corpo dela contra o seu. Mas não apenas nisso, lembranças de todos os minutos deles juntos vieram como lampejos de raios, iluminando a escuridão por trás dos seus olhos: as noites que tinham passado jogando, as vezes que tinham rido, trocado olhares de compreensão, sussurrado segredos. A pulseira dele parecia um peso de duas toneladas. *Mas você ama Grace*, sussurrou a voz indesejada no fundo de sua mente. *Você sabe que ama.*

Ele afastou o pensamento. Era como pressionar uma ferida, ou um osso quebrado. James tinha beijado Grace naquele dia, mas a lembrança parecia desbotada, como um pergaminho velho. Como a memória encoberta de um sonho. A cabeça dele latejava, como se alguma coisa dura pressionasse as têmporas; a voz em sua mente queria que ele pensasse em Grace, mas, de novo, ele a afastou.

James pensou em Daisy. Ele tinha sentido falta dela quando ela estava fora; quando ele acordou naquela manhã, tinha pensado primeiro nela, em relatar seus problemas a ela para que pudessem ser compartilhados e resolvidos juntos. Isso era mais do que amizade, e, além do mais, a amizade não fazia uma pessoa querer agarrar a outra assim que a via e cobri-la de beijos.

Mas ele devia a Grace. Tinha feito promessas a ela durante tantos anos. Não conseguia se lembrar especificamente de quais eram, mas a certeza era real como uma barra de ferro cravada em seu coração. Ele as fizera porque a amava. A lealdade o atava. Seu pulso doía onde a corda se cruzava com a pulseira dela, lançando uma dor fria pelo braço dele. *Você sempre amou Grace*, veio a voz de novo. *O amor não deve ser abandonado. Não é um brinquedo para ser descartado na rua.*

Você nunca amou mais ninguém.

Havia um murmúrio baixinho em sua mente. Era Daisy, lendo Dickens.

"Ultimamente, com muita frequência. Houve um longo e difícil período em que eu a mantive afastada de mim, a memória do que eu tinha jogado fora quando ignorava seu valor. Mas, como meu dever não era incompatível com a admissão daquela memória, eu dei a ela um lugar em meu coração."

Uma memória verdadeira chegou então, forte e escura como chá, de outro quarto, um período em que ele se revirava e agitava, e Daisy lia em voz alta. A lembrança foi como o avanço de uma onda; ela se ergueu e rebentou debaixo dele, e sumiu. James a buscou, mas a memória tinha evaporado na escuridão; exausto, ele não conseguia mais combater a força da própria mente. A voz no fundo dela voltou como uma enchente. Ele vira Grace naquele dia, e não conseguira se impedir de beijá-la. Ele a amava *mesmo*. Era uma certeza que parecia o fechamento da porta de uma cela.

— James? — Cordelia tinha parado de ler; ela parecia preocupada. — Você está bem? Nenhum pesadelo?

A noite era um desfiladeiro, sombrio e infinito; James ardia por coisas que ele não conseguia nomear ou definir.

— Ainda não — respondeu ele. — Nenhum pesadelo.

LONDRES:
GOLDEN SQUARE

O assassino conseguia se mover tão rapidamente agora que os mundanos não o viam; ele era uma sombra, tremeluzindo ao passar por eles nas ruas. Não precisaria mais se esconder, ou descartar as roupas ensanguentadas em prédios abandonados — embora ele achasse infinitamente divertido que os Caçadores de Sombras tivessem mantido guarda na fábrica abandonada em Limehouse como se esperassem o retorno dele.

Ele passou por multidões como as sombras de uma nuvem passageira. Às vezes ele parava, para olhar ao redor e sorrir, para se recompor. Haveria sangue ao alvorecer, mas de quem seria derramado? Um grupo de Caçadores de Sombras patrulhando passou por ele e entrou em Brewer Street. Ele sorriu ferozmente — como seria divertido separar um do bando e abatê-lo, deixando-o morto no próprio sangue antes que os demais sequer notassem.

Mesmo quando ele levou a mão à lâmina, outro Caçador de Sombras passou — um jovem, alto e de cabelos castanhos. Esse estava sozinho, vigilante. Não era parte de uma patrulha. Ele estava caminhando na direção de Golden Square, as costas retas, a cabeça erguida. Uma voz sussurrou no fundo da mente do assassino: um nome.

Thomas Lightwood.

PARTE DOIS

- ✽ -

SOB A ESPADA

Em um sonho, em uma visão da noite, quando o sono profundo
cair sobre os homens, em devaneios sobre a cama,
Então Ele abrirá os ouvidos dos homens,
e selará suas instruções,
De que Ele pode desviar o homem de seu propósito,
e esconder o orgulho do homem.
Ele manterá a alma do homem afastada do poço,
e impedirá que sua vida pereça sob a espada.

— Jó, 33:15

17

PROFETA DO MAL

*Profeta do mal, é o que sempre sou para mim: forçado
eternamente aos augúrios tristes que não tenho
poder de esconder de meu próprio coração, não, não
durante os solitários sonhos de uma noite.*

— Thomas de Quincey, As confissões de um devorador de ópio inglês

A cidade dormia, embaixo de neve. Cada passo que Thomas dava
parecia ecoar por ruas vazias, sob os toldos de lojas, além de casas onde as
pessoas estavam deitadas aquecidas e seguras do lado de dentro, sem jamais
saber que ele caminhava pelas suas entradas.

Ele caminhara a partir de Mayfair, passando por Marylebone, além de
lojas fechadas cujas vitrines brilhavam com exibições de Natal, até chegar
a Regent's Park. A chuva gelada tinha transformado árvores em elaboradas
esculturas de gelo. Havia algumas carruagens em Euston Road conforme as
horas se aproximavam do alvorecer; médicos fazendo visitas de emergência,
talvez, ou iniciando ou concluindo turnos tardios nos hospitais.

Tinha sido uma longa noite, seja por causa da chuva que tinha começado
logo depois da meia-noite, seja porque, conforme ele passava por Brewer
Street, quase cruzara com uma patrulha de Caçadores de Sombras: quatro

— 381 —

Corrente de Ferro

ou cinco homens embrulhados em uniforme e casacos pesados. Ele passou despercebido por eles, por Golden Square. A última coisa que queria era ser pego e, provavelmente, censurado. Ele não podia — e não queria — descansar até que o assassino fosse apreendido.

Ele não conseguiria explicar completamente o que guiava aquela determinação incansável. James sem dúvida era parte daquilo — James, amarrado no próprio quarto a noite toda enquanto seus amigos montavam guarda no andar de baixo, preparados para uma coisa que nenhum deles acreditava ser possível. James, que carregava o peso de uma ascendência mais nefasta do que qualquer sombra. Aquilo parecia nunca tocar Lucie, mas os olhos de James estavam sempre assombrados.

Havia apenas mais uma pessoa que Thomas conhecia com olhos como aquele. Não eram olhos dourados, mas escuros, e tão tristes — ele sempre se sentira atraído por aquela dicotomia, pensou Thomas, da crueldade das palavras de Alastair, e da tristeza com a qual ele as dizia. Olhos tristes e uma língua ferina. *Diga-me*, ele sempre teve vontade de falar, *o que partiu seu coração e fez com que esse amargor surgisse?*

Thomas caminhava sempre adiante, atravessando a Bloomsbury, mal reparando em como seus dedos tinham ficado dormentes e frios, motivado pela sensação de que, logo na próxima esquina, sua presa estaria esperando. Mas não havia ninguém, exceto pelo ocasional policial patrulhando, ou por trabalhadores noturnos encapuzados e reunidos, arrastando os pés para casa, os rostos deles invisíveis, mas nenhuma sensação de ameaça vindo deles. Ele passou pelo mercado de Covent Garden, que começava a abrir, pilhas altas de caixas de madeira enfileiradas em suas colunatas conforme as carroças entravam e saíam, carregando flores, frutas e até mesmo árvores de Natal, cujos galhos enchiam o ar com o cheiro de pinheiro.

Conforme Thomas começou a dar meia-volta para o oeste, na direção de Soho, o céu pareceu ficar perceptivelmente mais claro. Ele parou subitamente diante da estátua do rei George II, no centro de Golden Square, o mármore pálido quase luminoso sob o azul profundo do céu que precede o amanhecer. Em algum lugar, um madrugador estava tocando piano, e as notas tristes ecoavam pela praça. O alvorecer estava a alguns momentos de acontecer. De volta a Curzon Street, eles logo teriam a resposta. Ou não tinha

— 382 —

CASSANDRA CLARE

havido mortes naquela noite — e nesse caso James ainda seria suspeito — ou o assassino teria agido de novo, e nesse caso, eles saberiam que James era inocente. Que estranho, não saber o que desejar.

De repente, Thomas não quis nada mais do que voltar para seus amigos. Ele começou a andar mais rapidamente, esfregando as mãos enluvadas para aquecer os dedos rígidos conforme o brilho de amarelo e rosa sobre as copas das árvores sinalizou a aproximação do sol.

Então um grito estilhaçou o silêncio. Thomas saiu correndo sem pensar, o treinamento dele o impulsionando na direção do som antes que ele tivesse um momento de hesitação. Thomas rezou para que fosse uma briga, talvez bêbados saindo aos tropeços de um pub, ou um ladrão roubando a bolsa de um trabalhador saindo cedo para o trabalho...

Ele deslizou por uma esquina até Sink Street. Uma mulher estava jogada na entrada de uma casa geminada com varanda, metade para dentro e metade para fora do jardim coberto de gelo. Ela estava com o rosto voltado para o chão, as roupas manchadas de sangue, cabelos grisalhos se espalhando pela neve. Ele olhou ao redor, mas não viu mais ninguém. Thomas se ajoelhou e pegou a mulher nos braços, virando a cabeça dela para ver seu rosto...

Era Lilian Highsmith. Ele a conhecia — todos conheciam. Ela era uma das anciãs da Clave, uma figura respeitável — e boa, também. Ela guardava balas de menta no bolso para dar às crianças. Ele se lembrava dela dando balas a ele quando era menino, das mãos finas dela bagunçando seu cabelo.

Ela usava um vestido caseiro, como se não tivesse esperado estar do lado de fora. O tecido estava cortado, sangue escorria de múltiplos cortes no material. Espuma ensanguentada salpicava seus lábios — ela ainda respirava, percebeu Thomas. Com as mãos trêmulas, ele pegou a estela, desesperadamente desenhando uma *iratze* após a outra na pele dela. Cada uma se acendia e sumia, como uma pedra mergulhando em água.

Ele desejou desesperadamente, agora, pela patrulha que tinha visto mais cedo. Eles estavam a poucos quarteirões dali. Como poderiam ter deixado aquilo passar?

As pálpebras de Lilian Highsmith se abriram. Ela agarrou a frente do paletó de Thomas, balançando a cabeça, como se dissesse: *Chega. Pare de tentar.*

Ele perdeu o fôlego.

— 383 —

Corrente de Ferro

— Srta. Highsmith — disse ele, com urgência na voz. — É Thomas...
Thomas Lightwood. Quem fez isso com você?

Ela agarrou as lapelas dele com mais força, puxando-o mais para perto
com uma força surpreendente.

— *Ele* fez — sussurrou ela. — Mas ele foi morto, morto no auge da vida.
Sua esposa... ela chorou e chorou. Eu me lembro das lágrimas dela. — Os
olhos dela se fixaram nos de Thomas. — Talvez não haja perdão.

Os dedos dela se afrouxaram e lentamente traçaram o casaco dele, deixando uma mancha de sangue para trás. O rosto de Lilian relaxou quando
a luz deixou seus olhos.

Entorpecido, Thomas apoiou o corpo inerte dela no chão. A mente dele
girava. Será que ele deveria levar Lilian para dentro? Alguém podia aparecer
logo, e ela não estava com feitiço de disfarce — os mundanos não deveriam
vê-la daquela forma, e, no entanto, talvez o Enclave não fosse querer que
ele a movesse...

Pelo menos ele poderia arrumá-la como um Caçador de Sombras deveria ser posicionado na morte. Ele fechou os olhos de Lilian com o polegar
e pegou as mãos dela para uni-las na altura do peito. Alguma coisa caiu da
mão esquerda dela, batendo suavemente no chão gelado.

Era uma estela. O que ela estava fazendo com aquilo? Tentando se curar?

Thomas ouviu passos se aproximando e levantou a cabeça, confuso.
Será que o assassino estava voltando, preocupado que Lilian pudesse ter
sobrevivido — e determinado a voltar e se certificar de que não tivesse?
Rapidamente, ele enfiou a estela no bolso e sacou uma faca do cinto.

— Oi! Você aí! Não ouse fugir!

Thomas congelou. Era a patrulha de Caçadores de Sombras que ele tinha
visto mais cedo. Quatro homens viraram a esquina, o Inquisidor Bridgestock à frente. Eles diminuíram a velocidade conforme se aproximaram,
encarando, chocados, Thomas e o corpo da Srta. Highsmith.

Ele percebeu em uma fração de segundo como aquilo devia parecer.
Uma Caçadora de Sombras morta ao lado dele, e ele, a mão ensanguentada
segurando uma faca. Pior ainda, ele não estava programado para patrulhar — ninguém sabia sobre suas saídas noturnas. Ninguém podia atestar
o paradeiro dele. Seus amigos podiam dizer que sabiam que ele estava
patrulhando sozinho, mas isso não era muito, era?

— 384 —

CASSANDRA CLARE

Um clamor de vozes começou quando o Inquisidor avançou na direção de Thomas, o rosto fechado, a capa preta girando em torno das pernas. Thomas soltou a faca e deixou as mãos se abaixarem ao lado do corpo, sabendo que seria inútil falar. Ele não se incomodou em tentar entender o que estavam todos dizendo. Tudo pareceu lento e surreal, como um sonho horrível que estava tentando puxá-lo para baixo. Ele observou do que pareceu serem quilômetros de distância enquanto Bridgestock falava com uma voz triunfante.

— Cavalheiros, encontramos o assassino — disse ele. — Prendam-no imediatamente.

Depois de apoiar o livro, Cordelia ficou olhando James dormir. Tinha uma desculpa, supôs ela, além do amor não correspondido. Ela o vigiava. Protegia James dos terrores da noite, da ameaça de Belial. Ela sentia o peso de Cortana nas mãos, como sentia o peso da confiança que Wayland, o Ferreiro tinha depositado nela.

Vá em frente. Seja uma guerreira.

Não que fosse um fardo observar o marido dormir. Ela pensou, assim que ficaram noivos, que se deitaria ao lado de James à noite, ouvindo a respiração dele se tranquilizar no sono. Quando ela percebeu que eles teriam quartos separados, pareceu uma perda daquele sonho.

Cordelia teria gostado de dizer que a coisa verdadeira era um desapontamento. Mas isso teria sido mentira. Ela o vira se revirar e finalmente cair no sono, o braço livre atrás da cabeça, a bochecha dele quase na dobra do cotovelo. As linhas de preocupação em seu rosto tinham se suavizado em tranquilidade e inocência. As bochechas dele coraram com seus sonhos, os cílios pretos tremiam contra as maçãs do rosto proeminentes de James. Enquanto o observava, Cordelia pensou em Majnun, do poema de Ganjavi, um rapaz tão lindo que iluminava a escuridão.

Quando ele se moveu no sono, a camisa fina subiu, mostrando o abdômen. Cordelia corou ao ver aquilo, e virou um pouco o rosto, antes de se perguntar destemidamente: *Por quê?* Ela beijara aquela boca macia, o lábio inferior mais carnudo do que o superior, com uma leve depressão no centro.

— 385 —

Corrente de Ferro

Ela sentira o corpo dele de cima a baixo do dela, o calor dele, os músculos de James se contraindo para puxá-la para mais perto.

Ela sabia que ele a queria. Ele podia não amar Cordelia, mas, assim que ela pediu que ele a beijasse — que a ensinasse — ele a desejou, e ela se sentiu poderosa. Linda. Ela era um paladino, uma guerreira. Quando ele lhe contou que tinha beijado Grace, Cordelia sentiu choque e mágoa, e então, uma recusa absoluta de chorar. Ela *não* seria fraca. Ela exigiria um beijo, exigiria que ele mostrasse seu desejo. Eles não podiam estar sempre em desigualdade.

Tinha funcionado melhor do que ela imaginara. Tão bem que Cordelia soube que poderia ter facilmente continuado, podia ter ultrapassado o limite do autocontrole para um território desconhecido, irrevogável. E, embora ela quisesse isso, foi Cordelia quem se afastou no final, para acabar com aquilo.

Porque você sabe que seria o seu fim, sussurrou uma vozinha no fundo da mente. *Porque, se você se apaixonar um pouquinho mais por ele, a queda a estilhaçaria.*

Era verdade. Ela sabia que se entregasse um pouquinho mais dela para James, queimaria como uma fogueira acesa por mil tochas. Não restaria nada dela além de cinzas. No desejo, eles podiam estar em pé de igualdade, mas na questão do amor, não estavam.

Alguma coisa estava brilhando no canto da visão dela havia um tempo: Cordelia olhou pela janela e viu o leve brilho do alvorecer. Um alívio percorreu seu corpo. Eles estavam seguros, por enquanto. Era manhã. O sol nascia e nada tinha acontecido.

A cabeça de James se agitava perturbadoramente no travesseiro. Apoiando Cortana, Cordelia se aproximou, perguntando-se se a luz o despertava. Ela podia fechar a cortina...

Ele estava ofegante, o corpo se arqueando subitamente para trás, os ombros e os calcanhares se enterrando no colchão.

— No jardim não — arquejou ele. — Não... volte para dentro... não... *não!*

— *James!* — Ela destrancou a porta, escancarou, e gritou para o corredor, pedindo ajuda. Quando Cordelia se virou de novo, James estava se debatendo, o pulso ensanguentado onde a corda abria sua pele.

Ela correu para o lado dele quando James gritou:

— *Deixe ela em paz! Deixe ela em paz!*

CASSANDRA CLARE

Ela puxou a corda em volta do pulso dele, sujando os dedos de sangue conforme se esforçava para soltá-lo. Ele saltou para cima, subitamente, libertando-se da cabeceira da cama. James ficou de pé atrapalhado e, descalço, cambaleou até a janela, segurando a moldura. Cordelia percebeu que ele tentava forçar para abri-la.

Passos martelaram escada acima. Matthew irrompeu no quarto, parecendo amarrotado, os olhos verdes-escuros devido ao sono e à preocupação. Ao ver James na janela, ele o agarrou pelos ombros, girando seu *parabatai*. Os olhos de James estavam arregalados, encarando sem enxergar.

— *Deixe... ela... em paz!* — arquejou James, lutando.

— Acorde! — exigiu Matthew, forçando o corpo de James contra a parede.

James ainda estava fazendo força contra ele, com o braço rígido, mas seus movimentos eram mais lentos agora, seu peito não estava mais subindo e descendo.

— Matthew — sussurrou ele. — Matthew, é você?

— Jamie *bach*. — Matthew cravou os dedos nos ombros de James. — Sou eu. *Olhe* para mim. *Acorde.*

Os olhos de James focaram aos poucos.

— Talvez não haja perdão — sussurrou ele, a voz estranhamente vazia.

— Provavelmente, não — disse Matthew —, e todos iremos para o inferno, mas o que importa agora é que você esteja bem.

— James — disse Cordelia. Ele a encarou; o cabelo preto estava úmido de suor, e havia sangue em seu lábio inferior, onde ele o havia mordido. — *Por favor.*

James estremeceu e ficou inerte contra a parede. Parecendo exausto, ele assentiu:

— Estou bem. — Ele parecia sem fôlego, mas o tom vazio tinha sumido de sua voz. — Acabou.

Matthew relaxou, abaixando as mãos. Ele estava usando colete e calça, percebeu Cordelia, e corou levemente. Ela podia ver uma Marca *enkeli* no bíceps de Matthew, parte dela desaparecia sob a manga. Matthew tinha belos braços, percebeu ela. Jamais tinha notado antes.

Ah, céus. Se a mãe dela soubesse que Cordelia estava em um quarto com dois homens tão escassamente vestidos, ela poderia até desmaiar.

— 387 —

Corrente de Ferro

— Então você sonhou — disse Matthew. Ele olhava para James, e havia tanta afeição em sua voz que o coração de Cordelia se partiu ao meio. Senhor, se ela e Lucie pudessem se tornar *parabatai*, ela esperava que as duas se amassem quase tanto quanto eles. — Um pesadelo, podemos presumir?

— Vocês presumem certo — disse James, seus dedos se dirigindo para o nó da corda ainda em torno de seu pulso. — E se meu sonho estava certo, outra pessoa morreu. — O tom de voz dele foi direto.

— Mesmo que isso seja verdade, não foi você — disse Cordelia, com força. — Você ficou aqui a noite inteira, James. Amarrado à cama.

— Isso é verdade — disse Matthew. — Cordelia estava com você, ela não saiu do seu lado, e todos nós estávamos lá embaixo, bem, exceto Thomas, que fugiu para patrulhar de novo, mas o resto de nós. Ninguém entrou ou saiu pela porta.

James desatou a corda que ainda pendia de seu pulso. Ela caiu, revelando um círculo de pele ensanguentada. Ele flexionou a mão e olhou de Matthew para Cordelia.

— E eu tentei abrir a janela — observou ele. — Mas foi depois do sonho, não antes. Eu não sei... — Ele parecia frustrado. — É como se eu não conseguisse *pensar* — disse James. — Como se houvesse uma névoa em meu cérebro. Mas se não sou eu fazendo isso... quem é?

Antes que Matthew ou Cordelia pudessem responder, um ruído ecoou de baixo. Alguém estava esmurrando a porta. Cordelia se levantou como um raio, correndo pelos degraus, usando meias. Ela conseguia ouvir movimentos na sala de estar, mas chegou à porta antes de qualquer outra pessoa e a escancarou.

À soleira da porta havia uma figura usando capa da cor de pergaminho. Olhando para trás dele, Cordelia podia ver que suas botas não tinham deixado rastros na neve que formava gelo em sua calçada; ele parecia levar o silêncio consigo, uma sensação de espaços calados e sombras sem ecos.

Por um momento, Cordelia se encheu de esperança de que Jem tivesse vindo visitá-la. Mas esse Irmão do Silêncio era mais curvo, e não tinha cabelo preto espesso — ou cabelo algum. Quando ele abaixou o olhar para ela, seus olhos selados visíveis sob a sombra do capuz, ela o reconheceu. Era Irmão Enoch.

— 388 —

CASSANDRA CLARE

Cordelia Herondale, disse ele, com sua voz silenciosa. *Eu preciso falar com você sobre vários assuntos. Primeiro, trago uma mensagem de Irmão Zachariah.*

Cordelia piscou, surpresa. James tinha dito que houvera outra morte — mas talvez não fosse esse o motivo pelo qual Enoch estava ali, afinal de contas? O rosto dele mantinha-se inexpressivo como sempre, embora sua voz na mente de Cordelia soasse surpreendentemente gentil. Ela jamais pensara muito nos outros Irmãos do Silêncio, aqueles que não eram Jem, como sendo gentis ou não, não mais do que árvores ou cercas eram gentis.

Talvez ela tivesse sido injusta. Encontrando sua voz, ela chamou Irmão Enoch para entrar, murmurando boas-vindas. Ela conseguia ouvir os barulhos dos outros dentro da casa, as vozes deles elevadas na sala de estar. Ainda estava bastante cedo, e o céu do lado de fora tinha acabado de começar a se firmar no azul.

Ela fechou a porta e se virou para olhar para Enoch. Ele estava de pé, aparentemente esperando por ela, pálido como mármore e calado, como uma estátua em uma alcova.

— Obrigada — disse ela. — Fico feliz por ter notícias de Je... de Irmão Zachariah. Ele está bem? Vai voltar para Londres?

Passos soaram. Cordelia olhou para o alto das escadas e viu James e Matthew descendo. Eles a viram, e ambos assentiram, passando pela entrada e seguindo para a sala de estar. Ela percebeu que estavam lhe dando um momento sozinha com Enoch. Ele devia ter comunicado silenciosamente para eles também.

Irmão Zachariah está no Labirinto Espiral e não pode voltar, disse Enoch.

— Ah. — Cordelia tentou esconder o desapontamento.

Cordelia, disse Enoch. *Há anos eu observo o Irmão Zachariah crescer em seu papel na nossa ordem com cada vez mais respeito. Se tivéssemos permissão de ter amigos, muitos de nós contariam com ele como um. Apesar de tudo isso, nós sabemos que ele é incomum. Irmão Enoch parou. Quando um Irmão do Silêncio se junta às fileiras da ordem, ele deve abrir mão da vida, mesmo das memórias de quem era antes de se tornar um Irmão do Silêncio. Isso foi mais difícil para Zachariah, considerando as circunstâncias incomuns da transformação dele. Há aqueles de sua vida anterior que ele*

— 389 —

ainda considera família, o que, como uma regra geral, é proibido. Mas nesse caso... nós permitimos.

— Sim — disse Cordelia. — Ele pensa nos Herondale como família, eu sei...

E em você, disse Enoch. E seu irmão. Ele sabe sobre Elias. Há coisas acontecendo no Labirinto Espiral que não posso lhe contar, coisas que impedem a partida dele. Mas ele deseja acima de tudo estar com vocês. Ele não consegue mentir para mim, e nem eu para você. Se ele pudesse estar ao seu lado neste momento, estaria.

— Obrigada — disse Cordelia, baixinho. — Por me contar, quero dizer.

Enoch deu a ela um aceno de cabeça breve. Cordelia pôde ver as Marcas de Quietude gravadas nas bochechas dele; Jem tinha sido marcado assim também. Com certeza deve ter sido doloroso. Sabendo que isso provavelmente violava alguma regra, Cordelia apoiou a mão no braço dele. A túnica de pergaminho pareceu estalar quando ela a tocou: foi como se ela subitamente pudesse ver a extensão de muitos anos, ver a curva do passado, o poder silencioso de uma vida passada entre história e Marcas.

— Por favor — disse ela. — Houve outra morte? Não sei se você tem permissão de nos contar, mas... mas a última morte foi de meu pai. Nós passamos a noite toda acordados, preocupados que acontecesse mais uma. Você pode tranquilizar nossas mentes?

Antes que Enoch pudesse responder, a porta da sala de estar se abriu e James, Matthew, Christopher, Lucie e Anna saíram em fila. Cinco rostos ansiosos fixos em Enoch — seis, supôs Cordelia, se contasse o próprio. Cinco pares de olhos fizeram a mesma exigência, a mesma pergunta: *Mais alguém morreu?*

A resposta de Enoch fluiu tranquilamente, sem sentimento ou amargura. *Se mais um Caçador de Sombras foi morto, eu não sei.*

Cordelia trocou um olhar desconfortável com James e Matthew. Será que o sonho de James estava errado? Nenhum dos outros estava.

Eu vim aqui falar com Cordelia, prosseguiu Enoch, sobre um assunto relacionado aos assassinatos e à investigação deles.

Cordelia endireitou o corpo.

— Qualquer coisa que queira me dizer em particular, pode dizer na frente de todos os meus amigos.

— 390 —

CASSANDRA CLARE

Como quiser. No Ossuário, você me fez uma pergunta sobre a Marca de Força de Filomena di Angelo.

Os outros olhavam para Cordelia confusos.

— Eu perguntei — explicou Cordelia — se ela possuía uma.

Ela possuía, disse Enoch. *Ela usava uma Marca de Força permanente no pulso, de acordo com a família, mas essa Marca sumiu.*

— Sumiu? — Christopher pareceu perplexo. — Como isso é possível? Foi cortada, você quer dizer?

Não tem corte. Uma Marca pode ser esgotada pelo uso, deixando apenas um fantasma para trás, mas não pode sumir completamente da pele depois de ser desenhada. A atenção de Enoch se voltou para Cordelia. *Como você sabia?*

— Eu vi que a Marca da Vidência de meu pai estava faltando — disse Cordelia —, e no pátio, quando o corpo de Filomena estava lá, eu achei que tinha notado que a Marca de Força dela tinha sumido do pulso. Podia não ser nada, minha memória pregando peças em mim, mas depois que notei a Marca de meu pai, precisei perguntar...

Ela conseguia sentir o peso do olhar do Irmão Enoch, como se ele a estivesse encarando, embora ela soubesse que ele não via como pessoas normais veem. Ela tentou manter o rosto livre de expressões. Esperou que os outros estivessem fazendo o mesmo. Mentir para um Irmão do Silêncio era mais do que difícil: se Enoch escolhesse revirar a mente dela, veria facilmente que tinha sido o fantasma da própria Filomena quem indicara a verdade.

Ele tomou minha força.

Se ela contasse a verdade, no entanto, haveria inquéritos — investigações —, perguntas que poderiam se voltar para Lucie. Ela se forçou a parecer tranquila e inexpressiva, como James fazia quando usava a Máscara.

— Mas o que isso poderia querer dizer? — disse James, a rispidez do tom dele cortando a tensão como uma faca. — O fato de que faltam Marcas em duas das vítimas? Não é possível roubar Marcas, e mesmo que alguém fizesse isso, que utilidade teriam?

— Como um tipo de troféu, talvez? — disse Lucie, com um olhar de gratidão na direção de Cordelia.

Christopher parecia levemente nauseado.

— Jack, o Estripador levava... partes... das pessoas que matava.

— 391 —

Corrente de Ferro

Lucie falou:

— Ou como prova de que a pessoa está morta? Se o assassino estivesse agindo a pedido de outra pessoa, se ele tivesse sido contratado, talvez, e precisasse provar que tinha cumprido a tarefa...

Isso não é possível. Não é que a pele onde a Marca estava foi cortada, disse Enoch. *A própria Marca tinha sido levada. O espírito dela. A alma, se preferir.*

Anna balançava a cabeça.

— Mas o que se pode fazer com uma Marca que foi removida? É bizarro...

Ela parou de falar quando Enoch ficou súbita e perfeitamente imóvel. Ele ergueu as mãos, como se para impedir todo o barulho. Ele falava com os outros Irmãos do Silêncio na mente, percebeu Cordelia. Ela sabia que estavam todos conectados, um coro estranho e silencioso, unido pelo planeta.

Depois de um longo momento, Enoch abaixou a mão. Seu olhar cego percorreu o grupo. *Eu recebi uma mensagem de meus irmãos. Lilian Highsmith foi assassinada, e uma prisão foi feita. O Inquisidor acredita que encontrou o assassino.*

Cordelia não conseguiu se impedir de lançar um breve olhar para James. Alguém tinha sido assassinado enquanto James estava literalmente amarrado e aprisionado: era impossível que ele tivesse feito aquilo. Alívio percorreu o corpo dela em uma onda, seguido imediatamente por horror e choque: horror porque alguém tinha morrido, choque porque o culpado podia ter sido encontrado.

— Quem eles prenderam? — indagou Anna. — Quem fez isso?

Creio que seja alguém que conhecem, disse Enoch, sua voz silenciosa agourenta. *Thomas Lightwood.*

A carruagem disparou pelas ruas de Londres, cortando o tráfego: graças a Raziel que era domingo, e as ruas não estavam cheias. Ela mal havia parado no pátio do Instituto quando James abriu a porta e saltou para fora, sobre as lajes.

Já havia uma multidão no pátio: Caçadores de Sombras perambulando, murmurando entre si e batendo os pés no frio da manhã. Alguns usavam uniforme, outros estavam nas roupas diurnas normais. Cordelia e Lucie

CASSANDRA CLARE

vieram correndo logo atrás de James; em seguida encostou a segunda carruagem, trazendo Anna, Matthew e Christopher. Todos pareciam tão chocados quanto James se sentia. Era algum tipo de ironia retumbante e amarga, como uma vingança terrível dos anjos, pensou ele, passando longe da multidão conforme se dirigiu para a porta da frente do Instituto. Assim que foi provado que ele não era culpado dos assassinatos, Thomas foi falsamente acusado.

E James sabia que era falso. Alguém estava pregando uma peça, uma peça terrível, e quando James pegasse a pessoa, ele cortaria a mão dela com uma lâmina serafim irregular.

Conforme ele disparou escada acima, com os outros logo ao seu encalço, alguém na multidão gritou:

— *Vocês!* Lightwood!

Christopher e Anna se viraram, Christopher com um olhar questionador. Era Augustus Pounceby, que estava murmurando com os Townsend, quem tinha gritado. Anna olhou para ele como se ele fosse um inseto que ela planejava dar de comer a Percy.

— O quê? — perguntou ela.

— Façam seus pais abrirem o Instituto! — gritou Augustus. — Ouvimos falar que pegaram o assassino, nós merecemos saber quem é!

— O Instituto está trancado? — sussurrou Lucie. Normalmente, qualquer um com sangue de Caçador de Sombras podia abrir a porta da frente da catedral. Institutos só eram trancados em épocas de emergência. James avançou os degraus restantes dois por vez, e pegou a pesada aldraba.

O som ecoou pelo Instituto. Anna continuou olhando para Augustus como se ele fosse um inseto. Alguns momentos depois, a porta da frente da catedral se entreabriu e Gabriel Lightwood chamou todos para dentro.

— Graças ao Anjo que são vocês. Achei que precisaria enxotar mais membros barulhentos do Enclave. — Gabriel parecia esgotado, o cabelo castanho arrepiado como espinhos. Ele abraçou Anna e Christopher antes de se virar para o resto do grupo. — Bem, essa é uma confusão daquelas, não é? Como descobriram?

— O Irmão Enoch nos contou — disse Matthew, brevemente. — Nós sabemos que eles encontraram Thomas com o corpo de Lilian Highsmith, e o prenderam.

— 393 —

Corrente de Ferro

— Irmão Enoch? — Gabriel pareceu confuso.

— Ele nos visitou para bater um papo — disse James. — Como está tia Sophie e tio Gideon? E Eugenia?

— Eles correram até aqui assim que descobriram — disse Gabriel, quando chegaram ao segundo andar. — Pouco antes da multidão, ainda bem. Estão desesperados, é óbvio, Thomas não foi apenas encontrado *com* o corpo; ele estava coberto de sangue e segurando uma faca. E de todas as pessoas que poderiam encontrá-lo, teve de ser Bridgestock.

— O Inquisidor? — Cordelia pareceu desanimada. Pensando bem, James *tinha visto* a Sra. Bridgestock do lado de fora, embora não houvesse sinal de Ariadne, ou de Grace, na verdade.

— Ele estava, por acaso, patrulhando na área — falou Gabriel. Tinham chegado à biblioteca; todos entraram e encontraram a tia de James, Sophie, caminhando de um lado para o outro no piso de madeira polida. Lucie correu até ela. James ficou onde estava; ele se sentia incrivelmente tenso, como se pudesse explodir de ódio se tocasse alguém.

— Onde ele está? — indagou James, quando Lucie segurou as mãos da tia deles e as apertou. — Onde está Tom?

— Ah, querido. Ele está no santuário — disse Sophie, olhando o mais carinhosamente que pôde para todos eles. A testa dela estava franzida de preocupação. — Bridgestock o trouxe de volta para cá e insistiu que ele fosse trancafiado e que o Conselho fosse notificado. Gideon foi direto buscar Charlotte, e assim que o Inquisidor soube disso, saiu correndo para tentar chegar a Mayfair primeiro. — Ela passou a mão na testa. — Não sei como as notícias viajam tão rápido. Precisamos trancar as portas, ficamos com medo de sermos cercados pelos membros do Enclave que ouviram boatos de que um suspeito tinha sido apreendido.

— O resto do Enclave vai ser informado? — perguntou James, pensando na multidão revoltada no pátio. — Que Thomas é o suspeito?

— Ainda não — disse Sophie. — Bridgestock reclamou, mas até mesmo ele viu razão em manter silêncio até que Charl... que a Consulesa chegasse. Ele fez seus parceiros de patrulha jurarem manter segredo também. Não há motivo para incitar a ira de ninguém, pois Thomas é obviamente inocente.

CASSANDRA CLARE

Gabriel virou o rosto, xingando baixinho. James sabia em que ele estava pensando. Sophie podia estar convencida da inocência de Thomas, mas nem todos estariam.

— Precisamos ver Thomas — falou James. — Antes de mais alguém chegar aqui. Principalmente o Inquisidor. Tia Sophie — disse ele, vendo o olhar de incerteza no rosto dela. — Você *sabe* que ele vai querer nos ver.

Sophie assentiu.

— Tudo bem, mas só você, Christopher e Matthew. E sejam rápidos. Espero que Charlotte chegue em breve com a comitiva dela, e o Inquisidor não vai querer encontrar ninguém no Santuário. O resto de vocês precisará esperar aqui...

— Bem, *eu* não vou esperar nada — disse Anna, com uma voz que soou como cristais de gelo. — Houve alguma testemunha para o que aconteceu, tia Sophie? A morte de Lilian, ou por que Thomas estava lá?

Sophie balançou a cabeça.

— Ele disse que a ouviu gritar quando passou, mas ela já estava morrendo quando ele chegou. Não houve testemunhas.

— Que a gente saiba — disse Anna. — Eu tenho minhas próprias formas de descobrir informações. Tia Sophie, papai, eu prefiro fazer minha própria investigação a ficar aqui e ver o rosto de Bridgestock. — Ela olhou para Christopher. — E se ele for grosseiro com você, me diga. Vou cortar fora aquele nariz esnobe dele.

Anna se virou sem esperar uma resposta e saiu da sala pisando forte. James conseguiu ouvir as botas dela estalando até o corredor. Um momento depois, Matthew e Christopher seguiram para a porta; James parou para olhar para Lucie e Cordelia, que estavam observando o grupo com expressões sombrias.

— Diga a Tom que todos sabemos que ele é inocente — falou Lucie.

— Sim — concordou Cordelia. A expressão dela era destemida. James sabia que ela não devia estar satisfeita por ser deixada na biblioteca, mas, mesmo assim, lançou-lhe um olhar encorajador. — Vamos apoiá-lo.

— Ele sabe — falou James.

Ele alcançou Christopher e Matthew no corredor, e, juntos, eles correram para baixo, avançando pelos corredores íngremes do Instituto até chegarem ao vestíbulo recuado do lado de fora do Santuário. A passagem terminava

— 395 —

Corrente de Ferro

ali em portas duplas altas feitas de ferro abençoado, pregadas aqui e ali com pregos de *adamas*. O buraco de chave na porta à esquerda era entalhado em formato de anjo. A própria chave estava na mão de uma menina de cabelo preto usando um vestido verde, de pé ao lado das portas e fazendo careta.

Era Eugenia, irmã de Thomas.

— Vocês demoraram para chegar— disse ela.

— O que está fazendo aqui, Genia? — perguntou Matthew. — Com certeza Bridgestock não teria pedido a você que vigiasse a porta.

Ela riu com deboche.

— Até parece. Estou preocupada com Thomas. Estou aqui para manter as outras pessoas do lado de fora, não para mantê-lo do lado de dentro. O Enclave inteiro está pisando em ovos desde que os assassinatos começaram; não me surpreenderia se uma multidão revoltada aparecesse aqui com tochas e tridentes agora que há um suspeito. — Os olhos dela brilharam. — Vá em frente, digam que estou sendo tola.

— Pelo contrário — falou James. — Fico feliz por você estar aqui. Todos ficamos.

— Verdade — disse Christopher. — Você é muito assustadora, Eugenia. Eu ainda me lembro da vez em que me amarrou a uma árvore em Green Park.

— Para ser justa, nós estávamos brincando de pirata, e eu tinha oito anos — disse Eugenia, mas sorriu um pouco. Ela estendeu a chave de anjo para James. — Digam a ele que nós vamos tirá-lo disso — comentou ela, confiante, e James assentiu e abriu as portas.

Do lado de dentro, a grande sala de pedra estava escura, iluminada apenas pela luz de uma fileira de candelabros acesos. Das paredes sem janelas pendiam grandes tapeçarias, cada uma estampando a intricada imagem tecida de um brasão de família de Caçadores de Sombras. Um espelho quase do tamanho de uma parede fazia a sala parecer ainda maior. No meio dela havia uma imensa fonte de pedra, sem água, com um anjo se erguendo do centro dela. Os olhos dele estavam fechados, o rosto que não via, triste.

A última vez que James estivera naquela sala fora na reunião em que Cordelia se levantou e afirmou que ele era inocente de ter queimado a Mansão Blackthorn — que ela havia passado a noite com ele e garantiria seu paradeiro. Ele ainda se lembrava daquele momento. Tinha ficado chocado,

— 396 —

CASSANDRA CLARE

não tanto pelo que ela dissera, mas por Cordelia ter dito aquilo: ele jamais imaginou que alguém faria tal sacrifício por ele.

Os vestígios daquela reunião ainda estavam ali, nos brasões de família nas tapeçarias, nas cadeiras de veludo preto espalhadas pela sala, no atril ainda em um canto. Em uma das cadeiras, ao lado da fonte seca, Thomas estava sentado. As roupas dele estavam amassadas e manchadas de sangue, as mãos, puxadas para trás da cadeira, os pulsos amarrados. Os olhos dele estavam fechados, a cabeça, baixa.

Christopher soltou um arquejo de indignação.

— Ele já está trancafiado. Não precisavam amarrá-lo também...

Thomas ergueu a cabeça, piscando. A exaustão era aparente em seus olhos fundos.

— Kit?

— Estamos aqui — falou Christopher, correndo pela sala na direção de Thomas. James o seguiu, juntando-se a Christopher e se ajoelhando diante da cadeira de Thomas, enquanto Matthew passou para trás, tirando uma adaga do cinto. Com um corte, a corda se partiu e Thomas puxou os braços, soltando-os com um arquejo de alívio.

— Não fiquem com raiva — disse ele, olhando para os amigos. — Eu disse a eles que não tinha problema me amarrar. Bridgestock insistiu, e eu não queria que meus pais ficassem me defendendo.

— Eles sequer deveriam ter que defender você — falou James, segurando as mãos livres de Thomas. Ele conseguia ver a sombra escura da tatuagem de rosa dos ventos de Thomas, que ficava aparente sob a manga da camisa. Deveria guiar Thomas para o amor e a segurança, pensou James, amargo; nesse caso, tinha fracassado. — Isso é ridículo...

— Thomas — falou Christopher, com uma firmeza incomum. — Conte o que aconteceu.

Thomas soltou um tipo de murmúrio seco. As mãos dele estavam geladas.

— Vão achar que estou louco. Ou que sou secretamente um assassino...

— Devo lembrar a você — falou James — de que ontem eu pensava que *eu* era secretamente um assassino, e você me disse que era um absurdo. E agora estou lhe dizendo que você, entre todos nós, é o *menos* provável de ser secretamente um assassino.

Corrente de Ferro

— Eu, por outro lado, sou o *mais* provável de ser secretamente um assassino — falou Matthew, jogando-se em uma das cadeiras. — Eu uso roupas excêntricas. Venho e vou como quero, e faço coisas misteriosas e ilícitas durante a noite. Ninguém entre o restante de você é assim. Bem, Christopher talvez mate alguém, mas ele não teria a intenção. Seria um acidente resultante de um experimento que deu terrivelmente errado.

Thomas soltou um suspiro trêmulo.

— Eu sei — disse ele —, com nitidez cristalina, que não feri Lilian Highsmith. Mas Bridgestock e os comparsas dele estão agindo como se acreditassem que feri, eles acreditaram nisso *imediatamente*. Nada do que eu disse fez diferença nenhuma. E essas são pessoas que conheço minha vida toda.

James esfregou as mãos de Thomas entre as dele, fazendo o sangue fluir.

— Tom, o que *aconteceu*?

— Eu... eu estava caminhando por Golden Square quando ouvi alguém gritar. Corri na direção do som e vi o corpo caído ali, e a virei para poder ver seu rosto e... e era Lilian, quase sem vida. Não havia sinal do assassino. Eu tentei... — Thomas colocou as mãos sobre o rosto. — Eu tentei curá-la, mas não consegui; ela estava perto demais de morrer. E então, quando me dei conta, eu ouvi gritos e o Inquisidor e alguns outros estavam de pé acima de mim. Eu estava coberto com o sangue de Lilian a essa altura...

— Você viu alguma coisa? — disse James, sentando-se sobre os calcanhares. — Mais alguém, alguém fugindo?

Thomas balançou a cabeça.

— Lilian viu o assassino dela?

— Eu perguntei a ela quem a atacou. — Os olhos de avelã de Thomas ardiam com frustração. — Então ela disse alguma coisa como "*Ele* fez isso. Ele foi morto no auge da vida. Sua esposa chorou por ele". Nada disso fez sentido.

— Você acha que ela reconheceu o assassino como alguém que já estava morto? — ecoou Matthew, parecendo confuso.

— Acho que ela provavelmente estava delirante — disse Thomas. — E tem outra coisa um pouco estranha. Quando eu a alcancei, ela estava agarrada à estela. Eu a coloquei no bolso sem pensar. — Ele levou a mão ao bolso da calça e tirou de dentro algo que brilhou à luz da vela. — Ao menos, eu achei que fosse a estela dela. Mas não é, é?

— 398 —

CASSANDRA CLARE

Ele a entregou a James, que a virou, curioso, entre os dedos. Era um quadrado duro de um material prata-esbranquiçado, cheio de Marcas entalhadas.

— Certamente é *adamas* — disse James. — Mas está certo, não é uma estela. É um tipo de caixa, eu acho.

— E eu não reconheço as Marcas — disse Matthew. — Essas são, sabe, nossas? Quero dizer, Marcas boas.

— Ah, sim — respondeu James. — Há muito tempo, o Anjo deu aos Caçadores de Sombras o Livro das Marcas Boas.

Thomas conteve uma risada.

— Que bom saber que minha prisão terrível não deprimiu demais todos vocês.

— Nós sabemos que é terrível, Tom — falou James. — Mas é temporária. Ninguém vai acreditar que você realmente fez tudo isso, e se chegar a esse ponto, a Espada Mortal vai comprovar.

— Mas se me julgarem usando a Espada Mortal, podem descobrir sobre tudo que andamos fazendo — disse Thomas. — Eles podem aprender sobre nossa conexão com Belial. Eu acabaria traindo todos vocês, principalmente você, Jamie.

James, já ajoelhado, apoiou a cabeça no joelho de Thomas por um momento. Ele conseguia ouvir Christopher e Thomas respirando, sentia a preocupação dele; sentiu a mão de Thomas em seu cabelo; Thomas tentava confortar a *ele*, percebeu James, embora Thomas fosse aquele em apuros. *Esses são meus irmãos*, pensou ele, *ao meu redor; eu faria qualquer coisa por eles.*

— Conte a eles o que precisar contar — disse ele, erguendo a cabeça. — Eu jamais ficaria com raiva de você por uma coisa dessas, Thomas, e eu vou dar um jeito… todos nós daremos…

Vozes se elevaram do lado de fora subitamente, Eugenia disse, muito alto:

— ORA, OLÁ, INQUISIDOR BRIDGESTOCK. MADAME CONSULESA. QUE ÓTIMO VER VOCÊS.

— Eles chegaram. — James ficou de pé, enfiando a caixa de *adamas* no bolso. Matthew ergueu o rosto quando Charlotte entrou na sala com o Inquisidor Bridgestock e Gideon Lightwood. Os dois homens estavam discutindo furiosamente.

— 399 —

Corrente de Ferro

— Isso é um embuste — disparou Gideon. — Você deve libertar Thomas imediatamente. Não tem provas concretas contra ele...

— O que é isso? — gritou Bridgestock quando viu os Ladrões Alegres.

— Como vocês entraram aqui?

— Eu moro aqui — disse James, sarcasticamente. — Tenho todas as chaves.

— Na verdade, você mora em Curzon Street... tudo bem, não importa — disse Christopher. — Foi uma bela resposta.

— Thomas está sendo detido sob suspeita — disse Charlotte, olhando para Matthew, que se virou parcialmente, curvando os ombros. James não podia culpá-lo. sempre parecia haver duas Charlotte Fairchild, uma, a tia que ele amava, e a outra, a Consulesa, aplicando a lei e a justiça com o pulso firme e sem emoção. — Ele não está proibido de receber visitas. E também não — acrescentou ela, olhando para Gideon — podemos retirar as suspeitas contra ele sem uma investigação. Você sabe o que o Enclave dirá, que estamos mostrando favoritismo, soltando um suspeito apenas porque ele é da família, não porque foi inocentado de qualquer participação no crime.

— Você torna as coisas muito difíceis às vezes, Charlotte — disse Gideon, com a voz baixa e irritada. — Tudo bem. Vá em frente, Thomas; conte a eles o que aconteceu.

Thomas repetiu a história, deixando de fora apenas a curiosa caixa de *adamas*. Gideon cruzou os braços diante do peito, olhando com raiva para o Inquisidor. Bridgestock, cujo rosto tinha ficado roxo com o esforço de não interromper, protestando imediatamente quando Thomas terminou.

— Essa história é uma besteira — sibilou ele. Então se virou para Thomas, que tinha afundado de novo na cadeira: — Você está pedindo que a gente acredite que você anda quebrando as regras todas as noites? Patrulhando sozinho? Você tem *algum* álibi para onde estava na noite em que Basil foi morto? Ou a menina italiana?

— O nome dela era Filomena — disse Thomas, baixinho.

Bridgestock fez uma careta.

— Irrelevante.

— Provavelmente não era irrelevante para Filomena — disse James.

CASSANDRA CLARE

— Essa não é a *questão* — rugiu Bridgestock. — Lightwood, você não estava programado para patrulhar e não tinha motivo para estar em Golden Square.

— Thomas já explicou isso. — Gideon estava com o rosto pálido de fúria.

— E ele se importa mais com saber o nome de uma Caçadora de Sombras morta do que você, Maurice, porque nada disso importa para você, exceto que consiga escapar dessa. Se conseguir convencer a Clave de que pegou um assassino, acha que eles vão encher você de recompensas. Mas você vai parecer um *tolo* se o atirar na prisão e os assassinatos continuarem.

— Não tão tolo quanto você vai parecer, tendo um assassino como filho...

— Tem uma solução óbvia aqui — interrompeu James. — Tenho certeza de que você sabe exatamente do que eu estou falando. O que eu gostaria de saber é o que o impede de sugerir isso?

Bridgestock olhou para ele com um ódio tão puro que James ficou chocado. Era verdade que James às vezes se desentendia com o Inquisidor, mas ele não tinha ideia do que faria o homem odiá-lo.

— A Espada Mortal — disse James. — Thomas não tem medo dela. Por que você teria?

— Já chega de você — grunhiu Bridgestock, e, por um momento, James teve quase certeza de que o Inquisidor iria mesmo bater nele. Charlotte pegou Bridgestock pelo braço, com verdadeiro alarme em seu rosto, quando as portas se abriram mais uma vez.

Todos olharam completamente surpresos. Era Alastair Carstairs, caminhando para dentro da sala como sempre fazia: como se tivesse comprado o lugar e vendido por uma quantia volumosa. Ele usava terno preto, e seu cinto de armas brilhava onde estava visível sob o paletó. James podia ver Eugenia à porta, olhando para Alastair com uma expressão pensativa.

Por que ela deixou ele entrar?

— Céus — disse Matthew. — Tem como esse dia ficar pior? Que diabos você está fazendo aqui, Carstairs?

— Alastair — falou Charlotte —, creio que preciso pedir que você saia. Estes procedimentos são fechados. — Ela franziu a testa para Gideon. — A porta da frente está destrancada?

— 401 —

Corrente de Ferro

O queixo de Alastair estava erguido, sua expressão era arrogante. Uma tensão terrível revirou o estômago de James. Ele viu Thomas olhando para Alastair com uma expressão quase de pânico. Depois da morte de Elias, James tinha começado a achar que Alastair tinha mudado, ele amava a irmã, pelo menos, mas será que estava realmente ali para *se gabar*?

— Não — respondeu Alastair. — A porta não estava destrancada, pelo menos não quando eu entrei. O que foi há um tempo. Vejam bem, eu segui Thomas até aqui e entrei com o Inquisidor e a patrulha dele. Eu testemunhei a morte da Srta. Highsmith, o incidente todo.

Matthew levantou.

— Alastair, se estiver mentindo, eu juro pelo Anjo...

— Pare! — Charlotte ergueu a mão, autoritária. — Alastair. Diga o que pretende. *Agora*.

— Como eu falei. — O lábio de Alastair estava contraído, a cabeça dele erguida para trás; ele parecia até o último fio com o desgraçado arrogante que tinha sido na Academia. — Eu estava em Golden Square quando Thomas passou. Também ouvi Lilian Highsmith gritar. Eu vi Thomas correr para ajudá-la. Ela já estava morrendo quando ele chegou. Ele jamais a feriu. Eu posso jurar.

Matthew se sentou de novo com um ruído. Thomas encarou Alastair com uma expressão confusa. Gideon pareceu satisfeito, se não um pouco perplexo pelas expressões chocadas de todos.

— Hã... o quê? — disse Christopher, falando por todos eles, foi o que James sentiu.

Bridgestock debochou.

— Então é uma coincidência atrás da outra. Diga, Carstairs, que motivo você poderia ter tido para estar em Golden Square ao mesmo tempo que Thomas Lightwood?

— Porque eu estava seguindo Thomas — disse Alastair, perfurando o Inquisidor com um olhar de desdém. — Eu estou seguindo Thomas há dias. Eu sabia que ele estava saindo nessas patrulhas noturnas insanas sozinho, e quis me certificar de que ele estava seguro. Cordelia gosta dele.

— É *você* quem tem me seguido? — disse Thomas, chocado.

— Você *sabia* que estava sendo seguido? — perguntou Matthew. — E não disse nada? *Thomas!*

— 402 —

CASSANDRA CLARE

— Todo mundo *calado* — disse Charlotte; ela não ergueu a voz, mas alguma coisa no tom lembrou a todos o motivo pelo qual fora eleita Consulesa. Thomas ainda parecia prestes a desmaiar. Alastair estava estudando as próprias unhas. Foi Bridgestock quem primeiro quebrou o silêncio que seguiu.

— Isso é absurdo, Charlotte. Carstairs está mentindo para acobertar o amigo.

— Eles não são amigos — disse James. — Um de nós poderia mentir por Thomas. Alastair, não.

— Então ele provavelmente perdeu a cabeça devido ao luto pela morte do pai. De qualquer forma, não tem credibilidade — grunhiu Bridgestock.

— E, mesmo assim, nós vamos ouvi-lo, e Thomas também, porque essa é a tarefa que nos foi designada — disse Charlotte, em tom frio. — Thomas *e* Alastair serão mantidos aqui no Santuário até que possam ser julgados pela Espada Mortal.

— Você não pode tomar essa decisão sem mim — protestou Bridgestock.

— Eu deveria julgá-los agora mesmo, não fosse pelo fato de que a Espada Mortal está, no momento, em *Paris*. — Ele disse a palavra "Paris" com um desprezo surpreendente.

— Felizmente, Will e Tessa estarão aqui amanhã de manhã, *com* a Espada — falou Charlotte, trocando um olhar rápido com Gideon. — Agora, Maurice, temo que sua ansiedade em tornar essa prisão pública só tenha criado pânico. É melhor você vir comigo até o pátio, para comunicar que o Enclave tem o assunto sob total controle. A identidade do acusado não será divulgada até depois que a Espada Mortal seja usada amanhã.

Bridgestock lançou a Charlotte um olhar longo e furioso, mas ele não teve escolha. Ela era a Consulesa. Com um xingamento, ele saiu da sala pisando duro; ele teria batido a porta às costas, James tinha certeza, não fosse por Cordelia ter se enfiado pela abertura. Ela correu para além do Inquisidor sem olhar e abraçou Alastair.

— Eu escutei — disse ela, pressionando a testa contra o ombro do irmão. — Eu estava do lado de fora com Eugenia. Ouvi tudo.

— *Ghoseh nakhor, hamechi dorost mishe* — disse Alastair, acariciando as costas da irmã. James ficou surpreso ao perceber que entendeu. *Vai ficar tudo bem.* — Ouça, Layla. — Alastair abaixou a voz. — Eu não queria preocupar

— 403 —

Corrente de Ferro

você, mas *Mâmân* foi aconselhada pelos Irmãos do Silêncio a ficar na cama, pela saúde dela e do bebê. Eu não acho que deveríamos preocupá-la mais. Diga a ela que vou passar a noite no Instituto para fazer companhia a Christopher.

Cordelia piscou para afastar as lágrimas.

— Sim... vou mandar um mensageiro, mas... será que ela vai acreditar nisso? Você mal conhece Christopher.

Alastair beijou a testa de Cordelia. Quando fez isso, ele fechou os olhos, e James teve a estranha sensação de que via um lampejo da intensidade dos verdadeiros sentimentos de Alastair.

— Ela vai ficar feliz por eu ter um amigo, suspeito.

— *Alastair...*

— Essa sala ficou cheia demais de repente — falou Charlotte, olhando preocupada para o Inquisidor. — Todos vocês, exceto Alastair e Thomas, saiam... você também, Gideon. Devemos ser vistos como cooperativos. Você *entende* isso.

— Realmente — disse Gideon, com um tom de voz que indicava que ele não entendia nada. Ele sorriu para Thomas, que ainda parecia confuso. — Mas isso é ridículo, simplesmente deixá-los aqui, eles precisam de cobertores, de comida, não serão *torturados*, Charlotte.

Charlotte pareceu indignada.

— De fato, não serão. Eles receberão tudo de que precisam. Agora, Gideon, Christopher, Matthew, James, e você também, Cordelia, vocês *precisam* sair.

Relutantemente, os Ladrões Alegres começaram a sair em fileira do Santuário, cada um deles parando para colocar a mão no ombro de Thomas e murmurar uma palavra de encorajamento. Quando Cordelia soltou o irmão, com relutância, e se juntou aos amigos, ela murmurou, alto o bastante para que James ouvisse:

— Se eles não tiverem a Espada Mortal aqui até amanhã de manhã, vou tirar você daqui com Cortana.

— Eu *ouvi* isso! — brigou Charlotte. Ela se manteve muito reta, como era adequado a uma Consulesa, mas James podia jurar que o rosto dela estampou o leve traço de um sorriso quando Charlotte fechou as portas de ferro do Santuário atrás deles, trancando Thomas lá dentro com Alastair Carstairs.

— 404 —

18

MERCADO DO DUENDE

Um apoiou na terra sua cesta,
O outro puxou sua bandeja;
Um começou a tecer uma coroa
De gavinhas, folhas e das nozes o marrom
(Homens não vendem isso em cidade alguma);
Um ergueu o peso dourado
De pratos de frutas para oferecer a ela:
"Venha comprar, venha comprar", ainda estavam a gritar.

— Christina Rossetti, "Mercado do duende"

— Então, o que *é* essa geringonça? — perguntou-se Christopher em voz alta, cutucando timidamente o objeto de *adamas* que Thomas tinha recuperado de Golden Square. O objeto estava acomodado no meio da mesa redonda no quarto do andar de cima da Taverna do Diabo; em volta da mesa estavam posicionados James, Matthew, Christopher, Lucie e Cordelia. Anna estava sentada sozinha em uma poltrona de encosto amplo com o estofado saindo pelos braços. Várias garrafas de uísque estavam meio vazias no parapeito de uma janela.

— 405 —

Anna tinha chegado na Diabo em algum momento da tarde, apenas ignorando a pergunta quando os outros indagavam se ela havia descoberto alguma coisa.

— Eu avisei a ele — disse ela, afundando na poltrona e recusando ofertas de chá ou xerez. — Eu sabia que Thomas estava saindo sozinho na noite passada, e eu avisei a ele que não fizesse isso. Eu não devo ter sido convincente o bastante.

Anna tão raramente expressava dúvida que os outros, inclusive Cordelia, se encararam, espantados, por um momento. Foi Matthew quem quebrou o silêncio.

— Todos nós avisamos a ele, Anna, mas Thomas é teimoso até não poder mais. Embora fosse muito esmirrado quando era pequeno e, na verdade — acrescentou ele — adorável, como um porquinho-da-índia ou um camundongo.

James bateu gentilmente atrás da cabeça de Matthew.

— Acho que o que ele pretende dizer é que não pode ser a responsabilidade dos amigos de uma pessoa evitar que ela faça algo que acredita ser o certo — disse ele. — Mas é, no entanto, o trabalho dos amigos de uma pessoa resgatá-la das consequências das ações quando tudo vira de ponta-cabeça.

Lucie bateu palmas e gritou:

— Viva, viva! — Com um meio sorriso, Anna deu tapinhas distraídos na mão de Lucie. Anna parecia cansada, embora ainda perfeitamente arrumada, o cabelo uma touca cuidadosa de ondas penteadas a dedo, as botas brilhando com polimento recente.

— Tudo bem — disse ela. — Eu descobri algumas coisas, embora não tanto quanto gostaria. Um fato que pode se provar de interesse, no entanto: o corpo de Lilian Highsmith estava sem a Marca de Precisão.

— Então está definido — falou Matthew. — Alguém está assassinando Caçadores de Sombras para roubar as Marcas deles. E nós sabemos com certeza que James não é o assassino — acrescentou ele. — Nem Thomas.

— Não — falou James —, mas Belial está envolvido de alguma forma. Aquela insígnia na minha janela, acho que eu mesmo desenhei sem me dar conta do que estava fazendo, assim como abri minha janela. Acho que havia uma parte de minha mente, uma parte oculta, que *sabia* e estava tentando

CASSANDRA CLARE

avisar minha parte consciente. Belial certamente tem me mandado esses sonhos, essas visões. Não consigo imaginar o motivo.

— Acha que ele queria Thomas preso? — perguntou Christopher.

— Não — respondeu James, lentamente —, embora eu não possa ter certeza, mas parece... pouco, para Belial. A maioria dos seres humanos está aquém do radar dele, a não ser que cruzem seu caminho. E não vejo como Thomas pudesse estar no caminho dele.

Talvez apenas para ferir você, pensou Cordelia, mas não disse; não ajudaria que James achasse que a prisão de Thomas tinha sido culpa dele.

— Talvez ele simplesmente quisesse a atenção do Enclave desviada — disse ela — de quem quer que esteja fazendo isso de verdade, e da conexão dessa pessoa com Belial.

— No que diz respeito ao Enclave, começou a vazar a notícia de que Thomas é o suspeito. Cerca de metade daqueles que sabem pensam que ele fez isso, e a outra metade ainda acha que é um feiticeiro, ou um ser do Submundo que contratou um feiticeiro — falou Anna.

— Talvez ajudasse se descobríssemos o que *isso* faz — falou Christopher, indicando o objeto de *adamas*. — Então talvez nós saibamos se era da Srta. Highsmith ou do assassino, ou uma outra coisa totalmente diferente. Ah... decidi chamar isso de *pithos*. É um tipo de container na mitologia grega.

— Mas não podemos ter certeza de que tem alguma coisa dentro dela, Kit — falou Matthew. — Pode ser um dos pesos de papel da Srta. Highsmith. Ela pode ter tido uma coleção e tanta.

— Não acredito que fosse dela. Acho que o assassino deixou cair na cena do crime. Por certo que não é um objeto de Caçadores de Sombras, não com Marcas assim. — Christopher suspirou, os olhos lilases tristes. — Eu não gosto quando não sei o que as coisas fazem.

— *Eu* não gosto que Bridgestock parece estar perseguindo Thomas — disse Matthew. — Ele parece desesperado para ver Thomas condenado.

— Eu sempre tive a sensação — falou James — de que Bridgestock não era muito afeito a nenhum de nós... a nossos pais, na verdade. Eu não sei o motivo. Ele é mais velho; talvez ache que eles são irresponsáveis. Ele provavelmente acha que se for ele quem conseguir pegar o assassino, pode ser promovido, ou que vai ganhar o próximo mandato como Cônsul.

— 407 —

Corrente de Ferro

— Contra Charles? — disse Matthew. — Vou gostar de ver essa disputa de tapas.

— Chega de política — falou Cordelia. — Thomas está definhando na cadeia... eu sei que é o Santuário, mas ainda assim, é uma cadeia... Assim como meu irmão. Eu sei que vocês não se importam muito com o que acontece com Alastair, mas *eu* sim.

Ela não pretendia que as palavras saíssem tão agressivas. Depois de um momento, James falou:

— Daisy, o que Alastair fez foi muito corajoso. Ainda mais porque ele fez por alguém que não gosta dele.

— Foi bastante altruísta — disse Lucie. — Sinceramente, nós *nos importamos* com o que acontece com Alastair.

— Importamos? — suspirou Christopher. — Eu sinto como se jamais conseguisse acompanhar. Por que ele estava seguindo Thomas mesmo?

— Por mim — disse Cordelia, com firmeza. — Para que eu não me preocupasse.

Christopher parecia que tinha mais perguntas. Rapidamente, Anna interrompeu:

— Uma coisa que sinto que não foi mencionada é que essas mortes aconteceram perto do alvorecer. Como se, por algum motivo, o assassino estivesse esperando a noite se aproximar do fim.

— Patrulhas menores, talvez — sugeriu James. — Caçadores de Sombras começando a voltar para casa.

— Realmente, nosso demônio cara-de-faca é um inimigo inteligente — disse Christopher, fazendo Matthew olhar para a garrafa dele.

James olhou pensativo para a *pithos*.

— Uma dessas Marcas lembra a Marca para "alvorecer" — observou ele.

Cordelia pegou a caixa, virando-a na mão. Como todo *adamas*, era lisa e fria ao toque, vibrando com uma sensação de poder potencial. À primeira vista, os desenhos gravados no objeto lembravam um emaranhado confuso de lã, Marcas individuais indistintas umas das outras. Mas, conforme ela olhou para as Marcas, começou a detectar um padrão de desenhos irregulares que se bifurcavam, como se acréscimos e modificações tivessem sido feitos a Marcas familiares. Era como nada que ela tivesse visto antes.

— 408 —

— Deve haver alguém que possa nos dizer o que é isso — disse ela. — Eu concordo com Christopher. *Parece* muito improvável de ser qualquer coisa que um Caçador de Sombras teria possuído.

— É muito estranho que seja de *adamas* — falou Matthew. — Apenas as Irmãs de Ferro mineram *adamas*, e apenas Caçadores de Sombras conseguem usar.

— Tecnicamente, mas existe um comércio clandestino da coisa — falou Anna. — Estelas antigas e coisas do tipo têm um preço no Mercado das Sombras. Não há muitos que podem trabalhar o material, mas tem potência como um catalisador de magia.

— Bem, aí está — falou James. — Precisamos ir ao Mercado das Sombras. Fica em Southwark, não é? Perto de St. Saviour's?

Lucie piscou um olho para Cordelia do outro lado da mesa. Cordelia sempre quis ir a um Mercado das Sombras — bazares transitórios onde Seres do Submundo se reuniam para vender mercadorias encantadas, fazer negócios e fofocar. Muitas cidades diferentes tinham Mercados das Sombras, mas Cordelia jamais tivera a oportunidade de visitar um.

Matthew tomou um longo gole da garrafa.

— Eu detesto o Mercado das Sombras.

James pareceu confuso. É óbvio, Cordelia se lembrou com um sobressalto. A poção que Matthew tinha comprado, que quase tinha matado sua mãe — viera do Mercado das Sombras. Mas James não sabia disso. Ninguém mais sabia além dela.

— Além do mais — disse Matthew —, se sairmos por aí perguntando quem vende *adamas* demoníaco, tenho certeza de que isso não vai nos trazer nenhuma atenção indesejada.

— Ora, precisaremos tomar cuidado com isso — falou James. — Mas *adamas* é valioso. E onde mais itens de magia valiosos são comprados e vendido e avaliados? Não consigo pensar em nenhum outro lugar onde possamos encontrar alguém com esse tipo de experiência, não sem aviso prévio.

Christopher se alegrou, animado com a perspectiva.

— Excelente ideia. O sol quase se pôs; podemos ir direto.

— Infelizmente, não posso me juntar a vocês — disse Anna, se levantando graciosamente da cadeira. — Tenho patrulha esta noite.

— 409 —

Corrente de Ferro

Conforme o resto deles reuniu os pertences para ir embora, Cordelia reparou em Lucie olhando estranhamente para Anna. Era o tipo de olhar que significava que Lucie sabia de alguma coisa que não estava dizendo. Mas o que ela podia saber sobre Anna? Cordelia se perguntou brevemente se deveria perguntar, mas ela estava distraída com Matthew, que enchia novamente sua garrafa de bolso com uma das garrafas no parapeito da janela.

Suas mãos tremiam levemente. Cordelia desejava poder chegar perto dele, dizer alguma coisa reconfortante, mas o que ele contara a ela era um segredo. Ela precisava fingir que não via nada de errado.

Inquieta, ela seguiu os demais para fora da taverna.

—

Lucie se debruçou para fora da janela da carruagem que compartilhava com Cordelia quando elas se aproximaram da ponta sul da London Bridge. O cheiro do Mercado estava no ar: incensos e temperos, vinho quente e um cheiro de carvão, como osso queimando. A noite acabara de cair, e o pôr do sol pincelava o céu de cobre e chamas. Era uma daquelas vezes, pensou Lucie, em que o mundo parecia maior do que tudo, e cheio de possibilidades.

Ela saltou para fora da carruagem assim que o veículo parou, Cordelia a seguiu. As cabines e barracas e carrinhos do Mercado das Sombras serpenteavam para longe sob um teto arqueado de placas de vidro sustentado por vigas altas de ferro, localizado entre as ruas principais de Southwark e Borough. Barracas que continham frutas e vegetais e flores durante a manhã tinham sido transformadas por mercadores do Submundo em um bazar colorido e barulhento, as cabines acesas por pisca-piscas e decoradas com placas pintadas e extensões de seda colorida.

Lucie respirou fundo o ar com cheiro de incenso quando a carruagem de James chacoalhou e ele, Christopher e Matthew saíram, James limpando o paletó de Christopher onde ele havia, de alguma forma, conseguido derramar pó. Um rugido de sons veio do bazar, como trovão baixo: *Venham comprar! Venham comprar!*

— Nada de sair correndo pelo Mercado de Sombras sozinha, mocinha — disse James, chegando perto de Lucie pelas costas. O paletó de lã preta

— 410 —

dele estava abotoado até o queixo, escondendo as Marcas. Eles tinham combinado que não fazia sentido disfarçar que eram Caçadores de Sombras; os Caçadores de Sombras não eram mais bem-vindos no Mercado das Sombras do que eram em outros lugares do Submundo, a não ser, é lógico, que tivessem dinheiro para gastar, mas também não havia sentido em chamar atenção. — Pode parecer uma feira inofensiva, mas tem bastante perigo nesses corredores estreitos.

Ele olhou para Cordelia — talvez para ver se ela também ouvira, mas ela estava ocupada colocando as luvas. Parte do cabelo vermelho tinha se soltado sob o gorro de veludo, e fazia cachos contra sua bochecha. Ela parecia perdida em seus pensamentos. Quando Matthew e Christopher se aproximaram delas, Cordelia correu até Matthew, dizendo alguma coisa a ele em voz baixa que Lucie não conseguiu ouvir. *Estranho*, pensou Lucie.

James ofereceu o braço a Lucie.

— Cruel Príncipe James, a seu serviço.

Lucie deu risinhos; era um bom lembrete do passado, quando ela e James brincavam juntos, revezando entre se provocar e se proteger. Aceitando o braço dele, ela passou para a área do Mercado das Sombras, sob o telhado de vidro. Um viaduto de ferrovia passava por cima bem adiante, e o ronco distante de trens era igualmente audível por cima do som do próprio Mercado: música encantada baixinha tocava de várias cabines, as melodias se chocando ruidosamente. Seres do Submundo enchiam os corredores em busca de uma pechincha, um comércio ilícito, ou alguma coisa intermediária. Bandeiras de seda voavam, e bolhas brilhantes de luz pairavam como fogo-fátuo pelo ar.

Lucie pegou uma quando eles passaram por uma cabine de boticário com latas e jarros dispostos em prateleiras de madeira, um feiticeiro com um par duplo de chifres curvos gritava as virtudes de suas poções. A bolha era como uma bola de brinquedo feita de vidro fino. Dentro dela brilhava uma luz violeta intensa. Quando Lucie abriu os dedos, a bolha saiu flutuando, parecendo feliz por estar livre.

Matthew falou alguma coisa, e Cordelia e Christopher riram. Lucie estava concentrada demais para perguntar qual era a piada. Ela vira um par de carrinhos pintados de escarlate e dourado e verde; um duende de bigode de pé em uma plataforma elevada expunha as propriedades científicas e as alegações duvidosas de seus remédios médicos. No coração do Mercado, onde as cabines maiores ficavam, havia alfaiates servindo fadas e lobisomens, vendendo roupas com buracos para asas e caudas. Perto deles havia um minúsculo carrinho guiado por uma vampira exibindo sua linha de cosméticos: pó fino para cobrir qualquer imperfeição e batons que ela garantia que davam aos lábios "aquele tom vermelho-sangue cobiçado nas cidades mais cosmopolitas da Europa".

O grupo se reuniu em um espaço central, onde as barracas estavam organizadas em torno deles em uma praça. Lucie soltou o braço de James para que ele pudesse consultar um diretório escrito à mão pregado a um poste. Matthew olhou desconfiado para um vampiro vendendo garrafas de cerveja de gengibre "especial" quando Christopher tirou um longo pergaminho de papel do bolso. Cordelia tinha se afastado para examinar uma cabine que vendia bainhas de couro feitas à mão e manoplas até os pulsos.

— O que você tem aí? — perguntou Lucie a Christopher, olhando por cima do ombro dele para uma lista de termos desconhecidos.

— Ah, isto? É minha lista de compras — respondeu Christopher. — Com o negócio do toque de recolher, eu não consegui vir ao Mercado por um bom tempo, e tenho ingredientes para comprar.

Ele saiu rapidamente por um caminho sinuoso entre as cabines. Lucie o seguiu; para diversão dela, os vendedores cumprimentaram Christopher com entusiasmo.

— Sr. Lightwood! Um novo carregamento de marrúbio acaba de chegar. Você estaria interessado?

— Christopher Lightwood! Exatamente o homem que eu esperava ver! Tenho os materiais sobre os quais discutimos em nossa última conversa, de alta qualidade, muito raros…

Enquanto Lucie observava, Christopher parou para negociar com um lobisomem que vendia raízes e fungos secos, por fim saindo de mãos vazias, apenas para voltar depois que o lobisomem o chamou para aceitar o preço que Christopher tinha oferecido.

— Christopher negocia como um especialista! — exclamou Cordelia, aparecendo ao lado de Lucie com duas garrafas de um líquido rosa gasoso.

CASSANDRA CLARE

— Ele conseguiria se virar bem nos souks de Marrakesh. Aqui, prove isto, me disseram que deixa as bochechas coradas.

— Ah, não mesmo — disse James, aparecendo e tirando as garrafas das mãos dela. — Daisy, Lucie, não comam ou bebam nada que seja vendido aqui. Na melhor das hipóteses, podem acabar com uma leve dor de estômago. Na pior, vão acordar como uma dupla de lontras.

— Lontras são lindas — disse Cordelia, os olhos brilhando.

— Suas bochechas já são bem coradas — disse James com firmeza, jogando as garrafas em uma pilha de lixo atrás das cabines antes de se juntar a Matthew para olhar para espadas expostas com "gemas" de brilho duvidoso decorando os cabos.

— E por falar em irmãos — falou Lucie. — Não que nós estivéssemos, exatamente, mas... eu sinto muito por Alastair ter sido preso. Acho que o que ele fez foi excepcionalmente corajoso.

Cordelia pareceu surpresa.

— Eu sabia que você entenderia — disse ela, apoiando a mão no braço de Lucie. — E Lucie...

Lucie olhou em volta. Cordelia tinha o ar de alguém que quer confidenciar um segredo. James e Matthew estavam envolvidos em uma conversa com uma lobisomem — uma mulher com cabelo longo, castanho-acinzentado, e um colar de dentes, cuidando de uma caixa de vidro cheia de garrafas de cristal coloridas das quais emanavam perfumes. Uma placa escrita à mão sobre uma prateleira dizia DISFARÇA O CHEIRO DE PELO MOLHADO.

— Eu sei que você anda fazendo alguma coisa, alguma coisa que está mantendo em segredo. Não estou com raiva — acrescentou Cordelia às pressas. — Eu só queria que você me contasse o que é.

Lucie tentou disfarçar a surpresa; ela pensou que, ocupada com o casamento e uma casa para cuidar, Cordelia não estivesse prestando atenção nela.

— Sinto muito, de verdade — respondeu Lucie, lentamente. — E se eu lhe dissesse... que estou tentando ajudar alguém, alguém que é muito merecedor de ajuda, mas que, para a segurança dessa pessoa, não posso compartilhar os detalhes a esta altura?

Cordelia pareceu magoada.

— 413 —

— Mas... eu sou sua *parabatai*. Ou vou ser, muito em breve. Nós deveríamos enfrentar nossos desafios juntas. Se há alguém que precisa de ajuda, eu poderia ajudar também.

Ah, Daisy, pensou Lucie. Se ao menos fosse fácil assim. Ela pensou em Grace, em como ela era direta, e discreta a ponto de causar irritação, e soube que Cordelia não entenderia a decisão de Lucie de trabalhar com ela.

— Não posso — disse ela. — Não é o meu segredo para contar.

Depois de um momento, Cordelia tirou a mão.

— Confio em você — disse ela, mas sua voz soou um pouco... fraca.

— Espero que possa me contar em breve, mas entendo que você esteja tentando proteger alguém. Não vou insistir mais. Agora, vamos voltar para os outros?

Eu certamente poderia ter lidado melhor com isso, pensou Lucie, quando elas se juntaram aos companheiros. James e Matthew estavam falando com uma fada nobre que usava um gorro de pele de estilo russo, as abas cobriam as orelhas dele. Ele balançava a cabeça: não, não sabia de ninguém comprando ou vendendo *adamas*. Quando as garotas avançaram na direção deles, uma pixie passou de fininho pela orelha de Lucie e sussurrou:

— Malcolm Fade quer ver você. Encontre-o na tenda azul.

Sobressaltada, Lucie parou no meio do corredor, causando uma colisão com uma selkie carregada de sacolas de compras.

— Cuidado por onde anda, *Caçadora de Sombras*! — sibilou a criatura, fazendo um gesto com a mão que se assemelhava a uma barbatana. Foi um gesto grosseiro, com certeza, mas também indicou com nitidez uma cabine distante, uma coberta com faixas de veludo azul barato.

— Luce, você está bem? — perguntou Cordelia.

— Sim... Eu acabei de me lembrar de uma coisa. Uma coisa que preciso contar a Christopher. Só vou encontrar com ele, volto logo.

— Lucie... *espere*!

Mas Lucie tinha fugido antes que Cordelia conseguisse impedi-la, ou antes que James a visse; ele tinha deixado evidente sua posição a respeito de sair por aí sozinha. Abrindo caminho pela multidão até que a engolisse, Lucie mordeu o lábio, culpa e arrependimento pesando como uma pedra em seu peito. Guardar segredos de James, se esconder de Daisy... ela odiava

CASSANDRA CLARE

cada pedacinho disso. Mas Malcolm Fade talvez fosse a única chance de Jesse. Olhando para trás uma vez para ter certeza de que estava fora da vista dos amigos, ela entrou na tenda azul.

—

— Bem, que desperdício de tempo — disse Matthew, dando um chute demorado do lado da barraca de onde acabavam de sair.

— Besteira — disse James. — Nenhum tempo passado jogando bridge whist com duendes galeses mineradores de ardósia pode ser realmente considerado um desperdício. Além do mais, se eu algum dia quiser comprar tapete de pelo de lobisomem, saberei exatamente aonde vir.

A verdade era que ele estava tão desapontado quanto Matthew. Tinham falado com dezenas de vendedores e não tinham descoberto ainda nada de útil, mas, como seu *parabatai* parecia triste e nervoso naquela noite, James o tratava com luvas de pelica. Mais cedo, James tinha deixado Matthew sozinho por um momento para ler uma placa que direcionava fregueses até MILAGRES NÃO DITOS DA NATUREZA, PRESERVADOS DE MANEIRA MAIS REALISTA, apenas para se virar de novo e encontrar Matthew tirando uma garrafa de vinho de trás do balcão de um mundano com a Visão que mostrava uma garrafa de polimento para chifres para um freguês fada. Quando James o alcançou de novo, Matthew tinha escondido a garrafa inteira no paletó.

Matthew obviamente não queria estar ali. Ele parecia miserável de uma maneira intensa, alternando entre tagarelar e se calar. Já estava bêbado, tendo esvaziado sua garrafa de bolso e começado a garrafa de vinho. Era confuso; James sempre se perguntara por que Matthew não parecia gostar de visitar o Mercado. Os frequentadores do Mercado eram um grupo variado e de má reputação, mas não havia algo de que Matthew gostasse mais do que companhia variada de má reputação, pelo menos de acordo com a experiência de James. Talvez ele estivesse apenas preocupado com Thomas? Principalmente porque Thomas estava trancado em um quarto com Alastair Carstairs; James sentia que Thomas podia se defender, mas ele não desgostava de Alastair tanto quanto Matthew.

— 415 —

Corrente de Ferro

James parou para consultar o diretório de novo. Tinha começado a nevar — flocos espessos flutuavam para baixo conforme Matthew perambulava até umas poções em exposição que prometiam atrair unicórnios, fosse a pessoa "virginal" ou não. Ele as examinava quando Cordelia apareceu, com cristais brancos de neve presos como delicadas flores em seu cabelo ruivo.

Aquilo lembrou a James do dia do casamento deles. Ele encostou no poste no qual o diretório estava pregado, ignorando a neve que caiu de leve nas costas do seu colarinho. Ele estava tentando não pensar na noite anterior — parecia distante e tão próxima, tudo ao mesmo tempo. Ele estava no Inferno, pensando em Belial, mas, no entanto, no meio daquilo tudo, houve aquele momento com Cordelia, um momento de silêncio e tumulto, completamente intenso e, de alguma forma, tranquilo. A lembrança do perfume dela, fumaça e jasmim, aqueceu seu sangue, tornando o frio da neve um alívio.

Em meio à queda da neve branca, ele viu Cordelia se aproximar de Matthew. Não tinha certeza se os dois conseguiam vê-lo: ele era provavelmente uma sombra entre sombras, parcialmente escondido pela neve.

Cordelia colocou a mão sobre a de Matthew e se aproximou para dizer alguma coisa a ele. Essa visão lançou um tremor por James, como se a mão dele tivesse tocado um fio elétrico. Ele supôs que Matthew a tivesse levado para passear de carro no dia anterior para animar Cordelia — e muitas vezes, quando James estava preparando a casa em Curzon Street, Matthew tinha feito companhia a Cordelia — mas ele não tinha pensado que Cordelia e Matthew eram tão bons amigos a ponto de ter segredos. No entanto, tudo na forma como eles se inclinavam um na direção do outro remetia a confidências.

Cordelia acariciou a mão de Matthew gentilmente e se afastou; James conseguiu ouvi-la perguntar sobre o *adamas* a um sátiro que cuidava de uma barraca que vendia frutas das fadas. Uma coruja-das-neves empoleirada sobre uma tigela de pêssegos brancos piou para ela suavemente, e Cordelia sorriu.

Tirando a garrafa de vinho do paletó, Matthew avançou em um caminho irregular até James, semicerrando os olhos para ele em meio à neve.

— Então *é* você — disse ele, ao se aproximar. — Se continuar de pé deixando a neve ficar caindo, vai acabar como a escultura de gelo da próxima festa dos Wentworth.

— Parece uma existência tranquila — disse James, ainda olhando para Cordelia. — Onde está Lucie? Ela e Cordelia não estavam juntas?

— Foi encontrar Christopher, ao que parece — disse Matthew. — Sem explicar o motivo. Talvez ela tenha se lembrado de alguma coisa.

— Ela tem agido de modo peculiar ultimamente — falou James. — Grace até me perguntou sobre ela...

Ele parou, mas era tarde demais. Os olhos de Matthew, que normalmente ficavam mais arregalados e mais verde-água quando ele bebia, tinham se semicerrado.

— Quando você viu Grace?

James sabia que podia dizer *na festa dos Wentworth* e dar um fim ao interrogatório. Mas seria como mentir para Matthew.

— Ontem. Quando você e Daisy saíram de carro.

Matthew o encarou. Havia algo alarmante a respeito da quietude absoluta dele — apesar do cabelo bagunçado, do colete alegre, da garrafa na mão.

— Ela foi até Curzon Street — disse James. — Ela...

Mas Matthew tinha segurado seu braço com força surpreendente, e guiava James por uma abertura entre duas cabines. Eles se viram em um beco — quase um beco, na verdade: mais como um espaço estreito entre o lado de madeira de uma cabine e a parede de tijolos de um arco da ferrovia.

Somente quando James atingiu a parede de tijolos foi que ele se deu conta de que Matthew o tinha empurrado. Não tinha sido um empurrão forte, principalmente com apenas uma das mãos, Matthew ainda segurava a garrafa pelo gargalo com a mão pálida. Mas somente o gesto bastou para espantar James a ponto de soltar uma exclamação de irritação.

— Math, *o que* você está fazendo?

— O que *você* está fazendo? — indagou Matthew. O ar estava carregado do cheiro forte de incenso, e bolhas vítreas flutuavam além deles, iluminando o espaço com tons de esmeralda, rubi e safira brilhantes como estrelas. Matthew empurrou uma delas para longe, impaciente. — Recebendo Grace em casa enquanto sua esposa está fora de luto pela morte do pai é dificilmente o espírito do acordo que você tem com Daisy.

— Eu *sei* disso — falou James —, então contei a Cordelia tudo o que aconteceu, até mesmo que eu beijei Grace...

Corrente de Ferro

— Você fez *o quê*? — Matthew levantou as mãos, derramando vinho na neve. Manchou os cristais brancos de vermelho. — Perdeu a cabeça?

— Daisy sabe...

— Cordelia tem dignidade demais para mostrar que você a magoou, mas ela também tem honra. Eu sei que você tem um acordo com ela de que não verá Grace enquanto estiver casado, para salvar Cordelia da vergonha, de o Enclave fofocar que você foi forçado a se casar com ela depois que a comprometeu. Ela merece mais do que ser vista como uma âncora no seu pescoço.

— Uma âncora no meu... Eu não *convidei* Grace. Ela apareceu à minha porta e exigiu falar comigo. Não consigo nem me lembrar por que a beijei, ou se eu queria, maldição...

Matthew olhou de um jeito estranho para James — mais do que estranho; parecia que ele tentava entender uma coisa de que não conseguia se lembrar muito bem.

— Você não deveria ter deixado que ela entrasse em casa, James.

— Eu pedi desculpas a Daisy — falou James —, e farei isso de novo, mas que diferença faz para você, Math? Você conhece as circunstâncias do nosso casamento...

— Eu sei que desde que você conheceu Grace Blackthorn, ela tem sido uma miséria na sua vida — disse Matthew. — Eu sei que havia uma luz em seus olhos, e ela a apaga.

— É ficar longe dela que me deixa miserável — falou James. Mas ele estava bastante ciente, como na noite anterior, de que parecia haver dois James Herondale. Aquele que acreditava no que ele estava dizendo, e aquele dividido pela dúvida.

As dúvidas jamais pareciam durar mais que um momento, no entanto. Elas escapuliam até que ele mal se lembrasse delas, assim como ele mal se lembrava de beijar Grace no dia anterior. Ele sabia que tinha feito isso. Ele se lembrava de beijar Daisy — na verdade, a memória era tão aguçada e doce que era difícil pensar em outra coisa. Mas ele não conseguia se lembrar por que tinha beijado Grace, ou como tinha sido quando a beijou.

— Você sempre acreditou que o amor vinha a um custo — falou Matthew.

— Que era tormenta e tortura e dor. Mas deveria haver alguma alegria. Existe

— 418 —

CASSANDRA CLARE

alegria em se estar com alguém que se ama, mesmo sabendo que jamais se pode ter a pessoa, mesmo sabendo que ela jamais amará você de volta. — Ele inspirou um fôlego trêmulo de ar frio. — Mas, mesmo nos momentos em que você está com Grace, você não parece feliz. Não parece feliz quando fala dela. O amor deveria trazer felicidade a você, pelo menos quando imaginam como suas vidas serão assim que, por fim, estiverem juntos. Como vai ser seu futuro com ela? Conte como você pensa nele.

James sabia que era impossível. Todos os sonhos dele de um futuro com Grace tinham sido abstratos, nenhum deles era concreto. Quando ele pensou nela na casa em Curzon Street, percebeu subitamente que não tinha escolhido nada na casa pensando em Grace. Tinha considerado as próprias vontades e as de Cordelia. Ele jamais tinha pensado nas de Grace, pois não fazia ideia do que poderiam ser.

Ele sentiu a pulseira fria contra seu pulso, o metal absorvendo o frio da neve.

— Chega — disse ele. — Não deveríamos discutir isso agora. Deveríamos estar buscando respostas.

— Não vou continuar parado enquanto você se faz de miserável — disse Matthew. — Isso é inútil, se você nunca vai enxergar razão, ou bom senso...

— Porque você é um bastião de razão e bom senso? — disparou James. Ele sabia que tinha um temperamento, exatamente como o pai; sua raiva passou por cima de tudo no momento, com gosto de cobre e fúria. — Matthew, você está bêbado. Até onde sei, nada do que está dizendo agora é sério.

— Tudo que estou dizendo é sério — protestou Matthew. — *In vino veritas...*

— Não venha citar latim para mim — disse James. — Mesmo que você estivesse sóbrio, o que seria por um ínfimo acaso, *você* nunca levou o amor a sério o suficiente para me dar sermões sobre isso. Suas paixões foram uma série de namoricos e apegos mal-intencionados. Olhe para mim e me diga que há alguém que você ama mais do que essa garrafa na sua mão.

Matthew tinha ficado bastante pálido. James percebeu com uma tristeza distante que tinha quebrado um pacto entre eles, silencioso, de que ele não falaria com Matthew sobre a bebedeira. Que, se não fosse mencionada, poderia desaparecer.

Corrente de Ferro

Matthew se virou então, levantando o braço — James deu um passo à frente, mas Matthew já tinha batido violentamente com a garrafa contra a parede de tijolos. O vidro se espalhou em várias direções; Matthew estremeceu. Um pedaço de vidro tinha arranhado seu rosto, logo abaixo do olho. Ele limpou o sangue no rosto e disse:

— Não quero ver você arruinar sua vida. Mas se não ama Cordelia, deveria deixar outra pessoa amá-la.

— Eu não teria como impedir a pessoa, não é? — disse James. — Agora, deixe-me ver sua mão... Matthew...

— *Aí* estão vocês dois — chamou uma voz. Cordelia se aproximava, abrindo caminho pela neve recente e escorregadia. — Sem sorte, infelizmente; encontrei um ferreiro das fadas que às vezes trabalha com outros metais, mas nada de *adamas*, ao que parece... — Ela parou, olhando de um para o outro, os lábios franzidos em preocupação. — O que está acontecendo? — exigiu saber Cordelia. — O que houve com vocês dois?

Matthew levantou a mão esquerda. James ouviu Cordelia emitir um som de inquietação; ela correu até eles. James se sobressaltou, sentindo-se enjoado: o vidro da garrafa tinha entrado na mão de Matthew, e sangue escorria dos cortes em sua palma.

Mecanicamente, James buscou a estela. Matthew virou a mão, olhando para ela com curiosidade; o sangue estava escorrendo rápido, sem dúvida misturado com vinho. Gotas vermelhas gordas caíam na neve.

— Eu estava brincando — disse Matthew, parecendo mais bêbado do que James suspeitava que ele estivesse. — Eu me cortei e James me trouxe até aqui para uma Marca de cura. Besteira minha. Quem sabia que brinquedos tinham pontas afiadas?

James começou a desenhar a Marca de cura na mão de Matthew, enquanto Cordelia buscava na bolsa alguma coisa com a qual eles pudessem atar o ferimento. Tinha parado de nevar, percebeu James; ele não tinha certeza de por que estava sentindo tanto frio.

⌐

A tenda azul se abria para um espaço muito maior do que Lucie teria adivinhado pelo seu aspecto exterior. Malcolm estava sentado em uma poltrona

CASSANDRA CLARE

ao lado de uma longa mesa que tinha sido disposta sobre um tapete puído no chão. Na mesa havia livros, pilhas e pilhas deles: histórias de famílias de Caçadores de Sombras, livros sobre contos de fadas, textos necromânticos.

— É aqui que você mora? — indagou Lucie, olhando em volta. — Que maravilha, tantos livros! Mas o que você faz durante o dia?

— É óbvio que eu não moro aqui. — Malcolm não parecia particularmente satisfeito ao vê-la, embora tivesse sido ele quem a chamara. — Eu guardo alguns dos meus livros aqui. Alguns que eu não gostaria que fossem descobertos em meu apartamento caso os Caçadores de Sombras decidissem fazer uma busca lá. — Levantando-se, ele indicou a poltrona, o único assento no aposento. — Por favor, fique à vontade.

Lucie se sentou enquanto Malcolm pegou o cachimbo.

— Eu preciso pedir desculpas por como me comportei na Ruelle — disse ele, sem preâmbulos. Malcolm encostou na mesa coberta de livros. — Durante os últimos noventa anos eu acreditei que Annabel... — A voz dele falhou; o feiticeiro pigarreou e prosseguiu. — Que minha Annabel estava feliz na Cidadela Adamant. Ela não estava comigo, mas eu sonhei que poderia estar feliz. Que talvez até voltasse para mim. Mesmo que não voltasse, se ela tivesse morrido como as Irmãs de Ferro e os Irmãos do Silêncio morrem, dissipando-se em silêncio, os corpos deles preservados para sempre nas Tumbas de Ferro, eu me deitaria perto do local de descanso dela, poderia dormir ao seu lado pela eternidade.

Lucie se perguntou se ele tinha ficado acordado a noite toda — parecia exausto, suas mangas puxadas até os cotovelos, as sombras sob os olhos tão roxas quanto os próprios olhos. Há muito tempo, lembrou ela, quando era uma criança, tinha pensado que Malcolm era bastante empolgante, um feiticeiro deslumbrante e lindo, com o cabelo branco intenso e as mãos finas. Agora, ele parecia ter envelhecido vinte anos no último dia. Como se o luto tivesse arrasado o rosto dele.

— Sinto muito — disse ela. — Eu... eu jamais teria contado a você sobre o destino de Annabel da forma como Grace fez, e, se eu soubesse que ela faria aquilo, eu jamais a teria trazido para ver você.

— Para ser sincero — disse Malcolm, quando tirou a tampa de uma lata de tabaco —, eu gostei da franqueza dela. É melhor saber a verdade.

— 421 —

Corrente de Ferro

Lucie não conseguiu conter a surpresa que percorreu seu corpo. Ela se lembrava de Grace na Hell Ruelle: *eu contei a verdade a ele. Ele não deveria saber a verdade?*

— Foi por isso que chamei você. Achei que você merecia ouvir de mim sobre o que decidi. — Malcolm carregou o cachimbo com tabaco e bateu cuidadosamente nele. — Não vou ajudar você. Necromancia é inerentemente maligna, e notoriamente difícil. Mesmo que eu conseguisse ajudar você a fazer Jesse Blackthorn se levantar de novo, não vejo o que eu ganharia com isso.

Tinha começado a nevar do lado de fora; Lucie conseguia ouvir o roçar suave dos flocos contra o tecido da tenda.

— Mas se você pudesse me ajudar a levantar Jesse, eu poderia... eu poderia ajudar você a fazer o mesmo por Annabel.

— Você me disse que o corpo de Jesse Blackthorn foi preservado usando magia. Annabel morreu faz um século, e eu não tenho ideia de onde ela foi enterrada. — A amargura cobriu o ódio na voz dele, como uma bainha frágil sobre uma lâmina. — Ela está perdida para mim. Eu já li os textos, estudei o que há para saber. Pode ser diferente com Jesse, pois ele é um caso... incomum. Mas com Annabel... — Ele balançou a cabeça. — Comandar os mortos de volta a um corpo mortal exige necromancia, e a necromancia cobra um preço alto demais. E sem o corpo original, tomar o corpo de outro humano vivo seria um ato terrível.

Lucie respirou fundo. Ela podia se levantar. Sair daquela tenda e voltar à vida normal, ninguém saberia de nada. Mas ela pensou em Jesse — em Jesse dançando com ela na neve do lado de fora do Instituto. Em Jesse sumindo quando o sol o tocava. Em Jesse no caixão, com a neve caindo ao seu redor, sem jamais sentir o frio.

— Sr. Fade, eu posso falar com os mortos, até mesmo com aqueles que não estão inquietos. Eu poderia convocar o fantasma de Annabel para você, e poderíamos perguntar onde encontrar o corpo dela...

Malcolm ficou rígido, o cachimbo apagado na mão. Ele se virou lentamente; Lucie só conseguia ver o perfil dele, afiado como o de um gavião.

— Annabel é um fantasma? Ela assombra este mundo? — A voz dele estava falhando. — Isso não é possível.

— 422 —

CASSANDRA CLARE

— Sr. Fade...

— Eu disse que não é possível. — A mão dele tremeu, o tabaco solto caindo da ponta do cachimbo. — Ela teria aparecido para mim. Ela *jamais* teria me deixado sozinho.

— Se eles são ou não fantasmas... — Lucie hesitou. — Eu posso falar com os mortos.

Lentamente, Malcolm se empertigou. Lucie podia sentir o desespero dele; havia algo quase brutal a respeito daquilo, a respeito da intensidade do desejo dele.

— Você conseguiria falar com Annabel? Trazer o fantasma dela até mim?

Lucie assentiu, entrelaçando os dedos frios.

— Sim, se você me ajudar a reunir a alma de Jesse com o corpo dele, eu farei o que você precisar. Convocarei Annabel, e descobrirei onde ela está enterrada.

Alguns minutos depois, Lucie saiu da tenda azul. Ela se sentia quase zonza, quase incrédula, como se tivesse sido outra pessoa lá dentro com Malcolm Fade, fazendo acordos, jurando promessas. Fingindo uma confiança que ela não sentia de verdade. Concordando em deixar que Malcolm tirasse o corpo de Jesse de Londres, para a casa de campo dele perto de Fowey, como se ela tivesse a autoridade de decidir tal coisa. Ainda não sabia o que diria a Grace, ou a Jesse também...

— Lucie?

A neve caía espessa e levemente, deitando seu véu translúcido pelo Mercado. Ela semicerrou os olhos pelos flocos e viu um menino com cabelo preto. James, presumiu ela, e se apressou na direção dele, a mão erguida para proteger o rosto da neve. Ela esperava que ele não perguntasse o que ela estava fazendo. Seu lado protetor podia rapidamente se transformar em um sermão, como era, suspeitava ela, a natureza dos irmãos mais velhos...

Mas não era James. Fora da noite branca nebulosa, ele evoluiu como uma sombra: um menino magro usando camisa, a neve caindo em volta dele, mas não *nele*.

Corrente de Ferro

— Jesse — sussurrou ela. Lucie correu até ele, a bainha da saia arrastando na neve. — Está tudo bem? Alguém aqui pode *ver* você, exceto eu?

Um leve sorriso se formou no canto da boca dele.

— Não. Vai parecer que você está falando sozinha. Felizmente, isso não é uma situação incomum no Mercado das Sombras.

— Você já esteve aqui antes?

— Não. Eu já vi fotos, mas a realidade é muito mais interessante. Como sempre, Lucie, seguir você expandiu meu mundo.

Ela chutou um pouco de neve, perguntando-se se deveria mencionar a conversa com Malcolm.

— Achei que você estivesse com raiva de mim.

— Não estou com raiva. Sinto muito pelo que eu disse do lado de fora da Ruelle. Eu sei que você está fazendo o que faz porque se importa comigo. É que... eu estou sumindo mais rápido, eu acho. Eu esqueço, às vezes, onde acabei de estar. Sei que Grace falou comigo, mas não me lembro. Eu me encontro na cidade, e as ruas parecem passagens desconhecidas.

Um pânico passou pelo corpo de Lucie.

— Mas eu estou chegando tão perto... de encontrar alguém que possa nos ajudar. De descobrir o que aconteceu com você, que encantamentos foram colocados em você, para serem revertidos, desfeitos...

Jesse fechou os olhos brevemente. Quando ele os abriu, toda a pretensão de sorrir ou qualquer leveza sumiu; ele parecia estar com a guarda baixa, vulnerável.

— Você já fez tanto. Se não fosse por você, eu teria sumido há muito tempo. Eu sabia que alguma coisa estava me mantendo ancorado aqui, quando, para todos os propósitos, eu deveria ter sumido. Durante esses últimos meses, eu pude ver o luar refletido no rio, sentir o vento e a chuva contra a pele. Eu me lembro de como é sentir calor ou frio. Querer coisas. Precisar das coisas. — Ele olhou nos olhos dela, maravilhado. — Todas essas coisas são reais para mim de novo, como se nada mais tivesse sido real para mim desde que eu morri, exceto você.

Havia uma ardência na garganta de Lucie.

— Esses sentimentos são prova de que seu lugar é aqui, com os vivos.

Ele inclinou a cabeça na direção dela.

— 424 —

CASSANDRA CLARE

— Me comande a beijar você — sussurrou ele, com urgência. — Me diga para fazer isso. Por favor.

Ela levantou os olhos para ele, as mãos unidas, trêmulas.

— Me beije.

Jesse abaixou a cabeça. Uma cascata de faíscas dançou pela pele dela: ele deu beijos leves na bochecha de Lucie antes de procurar sua boca. Lucie inspirou profundamente quando ele capturou seus lábios, os braços dele a puxando para si.

Apesar de tudo, ela mergulhou no prazer que aquilo proporcionava.

Eu não sabia. Ela não tinha considerado a maciez da boca de Jesse em contraste com uma leve aspereza, o mordiscar dos dentes dele, sua língua acariciando a dela. Lucie não se dera conta de que ela sentiria os beijos de Jesse no corpo todo, uma deliciosa tensão jamais imaginada. As mãos dele estavam em seu cabelo, segurando a parte de trás de sua cabeça, a boca de Jesse estudava a dela, distraidamente, cuidadosamente...

Lucie gemeu baixinho pela garganta, suas mãos nos ombros de Jesse, se segurando. *Jesse. Jesse. Jesse.*

Um trem passou rugindo pelo viaduto acima, sua luz iluminando a escuridão, transformando a noite em alvorecer. Jesse a soltou, o cabelo escuro dele embaraçado, os olhos sonolentos e chocados com desejo.

— Se eu tenho que sumir — disse ele —, eu gostaria de sumir me lembrando disso como meu último devaneio.

— Não se vá — sussurrou ela. — Aguente firme, por mim. Estamos tão perto.

Ele tocou a bochecha dela.

— Só me prometa uma coisa — disse ele. — Se eu for, nos dê um final feliz, sim? No seu livro?

— Eu não acredito em finais — disse ela, mas ele apenas sorriu para Lucie e sumiu de vista.

— 425 —

19

SEU PRÓPRIO PALÁCIO

E ao ver o caramujo que por toda parte erra,
Carregando a própria casa ainda assim,
ainda assim está em casa,
Siga (pois ele é de ritmo tranquilo) esse caramujo,
Seja seu próprio palácio, ou seja o mundo sua prisão.

— John Donne, "Para Sir Henry Wotton"

Thomas não fazia ideia de que horas eram. Não havia janelas no Santuário, para o conforto de convidados vampiros. As velas nos candelabros continuavam queimando, seu tamanho jamais parecia diminuir.

Charlotte não tinha mentido quando disse que Thomas e Alastair receberiam o que precisassem. Camas quentes tinham sido fornecidas, e uma pilha de livros (escolhidos por Eugenia), sem falar de comida. Thomas podia ver que Bridget sentia pena dele, porque ela levara algumas de suas coisas preferidas: além de um prato de frango frio, havia pão ainda quente do forno, uma fatia de queijo amarelo de leite de ovelha, maçãs fatiadas e uma salada sem nenhum vestígio de aipo. Thomas odiava aipo.

Bridget tinha apoiado a bandeja sem dizer uma palavra, feito uma careta para Alastair, então partido.

— 427 —

Corrente de Ferro

Alastair parecera não se comover. Ele não tinha dito uma única palavra a Thomas desde que a porta se fechara atrás da Consulesa pela última vez. Tinha se dirigido até uma das "camas" fornecidas (um colchão com uma pilha de cobertores e travesseiros), se sentado com um livro (*O príncipe*, de Maquiavel, o qual ele devia ter tirado de um bolso do paletó — será que o carregava para todo lado?) e enfiado o nariz nele. E ali ele ainda estava, horas depois, sem sequer erguer o rosto quando Thomas acidentalmente derrubou um candelabro enquanto caminhava de um lado para o outro do cômodo.

Thomas olhou para a "cama" que Alastair não ocupava no momento, desejando saber se já era hora de dormir. Embora o confinamento deles ali devesse continuar, ele supôs que não fazia diferença; ele e Alastair seriam como gatos de estábulo, dormindo sempre que tivessem vontade.

A noção de passar sequer mais uma hora naquela sala deixou Thomas tão desanimado que ele caminhou até a porta e a chacoalhou, caso houvesse uma chance remota de que, por algum motivo, a tranca e os feitiços de proteção tivessem fracassado.

Naturalmente, nada aconteceu. A voz de Alastair perfurou o silêncio, quase fazendo Thomas pular.

— Um pouco ameaçador que o Santuário tranque pelo lado de fora, não é? Jamais pensei muito nisso antes.

Thomas se virou e olhou para ele. Alastair tinha tirado o paletó, é óbvio, e a camisa dele estava amarrotada.

— Eu, hã, acho que é necessário manter um ser do Submundo inesperadamente perigoso do lado de fora, ou alguma coisa assim — respondeu Thomas, sem jeito.

— Talvez. — Alastair deu de ombros. — Por outro lado, isso dá ao Instituto uma prisão improvisada.

Thomas chegou um pouco mais perto de Alastair, que estava novamente olhando para o próprio livro. Era incomum ver Alastair com um fio de cabelo fora do lugar — ele era como Anna nesse sentido —, mas estava despenteado agora, e caía em mechas macias e espessas sobre a testa. Pelo menos elas *pareciam* macias; Thomas imaginou que não tinha como saber com certeza. O que ele sabia era que gostava muito mais do cabelo de Alastair agora que ele tinha voltado para a cor natural.

Infelizmente, ele se lembrou, não gostava muito de *Alastair*.

Apesar do que Alastair tinha feito por ele, apenas algumas horas atrás. Que tinha sido tão impressionante quanto surpreendente.

— Por que você estava me seguindo? — indagou Thomas.

Alastair pareceu parar de respirar por um instante, embora Thomas soubesse que poderia ter sido a sua imaginação.

— Alguém precisava — disse ele, ainda encarando *O príncipe*.

— O que diabo isso quer dizer? — replicou Thomas.

— Não faça perguntas para as quais não quer ouvir a resposta, Lightwood — disse Alastair, com um lampejo da antiga arrogância que tinha na escola.

Thomas se sentou com um ruído no colchão de Alastair. Alastair olhou para ele, surpreso.

— Eu quero a resposta — falou Thomas. — E não vou me levantar até me contar.

Lenta e decididamente, Alastair deixou o livro de lado. Sua pulsação latejava bem na base no pescoço, na depressão acima da clavícula. Era um lugar que Thomas observara antes — ele pensou na época em Paris, quando tinham sido apenas ele e Alastair, perambulando pelas ruas, assistindo a um filme, rindo juntos. Ele pensou nos dedos de Alastair em seu pulso, embora isso fosse território perigoso.

— Eu sabia que você estava fazendo mais patrulhas — disse Alastair. — E, mais do que isso, que estava saindo sozinho com um assassino à solta. Você ia acabar sendo morto. Deveria levar alguém junto.

— Não, obrigado. Todas essas pessoas saindo em dupla, se anunciando sempre que falam, incapazes de agir sem se consultar, elas podem muito bem tocar uma sineta para avisar ao assassino que estão chegando. E, enquanto isso, se você não está no cronograma, deve apenas sentar a bunda sem fazer nada. Nunca vamos pegar o assassino se evitarmos sair pelas ruas. É lá que o assassino *está*.

Alastair pareceu se divertir.

— Eu nunca ouvi uma afirmação tão concisa da filosofia absurda sob a qual você e seus amigos da escola passeiam pelo mundo, correndo na direção do perigo — disse ele, se espreguiçando. Levantar os braços fez sua camisa se soltar da calça, deixando uma faixa do abdômen brevemente visível. Thomas

CASSANDRA CLARE

fez questão de não encarar. — Mas não é por isso que você estava fazendo o que estava fazendo — acrescentou Alastair. — Tem um pouco de verdade no que acabou de dizer, mas não é o centro da questão.

— Como assim?

— Você não conseguiu salvar sua irmã. Então quer salvar outras pessoas. Quer vingança, mesmo que esse não seja o mesmo mal que levou Barbara, ainda é o mal, não é? — Os olhos escuros de Alastair pareceram enxergar dentro e através de Thomas. — Quer se comportar de modo inconsequente, e não quer que seu comportamento inconsequente prejudique a segurança de um parceiro de patrulha. Então foi sozinho.

O coração de Thomas bateu lenta e firmemente. Era irritante, de uma forma que ele não conseguia compreender muito bem, que Alastair Carstairs parecesse entender suas motivações quando ninguém mais tivesse conseguido adivinhá-las.

— Bem, eu não acredito que você realmente ache que somos burros — disse Thomas —, ou que estamos dispostos a ir atrás do perigo apenas pelo perigo em si. Se acreditasse nisso, faria mais para impedir que Cordelia ficasse com a gente.

Alastair riu com deboche.

— O que quero dizer — prosseguiu Thomas, com uma agitação na voz — é que não acho que você acredita nas coisas grosseiras que fala. E não entendo por que as fala. Não faz sentido nenhum. É como se você quisesse afastar todo mundo. — Ele parou. — Por que você foi tão ruim com a gente na escola? Nós nunca fizemos nada contra você.

Alastair estremeceu. Por um longo momento, ele ficou calado.

— Eu fui ruim com vocês... — respondeu ele, por fim — porque eu podia ser.

— Qualquer um pode ser um babaca se quiser — falou Thomas. — Você não tinha motivo para fazer aquilo. Sua família é amiga dos Herondale. Podia ao menos ter sido mais generoso com James.

— Quando eu cheguei na escola — disse Alastair, lentamente, o esforço evidentemente lhe custando — as fofocas sobre meu pai tinham me precedido. Todos sabiam que ele era um fracasso, e alguns dos alunos mais velhos decidiram que eu era um alvo fácil. Eles... digamos que, ao fim da primeira

— 431 —

Corrente de Ferro

semana, eu tinha sido forçado a entender meu lugar na hierarquia, e tinha os hematomas para me lembrar, caso me esquecesse.

Thomas não disse nada. Era bizarro pensar em Alastair sendo intimidado. Ele sempre parecera um príncipe da escola, andando por lá com seu cabelo perfeito e a cabeça erguida.

— Depois de mais ou menos um ano sendo agredido — prosseguiu Alastair —, eu percebi que ou me tornava um dos agressores, ou sofreria pelo resto de meus dias escolares. Não sentia lealdade a meu pai, nenhuma necessidade de defendê-lo, então isso nunca foi um problema. Eu não era muito grande... bem, você sabe como é isso.

Ele olhou para Thomas por um momento, especulativo. Sentindo-se inseguro, Thomas recuou um pouco. Era verdade que os músculos dele tinham aparecido com seu surto de crescimento, e ele ainda não estava totalmente confortável ocupando tanto espaço no mundo. Por que não podia ter ficado mais como Alastair, de corpo elegante e gracioso?

— O que eu tinha — respondeu Alastair — era uma língua ferina e uma esperteza ágil. Augustus Pounceby e os demais caíam na gargalhada quando eu humilhava um coitado de um aluno mais novo. Jamais sujei as mãos, nunca bati em ninguém, mas não importava, não é? Logo, os valentões se esqueceram de que me odiavam. Eu era um deles.

— E como isso acabou para você? — disse Thomas, com a voz severa.

Alastair olhou para ele sem rodeios.

— Bem, um de nós tem um grupo de amigos próximos, e o outro não tem amigo nenhum. Então diga você.

— Você tem amigos — falou Thomas. Mas, quando pensou a respeito, percebeu que sempre que via Alastair em festas, ele estava sozinho ou com Cordelia. Ou Charles, é óbvio. Embora esse não acontecesse desde o noivado de Charles...

— Então vocês chegaram, um bando de meninos de famílias famosas, bem educados demais para entender a princípio o que acontecia longe de casa. Esperando que o mundo os acolhesse. Que seriam bem tratados. Como eu jamais tinha sido. — Alastair jogou para trás uma mecha de cabelo com a mão trêmula. — Acho que eu odiava vocês porque eram felizes. Porque tinham um ao outro, amigos de quem podiam gostar e que podiam admirar,

— 432 —

CASSANDRA CLARE

e eu não tinha nada disso. Vocês tinham pais que se amavam. Mas nada disso desculpa a forma como eu me comportei. E não espero ser perdoado.

— Venho tentando odiar você — disse Thomas baixinho — pelo que fez com Matthew. Você merece muito ser odiado pelo que fez.

Os olhos escuros de Alastair brilharam.

— Não foi só a mãe dele que eu difamei. Foram os seus pais também. Você sabe disso. Então não precisa… agir todo superior a respeito disso. Pare de fingir que só está chateado por causa de Matthew. Me odeie por sua causa, Thomas.

— Não — respondeu Thomas.

Alastair piscou. O corpo dele inteiro ficou tenso, como se estivesse esperando um golpe, e parte de Thomas quis dar esse golpe, dizer *Sim, Alastair, eu odeio você. Você nunca vai ser nada mais do que um traste.*

Mas, durante a conversa, alguma coisa estava se acumulando dentro de Thomas, que não tinha nada a ver com o comportamento de Alastair na escola e tudo a ver com eventos que tinham vindo depois. Todos os instintos de Thomas pediam que ele permanecesse calado, que empurrasse essas emoções de volta para o canto de sua existência onde ele sempre as escondera. Mas eles tinham falado mais sinceramente um com o outro nos últimos minutos do que durante a vida inteira, e Thomas suspeitava que, se não dissesse o resto agora, jamais diria.

— O motivo pelo qual eu não consigo odiar você são… são aqueles dias em Paris juntos — disse ele, e viu os olhos de Alastair se arregalarem. — Você foi bom comigo quando eu estava muito sozinho, e sou grato. Foi a primeira vez que eu percebi que você podia ser bom.

Alastair o encarou. Por que Alastair tinha pintado o cabelo? O contraste dos olhos e dos cabelos pretos com a pele marrom dele ficava lindo à luz de velas.

— É minha lembrança preferida de Paris também.

— Você não precisa dizer isso. Eu sei que você estava lá com Charles.

Alastair enrijeceu.

— Charles Fairchild? O que tem ele?

Então Alastair ia mesmo obrigá-lo a dizer.

— Não seria *essa* sua melhor lembrança de Paris?

— 433 —

Corrente de Ferro

A mandíbula de Alastair estava rígida.

— O que está sugerindo, exatamente?

— Não estou sugerindo nada. Já vi o modo como você olha para Charles, o modo como ele olha para você. Não sou um idiota, Alastair, e estou perguntando... — Thomas balançou a cabeça, suspirando. Nada a respeito daquela conversa tinha sido fácil, tinha parecido um tipo de maratona, e agora Thomas conseguia ver a linha de chegada adiante. Alastair podia preferir continuar mentindo para ele mesmo, mas Thomas não faria isso.

— Acho que estou perguntando se você é como eu.

—

Foram necessárias duas *iratzes* para curar a mão de Matthew, o que, de alguma forma, teve o efeito colateral de deixá-lo sóbrio. Cordelia percebeu, assim que o viu, que Matthew estava bastante bêbado, e que ele estava discutindo com James. Ela conhecia o olhar de Elias, reconhecia o que era agora, como não fizera anos antes.

Agora a mão de Matthew estava enfaixada em um lenço — uma atadura improvisada caso o machucado abrisse de novo. Ele parecia ter se esquecido da discussão e estava envolvido em uma conversa com Lucie e Christopher, examinando as compras que tilintavam na sacola de mercado de Christopher.

— Eu encontrei raiz de cicuta em pó oferecida por uma barganha incrível, melhor ainda depois que consegui que ele acrescentasse língua de víbora. — Christopher pegou para mostrar a eles, uma fita minúscula e encouraçada dentro de um frasco de vidro. — Vocês encontraram alguma coisa?

— Nada que valha a pena investigar — falou James. — Ninguém está disposto a falar sobre *adamas* com um bando de Caçadores de Sombras. Eles presumem que estamos tentando fechar o negócio de alguém, então se fecham.

Se ele tinha esquecido da discussão, Cordelia não poderia dizer. A Máscara estava firme no lugar, escondendo os pensamentos dele. Ela se perguntou se estavam discutindo sobre Thomas, ou talvez sobre a garrafa de vinho que estava em cacos aos pés dos dois? Ela sentiu uma inquietação, lembrando-se das mãos trêmulas de Matthew na Diabo quando ele encheu a garrafa de bolso. *Matthew não é seu pai,* lembrou-se ela. *Este é um lugar de memórias terríveis para ele, nada mais, e os outros não conseguem entender.*

— Os lojistas têm motivo para agir assim — disse Christopher. — Buscas de Nephilim já arrasaram com o Mercado no passado.

— Talvez devêssemos começar a mostrar a caixa às pessoas — disse Cordelia. — Para ver se elas podem dizer alguma coisa sobre as Marcas.

— E quanto a alguém que lide diretamente com artefatos mágicos reais e poderosos? — perguntou Lucie. — Tem bastante lixo aqui, mas também alguns itens reais e caros. Eu podia jurar que vi uma cópia dos Pergaminhos Vermelhos da Magia.

— E que tal procurar por feiticeiros para contratar? — sugeriu Matthew.

— Que tal... — Ele apontou. — Hypatia Vex?

— Hypatia está aqui? — Lucie pareceu confusa. — Mas como...?

Eles tinham chegado a uma parte do Mercado onde caravanas eram montadas em um tipo de círculo. No centro, uma fogueira de chamas encantadas queimava: conforme as chamas subiam, elas assumiam formas diferentes, rosas, estrelas, torres, luas crescentes, até mesmo uma carruagem com quatro cavalos. Adiante, recém-pintada com roxo e dourado, havia uma caravana com um anúncio de letras elaboradas da nova loja de magia de Hypatia Vex, em Limehouse, ao lado.

— Podemos *confiar* em Hypatia? — disse James. — Ela parece gostar de Anna, mas não tenho certeza de até que ponto essa afeição se estende no que diz respeito a nós. Principalmente porque roubamos a Pyxis dela.

— Ela mencionou isso quando Cordelia e eu estávamos na Ruelle — disse Matthew, lançando a Cordelia um olhar arrependido. — Ela parecia ter esquecido aquilo. E ela gosta de *mim.*

— Gosta mesmo? — falou Cordelia. — Eu realmente não percebi.

— Caçadores de Sombras! — chamou uma voz, erguendo-se acima do barulho do Mercado. Cordelia se virou e viu Magnus Bane de pé à porta da caravana roxa e dourada. Ele usava um fraque prateado justo, calça azul--pavão brilhante e um colete bordado combinando, com um relógio em uma corrente reluzente enfiado em um dos bolsos. Abotoaduras prateadas brilhavam em seus punhos, e ele usava um anel de prata incrustado com uma pedra azul luminosa. — O que diabos vocês estão fazendo, perambu-

Corrente de Ferro

lando pelo Mercado das Sombras como galinhas esperando a decapitação? Entrem imediatamente.

Ele os colocou para dentro, balançando a cabeça conforme eles entraram na caravana. Do lado de dentro, Hypatia tinha deixado sua marca em cada superfície: almofadas acolchoadas de veludo bordadas com joias estavam empilhadas nos tapetes franjados; espelhos com borda dourada e ilustrações japonesas em molduras elegantes cobriam as paredes. Lâmpadas brilhavam de nichos cobertos, e no centro da sala havia uma pequena mesa coberta de papéis, rabiscos sobre a loja de mágica de Limehouse, pelo que Cordelia pôde ver.

— Magnus! — falou Lucie, encantada, quando ela e os demais se assentaram nas almofadas espalhadas. Era delicioso estar no calor depois da noite gelada do lado de fora. Cordelia afundou em uma imensa almofada de veludo azul, agitando os dedos dentro das botas conforme começaram a descongelar. James se acomodou ao lado dela, o ombro dele quente ao lado de seu corpo. — Você e tio Jem voltaram, então? Do Labirinto Espiral?

— Só estou em Londres por esta noite — explicou Magnus, acomodando-se em uma poltrona de ratã de pintura chamativa. — Hypatia gentilmente permitiu que eu me hospedasse aqui, pois meu apartamento está cheio de duendes do gelo. É uma história meio longa. O Irmão Zachariah, infelizmente, ainda está no Labirinto. A ética de trabalho dele é impecável.

Cordelia olhou de esguelha para James. Será que incomodava a ele o fato de que Jem estava tão fora de alcance? Se incomodava, ela não saberia dizer; a expressão dele era inescrutável.

— Talvez minha informação esteja desatualizada — prosseguiu Magnus, dispondo uma bandeja cheia de pequenos pratos com biscoitos, nozes e geleias açucaradas. — Mas não tem um assassino à solta em Londres? Vocês deveriam mesmo estar aí fora sozinhos? Sem falar que o Mercado das Sombras não é receptivo aos Nephilim.

— Lidar com monstros é o que fazemos — respondeu James, pegando um biscoito. — É nosso trabalho.

— E todos os assassinatos aconteceram quase de manhã — falou Cordelia.

— Então não é verdade que a noite não é segura.

— Além do mais, o assassino não ousaria agir aqui, não com tantos Seres do Submundo por perto. Os assassinatos têm acontecido nas sombras, em

— 436 —

CASSANDRA CLARE

ruas desertas — falou Christopher. — Considerando uma amostra de cinco ocorrências, a conclusão lógica...

— Ah, céus, lógica não, por favor. — Magnus ergueu a mão em um gesto conciliatório. — Bem, vocês certamente não são a primeira geração de jovens Nephilim que decidem que salvar o mundo é sua responsabilidade — disse ele. — Mas o que estão fazendo no Mercado?

James hesitou apenas um momento antes de pegar a *pithos* do bolso do paletó e entregar a Magnus. Ele explicou o mais rápido possível a situação: Thomas a confundindo com uma estela, James pegando o objeto antes de o Inquisidor chegar, a suspeita deles de que pudesse ter algo a ver com os assassinatos, Christopher a batizando.

— Não tenho certeza se seu amigo Thomas estava tão enganado quanto pensou — falou Magnus. Ele pressionou uma Marca em particular com um dedo cuja unha estava bem-feita. Com um clique baixinho, a caixa se alongou e se reorganizou em uma nova e familiar forma.

— *É* uma estela — disse Christopher, espantado, aproximando-se para encarar.

— Certamente foi feita como uma — disse Magnus. — E eu diria que esse foi o trabalho de um Caçador de Sombras, mas... toda magia tem um tipo de aliança. As ferramentas dos Nephilim são angelicais. O próprio *adamas* tem uma aliança serafim, enquanto objetos dos reinos dos demônios são demoníacos por natureza. Isso — ele apontou para o objeto em sua mão — é demoníaco. E as Marcas têm semelhança com as Marcas do Livro Cinza, mas foram alteradas. Modificadas. Feitas em escrita demoníaca. Um demoníaco demótico, se preferirem. — Ele arqueou as sobrancelhas. — Tudo bem, ninguém entendeu essa piada. Além da compreensão de vocês, eu acho. A questão é que esse é um artefato demoníaco.

— Posso examinar de novo? — perguntou Christopher.

Magnus entregou o objeto, os olhos traindo um lampejo de preocupação.

— Apenas tome cuidado. Com certeza não é um brinquedo.

— Uma Irmã de Ferro não poderia ter feito a caixa? — perguntou Matthew. — Ficou meio doida da cachola na Cidadela Adamant e começou uma produção de objetos malignos?

Corrente de Ferro

— Certamente que não — falou Lucie. — As Irmãs de Ferro levam o trabalho *muito* a sério, e, mesmo que não levassem, não se pode fazer objetos demoníacos na Cidadela Adamant. Os feitiços de proteção não deixam. Eu costumava querer ser uma Irmã de Ferro — acrescentou ela, quando todos a olharam, surpresos —, até eu descobrir como fica frio na Islândia. Brr.

— Será que outra pessoa poderia ter usado uma estela, revertendo a lealdade dela? — perguntou James. — Tornando-a demoníaca?

— Não — falou Magnus. — Nunca foi uma estela de verdade. Foi feita do modo como vê agora, eu tenho certeza. Muito improvável que tenha sido de Lilian Highsmith. Eu concordo, esse objeto pertence a quem quer que ande cometendo esses assassinatos.

— Um demônio poderia moldar *adamas*? — falou James. — Acreditamos que um demônio está conectado com esses assassinatos, de alguma forma. Não que talvez ele esteja *cometendo* os assassinatos, mas que a... vontade dele esteja de alguma forma envolvida.

— Não fazem ideia de *qual* demônio? — perguntou Magnus com tranquilidade, escolhendo um biscoito da bandeja.

James trocou um olhar breve com o resto do grupo. Matthew deu de ombros e assentiu, falando por todos eles: era o segredo de James para ser contado.

— Belial — falou James. — De algum jeito, ele parece ter recuperado força o suficiente, mesmo depois do ferimento, para voltar para mim nos sonhos. Eu ando recebendo... visões, ao que parece, dos assassinatos. Eu os vejo acontecerem. Quase sinto como se fosse eu... aquele matando.

— Você *sente* como se fosse você...? — Magnus semicerrou os olhos de gato. — Pode elaborar?

— James definitivamente não está cometendo os assassinatos — falou Cordelia, irritada. — Acha que seríamos tolos o bastante para não pensar nisso? Nós o testamos, ele é inocente.

— Eles me amarraram a uma cama — falou James, examinando um pedaço de manjar turco.

— Encantador. — Magnus gesticulou, fingindo estar alarmado. — Não precisam me contar mais nada sobre essa parte.

— 438 —

— Deve ser minha conexão com Belial que está causando essas visões — falou James. — Não tem outro motivo para que eu as receba. São como as que eu tive no passado, quando estava no mundo dele. Meu avô deve estar envolvido de alguma forma.

— Você viu o mundo dele de novo? — perguntou Magnus, em voz baixa. — O reino dele?

— Não exatamente. — James hesitou. — Eu caí nas sombras uma vez, na noite antes do meu casamento, mas o mundo não se parecia com aquele que Cordelia e eu destruímos. — Ele olhou para ela. — Não era um lugar que eu já tinha visto antes. Havia um urzal vazio imenso, e além dele, ruínas, os resquícios de torres e canais. Havia uma fortaleza escura com um portão...

Magnus se sentou para a frente, os olhos se iluminando.

— Edom. O reino que você viu é o Edom.

— Edom? — Matthew esfregou a nuca. — O nome é familiar. Provavelmente uma aula em que eu dormi.

— "As bestas selvagens do deserto também se encontrarão com as bestas selvagens da ilha, e os demônios chorarão uns para os outros; Lilith também virá, e encontrará seu lugar de descanso" — falou Cordelia, lembrando-se da festa na Hell Ruelle antes do casamento. — É um mundo de demônios, governado por Lilith.

— Isso mesmo — falou Magnus. — Eu ouvi boatos de que ela foi expulsa dele, que tinha sido tomado, mas não sei por quem. Parece que pode ter sido Belial.

— Então Belial tem um mundo novo — falou Christopher. — Isso poderia torná-lo mais forte? Será que ele consegue entrar em nosso mundo?

— Ao contrário dos irmãos dele, Belial não pode caminhar na Terra, não importa que mundo ele controle. É a maldição que ele está sempre tentando contornar.

— E se estiver possuindo mundanos, ou Seres do Submundo? — falou Matthew. — Usando-os como ferramentas?

— Um demônio tão poderoso quanto Belial não pode possuir um corpo humano... nem mesmo o corpo de um vampiro, ou de uma fada. Seria como acender uma fogueira em uma caixa de sapato. Um poder como o que ele possui literalmente destroçaria o corpo.

— 439 —

Corrente de Ferro

— Mas ele não poderia simplesmente possuir alguém por tempo suficiente para cometer um assassinato antes de o corpo ser destruído? — perguntou Lucie.

— Então nós encontraríamos dois corpos — observou Cordelia. — A vítima de assassinato *e* o corpo que Belial possuiu.

— Mas lembrem do que Lilian Highsmith disse quando estava morrendo — disse Christopher. — Thomas nos contou. Ele perguntou a ela quem a atacou e ela disse que era alguém que foi morto no auge da vida, e que a esposa dele estava chorando...

— Possessão de cadáver? Esses desabariam ainda mais rápido do que corpos vivos — falou Magnus. — Não faz sentido.

Christopher pareceu desanimado.

— Thomas disse que ela podia estar delirando.

— Talvez — falou James, pensativo. — Elias também pareceu reconhecer o assassino, e não acho que ele estivesse fora de si. Ele parecia bastante são, o que corrobora a ideia de que é um Caçador de Sombras.

— Um Caçador de Sombras que conjurou um demônio para ajudá-lo? Belial, talvez? — sugeriu Lucie.

— Ninguém *conjura* um Príncipe do Inferno e o controla. — Magnus deu de ombros. — A questão é que... há milhões de teorias possíveis. E toda noite e alvorecer trazem a possibilidade de outra morte. — Ele esfregou o rosto. — Talvez esteja na hora de você usar seus poderes, James — disse ele. — Em vez de apenas temê-lo e evitá-lo.

O rosto de James ficou pálido. Cordelia pensou na forma como ele havia destruído o reino de Belial com o poder, a forma como ele pareceu ter virado a terra pelo avesso, destroçando rochas e colinas e árvores.

— Ele já usou — disse ela. — Não é fácil de controlar... embora eu não devesse falar por ele. James?

— Acho que depende do que quer dizer — falou James. — Usar como?

Magnus se levantou da cadeira e foi até um carrinho dourado sobre o qual uma variedade de garrafas e decantadores estava disposta, e escolheu uma garrafa de líquido destilado de um dourado intenso.

— Alguém gostaria de se juntar a mim em um pouco de vinho do Porto?

— 440 —

CASSANDRA CLARE

Matthew pegou a garrafa vazia do bolso e a estendeu. A atadura em sua mão parecia brilhar esbranquiçada à luz da lâmpada.

— Se você não se importa, eu poderia usar um refil.

Magnus lançou a ele um olhar que dizia que vinho do Porto caro não pertencia a garrafas de bolso, mas cedeu. Ele se serviu de uma dose e se sentou de novo, a taça de líquido rosa-dourado equilibrada entre os dedos de sua mão esquerda.

— Você conhece os caminhos das sombras, James. Belial *mostrou* a você seu novo reino de Edom, ou você de alguma forma forçou sua entrada nele? Você se lembra?

— Não conscientemente — falou James. — Eu estava... chateado no momento. — *Eu fiz uma promessa a Daisy, e vou manter essa promessa. Se queria me impedir de fazer o certo, deveria ter começado a campanha bem mais cedo do que na noite anterior ao meu casamento.*

— Se está sugerindo que ele entre no Reino das Sombras por vontade própria, da última vez que ele fez isso, quase destruiu o salão de baile do Instituto — falou Matthew.

— E eu quase atirei nele com uma flecha — falou Christopher, arrependido.

— Certamente você pode evitar fazer isso de novo, hã, qual é você? O filho de Cecily? Tente não atirar flechas em James — disse Magnus. — Olhem, quando ele entrou no Reino das Sombras no salão do baile, ele desapareceu, ou seu corpo ainda estava presente neste mundo?

— Eu posso responder isso — disse James. — Foi o primeiro. Eu desapareci.

— Mas antes, quando viu o Edom — disse Magnus. — Você chegou a viajar até lá?

— Não — respondeu Matthew. — Ele continuou na sala com a gente. Muito presente.

— Eu falei sobre isso com Jem — disse Magnus. — A maioria das suas viagens, por assim dizer, James, aconteceu dentro de um Reino dos Sonhos. Somente quando você fisicamente se retirou para uma dimensão controlada por Belial foi que Belial ficou em uma posição de ferir você. Ele está

— 441 —

Corrente de Ferro

espionando você, do jeito desprezível dele; então eu digo para espioná-lo de volta. Nos sonhos.

— Magia de sonhos — falou Christopher, satisfeito. — Eu disse a você que aqueles livros de oniromancia seriam úteis.

— Você viu o Edom certa vez em um sonho — disse Magnus. — Pode ver de novo.

— Mas qual é a importância de ver o Edom? — disse Cordelia. — O que isso vai nos dizer?

— Se Belial está realmente lá — disse Magnus. — Até mesmo quais são os planos dele. Será que está construindo um exército? Escondido lambendo as feridas? Que demônios o seguem? Quais são suas vulnerabilidades? Pensem nisso como espionar o acampamento inimigo.

James balançou a cabeça.

— Eu nunca fiz uma coisa dessas antes, nem no treino com Jem, nem por acidente — disse ele. — Não tenho certeza se saberia como.

— Felizmente, sou um especialista em magia de sonhos — falou Magnus. — Vou acompanhar você; eu faria pessoalmente, mas não tenho o seu poder. Eu posso atravessar com você, mas não posso abrir a porta.

Cordelia sentiu uma pontada de inquietude. Magnus falava como se não fosse nada, mas ele não estava com eles no reino de Belphegor, não tinha feito a jornada assustadora até lá e de volta.

— Se James vai fazer isso, eu gostaria de ficar no quarto com ele, com Cortana em punho — disse ela. — Caso a gente chame a atenção de Belial de alguma forma, ou a atenção de algum outro indivíduo desagradável.

— Ah, de fato — falou Magnus. — Não se pode ter cuidado demais, e Belial teme Cortana como quase nada no mundo. — Ele girou o vinho, observando-o cobrir as paredes da taça. — Os grandes poderes, os arcanjos e os Príncipes do Inferno, estão fazendo o próprio jogo de xadrez. Eles têm as próprias alianças e inimizades. Azazel e Asmodeus já trabalharam juntos, assim como Belial e Leviatã, enquanto Belphegor odeia seus irmãos. Mas tudo isso pode mudar caso um novo poder apareça. — Ele deu de ombros. — Mortais não conseguem ver os movimentos maiores do jogo, a estratégia ou os objetivos. Mas isso não significa que seja preciso ser um peão em um tabuleiro.

CASSANDRA CLARE

— *Shah mat* — disse Cordelia.

Magnus piscou um olho na direção dela.

— Isso mesmo — disse ele, ficando de pé. — Infelizmente, preciso deixar vocês, ou pelo menos encorajar vocês a me deixarem. Eu preciso estar aqui quando Hypatia voltar, e vocês precisam estar ausentes. Ela não vai gostar que eu os deixei entrar na caravana. — Ele sorriu. — É sempre melhor respeitar o espaço pessoal de uma dama. James, Cordelia, encontro vocês em Curzon Street à meia-noite. Agora vão, todos vocês, chega de compras, de flertes e de sair às escondidas. O Mercado das Sombras é um lugar perigoso, principalmente depois que anoitece.

20
Temperamento semelhante

Um temperamento semelhante de corações heroicos,
Enfraquecido pelo tempo e o destino, mas de forte vontade
De prosperar, buscar, encontrar, e de não ceder.

— Alfred, Lord Tennyson, "Ulysses"

Quando eles chegaram às carruagens que os esperavam do lado de fora do Mercado, Matthew tinha tirado a garrafa novamente cheia do bolso interno e bebia constantemente. Ele tropeçou ao subir na carruagem e recusou a oferta de ajuda de James, jogando a mão dele para longe antes de desabar no assento de veludo e começar um refrão ascendente de "I Could Love You in a Steam Heat Flat".

Cordelia e Lucie trocaram um olhar preocupado antes de entrarem na própria carruagem. Balios disparou pela neve fina como pó, e elas saíram chacoalhando do Mercado. Do lado de fora das janelas, Londres tinha sido transformada em uma fantasia invernal, flocos gordos de neve se assentando belamente sobre galhos de árvores expostos e dançando à luz projetada pelas lâmpadas a gás. Velas tremeluziam nas janelas de St. Saviour's Church, e o zumbido distante de trens era abafado e quase agradável.

Corrente de Ferro

— Eu *odeio* isso — disparou Lucie, agitando os dedos dentro das luvas úmidas. — Odeio a ideia de James entrar no Reino das Sombras. Eu sei... se Magnus diz que não tem problema, tenho certeza de que não vai ter, mas eu odeio.

— Eu também — falou Cordelia. — Mas Luce, eu vou estar lá com ele, o máximo que eu puder...

— Eu sei. Mas parece terrível, e eu odeio isso, que Matthew esteja...

— Arrasado? — falou Cordelia, tentando muito não pensar na garrafa quebrada na neve.

Lucie olhou para ela, mordendo o lábio.

— Eu sei que nenhum de nós fala sobre isso. Não podemos. Eu nem sei o quanto Christopher e Thomas estão cientes disso. Mas ele está assim há tempos. Deve ser terrivelmente infeliz. Mas eu não sei por quê. Todos nós o amamos, e James o ama tanto. Quando éramos mais novos, James tinha uma camisa, era uma camisa comum, sabe, e mamãe jogou fora porque ele tinha crescido demais, e James ficou tão furioso que foi tirar do lixo. Era a camisa que ele estava usando quando Matthew lhe pediu para ser seu *parabatai*. Ele não queria se livrar dela.

Cordelia hesitou.

— Às vezes — disse ela — não basta que os outros amem você. Não acho que Matthew se ama muito.

Os olhos de Lucie se arregalaram.

— O que a respeito de si ele poderia não amar? — disse ela, com tanta sinceridade que fez o coração de Cordelia doer. Ela tentaria convencer Matthew a contar aos amigos seu segredo, pensou ela. Eles o amavam tanto. Jamais o julgariam, como ele temia.

As duas carruagens chacoalharam ruidosamente sob um viaduto ferroviário e por uma estreita ruela em direção a um pátio cercado por casas de estilo georgiano em fileira. Uma placa descascando afirmava que era Nelson Square. Eles estavam passando pela esquina, as rodas esmagando cascalho e gelo, quando Balios relinchou alto, guinando para cima.

A carruagem das garotas parou tão subitamente que Cordelia e Lucie quase caíram do banco. A porta foi escancarada, a mão cheia de garras de alguém se esticou para dentro, puxando uma Lucie aos gritos noite afora.

446

Cordelia puxou Cortana da bainha e se atirou na escuridão, as botas esmagando neve, as saias rodando. Do lado de fora, as fachadas vazias das casas enfileiradas cercavam um jardim irregular e destruído, delimitado por alguns plátanos desfolhados. Uma dúzia de pequenos demônios estava correndo, assustando Balios, que batia os cascos e bufava. Lucie, semicoberta de neve onde havia caído, já se desvencilhara deles. O chapéu dela havia sumido, e ela estava com a cabeça exposta e furiosa, empunhando o machado.

Cordelia olhou em volta, Cortana na mão. A espada se assentava perfeitamente, qualquer sensação de algo errado tinha sumido. Ela zumbia com a adequação de ser usada, de estar em união com Cordelia. Ela viu que os meninos já tinham saído da carruagem, a alguma distância; eles eram sombras luminosas na escuridão, Christopher com uma lâmina serafim brilhando, Matthew com *chalikars* reluzentes na mão. Havia dúzias de pequenos demônios semelhantes a trolls com a pele cinza correndo por Nelson Square como coisas loucas, pulando sobre as carruagens, atirando bolas de neve uns nos outros.

— Demônios Hauras! — gritou James, com uma expressão que misturava irritação e raiva. Demônios Hauras eram pestes. Às vezes chamados de demônios pestinhas, eles eram rápidos e feios, escamosos e chifrudos, com garras cruéis, mas apenas do tamanho de pequenos lobos.

James atirou uma lâmina. Cordelia o vira arremessar antes, mas quase se esquecera do quanto ele era bom naquilo. A faca disparou como a morte prateada da mão dele, cortando a cabeça de um demônio Hauras do corpo. Icor se esparramou, e as duas metades da cabeça do demônio sumiram no nada; os outros demônios pestinhas gritaram e riram.

— Aah! *Pestes!* — gritou Lucie, ultrajada, quando duas das criaturas a puxaram pela saia, rasgando as rosetas de veludo. Sem espaço para balançar a arma, ela começou a bater neles com o cabo do machado. Cordelia cortava com Cortana, uma linha dourada luminosa de fogo contra a noite. Ela viu um demônio virar cinzas; o outro, guinchando, soltou a saia de Lucie e disparou para o centro da praça, onde se juntou ao resto dos pestinhas ao tentar fazer os Caçadores de Sombras tropeçarem e perderem o equilíbrio, avançando e furando-os com pequenas garras afiadas, rindo e gargalhando o tempo todo.

— 447 —

Corrente de Ferro

Um saltou em Matthew, que enfiou uma *chalikar* no pescoço dele com as duas mãos, sem nem se dar ao trabalho de arremessar a arma. O demônio murchou, gorgolejando, e sumiu. Outro veio por trás; Matthew se virou, cambaleou e tropeçou. Ele caiu, chocando-se forte contra o chão gelado.

Cordelia avançou em direção a ele, mas James já estava lá, puxando seu *parabatai* de pé. Ela viu um lampejo do rosto branco de Matthew antes de ele sacar uma lâmina serafim do bolso: a arma se acendeu, a luminosidade dela queimando uma linha no campo de visão de Cordelia. Ela conseguia ver Christopher atacando com sua lâmina, James com uma longa faca. A noite estava cheia de gritos e sibilos, os pés deles agitando o chão nevado em uma confusão fétida de gelo e icor.

Tudo parecia quase bobo — os Hauras eram criaturas de aspecto ridículo —, até que Lucie gritou. Cordelia se virou e correu até ela, apenas para ver o solo entre as duas, cheio de gelo e terra, entrar em erupção. Alguma coisa longa, rastejante e escamosa saiu de dentro dele, espalhando torrões de terra.

Um demônio Naga. Cordelia tinha visto ilustrações deles na Índia. Aquele tinha um longo corpo de cobra e uma cabeça chata em formato de flecha, dividida por uma boca larga cheia de dentes amarelos e pontiagudos. Os olhos da criatura eram como pires pretos.

Cordelia ouviu James dar um grito rouco: ela olhou e viu os rapazes presos atrás de uma parede de demônios Hauras. O Naga sibilou, se enroscou e avançou em Lucie, que saltou para o lado bem a tempo, o machado na sua mão voando para longe; ela tentou encontrar uma lâmina serafim...

Uma descarga de energia latejou pelo braço de Cordelia; ela saltou para a frente quando o mundo inteiro pareceu se transformar em ouro derretido. Tudo tinha ficado lento e quieto — apenas ela golpeava como relâmpago, como uma chuva de ouro. Cortana descreveu um arco incandescente contra a noite; o Naga se contorcendo quando a lâmina se enterrou no lado do corpo dele. Icor voou, mas Cordelia não sentiu queimação, nenhum ardor: ela nem mesmo sentia mais o frio do ar. Sentia apenas um triunfo selvagem enquanto o Naga uivava, caindo no chão para rastejar atrás dela.

Ela se virou quando o demônio se elevou, a cabeça chata esticada como a de uma cobra. A criatura balançou de um lado para o outro, então mergulhou a cabeça na direção dela, mais rápido do que faíscas saindo de uma fogueira. Mas Cordelia foi ainda mais rápida: ela se virou quando o demônio abriu a boca cheia de dentes serrilhados, e enfiou a lâmina para cima, golpeando através do céu da boca do Naga. O demônio recuou, jorrando icor: ele se virou para sair rastejando pela neve, mas Cordelia foi atrás. Ela disparou atrás do demônio rastejante, o chão se embaçando sob seus pés. Ela se aproximou pelo lado da criatura, levantou a espada encharcada de icor e a desceu em um último golpe direto que cortou escamas e ossos, partindo o corpo do Naga ao meio.

Um jato de vapor subiu do corpo. A cabeça e o rabo estremeceram antes de se dissolverem em uma sujeira úmida que encharcou o chão. Cordelia abaixou a espada, arquejando; ela havia atravessado Nelson Square no que pareciam ser apenas alguns segundos, e estava bem distante dos outros. Ela conseguia vê-los — sombras, avançando contra a massa de demônios Hauras. James se afastou dos outros, virando na direção dela no momento em que um grito esganiçado partiu o ar.

Cordelia olhou. Não era um barulho humano, e também não foi um humano que o emitiu. Um dos demônios Hauras maiores estava a poucos centímetros, olhando para ela com os olhos branco-acinzentados.

— *Paladino!* — chiou o demônio Hauras. — *Paladino! Nós não ousamos tocar!*

Cordelia encarou. Como o demônio podia saber que ela era um paladino de Wayland, o Ferreiro? Será que ele a havia marcado de alguma forma invisível?

Um grito veio dos outros demônios Hauras. Eles começaram a se dispersar. Cordelia conseguia ouvir os gritos de surpresa dos amigos; James pulou uma sebe baixa, seguindo direto na direção dela.

— *Paladino.* — O demônio Hauras estendeu as mãos retorcidas na direção de Cordelia. A voz dele tinha assumido um tom choroso. — *Perdoe. Diga a seu mestre. Não sabíamos.*

Com uma reverência trêmula, o demônio se virou e fugiu, juntando-se aos comparsas em uma retirada sorrateira. A alguns metros de distância, Matthew, Lucie e Christopher estavam olhando em volta, confusos, conforme seus agressores sumiam. Cordelia mal teve tempo de embainhar a espada antes que James chegasse ao seu lado. Ela começou a abrir a boca, a explicar,

Corrente de Ferro

mas ele a encarava — e encarava as terríveis queimaduras de icor de cima a baixo na frente do vestido dela, na manga. Com a voz embargada, ele falou:

— Cordelia...

O fôlego dela escapou em arquejos quando ele a segurou em um abraço forte. Apesar da noite fria, a camisa de James estava úmida com suor. Os braços dele em torno dela eram fortes e sólidos; Cordelia conseguia sentir as marteladas rápidas do coração dele. James pressionou a bochecha contra a dela, entoando seu nome: *Daisy, Daisy, Daisy.*

— Estou bem — disse ela, rapidamente. — Caiu no meu vestido, só isso, mas estou muito bem, James...

Ele a soltou, parecendo quase envergonhado.

— Eu vi aquele demônio Naga recuar para atacar você — disse ele, com a voz baixa. — Eu achei...

— O que foi aquilo? — disse Christopher, que tinha acabado de chegar com Lucie. — Eu vi aquele demônio Hauras gritar para Cordelia, e então todos recuaram como se o diabo estivesse atrás deles.

— Eu... eu não faço ideia — disse Cordelia. — Acho que foi Cortana. O demônio Hauras pareceu apavorado com ela.

— Talvez tenha se espalhado que Cortana feriu Belial — disse Lucie, os olhos brilhando como faziam quando ela trabalhava em *A bela Cordelia.* — A reputação da sua espada precede você!

Apenas James não disse nada quando eles voltaram pela praça, parecendo perdido nos pensamentos. Matthew tinha voltado para as carruagens para acalmar os cavalos. Como se conseguisse sentir o olhar de Cordelia, Matthew se virou e olhou para ela, os olhos verdes, sombrios. Ela não conseguiu deixar de se perguntar se ele vira mais na toca do que tinha deixado à vista, mas não: certamente ele não poderia ter visto Wayland, não poderia ter ouvido o ferreiro dizer a palavra "paladino" enquanto Cordelia estava ajoelhada diante dele.

Mas era só nisso que Cordelia conseguia pensar. No limite de seu choque, uma alegria selvagem começava a subir. *Você tem a alma de uma grande guerreira,* dissera Wayland, o Ferreiro. Ela era um paladino agora, a campeã de um herói lendário, e até mesmo demônios estavam notando. Subitamente, ela torceu para que aqueles pestinhas fossem do tipo que faz fofoca. Torceu para que a notícia se espalhasse pelas fileiras de demônios até chegar ao pró-

— 450 —

prio Belial, e que ele entendesse que Cordelia e a espada dela ficariam entre o Príncipe do Inferno e todos os amigos dela, defendendo-os até a morte.

—

Tinha ficado decidido que Christopher voltaria para casa com Daisy e James, pois a casa da Consulesa ficava a poucos quarteirões de Curzon Street e Kit queria usar o laboratório de lá para estudar a *pithos*. Lucie iria com Matthew, o que lhe servia perfeitamente. James costumava fazer perguntas. Matthew, por outro lado, não.

Lucie se acomodou na carruagem de Matthew conforme eles chacoalharam para fora de Nelson Square, Matthew reclamando o tempo todo que o tráfego em Londres já era ruim o bastante sem demônios saltando nos veículos de pessoas perfeitamente decentes. Lucie sabia que ele estava apenas desabafando os sentimentos e não esperava uma resposta, então ela não forneceu uma, apenas olhou para ele com afeição. Seu cabelo loiro estava embaraçado devido à luta, seu paletó, rasgado. Ele fazia o papel de um herói romântico, ainda que um levemente desarrumado.

A carruagem avançou conforme eles viraram uma esquina, e Lucie percebeu que enquanto estava perdida em seus pensamentos, Matthew tinha abaixado o rosto nas mãos. Aquilo *era* preocupante, e não estava dentro da habitual variedade de humores dele.

— Matthew, você está bem? — perguntou ela.

— Muito bem — respondeu Matthew, nada convincente, as palavras abafadas pelas mãos.

— Em que está pensando? — perguntou Lucie, em tom leve, tentando uma tática diferente.

— Como é — disse Matthew, lentamente — ser absolutamente não merecedor da pessoa que você mais ama no mundo.

— Que reclamação digna de um romance romântico — disse Lucie, depois de um momento. Ela não fazia ideia do que entender daquela afirmação dramática. James não era a pessoa que Matthew mais amava? Por que ele teria subitamente decidido que não merecia James? — Não suponho que você queira falar comigo sobre isso.

Corrente de Ferro

— Certamente que não.

— Tudo bem, então, preciso dizer uma coisa a *você*.

Matthew ergueu o rosto. Os olhos dele estavam secos, ainda que um pouco avermelhados.

— Ah, Raziel — disse ele —, isso nunca prenuncia nada bom.

— Não vou para casa — informou Lucie a ele. — Eu tinha planejado parar lá e sair de novo, mas agora não tem mais tempo. Preciso chegar a Limehouse, e *você* vai me levar até lá.

— Limehouse? — Matthew pareceu incrédulo. Ele passou os dedos pelos cachos, fazendo com que se arrepiassem ainda mais selvagemente do que antes. — Lucie, por favor, diga que não vai voltar para aquela fábrica de velas.

— Não precisa se preocupar. Vou até a nova loja de magia de Hypatia Vex. Vou me encontrar com Anna e Ariadne lá, então você não precisa ficar tenso de que eu vá ficar sem supervisão.

— Limehouse não fica nem perto do caminho para Marylebone — disse Matthew, mas ele sorria um pouco. — Pelo Anjo, você é uma ardilosa, Lucie. Quando fez esse plano?

— Ah, há um tempo. — Lucie indicou vagamente. A verdade era que ela não estava certa de quando eles deveriam se encontrar com Hypatia até mais cedo na Taverna do Diabo quando Anna, sob a desculpa de dar tapinhas na mão dela, lhe entregou um bilhete dobrado com instruções. — Acho que você não *precisa* me levar, Math, mas se me deixar caminhar até Limehouse sozinha e eu for assassinada, James vai ficar *muito* irritado com você.

Lucie falou aquilo de brincadeira, mas o rosto de Matthew se fechou.

— James já está muito irritado comigo.

— E por quê?

Matthew encostou a cabeça no assento, olhando para ela de modo especulativo.

— Vai me contar sobre o que se trata esse negócio da loja de magia?

— Não — disse Lucie, em tom ameno.

— Então acho que nós dois temos nossos segredos. — Matthew se virou e abriu a janela para dizer ao motorista para seguir em direção a Limehouse. Quando ele voltou para dentro da carruagem, tinha um brilho curioso no

— 452 —

CASSANDRA CLARE

olho. — Não acha estranho, Lucie, que James esteja constantemente atormentado por Belial, mas Belial não parece ter nenhum interesse em *você*?

— Eu não acredito que Belial tenha lido e entendido a obra *Reivindicação dos direitos das mulheres*, da Sra. Wollstonecraft. Ele está interessado em James porque James é um menino, e não está interessado em mim porque eu sou uma menina. Eu suspeito que Belial preferiria possuir uma tartaruga a uma mulher.

— Nesse caso, você deveria se considerar sortuda por ser um membro do sexo mais belo.

— Mas não sou sortuda — disse Lucie, o tom de brincadeira sumindo. — Eu preferiria ter a atenção de Belial em mim, pois James sempre tenta se culpar pelas coisas, e eu odeio vê-lo sofrer.

Matthew sorriu para ela, cansado.

— Você e seu irmão têm sorte, Lucie. Temo que, se Charles precisasse escolher entre mim e ele para a possessão, eu seria um demônio muito bem vestido.

A carruagem atravessava o Tâmisa, e o ar frio do lado de fora trazia consigo o cheiro de água do rio. Lucie não pôde deixar de se lembrar de quando Cordelia foi atirada no rio depois de ferir o demônio Mandikhor. Como Lucie, apavorada pela vida de Cordelia, tinha conjurado fantasmas para resgatar a amiga do Tâmisa, sem nem saber o que estava fazendo. Ela se lembrou da terrível fraqueza que a tomou depois, a forma como sua visão tinha escurecido antes de ela perder a consciência nos braços de Jesse. As palavras de Malcolm lhe vieram sem serem convidadas. *A necromancia cobra um preço alto demais.*

Lucie virou o rosto da janela. Ainda não tinha contado a nenhum dos amigos o que realmente salvou Cordelia naquela noite sob Tower Bridge. Matthew estava certo, ao que parecia — ela estava guardando segredos, talvez até demais. James e Matthew eram *parabatai*, e Cordelia e Lucie também deveriam se tornar *parabatai*. No entanto, parecia a Lucie que nenhuma delas era honesta com a outra. Será que era isso que Matthew queria dizer com "não merecedor"?

Corrente de Ferro

Quando eles voltaram para Curzon Street, o humor agitado de Cordelia tinha passado. Embora Christopher e James mantivessem uma conversa constante na carruagem, ela não conseguiu evitar deixar a mente vaguear para pensamentos sobre a noite que viria, e sobre o perigo do que era pedido a James. As janelas da casa estavam escuras; Effie devia ter ido dormir havia muito tempo. Quando eles entraram no corredor, frios e cansados, as mãos de Cordelia escorregaram e se atrapalharam com os botões do casaco.

— Aqui — disse James —, deixe que eu faço isso.

Quando ele inclinou o corpo na direção dela, Cordelia se permitiu inspirar seu cheiro: o calor, o cheiro de lã molhada, um pouco de sal, a doçura da colônia que se dissipava. Ela estudou a curva da mandíbula dele onde encontrava o pescoço, a batida constante de sua pulsação ali. Cordelia sentiu as bochechas corarem. Na noite anterior ela estivera beijando aquele mesmo ponto.

James tirou o casaco dos ombros dela e o pendurou no cabide ao lado da porta, junto com o cachecol encharcado de Cordelia.

— Bem, Magnus não vai chegar até a meia-noite — disse ele, em tom leve —, e não sei quanto a você, mas estou faminto. Encontro você no escritório?

Quinze minutos depois, Cordelia, num outro vestido e com chinelos secos, entrou no escritório com Cortana em uma das mãos e um livro na outra. Ela encontrou James já no sofá, uma fogueira baixa queimando na lareira, e uma refeição simples disposta na mesa de jogos. Cordelia apoiou Cortana na lareira e se aproximou para inspecionar a comida. James tinha obviamente pilhado a cozinha; arrumada em uma bandeja de madeira estava uma refeição simples de queijo fatiado e pão, junto com maçãs, frango frio e duas xícaras de chá fumegantes.

— Eu não fazia ideia de que você era tão prendado — falou Cordelia, afundando agradecida no sofá. Descanso e calor eram uma bênção. Ela apoiou o livro que estava carregando na mesa de canto e estendeu a mão para uma maçã. — Esse é mais um poder secreto herdado?

— Não, apenas o resultado de fornecer comida aos Ladrões Alegres. Eu me acostumei a filar comida da cozinha no Instituto. Christopher morreria de fome se não fosse lembrado de comer, e Thomas é tão grande que precisa ser alimentado a cada poucas horas, como um tigre cativo. — Ele arrancou um pedaço do pão. — Espero que Thomas esteja se saindo bem com Alastair.

— 454 —

CASSANDRA CLARE

— Alastair vai se sentar em um canto e ler. É o que ele sempre faz quando as coisas estão estranhas — disse Cordelia. — Eu me *sinto* terrível por não contar a minha mãe o que aconteceu de verdade, mas que bem isso faria? Ela precisa descansar e se acalmar.

— É difícil guardar segredos — falou James. — Tanto para quem não sabe a verdade, mas também para quem os guarda. Daisy... — Ele hesitou. — Eu gostaria de perguntar uma coisa a você.

Quando ele dizia o nome dela daquele jeito, Cordelia queria lhe dar tudo que ele quisesse.

— Sim?

— Hoje à noite, em Nelson Square, eu ouvi o que o demônio Hauras disse a você. Você empunhou Cortana antes, muitas vezes. Até mesmo contra Belial. Mas nenhum demônio jamais chamou você de "paladino".

Cordelia abaixou a mão que segurava a maçã. Ela esperava que ele não tivesse ouvido.

— Isso não é bem uma pergunta.

— Não — falou James. — Mas eu vi a forma como você estava lutando, você sempre foi incrível com Cortana, mas hoje à noite foi outra coisa. Diferente de tudo que eu já vi antes. — Não havia Máscara escondendo a expressão dele; estava aberta e franca. — Se alguma coisa mudou com você, não precisa me contar. Mas eu ia gostar se você contasse.

Ela apoiou a maçã.

— Sabe o que é um paladino?

— Sim — disse James —, mas só pela aula de história. Na época de Jonathan Caçador de Sombras, quando eu acho que era mais fácil conhecer um deus ou um anjo, era possível jurar lealdade a tal ser para aumentar o poder e a nobreza. É o que diz a história.

— Todas as histórias são verdadeiras — falou Cordelia. Ela contou a ele sobre o encontro com Wayland, o Ferreiro sobre a mudança que aconteceu na paisagem, sobre o clangor da forja, as palavras dele, o juramento que ela fez. James a observou atentamente conforme Cordelia falava.

— Eu não sabia que efeito o juramento teria — concluiu ela. — Mas... eu nunca senti antes o que eu senti hoje à noite, enfrentando o demônio Naga. Foi como se uma luz bronze-dourada tivesse descido em mim, estivesse *em*

— 455 —

mim, queimando minhas veias, fazendo com que eu quisesse lutar. E esses demônios fugiram de mim.

— "Bronze brilhou em torno dele como fogo incandescente ou os raios do sol nascente" — citou James, com um sorriso. — *Foi* bastante como se Aquiles tivesse vindo a South London.

Cordelia sentiu uma pequena fagulha morna no peito. Apesar de toda a glória de lutar como paladino, ela se sentiu estranhamente invisível, separada dos outros por um espaço peculiar. Mas James a vira.

— Mesmo assim — acrescentou ele. — É um juramento tão grandioso, Daisy. Ser leal a um ser como Wayland, o Ferreiro ele poderia convocar você a qualquer momento, exigir que você enfrente qualquer perigo.

— Como você vai fazer hoje à noite? Eu *quero* ser chamada, James. Eu sempre quis isso.

— Ser um herói — falou James, e hesitou. — Cordelia, você contou...

Uma batida ecoou pela casa. Um momento depois, Effie surgiu, parecendo furiosa usando touca e rolinhos de papel. Ela colocou Magnus para dentro da sala, murmurando. Ele usava um sobretudo estilo capa de veludo azul, e, ao lado de Effie, parecia alto como nunca.

— Magnus Bane está aqui para ver vocês — disse Effie, sombriamente —, e preciso dizer, esse não é o tipo de pessoa para a qual fui levada a crer que trabalharia, não mesmo.

Tranquilamente, Magnus tirou o casaco e entregou a ela, cheio de expectativa. Ela saiu batendo os pés, murmurando sobre voltar a dormir com uma flanela amarrada na cabeça para bloquear o "interminável tilintar de louça".

Magnus olhou confuso para James e Cordelia.

— Vocês sempre mantêm empregados que insultam vocês?

— Eu prefiro — disse James, ficando de pé. Ele estava com o revólver preso no cinto, percebeu Cordelia. Depois do que aconteceu em Nelson Square, talvez ele não quisesse ser surpreendido sem a arma de novo. — Isso me mantém na linha.

— Você gostaria de chá? — perguntou Cordelia a Magnus.

— Não. Precisamos começar. Hypatia está esperando meu retorno. — Magnus olhou em volta do escritório, seus olhos percorrendo as janelas; ele

— 456 —

gesticulou uma vez com os dedos, e as cortinas se fecharam. — Este cômodo é tão bom quanto qualquer outro, suponho. Cordelia, pode vigiar a porta?

Cordelia se posicionou à porta, sacando Cortana da bainha. A espada brilhou à luz da lareira, e, por um momento, pulsando pela mão dela, ela sentiu a mesma energia que sentira durante a luta com os Naga, como se a lâmina suspirasse para ela. Pedindo que ela a empunhasse.

Magnus tinha movido James para que ele ficasse de pé diante da lareira. Cordelia jamais notara antes o quanto os olhos deles eram semelhantes: os de Magnus eram verde-dourados, de pupilas em fenda, e os de James, da cor de ouro amarelo. Fagulhas suaves de magia, da cor do bronze, saíram das mãos de Magnus conforme ele pressionou os dedos contra as têmporas de James.

— Agora — disse ele. — Concentre-se.

GRACE:
1899–1900

No fim das contas, o poder de Grace funcionava em Caçadores de Sombras. Todos os Caçadores de Sombras do sexo masculino, exceto por James. Tatiana voltou para casa da viagem a Alicante com uma carruagem tão cheia de guloseimas que mal conseguiu passar pelas irregularidades da estrada.

— Apenas diga ao padeiro que lhe dê tudo que ele tem — disparou Tatiana assim que elas chegaram do lado de fora da loja em Alicante. Agora ela observava impassível Grace conforme a carruagem chacoalhava lentamente na direção da Mansão Blackthorn. Ela alternava o tempo entre morder um enorme strudel folhado e olhar furiosamente e calada conforme pilhas de caixas de papelão se sacudiam desagradavelmente de cada lado de Grace.

Em casa, a mãe avaliou Grace, então, sem aviso, surpreendentemente rápido, deu um tapa na cara dela.

Grace se encolheu e levou a mão à bochecha dolorida. Sua mãe não batia nela desde antes da visita a Paris.

— James Herondale é um Caçador de Sombras como qualquer outro — disparou Tatiana. — Ele não é o problema. — Ela olhou com raiva. — Nervos de aço, menina. Se eu conseguir ensinar alguma coisa a você, que seja que você deve ter nervos de aço. O mundo é difícil, e vai tentar destruir você. Essa é a natureza das coisas.

Ela saiu batendo os pés antes que Grace pudesse falar, e Grace silenciosamente jurou consigo mesma que, quando o verão voltasse e os Herondale retornassem, seria diferente. Ela tentaria com mais afinco.

O verão chegou, depois de um longo inverno calada e obediente à mãe, tendo apenas seus momentos com Jesse para se sentir como uma pessoa de verdade. Eles tinham continuado a treinar, de certa forma, embora fosse bastante unilateral agora que Jesse era um fantasma.

Grace preparou seus nervos de aço como foi pedido e arranjou de se encontrar com James, mas, quando o viu pela primeira vez, ela se amaldiçoou pela imediata pontada de arrependimento que sentiu pelo que lhe era pedido. James tinha acabado de ter a febre escaldante, ao que parecia — mas, embora ele parecesse pálido e delicado, estava cheio de energia e entusiasmo. Ele ficou feliz ao ver Grace — feliz ao contar a ela tudo sobre outra Caçadora de Sombras chamada Cordelia Carstairs, que tinha sido sua cuidadora e companheira durante a doença. Na verdade, Grace logo descobriu que James não calava a boca sobre a tal Srta. Carstairs, nem por um minuto.

— Bem? — disparou a mãe dela quando Grace entrou em seu escritório naquela tarde.

Grace hesitou.

— James se apaixonou por alguém — disse ela. — Nos últimos meses. Não acho que ele consegue se apaixonar por mim se já está apaixonado.

— Se falta alguma coisa a você, é força de vontade, não poder — debochou Tatiana. — Ele pode ser obrigado a esquecer que está apaixonado. Ele pode ser forçado a sentir o que você quiser.

— Mas... — Grace quis dizer que, independentemente se o poder dela podia ou não fazer James esquecer aquela menina que ele amava, ela não tinha certeza se deveria fazer tal coisa. James era, afinal de contas, seu único amigo de verdade. À exceção de Jesse, que era sua família e também um fantasma, e, portanto, não contava duplamente. Mas ela não ousaria sugerir nada assim para a mãe. — Mamãe, meu poder não funciona nele. Eu prometo que tentei. Com outros, todos os testes que me fez fazer em Paris

CASSANDRA CLARE

surtiram efeito instantâneo. E não foi preciso esforço algum. Com James, mesmo tentando muito, não levou a nada.

Tatiana olhou para ela sarcasticamente.

— Sua menina tola. Acha que seu poder não funciona nele porque ele está apaixonado por alguém. Mas fiz umas pesquisas este mês por conta própria e, na verdade, o problema pode ser o sangue impuro de Herondale.

— O quê? — disse Grace, hesitante.

— A mãe dele é uma feiticeira — disse Tatiana. — Ela é a única feiticeira que é também Caçadora de Sombras que já viveu, ao que parece. Então ela é duplamente amaldiçoada.

Ela pareceu perdida em pensamentos por um momento. Grace continuou calada.

Então a cabeça de Tatiana se voltou para cima e ela, de novo, se concentrou na filha.

— Espere aqui — disse ela, em tom afiado, e saiu da sala, pegando o corredor. Grace supôs que ela iria até o porão, onde Grace era proibida de entrar. Ela afundou em uma das cadeiras ao lado da lareira, desejando que o sol se pusesse logo para que ela pudesse ver Jesse. Sua mãe era sempre mais gentil com ela quando Jesse estava por perto.

Pareceu que quase nenhum tempo se passara quando Tatiana reapareceu, esfregando as mãos com animação. Grace ficou de pé, desconfiada.

— Um de meus benfeitores — disse Tatiana, conforme dava a volta na escrivaninha — encontrou uma solução para o seu problema.

— Seus benfeitores? — disse Grace.

— Sim — respondeu Tatiana —, uma solução que vai nos conceder ainda mais poder sobre Herondale do que você poderia usar sobre qualquer um.

Do bolso, ela tirou uma pulseira, um círculo de prata reluzente. Por um momento, a pulseira refletiu um brilho de luz de velas nos olhos de Grace. Tatiana prosseguiu com a explicação do plano, a história que ela havia criado. Grace deveria dizer a James que a pulseira era uma herança de família de seus pais biológicos, explicou Tatiana, e Grace sentiu uma pontada que foi tão profunda que ela teve certeza de que nenhum indício ficou estampado em seu rosto. Tatiana esconderia a pulseira em uma caixa, em seu escritório; a seguir, Grace deveria enganar James para que recuperasse a pulseira para ela.

— 461 —

Corrente de Ferro

— Assim que ele colocar a mão ansiosa na pulseira — dizia a mãe dela
—, ele vai estar perdido, pois este objeto é tão poderoso que basta tocá-lo
para ser tomado por sua magia.

— Por que fazer com que ele mesmo pegue a pulseira da casa? — disse
Grace, confusa. — Tenho certeza de que ele simplesmente a aceitaria se eu
lhe oferecesse como presente.

Tatiana sorriu.

— Grace, você precisa confiar em mim. A aventura de recuperar a coisa
vai fixar a pulseira na mente dele. Ele vai dar valor a ela, porque ama você,
é óbvio, mas também por causa da história que ela carrega na mente dele.

Grace sabia que era inútil resistir. Era sempre inútil resistir. Sua mãe
era tudo que ela tinha; não havia mais lugar algum para onde ela pudesse
ir. Mesmo que confessasse tudo a James, se ela se atirasse à mercê dos pais
notoriamente brutos dele, ela perderia tudo. Sua casa, seu nome, seu irmão.
E a ira de sua mãe a queimaria até que virasse nada.

E havia outro fator que a motivava também. O ano todo, Tatiana deixara
escapulir indícios de que aquele plano para encantar James Herondale estava,
de alguma forma, conectado ao plano de recuperar Jesse. Ela não dizia isso
tão diretamente, mas Grace não era tão burra a ponto de não conseguir encaixar as peças. Talvez houvesse limites para o que ela faria voluntariamente
pela mãe. Mas ter Jesse de volta em uma forma física, vivo e seguro, mudaria
a vida de Grace de um jeito imensurável. Ela faria o que fosse necessário
para salvá-lo, para que ele pudesse salvá-la.

21

A TRILHA DO PRÓPRIO INFERNO

"Vire-se de novo, Ó minha querida —
vire-se de novo, falso e efêmero:
Esse terreno surrado por onde anda eu temo
ser a trilha do próprio inferno."
"Não, íngreme demais para subir a montanha; não,
tarde demais para avaliar a perda:
Esse caminho montanha abaixo é fácil, mas não tem volta."

— Christina Gabriel Rossetti, "Amor Mundi"

Grace estava cansada do inverno, cansada de pisar em poças lama-centas que manchavam suas botas de pelica, cansada do frio que entrava em seu corpo esguio quando ela saía, encontrando seu caminho por baixo de suas saias e até os dedos das luvas e o interior dela, até parecer que ela nunca mais se sentiria aquecida.

Grace sobrevivera a muitos outros invernos, entocada dentro da Mansão Blackthorn. Mas nesse inverno ela havia passado a maioria das noites saindo às escondidas. Ela voltava para a casa dos Bridgestock gelada até os ossos, apenas para encontrar os cobertores frios como gelo, o calor da garrafa de cerâmica com água quente ao pé da cama há muito dissipado.

Corrente de Ferro

Essa noite, no entanto, Grace preferiria estar em seu pequeno quarto na casa dos Bridgestock, talvez visitando Jesse, em vez de onde estava — reunindo coragem para invadir a casa da Consulesa conforme o vento frio do inverno entrava por seu casaco e corujas piavam nos galhos das árvores da praça.

Ela achou que todos estariam dormindo àquela hora, mas, irritantemente, uma luz ainda brilhava das janelas do porão abaixo do nível da rua. Talvez Henry Fairchild tivesse deixado acesa por acidente? Ele era sem dúvida distraído o bastante para que essa fosse uma possibilidade. A não ser que ela quisesse congelar até a morte, precisaria arriscar.

Grace se curvou ao lado do prédio, em direção às escadas que desciam até a sala da fornalha, a qual se conectava com o laboratório por meio de uma passagem estreita e úmida que mal era utilizada. Ela havia levado a chave mestra da casa, a qual furtara de Charles fazia muito tempo. Estava contente por ele ainda estar na França, e não estar em posição de descobrir o que ela estava tramando.

Ela entrou de fininho e andou pela escuridão, indo em direção a luz que surgia na passagem estreita mais à frente. A porta do laboratório estava levemente entreaberta; ela espiou pela fresta e viu que estava vazio, a área de trabalho de Henry bagunçada como sempre.

Ela entrou — e se sobressaltou. Ali estava Christopher Lightwood, empoleirado em um banquinho de madeira no canto, girando um objeto peculiar na mão. *O que ele está fazendo escondido em um canto?*, pensou ela, furiosa. Não podia se sentar à mesa como uma pessoa normal, onde ela poderia tê-lo visto direito?

Grace sorriu, abrindo a boca para mentir — ela estava realizando uma tarefa para Charles, ele havia deixado uma coisa no antigo quarto — quando Christopher se virou e piscou para ela.

— Ah! É você — disse Christopher, com seu sorriso alegre habitual. — Achei que fossem ratos de novo. Olá, Grace.

— Está terrivelmente tarde — disse ela, em tom ameno, como se esbarrasse com rapazes em porões todo dia. — Os Fairchild sabem que você está aqui?

— Ah, eu estou sempre aqui — disse ele, segurando o objeto peculiar contra a luz. Parecia uma estela esquisita. — Henry tem vários equipamentos, e ele não se importa se eu usar.

— 464 —

Corrente de Ferro

— Mas... você não vai me perguntar o que eu estou fazendo aqui? — perguntou Grace, se aproximando da bancada.

— Por que eu faria isso? — Christopher pareceu genuinamente confuso. — Você é noiva de Charles, certamente tem o direito de estar aqui.

Ela pigarreou.

— É uma surpresa para Charles. Posso convencer você a sentir piedade de mim e me ajudar a encontrar um ingrediente específico?

Christopher deslizou para fora do banquinho.

— Você está trabalhando em uma surpresa científica para Charles? Jamais achei que ele tivesse muito interesse pela ciência. — Ele apoiou a velha estela na bancada de trabalho. — Gostaria de um breve tour do laboratório? Ouso dizer que é a oficina científica mais bem equipada de Londres.

Grace estava perplexa. Ela não o compelira a oferecer o tour; ele mesmo tinha feito o convite. Ela podia ter reduzido Christopher a um completo tolo, pensou Grace, dizendo coisas como *Eu morreria para ajudar você com qualquer coisa que você possa desejar*, os olhos dele nublados com desejo. Mas, como Christopher pareceu sinceramente animado pela chance de mostrar seus béqueres e tubos de ensaio e frascos, ela se viu contendo o poder.

Grace não gostava de usar seu poder, na verdade, pensou ela, conforme Christopher a levava por uma série de prateleiras que continham minúsculos frascos com substâncias coloridas e começou a contar a ela sobre uma tabela de elementos químicos inventada por um cientista na Rússia alguns anos antes. Usar o poder fazia com que ela se sentisse presa à mãe. À escuridão a que sua mãe servia.

Conforme ela estudava o conteúdo dos pequenos frascos, Christopher contou a ela como a magia e a ciência podiam ser combinadas para criar algo completamente novo. Grace não acompanhou muito bem, mas ela se surpreendeu ao querer saber mais conforme ele falava sobre o propósito de vários objetos e instrumentos, os experimentos que ele e Henry conduziam, as coisas que tinham descoberto.

Grace foi lembrada da vez em que ele lhe deu uma carona de volta de um piquenique no verão passado durante os ataques de demônios. Christopher contou a ela na ocasião sobre seu amor por ciência sem ser minimamente condescendente, como seus admiradores homens costumavam ser, ou con-

— 466 —

CASSANDRA CLARE

vencido, da forma como Charles sempre era. Christopher a tratava como uma igual cujo entusiasmo pela ciência não era apenas semelhante ao dele, mas era algo esperado.

— Em que você estava trabalhando quando eu entrei? — perguntou ela, realmente curiosa, quando ele concluiu o tour das prateleiras e latas entulhadas com espécimes e ingredientes ordenadamente rotulados.

Christopher a levou de volta para a estela e lhe entregou uma lente de aumento para que Grace pudesse ver os desenhos mais de perto. Eram muito estranhos — não eram bem as Marcas que ela estava acostumada a ver na pele de Caçadores de Sombras, mas também não eram completamente *diferentes* delas.

— Não é uma estela de verdade, não mesmo — disse ele. — Eu tenho chamado de *pithos*, porque ela se transforma em um tipo de caixa também. Eu poderia tentar derreter o material, ver se é realmente *adamas*, mas o problema é que depois que se derrete uma coisa, não dá mais para refazer como era.

— Acho que não — disse ela. — Posso segurar?

Ele entregou a ela. Grace sentiu o peso do objeto nas mãos, sem saber muito bem o que estava procurando. Se ela fosse uma Caçadora de Sombras normal, teria segurado muitas estelas, mas Tatiana sempre reprovara que Grace estudasse ou treinasse.

Christopher piscou seus inusitados olhos violeta.

— Só porque parece uma estela, não quer dizer nada, principalmente se o propósito dela deveria ser disfarçado por algum motivo.

— Estenda o braço — disse Grace, impulsivamente.

Christopher puxou a manga da camisa, revelando uma Marca na parte interna do antebraço esquerdo. Habilidade, talvez? Ou Técnica?

— Vá em frente se quiser — disse ele. — Desenhe alguma coisa.

Ela tocou a pele dele com a ponta da *pithos* e hesitou, subitamente insegura. Ela momentaneamente desejou ter usado seus poderes nele; precisava muito da confiança que eles lhe confeririam. Lenta e sem jeito, Grace desenhou a Marca *enkeli*, aquela que a maioria dos Caçadores de Sombras aprendia a desenhar primeiro. *Poder angelical.*

Para sua surpresa, assim que terminou, a Marca sumiu do braço de Christopher.

— 467 —

Corrente de Ferro

— Estranho, não é? — Christopher examinou o braço; ele obviamente já havia tentado aquilo. — Você desenha uma Marca e ela some.

— Esta Marca de Criação no seu braço — disse Grace. — Gosta muito dela?

— Não, na verdade não...

Grace pegou a *pithos* e, com a ponta, traçou a Marca de criação no braço de Christopher. Ele a observou com interesse, e então com alguma surpresa quando a Marca de Criação brilhou... e sumiu.

As sobrancelhas de Christopher se ergueram.

— Como é? — disse ele, parecendo satisfeito. — Tente desenhar em mim de novo agora.

Mas não era isso que Grace tinha em mente. Experimentalmente, ela tocou o próprio pulso com a ponta da *pithos* — apenas para ver a Marca de criação saltar para a existência ali, forte e preta contra a pele dela.

— Céus — disse Christopher. — Então consegue mover Marcas de uma pessoa para outra? Me pergunto se esse é o propósito dela, ou se é apenas um de seus poderes?

— Você não parece tão surpreso — observou Grace.

— Pelo contrário. Jamais ouvi falar de transferência de Marcas entre Caçadores de Sombras...

— Não, eu quis dizer... — Grace desejou não ter dito nada. — Eu só quis dizer que você não pareceu surpreso ao me ver colocar uma Marca em mim mesma.

— Por que eu ficaria? — perguntou Christopher, obviamente confuso. — Você é uma Caçadora de Sombras. É o que fazemos.

O coração de Grace afundou. Agora Christopher provavelmente achava que ela era completamente estranha, e por algum motivo aquilo a incomodava.

Mas Christopher estava concentrado na *pithos* nas mãos de Grace.

— Como será que funciona, eu me pergunto?

Contente pela mudança de assunto, Grace entregou o objeto de volta a ele.

— Tudo o que sabemos até agora é que pode mover Marcas de uma pessoa para a outra, certo?

— De fato, mas por quê? E, tão importante quanto isso, como? Marcas não podem ser contidas em nenhum metal, ou nenhuma substância, até

— 468 —

onde eu sei. Então será que está enviando a Marca até outra dimensão para guardar, e então trazendo de volta? Como uma miniatura de Portal específica para Marcas?

— Uma... dimensão de armazenamento de Marcas? — falou Grace, em dúvida. — Isso parece improvável.

Christopher deu a ela um sorriso tímido.

— Ainda estou nas fases iniciais de hipóteses da minha investigação.

— Ele gesticulou animado conforme falava, as mãos, cobertas de manchas e queimaduras e cicatrizes, cortando o ar. — Substâncias diferentes têm propriedades diferentes, densidade, por exemplo, ou inflamabilidade, ou dezenas de outras coisas. Coisas mágicas não são exceção. Como exemplo, eu ando tentando determinar do que o *adamas* é feito. Todas as coisas no mundo são compostas de elementos, como ferro e oxigênio e cloro e por aí vai, e há apenas um número determinado deles. Mas o *adamas* não é um desses. Certamente tem propriedades mágicas distintas de sua composição física, mas... — Subitamente ele parou, parecendo aflito. — Desculpe, Grace, isso deve ser terrivelmente entediante para você.

Grace supôs que tédio era a reação com que Christopher estava acostumado da maioria das pessoas. Mas Grace *não estava* entediada, nem de longe. Ela queria que ele continuasse falando. Mas Christopher olhava para ela com ansiedade. Se havia uma coisa que Grace não suportava era que outras pessoas tivessem expectativas. Ela sempre as desapontaria.

— Eu... não, mas veja bem, eu estava esperando encontrar um pouco de pó de asa de mariposa ativado.

A luz nos olhos de Christopher diminuiu. Pigarreando, ele apoiou a *pithos* na bancada de trabalho.

— Nós só temos do tipo inativo — disse ele, em tom sério —, mas podemos ativar aqui, acho.

Obrigue-o, sussurrou uma vozinha dentro dela, a mesma voz que a guiara a forçar todo tipo de pessoa a fazer a vontade dela.

— Não tem necessidade disso — disse ela, em vez disso, olhando para as mãos. — Eu consigo sozinha.

— Muito bem — falou Christopher. — Estou em dívida com você por me ajudar a descobrir o propósito desse dispositivo, e fico feliz em retri-

Corrente de Ferro

buir. Vou pegar o pó para você, e, então, você se incomodaria de sair por onde entrou? Eu a deixaria sair adequadamente, mas eu quase nunca uso a porta da frente.

—

A loja de magia de Hypatia Vex ficava em um grande prédio de tijolos de um andar, entre uma transportadora e um pequeno restaurante que servia café e sanduíches a uma clientela de estivadores. O exterior da loja lembrava uma pequena fábrica em desuso; mundanos passando pela rua de Limehouse veriam apenas uma porta trancada com cadeado e letras de bronze acima, pequenas janelas cobertas com poeira e sujeira.

Lucie sabia que, há muito tempo, o lugar tinha sido a loja de curiosidades de uma fada chamada Sallows. Tinha caído em desuso depois da morte dele, mas agora o piso tinha sido lixado e recebido uma nova camada de cera, e as paredes estavam pintadas de escarlate e azul. Uma série de prateleiras do chão ao teto já estava cheia de mercadorias, e uma longa caixa de vidro servia como o balcão da loja. Atrás dele estava Hypatia, usando um vestido roxo esvoaçante com fechos de fio de seda preto frisado. Ela usava um par de pequenos óculos sobre o nariz, e folheava uma pilha de contas e faturas, murmurando baixinho.

Anna e Ariadne já haviam chegado — Anna estava encostada no balcão, examinando as luvas como se buscasse uma falha no couro. Ariadne, usando uniforme, olhava fascinada para uma casa de bonecas em uma das prateleiras na qual pequenas bonecas vivas — talvez fadas? — corriam de um cômodo para outro, tocando minúsculos instrumentos musicais e dormindo em camas liliputianas.

— Lucie — falou Anna, erguendo o rosto com um sorriso. — Eu estava começando a me perguntar se você tinha lido meu bilhete.

— Eu li... é que me atrasei um pouco no Mercado das Sombras — disse Lucie.

— Que vida emocionante você leva — disse Anna. — Agora, cuidado com a atitude. Hypatia acha que os trabalhadores a estão enganando, e ela não está de bom humor.

CASSANDRA CLARE

— Eu consigo ouvir você — disparou Hypatia, fazendo careta. — Jamais contrate trabalhadores gnomos, Herondale. Eles vão cobrar a mais por madeira.

Ser cobrada demais por madeira *não* era o tipo de coisa que acontecia com heroínas em livros. Lucie suspirou — ela esperava que, quando chegasse lá, Anna teria encantado Hypatia até que ela ficasse de bom humor. Obviamente, isso não tinha acontecido. Ela hesitou, perguntando-se quanto podia dizer. Anna sabia mais do que Ariadne sobre o que Lucie e os outros estavam fazendo, mas nenhuma das moças fazia ideia do real propósito da missão de Lucie.

— Madame Vex — disse Lucie —, viemos porque precisamos de sua ajuda.

Hypatia ergueu os olhos das contas. Parte do cabelo de nuvem dela tinha escapulido do lenço colorido que Hypatia usava para amarrá-lo, e havia manchas de tinta em suas mãos.

— Vocês Caçadores de Sombras alguma vez aparecem por algum outro motivo? E estou vendo que você mandou Anna para me bajular. — Ela olhou para Anna. — Embora eu goste bastante dela, da última vez que nós flertamos, seus amigos fugiram com minha Pyxis. Era uma antiguidade.

— Tinha um demônio dentro dela — observou Anna. — Nós provavelmente fizemos um favor a vocês por termos tirado a caixa com segurança das suas mãos.

— O demônio — falou Hypatia — também era uma antiguidade. Independentemente disso, não estou disponível para flertes no momento. Tenho um cavalheiro que vem me visitar.

Anna tinha terminado sua inspeção da luva. Ela sorriu para Hypatia, e Lucie ficou maravilhada — apesar da Pyxis, apesar do cavalheiro que visitaria Hypatia, ela viu a feiticeira se suavizar um pouco. O charme de Anna era algo mágico.

— E por falar em cavalheiros visitantes — disse ela. — Eu trouxe uma coisa para mostrar a você. — De dentro do casaco, Anna tirou uma caixinha de rapé prateada gravada com as iniciais MB em letras quadradas. — Isto pertence a nosso amigo em comum, Magnus Bane. Ele está procurando por ela há um bom tempo.

Corrente de Ferro

— Você roubou a caixa de rapé de Magnus Bane? — indagou Ariadne.

— Anna, isso não *pode* ser uma boa ideia. Ele vai atear fogo em você. Fogo *mágico.*

— É lógico que não roubei — falou Anna, virando a caixinha nas mãos.

— Na verdade, o sapateiro que faz minhas botas, um cavalheiro elegante, da família Tanner, certa vez teve *une liaison passionnée* com Magnus. Sapateiros são surpreendentemente tempestuosos. Quando as coisas terminaram mal entre eles, o sapateiro roubou a caixa de rapé de Magnus, sabendo que ele era afeito à caixa. — Ela sorriu para Hypatia. — Eu achei que você talvez gostaria de devolver a ele. Tenho certeza de que ele ficaria bastante grato.

Hypatia ergueu uma sobrancelha escura.

— E como você sabia que o Sr. Bane é meu cavalheiro visitante? Achei que eu tivesse sido bastante discreta.

— Eu sei de tudo — disse Anna, distraidamente.

Hypatia olhou para a caixa de rapé.

— Posso ver que você não está me oferecendo nada de graça. O que quer?

— Falar com você sobre um assunto que tem a ver com feiticeiros — disse Anna. — Um assunto antigo, recentemente... desenterrado, de certa forma. A morte de um menino Caçador de Sombras chamado Jesse Blackthorn.

Hypatia pareceu alarmada.

— Você acha que um feiticeiro *feriu* uma criança Caçadora de Sombras? Não pode imaginar que eu...

Lucie estremeceu. Ela quase desejou poder explicar a Hypatia que era o envolvimento do feiticeiro sem nome no que havia acontecido com Jesse *depois* que ele morreu que ela mais precisava entender. Mas ela sabia que isso era impossível: se alguém descobrisse o que ela sabia, o que Grace sabia, o perigo para a continuidade da existência de Jesse seria imenso.

— Por favor, não confunda nossas intenções — disse Ariadne, em um tom ameno, tranquilizante. — Não estamos querendo trazer problemas para ninguém. Jesse Blackthorn está morto há muito tempo. Só queríamos saber o que aconteceu com ele.

Hypatia olhou desconfiada para as três por um longo momento, então ergueu as mãos com um suspiro. Ela empurrou os papéis de lado, procu-

— 472 —

CASSANDRA CLARE

rando pelo balcão até encontrar um prato com balas e escolher uma, sem se incomodar em oferecer às outras.

— Então, digam, o que vocês acham que esse feiticeiro foi contratado para fazer?

— Você sabe sobre primeiras Marcas? — disse Lucie, e Hypatia assentiu, parecendo entediada. — A maioria das crianças passa pelo procedimento facilmente. Poucas sofrem efeitos colaterais. Jesse Blackthorn morreu agonizando. — Ela engoliu em seco. — E... soubemos que um feiticeiro talvez estivesse envolvido no que aconteceu com ele.

Hypatia enfiou a bala na boca.

— Por acaso essa mãe era uma mulher com um nome russo peculiar?

— Sim — disse Lucie, ansiosa. — Tatiana.

Hypatia olhou para ela sobre as mãos unidas.

— Há alguns anos ela buscou a ajuda de um feiticeiro para colocar feitiços de proteção no filho. Ele tinha acabado de nascer, e ela não queria envolver os Irmãos do Silêncio ou as Irmãs de Ferro. Ela alegava que não confiava em Caçadores de Sombras. Não posso culpá-la, mas nenhum de nós quis se envolver, nenhum de nós, exceto Emmanuel Gast.

Emmanuel Gast. Um tremor percorreu Lucie quando ela se lembrou do corpo de Gast caído, arrasado, nas tábuas expostas do apartamento dele. *Carne e osso tinham sido destrinchados, costelas abertas exibiam uma caverna vermelha desabada. O sangue entranhara nas fendas pretas do piso de madeira. A parte mais aparentemente humana que restara dele eram as mãos, os braços estirados e as palmas viradas para cima como se estivessem implorando por uma clemência que não lhe fora concedida.*

Emmanuel Gast tinha feito a vontade de Belial, e fora morto por isso. Uma suspeita se agitou no fundo da mente de Lucie, embora ela mantivesse a expressão impassivelmente curiosa.

— O feiticeiro que foi morto durante o verão? — disse Ariadne.

— Esse mesmo. — Hypatia pareceu inabalada. — Ele era bastante corrupto, o conselho de feiticeiros por fim o proibiu de praticar magia.

— Então é possível — disse Ariadne — que ele tenha colocado os feitiços de proteção em Jesse Blackthorn, mas que tenha feito isso incorretamente? Eles deveriam ser feitos pelos Irmãos do Silêncio.

— 473 —

Corrente de Ferro

— E isso fez com que a primeira Marca não funcionasse direito, de alguma forma? Um pensamento inteligente — disse Anna, e as duas jovens se entreolharam, parecendo compartilhar um momento de detetives.

Talvez fossem mais do que detetives. Ariadne olhou para Anna com um desejo evidente, percebeu Lucie, e Anna... havia uma suavidade na forma como ela olhava de volta para Ariadne? Não era um olhar que Lucie tivesse jamais visto no rosto de Anna.

Lucie virou o rosto e pegou Hypatia Vex rindo de novo.

— Aí está, Caçadoras de Sombras — disse ela. — Um pouco de ajuda em troca de uma caixa de rapé. Lembrem-se de que eu fui útil da próxima vez que o Instituto contratar um feiticeiro.

— Ah, vamos nos lembrar, sim — disse Lucie, embora sua mente ainda estivesse em Emmanuel Gast. *Por que me arrastou de volta para este lugar de agonia? O que você quer, Caçadora de Sombras?*

Hypatia fez um gesto para enxotá-las.

— Agora vão. Ter Caçadores de Sombras por aqui é ruim para os negócios.

Lucie forçou um sorriso agradável no rosto ao seguir Anna e Ariadne até a rua. Era melhor se apressar e entrar em uma carruagem contratada, pensou ela... sua prima Anna era uma pessoa extremamente perceptiva, e a última coisa que Lucie queria era que alguém adivinhasse que tarefa estava diante dela naquela noite.

———

— Thomas Lightwood — falou Alastair. — Não sou nada como você.

Tudo o que Thomas conseguiu fazer foi encará-lo. Ele tinha tanta certeza. Mas o olhar de Alastair estava firme, sua voz, determinada. Céus, pensou Thomas, prestes a se levantar, não havia nada a fazer agora a não ser enterrar sua humilhação terrível do outro lado da sala. Talvez ele pudesse se esconder atrás de um candelabro.

— Não sou nada como você, Thomas — disse Alastair —, porque você é uma das melhores pessoas que eu já conheci. Você tem uma natureza bondosa e um coração como o de um cavaleiro de lendas. Corajoso e orgulhoso

— 474 —

e verdadeiro e forte. Tudo isso. — Ele sorriu amargamente. — E o tempo todo que você me conhece, eu fui uma pessoa terrível. Então, está vendo. Não somos nada parecidos.

O olhar de Thomas se voltou para cima. Não era isso que ele esperava. Ele observou o rosto de Alastair, mas seus olhos eram espelhos sérios, não entregavam nada.

— Não sou... — Thomas reprimiu as palavras antes que conseguisse se impedir. Ele *era* bom; ele sabia disso. Às vezes desejava não ser. — Não foi isso que eu quis dizer.

— Eu sei o que você quis dizer. — As palavras pairaram entre eles, nenhum dos dois ousando mover um músculo. Depois de um momento, Alastair acrescentou, com a voz mais gentil: — Como você sabia sobre Charles?

— Você não quis me contar o que estava fazendo em Paris — respondeu Thomas. — Mas mencionou Charles, de novo e de novo, como se sentisse prazer apenas ao dizer o nome dele. E, quando veio para Londres neste verão, eu vi a forma como você olhava para ele. Eu sei como é precisar esconder os... os sinais de afeição.

— Então imagino que você possa ter percebido que eu não olho mais assim para Charles.

— Acho que percebi — disse Thomas —, mas, durante os últimos quatro meses, *eu* venho tentando não olhar para *você*. Eu disse a mim mesmo que odiava você. Mas jamais consegui me obrigar de verdade. Quando Elias morreu, eu só consegui pensar em você. Em como você deveria estar se sentindo.

Alastair estremeceu.

— Eu insultei seu pai e sujei o nome dele. Você não tinha obrigação nenhuma de se importar com o meu.

— Eu sei, mas às vezes acho que é muito mais difícil perder alguém com quem nos damos mal do que perder alguém com quem tudo está bem.

— Que inferno, Thomas. Você deveria me odiar, não pensar em como eu devo estar me sentindo... — Alastair secou os olhos; Thomas percebeu com um choque perplexo que eles estavam brilhando com lágrimas. — E o pior de tudo é que você está certo, é lógico. Sempre entendeu outras pessoas tão bem. Acho que eu parcialmente odiava você por isso, por ser tão bom. Eu pensava: "Ele deve ter tanto, para ser capaz de ser tão generoso." E eu achava que não tinha nada. Jamais me ocorreu que você também tinha segredos.

— Você sempre foi meu segredo — disse Thomas, baixinho, e Alastair voltou um olhar surpreso para ele.

— Ninguém sabe? — indagou Alastair. — Que você... gosta de homens? Há quanto tempo você sabe?

— Desde depois que fui para a escola, acho — respondeu Thomas, com a voz baixa. — Eu sabia o que me chamava a atenção, acelerava minha pulsação, e nunca foi uma moça.

— E você jamais contou a ninguém?

Thomas hesitou.

— Eu poderia ter contado a meus amigos que gostava de homens. Eles teriam entendido. Mas não poderia ter contado a eles como me sentia em relação a *você*.

— Então você sentia alguma coisa por mim. Eu achei... — Alastair virou o rosto, sacudindo a cabeça. — Eu não *enxergava* você... você era um menino, me seguindo pela escola, e então eu encontrei você em Paris, e você tinha crescido e se transformado no *Davi* de Michelangelo. Eu achei que você era lindo. Mas ainda estava fixado em Charles... — Ele parou de falar. — Só mais uma coisa que eu desperdicei. Sua atenção por mim. Eu desperdicei meu tempo e minha afeição em Charles. Desperdicei minha chance com você.

Thomas se sentiu zonzo. Alastair tinha mesmo acabado de dizer: *Eu achei que você era lindo*? Alastair, que era literalmente a pessoa mais linda que Thomas já conhecera?

— Talvez não — disse ele. — Sobre mim, quero dizer.

Alastair piscou.

— Explique, Lightwood — disse ele, impaciente. — Do que está falando?

— Disso — respondeu Thomas, e se inclinou para beijar Alastair na boca. Foi um beijo rápido; Thomas jamais beijara ninguém antes, não de verdade, apenas alguns momentos furtivos em um canto mais escuro da Taverna do Diabo — e quase casto. As pupilas de Alastair se dilataram; mesmo quando Thomas recuou, hesitante, Alastair agarrou a frente da camisa de Thomas com firmeza. Ele deslizou até ficar de joelhos, para que eles estivessem um de frente para o outro; com Thomas sentado sobre os calcanhares, as cabeças deles estavam niveladas.

— Thomas... — começou Alastair. Sua voz estava rouca, trêmula; Thomas esperava que tivesse alguma coisa a ver com aquilo. Subitamente, Alastair soltou a camisa de Thomas e começou a virar o rosto.

— Apenas imagine — disse Thomas. — E se nunca tivéssemos frequentado a Academia juntos? E se nenhuma dessas coisas tivesse acontecido, e Paris tivesse sido a primeira vez que nos conhecemos? E esta fosse a segunda?

Alastair não disse nada. Tão perto, Thomas conseguia ver as manchas cinza nos olhos escuros dele, como delicados veios de cristal no mármore preto.

Então Alastair sorriu. Foi o fantasma do antigo sorriso arrogante dele, com apenas um toque da malícia convencida da qual Thomas se lembrava da escola. Tinha feito o coração dele saltar naquela época; e agora ele galopava.

— Maldito seja, Thomas — falou Alastair, e havia resignação em sua voz, mas outra coisa também, alguma coisa sombria e doce e intensa.

Um momento depois ele estava puxando Thomas para si. Os corpos deles colidiram, foi desajeitado e excitante. Thomas fechou os olhos, incapaz de suportar tanto sentimento, quando os lábios de Alastair tocaram os dele — gentilmente a princípio, mas com cada vez mais confiança, ele explorou a boca de Thomas, e foi como voar, como nada que Thomas jamais tivesse imaginado. O calor e a pressão da boca de Alastair, a maciez dos lábios e da pele dele, a mera intensidade de respirar e se mover junto com *Alastair Carstairs*.

Ele jamais imaginara nada assim. Nada como o ruído baixinho e ronronado que Alastair fez conforme as mãos dele percorriam o peito de Thomas, os ombros dele, como se fossem lugares que ele ansiasse por tocar há um tempo. Não havia nada como sentir a pulsação de Alastair contra os lábios dele conforme Thomas beijava a curva de seu pescoço. E, no momento, Thomas só conseguia pensar que, se foi preciso ser preso por assassinato para que aquilo acontecesse, tudo tinha valido a pena.

Corrente de Ferro

Christopher cuidadosamente encaixou uma tampa de borracha no último dos tubos de ensaio. Desde que Grace tinha ido embora, ele se ocupara registrando os resultados dos experimentos com a *pithos* até então, mas tinha sido difícil ficar concentrado. Ele estava pensando em segredos, em como outras pessoas pareciam saber de algum jeito o que era bom compartilhar com outros e o que deveria ser guardado, que palavras poderiam encorajar e quais ofendiam, como algumas pessoas o surpreendiam por não entenderem os conceitos mais simples, não importava o quão detalhadamente ele explicasse, enquanto outras...

Enquanto outras pareciam entender Christopher mesmo sem um esforço considerável por parte dele. Não muitos outros: Henry, com certeza; e Thomas, normalmente; e frequentemente — embora nem sempre — o resto de seus amigos.

Mas Grace, perplexamente, parecia entender Christopher sem problemas. Conversar com ela tinha sido tão fácil que ele se esqueceu de filtrar tudo que disse, repassando tudo para se certificar de que sairia certo antes de falar.

Ele não contaria a ninguém que ela entrara de fininho no laboratório, não até que ele tivesse mais tempo para pensar a respeito. Seria esse o motivo pelo qual James tinha se sentido atraído por Grace? Mas James não se interessava por experimentos e ciência — não como Grace parecia estar. Ela estava tão ansiosa para olhar pelo microscópio para os compostos de pólvora que ele estava estudando; tão curiosa para ver o conteúdo dos diários dele.

Mas era besteira pensar naquilo. Grace provavelmente jamais visitaria o laboratório de novo. Era uma pena — muitas grandes descobertas tinham sido feitas por equipes trabalhando em sintonia. Veja o exemplo dos Curie, que tinham acabado de ganhar o prêmio Nobel pelos experimentos com radiação. Talvez se ele contasse a ela sobre os Curie...

Os pensamentos de Christopher foram interrompidos por uma batida na entrada. Ele correu para cima para atender; o resto da casa devia ter ido dormir horas antes. Ele abriu a porta e encontrou Matthew esperando nas escadas. Ele estava embrulhado em um casaco de lã vermelho, sem chapéu e soprando as mãos para se aquecer.

Christopher piscou surpreso.

— Por que você está batendo à porta da própria casa?

— 478 —

Matthew revirou os olhos.

— Acho que trocaram as fechaduras. Minha mãe, tentando provar seu ponto, como sempre.

— Ah. Bem, você quer entrar?

— Não precisa; só estou realizando uma missão. James me mandou. Você ainda está com a *pithos*, não está?

— Sim! — disse Christopher, se alegrando. Animado, ele explicou a descoberta de que a estela retirava Marcas de uma pessoa e transferia para outra. Embora, por motivos que ele não conseguia explicar direito, tivesse deixado Grace de fora daquilo. — Preciso dizer, eu acho muito estranho — concluiu ele. — E ineficiente! Mas o assassino deve estar assassinando pessoas e tomando as Marcas delas para algum propósito sombrio que desconhecemos.

— Certo, entendo — falou Matthew, embora Christopher não tivesse certeza de que entendia, pois não parecia prestar atenção. — Qualquer que seja seu propósito, James precisa dela imediatamente, então é melhor eu levar para ele agora.

É lógico que James já teria algum plano — James estava sempre pensando em planos. Christopher tateou os bolsos e localizou um dos panos brancos que usava para limpar seus instrumentos. Ele cuidadosamente embrulhou a *pithos* e entregou a Matthew.

— É bom que você leve — disse ele. — Estou completamente exausto mesmo. Vou dormir no seu quarto, se não se importa, pois você tem um outro apartamento.

— É óbvio — disse Matthew, guardando a *pithos* em um bolso dentro do paletó. — Minha casa é sua.

Eles se despediram, então Christopher subiu até o quarto de Matthew, o qual parecia estranhamente vazio desde que Matthew tinha levado tantos dos livros e pertences com ele quando se mudou. Alguma coisa cutucou o fundo da mente científica de Christopher, alguma coisa a respeito de Matthew, alguma coisa que tinha esquecido de contar a ele, talvez? Mas ele estava exausto demais para pensar muito naquilo. Haveria bastante tempo para explicar as coisas no dia seguinte.

22

CORAÇÃO DE FERRO

*E ali os filhos da Noite escura residem, Sono e Morte,
terríveis deuses. O Sol reluzente jamais olha para eles com
seus raios, nem mesmo quando sobe até o céu, ou quando
desce do céu. E o primeiro deles vagueia pacificamente
sobre as costas amplas da terra e do mar, e é gentil com
os homens; mas o segundo tem coração de ferro, e seu
espírito dentro dele é impiedoso como bronze: quem
entre os homens ele tenha um dia tomado ele segura
firme: e é odioso até mesmo com os deuses sem morte.*

— Hesíodo, *Teogonia*

— **Me concentrar em quê, exatamente? — falou James. Ele se sentiu**
levemente nervoso: o olhar de Magnus estava concentrado e determinado,
como se ele olhasse *para dentro* e através de James.

— Você realmente tem o sangue de seu avô — murmurou Magnus, ainda
encarando James com uma expressão curiosa.

James enrijeceu. Ele sabia que Magnus não queria dizer nada com aquilo:
era a afirmação de um fato, nada mais. Ainda assim, não eram palavras
agradáveis aos ouvidos de James.

— 481 —

Corrente de Ferro

— Há portas em sua mente que levam para outros mundos — falou Magnus. — Uma mente sempre viajando, como eles dizem. Eu nunca vi nada assim. Eu entendo que Jem ensinou você a fechá-las, mas seu controle ainda não é perfeito. — Ele abaixou as mãos com um sorriso. — Bem, não importa, nós viajaremos juntos.

Sem saber muito bem se queria a resposta, James falou:

— Você não está nada preocupado com o que meus pais dirão quando descobrirem que nós arriscamos isso? Eles *vão* descobrir.

— Ah, sem dúvida. — Magnus gesticulou com a mão.

James olhou para Cordelia, que estava de pé à porta do escritório com a espada, parecendo uma estátua de Joana D'Arc. Ela deu de ombros como se dissesse: *Bem, é Magnus.*

— James, acho que seus pais entenderão, depois que entenderem a gravidade da situação — falou Magnus. — E, considerando as próprias atividades do passado deles, eles não podem falar muito. — Ele apoiou a mão de longos dedos sobre o peito de James, na altura do coração. — Agora, chega de tentar chocar ou chatear você para que vá para o Reino das Sombras. Não é necessário.

James olhou para ele, surpreso, mas o mundo já estava deslizando e ficando cinza. As paredes familiares do escritório se transformaram em poeira monocromática; os livros e os sofás e as cadeiras ruíram e sumiram. James estava se elevando, girando para dentro do vazio.

Ele jamais vivenciara a viagem até o Reino das Sombras daquela forma antes. O mundo disparou para longe de James, como se ele estivesse disparando por um túnel. Em um momento o escritório estava ali, a lareira, Cordelia, a noite de Londres além da janela. No seguinte, o seu mundo familiar voava para longe — ele estendeu a mão para pegá-lo, para se agarrar, mas apenas a escuridão o cercava; nada de lua, nada de estrelas, apenas uma escuridão que parecia infinita, interminável.

Uma luz brilhou nas sombras, um brilho âmbar que se intensificou gradualmente. Magnus estava a alguns metros de James, com uma luz amarela brincando na mão direita dele. Ele olhou em volta, franzindo a testa.

— Este — disse ele —, não é o Edom.

— 482 —

CASSANDRA CLARE

James ficou de pé, o mundo se ajustou em torno dele. Subitamente havia cima e baixo, uma sensação de gravidade sem uma sensação real de espaço. E havia solo sob seus pés, ou algo assim. Não era a poeira do Edom, mas uma superfície lisa e polida, estendendo-se até a distância infinita, feita de quadrados alternados de escuridão e luz.

— Magnus — disse ele —, acho que a gente pode estar em cima de um tabuleiro de xadrez.

Magnus murmurou alguma coisa baixinho. Parecia que ele estava xingando em outra língua. James se virou em círculo: ele achou que conseguia ver brilhos acima, como buracos de alfinete em um céu preto. Uma luz fraca se agarrava a tudo: ele conseguia vê-la delineando suas mãos, seus pés. Magnus pareceu brilhar suavemente também. James moveu a mão pelo ar e observou sua pulseira reluzir.

— James, pense — disse Magnus. — Você consegue imaginar o Edom, da última vez que o viu? Consegue se lembrar da fortaleza escura?

James respirou fundo. O ar frio tinha gosto de metal, afiado como prata. Ele jamais se sentiu tão longe de casa, mas não estava com medo nenhum. Em algum lugar, pensou ele, em algum lugar bem próximo, se ele conseguisse estender a mão...

E ele viu, um pequeno redemoinho, como uma tempestade de areia em miniatura. James recuou conforme aquilo cresceu, se solidificou, ganhou forma.

Era um trono. O tipo de trono que James vira em livros, ilustrando imagens de anjos — marfim e ouro, com degraus de ouro se elevando em direção a um assento imenso. Um símbolo peculiar estava entalhado repetidas vezes dos lados, de aparência pontiaguda e estranha, e no encosto estavam escritas as palavras: E ELE QUE SUPERA, E ELE QUE VIGIA MEUS FEITOS ATÉ O FIM, A ELE EU DAREI AUTORIDADE SOBRE AS NAÇÕES; E ELE AS GOVERNARÁ COM PUNHO DE FERRO, E LHE DAREI A ESTRELA DA MANHÃ.

Aquele era o trono de um anjo, pensou ele, ou pelo menos tinha sido feito para parecer um. E as palavras entalhadas no trono estavam em latim, embora o símbolo estranho entalhado dos lados e nos braços não fosse nada que ele reconhecesse...

Não, pensou James. Ele reconhecia sim. Tinha visto naquele livro, no outro dia mesmo. A insígnia de Belial. Ele olhou para Magnus, que fechou

— 483 —

seu punho, a expressão desconfiada. A luz âmbar que brilhava de seus dedos sumiu.

— Avô — disse James, olhando para o trono. — Avô, revele-se.

James ouviu uma risada baixa, muito próxima, como se alguém se aproximasse de seu ouvido. Ele saltou para trás quando Belial surgiu no trono, deitado bem casualmente. Ele usava o mesmo terno pálido que tinha usado no Reino de Belphegor, da cor do luto, com renda branca nos punhos e no pescoço. O cabelo era do mesmo misto de branco e cinza, como penas de pombo.

— Fico surpreso, James. Fiquei com a impressão de que você não queria ter nada a ver comigo. Já reconsiderou minha oferta?

— Não — respondeu James.

— Estou envergonhado — disse Belial, que não parecia sentir vergonha nenhuma. — Parece que você me procurou, não o contrário. Veio até aqui para me passar um sermão?

— Você acreditaria — falou James — que eu sequer vim até aqui por *você*?

— Provavelmente, não — disse Belial. — Você precisa admitir que parece improvável. Vejo que trouxe um feiticeiro. — Os olhos da cor do aço dele dançaram por Magnus. — E um filho de Asmodeus. Meu *sobrinho*.

— "Como caíste do Céu, ó Lúcifer, filho da manhã" — disse Magnus, em um tom meio pensativo, e James percebeu que ele estava citando a Bíblia. — "Pois disseste em seu coração: eu subirei aos Céus, eu exaltarei meu trono acima das estrelas de Deus, eu subirei acima das alturas das nuvens; eu serei como o Altíssimo."

Belial concluiu a citação:

— "E, no entanto, serás trazido para baixo até o Inferno, à beira do Poço."

— Isso mesmo — disse Magnus.

— Você é muito mal-educado — disse Belial. — Seu pai gosta de ser lembrado da Queda? Eu duvido muito.

— Não me importo muito com o que ele gosta — respondeu Magnus. — Meu pai não é um ladrão, no entanto; ele não sai por aí roubando os lares dos outros. Lilith é poderosa. Não teme a ira dela?

Belial começou a gargalhar. O som pareceu ecoar pelo piso polido, pelos pontos mais distantes de luz que James começava a suspeitar que eram estrelas muito distantes.

— *Temer* Lilith? Ah, isso é engraçado.

— Você deveria temer — disse Magnus, bem baixo. — Você tem um. Só precisa de três.

A risada de Belial parou. O olhar que ele voltou para Magnus foi breve, mas cheio de um súbito e azedo ódio.

— Não gosto de invasores — disse ele. — Ou, para ser sincero, de sobrinhos.

Ele gesticulou com a mão na direção de Magnus, e Magnus, com um grito, foi erguido do chão e atirado na escuridão. James soltou um grito e correu em direção ao lugar onde ele havia sumido, mas era tarde demais. Não havia sinal de que sequer tivesse estado ali.

Você tem um. Só precisa de três.

James olhou de volta para Belial, que o olhava com uma expressão calculista e fria. Estava evidente que Belial não esperava sua presença ali, e — como um mestre enxadrista surpreso por um movimento inesperado — ele se perguntava como virar a situação em vantagem própria.

— Se Magnus estiver ferido — falou James —, vou ficar muito chateado.

— Que criança estranha você é — disse Belial. — Como se importasse o que você sente. Admito, no entanto, que estou curioso: Se você não veio até aqui atrás de mim, então por que vir?

James refletiu. Belial era esperto; seria preciso uma mentira cuidadosa para enganá-lo.

— Eu queria ver o Edom. Era para lá que eu pretendia viajar.

— Entendo. — Os olhos de Belial brilharam. — Eu esperava incursões a meu novo Reino, por isso montei este portão aqui para impedir intrusos. — Ele indicou casualmente a escuridão do tabuleiro de xadrez. — Não esperava que *você* fosse um dos intrusos. Que interesse poderia ter no Edom?

— Magnus soube que você roubou o mundo de Lilith, a mãe dos feiticeiros — disse James. — Acho que eu fiquei curioso para saber o que meu avô poderia querer com um deserto assolado. Fiquei curioso a respeito de você. De seus planos.

— Bane tem pena de Lilith, imagino — disse Belial. — Feiticeiros são ensinados que ela é seu ancestral, e são ensinados a adorá-la. Mas, se você fizesse o mesmo, colocaria sua simpatia em quem não merece. — Ele en-

Corrente de Ferro

costou no trono. — Lilith foi a primeira esposa de Adão no Éden, sabe, mas ela deixou o Jardim para se juntar ao demônio Samael. A primeira mulher infiel do mundo. — Ele deu um sorriso amargo. — Ela é conhecida como assassina de crianças, não importa se os feiticeiros digam outra coisa.

— Não tenho pena dela — falou James — ou de nenhum de vocês, demônios antigos... apesar de todas as suas reivindicações a realeza, seus tronos e títulos, apesar de todo seu orgulho, não passam do primeiro mal que o mundo já conheceu.

Belial semicerrou os olhos.

— Estou vendo que transformou este lugar em um tabuleiro de xadrez — falou James. — Mundos, vidas, tudo são jogos para você.

— Devo lembrar a você — disse Belial, com um sorriso enigmático — que não fui atrás de você. E aqui vem você, agitado e irritado, para dentro do *meu* Reino, das *minhas* terras. Eu deixei você bem sozinho...

— Você está mentindo — falou James, sem conseguir segurar. — Você me atormenta em sonhos. Me mostrou cada morte. Me fez vivenciá-las. — O fôlego dele vinha rápido. — Por que está assassinando Caçadores de Sombras e levando as Marcas deles? E por que me mandar visões do que está fazendo? Por que iria querer que eu *soubesse*?

O sorriso de Belial permaneceu fixo no lugar. Ele tamborilou os dedos... suas mãos eram estranhamente curvas, quase como garras, nos braços de seu trono.

— Visões, diz você? Não mandei nenhuma visão a você.

— E isso é uma *mentira*! — gritou James. — Esse é o seu jogo? Se não pode me forçar a obedecer a você, vai me deixar louco? Ou a morte e o luto divertem você?

— *Cale-se* — disse Belial, e sua voz foi como um tapa. — Morte e luto de fato me divertem, mas presumir que você é digno de minhas mentiras... isso é mesmo arrogância. — Ele olhou para James, e James percebeu com um brilho de surpresa que havia uma marca vermelha na lapela do terno branco de Belial. Uma marca vermelha que se expandia.

Era sangue do ferimento que Cortana tinha infligido a ele tantos meses antes. Era verdade, então; ele não tinha se curado.

— 486 —

— Você tem um — disse James, sua voz ecoando com nitidez pela escuridão. — Só precisa de três.

Belial voltou os olhos incandescentes para James.

— O que você falou, criança do meu sangue?

— Um ferimento — disse James, apostando que estava certo. — Você já tem um ferimento mortal de Cortana. Só precisa de três...

— *Fique calado!* — rugiu Belial, e subitamente James viu *através* da bela máscara humana do rosto dele o que havia dentro, um poço terrível nascido do fogo e das sombras móveis. James sabia que estava vendo o verdadeiro rosto de Belial, uma cicatriz queimando sobre a pele do universo.

— Sou um Príncipe do Inferno — falou Belial, em uma voz que parecia chama. — Tenho tanto poder. Você acha que sua proteção vai salvar você? Não vai. Você é humano, como é ela que empunha Cortana, vermes rastejando sobre a Terra. — Ele ficou de pé, a imagem de um homem humano, mas James conseguia ver o que havia atrás e além da falsa imagem. Um pilar de fogo, de nuvem, de relâmpagos escuros como a noite. — Vou erguer meu trono acima das estrelas de Deus! Vou caminhar sobre a Terra e meu alcance excederá o paraíso! E *você não vai me impedir!*

Ele começou a avançar sobre James. Havia uma fome em seu olhar, um apetite aterrorizante, sem palavras. James começou a recuar, se afastando do avô.

— Você veio até meu lugar de força — disse Belial. — Não há terra aqui para você pegar e voltar contra mim.

— Não importa. — James ainda recuava, andando cuidadosamente pelos quadrados alternados: branco, preto, branco. — Não pode me tocar.

Belial sorriu.

— Acha que está protegido aqui, porque está protegido na Terra? — disse ele. — Eu convido você a testar essa teoria. — Belial deu mais um passo adiante e estremeceu; ele disfarçou rápido, mas James notou. O ferimento de Belial ainda lhe causava dor. — Na verdade, por que ainda não tentou escapar para seu mundinho? — refletiu Belial. — Não é bem-vindo lá? Está cansado do lugar? Palavras são coisas pequenas, não são? — Ele deu risinhos. — Ou será que é porque não sabe voltar, sem seu feiticeiro para ajudar?

Corrente de Ferro

Imaginar o Edom, dissera Magnus. James agora tentava o oposto — ele imaginava seu escritório, o pequeno cômodo familiar, a lareira, os livros, a pintura sobre a lareira. Mas, embora conseguisse conjurar uma memória do lugar perfeitamente bem, ele se recusava a ganhar vida ou realidade. Era apenas uma imagem, à deriva contra o fundo de suas pálpebras quando ele fechou os olhos.

— Como eu pensei — disse Belial, esticando a mão para James. Seus dedos pareciam ter ficado mais longos, como pernas de caranguejo esguias. Elas se flexionaram, brancas e com as pontas afiadas. — Você não tem poder aqui...

A explosão fez James recuar. Ele tinha se movido tão rapidamente que mal sentiu — a mão sob o casaco, o metal contra seus dedos, o coice da arma. O cheiro de pólvora misturado com o cheiro metálico do ar.

Ele olhou assustado para Belial; sabia que o tiro não tinha passado longe. Belial não tinha se movido. Ele estava de pé com os dentes expostos, a mão estendida diante dele, fechada em punho. Enquanto James o encarava, Belial abriu a mão lentamente. O coração de James afundou. No centro da palma de Belial havia uma bala, brilhando vermelha.

— Seu *tolo* — disse Belial, e atirou a bala em James; James ouviu o som de tecido rasgando quando a bala roçou seu braço. Ele cambaleou quando alguma coisa o segurou, parecendo a mão imensa e invisível de alguém, e o arremessou longe. Ele caiu de mau jeito sobre o ombro, a arma girando para fora da mão. Ele se virou, uma dor irradiava para cima de seu braço, e começou a rastejar atrás da arma.

A mesma mão invisível o pegou de novo. Ele foi virado de costas, arquejando; James encarou a figura que se elevava acima dele. Belial parecia ter crescido até atingir três metros. Ele sorria, o rosto se rachando como papel de parede antigo. Pelas rachaduras, James viu uma infinidade terrível, chamas e escuridão, agonia e desespero. Num tom baixo e debochado, Belial disse:

— Você realmente tentou me matar, James? Contemple, estou eternamente vivo, e tenho as chaves do Inferno e da morte.

— Eu já li essa citação — falou James, se apoiando com dificuldade nos cotovelos. — Mas não acho que era sobre você.

— 488 —

Belial se virou para olhar para o horizonte, onde quer que ficasse. Foi um alívio para James, ainda que pequeno, não precisar mais olhar para o rosto do avô.

— São palavras insignificantes, James — disse ele. — A verdade interpretada por humanos é fato visto por um vidro nebuloso. Logo você vai concordar com meus termos. Vai me deixar possuir você. E eu vou governar a Terra, *nós* vamos governar a Terra. — Ele se virou de volta para James; parecia inteiramente humano de novo, calmo e sorridente. — Você gosta de salvar vidas. Um hobby peculiar, mas vou permitir. Junte-se a mim agora e não precisa haver mais morte.

James ficou de pé lentamente.

— Você sabe que eu preferiria morrer.

— Mesmo? — Belial falava com deboche. — Pode ser providenciado, com muita facilidade, mas pense em tudo que você perderia. Seus *doces* pais. Sua irmã, como ela ficaria triste em perder você. Seu *parabatai*: ouvi falar que uma ferida dessas pode marcá-lo pelo resto da vida. E aquela sua adorável esposa. Tenho certeza de que ela sentiria sua falta.

A mão de James se fechou em punho, lançando uma lenta pulsação de sangue pelo braço dele.

Daisy.

Como alguém caindo, procurando desesperadamente uma escora, sua mente pegou e se agarrou ao pensamento em Cordelia. Cordelia colhendo morangos em Cirenworth, dançando com o vestido cor de cinzas de rosas no baile do Instituto, caminhando até o altar da capela do Instituto na direção dele, girando com Cortana na mão. O rosto dela quando ela lia: o arco de sua boca, a curva de seu pescoço, o arco da mão.

Cordelia.

— Vamos lá, James — disse Belial. — Não precisa ser tão teimoso. Você pode descansar. Entregue-se a mim, seja meu. Vou deixar você dormir...

Uma luz irrompeu na escuridão, iluminando sombras que jamais tinham visto iluminação antes, como o primeiro alvorecer do mundo. Belial gritou; James levantou o braço, protegendo os olhos quando o brilho cresceu mais e mais, uma lança de fogo em sua visão.

— 489 —

Corrente de Ferro

Cortana. Um raio dourado em sua visão, se ampliando. Imagens cresceram até quase cegá-lo — ele conseguia ver a linha do horizonte de Londres, o clarão da luz do sol no gelo, Thomas amarrado a uma cadeira, as bolas de fogo no Mercado das Sombras, grama verde e Matthew jogando um graveto para Oscar, o quarto acima da Taverna do Diabo, Lucie e os pais dele se virando em sua direção, Jem nas sombras. E havia mãos em seus ombros, e eram dela, de Cordelia, e ela disse, em uma voz de absoluta determinação:

— Ele não é seu. Ele é meu. *Ele é meu.*

A visão de James estalou até escurecer. Havia o familiar nada sinuoso e giratório do Reino das Sombras, o grande tabuleiro de xadrez, Belial, o trono, tudo isso se estilhaçando no vazio — e segundos depois, James caiu com tanta força a ponto de abalar seus ossos.

Uma dor irradiou por seu braço e ele gritou. James ouviu alguém dizer seu nome, e ele abriu os olhos: era Cordelia. Ele estava de volta ao escritório da casa em Curzon Street e ela estava de pé acima dele, pálida, com Cortana nas mãos.

— James — arquejou ela. — James, o que você...

Ele se sentou, olhando em volta, zonzo. Uma boa parte da mobília do cômodo parecia ter caído; uma delicada mesa de canto estava caída, estilhaçada, diante da lareira. Magnus Bane estava sentado no canto da sala, uma das mãos agarrada na frente de seu colete de cor alegre, o rosto contorcido de dor.

James usou a mão direita para se apoiar na mesa de xadrez e se levantar. Demorou mais do que ele gostaria. Uma dor o deixou sem fôlego quando ele disse:

— Daisy. Você está bem...?

Ela assentiu.

— Sim, mas não sei quanto a Magnus. — Ela começou a entremear pela mobília caída até o feiticeiro. — Ele simplesmente reapareceu ali e desabou, e então eu ouvi você chamando...

James ficou confuso com aquilo, mas não havia tempo para perguntar.

— Magnus — disse ele. — Se Belial fez alguma coisa com você, precisaremos chamar os Irmãos do Silêncio... Jem, talvez...

Magnus tinha se levantado dolorosamente. Ele estendeu a mão, sacudindo a cabeça com firmeza.

— 490 —

— Estou bem. Apenas chocado. Não imaginei que Belial estaria bloqueando a entrada do Edom.

— Belial estava... — Cordelia engoliu as perguntas, olhando de James para Magnus, então de volta. — O que fazemos agora?

Magnus se moveu com o corpo rígido até a porta.

— Isso é muito pior do que eu pensei. Não faça nada, está entendendo? Não se arrisque mais. Eu preciso chegar ao Labirinto Espiral e falar com o conselho de feiticeiros.

— Deixe a gente pelo menos ajudar você — disse James. — Você poderia levar nossa carruagem...

— Não. — Magnus falou bruscamente. — Você precisa confiar em mim. Fique aqui. Mantenham-se em segurança.

Sem mais uma palavra, ele se foi. De longe, James ouviu a porta da frente bater. Espantado e mais do que um pouco tonto, James se virou para Cordelia, apenas para perceber que ela o encarava, horrorizada.

— *James* — disse ela. — Você está sangrando.

—

Para alívio de Cordelia, o ferimento de James não era tão sério quanto parecia. Ele tinha tirado o casaco com uma obediência incomum, fazendo com que ela se encolhesse — a manga da camisa estava encharcada de sangue. Ela abriu a camisa com dedos trêmulos — parecia que momentos antes James a ajudava com seu próprio casaco na entrada da casa — e sibilou entre os dentes. Alguma coisa tinha escavado um sulco raso no bíceps de James.

— E Belial fez isso? — indagou ela, levando a mão a um retalho úmido para limpar o sangue. Era normalmente melhor inspecionar um corte antes de usar uma Marca de cura nele, caso a *iratze* fechasse pele sobre sujeira ou vestígios no ferimento. — Ao *jogar* uma bala em você?

— Parece que sim — respondeu James. — Estranhamente, não é um poder dele que foi mencionado em *Monarchia Daemonium*.

Ele contou a Cordelia o que havia acontecido no Reino das Sombras enquanto Cordelia pegava ataduras e água, e, de alguma forma, encontrava sua estela. Então ela tocou a pele dele com a estela, cuidadosamente gravando *iratzes* na pele sob o corte. James se encolheu e disse:

— E a maldita arma sumiu. Eu a perdi lá. Que confusão.

— Não é importante — comentou Cordelia, com firmeza. — Você tem outras armas, tão boas quanto.

Ele a olhou, calado, por um momento.

— Como você... foi até mim onde eu estava?

— Não tenho certeza — disse Cordelia. — Ouvi você me chamar. Foi como se eu tivesse sido puxada na sua direção, mas eu só conseguia ver sombras, e então eu reconheci você na escuridão. Soube que você estava lá. Eu levantei Cortana para poder enxergar, e ouvi a voz de Belial. — *Entregue--se a mim, seja meu. Vou deixar você dormir.*

Ele levantou o rosto para ela; Cordelia estava de pé diante de James enquanto ele estava sentado no braço de uma das poltronas estofadas. Eles tinham abandonado o escritório pela sala de estar, onde a mobília ainda estava de pé. Uma pedra de luz enfeitiçada brilhava em arandelas acima da lareira, iluminando suavemente o cômodo.

— Eu fiquei com medo — disse Cordelia —, depois que Magnus voltou sem você, que você ficasse preso lá. — "Medo" pareceu um eufemismo. Ela ficou apavorada. — Você abriu uma porta para voltar? Como um Portal?

Seus olhos dourados percorreram o rosto dela. Cordelia moveu a estela para cima do braço de James, para fazer uma terceira Marca: o arranhão já estava cicatrizando, fechando e virando uma cicatriz. Terra e sangue manchavam a camiseta de baixo dele, sua bochecha estava arranhada, seu cabelo, totalmente bagunçado. Ela se perguntou se era estranho que, de certa maneira, ela preferisse esse James — sujeira e sangue e suor e tudo isso — ao cavalheiro perfeito com a Máscara a postos.

— Talvez Belial não me quisesse lá — disse ele, o que não foi bem uma resposta à pergunta. — Ele disse que nunca me mandou nenhuma visão dos assassinatos, jamais teve a intenção de que eu visse nada.

— Você acredita nisso?

— Sim — respondeu James, depois de uma pausa. — Eu sei que ele é mentiroso, mas ele normalmente quer que eu pense que ele é todo-poderoso.

— 492 —

Não vejo a vantagem em mentir de um jeito que faça parecer que ele cometeu um erro.

— Então o que isso significa?

— Eu não sei — falou James, embora Cordelia suspeitasse que ele tivesse alguns palpites. — Mas acho que entendo por que ele tem tanto medo de Cortana e de você. Quando estávamos no Reino das Sombras, Magnus disse a ele: "Você tem um. Só precisa de três."

— Um o quê?

— Um ferimento, acho — pensou James. — De Cortana. Ainda não cicatrizou. É como a ferida do Rei Pescador; sangra e sangra. Acho que mais dois golpes da espada, ferimentos mortais, não arranhões, podem acabar com ele. E, quando eu mencionei isso, Belial pareceu apavorado.

Cordelia recuou para avaliar seu trabalho. O braço e o ombro de James ainda estavam roxos, mas o corte era uma linha branca fina agora. Ela soltou a pequena toalha que estava segurando na tigela de cobre com água rosada na mesa e disse:

— Mas não entendo. Dizem que nada pode matar um Príncipe do Inferno; então, como Cortana pode ter conseguido? Não importa o número de golpes?

Os olhos dourados de James brilharam.

— Não posso dizer, ainda não. Mas creio que todas as histórias sejam verdade, mesmo aquelas que se contradizem. Talvez *principalmente* essas. — Ele estendeu a mão para tirar a estela da mão dela; surpresa, Cordelia permitiu.

— Você me perguntou antes se eu abri uma porta para voltar para cá. Não abri. Não *consegui*. Magnus estava certo, não é algo que eu treinei com Jem ou considerei que poderia fazer: abrir caminhos entre mundos com a mente.

— Magnus pareceu tão certo...

— Bem, eu tentei. Eu pensei nesta casa, no escritório, tentei imaginar cada pedacinho dela. Nada funcionou. Eu podia muito bem estar preso em areia movediça. — Ele apoiou a estela. — Até que pensei em você.

— Em mim? — disse Cordelia, um pouco confusa, quando James se levantou. Agora ela erguia o rosto para ele, para os olhos sérios dele, seus cílios grossos, a curva triste nos cantos da boca de James.

— Eu pensei em você — repetiu ele —, e foi como se você estivesse lá comigo. Eu vi seu rosto. Seu cabelo... — Ele enroscou um dedo em um cacho que balançava ao lado do rosto dela. Ela conseguia sentir o calor da mão dele contra sua bochecha. — E eu não estava mais com medo. Eu sabia que conseguiria voltar para casa, por causa de você. Que você me guiaria de volta. Você é minha estrela constante, Daisy.

Ela se perguntou por um momento se ele estava zonzo, embora ela tivesse dado a James uma Marca de reposição de sangue.

— James, eu...

Os dedos dele acariciaram a bochecha dela, deslizando sob o queixo de Cordelia. Ele levantou o rosto dela com cuidado.

— Eu só quero saber uma coisa — falou James. — Você foi sincera, naquilo que falou?

— Sincera sobre o quê?

— O que você falou no Reino das Sombras — murmurou ele. — Que eu era seu.

O estômago dela se revirou; Cordelia achava que James não tinha ouvido. Ela se lembrou de gritar as palavras nas sombras; ela não tinha conseguido ver Belial, mas tinha sentido o demônio, por toda parte, sentido as garras dele em James.

Mas, obviamente, ele ouvira. Os olhos dourados dele estavam fixos nela, lindos como o alvorecer, destemidos como o olhar de um falcão. Cordelia falou:

— Não importa o que eu disse. Eu queria que ele deixasse você em paz...

— Não acredito em você — falou James. Ela conseguia sentir os leves tremores percorrendo o corpo dele, tremores de estresse, o que significava que ele estava se obrigando a ficar bem imóvel. — Você não diz coisas que não pretende, Daisy...

— Tudo bem. — Ela ergueu o queixo, se afastando da mão dele, sua boca trêmula conforme falou: — Fui sincera, então, você pertence a mim e não a ele, você *nunca* vai pertencer a ele, James...

O fôlego escapou dela em um arquejo quando os braços de James a envolveram e ele a levantou do chão. Cordelia sabia que não era uma bonequinha delicada como Lucie, mas James a levantou como se ela não pesasse

CASSANDRA CLARE

mais do que um guarda-chuva. Suas mãos desceram até os ombros dele no momento em que James levou a boca à de Cordelia, segurando as palavras dela, o fôlego dela, com um beijo explosivo.

O sangue ferveu em seus ouvidos. A boca de James era quente e estava aberta sobre a dela; Cordelia entreabriu os lábios quando a língua dele entrou, se movendo, acariciando. Ela aproximou o corpo do dele, os dedos se enterrando em sua pele, querendo mais, passando a língua sobre os lábios de James, o interior macio da sua boca. Ele tinha gosto de mel.

Os dois desceram até o chão, James ainda a segurava; ele a soltou com cuidado sobre o tapete, arqueando o corpo sobre o dela, a expressão inebriada e embevecida.

— Daisy — sussurrou ele. — Daisy, minha Daisy.

Cordelia sabia que se pedisse a ele para parar, James pararia, imediatamente e sem questionar. Mas era a última coisa que ela queria. O corpo dele se estendeu ao longo do dela, pressionando Cordelia contra o tapete macio; ele estava apenas com a camiseta de baixo, e Cordelia permitiu que suas mãos o percorressem livremente, deslizando-as pelos bíceps dele, sentindo a presença dos músculos ali e nas costas dele conforme James se apoiava sobre os cotovelos acima dela.

— Isso — sussurrou ele, contra a boca de Cordelia. — Me toque... faça o que quiser... qualquer coisa...

Ela deslizou a mão para baixo, puxando a camiseta dele, empurrando as mãos para cima, sob o tecido. Ela queria apoiar as mãos no lugar onde o coração dele batia. Cordelia passou as palmas das mãos sobre o peito exposto dele, sentindo o palpitar no estômago de James conforme alisava os músculos. E para cima, até o peito de James, os músculos macios ali — a pele dele era como seda, maculada aqui e ali pelas marcas de antigas cicatrizes.

James encostou a testa no ombro dela, tremendo ao toque de Cordelia.

— Daisy.

Cordelia sentiu de novo o poder que sentira antes. O conhecimento de que ainda que James não a amasse, ele mesmo assim a desejava. Mesmo sem querer, ele a desejava. Era um tipo de poder vergonhoso, mais forte ainda devido à culpa.

— Me beije — sussurrou ela.

— 495 —

Corrente de Ferro

As palavras pareceram passar por ele com a força de um relâmpago. Ele gemeu, esmagando os lábios contra os de Cordelia antes de arrastar seus beijos pelo pescoço dela, sobre a clavícula. As mãos dele encontraram os botões no seu vestido: ele abriu um a um, pressionando os lábios sobre cada centímetro de pele recém-revelado. Cordelia inspirou profundamente — ela se vestira sozinha, e não havia espartilho, nenhuma blusa sob o vestido. Ela ouviu a respiração profunda dele quando o tecido caiu, expondo o alto de seus seios.

James espalmou a mão, acariciando a pele, mesmo ao chegar para cima para levar os lábios aos dela de novo. Cordelia o beijou de volta com desejo, entrelaçando os dedos no emaranhado sedoso do cabelo preto dele. A mão de James se flexionou para segurar em concha o seu seio. Ele gemeu baixinho contra a boca de Cordelia, murmurando que ela era linda, que era dele...

Distante, ela ouviu alguma coisa que soava como o tilintar de metal, como o toque de um instrumento delicado, minúsculo...

James arquejou e se afastou, inclinando o corpo para cima. A mão dele tinha ido até o pulso; havia uma marca vermelha ali, como uma queimadura. Mas havia outra coisa... alguma coisa faltando.

Ela abaixou o rosto. A pulseira de prata, aquela que ele sempre usava, estava caída em duas metades partidas diante da lareira.

Cordelia se sentou, abotoando o vestido de novo às pressas. Ela conseguia sentir as bochechas ficando vermelhas quando James, de joelhos agora, abaixou a mão para catar os pedaços, virando-os nas mãos. Cordelia conseguia ver as longas rachaduras que percorriam o metal, como se tivesse sido submetido a intensa pressão ou torção. As palavras que um dia estiveram gravadas na curva do metal eram quase ilegíveis agora: LOYAULTÉ ME LIE.

Lealdade Me Ata.

James, ela poderia dizer. *James, sinto muito.*

Mas não sentia. Ela cruzou os braços sobre o peito; cada parte de seu corpo parecia viva, faiscando com excitação. Suas pernas estavam tremendo; aparentemente, o corpo precisava de um pouco mais de tempo do que a mente para entender o estado dos eventos presentes. O cabelo dela estava todo despenteado, descendo por seus ombros; ela o jogou para trás e disse:

— James? O que aconteceu?

CASSANDRA CLARE

Ele ainda estava ajoelhado perto do limite da lareira, a camisa retorcida onde ela a puxara para cima do corpo dele. James girou a pulseira na mão e disse:

— Daisy, eu acho...

A cabeça dele se virou para trás. Ela viu os olhos dele, completamente pretos, a parte branca tinha sumido de vez, quando James teve um espasmo e desabou, imóvel, no chão.

GRACE:
1903

Grace jamais disse uma palavra sobre a pulseira a Jesse. Ele só estava presente à noite, é lógico, e evitava os Herondale por princípio, porque eles aparentemente conseguiam ver fantasmas, embora James jamais parecesse ter visto Jesse.

Ela disse a si mesma que era inútil contar a Jesse sobre o feitiço. Se contasse a ele que James a amava, ele seria encorajador e ficaria feliz por ela, e ela se sentiria terrível. E se contasse a ele que ela e a mãe controlavam os sentimentos de James, ele ficaria horrorizado.

Quando elas se mudaram para Londres no verão, indo atrás de James, Tatiana desesperada para que o encanto da pulseira não fosse quebrado, Grace temera acima de todas as coisas que agora Jesse fosse descobrir. Que ele descobriria que ela havia explorado James, que o havia usado, enganado. Que ele acharia que ela era um monstro.

E talvez ela fosse, mas não suportava que Jesse pensasse assim.

— 499 —

23
Um fio de seda

Eu tinha uma pomba, e a doce pomba morreu;
E eu achei que tivesse morrido de luto.
Oh, pelo que ela poderia sentir luto? Seus pés estavam atados,
Com um fio de seda tecido por minhas próprias mãos.

— John Keats, "Eu tinha uma pomba"

— Jessamine — disse Lucie, irritada. — Eu *falei* a você, vou conjurar um fantasma, e você não vai gostar nada. Você nem mesmo gosta de outros fantasmas.

— Mas eu gosto de *você* — respondeu Jessamine. — E, além do mais, seu pai me disse para cuidar de você enquanto ele estivesse em Paris. Tenho bastante certeza de que ele não teria aprovado que você conjurasse um fantasma ou outro personagem morto-vivo.

Lucie afundou na cama com um suspiro exasperado. Normalmente ela não se importava que Jessamine flutuasse pelo lugar. Quando era pequena, elas brincavam de jogos de esconde-esconde excelentes, durante os quais Jessamine sempre trapaceava ao se esconder nas caixas de sapato de Lucie ou na gaveta de luvas (Jessamine não via motivo para permanecer em tamanho humano só porque Lucie tinha esse tamanho). Agora que ela era mais velha,

Corrente de Ferro

Jessamine costumava ajudar Lucie a encontrar itens perdidos ou conversava com ela enquanto Tessa fazia seu cabelo.

Agora, no entanto, ter Jessamine ali era decididamente inconveniente. Lucie tinha corrido para casa, após sair da loja de Limehouse, absolutamente determinada no que fazer a seguir, apenas para encontrar Jessamine flutuando por seu quarto com as cortinas, reclamando de se sentir sozinha. Livrar-se dela sem levantar suspeitas demais estava se revelando mais difícil do que ela havia pensado.

— Veja bem — disse Lucie. — Eu preciso entender uma... uma coisa que aconteceu há uns anos. Não posso descobrir isso com os vivos, então... — Ela permitiu que sua voz se dissipasse, de modo significativo.

— Então você vai recorrer aos mortos? — disse Jessamine. — Lucie, como eu já lhe disse antes, nem todos os fantasmas são como eu, com olhos bondosos e uma personalidade maravilhosa. Isso pode acabar muito mal.

— Eu sei. Já encontrei esse fantasma antes. Vai ser extremamente desagradável — acrescentou Lucie —, e você não vai gostar de ver. Você deveria se poupar disso e sair agora.

Jessamine se elevou. Ela firmara bastante os limites de sua forma e dava a Lucie seu olhar de raiva mais sombrio.

— Eu deveria dizer que não. Não vou sair do seu lado. O que quer que você tenha em mente, não deveria fazer sem supervisão!

— Eu sequer faria, se não fosse absolutamente necessário. Mas você não precisa se incomodar com essa questão, Jessamine.

— Eu *estou* incomodada com a questão — respondeu Jessamine, fazendo as luzes piscarem para dar um efeito. — Mas não vou a lugar algum. — Ela cruzou os braços sobre o peito e esticou o queixo para o ar.

Lucie saltou para fora da cama, alisando o vestido. Ela nem mesmo tinha tido a chance de trocar de roupa, e a bainha de sua saia ainda estava úmida.

— Fique, então, se quer tanto.

Ela ficou de pé no meio do quarto e fechou os olhos, então acalmou sua respiração até conseguir contar várias batidas do coração a cada inalação e exalação. Aquele era um processo que ela havia criado para aqueles momentos em que tinha problemas para se concentrar em escrever, mas descobriu

— 502 —

que era útil para todo tipo de coisa. Era o que ela havia feito no armazém, quando precisou chamar Filomena, para conjurá-la das sombras e do ar...

Lucie visualizou uma grande escuridão se expandindo ao seu redor, uma escuridão habitada por pontos de luz, cintilando como estrelas. Isso, ela disse a si mesma, era o vasto mundo dos mortos. Em algum lugar, entre aquelas memórias reluzentes que um dia foram a vida, ele estava ali.

Emmanuel Gast.

Lucie sentiu um tremor, como costumava sentir quando tentava comandar as almas de animais. O espírito de Gast estava ali — ela sentia — mas não queria se apresentar. Lucie procurou por ele, sentindo a relutância da alma como o arrastar do trilho de um trenó sobre um trecho de terra.

Então, subitamente, ela se libertou.

Lucie arquejou e abriu os olhos. O fantasma de Gast pairava diante dela, irritado. Da última vez que Lucie encontrara o fantasma dele, ele carregava as marcas de sua morte violenta — uma garganta cortada e roupas encharcadas de sangue. Agora ele parecia intacto, embora, ao seu redor, pulsasse um violento rasgo no mundo, um tremeluzir de escuridão que sumia quando se olhava diretamente para ele.

— Eu conheço você — falou Gast. Cabelos pretos estavam embaraçados sobre seu rosto, as fileiras de dentes dele apareciam com sua careta. — A menina em meu apartamento. Aquela com o poder de comandar os mortos.

Jessamine se encolheu, chocada.

— Lucie, o que ele...

Ah, não. Lucie não esperava que Gast desembuchasse tudo tão rápido, ou tão completamente. Ela balançou a cabeça para Jessamine, como se para dizer que Gast não sabia do que estava falando.

— Emmanuel Gast — disse ela. — Conjurei você porque preciso saber algo sobre um Caçador de Sombras chamado Jesse Blackthorn. Lembra-se dele?

A boca de Gast se contorceu em uma expressão de desprezo.

— Sim, eu me lembro dele. A cria de Tatiana.

Lucie sentiu seu coração dar um salto.

— Você *teve* algo a ver com o que aconteceu com ele, então.

Corrente de Ferro

Jessamine fez um ruído de desconforto. Depois de uma longa pausa, Gast falou:

— Como você saberia alguma coisa sobre isso, Caçadora de Sombras?

— Apenas me conte o que sabe — disse Lucie. — Não vou pedir duas vezes.

Gast cruzou os braços e abaixou o nariz para ela.

— Suponho — disse ele, por fim — que agora isso importe muito pouco.

— Eu já sei sobre os feitiços de proteção — alertou Lucie.

— De fato. — O fantasma pareceu estar se preparando para chegar ao assunto. — Tatiana Blackthorn não confiava nos Irmãos do Silêncio e nas Irmãs de Ferro para fazer o trabalho, é lógico. Não confiava em quase ninguém, muito menos em Caçadores de Sombras. Ela me contratou para fazer os feitiços no lugar deles.

— Mas quando a Marca da Vidência foi colocada em Jesse, ele morreu — disse Lucie. — Isso teria alguma coisa a ver com os feitiços de proteção?

Gast cuspiu, enojado — uma fagulha de transparência branca que sumiu antes de chegar ao chão.

— Não fui eu quem colocou a primeira Marca no menino. Seus preciosos Irmãos do Silêncio fizeram isso. Eu fiz os feitiços de proteção de acordo com as regras. O conselho pode ter me desprezado quando eu estava vivo, mas eu era um feiticeiro perfeitamente capaz.

— Então você fez os feitiços de proteção exatamente como um Irmão do Silêncio teria feito? — disse Lucie. — Você jura?

Gast encarou Lucie diretamente quando um olhar de pânico percorreu o rosto dele. Subitamente, ele desviou o rosto dela, suas mãos agarrando o ar como se ele tentasse se arrastar de volta para a escuridão da qual tinha vindo.

— Pare — disse Lucie, e ele parou imediatamente. Gast pairou no ar, olhando com raiva.

Jessamine sussurrou alguma coisa; Lucie não conseguia dizer muito bem o quê, mas ela não podia se preocupar com Jessamine agora.

— Conte a verdade — disse Lucie.

O rosto de Gast se contorceu.

CASSANDRA CLARE

— Não. Há coisas piores do que a morte, pequena Caçadora de Sombras, e mais a temer do outro lado do que você pode imaginar. Você acha que é a única que pode comandar os mortos? De onde acha que vem esse poder?

— Basta! — Lucie estalou os dedos. — Eu *ordeno* que você me conte.

— Lucie, pare! — Jessamine agitou as mãos aterrorizada. — Você não deve!

A cabeça de Gast virou de volta com um som que parecia um galho se partindo. Ele se virou, tentando se afastar dela, tateando como um coelho preso. Por um momento, Lucie teve pena dele.

Então ela pensou em Jesse, morrendo em agonia quando a Marca foi colocada nele. Enroscado em lençóis cobertos de sangue. Gritando por ajuda quando nenhuma ajuda poderia vir.

Um suor frio brotou da testa de Lucie. Ela forçou sua vontade sobre Gast, a força de seu poder e sua raiva.

Conte-me. Conte-me a verdade.

— A âncora! — gritou Gast, as palavras se rasgando da garganta dele. — Por Deus, a âncora, enterrada na alma dele! Eu não quis fazer isso, mas não tive escolha! — A voz dele se elevou até um uivo. — *Senhor, me deixe ir, ele vai me dilacerar em pedaços...*

Jessamine gritou, no momento em que o corpo translúcido de Gast se rasgou ao meio como um pedaço de papel. Lucie cambaleou para trás quando o fantasma se desfez, dividindo-se em frangalhos que afundaram no chão e se dissolveram, deixando leves marcas pretas para trás.

Lucie desabou contra o mastro da cama. A exaustão pesou nos braços e nas pernas dela, como se tivesse corrido uma maratona.

— Jessamine — sussurrou Lucie. — Jessamine, você está bem?

Mas Jessamine a estava encarando, seus olhos fantasmagóricos amplos no rosto pálido.

— Você pode comandar os mortos — disse ela, engasgando. — Isso significa que toda vez que me pediu para pegar sua escova de cabelo, ou me pediu para lhe contar uma história de dormir, ou pediu que a janela fosse aberta... você estava me *comandando*? Eu não tive escolha?

— Jessamine, não — protestou Lucie. — Não é assim. Eu nem sabia...

— 505 —

Mas Jessamine tinha sumido, entre um fôlego e outro. Lucie afundou na cama, o rosto nas mãos. O quarto fedia a fumaça e morte. Ela jamais achou que até mesmo Gast poderia resistir a ela com tanto afinco a ponto de se rasgar em pedaços. Certamente isso seria como arrancar a cabeça de alguém. Mas ele estava obviamente apavorado. Alguém queria muito impedir que ele respondesse àquela pergunta — talvez a ponto de colocar uma compulsão mágica nele. Dividido entre compulsões concorrentes, Gast se rasgou ao meio.

Lucie ficou bem quieta. Mal respirando, ela pensou no que Gast tinha dito. No que Jesse tinha dito.

Você acha que é a única que pode comandar os mortos? De onde acha que esse poder vem?

A âncora, enterrada na alma dele.

Eu sabia que alguma coisa estava me mantendo ancorado aqui, quando, para todos os propósitos, eu deveria ter sumido.

— A âncora — sussurrou Lucie.

Ela pegou o cinto de armas e a estela. Qualquer ideia de ir atrás de Jessamine havia sumido. Ela rabiscou um bilhete rápido para sua tia e seu tio, e seguiu direto para a porta; ela precisava chegar a Chiswick antes que alguém notasse que tinha partido.

Ela precisava ver Jesse.

Um chacoalhar alto e metálico soou pelo santuário, fazendo com que Thomas se levantasse reto na cama. Alguém estava destrancando a porta.

Thomas não fazia ideia de há quanto tempo estava beijando Alastair Carstairs, mas tinha quase certeza de que fazia horas. Não que ele estivesse reclamando. Eles tinham parado uma vez para comer sanduíches e beber sidra, rindo juntos até que alguma coisa a respeito do modo como Alastair mordeu um pedaço de maçã fez Thomas querer beijá-lo de novo. Eles rolaram para fora do colchão várias vezes, e Thomas tinha batido com a cabeça relativamente forte contra a parede em certo momento, mas Alastair pedira muitas desculpas por isso. Ele também tinha sido carinhoso e paciente, recusando-se a levar as coisas além de beijos.

— Se alguma coisa séria vai acontecer entre nós — dissera Alastair, com firmeza —, não vai ser porque você foi jogado no Santuário por ser suspeito de assassinato.

Thomas achou que essa linha de pensamento tinha seu mérito, mas preferia pensar que alguma coisa séria já acontecera entre os dois. Ele tinha ficado um pouco arrasado, mas achou que escondeu bem.

Agora ele se apressava em alisar as roupas, vestir o paletó e enfiar os pés nos sapatos. Alastair fez o mesmo, e, quando a porta se abriu, os dois estavam de pé de lados opostos do cômodo, completamente vestidos.

O que foi bom, pois para dentro da sala vieram tio Will e tia Tessa. Tessa usava um vestido verde-mar de seda francesa, o cabelo castanho longo preso para o alto em um coque. Will tinha claramente jogado o casaco em algum lugar e carregava uma bainha de espada longa e bastante ornamentada que ele equilibrava alegremente no ombro. Um cabo cuja guarda em forma de cruz tinha sido entalhada na forma de um anjo com asas abertas despontava da bainha.

— Esta coisa — disse Will alegremente para Thomas — é uma desgraça de pesada.

— Essa é a *Espada Mortal*? — disse Alastair, parecendo incrédulo.

— Estávamos com a Espada Mortal em Paris, levamos como um sinal de boa-fé, para mostrar que não seríamos nada além de sinceros com os vampiros de Marselha. Corremos para casa assim que terminamos nossos negócios com eles. Que bom ver você, jovem Alastair. Ouvi falar sobre o que fez por Thomas. Muito atencioso.

— Só estava relatando o que vi — disse Alastair, que parecia correr perigo de se retrair para seu habitual estado emburrado.

— Ah, de fato — falou Will, com um brilho no olho. — Agora, para a má notícia...

— Perguntamos se poderíamos fazer isso reservadamente — falou Tessa. — Apenas nós quatro. Mas o Inquisidor não quis saber disso. Ele insiste em estar presente.

— 507 —

Corrente de Ferro

— Tecnicamente, querida, estar presente durante interrogatórios é o trabalho dele — disse Will.

Tessa suspirou.

— Tenho certeza de que em algum ponto da história houve um tipo de Inquisidor agradável, uma figura de avô, mas nós jamais o conhecemos — disse ela. — Will, querido, vou ver como estão Gabriel e Cecily. Lucie está na casa de James e Cordelia, aquela travessa saiu escondida ontem à noite e deixou um bilhete. Precisaremos lembrar a ela de mostrar o devido respeito à tia e ao tio pedindo permissão antes de desaparecer noite afora para visitas sociais.

Ela sorriu com afeição para Will e lançou a Thomas um olhar encorajador antes de sair do Santuário.

— Obrigado por virem direto de Paris — falou Thomas, sentindo-se triste.

— Achei que seria melhor acabar logo com isso — falou Will. — Um pouco de julgamento pela Espada antes do café da manhã, não é?

Alastair pareceu consternado; Thomas, que estava acostumado com o jeito do tio, deu de ombros.

— Você se acostuma — disse ele a Alastair. — Quanto mais alarmante a situação, mais frívolo se torna o comportamento de meu tio.

— É mesmo? — disse Alastair, desanimado.

— Isso mesmo — respondeu Will. — Não acredito que meu sobrinho seja um assassino; portanto, ele não tem nada a temer da Espada Mortal.

— Ele pode ter alguma coisa a temer do Inquisidor — disse Alastair. — Bridgestock desesperadamente quer que seja um Caçador de Sombras. Ele precisa que seja, para poder estar certo desde o início sobre a situação toda. Se deixar que ele comande o interrogatório...

— Não vou deixar — disse Will, baixinho.

A porta do Santuário se entreabriu, e Matthew enfiou a cabeça para dentro. Thomas conseguia ver que atrás dele havia um grupo de pessoas: ele achou ter visto Christopher e Eugenia atrás de Matthew, esticando-se para ver do outro lado da porta. Ele se perguntou que horas seriam — manhã, pensou ele, mas além disso, seria só um palpite.

— Oi, Thomas — disse Matthew, com um sorriso, então olhou para Alastair e acrescentou, com a voz fria: — Carstairs.

— 508 —

CASSANDRA CLARE

— Fairchild — disse Alastair, em um tom igualmente frio. Thomas achou que talvez Alastair estivesse aliviado por ter alguma normalidade na situação, mesmo que fosse apenas o desprezo mútuo entre ele e Matthew.

— Certamente que não. — O Inquisidor Bridgestock entrou no Santuário batendo os pés, seguido de Charlotte. Foi chocante ver Charlotte nas roupas formais de Consulesa dela. Ao seu lado, Bridgestock estava embrulhado no preto e cinza oficial do Inquisidor, uma capa preta longa, estampada com Marcas cinza, um broche cinza no peito, botas pretas com fivelas de metal. O estômago de Thomas se revirou e afundou; Bridgestock estava determinado. — Saia, Fairchild.

Charlotte lançou um olhar de raiva para Bridgestock e se virou para Matthew:

— É melhor você ir, querido — disse ela, carinhosamente. — Vai ficar tudo bem. Charles voltou para casa de Portal esta manhã também, se quiser vê-lo.

— Não muito — disse Matthew, e lançou a Thomas um olhar deprimido quando a porta do Santuário foi fechada entre eles. Seus lábios disseram algo a Thomas, sem som, que poderia ser encorajamento, ou poderia ser uma receita para biscoitos de limão. Thomas nunca aprendeu a ler lábios.

Charlotte olhou para o filho por um momento antes de voltar a atenção para a questão diante dela.

— Thomas Lightwood — disse ela. — Alastair Carstairs. Este será um julgamento pela Espada Mortal. Entendem o que isso quer dizer?

Thomas assentiu. Alastair apenas pareceu irritado, o que, como Thomas teria adivinhado, lhes garantiu uma explicação do Inquisidor.

— A Espada Mortal é uma das dádivas de Raziel — disse ele, com pompa. — Ela compele qualquer Caçador de Sombras que a segure a contar a verdade. É nossa grande arma contra a corrupção e o mal entre nossos próprios batalhões. Thomas Lightwood, apresente-se e pegue a Espada.

— Vou trazer para ele — disse Will, e agora, ele não pareceu jovial. Seus olhos azuis estavam sérios quando ele desembainhou a Espada e a levou até Thomas. — Estenda as mãos, palmas para cima, meu garoto — disse ele. — Você não vai empunhar a Espada. Ela vai testar você.

Thomas estendeu as mãos. Ele conseguia sentir Alastair observando, a tensão o deixando tenso. O Santuário inteiro pareceu prender o fôlego.

— 509 —

Thomas disse a si mesmo que ele era inocente, mas quando a Espada desceu na direção dele, dúvidas começaram a abrir buracos em sua autoconfiança. E se a Espada conseguisse ver na alma dele, ver cada segredo, tudo que ele tentara esconder?

Will apoiou a Espada, a lâmina deitada, nas palmas voltadas para cima de Thomas. Thomas inspirou — o peso da Espada era maior do que ele tinha imaginado. Parecia um peso não apenas nas mãos dele, mas arrastando seu corpo inteiro, no coração, no sangue e no estômago. Ele sentiu vontade de vomitar, mas combateu a sensação.

Thomas ouviu Bridgestock rir.

— Olhem para ele — disse o Inquisidor. — Grande como um cavalo, esse menino, mas nem mesmo *ele* consegue suportar a força de Maellartach.

Will estava muito quieto. Thomas o encarou desesperadamente. Will Herondale era um homem que, embora não fosse parente direto de Thomas por sangue, era essencialmente sua família — seu tio, alguém de confiança, gentil e engraçado. Conforme Thomas ficou mais velho, ele começou a entender que por trás daquele exterior bondoso havia um pensador inteligente e estratégico. Ele se perguntava como Will se portaria naquela situação específica.

Will o encarou diretamente.

— Você assassinou Lilian Highsmith?

—●—

Matthew e Christopher foram levados pelo corredor por um bando de membros do Enclave murmurando — Gideon e Sophie, Eugenia, Gabriel e Cecily entre eles. Matthew não conseguia contar o número de adultos que tinham se aproximado dele naquela manhã e apertado seu ombro, assegurando-o de que tudo ficaria bem para Thomas.

É óbvio que também havia outros — aqueles que o encaravam de modo acusatório e lançavam olhares sombrios, desconfiados. Matthew ficou feliz por Christopher não parecer notar, nem mesmo quando as pessoas olhavam com raiva para ele.

— Não posso dizer que gosto de deixar Thomas para trás — falou Christopher, lançando um olhar pesaroso por cima do ombro conforme eles eram

CASSANDRA CLARE

conduzidos até a entrada principal do Instituto. As portas duplas estavam abertas, e ainda mais membros do Enclave estavam reunidos no pátio. Matthew conseguia ver os Pounceby e os Wentworth, todos fazendo cara feia.

— Não temos escolha, Kit — disse Matthew. — Pelo menos Will e minha mãe estão lá, com Bridgestock. E Tom é inocente.

— Eu sei — disse Christopher. Ele olhou em volta para a multidão reunida e tremeu um pouco. Talvez ele tivesse notado mais do que Matthew havia pensado. — Acha que James está bem?

Pensar em James abriu uma ferida no peito de Matthew. Ele discutiu com James na noite anterior: eles *nunca* discutiam.

— Magnus não deixaria nada acontecer com ele — respondeu Matthew. — Tenho certeza de que ele vai chegar a qualquer minuto e nos contar sobre ontem à noite. — Ele abaixou a voz. — Sobre viajar para o Reino dos Sonhos e tudo isso.

— Bem, espero que a *pithos* tenha ajudado — falou Christopher, enfiando as mãos nos bolsos do casaco. — Ainda não consigo entender por que alguém iria querer um objeto que tirar Marcas e as colocar em outra pessoa.

— Do que você está falando? — Matthew geralmente sentia que perdia alguma coisa quando falava com Christopher sobre os experimentos, mas aquilo era ainda mais confuso do que o normal.

— Bem — disse Christopher —, se você fosse um Caçador de Sombras, poderia simplesmente desenhar as Marcas por conta própria, e se não fosse, não poderia ter Marcas sem se tornar um Renegado...

— Sim, sim, mas sobre o que você *está falando*?

Christopher suspirou.

— Matthew, eu sei que estava muito tarde quando você foi até Grosvenor Square ontem à noite, mas você precisa ouvir quando eu explico as coisas. Não é tudo frivolidade chata, sabe.

Uma leve fagulha de pesar se acendeu no estômago de Matthew.

— Eu não fui até a casa ontem à noite.

— Foi, sim — insistiu Christopher, piscando, confuso. — Você me contou que James precisava da estela, então eu dei a você.

Uma pontada de gelo perfurou o estômago de Matthew. Ele se lembrava de deixar Lucie em casa na noite anterior e de voltar para o apartamento

— 511 —

Corrente de Ferro

para passar o resto da noite bebendo com Oscar diante da lareira. Se tivesse feito uma visita surpresa ao laboratório do pai em algum momento da madrugada, ele tinha certeza de que se lembraria.

— Christopher, não sei para quem você deu a estela ontem à noite — falou Matthew, com urgência na voz —, mas não foi para mim.

Christopher ficou pálido.

— Não entendo. Era você, era igualzinho a você. Se não era você... ah, Deus, para quem eu dei a estela? E com que propósito?

—

Thomas estava com dificuldade para respirar. O peso da Espada se espalhava por seu peito, e era mais do que peso, era dor — uma dezena, milhares de pequenas agulhas esfaqueando e raspando em sua pele. Palavras escorriam de sua boca, descontroladas e não premeditadas: ele entendia agora a forma como Maellartach tornava impossível segurar a verdade.

— Não — arquejou ele. — Não matei Lilian Highsmith.

Charlotte exalou com alívio. O Inquisidor murmurou alguma coisa em um tom furioso; se Alastair fez algum barulho, Thomas não conseguiu ouvir.

Como se ele estivesse perguntando a Thomas sobre o café da manhã, Will falou:

— Você assassinou Basil Pounceby? Ou Filomena di Angelo? Ou Elias Carstairs?

Thomas estava preparado para a dor desta vez. Vinha da resistência, pensou ele. De fazer força contra o impulso da Espada. Ele se permitiu relaxar, deixou as palavras saírem sem lutar contra elas.

— Não. Sou um guerreiro. Mas não sou um assassino.

Will indicou com o polegar na direção de Alastair.

— Você viu aquele sujeito assassinar algum Caçador de Sombras? Alastair, quero dizer. Ele cometeu algum assassinato até onde você sabe? Amos Gladstone, talvez?

— Como é? — disse Alastair, parecendo horrorizado.

— Não — disse Thomas. — Jamais vi Alastair cometer assassinato. E — acrescentou ele, um pouco para sua surpresa — não acho que ele faria tal coisa.

Com isso, o canto da boca de Will se repuxou quase imperceptivelmente.

— Você tem outros segredos, Thomas Lightwood?

A pergunta o pegou desprevenido. Thomas resistiu, rápida e severamente, antes que qualquer um dos inúmeros segredos saísse de sua boca, segredos sobre seus amigos, segredos sobre a ascendência de James. Qualquer coisa a respeito de Alastair.

— *Will* — ralhou Charlotte. — Você precisa perguntar sobre coisas específicas! Não pode sair pescando informação. Desculpe, Thomas.

— Questão retirada — falou Will, e o peso arrastado da Espada ficou imediatamente mais leve. Will lançou a Thomas um olhar severo e, depois de um momento, disse, sério: — Gideon sabe que ele ainda me deve vinte libras?

— Sim — falou Thomas, sem ser capaz de se impedir —, mas ele está fingindo que não se lembra.

— Eu sabia! — gritou Will. Ele se virou para o Inquisidor com um olhar triunfante. — Acho que terminamos aqui.

— *Terminamos?* — disparou Bridgestock. — Nós mal começamos! Esses dois precisam ser devidamente interrogados, William, você sabe disso.

— Eu fiz todas as perguntas relevantes, acho — disse Will.

— Você não fez nenhuma pergunta a Alastair! — gritou Bridgestock. — Qualquer um dos rapazes poderia saber mais. Eles podem saber por que, por exemplo, ninguém foi assassinado desde que eles foram trancafiados aqui. Só isso já é motivo de suspeita.

— Por quê? — disse Charlotte. — Os assassinatos não estão acontecendo toda noite, e é ridículo sequer pensar que Alastair assassinou Lilian. Ele chegou depois de Thomas, não havia uma gota de sangue nele, e *ele* veio até *nós*, um assassino de verdade teria se afastado da coisa toda depois que tivéssemos o suspeito errado sob custódia.

Bridgestock pareceu inflar como um sapo.

— O suspeito errado? Eu encontrei Thomas de pé em cima de Lilian, *coberto de sangue...*

— Nas palavras sábias de alguém — disse Will, tirando a Espada da mão de Thomas —, há mais coisas entre o céu e a terra do que sonha sua filosofia, Maurice.

— 513 —

Corrente de Ferro

— Shakespeare — comentou Alastair. — Isso é de *Hamlet*. Não a parte do Maurice, obviamente, mas o resto.

Will pareceu surpreso, então divertido. Ele se virou para Thomas:

— Tom — disse ele, gentilmente. — Eu sei que isso é uma podridão, mas eu fui suspeito de todo tipo de coisa quando tinha sua idade. Depois que se espalhar que você foi julgado pela Espada, o Enclave vai esquecer disso, eu prometo. — Ele parou. — Agora, não vejo necessidade para que a Espada continue sendo usada...

— Isso *não é decisão sua*! — rugiu o Inquisidor.

O Instituto balançou sob os pés deles. Thomas olhou em volta, incrédulo, quando candelabros caíram no chão em volta deles e cadeiras viraram. Uma rachadura fina partiu o piso quando Alastair avançou na direção de Thomas — então congelou, parecendo hesitar. Bridgestock estava agarrado a uma pilastra, os olhos arregalados. Will tinha puxado Charlotte para perto e a mantinha equilibrada, o braço em volta do ombro dela conforme ele olhava em volta, a testa franzida.

Os tremores pararam.

— O que...? — arquejou Bridgestock, mas não havia ninguém para ouvi-lo: os outros Caçadores de Sombras tinham explodido em ação e corriam para a porta.

Anna caminhava um pouco mais rápido do que era necessário, fazendo Ariadne precisar se esforçar para acompanhar as passadas de pernas longas dela conforme as duas atravessavam a Waterloo Bridge. A torre do Instituto se erguia alta do outro lado do rio, escura contra o céu que clareava.

Ela havia chegado ao meio da ponte quando se deu conta de que estava sozinha. Ao se virar, ela viu Ariadne de pé alguns metros atrás, as mãos nos quadris. Ariadne tinha os quadris muito bonitos, curvando-se em uma bela cintura, e suas pernas — como Anna bem sabia — eram bem torneadas. Ela até mesmo tinha pés atraentes, os quais ela no momento plantava na calçada, sem se mover.

— 514 —

— Não consigo andar tão rápido quanto você — disse Ariadne. — Mas não vou correr para te acompanhar. É indigno. Se prefere ir sozinha, é só dizer.

Mesmo tão cedo, havia tráfego na ponte, balconistas correndo para o trabalho, carrinhos de verdureiros a caminho do mercado da manhã em Covent Garden, carroças de leite chacoalhando com garrafas — mas Ariadne e Anna estavam enfeitiçadas, ninguém parava para olhar.

Eu estou fugindo de você há dois anos. Por que eu deveria parar agora?, pensou Anna. Embora, se ela fosse admitir para si mesma, estava fazendo um péssimo trabalho de fuga nas últimas semanas.

Anna fez uma breve reverência debochada, mas permaneceu onde estava; em alguns momentos, Ariadne a havia alcançado, e elas seguiram juntas pela ponte. O céu começava a se tornar azul-cobre no leste. O vento puxava o cabelo escuro de Ariadne. Anna sempre achou que, quando estava solto, parecia uma nuvem de tempestade.

— É estranho — disse Ariadne. — Agora que temos essa informação sobre Jesse Blackthorn, o que fazemos com ela?

— Nada no momento — disse Anna. — Lucie quer contar a Grace primeiro.

Era a última coisa que Lucie tinha dito, um pedido urgente quando ela pegou uma carruagem contratada, dizendo que precisava desesperadamente voltar para o Instituto antes que tia Cecily reparasse que ela estava fora. Anna e Ariadne ainda precisavam terminar sua patrulha; elas estavam voltando para o Instituto agora, Anna determinada a ver se havia alguma novidade a respeito de Thomas.

— Estou bastante surpresa por elas serem amigas — disse Ariadne. — Eu nunca soube de Grace ter planos de se encontrar com alguém, ou de alguma amiga visitá-la em casa. Ela é meio que um fantasma quando Charles não está.

Anna não tinha tanta certeza se Lucie e Grace *eram* amigas. Não era da natureza de Lucie ficar amiga de alguém que tinha causado dor a seu irmão. Por outro lado, Lucie estava sempre contando histórias a si mesma nas quais ela era a heroína de grandiosas aventuras. Investigar o mistério ligeiramente romântico da morte de um rapaz certamente caía nessa categoria.

Elas tinham chegado a Victoria Embankment, que percorria o lado norte do Tâmisa. O vento do rio era amargo ali, e Anna tremeu.

— Espero que Grace não perturbe você por muito mais tempo — disse ela. — Em algum momento Charles vai precisar voltar de Paris e se casar com ela.

Ariadne riu baixinho.

— Todos acham que eu deveria rechaçar Grace. Pelo insulto de ficar noiva de meu antigo prometido. Mas, na verdade, foi minha ideia acolhê-la.

— Foi? — Anna ficou curiosa, apesar de não querer.

Ariadne deu de ombros.

— Eu não queria me casar com Charles, sabe. Você *sabe*. Melhor do que qualquer um.

Anna não respondeu. *Talvez você não quisesse,* pensou ela. *Mas concordou em se casar com ele, sabendo que isso partiria meu coração. Sabendo que jamais o amaria. Eu jamais teria feito tal coisa.*

— Quando eu acordei da doença e descobri que ele tinha me deixado por Grace, senti mais alívio do que qualquer outra coisa — falou Ariadne.

— Eu me senti grata por Grace, acho. Achei que se nós a convidássemos para morar com a gente, mostraria ao Enclave que eu não tenho rancor com relação a Grace.

Depois de virarem em Carmelite Street, elas passaram por um prédio de tijolos e janelas com pinázios. O pináculo do Instituto se elevava próximo dos prédios ao redor, o labirinto de ruas familiares em torno da catedral as recebia.

— Bem, isso é um sacrifício e tanto a se fazer para o Enclave — disse Anna.

— Não foi só pelo Enclave. Eu queria conhecer Grace melhor, por causa de nossa experiência mútua.

Anna gargalhou baixinho.

— Como as vidas de vocês se parecem, Ari?

Ariadne lançou a ela um olhar firme.

— Nós duas somos adotadas.

Não era algo que havia ocorrido a Anna. Depois de uma pausa, ela disse:

CASSANDRA CLARE

— Eu nem sempre concordei com seus pais. Mas eles amam você. Acho que é improvável que Tatiana tenha qualquer sentimento carinhoso por Grace.

— Meus pais me amam mesmo — admitiu Ariadne. — Mas eles nunca reconhecem meu passado, o fato de que eu vim da Índia quando tinha sete anos, nem mesmo que eu tinha um nome diferente quando nasci. — Ariadne hesitou, parecendo procurar as palavras certas. — Eu sinto como se estivesse sempre entre mundos. Como se eu estivesse feliz por ser filha deles, mas como se também fosse outra pessoa.

Anna ouviu um ronco a distância, como o som de um bonde.

— Qual era o seu nome quando você nasceu?

Elas estavam quase nos portões do Instituto. Ariadne hesitou.

— Kamala — disse ela. — Kamala Joshi.

Kamala. Como o nome de uma flor.

— E não havia outra família... ninguém que pudesse ajudar? — perguntou Anna.

— Uma tia e um tio, mas havia desavenças entre eles e meus pais. Eles se recusaram a me aceitar. Eu poderia ter sido criada no Instituto de Bombaim, mas eu... eu queria uma mãe e um pai. Uma família de verdade. E, talvez, estar longe daqueles que tinham me rejeitado. — Os lindos olhos profundos de Ariadne com os pontinhos dourados estavam fixos no rosto de Anna. Era inquietante ser olhada daquela maneira, fazia com que Anna se sentisse *vista* de uma forma que ela raramente sentia. — Anna. Você algum dia vai me perdoar?

Anna ficou tensa, pega de surpresa pela pergunta.

— Ariadne...

Um relâmpago estalou no céu. Anna se virou, surpresa. Não tinha sinais de tempestade, o céu do alvorecer estava imperturbado. Mas agora...

— O que é *aquilo*? — sussurrou Ariadne.

Uma imensa nuvem escura tinha se acumulado acima do Instituto — mas apenas acima do Instituto. Era imensa, preta como nanquim, e pairava acima da igreja como se impulsionada por lufadas internas. Ao redor dela, o céu se estendia azul-escuro e intocado no horizonte.

Corrente de Ferro

Um trovão roncou enquanto Anna observava, perplexa. Um homem mundano usando roupas de trabalhador passou caminhando, assobiando sozinho; estava evidente que a tempestade era invisível para ele.

Anna empurrou os portões, e ela e Ariadne entraram no pátio, que estava imerso em sombra, a nuvem pairando acima. Um raio estalou em volta do pináculo do Instituto.

Ariadne tinha uma *khanda* — uma lâmina de dois gumes — já na mão. Soltando o chicote do cinto, Anna se virou em um círculo lento, cada sentido dela alerta. Seu olho captou um lampejo de movimento, alguma coisa escura, como um jato de tinta ou sangue, se movia no centro do pátio.

Ela deu um passo na direção daquilo — no momento em que a coisa avançou para cima e para fora; não era um jato, afinal de contas, mas alguma coisa escorregadia e preta e móvel e viva. Anna saltou para trás, jogando Ariadne para trás dela, quando a coisa descarregou um golpe que atravessou a terra, lançando rachaduras em zigue-zague pela laje do pátio. Água escorreu das rachaduras, enchendo o pátio com o fedor de sal quente e maresia. Mesmo quando Anna se virou, atacando a escuridão com seu chicote, ela não deixou de se perguntar: Como era possível que o pátio do Instituto estivesse se enchendo com *água do mar*?

—

Embora inicialmente relutante em se aventurar para fora da baia quente para o tempo gelado, Balios recuperou a energia rapidamente, entregando Lucie à Casa Chiswick na madrugada escura. Ela desceu e deu tapinhas no focinho do cavalo antes de o amarrar a um poste perto dos portões com um cobertor jogado sobre o corpo.

Ela se moveu com cuidado pelo terreno arrasado e queimado pelo inverno. Como sempre, a Casa Chiswick parecia abandonada, apenas o sussurro do vento de inverno pelas árvores a acompanhava. Mas ela estava determinada a não se arriscar. Se seu palpite sobre Jesse estivesse sequer remotamente próximo da verdade, então ela precisaria tomar muito cuidado mesmo. Lucie atravessou o jardim destruído, com o pensamento sarcástico de que estava se tornando tão familiarizada com os caminhos do terreno

CASSANDRA CLARE

de Chiswick quanto com as ruas de seu próprio bairro. Ela entremeou pelas estátuas quebradas e os arbustos grandes demais, até chegar ao antigo galpão do jardim.

Lucie prestou atenção por vários momentos para se assegurar de que ninguém a havia seguido. O raspar de galhos desfolhados contra as paredes de tábua do galpão arrepiava seus nervos, mas Lucie insistiu e se aproximou da porta, a qual estava ligeiramente entreaberta. Ela sentiu um cheiro amargo no ar — incenso, talvez, que Grace estava queimando como parte de alguma tentativa de reanimar o irmão.

Lucie entrou, e depois que seus olhos se ajustaram, ela viu o corpo de Jesse, exatamente como vira pela última vez, deitado pacificamente no caixão de vidro. Os olhos dele estavam fechados, as mãos estavam unidas no peito.

Ainda assim, ela precisava ter certeza. Com as mãos trêmulas, Lucie fez algo que jamais fizera antes, e levantou a tampa com dobradiças do caixão de vidro.

O corpo diante dela não era Jesse, disse Lucie a si mesma. Jesse era seu fantasma, um espírito, e não aquele vestígio físico. Mas ainda parecia uma estranha violação quando ela abriu as lapelas do paletó funerário branco de Jesse.

A camisa de tecido de lã por baixo estava manchada de sangue.

Com o fôlego parcialmente preso, Lucie começou a desabotoar o alto da camisa, afastando o tecido gelado; aquele gesto era bizarramente íntimo.

Ali, do outro lado da pele pálida do peito dele, havia uma Marca de Força. No ombro esquerdo, Velocidade e Precisão. Vidência estava na mão esquerda, embora ela soubesse que não era a mão dominante dele. No interior da curva do braço dele estava a Marca *enkeli*.

Lucie deixou o tecido escorregar de seus dedos e olhou para as marcas pretas na pele extremamente pálida de Jesse. Era como ela temia.

A âncora.

As Marcas. Jesse jamais tivera nenhuma Marca. Agora, ele tinha cinco. Uma para cada Caçador de Sombras assassinado: Amos Gladstone, Basil Pounceby, Filomena di Angelo, Lilian Highsmith, Elias Carstairs.

Entorpecida, ela foi até a parede mais afastada e pegou a espada Blackthorn. Seus passos ficaram mais lentos quando ela voltou para o caixão.

Corrente de Ferro

A tampa ainda estava aberta, e dentro, Jesse estava imóvel, tranquilo e completamente alheio. Era injusto. Terrivelmente injusto. Jesse era inocente. Mas aqueles que tinham sido assassinados — eles também eram inocentes.

Lucie precisava fazer aquilo já, antes que perdesse a coragem. Ela trincou os dentes e levantou a espada, agarrando o cabo com as duas mãos, pronta para descer a lâmina reta e determinada, como seu pai lhe ensinara.

— Jesse — sussurrou ela. — Jesse, me desculpe.

Uma luz brilhou da lâmina da espada no momento em que alguma coisa se chocou contra a parte de trás da cabeça de Lucie. A espada Blackthorn caiu das mãos dela. Quando ela escorregou pela beira da caixa de vidro e caiu com um clangor na terra firme, sombras espreitaram pelos cantos da visão de Lucie, banhando-a na escuridão.

24

ELE SE ERGUERÁ

Ali ele se deitou durante eras, e se deitará
Alimentando-se de enormes vermes marinhos em seu sono,
Até que o fim do mundo aquecerá as profundezas;
Então de uma só vez para homens e anjos testemunharem,
Rugindo ele se erguerá e na superfície morrerá.

— Alfred, Lord Tennyson, "O Kraken"

James estava nas sombras, e elas o cercavam; ele estava sonhando, embora não estivesse dormindo.

Ele podia ouvir a própria respiração, irregular aos seus ouvidos. Estava preso nas sombras, incapaz de se mover — incapaz de ver, a não ser por dois buracos abertos na escuridão, como os olhos de uma Máscara.

Passava do alvorecer, o céu da cor de vidro azul frio. Arqueando-se acima dele conforme ele se curvava para a frente havia plátanos, os galhos estendidos para capturar a luz do sol fraca. O corpo dele doía e queimava. Cabelos pretos caíam em seu campo de visão; ele estendeu a mão para afastar os fios. Olhando para baixo, James viu as próprias mãos — mãos pálidas, brancas e estreitas, agarradas a uma caixa prateada com Marcas.

Corrente de Ferro

A mão dele, que não era a mão dele, se fechou sobre a caixa. Ele estava em um espaço familiar — algum tipo de jardim. Havia sebes e trilhas serpenteando entre árvores invernais. Diante dele, os pináculos góticos de uma igreja se elevavam contra o céu límpido; serpenteando para fora da porta dela havia caminhos que circundavam a fonte de bronze no centro. James conseguia ouvir assobios. Os limites da visão dele começavam a se anuviar, mas ele conseguia ver alguém — alguém com um casaco de uniforme — andando em um caminho, entre os loureiros e os arbustos de azevinho, as folhas cobertas com gelo que brilhava ao sol...

Em algum lugar, a mão de alguém se fechou no cabo de uma lâmina. Em algum lugar, havia ódio, aquele ódio sombrio e impiedoso que James tinha sentido antes, e desprezo — desprezo pelo homem de casaco, o Caçador de Sombras, por quem ele esperava na praça, a quem seguira desde sua casa, guiando-o, sem saber, até aquele lugar, aquele confronto...

Pare, sussurrou James. *Não faça isso.*

Escárnio sarcástico. *Vá, criança.*

E ele foi atirado para longe da visão, gritando, suas mãos buscando um apoio, alguma coisa que o segurasse no mundo.

— *James!*

Era a voz de Cordelia. Ela estava ajoelhada sobre ele, e Matthew também: ele estava deitado no chão do escritório, parcialmente atordoado, como se tivesse sido jogado de uma grande altura. Ele se impulsionou para se sentar como uma marionete puxada por cordas tensas demais.

— Está acontecendo — disse ele. — Outro assassinato...

— Aqui. — Matthew estendeu a mão; James segurou a mão de seu *parabatai* e se levantou. Ele ainda se sentia zonzo e, de alguma forma, diferente, mais leve, embora não conseguisse explicar o motivo. Ele encostou na lareira de mármore, recuperando o fôlego; o olhar preocupado de Matthew se fixou nele. — Calma, Jamie *bach*.

James percebeu três coisas ao mesmo tempo. Primeiro, que ele estava beijando Cordelia no que parecia ser momentos antes, mas não restava evidência do que fizeram juntos: Cordelia usava um casaco de uniforme abotoado por cima do vestido, e uma expressão cautelosa. Ele mesmo usava uma camisa limpa, o que parecia um mistério ainda maior.

— 522 —

CASSANDRA CLARE

A segunda coisa foi que Matthew devia ter acabado de chegar: ele não tinha tirado ainda o sobretudo verde-alegre de brocado e veludo, e uma ponta do longo cachecol marfim arrastava no chão.

A terceira era que parecia que alguém tinha aberto uma jaula dentro dele, deixando sua mente correr livremente. Ele precisava urgentemente de várias coisas ao mesmo tempo: uma resposta, um mapa e um livro.

— Math — disse ele. — A *pithos*... Christopher a perdeu?

Os olhos de Matthew se arregalaram.

— Foi roubada... por alguém que se parecia comigo. Como você sabia que tinha sumido?

— Porque *ele* está com ela — falou James. — Belial. Ele deve ter mandado um demônio Eidolon até Christopher, para enganá-lo. — Ele respirou fundo. — Eu acho... acho que talvez eu saiba o que está acontecendo.

Cordelia ficou de pé, Cortana brilhando onde estava presa às costas dela. Ela corou um pouco ao olhar para James.

— Como assim, você sabe? Você sabe quem é responsável pelos assassinatos? — indagou ela. — Quero dizer, é Belial, é lógico...

— Eu não sei de tudo — falou James, correndo até a mesa de centro, onde livros sobre sonhos e magia ainda estavam espalhados desordenadamente. — Mas parte. Por que ele está fazendo o que está fazendo. Talvez até mesmo como. Aqui... — Ele pegou o livro roxo-escuro. — O mapa — disse James. — Aquele mapa de Londres, onde está?

— Aqui. — Matthew deslizou o livro em direção a ele, aberto no mapa do centro. Apressadamente, James olhou para o *Monarchia*, então de volta para o mapa. Ele pegou uma caneta e fez uma última marcação.

— Mount Street Gardens? — disse Matthew, semicerrando os olhos para o novo rabisco. — Já estivemos lá. É bem perto daqui.

— Mas isso ainda não forma a insígnia de Belial, forma? — disse Cordelia, olhando por cima do ombro de Matthew. — Parece bastante com o tridente de Poseidon. Um tipo de lança com três dentes.

— É uma insígnia — falou James. — Só não é a de Belial. É a insígnia de *Leviatã*.

Ele bateu no *Monarchia*, onde a insígnia de Leviatã estava desenhada sobre uma página inteira, pontiaguda e de aspecto cruel.

— 523 —

Corrente de Ferro

— Por isso o tridente. Ele é um demônio marinho, afinal de contas.

Matthew e Cordelia trocaram um olhar confuso. Pronto, pensou James; estavam prestes a declará-lo louco e atirá-lo no sótão.

— Magnus disse que os Príncipes tinham alianças — disse Cordelia, lentamente. — Azazel e Asmodeus. Belial e...

— Leviatã — disse Matthew, que tinha ficado um pouco pálido em volta da boca. — James, você disse que as insígnias podem funcionar como portões. Se esse assassinato acontecer, vai abrir um portão para que Leviatã entre em nosso mundo?

— Você acha que já aconteceu? — perguntou Cordelia.

James olhou pela janela.

— Não. Em minha visão, foi logo depois do alvorecer, e o alvorecer está chegando agora. Mount Street Gardens não fica longe, mas não temos tempo a perder. Precisamos correr...

— Desse jeito você não vai, não — disse Matthew, seriamente. — Você precisa de sapatos, armas e um casaco de uniforme, no mínimo. E Cordelia precisa de botas.

— E depois disso? — disse Cordelia.

— *Depois* a gente corre.

Conforme Thomas disparou pelo Instituto até a entrada, ele ouviu alguém chamando seu nome. Tudo era o caos, uma massa turbulenta de Caçadores de Sombras avançando de um lado pro outro, pegando armas, vestindo uniforme e correndo para fora das portas abertas até o pátio adiante, de onde os sons de luta já eram audíveis.

— Thomas! Aqui! — era Christopher, abrindo caminho até ele no meio da multidão; ele segurava um casaco de uniforme e várias lâminas serafim.

— Onde está tio Will?

— Foi procurar Tessa. — Thomas pegou o casaco e vestiu, enfiando algumas das lâminas no cinto. — O que está acontecendo?

— Algum tipo de ataque. Seus pais já saíram, se juntaram à luta. Os meus também... bem, papai sim. Mamãe está lá em cima com Alexander. Mas o Instituto não é seguro. Você quer algumas lâminas serafim?

— 524 —

CASSANDRA CLARE

Thomas estava prestes a protestar que já havia levado várias quando percebeu que Christopher não estava falando com ele. Ele estava falando com Alastair, que parecia ter permanecido ao lado de Thomas. Thomas estava determinado a analisar aquela evolução em outro momento.

Alastair assentiu em agradecimento e pegou as armas. Ele seguiu para as portas da entrada enquanto Thomas ainda estava apertando o casaco. Christopher acompanhou — ele estava dizendo alguma coisa sobre o objeto de *adamas* que Thomas tinha encontrado, e sobre Matthew precisar correr para buscar James. Sua voz se foi quando ele se juntou a Thomas e Alastair na porta da entrada.

O pátio estava em ruínas. Uma imensa nuvem preta escondia o Instituto e os arredores em sombras: raios luminosos de pedra de luz enfeitiçada disparavam de um lado para o outro do pátio, iluminando cenas de batalha — havia Gideon, espada em punho, subindo em uma pilha de escombros. Anna, usando uniforme, costas a costas com Ariadne, o chicote traçando uma linha dourada no ar.

— Mas o que eles estão *combatendo*? — disse Alastair, pela primeira vez proferindo o que todos estavam pensando. — Está escuro demais para enxergar, e... — Ele franziu o nariz. — Tem cheiro de peixe.

— Precisamos de luz! — exclamou Will, tendo voltado para a entrada; ele estava com tia Tessa, e os dois usavam uniforme. Ele disparava ordens: todos que não conseguissem se juntar à batalha deveriam pegar uma pedra de luz enfeitiçada e seguir para uma janela aberta a fim de direcionar a luz para aqueles lutando do lado de fora.

Thomas trocou um olhar breve com os demais. Ele não tinha intenção de ser deixado para trás para ficar numa janela segurando uma pedra de luz. Se o Instituto estava sendo atacado, ele queria estar lá fora, defendendo-o.

Foi Alastair quem se moveu primeiro. Ele começou a descer os degraus, Christopher e Thomas ao encalço. Thomas tossiu quando o ar ficou mais espesso em torno deles, misturado com o cheiro rançoso e úmido de sal, peixe e algas marinhas podres. Quando chegaram à base da escada, as botas de Thomas pisaram em água congelante. Ele conseguiu ouvir Christopher exclamando sobre impossibilidades científicas.

— Bem, pode ser impossível — disse Alastair, bastante racionalmente —, mas está acontecendo.

— 525 —

Corrente de Ferro

— O que quer que seja — falou Thomas. O pátio começou a se iluminar, dezenas de janelas em torno do Instituto eram abertas. Thomas reconheceu alguns dos rostos ali, as mãos segurando pedras de luz brilhantes; havia tia Cecily, e a Sra. Bridgestock, Piers Wentworth e vários dos Pounceby.

À luz crescente, Thomas podia ver que o pátio inteiro estava espumando com o oceano, cinza-metálico, chapinhando caoticamente de um lado para o outro como se levado por uma tempestade de vento. Caçadores de Sombras tinham subido em pilhas de lajotas e outros escombros, cortando e partindo as *coisas* que emergiam da água. Eram longas, como serpentes marinhas, um tom lamacento entre marrom, cinza e verde, mas brilhando forte, como se fossem metálicas. Uma chicoteou o ar na direção de Anna; ela golpeou com o chicote, partindo a coisa ao meio. O pedaço se debateu, jorrando icor cinza-esverdeado e aquoso. Thomas ouviu Eugenia gritar, ele não tinha percebido que ela estava no pátio, e ele se virou, vendo os restos do tentáculo se enroscando na cintura de Augustus Pounceby.

Augustus gritou, soltando a lâmina serafim, e se agarrou desesperadamente ao apêndice verde carnudo que apertava seu corpo. Estava evidentemente tirando o fôlego dele; seu rosto tinha ficado vermelho e ele arquejava em busca de ar. Thomas avançou, mas Eugenia já estava lá, sua espada longa brilhando. Ela desceu a arma em um ângulo inclinado, cortando o casaco do uniforme de Augustus e, então, o próprio tentáculo. Ele se desfez em pedaços espasmódicos e Augustus caiu de joelhos, agarrado ao tronco.

— Eugenia — disse ele, chiando. — Por favor... eu não mereço...

Eugenia lançou a ele um olhar de nojo.

— Não, não merece — disse ela. — Agora pegue sua arma e se faça útil pelo menos uma vez.

Ela saiu andando, de volta para o centro da batalha, parando apenas para piscar um olho para Thomas ao passar correndo.

— Isso foi inesperadamente satisfatório — disse Christopher.

Thomas concordou, mas não havia tempo para aproveitar o momento.

— *Midael* — entoou ele, e sua lâmina serafim se acendeu com vida em sua mão. Ele chapinhou mais adiante no pátio, com água na altura dos tornozelos, Christopher e Alastair próximos. Alguma coisa se ergueu para fora da espuma do mar, outro tentáculo, esse se debatendo e vivo. Era de

— 526 —

CASSANDRA CLARE

largura tão grande quanto a de um humano adulto, e impossivelmente longo, e, conforme recuou para fora das ondas, Thomas viu que a parte de baixo dele estava coberta com centenas de pelos pretos pontiagudos e duros.

O tentáculo desceu com força. Alguma coisa segurou Thomas, puxando-o selvagemente para fora do caminho.

Alastair.

Os dois caíram meio que um em cima do outro quando a ponta do tentáculo se chocou contra a frente do Instituto; quando ela se arrastou de volta para a água, um pedaço da parede foi junto. Poeira de tijolo subiu no ar quando Gabriel Lightwood saltou de uma pilha de lajotas equilibradas, sua espada erguida.

O tentáculo recuou e se enroscou em Gabriel, envolvendo seu torso, prendendo seus braços ao lado do corpo. A espada saiu voando da mão de Gabriel, com a lâmina manchada de icor, a guarda em cruz cheia de sangue.

Gabriel lutou, mas a coisa o segurava firme. Christopher gritou, rouco, e correu até o pai quando gotas de sangue escarlate do tamanho de uma moeda caíram em torno dele. Thomas ficou de pé, atrapalhado, e disparou atrás de Christopher, atirando-se contra o imenso tentáculo. Ele mergulhou a lâmina serafim na carne borrachuda preta-esverdeada, de novo e de novo, remotamente ciente do fato de que, ao lado dele, Alastair Carstairs fazia o mesmo.

———

Cordelia, Matthew e James chegaram a Mount Street Gardens correndo. O portão estava aberto, o jardim parecia deserto. Cordelia reduziu o passo até uma caminhada quando eles passaram para os caminhos de pedestres que percorriam os plátanos. Ela disse a si mesma que o silêncio, apesar do prédio escolar vermelho da era jacobina que se elevava à direita, se devia às primeiras horas da manhã. As crianças da escola não teriam chegado ainda, e estava frio para uma caminhada.

No entanto, ela não conseguia afastar a sensação de inquietude arrepiante, como se alguém os estivesse observando. Mas as passagens de pedestres sem grama estavam vazias. James percorria o parque incansavelmente,

Corrente de Ferro

sem chapéu, seu cabelo balançando ao vento conforme ele fazia sua busca. Estavam todos com feitiços de disfarce — caso contrário, eles certamente teriam alarmado os pedestres em South Audley Street —, mas parecia que ninguém estava lá para vê-los. Ela se perguntava se tinham chegado tarde demais, ou cedo demais, quando James soltou um latido rouco de alarme.

— Matthew! Venha logo!

Matthew e Cordelia trocaram um breve olhar de confusão; James estava ao lado de uma estátua de bronze no meio do jardim, acenando furiosamente. Matthew correu até ele, e depois de um momento, Cordelia o seguiu.

Ela viu imediatamente por que James tinha chamado Matthew até ele primeiro. A estátua estava em cima de uma fonte de bronze agora seca; jogado atrás da fonte estava o corpo de um Caçador de Sombras, um homem usando uniforme, com cabelo ruivo escuro. Não muito longe, um objeto brilhou no caminho, como se tivesse caído ou sido jogado de lado. A *pithos*.

Aproximando-se da fonte, Matthew congelou. Ele tinha assumido uma cor horrível, como giz.

— *Charles* — sussurrou ele.

Ele parecia incapaz de se mover. Cordelia segurou sua mão e o arrastou para onde James estava ajoelhado diante do corpo — não, não era um corpo, percebeu ela, aliviada. Charles estava vivo, ainda que por pouco. James o virara sobre as costas, e o peito encharcado de sangue dele subia e descia irregularmente.

James estava com a estela em punho e desenhava freneticamente *iratzes* na pele de Charles, onde um rasgo em uma manga ensanguentada expunha seu antebraço. Cordelia ouviu Matthew inspirar entrecortado. Ele encarava determinado as Marcas, e Cordelia sabia o motivo: quando um ferimento era fatal, *iratzes* não permaneciam na pele. Elas sumiam, sobrepujadas por um nível de dano que não podiam curar.

— Estão ficando — sussurrou ela, embora soubesse que não era uma garantia. Ela apertou a mão de Matthew com força. — Vá... Matthew, você vai se odiar se não fizer isso.

Com um aceno breve, Matthew se afastou e caiu de joelhos ao lado de James. Ele apoiou a mão, longa e fina, brilhando com seu anel de insígnia, na bochecha do irmão.

— 528 —

CASSANDRA CLARE

— Charles — disse ele, sem fôlego. — Aguente firme, Charlie. Vamos conseguir ajuda para você. Nós vamos...

Ele parou de falar e se sentou, imóvel, uma das mãos no rosto do irmão, a outra parada no movimento de pegar a estela. O lento subir e descer da respiração curta de Charles pareceu ter parado também. Eles estavam congelados, como estátuas. Cordelia olhou desesperadamente para James, que olhava para eles maravilhado. O parque estava completamente silencioso, completamente parado. Onde estavam os sons de pássaros, os estorninhos e os pardais? Os sons de Londres despertando: os gritos dos verdureiros, as passadas dos pedestres a caminho do trabalho? O farfalhar de folhas ao vento? O mundo parecia quieto e congelado, como se prensado em vidro.

Mas James... James também podia se mover. Guardando a *pithos* no bolso, ele ficou de pé, buscando Cordelia com o olhar. Os olhos dourados dele estavam queimando.

— Cordelia — disse ele. — Vire-se.

Ela se virou de frente para os portões do parque e quase deu um salto: um rapaz caminhava na direção deles, assobiando baixinho. A melodia era levada pelo parque silencioso como música em uma igreja. O rapaz parecia familiar, mas Cordelia não sabia dizer por quê; ele tinha cabelo preto e sorria, levando na mão uma pesada espada com uma guarda em cruz entalhada. Ele estava usando um terno completamente branco, como se fosse verão, a camisa e o paletó estavam manchados de sangue vermelho vivo. Ele era bonito — fascinante, na verdade, com olhos verde-escuros da cor de folhas novas. Mas alguma coisa a respeito dele fez a pele dela se arrepiar. Havia alguma coisa feral no sorriso dele, como o sorriso do gato de Cheshire.

James olhava para o menino com o que parecia um horror crescente. Ao lado dele, Matthew e Charles permaneciam congelados no estranho quadro deles, os olhos vazios, se encarando.

— Mas não é possível — disse James, em parte para si mesmo. — Não é possível.

— Do que está falando? O que não é possível?

— Aquele é Jesse — falou James. — Jesse Blackthorn.

— 529 —

Corrente de Ferro

— O filho de Tatiana? Mas ele morreu — falou Cordelia. — Há anos.

— Talvez — disse James, tirando uma faca do cinto. Seu olhar jamais deixou o menino, Jesse, quando ele se aproximou, cuidadosamente desviando de um canteiro de azevinho. — Mas eu reconheço... já vi o retrato dele na Mansão Blackthorn. E algumas fotos que Grace tinha. É ele.

— Mas isso é impossível...

Cordelia parou de falar, sua mão disparando até Cortana. O menino estava subitamente de pé diante deles, girando a espada na mão como um cantor de casa de espetáculos com uma bengala. O paletó dele estava casualmente aberto, seu sorriso se alargou quando ele olhou de James para Cordelia.

— É lógico que é impossível — disse ele. — Jesse Blackthorn morreu há muito tempo.

James inclinou a cabeça para o lado. Ele estava pálido, mas seu olhar estava determinado e cheio de ódio.

— Avô — disse James.

É óbvio. Não tinha sido o menino que pareceu familiar a Cordelia, mas o sorriso cruel dele, o modo como ele se movia, aquelas roupas pálidas como as que ela o vira usando no mundo infernal para onde tinha seguido James. Ele não estava olhando para Cordelia, fazia questão de não olhar.

Interessante.

— De fato — disse Belial, com uma animação inesperada. — Mesmo sem o receptáculo *tão* ideal, eu caminho livremente pelo seu mundo. Sentindo a luz do sol no rosto. Respirando o ar de Londres.

— Chamar um cadáver de "não o receptáculo *tão* ideal" é como chamar os esgotos de Londres de "um destino de férias não tão ruim assim" — falou James, passando os olhos pelos restos mortais realmente bem preservados de Jesse Blackthorn. — Satisfaça minha curiosidade por um momento... a história que ouvi sobre o modo e a hora da morte de Jesse. Foi tudo mentira?

— Meu caro menino — disse Belial. Cordelia desembainhou Cortana; ela viu Belial se encolher quase imperceptivelmente, embora ele ainda se recusasse a olhar para ela. — Meu caro menino, não há necessidade de se preocupar que a cara Grace mentiu para você. — Ele olhou adoravelmente para a mão direita de Jesse, onde uma Marca de Vidência brilhava, nova e preta. — Houve uma época, sabe, em que eu temi que sua mãe jamais

— 530 —

CASSANDRA CLARE

procriasse. Jamais haveria um James Herondale. Eu fui forçado a fazer planos alternativos. Eu coloquei uma âncora neste mundo, mergulhada bem fundo na alma de um menininho quando os feitiços de proteção foram colocados sobre ele. O pequeno Jesse Blackthorn, cuja mãe não confiava em Caçadores de Sombras, mas *confiava* em feiticeiros. Emmanuel Gast foi bastante fácil de ameaçar até que obedecesse. Ele colocou as proteções em Jesse, como instruído, e um pouco a mais também. Um pouco de minha essência, guardado sob a pele da alma da criança.

Cordelia se sentiu enjoada. Os feitiços de proteção de um Caçador de Sombras eram preciosos, quase sagrados. O que Belial tinha feito parecia uma violação nauseante.

— Mas James *nasceu* — disse Cordelia. — Então você não precisava de Jesse depois disso, não é? Foi por isso que ele morreu?

— Eu não o matei, se é isso que está perguntando — falou Belial. — A mãe dele o matou. Ela deixou que os Irmãos do Silêncio colocassem uma Marca nele. Eu a avisei para que não deixasse que eles interferissem. As Marcas angelicais do Livro Cinza reagiram muito mal com a essência demoníaca dentro dele. Então...

— Ele morreu — falou James.

Ah, sim, muito dolorosamente — disse Belial. — E esse seria o fim, na verdade, mas Tatiana é uma mulher teimosa. Ela me chamou. Eu devia um favor a ela, e tenho meu próprio senso de honra...

James fez um som de deboche. Belial arregalou os olhos verdes de Jesse com um horror fingido.

— Você se esquece — disse Belial. — Eu já fui um anjo. *Non serviam* e tudo isso. Melhor reinar no Inferno. Mas nós mantemos nossas promessas. — Ele se espreguiçou com vontade, como um gato, embora sua mão na espada, e o cabo dela, Cordelia via agora, entalhado com um desenho de espinhos, jamais hesitasse. — Eu ordenei que Gast preservasse o corpo de Jesse. Que o mantivesse em um estado de crepúsculo, não exatamente morto, nem exatamente vivo. Durante o dia, ele dormia no caixão. À noite, ele era um fantasma.

Cordelia pensou em Lucie. Lucie, que podia ver fantasmas. Que andava tão furtiva ultimamente.

Corrente de Ferro

— Toda a necromancia que Tatiana estava fazendo — disse ela, lentamente. — A magia sombria que a fez ser exilada para a Cidadela. Não foi somente para reanimar Jesse, foi para mantê-lo preservado assim?

— Ah, ela sempre quis que ele fosse reanimado também — disse Belial. — Mas isso não me servia. Eu precisei enrolá-la durante anos. Somente quando ela foi levada para ser vigiada pelas Irmãs de Ferro eu pude acessar o precioso menininho dela para que ele pudesse fazer o que eu precisava que fizesse.

— Então você fez dele um assassino — disse James, simplesmente. — Mas por quê? — Cordelia amava esse olhar de James, aguçado, solucionador, preciso, parecia o oposto da Máscara, de alguma forma. Ele estava vendo um padrão, um que ela ainda não via, da forma como aqueles com a Visão viam através de feitiços impenetráveis por mundanos. — Você despertou o corpo dele ao alvorecer, possuindo-o, fez com que andasse por Londres como uma marionete. Fez com que ele usasse a *pithos* para tomar Marcas de Nephilim mortos. Fez com que ele matasse. — A percepção brilhou nos olhos dele. — Não apenas para coletar energia da morte, ou para fazer a insígnia de Leviatã. Você estava tornando Jesse mais forte. Forte o bastante para suportar aquelas Marcas roubadas.

Belial riu.

— Ah, sim, você viu tudo. É grosseiro espionar, sabe, até mesmo nos sonhos.

— Você ainda nega que teve alguma coisa a ver com aqueles sonhos? — falou James.

— De fato. Não fui eu quem mostrou aquelas mortes a você. Talvez outra pessoa quisesse que você as visse. — Ele deu de ombros. — Você pode acreditar em mim, ou não. Eu não tenho motivo para mentir, e menos ainda para me importar com o que você pensa.

Cordelia trocou um olhar com James; ela sentia que os dois duvidavam que eles conseguiriam uma resposta melhor de Belial.

— Então Jesse não está vivo ou morto — falou James — e sua âncora dentro dele permite que você o possua sem que o corpo dele ceda e se desfaça. Você até mesmo carrega a espada Blackthorn. — Ele pareceu enojado. — Então por que me perguntou de novo, do lado de fora do Edom, se eu permitiria que você me possuísse? Por que não desistir de *mim*?

— 532 —

Belial apenas sorriu seu sorriso gélido.

— Talvez eu não precise de você. Talvez eu só queira matar você. Sua relutância, sua recusa em cooperar comigo, elas me irritaram muito. E ninguém irrita um Príncipe do Inferno sem consequências.

— Não — respondeu James. — Não é isso. Jesse não é seu objetivo final.

— O corpo dele só pode ser usado por metade do dia — disse Cordelia.

— Não é mesmo? De noite ele se transforma em um fantasma e o corpo dele não pode ser usado?

— Ele *está* vivo apenas durante metade do dia, e nem mesmo na metade boa — concordou Belial. — Não, eu jamais pensei neste corpo como o destino final de minha alma. Mais um método de chegar àquele destino.

— Que ainda é James — falou Cordelia. — Mas você não vai tocar nele.

— Ela levantou a espada.

E, dessa vez, Belial não se encolheu. Ele começou a sorrir — o sorriso de uma mantícora, como se sua mandíbula estivesse fora do eixo, e o sorriso poderia tomar seu rosto inteiro, transformando-o em uma máscara de dentes.

— Cordelia, não. — James estendeu a mão, seu braço sobre o corpo de Cordelia. Ele ficou subitamente muito pálido. — As Marcas — disse ele. — Quando Jesse perdeu a *pithos*, você precisou mandar um Eidolon para pegá-la com Christopher, embora arriscasse a descoberta de seu plano. Precisava muito daquilo. Você está tornando Jesse um guerreiro. Demônio e anjo, morto e vivo. Você acha que ele pode derrotar Cortana. *Por isso* você o fez. Para tirar Cordelia do caminho, para me atingir... — Ele se virou para olhar para ela: — Daisy... *fuja*...

E deixar você desprotegido? Cordelia disparou para James um único olhar de incredulidade antes de erguer Cortana bem acima da cabeça.

— Eu disse — repetiu ela — que você não vai tocar nele...

Belial investiu contra ela. Num momento ele estava tranquilamente com a espada Blackthorn descansando em sua mão. No seguinte, ele era um raio de fogo, um incêndio com a ponta de prata.

James avançou sobre Cordelia, derrubando-a para fora do caminho. Eles rolaram pela terra batida do caminho; Cordelia se colocou de pé com uma cambalhota para cima, posicionando Cortana para o combate. Sua espada atacou a de Jesse, de Belial. Conforme ele girava, Cordelia observou

Corrente de Ferro

mais de perto o padrão de espinhos que se enroscavam na guarda em cruz da espada Blackthorn, que a atingiu logo em seguida, a ponta da lâmina rasgando o tecido de seu colarinho. Cordelia sentiu a queimadura, uma gota quente de sangue.

Ela ouviu James gritar seu nome. Mas ele parecia distante; os jardins e tudo neles estavam distantes. Ela estava enfrentando Belial como se estivesse no amplo tabuleiro de xadrez que James descrevera de sua visão. Não havia nada ali além dos dois, e os movimentos que fariam na sequência.

Ela avançou contra Belial, saltando para um banco próximo para pegar impulso, girando como um peão conforme rodopiava pelo ar e descendo com a espada em punho. Belial disparou para fora do caminho, mas, por pouco, não foi rápido o bastante: a espada cortou a frente de sua camisa.

Ele exibiu os dentes.

Inflija um ferimento a ele, pensou ela. *Três ferimentos mortais de Cortana...*

Belial sibilou e saltou contra ela, com a espada Blackthorn dançando em sua mão. Distante, Cordelia estava ciente de que jamais vira uma luta de espadas como aquela. Ela deveria estar em pedaços — uma semana antes estaria, apesar de uma vida de treinos.

Mas ela era um paladino agora. Cordelia permitiu que esse poder fluísse para dentro dela, acendendo o interior de seus ossos. Cortana era relâmpago em sua mão: a lâmina se chocava contra a de Belial, de novo e de novo, enchendo os jardins com o som de metal tinindo. Certamente uma das lâminas se partiria ao meio. Certamente o *mundo* se partiria ao meio, e ela sairia girando pelo golfo, carregada pela lâmina giratória de Cortana.

A espada Blackthorn descia perto dela, dançando e cortando, mas Cordelia era capaz de desviar de cada movimento. Ela revidou, de novo e de novo, Cortana acesa em sua mão, empurrando Belial pelo caminho, mesmo quando os olhos dele se arregalaram com incredulidade.

— Isso é *impossível*! — sibilou ele, com a espada Blackthorn cortando o ar onde Cordelia estivera um momento antes.

Cordelia comemorou, erguendo Cortana acima da cabeça, então desferindo um chute rápido no abdômen de Belial. Isso o empurrou para trás; o paletó desabotoado dele se abriu, e Cordelia viu a arma de James, enfiada em seu bolso.

— 534 —

Belial se agachou, golpeando com a espada Blackthorn; Cordelia saltou por cima da lâmina que pretendia cortar suas pernas. Ela fez uma finta, se esquivou, então desceu Cortana em um longo arco diagonal; a espada se chocou contra a guarda da espada de Belial.

A mão direita dele começou a sangrar.

Ele uivou, um grito longo de ódio pareceu arrancar as últimas folhas das árvores. Pareceu impossível para Cordelia que Londres inteira não tivesse ouvido. O coração dela galopava — será que o ferira? seria o suficiente? —, quando Belial ergueu o olhar colérico e soltou uma gargalhada cruel.

— Acha que porque me arranhou vai fazer diferença? — grunhiu ele. Belial esfregou as costas da mão ferida no rosto. Isso deixou um vestígio de sangue escarlate. Mas ele sorria agora. — Você pensa tão pouco de seu avô, James?

Cordelia congelou, Cortana ainda erguida; ela nem mesmo se dera conta de que James estava ao seu lado na passagem, uma lâmina serafim na mão. Ela deveria estar atacando, pensou Cordelia, deveria estar avançando em Belial — mas havia alguma coisa na expressão dele que a segurava. Alguma coisa na forma como ele sorriu e disse:

— Não imaginou que eu estava enrolando até que meu irmão estivesse pronto?

Cordelia sentiu James, ao lado dela, enrijecer.

Meu irmão.

Belial gargalhou e levantou a mão esquerda. O ar entre os plátanos pareceu se esbranquiçar, e, subitamente, era como se eles estivessem olhando por uma janela enorme.

Através dela, Cordelia viu uma cena caótica. Era o pátio do Instituto, mas quase irreconhecível. As lajes tinham sido esmagadas em pilhas de escombros, em torno das quais subia uma água cinza-esverdeada. Raios estalavam acima, o ar estava pesado e escuro.

Entre as sombras, figuras disparavam, iluminadas por pedras de luz enfeitiçadas. Havia Ariadne, de pé sobre um corpo caído, afastando alguma coisa que Cordelia não conseguia ver direito — alguma coisa que parecia um imenso membro borrachudo cheio de ventosas cruéis. Era um tentáculo, percebeu ela, o apêndice oscilante de alguma coisa enorme e escondida.

Corrente de Ferro

E entre os tentáculos estavam os familiares e amigos deles: Anna, no alto de uma seção quebrada do muro, interceptava com seu chicote um tentáculo que se dirigia para Christopher. Henry, com sua cadeira encostada em um pedaço de rocha, atacava seu entorno com uma *sanjiegun*. Alastair subiu em uma pilha de escombros, a lança na mão, virando-se para ajudar Thomas a subir atrás dele. As janelas do Instituto, cheias de rostos...

Belial abaixou a mão. A janela piscou e sumiu. Cordelia conseguia ouvir sua respiração de pânico.

Alastair.

Ao lado dela, James estava muito imóvel. Ela sabia em que ele estava pensando, sua mente disparando de nome em nome: Will, Tessa, Gideon, Gabriel, Sophie, Cecily. Cordelia não tinha visto Lucie, mas tinha quase certeza de que ela também estava lá, provavelmente dentro do Instituto. Quase todos que James amava estavam lá, enfrentando a destruição.

— Seu irmão — falou James, a voz quase irreconhecível. — Leviatã, o demônio marinho. Você o chamou para fora do Inferno.

— Ele me devia um favor — disse Belial, sua antiga indiferença retornando. — E ele gosta desse tipo de coisa. Então, veja bem, James, você realmente não tem escolha, independentemente de Cortana.

— Está me dizendo que, se eu não entregar meu corpo voluntariamente, se não permitir que você me possua, então fará com que Leviatã os mate — disse James. — Todos eles.

— Ah, sim, vou me certificar de que todos morram — disse Belial. — A escolha é sua.

— James — falou Cordelia. — *Não.* Ele é um mentiroso... o príncipe dos mentirosos... não importa o que você faça, ele jamais os salvará...

O sorriso sumiu do rosto de Belial.

— Eu não acho que você está entendendo — disse ele. — Se não consentir com o que eu quero, sua família e seus amigos morrerão.

— Cordelia está certa — disse James. — Você vai matá-los de qualquer jeito. Eu não posso salvá-los. Você só está me oferecendo essa ilusão para forçar minha anuência. Bem, não a terá.

Belial bufou um som que quase pareceu uma risada.

— Dito como o neto de um Príncipe do Inferno — respondeu ele. — Que *prático*, James. Que *lógico*. Sabia que foi a lógica e a racionalidade que resultou

— 536 —

CASSANDRA CLARE

em nossa queda do Paraíso? Pois a bondade não é lógica, é? Nem a compaixão, nem o amor. Mas talvez você precise poder ver a situação com mais clareza. James olhou rapidamente para Cordelia. Ela sabia em que ele estava pensando, o que esperava — *que Belial não perceba que Charles ainda está vivo, que a insígnia não está completa* —, mas temia que a expressão dela denunciasse seus pensamentos. Cordelia olhou para baixo, para a lâmina em sua mão, suja com o sangue de Belial.

— Vocês mortais sentem coisas tão pequenas — prosseguiu Belial. — Morte, por exemplo. Apenas a passagem de um lugar para outro. Mas vocês fazem o possível para evitá-la. Agora, o tormento, esse é bem diferente. Não há motivo para meu irmão *matar* esses seus conhecidos, sabe... não quando há torturas muito mais sofisticadas disponíveis e... infinitas.

James olhou para Belial, seu olhar equilibrado — e desesperado. Talvez apenas Cordelia, que o conhecia como conhecia o mapa para o próprio coração, conseguisse ver. Mas estava ali: desespero, e, pior do que isso, desesperança.

James, não. Não faça isso. Não concorde.

— Apenas se você jurar — disse James — que nenhum mal será feito a eles...

— James, *não* — disparou Cordelia. — Ele está mentindo...

— E seu irmão, menina Carstairs? — indagou Belial, o olhar verde fixo nela. — Leviatã poderia cortá-lo como eu cortei seu pai... eu poderia podar cada raiz da sua árvore genealógica...

Com um grito, Cordelia ergueu a espada. James se moveu em direção a ela, estendendo a mão, no momento em que um ruído perfurou os jardins silenciosos. Um ruído como fogo, crepitando e chiando. Sombras giraram e cortaram o ar como pássaros escuros. Os olhos emprestados de Belial os seguiram, sua expressão cautelosa.

— Que truque é esse? — indagou ele. — Chega! Revele-se!

As sombras se fundiram em uma forma. Cordelia encarou absolutamente chocada quando uma figura tomou forma, ficando escura e sólida contra o céu.

Era Lilian Highsmith. Lilian morta, com um vestido azul antiquado. Safiras brilhavam em suas orelhas. As mesmas pedras que ela usara na festa dos Wentworth.

— 537 —

Corrente de Ferro

— Você me desaponta — disse ela, com a voz baixa e controlada. — Você encontrou Ridgeway Road, a forja e o fogo. Você se chama de paladino, mas não pode matar um mísero Príncipe do Inferno?

— *Mísero?* — repetiu James, incrédulo. — Fantasma ou não, como ousa falar com ela assim?

— Ah — disse Lilian. — Não sou fantasma algum. — Ela sorriu, um sorriso não diferente do de Belial. O sangue de Cordelia gelou quando Lilian se desfez em sombras de novo, e então se refez: ela sumiu, e em seu lugar havia outra figura familiar, a mulher fada com cabelo iridescente com quem Cordelia tinha falado na Hell Ruelle, aquela que primeiro contou a ela sobre Wayland, o Ferreiro.

— Assim é melhor? — sussurrou ela, os longos dedos brincando com seu cordão azul. — Ou talvez prefira *assim*?

A mulher fada sumiu, e no lugar dela estava Magnus Bane, vestido como estivera no Mercado. *Calça azul-pavão brilhante e um colete bordado combinando, com um relógio em uma corrente reluzente enfiado em um dos bolsos. Abotoaduras prateadas brilhavam em seus punhos, e ele usava um anel de prata incrustado com...*

Uma pedra azul luminosa.

— Não é o Magnus — sussurrou Cordelia. — Nunca foi... não era o Magnus. — Ela se sentiu enjoada. — James...

— Não — sussurrou James. — Mas quem, então? Isso não é parte do plano de Belial. Olhe para o rosto dele.

De fato, a fúria tinha contorcido as feições de Jesse Blackthorn; ele mal estava reconhecível. Era como se seu rosto humano fosse uma pele esticada forte demais sobre as feições por baixo: o verdadeiro e monstruoso rosto de Belial.

— Chega! — sibilou Belial. — Mostre quem você é.

O falso Magnus fez uma reverência até o chão, e quando ele se levantou, tinha se transformado mais uma vez. De pé diante deles estava uma mulher esguia, a pele pálida, o cabelo preto como nanquim caindo pelas costas como água escura. Ela seria bonita não fossem os olhos: cobras pretas se contorcendo de buracos vazios. Uma corda com gemas de um azul intenso pendia de seu pescoço.

— Lilith — disse Belial, amargamente. — É óbvio. Eu deveria saber.

— 538 —

25

ARCANJO ARRUINADO

Sua forma ainda não perdera
Toda sua luminosidade original, nem parecia
Menos do que um arcanjo arruinado, e o excesso
Da glória ofuscado.

— John Milton, *Paraíso perdido*

Um gemido baixinho soou. Lucie levou um momento para perceber que vinha dela. Ela estava deitada de barriga para baixo, a bochecha pressionada contra uma superfície fria e dura. Ela piscou até abrir os olhos com dificuldade e viu uma espessa camada de poeira em um piso de madeira, e adiante, uma parede azul-escura imunda.

Sua cabeça doía tanto que a dor lançava pontadas de náusea por seu corpo. Engolindo em seco, ela se apoiou nos cotovelos e olhou em volta.

Ela estava em um longo cômodo, de teto alto e cheio de poeira: acima dela brilhava um lustre surrado em forma de uma aranha retorcida. *Aha.* Estava no salão de baile da Casa Chiswick, onde um dia subira por uma janela e encontrara Jesse.

Jesse. Memórias mais recentes lhe voltaram como uma rajada — sua corrida até o caixão, a descoberta de Marcas no corpo de Jesse, a espada Blackthorn que pegou da parede. O golpe por trás e a escuridão...

Lucie tocou a parte de trás da cabeça e sentiu um galo dolorido onde ela fora atingida. Ela se virou mais um centímetro — e viu uma espuma de saias cinza, e um par de botas de pelica cinza-pombo. Lucie voltou o olhar para cima. Grace estava sentada a alguns metros dela, em uma cadeira de madeira partida, seus tornozelos comportadamente cruzados, suas costas retas. No colo, ela segurava o atiçador da lareira.

Lucie se sentou apressada, ignorando a dor na cabeça. Suas costas atingiram a parede; ela estendeu as mãos defensivamente quando Grace a encarou.

— Não chegue perto de mim com essa coisa de novo — arquejou Lucie.

— Por que inferno você...

Grace pareceu incrédula.

— Como você pode perguntar? Lucie, você... você, de todas as pessoas, de pé diante de meu irmão com uma espada em punho! Como *você* pôde fazer aquilo? Achou que se destruísse o corpo dele, eu jamais poderia reanimá-lo? Por que faria uma coisa dessas?

Apesar de tudo, Lucie sentiu uma pontada de culpa. Em meio à descrença e o horror de Grace, ela sentiu o próprio horror: ela jamais quisera estar naquela posição, jamais quisera ser um perigo para Jesse.

Ela esfregou as mãos empoeiradas no rosto.

— Você não conhece a situação toda — disse ela. — Tem mais nessa história, Grace.

Grace pareceu cética.

— Mais o quê? Ou você fica de pé diante de todos os seus amigos empunhando espadas enquanto eles dormem?

— Jesse não está dormindo — disse Lucie, com a voz baixa. — Grace, eu preciso que você me ouça.

— Não! — Os olhos de Grace brilharam. — Não vou. — As mãos dela apertaram o atiçador. — Você está relutante há um tempão, não quis fazer tudo que podemos para ajudar Jesse. Mas eu continuei tentando coisas, mesmo sem você...

— Está falando daquele incenso horrível que você estava queimando lá fora?

Grace a olhou com raiva.

CASSANDRA CLARE

— Queimar pó de mariposa ativado como um meio de capturar espíritos errantes é bastante legitimado por Valdreth, o Não Vivo.

— Bem, se Valdreth, o Não Vivo disse que vai funcionar, tenho certeza de que vai; necromantes são *notoriamente* confiáveis. — A voz de Lucie escorria sarcasmo. — Está certa, eu não quis ter nada a ver com essa baboseira, porque não pode funcionar. Não existe um jeito insignificante e inofensivo de animar os mortos...

— Mas *está* funcionando — disse Grace.

Lucie a encarou.

— Jesse tem Marcas agora — disse Grace, com a voz baixa. — Elas começaram a aparecer na pele dele. Às vezes eu vejo que o caixão dele foi mexido. Como se ele estivesse *se mexendo* ali dentro. Jesse está melhorando, Lucie. Pronto para voltar.

— Não — disse Lucie, sacudindo a cabeça. — Ah, não, *não*. Sinto muito, Grace. Mas não são seus incensos ou feitiços ou nada disso que está fazendo Marcas aparecerem em Jesse. — Ela resolveu arriscar. — Você disse que sacrificou um coelho lá fora — prosseguiu Lucie. — Mas isso não aconteceu, não é? Você gosta muito de animais. Havia sangue no galpão, mas você não sabia de onde vinha, não é?

— O que você está sugerindo? — A voz de Grace se elevou, e Lucie soube que ela estava certa. — Eu... sim, cheguei certa manhã e o vi no caixão, e havia sangue nas roupas dele. Eu achei que ele devia ter se levantado e se ferido, de alguma forma; eu achei... isso é *bom*, não é? Apenas coisas vivas sangram.

— Ah, Grace. — Lucie se sentiu imensamente triste. — Você achou que ele estava voltando à vida? Eu *queria* que fosse assim. Ele não está melhor. Ele está possuído.

Grace apenas a encarou.

— O quê?

Lucie esfregou as palmas pela saia do vestido, deixando manchas pretas de poeira.

— Eu invoquei o fantasma de um feiticeiro antes de vir até aqui. Emmanuel Gast. Sua mãe talvez tenha mencionado ele. — Grace não disse nada; sem ser interrompida, Lucie continuou: — Ele colocou feitiços de proteção em seu irmão quando Jesse nasceu. Ele disse que tinha deixado uma âncora nele. Em sua alma. Acho que foi... que foi uma abertura para que um demônio entrasse e o possuísse.

Não houve som. Nenhuma resposta de Grace. Apenas a respiração difícil dela.

— Jesse não é como os outros fantasmas. Ele está acordado à noite — disse Lucie. — Durante o dia, ele dorme, ou algo assim. Seu fantasma some quando o sol nasce. Ele não se lembra dessas horas. Todos os assassinatos aconteceram ao alvorecer, quando Jesse estava inconsciente, alheio ao que seu corpo estava fazendo. Alheio ao fato de que estava sendo possuído e controlado.

Os lábios de Grace tremeram.

— Está dizendo que ele é o assassino — disse ela. — Que um demônio está *usando* o corpo dele. Fazendo com que ele assassine pessoas. Caçadores de Sombras.

— Não apenas qualquer demônio...

— Eu sei — disse Grace. — Está falando de Belial.

A única palavra fez Lucie cambalear contra a parede.

— Você sabe? *O que* você sabe?

— Há meses, quando você veio até aqui... quando eu percebi que você conseguia ver Jesse — disse Grace. — Havia um demônio aqui. Minha mãe fez com que ele fosse enviado para me ameaçar. Para exigir que eu fizesse o que ela queria. — A voz de Grace estava embargada. — Você se lembra do que ele disse a você?

Lucie assentiu, lentamente.

— Eu conheço você. Você é a segunda.

— Primeiro eu achei que significasse apenas: a segunda Herondale — explicou Grace. — Mas comecei a suspeitar de mais. Eu revirei os papéis privados de minha mãe. Eu sempre soube que ela negociava com demônios, alguns bastante poderosos. Mas foi lá que eu vi o nome dele, e entendi. *Belial.* Você é a segunda entre os netos dele.

— James sabe? — sussurrou Lucie. — Sobre sua mãe, trabalhando com Belial?

Grace fez que não.

CASSANDRA CLARE

— Eu jamais quis que ele soubesse — disse ela. — Afinal de contas, o que mais minha mãe e Belial têm em comum além de um ódio por sua família? Minha mãe odeia tão cegamente que ela poderia dizer a si mesma que não há perigo em se unir a um Príncipe do Inferno. Mas eu jamais achei... — Sua voz tremeu. — Eu achei que havia uma coisa com a qual ela se importava. Jesse.

— Ela pode não saber nada a esse respeito — falou Lucie, um pouco relutante. Ela dificilmente gostaria de defender Tatiana. — Ela contratou Gast para colocar os feitiços de proteção em Jesse porque odeia os Irmãos do Silêncio, não por causa de Belial. Ela talvez nem saiba que Belial deixou uma abertura ali, uma forma de retornar para possuir Jesse.

— Você acha que ela nem mesmo suspeitou quando colocaram a Marca em Jesse e ele morreu? — indagou Grace. — Ela o destruiu. A desconfiança dela o matou. E ela jamais aceitou uma gota da culpa, jamais disse uma palavra de arrependimento, disse apenas que a culpa era dos Nephilim. Mas a culpa foi dela. Dela.

— Você precisa me deixar ir — disse Lucie. — Eu preciso ir atrás de Jesse... impedi-lo...

— Impedi-lo como? — exigiu Grace. — Não vou deixar você ir se isso puder fazer mal a ele... ele vai voltar esta noite, ele precisa voltar...

— E deixar mais alguém morrer? Grace, não podemos fazer isso.

Tinha sido a abordagem errada. Os lábios de Grace se contraíram.

— Eu nem mesmo disse que acredito em você. Só porque havia sangue no galpão...

Lucie se inclinou para a frente.

— Grace. Cada Caçador de Sombras que foi morto está sem uma das Marcas, foi apagada como se jamais tivesse sido desenhada. Elias Carstairs perdeu a Marca da Vidência. Filomena di Angelo perdeu a da Força; Lilian Highsmith, Precisão. Velocidade, Poder Angelical... essas são as *mesmas* marcas que apareceram em Jesse. Eu sei que parece impossível...

Grace tinha assumido um tom de pele cinza doentio.

— Mover uma Marca de um Caçador de Sombras para outro? Não, não é impossível — disse ela. — Mas *por quê?*

— Não sei — admitiu Lucie. — Mas estão todos procurando o assassino, Grace. Há patrulhas diurnas, dezenas de Caçadores de Sombras nas ruas,

— 543 —

todos buscando. Eles poderiam encontrar Jesse. A primeira coisa que farão vai ser destruir o corpo dele. Eu mesma quase fiz isso...

— Há coisas que você pode fazer — disse Grace, com as pupilas bem arregaladas. — Você consegue ver Jesse, mas é mais do que isso. Você pode conversar com os mortos. Senti-los, até. Qual é, Lucie? Qual é o seu poder?

Alguma coisa em Lucie se rebelou. Ela não podia contar seu segredo a Grace, não antes de contar a Cordelia, antes de contar a James e a seus pais. Já era bem ruim ter contado a Malcolm. Ela já devia tanto da verdade a Cordelia.

— Não posso dizer. Você vai precisar confiar em mim.

— Não posso confiar em você. Não posso confiar em ninguém.

— Você confia em Jesse — disse Lucie. — Você *conhece* Jesse. Melhor do que qualquer um, Grace. Ele falou sobre você, ele se preocupa com você, ele diz que você o entende. Que, sem você, ele teria enlouquecido sozinho na casa com Tatiana.

Lágrimas se acumularam nos olhos de Grace. O olhar dela estava fixo em Lucie.

— Não posso deixar que você o machuque — sussurrou ela.

— Ele está sendo machucado agora — disse Lucie. — Ele está aprisionado. Controlado. Forçado a fazer o que ele jamais faria se tivesse escolha. Grace, *por favor*. Imagine se Jesse soubesse.

Grace fechou os olhos. Lágrimas escorreram de suas pálpebras, formando um rastro na poeira em seu rosto. Não havia sinal de que ela estava ciente das lágrimas. *Por favor, entenda*, rezou Lucie. *Por favor, entenda o que isso significa e me ajude*. Será que Grace *conseguia* entender? Grace, que tinha sido criada por uma lunática em uma casa de ruína e fantasmas?

Grace se levantou da cadeira.

— Venha comigo — disse ela, e Lucie ficou de pé às pressas, desesperada com esperança. Grace gesticulou para ela com o atiçador. — Vá em frente — disse ela, parecendo uma diretora de escola. — Nós vamos vê-lo. Jesse.

Usando o atiçador como um tipo de vara, ela cutucou Lucie para que descesse as escadas da casa principal, passando para uma entrada coberta de retratos dos Blackthorn do passado: homens e mulheres de cabelos pretos que olhavam arrogantemente das paredes. Tatiana devia tê-los colocado ali em algum momento, para reivindicar sua posse sobre a Casa Chiswick.

CASSANDRA CLARE

Abaixo dos retratos, placas de cobre gravadas estampavam os nomes deles (e uma camada espessa de oxidação verde): Felix Blackthorn, John Blackthorn, Adelaide Blackthorn. Annabel Blackthorn, dizia uma das placas, embora o retrato acima dela tivesse sido rasgado com uma faca, deixando a pessoa irreconhecível. O tipo de decoração que Tatiana gostaria, pensou Lucie.

— Rápido. — Grace sacudiu o atiçador como um velho irritado segurando um guarda-chuva. — Lucie!

— Mas é Jesse — disse Lucie, parando diante de outro retrato, embora ele parecesse muito mais saudável do que ela jamais o vira. A pele dele estava bronzeada, os olhos verdes estavam alegres.

— Não é — disse Grace, impaciente. — Esse é o pai dele, Rupert. Agora venha, ou vou bater em você com o atiçador.

— Não vai, não — disse Lucie, confiante. Grace se calou, mas não a contradisse, e juntas elas desceram os degraus da frente correndo. Do lado de fora tinha ficado mais quente, o sol tinha nascido de vez. Os pés delas esmagavam as ervas daninhas queimadas pela geada conforme elas atravessavam o jardim e se abaixavam para entrar no galpão.

Lucie tinha se preparado para o que encontrariam. Ainda assim, sentiu seu coração bater dolorosamente: a tampa do caixão estava aberta, o próprio caixão estava vazio. A espada Blackthorn tinha sumido.

Grace fez um ruído de desespero. Lucie se perguntou se ela acreditara na verdade até aquele momento.

— Ele se foi mesmo — sussurrou ela. — Chegamos tarde demais. Nós jamais o encontraremos...

— Encontraremos, sim — disse Lucie. — *Eu* vou encontrar, Grace. Como você estava dizendo no salão de baile, eu consigo sentir os mortos. Vou localizá-lo. E vou levar Balios; serei mais rápida do que Jesse conseguiria a pé.

Grace assentiu, mas havia pânico no rosto dela.

— O que *eu* devo fazer?

— Encontre Malcolm Fade. Conte a ele o que está acontecendo. Diga que preciso da ajuda dele.

Grace hesitou. Sentindo como se tivesse feito tudo o que podia, Lucie se virou para ir embora — e congelou. A mão de Grace disparou, fechando-se no pulso de Lucie.

— 545 —

Corrente de Ferro

— Vou fazer isso — disse ela. — Vou procurar Fade. Mas você precisa jurar que não vai deixar nada acontecer com Jesse. Jure que vai trazer meu irmão de volta em segurança.

Não havia ardil nos olhos de Grace, nenhuma astúcia. Apenas desespero.

— Eu juro — sussurrou Lucie, e saiu em disparada.

Lilith. A Primeira de Todos os Demônios, a mãe dos feiticeiros. Ela era tão linda quanto uma obra de arte, seu rosto era um estudo sobre escultura e simetria, os cabelos eram uma nuvem que se movia por vontade própria, apesar da ausência de vento. Cordelia a reconhecia agora pelo retrato na Hell Ruelle, a mulher com o corpo de serpente enroscada em uma árvore.

— É lógico que estou aqui — disse ela. Seu olhar tinha se voltado para James e Cordelia e agora repousava sobre Belial. — Quando você me expulsou do meu Reino, Príncipe do Inferno, eu vim para este mundo. Beliya'al, mentiroso, amante da ruína, eu não acreditei que você tivesse quebrado a confiança de milênios, que teria tentado tirar de mim a terra que me foi concedida pelo próprio Paraíso.

— Paraíso — disse Belial com escárnio. — O Paraíso não tem lugar no Reino de Edom, e nenhuma utilidade para você, *Lilitu*.

— Eu vaguei pelos vazios entre os mundos — disse Lilith. — E como os mundos infernais estavam em polvorosa com a notícia de que Belial tinha sido derrubado por seu neto, que podia ver os Reinos das Sombras. Como os demônios inferiores tagarelavam sobre você ter sido ferido, realmente ferido, pela lâmina Cortana. Eu percebi que sua obsessão por este mundo era uma obsessão por sua linhagem. Que você tinha conseguido gerar netos que combinavam seu sangue com o sangue dos Nephilim, e que você jamais deixaria isso em paz.

— Dito como a criatura estéril que você é — disse Belial com escárnio. — Seu ventre só cria monstros, por isso se aproveita de minhas crias, Senhora das Corujas?

Lilith contraiu o lábio.

CASSANDRA CLARE

— Então, o que impediu você de pegar seu neto e curvá-lo à sua vontade? Cortana. Você teme Cortana como não teme nada ou ninguém mais. Ela carrega dentro da lâmina uma pena do arcanjo Miguel, que baniu você para o Poço. E a portadora de Cortana é a mulher de seu neto. Este mundo está cheio de ironia, de fato.

Belial cuspiu.

— Pode debochar o quanto quiser de mim, Lilith; não pode me tocar. Você fez o juramento, e o Juramento do Inferno a impede. Não pode ferir um Príncipe do Inferno.

James e Cordelia trocaram olhares confusos. Cordelia não pôde deixar de se lembrar do que a própria Lilith, disfarçada de Magnus, tinha dito no Mercado das Sombras: que Príncipes do Inferno estavam envolvidos em batalhas contra os próprios anjos, cruzando de um lado a outro o tabuleiro de xadrez do universo, obedecendo e quebrando regras que nenhum mortal poderia esperar compreender.

— De fato, *eu* não posso ferir você — disse Lilith. — Mas meu paladino pode.

— *Paladino* — sussurrou Belial. Ele se virou para olhar para Cordelia, sua expressão era parte fúria, parte diversão. — Isso explica tudo. Você é Nephilim, não arcanjo. Eu deveria ter conseguido derrotar você.

— Eu? — disse Cordelia. — Não... eu não sou paladino *dela*...

— Criança tola — disse Lilith. — Você *é* minha. E embora Belial, em sua nova forma, pudesse ter sido capaz de derrotar uma portadora de Cortana, ele não pode derrotar uma que seja meu paladino.

— Isso é mentira. Eu jurei lealdade a Wayland, o Ferreiro...

— Você jurou lealdade a *mim* — disse Lilith. Sombras passaram por ela, e ela mudou: um homem alto, corpulento, com cabelo curtinho, agora estava diante da grama congelada onde Lilith estivera. Ele usava um cordão de bronze, e sangue azul queimava no centro.

A mente de Cordelia estava acelerada. *Um cordão de bronze com uma joia azul. Um colar azul. Brincos de safira. Um anel com uma pedra azul. As mesmas joias. A mesma...*

Wayland sorriu.

— 547 —

Corrente de Ferro

— Não se lembra do juramento que fez? — Embora Cordelia soubesse que era Lilith, que sempre fora Lilith, o som da voz dele ainda a comovia. — "Sempre que eu levantar uma arma em batalha, o farei em seu nome." Foi como se você tivesse me chamado, meu paladino de espada dourada e bainha reluzente. Todo esse poder, unido a meu nome.

— *Não* — sussurrou Cordelia. Não podia ser verdade; ela não permitiria que fosse verdade. Ela não podia olhar para James, mesmo quando a sombra passou de novo e Lilith voltou a ser ela mesma, as pedras azuis queimando fracas em seu pescoço. Ela voltou o olhar de serpente para Cordelia.

— Sou a Rainha dos Demônios — disse Lilith. — Na forma de uma mulher Nephilim, toquei o cabo de sua espada, fazendo com que ela queimasse daquele momento em diante. Como fada, me aproximei de você na Hell Ruelle para lhe contar sobre o ferreiro, que poderia consertá-la. Como o próprio Wayland, tomei seu juramento como meu, transformei você em meu paladino e retirei minha maldição de sua lâmina. Como Magnus Bane, levei você para perto do Edom. Como eu mesma, mandei os Hauras e Naga para provocá-la para a batalha, para mostrar a você o que um paladino pode fazer. Eu coreografei cada decisão que você tomou, cada passo que deu. — Havia pena na voz dela. — Não se culpe. Vocês não passam de mortais. Jamais poderiam saber.

Mas Cordelia passara do ponto de dar atenção a ela. Seu coração batia alto em seus ouvidos, cada pulsação parecia disparar uma acusação: *burra, tola, inconsequente, arrogante.* Como podia ter acreditado que teria sido escolhida como paladino de Wayland, o Ferreiro? Que ele teria oferecido tal dádiva tão rapidamente, com tão pouca consideração, apenas porque gostava da aparência dela? Ela queria tanto ser uma heroína que isso ofuscara sua visão, e agora, ali estava ela, esmagada e envergonhada, olhando para a escuridão.

Lilith falou:

— Não posso ferir você diretamente, Belial, é verdade. Não sou uma quebradora de juramento. Mas, como uma mulher, estou bastante acostumada a usar métodos que não sejam a força bruta. Com um paladino e Cortana à minha disposição, o juramento não pode me impedir. Quando descobri que você tinha recrutado seu irmão mais estúpido para invadir este mundo, eu soube que você deveria estar desesperado, e que seu confronto com meu paladino aconteceria em breve. E aqui estamos nós.

Ela estendeu as mãos, dando um sorriso torto felino.

— O que você quer, Lilith? — indagou Belial.

— Edom — respondeu Lilith. — Devolva meu Reino para mim e eu vou remover minha proteção e meu poder de Cordelia. Você pode matá-la e acabar com esse negócio como quiser. Eu só quero meu reino de volta.

— Você tentaria me forçar? — exigiu Belial. Os olhos dele eram como fogo verde. — Você tentaria fazer exigências a mim, você, que jamais aprendeu obediência? Que foi expulsa por causa disso?

— Eu posso ter sido expulsa — disse Lilith. — Mas *eu* não *caí*.

— Você nunca vai me superar. — Belial ergueu a espada, e, por um momento, ele pareceu ser Jesse, um jovem guerreiro Nephilim com uma espada brilhante, reluzindo sob o sol. — Mande seu paladino contra mim. Vou devolvê-la a você em pedaços, e seu Reino, em ruínas!

Cordelia sentiu James segurar seu pulso; ela achou que ele estava tentando puxá-la para longe, talvez para a segurança. Ela mal sabia. Não havia segurança para ela, não haveria nenhuma enquanto fosse paladino de Lilith. Só haveria ódio e vazio.

— Cordelia — disse Lilith, com a voz agora parecendo uma chama fraca. — Pegue sua espada. Mate Belial.

— *Não.* — Cordelia se obrigou a se afastar de James. Ela deveria olhar para ele, pensou ela, tentar mostrar a ele que sabia que ele estava tentando ajudar, que ela se sentia agradecida mesmo sabendo que era inútil. Mas seu corpo já havia começado a se mover sozinho; era como se fios de marionetes estivessem atados a seus braços e pernas, puxando-os em movimento. Ela observou a própria mão levantar Cortana para a posição de preparação, incapaz de se impedir, mesmo quando mordeu o lábio com tanta força até sentir o gosto de sangue.

O voto que tinha feito a Wayland, o Ferreiro voltou a ela, repetindo-se provocadoramente em sua cabeça.

Eu juro minha coragem. Eu juro não hesitar nem fracassar na batalha. Sempre que eu sacar minha espada, sempre que eu levantar uma arma em batalha, o farei em seu nome.

— 549 —

Alguma coisa prateada brilhou além de Cordelia; James tinha atirado uma faca de arremesso, com sua habitual precisão infalível; ela disparou na direção de Lilith, que levantou a mão branca esguia e segurou a faca pela lâmina.

James disse um palavrão. Cordelia não pôde olhar para ver a reação de Lilith: ela estava caminhando na direção de Belial, que estava de pé rindo, a lâmina firme na mão. Era como se ela estivesse em um sonho; não conseguia se impedir. Ela ergueu Cortana e, pela primeira vez na vida, não sentiu prazer com o arco dourado da lâmina quando ele cruzou o sol.

— *Mate-o* — sibilou Lilith.

Cordelia avançou contra Belial.

Lâmina se chocou com lâmina, metal rangendo; Cordelia sentiu a mesma queimação nos ossos, o clangor e a explosão no coração que ecoavam os sons da batalha. Mas não havia alegria nisso agora, nem mesmo por ela poder golpear mais rápido, saltar mais alto, se abaixar e se esquivar e golpear com a velocidade silenciosa de um sonho. Nem mesmo a alegria sombria de batalhar contra um Príncipe do Inferno.

Ela ergueu os olhos e encontrou as profundezas geladas do olhar de Belial. *Era essa a sensação de ser um anjo caído?,* pensou Cordelia. Ter um dia servido o que era o bem, e ter sido radiantemente lindo, e então descobrir que cada gesto tinha sido voltado para o serviço do mal e do Poço? Será que havia um lugar vazio e gritante na alma de Belial, da forma como agora havia na dela?

Belial sibilou, como se sentisse os pensamentos de Cordelia; a espada Blackthorn desceu pela direita, cortando o ombro dela quando ela se virou para se abaixar; Cordelia ouviu Lilith gritar de ódio, e subitamente estava girando para trás, alheia ao perigo, a espada rodando em sua mão...

James gritou. Houve um lampejo de movimento quando alguma coisa disparou entre Cordelia e Belial, os braços estendidos para protegê-lo.

Não alguma coisa. Alguém.

Lucie.

Cortana já estava se movendo, cortando um caminho pelo ar que partiria Lucie em pedaços. Com uma última e desesperada convulsão, Cordelia girou o corpo de lado, contra a vontade de Lilith. O golpe da espada foi amplo conforme ela cambaleou, desabando de joelhos antes de se impulsionar imediatamente de pé de novo. Ela se virou na direção de Lucie, uma dor irradiando pelo corpo como adagas. Os olhos de Lucie estavam arregalados, suplicando a Cordelia: *Daisy, não faça isso. Daisy, não.*

Mas Cortana parecia queimar nas mãos de Cordelia, a lâmina sussurrando, exigindo, dizendo a ela o que fazer.

Seria fácil fazer a dor parar. Apenas levante a espada e corte Lucie.

Foi preciso tudo que ela possuía para se segurar imóvel. A pressão era brutal, empurrando de dentro para fora, agarrando a mão dela em torno do cabo de Cortana.

— Lucie! — gritou James, disparando na direção da irmã. — Lucie, *saia do caminho!*

Lucie balançou a cabeça com força. Ela parecia terrivelmente pequena e frágil, os braços estendidos, protegendo Belial.

— Eu sei por que você quer fazer mal a ele — disse ela. — Mas não pode… eu convoquei Emmanuel Gast, ele me contou tudo… Jesse é *inocente*…

— Não existe Jesse — respondeu James, se aproximando. — Esse é o corpo dele. O que o anima é Belial. Jesse Blackthorn está *morto*, Lucie.

— Não — disse Lucie —, ele não está morto, não da forma como vocês pensam. Ele pode ser salvo, ele pode ser trazido de volta…

Belial riu.

— Preciso admitir, isso é *muito* divertido.

Lucie olhou para Cordelia, os olhos arregalados e suplicantes.

— Daisy, me ouça…

— Não — a voz de Lilith soou baixa, rouca, ecoou pela mente de Cordelia. — *Me ouça, paladino. Levante-se e abata Belial. Se Lucie Herondale ficar em seu caminho, mate-a também.*

Cordelia deu um passo trôpego para a frente. Sangue escorreu pelo queixo dela. O lábio dela pareceu aberto, mas a dor era como um zumbido distante. Muito mais intensa era a dor de resistir à vontade de Lilith. Parecia que suas veias estavam queimando.

— Lucie — arquejou ela. — Você precisa sair do caminho…

— Não vou — disse Lucie, desafiadora. — Daisy, eu sei que não me machucaria.

Uma energia se acumulou nas mãos de Cordelia, fechando-as no cabo de Cortana. Seus braços doeram com o esforço de se controlar; ela sabia que, se permitisse que seu controle se fosse por até mesmo um momento, atropelaria Lucie.

— Lucie, por favor, pelo amor do Anjo, saia do caminho...

Belial grunhiu alguma coisa em uma língua que Cordelia jamais ouvira; a mão livre dele foi até o cinto, puxando a pistola Colt. Ele mirou em Lilith, o lábio superior repuxado, e puxou o gatilho.

O cão da arma desceu com um clique seco.

Lilith gargalhou.

— Uma *arma*? — disse ela. — Beliya'al, você se tornou tolo, demente por conta da idade? Você, que levou nações para a escuridão? Será que eu finalmente poderei contar aos reinos infernais que você enlouqueceu, que perdeu até mesmo a imagem do Criador?

— *Avô!* — gritou James. Ele esticou a mão no ar. Belial, que estava olhando com raiva para Lilith, olhou para ele chocado. James estava de pé reto como uma flecha, os olhos dourados incandescentes, a mão esticada. Ele inclinou a cabeça para trás e gritou: — *Vim trazer fogo à terra!*

— Mate-os! — gritou Lilith, o cabelo preto açoitando seu rosto, os olhos de serpente disparando. — Paladino, *agora! Mate os dois!*

Cordelia sentiu o braço ser bruscamente puxado para trás, como se por fios invisíveis. Ela ergueu Cortana. Lágrimas se misturavam com o sangue em seu rosto, ela disse:

— Lucie, Lucie, por favor...

Belial deu um passo para trás — e jogou o revólver Colt para James.

A arma pareceu levar uma era para chegar a ele, uma era durante a qual Cordelia lutou, os músculos em seu corpo gritando conforme ela resistia para não mover Cortana, para não descer a lâmina no pescoço de Lucie, onde o medalhão dourado brilhava. Uma era durante a qual a arma lampejou no ar, níquel e prata, girando de uma ponta à outra antes de cair na palma da mão de James.

James se virou. A arma pareceu ser uma extensão do corpo dele quando ele mirou com o braço estendido, apontando para Lilith — e puxou o gatilho.

CASSANDRA CLARE

O tiro foi alto como um canhão no ar silencioso. A bala se enterrou em Lilith com uma força que a tirou do chão. Com um uivo, ela explodiu, se dispersando em uma dúzia de corujas pretas; elas tomaram o ar, circundando, guinchando.

O torno que forçava Cordelia se afrouxou; ela desabou de joelhos, agarrada a Cortana. Ela arquejou, o fôlego entrando e saindo como serra de seus pulmões, pontos pretos dançando diante dos olhos dela. *Lucie. Eu quase matei Lucie.*

As corujas se levantaram acima, os guinchos terríveis ecoando na mente de Cordelia, se transformando em palavras que pairavam, silenciosamente, atrás das pálpebras dela.

Não se esqueça, paladino. Você é minha para comandar.

Os guinchos sumiram. O ar tinha cheiro de pólvora e sangue e alguém gargalhava. Cordelia ergueu a cabeça lentamente, e viu que era Belial. Ele estava rindo como se estivesse se divertindo intensamente, a espada Blackthorn dançando em sua mão.

— James, James — disse ele. — Está vendo o que podemos conseguir se trabalharmos juntos? Você baniu a Mãe dos Demônios!

— Ela não está morta — respondeu James, inexpressivamente.

— Não, mas se foi, e enfraquecida — disse Belial, alegremente. — Está pronta para lutar de novo, Carstairs? Pois acho que vai achar que é uma experiência muito diferente batalhar comigo sem o poder de Lilith para protegê-la.

Sacudindo a cabeça, James apontou a arma para Belial.

— Deixe ela em paz — disse ele, parecendo exausto. — Saia deste lugar. Não vou tentar segui-lo.

Belial riu com deboche.

— Você sabe que não pode me ferir com isso. Não sou Lilith; não tenho fraquezas no que diz respeito aos Três Anjos. Além do mais — acrescentou ele, com um sorriso distorcido —, sua irmã não me quer ferido.

— Minha irmã não entende o que você é. — James gesticulou com o cano da arma. — Lucie. Saia do caminho.

— Não. — Lucie contraiu a mandíbula, teimosa. — James. Jesse ainda está lá, parte desse corpo. Ele está dentro. James, *ele salvou sua vida*. No cemitério Highgate. Você estava morrendo, e ele me deu este medalhão —

— 553 —

Corrente de Ferro

ela tocou o pescoço — porque tinha o último fôlego dele dentro. Ele me deu para salvar você.

No cemitério Highgate. Cordelia se lembrou daquela noite. Da escuridão, da dor que ela sentiu, do terror caso James morresse. O brilho de ouro na mão de Lucie. Ela perguntara muitas vezes o que tinha acontecido no cemitério naquela noite, o que tinha curado James, mas Lucie sempre sacudia a cabeça e dizia que não sabia. Que tinha sido apenas sorte.

Tantos segredos entre elas. Tantas mentiras.

— O último fôlego dele. — James ainda apontava a arma para Belial, sua mira não hesitava, mas ele falou as palavras como se tivessem algum significado confuso, desconhecido para ele. — Eu o vi...

— Chega. Suas crianças chatas e desobedientes — falou Belial. — Pode atirar em mim se quiser, James; não vai fazer diferença. E o paladino não pode proteger você agora. — Ele ergueu a espada Blackthorn, movendo-se com fluidez, leveza, sem sinal de cansaço. — Vou cortar sua mulher e sua irmã como se estivesse aparando a grama.

— Não — disse James, sem fôlego.

— Você sabe que escolha precisa fazer. — Belial deu um passo na direção de James, empurrando Lucie para fora do caminho; ela tropeçou de lado. — Você sabe do que precisa abrir mão. Sua família, o Instituto, tudo depende de você.

Os olhos de Lucie se arregalaram.

— James? Do que ele está falando? — Ela se virou para Belial: — *Jesse* — disse ela. — Não faça isso, eu *sei* que você está aí dentro, eu sei que não quer isso...

— Cale-se — disparou Belial. — Você, menina, não importa. Seu talentinho com fantasmas não importa. Quando eu soube que você nasceu, chorei lágrimas de fogo, pois você era fêmea, e não podia ver os Reinos das Sombras. Você é inútil, entende? Inútil para mim, para o mundo.

Mas Lucie, magrinha e pequena, sem uma arma na mão, apenas olhou para ele determinada.

— Pode falar o quanto quiser — disse ela. — *Você* certamente não importa. Apenas Jesse importa. — Ela estendeu as mãos. — Jesse — disse ela. — Seja você e apenas você. Expulse Belial de seu corpo.

— 554 —

Belial caiu na gargalhada.

— Ah, neta, isso é adorável. Mas não é tão fácil se livrar de mim.

— *Jesse* — sussurrou Lucie, e havia alguma coisa na forma como ela disse o nome dele. *Ela o ama*, pensou Cordelia, com um súbito choque. *Ela o ama, e eu nem mesmo sabia que ele existia.* — Jesse, eu sei que você me disse para nunca o comandar a não ser que você pedisse. Mas isso é diferente. Uma coisa terrível foi feita a você. — A voz de Lucie falhou. — Você nunca teve escolha alguma. Mas pode escolher agora. Confiar em mim. Vir até mim. Por favor, Jesse.

— Ugh. — Belial parecia levemente enjoado. — Já chega disso.

— Jesse Blackthorn. Eu *ordeno* você — disse Lucie, sua voz se elevando — a expulsar Belial de seu corpo. Seja *você mesmo*.

— Eu disse que *basta* — rugiu Belial, e então o corpo dele estremeceu, a espada Blackthorn saiu voando de sua mão quando ele se curvou. Ele caiu sobre um dos joelhos, sua cabeça foi jogada para trás. Sua boca e seus olhos se arregalaram, esticando-se impossivelmente.

Cordelia cambaleou de pé, levantando Cortana. A espada parecia pesada na mão, como jamais parecera antes, mas ainda assim familiar. Ainda poderosa. Ela ergueu a lâmina.

— Ainda não! — gritou Lucie. — Daisy, espere...

Belial teve espasmos. Uma luz escura jorrou dos olhos dele, da boca: uma descarga de escuridão, derramando-se no ar como fumaça. Ele se virou, se contorceu, como um inseto empalado em uma lança de metal. Seu corpo se curvou para trás, uma curva impossível, terrível, seus ombros quase tocando o chão quando suas mãos se debateram, esticando-se para segurar nada.

— *Deus meus!* — gritou Belial, e Cordelia entendeu: ele estava chamando seu Feitor, o Criador que ele havia rejeitado milhares de anos antes. — *Deus meus respice me quare me dereliquisti longe a salute mea verba delictorum meorum...*

O som de um rasgo imenso soou. A sombra que escorreu dos olhos de Belial começou a se agregar, um banho de escuridão que rodopiou e se virou no ar. O corpo de Jesse desabou no chão, ficando inerte quando a força motriz do espírito de Belial o abandonou.

— 555 —

Lucie caiu de joelhos ao lado de Jesse, as mãos no peito dele. Ela soltou um ruído baixo, como um choro baixo. Mais do que qualquer coisa, Cordelia queria ir até ela, mas ela ficou onde estava, agarrando Cortana, sabendo que ainda não tinha acabado.

Pois acima do corpo de Jesse, sem que seus pés tocassem o solo da Terra, pairava Belial.

Embora não fosse exatamente Belial. Ele era forma e silhueta, mas não era substância — translúcido como ar colorido. Cordelia conseguia ver *através* dele: ele usava uma túnica de samito branco cuja barra tinha Marcas pretas gráficas, pontiagudas como raios. Atrás dele, ela conseguia ver a sombra, a sugestão de asas: asas grandes, pretas e irregulares, os limites delas parecidos com facas serrilhadas.

Escuridão escorria de uma fenda no material sobre o peito dele: o ferimento ainda sangrando que ela infligira a ele no Reino das Sombras. Olhos malevolentes olharam de um rosto de trovão, fixos em Lucie com ódio.

— Ah — disse ele, e sua voz soava diferente agora que não estava mais vindo da garganta de Jesse Blackthorn, mais sombria e envolta na promessa de uma ameaça terrível —, você não sabe o que fez!

— Deixe a gente em paz — disse James. Ele tinha se aproximado de onde Lucie e Cordelia estavam na passagem. Seus olhos estavam incandescentes; sua mão com a arma abaixada ao lado do corpo. — Acabou.

— Isso não é o fim — disse Belial —, mas um início que vocês não podem nem imaginar. — A voz dele se elevou, sem fôlego; era como ouvir o crepitar de fogo queimando fora de controle. — Pois eu vou voltar meu rosto contra vocês de modo que serão derrubados diante de seus inimigos; e aqueles que os odeiam governarão o mundo, e vocês fugirão quando ninguém os estiver perseguindo. Se também depois dessas coisas não me obedecerem, então punirei vocês mais sete vezes por seus pecados. Quebrarei seu orgulho de poder; transformarei seu céu em ferro e sua terra em bronze...

O último fio de autocontrole de Cordelia se partiu. Ela avançou contra Belial, Cortana em punho; a espada fez um lindo arco dourado no ar, com toda a força dela por trás — mas a lâmina passou direto por ele sem resistência.

— 556 —

CASSANDRA CLARE

Cordelia cambaleou para trás, o desespero agarrando seu coração. Se Cortana não podia mais feri-lo — se não havia substância nele que ela pudesse golpear...

— Daisy! — gritou Lucie. — Cuidado!

— De fato, cuidado — disse Belial com escárnio, pairando para mais perto dela. Havia um fedor no ar em volta dele, como lixo velho queimando. — Criancinha burra, humanazinha indefesa. Você sabe de onde seu poder vem agora, de Lilith. Não do bem, como você pensou, mas do mal. Ela está lambendo as feridas agora, mas vai voltar, e ela possui você. Sempre que sacar uma arma, ela será invocada. Você *nunca* vai escapar dela.

Cordelia gritou. Ela levantou Cortana de novo, sabendo que era inútil, não fazia sentido...

Subitamente, James estava ali, passando o braço por trás dela. Ele pareceu ignorar Cortana quando puxou Cordelia para trás contra o corpo, sussurrando ao ouvido dela:

— "Nem a morte, nem a vida, nem anjos, nem demônios, nem principados, nem poderes, nem coisas presentes, nem coisas por vir serão capazes de nos separar." Entendeu? Continue segurando em mim, Daisy. Continue me segurando e não me solte.

Ela ouviu Lucie gritar. Olhando para baixo, Cordelia viu que o braço em torno dela tinha começado a se dissolver pelas bordas. As pontas dos dedos de James ficaram pretas, a escuridão se expandiu, subindo pelo braço dele, *por* ele. Ele estava se tornando uma sombra.

Mas alguma outra coisa estava acontecendo. A escuridão se espalhando dele para dentro dela até o ponto de contato entre seus corpos. Cordelia viu seu antebraço, onde a mão dele estava apoiada, ficar embaçado e escuro. Uma sensação estranha percorreu o corpo dela, uma sensação de que viajava sem se mover, de se transformar em algo tanto menos como mais do que ela mesma.

Será que sempre tinha sido assim para James quando ele tropeçava para os Reinos das Sombras? Pois o mundo tinha ficado escuro em torno dela, as árvores contrastavam, brancas, com um céu preto, as passagens se ramificavam como ossos pela pele de um mundo nebuloso e tenebroso. O sol brilhava como uma moeda no fundo de uma piscina escura. Lucie era uma sombra; Belial era uma sombra escura com olhos reluzentes.

As sombras tinham se espalhado para cima do braço de Cordelia e para baixo do pulso dela, pela mão, passando para Cortana. Só a lâmina tinha cor. Só a lâmina brilhava, dourada, na escuridão.

Antes que Belial pudesse reagir, Cordelia se inclinou para a frente — o braço de James ainda estava em torno dela — e enterrou a espada no peito dele, diretamente abaixo do ferimento que desferira antes.

Belial se contorceu, empalado na espada de Cordelia quando uma sombra mais escura — sangue? essência? — escorreu da nova ferida; com a cabeça para trás, ele gritou sem som contra o céu.

E o céu respondeu. Rapidamente, o mundo pareceu se escancarar — as nuvens se partiram como tecido rasgando, e Cordelia viu além deles, até uma vasta planície de escuridão, sem estrelas e infinita. Lá naquela escuridão giravam os grandes horrores dos vazios entre mundos, o vazio onde o mal ficava faminto e descontrolado, onde os Príncipes do Inferno caminhavam com todo seu poder, os governantes frios do nada.

Belial se esticou na direção daquele nada, estendendo as mãos. Cordelia puxou Cortana de volta — por um momento, Belial pareceu olhar para ela, seu rosto uma máscara de ódio feroz —, e então foi como se ele tivesse sido apanhado e carregado para a escuridão exterior. Houve um clarão branco, o bater de asas irregulares — e ele se foi.

Lentamente, James soltou Cordelia. Quando o braço dele se afrouxou em torno dela, a cor retornou ao mundo, cor e som: Cordelia conseguia ouvir pássaros de novo, o som de vento nas árvores, vozes distantes. Ela conseguia ouvir Lucie, sussurrando palavras de adeus.

Cordelia abriu a mão, soltando Cortana. A espada caiu no chão, atingindo a terra com um som parecido com um sino. Ela recuou da arma — não era mais sua espada, apesar do que tinha acabado de acontecer. Ninguém que tivesse jurado lealdade à Rainha dos Demônios deveria empunhar uma espada como Cortana.

— *Daisy!* Você está bem? — James segurou os ombros dela, virando-a para ele. Os olhos dele a percorreram, ansiosos, procurando ferimentos. — Não está machucada?

CASSANDRA CLARE

Cordelia olhou para baixo. Ela estava arranhada, mas isso não era nada em comparação com o conhecimento que reverberava dentro de si; ela era paladino de Lilith e isso era terrível. Ela não conseguia olhar para James — então virou o olhar e viu Lucie, que estava ajoelhada ao lado do corpo de Jesse. Ele estava deitado ali, onde havia caído, sem se mover e sem respirar. Se não estivesse realmente morto antes, agora estava. Lucie pareceu completamente perdida.

Cordelia fechou os olhos, e lágrimas quentes escorreram por suas bochechas, queimando sua pele.

— Daisy — ela ouviu James dizer; ela sentiu a estela dele roçar seu braço, o leve ardor e então o formigamento das Marcas de cura sendo aplicadas. — Daisy, meu amor, sinto tanto...

— James! — gritou uma voz confusa, e Cordelia abriu os olhos e virou o rosto, vendo Matthew acenando ao lado da estátua de bronze. Ele parecia completamente perplexo; estava ajoelhado ao lado de Charles, que estava sentado com as costas contra o lado da fonte. Charles parecia pálido, sua mão sobre o peito, mas parecia muito vivo.

— *James!* — gritou Matthew de novo, unindo as mãos em concha em torno da boca e gritando. — O que está acontecendo?

—

Os três — Lucie, James e Cordelia — dispararam de volta pelo parque na direção dos irmãos Fairchild. James caiu de joelhos ao lado de Matthew, que ainda estava com a estela em uma das mãos. A outra mão dele repousava no ombro de Charles.

Ficou rapidamente evidente que Charles e Matthew tinham sido congelados no momento que Belial entrou no parque; tempo nenhum tinha se passado para eles. Até onde Matthew sabia, ele tinha olhado para cima entre um momento e outro e encontrado James e Cordelia de pé do outro lado do parque com Lucie, que parecia ter surgido do nada.

— Charles? Que diabo? — Lucie arquejou; ela já estava branca como um lençol, e ver Charles sangrando no chão não parecia ajudar. — Não estou entendendo...

559

Corrente de Ferro

— Eu também não — disse Matthew, sombriamente, desenhando mais duas Marcas de cura no antebraço exposto de Charles. Charles parecia apenas parcialmente consciente, as pálpebras dele caindo, a frente da camisa molhada de sangue. — Precisamos levar Charles para o Instituto... podem convocar os Irmãos do Silêncio...

James balançou a cabeça.

— Não no Instituto. Não será seguro.

A testa de Matthew se franziu, confusa.

— Por que não seria seguro?

Cordelia se sentou na beira da fonte enquanto James explicava, o mais rápido possível, o que tinha acontecido. Parecia bastante coisa para ele, mas também parecia não ter levado tempo algum: os eventos já eram um borrão de movimento, choque e sangue.

Quando ele chegou na parte da história que envolvia Lilith, ele se viu reduzindo o ritmo. Charles estava descansando apoiado no irmão, respirando com dificuldade, mas constantemente.

Lucie falou:

— Não entendo. Por que Lilith... Lilith, a Rainha dos Demônios, acha que Cordelia é o paladino dela?

— Porque eu sou. — Cordelia estava sentada na beira da fonte. Ela havia colocado Cortana de volta na bainha. Sua postura era rígida, ela parecia alguém que tinha recebido um golpe terrível e estava se preparando para mais um. — Eu jurei lealdade a alguém que achei ser Wayland, o Ferreiro. — James viu a expressão de Matthew mudar; ele abaixou o rosto, subitamente, para o solo. — Mas era Lilith, disfarçada. Eu fui tola ao presumir que Wayland, o Ferreiro iria me querer como paladino. Foi um truque.

— Fomos todos enganados, Daisy — disse Lucie. — Todos acreditamos que foi com Magnus Bane que falamos no Mercado das Sombras. Você não foi tola.

— Eu fui arrogante — disse Cordelia. James queria mais do que qualquer outra coisa se levantar e abraçá-la. Ele se segurou. — Se não fosse por James, e por você, Lucie, isso poderia ter acabado em mais desastre.

— Isso não é verdade — falou James, determinado. — Foi você quem desferiu o segundo golpe em Belial... sem você, eu jamais poderia...

— 560 —

CASSANDRA CLARE

— Não *vá*. — A voz foi um sussurro rouco. James congelou; era Charles. As pálpebras dele estremeciam, embora ele mal parecesse consciente. Sua cabeça se movia inquieta de um lado para o outro, sua mão exposta se enterrava no chão. Matthew apoiou a mão no ombro do irmão, culpa e preocupação estampados em seu rosto, no momento em que Charles disse, muito claramente: — Alastair. Não vá embora.

Todos se entreolharam atônitos — todos, percebeu James, exceto Cordelia. Ela parecia triste, mas nada surpresa.

Matthew piscou.

— Ele está alucinando — disse ele, rispidamente. — Precisa de mais uma Marca de reposição de sangue...

— Eu faço — disse James, e estava no processo de fazer isso quando Lucie gritou e ficou de pé com um salto, apontando para a entrada principal do parque. Cavalgando na direção deles pelos portões, em um cavalo marrom com uma estrela branca no focinho, estava Malcolm Fade, Alto Feiticeiro de Londres.

Ao vê-los, ele desceu do cavalo e caminhou até o grupo. James, sentindo que tinha perdido a habilidade de se sentir chocado ou surpreso por qualquer coisa, terminou a Marca de reposição de sangue e ficou de pé.

— Sr. Fade — disse ele, quando Malcolm se aproximou. — O que está fazendo aqui?

— Estava de passagem — disse Malcolm, agachando-se para olhar o rosto de Charles. Ele colocou a mão enluvada sob o queixo de Charles e murmurou algumas palavras em voz baixa. Uma faísca de chama roxa-escura se acendeu, e Charles se sobressaltou, piscando ao olhar em volta, como se tivesse acabado de acordar.

Matthew encarou.

— Ele... está bem agora?

— Ele precisa ver um dos seus Irmãos do Silêncio — disse Malcolm. — Mas está melhor, com certeza. Quem quer que ele seja. — Malcolm semicerrou os olhos. — Esse é o filho da Consulesa?

— Feiticeiros jamais estão "de passagem" — falou James. — Não que não agradecemos sua ajuda...

— 561 —

Por algum motivo, Malcolm olhou repentinamente para Lucie. Ela o encarou de volta, sua expressão difícil de ler para James. Por fim, Malcolm se esticou.

— O portão entre mundos se fechou — disse ele, rispidamente. — Leviatã foi forçado para fora.

James saltou de pé.

— O ataque ao Instituto... acabou?

Malcolm confirmou que o Instituto tinha sido atacado, que o agressor era um único monstro: o Príncipe do Inferno, Leviatã, que tinha se esgueirado por uma porta, uma fenda entre dimensões.

— Houve alguns feridos, e muitos danos à propriedade, mas seu povo foi muito sortudo, na verdade. O Portal que conectava Leviatã com a Terra era muito pequeno, apenas do tamanho do pátio do Instituto.

— Isso não parece *pequeno* — falou Cordelia.

Malcolm deu um sorriso fraco.

— Para Leviatã, era como se desejasse entrar em sua casa por um buraco de rato. Ele só conseguia enfiar alguns de seus tentáculos menores.

— Aqueles eram os tentáculos *menores* dele? — disse James. Ele afastou o cabelo do rosto; havia manchas de sangue em suas mãos. — É porque a insígnia não foi concluída. Porque Charles não morreu.

— Estou me sentindo muito melhor — disse Charles, embora James não teria dito que ele *parecia* melhor. Ainda estava muito pálido, os lábios azulados. Havia um limite de feitiços rápidos e Marcas de reposição de sangue que se podia fazer. Ele semicerrou os olhos para Malcolm. — Você é o Alto Feiticeiro? — disse ele. — É um enorme prazer conhecê-lo enfim. Sou Charles Fairchild, talvez você conheça minha mãe, a Consulesa.

— *Charles* — murmurou Matthew, entre os dentes trincados. — Você acabou de ser *esfaqueado*.

Charles não se deixou parar.

— Sinto muito, é lógico, que não tenhamos nos conhecido em circunstâncias mais auspiciosas...

— Poupe sua energia — disse Malcolm, muito grosseiramente. — Jamais vai alavancar sua carreira política se morrer dos ferimentos de hoje. — Ele se virou para James: — Essa conversa sobre uma insígnia é muito interessante,

— 562 —

CASSANDRA CLARE

mas não consigo manter os mundanos fora deste jardim por muito mais tempo. Há uma escola aqui, *e* uma igreja; muito em breve vai haver uma comoção. Sugiro voltarmos para o Instituto.

— Não sem Jesse — disse Lucie. — Ele revidou, ele... — Ela parou, olhando para Malcolm. — Ele deveria ter o funeral de Caçador de Sombras que a mãe dele negou há tantos anos. — Ela se virou para Matthew. — Math, podemos pegar emprestado seu sobretudo ridículo? Para envolver Jesse?

Matthew pareceu ao mesmo tempo empático e um pouco irritado ao tirar o casaco.

— Sim — disse ele —, mas não é ridículo.

— Não é nem de perto seu sobretudo *mais* ridículo — concedeu James. — Mas também está longe de ser o menos.

Murmurando, Matthew se levantou e entregou o casaco a Lucie. James e Matthew colocaram Charles de pé, passando um braço dele sobre o ombro de Matthew. O grupo atravessou a curta distância até o outro lado do parque onde o corpo de Jesse estava, a espada Blackthorn caída próxima.

Lucie se ajoelhou e, com as pontas dos dedos, fechou os olhos verdes dele cuidadosamente. Ela apoiou a espada no peito dele e cruzou os braços de Jesse por cima da arma, acomodando as mãos dele sobre o cabo.

— *Ave atque vale*, Jesse Blackthorn — disse James, olhando para o rosto pálido que o fazia lembrar do cemitério Highgate. O fantasma que salvara sua vida. *Saudações e adeus, meu irmão. Eu gostaria de poder ter conhecido você.*

Uma chama brilhou dos dedos de Malcolm quando ele começou a abrir um Portal pelo Instituto. James envolveu o corpo de Jesse no sobretudo medianamente ridículo de Matthew, e Malcolm o pegou como se ele não pesasse mais do que uma criança. Matthew e Charles se aproximaram, lentamente; Charles estava caminhando com a própria força, embora apoiado pesadamente em Matthew. Cordelia estava segurando a mão de Lucie, e ela a apertava firme quando — sem olhar para trás — Malcolm passou pelo Portal carregando Jesse.

Os outros o seguiram.

— 563 —

26
MAIS ANTIGOS DO QUE DEUSES

Com o esforço de dia após dia, e com a atribulação de hora após hora;
E amargo como sangue é o jato; e as cristas são como presas que devoram:
E a névoa e tempestade de seu vapor são como
o suspiro dos espíritos que virão;
E seu barulho é como o barulho de um sonho; e suas
profundezas, como as raízes do mar:
E a altura de seus cumes é como a altura das mais distantes estrelas do ar:
E os limites da terra diante desse poder tremem, e o tempo é despido.
Você vai frear o profundo mar com rédeas, vai castigar o alto-mar com varas?
Vai acorrentá-la com correntes, ela, que é mais
velha do que todos os seus Deuses?

— Algernon Charles Swinburne, "Hino a Proserpine"

O Portal os depositou dentro dos portões da frente do Instituto.
Lucie tinha tentado se preparar, mas mesmo assim seu primeiro lampejo da igreja foi um choque. O pátio tinha sido repuxado como se fosse um tapete. Pedras estavam caídas em grandes pilhas irregulares, espalhadas pelo chão dos portões de ferro até os degraus da entrada. Água escorria em córregos pelas rachaduras nas lajotas restantes, com cheiro de maresia

— 565 —

Corrente de Ferro

e oceano. Um imenso buraco no centro do pátio parecia ter sido perfurado ali por um gigante.

Pela primeira vez, Lucie não sentiu que aquilo tudo daria um bom assunto para um romance. Ela se sentiu drenada e exausta, e preocupada com Cordelia. Desde que descobrira que ela era paladino de Lilith, Daisy não tinha sorrido uma vez; ela parecia trancada em sua própria infelicidade pessoal, da forma como James costumava fazer. Matthew continuava olhando para Cordelia disfarçadamente, sua própria expressão inquieta.

Eles tinham enfrentado tanto Belial como Lilith, e sobrevivido, pensou Lucie, mas pareceu muito pouco com uma vitória. Ela achava mais difícil do que teria pensado preservar a impressão de que ela e Malcolm mal se conheciam, e que definitivamente *não* tinham tido anteriormente várias conversas intensas e secretas sobre necromancia. Segredos eram coisas horríveis para se manter, pensou Lucie: ela por pouco não se lembrou quando eles passaram pelo Portal de avisar a James que os pais deles achavam que ela passara a noite anterior em Curzon Street, em vez de ter fugido para a Casa Chiswick para tentar evitar que Belial mais uma vez possuísse Jesse.

— Eu preferiria não entrar no Instituto carregando o corpo de um Caçador de Sombras — disse Malcolm. — Temo que isso possa causar a impressão errada.

— Eu levo você até o Santuário — disse Lucie. — Podemos deitar o corpo de Jesse lá.

James beijou a testa dela.

— Não demore muito. Acho que depois que mamãe e papai se derem conta de que não estávamos todos aconchegados em segurança em Curzon Street, eles vão ficar desesperados para ver você.

Lucie levou Malcolm para o Santuário, ziguezagueando pelos escombros. Fade caminhou atrás dela em silêncio, carregando Jesse; ele olhava especulativamente em volta, como se avaliando os danos. Lucie não deixou de se perguntar: será que o Instituto estava danificado por dentro também? Será que precisariam se mudar? Ela conseguia ver alguns lugares irregulares onde pedras tinham sido arrancadas do edifício da frente, mas parecia estar de pé com firmeza.

CASSANDRA CLARE

Uma figura encapuzada deu a volta pelo canto do prédio, perto da porta do Santuário. *Fantasma,* pensou Lucie, a princípio, antes de perceber: não, aquela era uma pessoa real e viva. A figura se virou, e ela viu Grace, envolta em um manto cinza-escuro, apenas parte do cabelo e do rosto eram visíveis sob o capuz.

— Shh — disse Malcolm, deixando Lucie um pouco irritada; não era como se ela fosse gritar o nome de Grace. Ela não era tola. — Eu disse a ela que nos encontrasse aqui. Venha.

Lucie olhou ansiosamente para a outra ponta do pátio, mas, se James tinha reparado em Grace, ele não deu sinal — estava cumprimentando vários Caçadores de Sombras que tinham saído do Instituto. Lucie reconheceu Charlotte, que tinha percorrido um zigue-zague preocupado atrás dos filhos.

Grace saiu das sombras em direção a Malcolm e Lucie, então se encolheu quando viu o embrulho nos braços de Malcolm.

— O que aconteceu? Ele... esse é Jesse?

Lucie levou um dedo aos lábios e apressou os companheiros para dentro do Santuário. Do lado de dentro, ainda havia sinais da prisão de Thomas e Alastair, uma cadeira virada, uma pilha confusa de cobertores, os restos de comida. Malcolm carregou Jesse até uma longa mesa de mogno e o deitou ali, tirando o sobretudo.

Grace soltou um gritinho quando viu o sangue ainda úmido no corpo de Jesse. As mãos dele ainda estavam cruzadas sobre a espada Blackthorn. Ela disparou para o lado do irmão.

— Ele está bem?

— Ele está tão morto quanto antes — disse Malcolm, um pouco impaciente. — Está certamente melhor por ter tido Belial expulso de dentro dele, mas isso não o torna vivo.

Grace olhou para Lucie um pouco surpresa, mas Lucie apenas sacudiu a cabeça levemente. Ela suspeitou que Malcolm tivesse testemunhado mais da luta em Mount Street Gardens do que deixava à vista.

— A âncora se foi — disse Lucie. — Eu consigo sentir isso, mas também sinto que Jesse, a fagulha essencial dele... isso ainda está aí.

Mas Grace balançava a cabeça. O capuz dela tinha caído, e o cabelo loiro escorria sobre os ombros, solto dos grampos.

Corrente de Ferro

— Por que você o trouxe até aqui? — disse ela. — Este é o Santuário, o coração do Instituto. Depois que os Nephilim descobrirem o que aconteceu, vão queimar o corpo dele.

— Não tinha como esconder isso deles — disse Lucie. — Pessoas demais sabem. E nós jamais conseguiríamos ressuscitá-lo aqui em Londres. Malcolm e eu conversamos no Mercado das Sombras, antes de hoje, e a única forma de fazer isso é tirá-lo daqui, Grace.

Grace tinha enrijecido.

— Agora?

— Esta noite — disse Lucie. — Vão deixar que o corpo dele fique aqui até de manhã, mas amanhã vão movê-lo para Idris. E esse vai ser o fim.

— Você não me perguntou — disse Grace, rigorosamente. — Se teria problema levá-lo.

— Essa é a única chance dele — falou Malcolm. — Se quer mesmo que eu tente necromancia, não vou fazer isso no coração da cidade. Preciso de espaço, e meus instrumentos e livros. E mesmo então, não posso prometer.

— Mas você tem um arranjo — disse Grace, esticando o corpo. — Com Lucie. Um acordo. Ela convenceu você.

— Ela me ofereceu uma troca justa — disse Malcolm, abotoando o sobretudo longo. — E, em troca, farei o que puder por ele. Se você recusar, eu não farei nada.

— Ninguém sabe que você está aqui, Grace, não é? — disse Lucie. — Ninguém sabe que você é parte de tudo isso.

— Os Bridgestock acham que estou na casa deles. Mas não vejo o que isso…

— Você pode vir com a gente — disse Lucie.

Malcolm ergueu uma sobrancelha. Até mesmo Grace pareceu chocada.

— O quê?

— Eu disse que pode vir com a gente — disse Lucie. — Ninguém esperaria por isso, ou tentaria impedir que você partisse. Nós partiremos esta noite, com Jesse; você pode se juntar a nós ou não. Caso contrário, a questão está fora de nossas mãos.

CASSANDRA CLARE

James pretendia contar a verdade, toda ela, assim que viu o pai e a mãe. Mas as coisas não tinham sido tão simples assim.

Como os demais, ele ficou chocado com a destruição no Instituto — a estranha justaposição do céu azul sem nuvens acima, mundanos perambulando fora dos portões, e a destruição lá dentro. Ele vira a inquietação no rosto de Lucie quando ela saiu às pressas para o Santuário com Malcolm: ele não podia culpá-la. O Instituto era o único lar que eles conheciam.

Até as últimas semanas. A casa em Curzon Street tinha rapidamente se tornado um lar para James, embora ele suspeitasse que isso tivesse menos a ver com a casa e mais a ver com a pessoa com quem ele a compartilhava.

Charles mancava intensamente, então James pegou o outro braço dele para ajudar Matthew a guiá-lo pelo pátio. Eles estavam quase às portas da frente quando elas se abriram, e Thomas, Christopher e Anna saíram, seguidos por Charlotte e Gideon.

Houve um burburinho confuso de vozes, de abraços e alívio. James exclamou por Thomas estar fora da prisão; Thomas explicou que tinha sido testado pela Espada Mortal e considerado inocente.

— Embora — disse Christopher — Bridgestock ainda estivesse reclamando disso quando o demônio atacou. Duvido que ele conseguisse muito apoio para jogar Tom na prisão agora, no entanto, depois que ele se destacou na batalha. Ele derrotou um tentáculo inteiro sozinho!

— De fato — disse Thomas. Ele sorriu para James. — Um tentáculo inteiro.

Charlotte tinha corrido até Matthew e Charles; ela beijou Matthew intensamente na bochecha e exclamou preocupadamente sobre Charles, até que Gideon apareceu para substituir James e ajudar Matthew a levar o irmão para a enfermaria. Eles partiram, Charlotte disparando para levar Henry até o leito de Charles.

— Henry foi muito impressionante com o cajado dele — disse Anna. — As correntes envergonharam meu chicote.

Thomas tinha levado Cordelia para o lado; James ouviu quando ele disse alguma coisa sobre a batalha, e o nome *Alastair*, e ele viu Cordelia se alegrar. Então Alastair estava bem; James percebeu que ficava aliviado com isso, e não apenas por Cordelia. Interessante. Ariadne também estava bem, de acordo

— 569 —

com Anna e Christopher. Não tinha havido mortes, e os mais gravemente feridos estavam na enfermaria, sendo tratados pelos Irmãos.

Ariadne surgiu no alto das escadas. Normalmente arrumada e contida, ela usava uniforme rasgado, uma atadura em volta de um dos braços. Sua bochecha estava arranhada, o cabelo, embaraçado. Os olhos dela estavam alegres.

— Anna, está tudo...? — disse ela. — O Sr. e a Sra. Herondale estavam dizendo agora mesmo que iam mandar alguém até Curzon Street para buscar vocês.

James e Cordelia trocaram um olhar.

— E onde estão meus pais, exatamente? — disse James. — É melhor eu falar com eles o mais rápido possível.

Ele ainda planejava contar toda a verdade, conforme Ariadne levava todos eles até a biblioteca. Thomas, Christopher e Anna estavam descrevendo o ataque — Gabriel quase fora seriamente ferido, mas um esforço em grupo o livrou dos tentáculos peludos do Leviatã —, e Cordelia ainda caminhava junto, calada.

James queria passar os braços em volta dela, abraçá-la, sussurrar palavras de conforto ao seu ouvido. Mas ela estava se comportando da forma que fizera quando seu pai morreu: quieta e cautelosa, como se um movimento espontâneo demais fosse assustá-la. Ele não conseguia confortá-la sem despertar curiosidade dos outros, e sabia que Cordelia não queria a empatia deles. Não no momento.

— Você vai ficar feliz por saber que tio Jem e Magnus voltaram — disse Anna, olhando de esguelha para James quando eles chegaram na porta da biblioteca. — Ao que parece, um Instituto ser atacado por um Príncipe do Inferno é uma notícia surpreendente o bastante para chegar até o Labirinto Espiral. O que aconteceu com vocês, afinal? Deveriam estar aconchegados em casa, mas parece que passaram por uma guerra.

— Você acreditaria se eu dissesse que foram jogos de tabuleiro que deram terrivelmente errado? — falou James.

Anna sorriu; havia uma curva curiosa em sua boca.

— Você parece diferente — disse ela, mas não houve tempo para elaborar: eles tinham chegado à biblioteca, que estava absolutamente lotada de Caçadores de Sombras.

Will estava lá, sentado à cabeceira de uma longa mesa. Tessa estava de pé ao lado dele. Muitos dos Nephilim reunidos, como Catherine Townsend e Piers Wentworth, estampavam as marcas da batalha recente: ataduras, roupas rasgadas e sangue. Alguns, como os Bridgestock e os Pounceby, estavam reunidos em grupinhos, murmurando e gesticulando. Outros estavam sentados à mesa com Will e Tessa. Sophie estava lá — Cecily e Alexander estava provavelmente na enfermaria com Gabriel —, assim como Alastair, que levantou a cabeça quando eles entraram. Ao ver Cordelia, ele ficou de pé.

— *James!* — Will sorria; por um momento, James se esqueceu de tudo, exceto do quanto estava feliz por ver sua família. Ele foi abraçar o pai, e abraçou a mãe também: pela primeira vez, ela pareceu leve e quase frágil para ele. Ele queria ter estado lá para a batalha, ter conseguido protegê-los mais diretamente do que fez.

Quando Tessa recuou, ela olhou para James com preocupação.

— Pelo Anjo, o que aconteceu com você... e com Daisy? — quis saber ela, observando as aparências maltrapilhas deles. — Como sabiam que precisavam vir?

— Você não mandou Malcolm nos buscar? — disse James, olhando para Cordelia, que era abraçada por Alastair.

— Não — respondeu Will, com a testa franzida.

— Eu devo ter entendido errado o que ele disse — falou James, rapidamente. — Não importa...

— Onde está sua irmã? — disse Will. — E o Alto Feiticeiro também, aliás?

— Estão no Santuário — disse James. — E Matthew está na enfermaria com Charles e os pais deles.

Sophie, que estava no meio de abrir as manoplas de couro, levantou o rosto.

— O que aconteceu com Charles?

Will se sentou na mesa, os pés calçados em botas apoiados na cadeira próxima.

— Estou com a sensação — disse ele — de que há uma história aqui. Talvez a outra metade da história nós já saibamos. Você diria que estou certo, James?

James hesitou.

— Se pudermos falar em particular...

Corrente de Ferro

— Certamente que não. — A voz era do Inquisidor. — Se acha que existe chance de algo mais desse assunto ser escondido do Enclave...

— Ninguém está escondendo nada do Enclave — disse Will. Os olhos dele estavam pesados, o que significava que ele estava com muita raiva. — Muito menos meu filho.

— Nós fomos atacados — disse Bridgestock, sua voz se elevando. Ele parecia que não tinha sequer estado na batalha, suas roupas estavam impecáveis, mas sua voz mesmo assim oscilava com ódio. — Por uma criatura do Poço. Enviada pelo próprio Inferno para nos arrancar da face da Terra. Alguém chamou o demônio marinho. "Que o amaldiçoem aqueles que amaldiçoam o dia, que estão prontos para erguer Leviatã..."

— E quem você está sugerindo que chamou Leviatã? — disse Tessa, cruzando os braços diante do peito.

— Estou dizendo que fomos preguiçosos; permitimos corrupção entre nós — falou Bridgestock. Os pequenos olhos dele brilharam. — Permitimos entre nós os descendentes de demônios.

Esse foi o momento em que James decidiu que contar a verdade toda seria impossível.

— Basta — disse ele. — Quer saber o que aconteceu? Quem anda matando Caçadores de Sombras? Quem tentou erguer Leviatã? Eu ia esperar pela Consulesa, mas se você insiste, vou lhe contar agora. Contanto que você *não* insulte mais minha mãe ou minha família.

Bridgestock pareceu furioso, e James se perguntou se havia ido longe demais — Bridgestock *era* o Inquisidor, a segunda figura mais poderosa da Clave. Mas ele não podia ir diretamente contra a vontade do Enclave sem causar um escândalo, e a multidão já estava olhando para James ansiosa, até mesmo os Pounceby. A curiosidade sempre vencia, pensou James, observando todas aquelas percepções passarem pela expressão do rosto de Bridgestock, transformando a cara irritada dele em uma careta sarcástica.

— Muito bem, então — disse ele, com um gesto de dispensa na direção de James. — Tenho certeza de que a assembleia gostaria de ouvir o que você tem a dizer.

Então James falou — e, muito surpreendentemente, sem preparação, contou uma história coesa que, mesmo assim, deixava de fora vários dos

— 572 —

CASSANDRA CLARE

detalhes mais importantes. Ele explicou que estava preocupado com a prisão de Thomas, sabendo que tinham o suspeito errado. (Bridgestock tossiu e trocou o peso do corpo entre os pés.) Ele relatou a própria descoberta do padrão dos assassinatos em um mapa de Londres, o modo como tinham formado a insígnia de Leviatã. Ele alegou que tinha despertado Cordelia, então Matthew e depois Lucie, que eram convidados em sua casa. Juntos, eles tinham corrido até Mount Street Gardens e encontrado Charles sendo atacado. O agressor, explicou James, era Jesse Blackthorn. O corpo de Jesse, ao que parecia, tinha sido magicamente preservado pela mãe dele esse tempo todo, presumivelmente pelo uso das artes das trevas — afinal de contas, eles já sabiam que ela havia tentado a necromancia. Era por isso que ela fora aprisionada na Cidadela.

— Então ela conseguiu? — indagou Sophie, parecendo bastante nauseada. — Ela levantou o filho dos mortos?

Não exatamente, explicou James: o corpo de Jesse tinha sido preservado como algum tipo de memorial. Tatiana tinha alistado a ajuda de um demônio para fazer isso, e esse demônio tinha invadido o corpo de Jesse, e obviamente tentava erguer Leviatã, Príncipe do Inferno, para destruir os Nephilim de Londres. Cordelia tinha perfurado Jesse com Cortana, acrescentou ele, expulsando o demônio, o que devia ter fechado o portão que permitia que Leviatã entrasse.

— Quem iria querer erguer Leviatã? — perguntou-se Christopher, em voz alta. — Certamente qualquer outro dos Príncipes do Inferno seria menos... nojento.

— Ele pode ser considerado bem bonito por outros demônios marinhos — disse Anna. — Não temos como saber.

— Cale-se — disse Bridgestock. Ele estava com o rosto vermelho. — Está nos dizendo que o assassino é algum... menino morto há muito tempo? Isso não parece ridículo... e conveniente?

— Apenas se você estiver mais interessado em encontrar alguém para punir do que encontrar o assassino — respondeu James. — Mesmo que não esteja inclinado a acreditar em mim, o corpo de Jesse está sendo examinado pelos Irmãos do Silêncio. Depois que eles terminarem, talvez *você* queira explicar ao Enclave como um menino que teria 24 anos hoje se estivesse vivo

— 573 —

foi perfeitamente preservado com a idade de 17 anos, exatamente quando se sabe que ele morreu?

Há mais do que isso, disse a voz familiar e silenciosa de Jem, que tinha acabado de entrar na biblioteca com Lucie. As vestes da cor de pergaminho dele estavam manchadas de sangue nas mangas, o capuz jogado para trás mostrando o rosto — suas bochechas cheias de cicatrizes, o cabelo preto manchado de branco. James sentiu uma onda de alívio ao vê-lo; não tinha percebido o quanto fora inquietante que Jem estivesse longe, em um lugar onde não podia ser contatado. *Você precisaria explicar como Jesse Blackthorn está coberto com exatamente as Marcas que estão faltando dos corpos dos assassinados. A Marca da Força de Filomena di Angelo. A Marca da Vidência de Elias Carstairs. A Marca de Precisão de Lilian Highsmith. Todas elas batem.*

Um murmúrio percorreu a sala no momento em que Will sorriu para Jem. Era um sorriso que James conhecia muito bem: o sorriso bastante específico que Will tinha apenas para seu *parabatai*. Se era estranho ver alguém sorrir para um Irmão do Silêncio daquela forma, a estranheza tinha havia muito sumido para James; aqueles eram seu pai e seu tio Jem, como ele sempre os conhecera.

Quando Jem atravessou a sala para falar em particular com Will, Lucie ficou onde estava; ela sorriu para os pais, mas não correu para abraçá-los. Ela parecia estar aprendendo a se controlar, pensou James; ele não tinha certeza de como se sentia com relação àquilo. A exuberância de Lucie sempre tinha sido uma parte tão grande dela.

— Lilian Highsmith conhecia seu assassino — disse Bridgestock, elevando a voz para ser ouvido por cima do burburinho na sala. — Ela o reconheceu. O menino Lightwood jurou sob a Espada. Como ela teria reconhecido o pirralho de Tatiana?

— Ela não teria — disse Lucie. — Ela achou que ele fosse o pai dele, Rupert. Eles são idênticos, e Lilian conhecia os Blackthorn, ela teria reconhecido Rupert. — Ela encontrou o olhar de James do outro lado da sala: ele pensou em Elias, que também deve ter achado que estava vendo um homem que ele conheceu anos antes, um homem que ele achou que estivesse morto. *Você?*

— 574 —

— Por isso a Srta. Highsmith disse o que disse — falou Thomas. — "Ele foi morto, morto no auge da vida. Sua mulher, ela chorou e chorou. Eu me lembro das lágrimas dela." Rupert era casado quando morreu. Ela estava falando de Tatiana.

— Tragédia atrai tragédia — disse Tessa. — Rupert Blackthorn morreu, e o filho dele morreu, e isso deixou Tatiana Blackthorn louca. Ela se recusou a conceder ao filho os feitiços de proteção de um Caçador de Sombras, e assim criou um receptáculo que podia ser possuído. Ela é uma figura trágica, mas também perigosa.

— Espero que ela não seja um perigo para as Irmãs na Cidadela Adamant — disse Alastair, tranquilamente. — O Inquisidor foi bastante piedoso ao enviá-la para lá, e não para a Cidade do Silêncio. Espero que essa piedade seja recompensada.

Martin Wentworth fez um ruído grosseiro.

— Ela não precisa de piedade — disse ele. — Ela precisa ser interrogada. Achamos mesmo que ela não sabia dessa situação?

O Inquisidor se engasgava silenciosamente. A Sra. Bridgestock, que estava de pé calada entre os Pounceby, falou:

— E quanto a Grace? Se esse... demônio assassino sabe que ela existe, se perseguiu o irmão dela...

— Grace nasceu uma Cartwright — falou Ariadne, espantando a todos. — Os pais dela eram Caçadores de Sombras dedicados. Ela teria os feitiços de proteção, anos antes de Tatiana sequer conhecê-la.

O Inquisidor jogou a capa por cima do corpo.

— Vou partir esta noite. Preciso ir até a Cidadela Adamant e pedir uma audiência formal com Tatiana Blackthorn. Ela precisará ser tirada da Cidadela pelas outras Irmãs, pois homem nenhum pode entrar no lugar. Mas Wentworth está certo, está na hora de interrogá-la.

Como se ele tivesse encerrado a civilidade, um burburinho de vozes irrompeu — perguntas e exigências:

Mas qual demônio foi, o que possuiu o menino? E se ele voltar?

Bem, e daí se voltar? Sem um corpo, é apenas um demônio incorpóreo, não é?

Como ele tirou as Marcas dos corpos? James, você sabe?

— 575 —

Corrente de Ferro

Que demônio tem o poder de convocar um Príncipe do Inferno? Como eles esperavam controlá-lo?

Demônios não pensam tão avançado assim, não é?

Will, que estava sentado com as botas sobre uma cadeira, chutou-a. A cadeira bateu no chão com um estouro que, para surpresa de James, trouxe um silêncio imediato.

— Basta — disse Will, firmemente. — Como muitos de vocês sabem, a Consulesa está atualmente na enfermaria com o filho ferido. Ela mandou notícias, no entanto, pelo Irmão Zachariah. — Ele inclinou a cabeça para Jem: — Ela me concedeu o poder de abrir um inquérito formal sobre essa questão, o que eu farei. Amanhã. Por enquanto, todos que não estão feridos ou não são da família de alguém ferido, por favor, voltem para casa. Não tem indício de mais perigos, e muito trabalho precisa ser feito agora. A Clave em Idris precisa ser notificada, e o trabalho de reparação precisa começar. Pois este é nosso Instituto, e nós não permitiremos que Príncipe do Inferno nenhum o transforme em ruínas.

Houve uma modesta comemoração. Conforme Caçadores de Sombras começaram a sair em fila da biblioteca, Will se virou para olhar para James, e James sabia o que ele estava pensando. *Primeiro Belial, agora Leviatã? Dois Príncipes do Inferno?* Era muita coincidência. O pai de James era inteligente; inteligente demais, talvez. Mas ele também sabia esperar e deixar a verdade chegar até ele. James não tinha dúvida de que chegaria.

—

— Bem — disse Alastair —, aquilo foi um monte de baboseiras que James acabou de cuspir, não foi?

Cordelia quase sorriu. Ela ficara extremamente aliviada ao ver Alastair; não podia ter suportado a ideia de que qualquer coisa acontecesse com ele. Não agora. Ele estava todo bagunçado, o que devia irritá-lo terrivelmente: o cabelo estava embaraçado, as roupas, rasgadas e cobertas com poeira de pedra. Sona não ficaria nada satisfeita quando ele voltasse para casa, mas Cordelia achou que ele parecia muito encantador, não tão perfeitamente composto e rígido como ela estava acostumada.

— 576 —

CASSANDRA CLARE

Alastair tinha ficado ao lado dela enquanto James falava, algo pelo qual ela era grata. Cordelia estava se sentindo imensamente peculiar. Ela estava orgulhosa de James, segurando-se diante do Enclave inteiro, tecendo uma história que se sustentava enquanto deixava de fora qualquer coisa que incriminasse seus amigos — ou a ela. Cordelia não podia deixar de admirar a coragem dele, mas, ao mesmo tempo, temia o que viria a seguir. Eles estavam dançando na beira de um penhasco, era o que ela sentia: eles não podiam todos lidar com aquela falsidade para sempre.

Por diversas vezes ela foi pega de surpresa, com James olhando estranho em sua direção desde que a batalha terminara, como se ele quisesse fazer ou dizer alguma coisa, mas estivesse se segurando. Ela não conseguia imaginar o que era. Cordelia conseguia vê-lo agora, envolto em conversa com Jem, sem olhar na direção dela.

— *Oun dorough nemigoft* — disse ela a Alastair, em persa. Achou que ninguém estivesse ouvindo eles, pois tinham conseguido se esgueirar até um canto da biblioteca, ao lado de uma prateleira de livros sobre magia numérica, mas era melhor tomar cuidado. — Não eram mentiras. Só não era a verdade toda.

Os olhos escuros de Alastair brilharam com divertimento.

— Sim. Estou familiarizado com como funciona a mentira, Layla.

O estômago de Cordelia se revirou. Ela quis dizer: *Não me chame de Layla*. Parecia tanto com *Lilith* aos ouvidos dela... e Lilith não queria dizer "noite", exatamente como Layla?

— Não posso contar tudo a você agora — disse ela. — Mas posso lhe dizer uma coisa que é verdade. Eu estava certa quando disse que não era digna de empunhar Cortana.

— Você não matou o demônio que possuiu Jesse Blackthorn?

— Sim — começou Cordelia. — Mas não sou...

Alastair sacudia a cabeça.

— Você precisa parar com isso — respondeu ele. — Você vai se tornar indigna por se considerar indigna. Nós nos tornamos aquilo que tememos ser, Layla.

Cordelia suspirou.

Corrente de Ferro

— Eu vou voltar com você até Cornwall Gardens depois disso, antes de ir para casa — disse ela. — Faz muito tempo desde que vi *Mâmân*. E podemos discutir...

— Alastair — disse Matthew.

Os irmãos Carstairs se viraram, surpresos; nenhum deles tinha ouvido alguém se aproximar. A sala ainda estava cheia de Caçadores de Sombras, entrando e saindo pela porta da biblioteca, e o murmúrio abafado de vozes. Matthew devia ter entrado com alguns deles; ele ficou parado olhando para Alastair e Cordelia, as mãos nos bolsos.

Seu cabelo dourado estava bagunçado, tão embaraçado quanto o de Alastair, e havia bastante sangue em suas roupas. O sangue de Charles, Cordelia sabia; ainda era inquietante.

— Matthew — disse ela. — Está tudo bem?

Ele olhou para ela uma vez — um olhar peculiar, intenso — antes de se virar de volta para Alastair.

— Veja bem, Carstairs — disse ele. — Não posso dizer que sei o que está acontecendo, ou que quero, mas meu irmão está na enfermaria, e está perguntando por você. Eu gostaria que você fosse vê-lo.

Alastair franziu a testa.

— Charles e eu — disse ele — não... somos mais próximos.

— Ao inferno com próximos — disse Matthew. — Alastair, Cordelia me garante que você tem um coração. Ela diz que você é diferente do que era na escola. O menino que eu conheci na escola não visitaria meu irmão, apenas para me irritar. Não faça de sua irmã uma mentirosa; ela é uma pessoa melhor do que você, e se ela acredita em você, então você deveria tentar ser alguém em quem ela pode acreditar. Eu sei que eu tento.

Alastair pareceu pasmo — o que, para Alastair, consistia em ficar muito parado, e piscar lentamente por vários segundos.

— Tudo bem — disse ele, por fim. Ele bagunçou o cabelo de Cordelia.

— *Ta didar-e badd* — falou Alastair para ela, e saiu andando, sem olhar de novo para Matthew.

Cordelia o observou atravessar a sala até Jem. Quando os dois falaram, Jem olhou na direção dela. Ela não conseguia ver o rosto dele àquela distância, mas ouviu sua voz na mente: *Você quer se juntar a nós? Senti sua falta, Cordelia. Há muito para dizermos um ao outro.*

Cordeia sentiu uma pontada no coração. Desde a morte de Elias, ela não queria nada além de falar com Jem, de perguntar a ele sobre as lembranças que tinha do pai dela, seus conselhos para a família. Mas ele era um Irmão do Silêncio, eles podiam ler pensamentos, adivinhar emoções. E se ele olhasse dentro da mente dela agora, descobriria a verdade sobre Lilith, e ela não podia suportar isso.

Cordelia fez que não com a cabeça, muito sutilmente. *Agora não. Podem continuar sem mim.*

Ele pareceu desapontado quando apoiou a mão no ombro de Alastair e, juntos, os dois homens deixaram a sala, passando por Thomas na porta. Thomas olhou para ele com uma expressão estranha — surpresa? Raiva? Talvez ele ainda estivesse tentando entender o comportamento de Alastair no dia anterior.

— Matthew — disse ela. — Aquilo foi…

— Não fique com raiva. — Ele tinha tirado as mãos dos bolsos, e Cordelia percebeu por que ele as escondera a princípio. Estavam tremendo violentamente. Ele colocou a mão dentro do colete e tirou de dentro a garrafa de bolso.

Ela quis fechar os olhos. As mãos de seu pai tinham tremido, às vezes todas as manhãs. Menos à noite. Ela entendia o motivo agora. Entendia mais do que jamais quis entender — sobre seu pai e sobre Matthew também.

— Não estou com raiva — disse ela. — Eu ia dizer que foi gentil.

— Com Charles? Possivelmente — disse ele, e tomou um gole. Os músculos se moveram em sua garganta quando ele engoliu. Cordelia se lembrou de sua mãe falando de Elias, *ele era tão lindo.* Mas beber era uma doença que devorava a beleza das coisas. — Não acho que ele e Alastair combinam, no entanto.

— Não — concordou Cordelia. — Mas você está gostando um pouco mais de Charles agora?

Matthew sugou uma gota de *brandy* do polegar e sorriu torto.

— Porque ele quase morreu? Não. Acho que foi um lembrete, no entanto, não *gosto* de Charles, mas eu o amo. Não posso evitar. Estranho como isso funciona, não é?

Corrente de Ferro

— Alastair!

Thomas tinha visto Alastair e Jem saírem juntos da biblioteca, e saiu atrás deles. Os dois formavam um par estranho de primos, pensou ele: Alastair usando as roupas rasgadas e empoeiradas, Jem usando as limpas roupas de pergaminho. Ninguém adivinharia facilmente que eram familiares. Eles estavam calados conforme caminhavam, mas Thomas sabia que isso não significava que não estavam conversando.

— Alastair! — gritou ele de novo, e Alastair se virou, um olhar de surpresa percorrendo seu rosto. Alastair disse algo ao primo, então chamou Thomas quando Jem se afastou um pouco, oferecendo a eles um semblante de privacidade.

Alastair olhou para Thomas de modo inquisidor. Thomas, que percebeu quase que imediatamente que não fazia ideia do que diria, trocou o peso do corpo entre os pés.

— Você está bem? — disse ele, por fim. — Não consegui perguntar a você, depois da luta.

Ele não tinha perguntado. Quando a batalha contra o Leviatã acabou, ele foi levado por Anna e Christopher, por seus pais, pela chegada de James e os demais. Nenhum deles teria pensado que Thomas tinha qualquer motivo para continuar perto de Alastair.

— Estou bem — disse Alastair. — Vou ver Charles na enfermaria. Parece que ele perguntou por mim.

— Ah. — Thomas sentiu como se tivesse pulado um degrau da escada. O desequilíbrio, a desorientação. Ele prendeu o fôlego.

— Eu devo isso — falou Alastair. O olhar dele estava sombrio e fixo. — Você se lembra do que disse no Santuário? Que deveríamos fingir que nada no passado aconteceu, e que Paris foi a primeira vez que nos conhecemos?

Thomas assentiu. O estômago dele parecia ter sido amarrado com nós de gelo.

— Não podemos fingir para sempre — disse Alastair. — Por fim, a verdade precisa ser enfrentada. Todos os seus amigos me odeiam, Thomas, e com bom motivo.

CASSANDRA CLARE

Matthew, pensou Thomas. Ele vira o amigo se aproximar de Alastair e Cordelia com uma expressão determinada, e ele se perguntou o motivo daquilo. Não podia se sentir irritado com Matthew também. Math estava cuidando do irmão, o que era absolutamente compreensível.

— Nenhum pedido de desculpas vai redimir o que eu fiz no passado — prosseguiu Alastair. — E fazer você escolher entre mim e seus amigos só pioraria as coisas. Então eu vou fazer a escolha. Volte para a biblioteca. Estão esperando por você.

— Você me seguiu na patrulha porque estava preocupado comigo — disse Thomas. — Percebe que o fato de você estar lá pode ter sido o motivo pelo qual Belial não me atacou? Ele sempre ia atrás de Caçadores de Sombras que estavam sozinhos. Mas você estava lá comigo, mesmo que eu não soubesse.

— Isso é apenas especulação. — Uma veia pulsou no pescoço de Alastair. — Tom, você patrulhou sozinho à noite porque gosta de coisas que são perigosas e prejudiciais a você. Não vou ser uma dessas coisas.

Ele começou a se virar. Thomas estendeu a mão para pegá-lo, e a sensação do ombro de Alastair sob os dedos dele quase o desfez. Ele o havia tocado daquela forma no Santuário: tinha apoiado as mãos nos ombros de Alastair, deixando que Alastair segurasse seu peso enquanto eles se beijavam.

— Não — disse Alastair, sem olhar para ele. — Não é possível. Jamais será.

Ele se desvencilhou, apressando-se para se juntar de novo a Jem. Thomas ficou parado olhando para eles conforme os dois sumiam pelo corredor. De alguma forma, ele continuava esperando que Alastair se virasse e olhasse de volta para ele, ao menos uma vez. Mas Alastair não se virou.

Você está sendo um tolo, disse Malcolm Fade a si próprio.

Era a mesma coisa que ele disse a si próprio durante os últimos dias; não fazia muita diferença agora. O sol estava brilhando forte acima conforme ele atravessava o pátio do Instituto. Um vento tinha acelerado, espalhando flocos de neve, brancos e brilhantes sob o sol. Ele se perguntou quanto tempo levaria para que os Caçadores de Sombras remendassem o Instituto quebrado deles. Menos tempo do que se poderia esperar, imaginou ele. Eles eram surpreendentemente engenhosos, os Nephilim, e teimosos de uma forma que feiticeiros jamais eram. Havia pouca utilidade em ser teimoso quando se vivia para sempre. Você aprendia a ser flexível, em vez de se quebrar.

Ele achou que tivesse sido flexível, tantos anos antes, assim que perdeu Annabel. *Ela se tornou uma Irmã de Ferro*, foi o que disseram a ele. *Você jamais a verá de novo. A escolha é dela.*

Ele caminhou pelo mundo, desde aquele momento, curvado e retorcido em uma nova forma: a forma de um homem que tinha perdido a única coisa que importava na vida, e sem a qual precisou aprender a viver. Comida era insípida; o vento e o sol pareciam diferentes para ele; o som das batidas de seu coração estava sempre audível nas orelhas, um metrônomo quebrado. Aquela era sua vida agora, tinha sido havia mais de nove décadas, e ele tinha passado a aceitar aquilo.

Até que Lucie e Grace surgiram em sua vida. Ao descobrir que Annabel estava morta, ele percebeu o quanto tinha se resignado a jamais vê-la de novo. Embora fosse contrário ao bom senso, descobrir sobre a morte dela tinha levado a ele a esperança de que havia uma chance de, de alguma forma, depois de todo aquele tempo, ser capaz de salvá-la.

Ele conseguia vê-la, em sua mente, usando o vestido simples de calicó, as fitas do chapéu voando ao vento. O início de maio em Padstow — há tanto tempo — mas ele conseguia se lembrar das meninas com flores nas mãos, e do azul da água. Do cabelo castanho-escuro dela. Annabel.

Você está sendo um tolo, disse Malcolm a si mesmo de novo. Ele puxou o sobretudo em volta do corpo ao chegar aos portões do pátio. Tinha alguém ali, encostado nas grades de ferro. Não um Caçador de Sombras — um homem alto usando verde e preto, um broche de esmeralda brilhando na lapela.

— Magnus — disse Malcolm, reduzindo o passo. — Que estranho ver você aqui.

Magnus tinha os braços cruzados sobre o peito. Sua expressão conforme ele avaliava o pátio era sombria.

— É mesmo?

— Eu teria esperado que você corresse ao socorro mais cedo — disse Malcolm. Ele gostava de Magnus, tanto quanto poderia gostar de qualquer

CASSANDRA CLARE

um. Mas o outro feiticeiro tinha uma reputação merecida por desperdiçar energia com Caçadores de Sombras. — Está feliz por ter perdido a batalha?

Os olhos verde-dourados de Magnus brilharam como a esmeralda em seu broche.

— Pode debochar da minha culpa, se quiser, mas é real. Depois da última série de ataques, eu corri para Londres, me assentei aqui, e esperei que outra coisa acontecesse. Mas tudo anda quieto. Quando me foi pedido que trouxesse alguns dos livros de feitiços do Instituto da Cornualha até o próprio Labirinto Espiral, achei que seria seguro. E agora *isto* aconteceu em minha ausência.

— O Labirinto requisitou você por um bom tempo — disse Malcolm. — Eu sei que Hypatia ficou... insatisfeita.

O canto da boca de Magnus se repuxou para cima.

— No fim das contas, mover uma coleção de livros de feitiços de um lugar para o outro sem acordar um mal antigo é mais difícil do que o esperado.

Malcolm sentiu uma leve agitação de interesse.

— Um mal antigo?

Magnus percorreu o pátio com um olhar.

— Não relacionado com este, devo admitir, e menos destrutivo. — Ele inclinou a cabeça para o lado. — Por falar nisso. Você parece... diferente, Malcolm. Você também está afetado pelo que vê aqui?

Em outra época, em outro mundo, Malcolm também teria ficado preocupado. Agora ele só conseguia pensar em Annabel, nos penhascos da Cornualha, em um futuro diferente.

— Eu descobri uma coisa enquanto você estava fora. Uma coisa que eu tinha desistido de saber.

O olhar de Magnus pareceu indecifrável. Ele não perguntou o que Malcolm tinha descoberto; ele era mais inteligente do que isso.

— Como descobriu?

— De ninguém importante — falou Malcolm, rapidamente. — Uma... fada. — Ele voltou o olhar para o pátio quebrado. — Magnus — disse ele. — Os Nephilim realmente entendem o que está acontecendo com eles? Faz milhares de anos desde que Príncipes do Inferno caminharam pela Terra. Os Nephilim são descendentes de anjos, mas, para eles, anjos são contos de fadas. Um poder que existe, mas jamais é visto. — Ele suspirou. — Não é sábio se esquecer de acreditar.

— Eles são humanos — disse Magnus. — Está aquém da capacidade deles entender aquilo que, por natureza, está quase além da compreensão. Eles veem demônios como o que combatem. Eles se esquecem que são forças inimagináveis que podem dobrar as leis do universo. Os deuses estão caminhando, Malcolm, e nenhum de nós está preparado.

No fim, ficou decidido que todos voltariam para a casa de Curzon Street — os Ladrões Alegres, Anna e Cordelia —, embora Cordelia fosse parar rapidamente em Cornwall Gardens primeiro. Todos, exceto Lucie.

Lucie já havia decidido que seria impossível. O tempo era apertado demais, e ela queria ficar com os pais nas poucas horas que pudesse ter antes do cair da noite — embora Will e Tessa tivessem dito a ela que não tinha problema ir para a casa de James, pois eles passariam horas debatendo com membros do Enclave. Contudo, ainda foi doloroso dizer a Cordelia que ela não poderia voltar com eles porque estava cansada demais.

Eu detesto mentir para ela, pensou Lucie, desapontada, mesmo quando Cordelia a abraçou e disse que entendia. *Eu absolutamente detesto.*

— Queria que você pudesse estar lá — disse Daisy, apertando a mão dela.

— Ninguém sabe sobre… sobre Lilith… a não ser você e James e Matthew. Não sei como os outros vão reagir. Eles podem me odiar.

— Não vão — disse Lucie. — Vão apoiar você, cada um deles, e, se não a apoiarem, eu vou bater neles com meu chapéu.

— Não o seu *melhor* chapéu — disse Cordelia, sombriamente. — Isso seria um desperdício terrível.

— Certamente que não. O segundo melhor — falou Lucie. Ela hesitou. — No Mercado das Sombras, quando eu disse a você que estava guardando segredos para ajudar alguém… era Jesse.

— Eu achei que fosse. — O olhar sombrio de Cordelia abaixou por um momento: ela olhava para o medalhão em volta do pescoço de Lucie. O me-

CASSANDRA CLARE

dalhão que Lucie finalmente ajustara para que pendesse direito, mostrando o círculo de espinhos gravado na frente. — Lucie, se você gostava dele... deve ter passado bastante tempo na companhia dele. E escondida de mim.

— Daisy...

— Não estou com raiva — disse Cordelia. Seus olhos encontrando os de Lucie. — Só queria ter sabido. Você está de luto por ele, e ele é um estranho para mim. Você poderia ter me contado, Lucie; eu não teria julgado você.

— E você poderia me contar sobre os seus sentimentos — disse Lucie, baixinho — porque acho que talvez amar alguém com quem não se pode ficar seja algo que você entende melhor do que eu achava antes de hoje. — Cordelia corou. — Da próxima vez que treinarmos — disse Lucie —, vamos conversar sobre tudo.

Mas uma sombra recaiu sobre a expressão de Cordelia à menção de treinar.

— Sim — respondeu ela; então James se aproximou delas, e ele e Cordelia se despediram de Lucie e se juntaram aos outros, prontos para partirem para Kensington e Mayfair.

Lucie os observou calada. Ela queria ir com seus amigos, queria muito, mas era seu dever salvar Jesse; ninguém mais poderia fazer isso. Era o poder dela. Ela o usara, abusara até; se não transformasse em alguma coisa boa, então o que ela era? James tinha usado seu poder mais de uma vez para salvar vidas.

Era a vez dela agora.

—

— Não tem nada com que se preocupar, *Mâmân*, está vendo? — disse Cordelia, gentilmente colocando a mão na bochecha da mãe.

Sona sorriu para ela. Para alívio de Cordelia, quando ela e Alastair chegaram em Cornwell Gardens, eles encontraram Sona embrulhada em um penhoar de veludo, acomodada no sofá de plush da sala de estar, diante de uma lareira incandescente. Sona não estava usando o *roosari*, e o cabelo escuro dela caía sobre os ombros; ela parecia jovem, ainda que mais do que um pouco cansada.

Corrente de Ferro

— Vocês dois estão tão sujos — disse ela, indicando Alastair, que se detivera à porta da sala de estar. — Uma mãe sempre se preocupa quando seus filhos voltam para casa parecendo que caíram em uma poça de lama. *Quando seus filhos voltam para casa.* Mas aquela não era a casa de Cordelia, não mais. Sua casa era Curzon Street. Sua casa não era aquela casa, onde eles tinham todos sido infelizes, de um ou outro modo.

Mas agora não estava na hora de dizer isso a sua mãe. Não agora, com tudo tão incerto.

— Foi uma pequena luta, só isso — disse Alastair; ele já descrevera a batalha para Sona resumidamente. Não a verdade completa, apenas uma parte: Cordelia sentiu, com algum desconforto, que ela estava ficando muito acostumada com aquele fenômeno. — E o Instituto foi defendido.

— Você foi tão corajoso — disse Sona. — Meu filho corajoso. — Ela deu tapinhas na mão de Cordelia, que agora estava ao lado da dela. — E você, minha corajosa filha. Como Sura ou Youtab.

Em outra época, Cordelia teria brilhado por ser comparada com heroínas da história persa. Mas agora não, não com o amargo pensamento em Lilith ainda na superfície de sua mente. Ela forçou um sorriso.

— Você deveria descansar, *Mâmân*...

— Ah, besteira. — Sona gesticulou com a mão casualmente. — Você não saberia, mas eu também fiquei confinada à cama antes de você nascer, e de Alastair também. E, por falar nisso, Alastair, querido, poderia nos dar um momento a sós para uma conversa de mulheres?

Alastair, parecendo horrorizado, não conseguiu sair rápido o suficiente; ele murmurou alguma coisa sobre fazer uma mala e fugiu.

Sona olhou para a filha com os olhos alegres. Por um momento de terror, Cordelia se perguntou se sua mãe lhe perguntaria se ela estava grávida. Ela não suportava a ideia.

— Layla, querida — disse Sona. — Tem uma coisa sobre a qual eu queria falar com você. Eu pensei muito em muitas coisas nos dias desde a morte do seu pai. — Cordelia ficou surpresa; a mãe dela falava com clareza, um tom subjacente de arrependimento na voz, mas o luto terrível que Cordelia tinha esperado de uma menção a Elias estava ausente. Alguma coisa triste e

586

calada e amarga parecia estar no lugar do luto. — Eu sei que você não queria se casar com James Herondale...

— Mama, isso não é...

— Não estou dizendo que você não o ama — disse Sona. — Eu vejo pela forma que você olha para ele que você o ama. E talvez o casamento viesse mais tarde, mas veio naquele momento porque o escândalo forçou. E isso jamais foi o que eu quis para você. — Ela puxou o cobertor mais próximo do corpo. — Nossas vidas raramente acabam como esperávamos, Layla. Quando eu me casei com seu pai, eu só o conhecia como um grande herói. Depois, quando percebi a extensão dos problemas dele, eu me distanciei de minha família. Eu era orgulhosa demais... não suportava que eles soubessem.

Distante, Cordelia conseguia ouvir Risa na cozinha, cantando. Ela sussurrou:

— *Mâmân...*

Os olhos de Sona brilharam, luminosos demais.

— Não se preocupe com isso. Apenas preste atenção em mim. Quando eu era menina, tinha tantos sonhos. Sonhos de heroísmo, de glamour, de viagens. Layla... o que eu quero para você, mais do que qualquer outra coisa no mundo, é que você siga a verdade de seus sonhos. Nenhum escárnio, nenhuma vergonha, nenhuma parte da opinião da sociedade importam mais do que isso.

Foi como uma faca no coração. Cordelia não conseguia falar.

Sona prosseguiu.

— O que eu estou dizendo, e direi o mesmo a Alastair também, é que não quero você pairando à minha volta, me paparicando até o bebê chegar. Sou uma Caçadora de Sombras também, e, além disso, quero saber que você está buscando sua felicidade. Isso vai *me* fazer mais feliz do que qualquer coisa no mundo. Caso contrário, eu vou ficar arrasada. Está entendendo?

Tudo que Cordelia conseguiu fazer em resposta foi murmurar anuência e abraçar a mãe. *Um dia vou contar a verdade toda a ela*, pensou Cordelia, determinada. *Um dia.*

— Layla. — Era Alastair, tendo tirado as roupas rasgadas e manchadas de icor. Ele parecia menos maltrapilho, mas ainda cansado, e sua boca es-

Corrente de Ferro

tava triste, como se ele não estivesse ansioso para voltar para a enfermaria e para Charles. Cordelia tinha tentado falar com ele sobre isso na carruagem a caminho de Kensington, mas ele ficou de boca fechada. — A carruagem está esperando por nós. Você pode voltar amanhã.

— Não ouse — sussurrou Sona, soltando Cordelia com um sorriso. — Agora, volte para aquele seu marido lindo. Tenho certeza de que ele sente sua falta.

— Eu vou. — Cordelia esticou o corpo. Os olhos dela encontraram os do irmão do outro lado da sala. — Só preciso falar com Alastair primeiro. Tem alguma coisa que eu preciso pedir para ele fazer.

— Excelente habilidade de mentir, James — disse Matthew, erguendo uma taça de vinho do Porto. — Realmente, alta qualidade.

James simulou que erguia uma taça em resposta. Ele queria desabar em uma cadeira assim que eles passaram pela porta da entrada; por muita sorte, Effie apareceu e começou um sermão minucioso sobre não sujarem de icor e poeira os tapetes.

— Eu fui avisada que vocês voltariam para casa imundos — disse ela. — Mas ninguém me contou sobre o cheiro de peixe. Senhor, é terrível. Como um bando de ostras podres.

— Já chega, Effie — disse James, ao ver Christopher ficar verde.

— E onde está a Sra. Herondale? — perguntou Effie. — O fedor a espantou?

James tinha explicado que Cordelia estava visitando a mãe e que voltaria logo, o que pareceu energizar Effie. Ela mandou todos se limparem e voltarem penteados, lavados e livres de icor para a sala de estar, onde uma fogueira tinha sido acesa na lareira.

Em seu quarto, James descobriu que alguém — Effie, muito provavelmente — tinha colocado os pedaços quebrados da pulseira de Grace na mesa de cabeceira dele. Sem querer deixá-los à vista, ele colocou as duas metades no bolso. Precisaria devolvê-las a Grace, supôs ele, embora dificilmente fosse naquilo que ele queria pensar no momento.

CASSANDRA CLARE

Quando ele trocou de roupa e desceu, encontrou Anna — que tinha conseguido tirar um novo modelito completo do ar — deitada em uma poltrona de tapeçaria, usando calça e um paletó largo de veludo combinando, de uma cor de dourado profundo.

Cordelia voltou para Curzon Street no momento em que Effie chegou para servir um pequeno banquete na mesa: nozes temperadas de Lancashire, camarão ao curry e sanduíches, pães de Londres e bombas francesas.

Ver Daisy fez o fundo da garganta de James doer. Conforme o resto dos amigos dele caía nas guloseimas como lobos famintos, ele viu Cordelia se dirigir até o sofá. Ela usava um vestido esmeralda escuro que fazia seu cabelo parecer pétalas de rosas contra folhas verdes. Ele tinha sido preso em curvas macias atrás da cabeça, seguro por um arco de seda. Havia chinelos verdes em seus pés. Ele encontrou o olhar dela; quando Cordelia olhou para ele, James viu que ela usava o cordão que ele lhe dera, a pequena esfera dourada brilhando logo acima do decote do vestido dela. Ela não parecia estar com Cortana; devia ter deixado a espada no andar de cima.

O coração dele deu uma batida lenta e forte. Quando estivessem sozinhos, ele poderia contar a ela o segredo do colar. Mas não agora, disse James a si mesmo; parecia ser a quinquagésima vez naquele dia. *Ainda não.*

— Então — disse Matthew, segurando a taça na mão de modo que refletia a luz —, nós vamos discutir o que *realmente* aconteceu esta manhã?

— De fato — disse Thomas. Ele estava com um ar diferente, pensou James, calado e introspectivo, como se alguma coisa o incomodasse. Ele continuava tocando o interior do antebraço esquerdo, como se a tatuagem da rosa dos ventos doesse, embora, até onde James sabia, isso fosse improvável. — Quanto do que você contou ao Enclave é verdade, James?

James afundou na cadeira. Ele estava tão cansado que sentia como se houvesse areia sob suas pálpebras.

— O que eu contei a eles foi verdade, mas deixei muito de fora.

— Podemos presumir — disse Anna — que o demônio que possuiu Jesse Blackthorn era Belial?

James assentiu.

— Belial não estava me possuindo, mas ele era o arquiteto por trás das mortes. Por trás de tudo.

Corrente de Ferro

— Então os sonhos que você estava tendo, estava vendo pelos olhos de Belial, enquanto ele estava no corpo de Jesse Blackthorn? — perguntou Christopher.

— Não acredito que Belial sequer soubesse que eu estava vendo pelos olhos dele. Não tenho certeza de por que eu estava, para ser sincero. Talvez tivesse algo a ver com Jesse, em vez de com Belial, mas não posso adivinhar.

— James pegou uma xícara vazia; ele a virou nas mãos. — A pessoa que mais sabe sobre Jesse é Lucie, e talvez nós não tenhamos a história toda até falarmos com ela também. Mas parece que ela conhece ele, ou o fantasma dele, há um tempo.

Anna, tirando as passas de corinto de um pão de Londres, franziu a testa.

— Lucie estava investigando as circunstâncias da morte dele...

— Ela estava? — disse Matthew. — Nós sabemos que ela viu o fantasma dele, que interagiu com ele, mas por que ela faria isso?

— Eu acho — disse Anna, com a voz comedida — que ela estava tentando ajudar Grace. Parece que as duas se conhecem muito bem.

James se lembrou de Grace, em sua sala de estar. *Eu sei que Lucie, como você, pode ver os mortos — mas você também pode viajar nas sombras. Lucie pode fazer o mesmo?*

— Elas se conhecem? — A surpresa nos olhos de Cordelia foi clara. Ela virou o rosto rapidamente. — Esqueça, Anna. Não é importante.

— Eu fui com ela interrogar Hypatia Vex — disse Anna. — Ela nos contou que Tatiana tinha se recusado a ter os feitiços de proteção colocados em Jesse e que tinha contratado nosso velho amigo Emmanuel Gast para fazer isso.

Então foi assim que Lucie soube que deveria invocar Gast, pensou James. Havia obviamente muito mais que Lucie podia fazer, e que de fato já fizera, e que nenhum deles poderia imaginar. Ele pensou no medalhão dourado dela. Que havia sido uma das maneiras que Tatiana tinha preservado o filho, ao que parecia, mas o mesmo filho tinha sacrificado aquela magia para salvar a vida de James. Ele se lembrou do que Grace tinha dito a ele, depois: *Minha mãe diz que agora sabe que não há chance alguma de Jesse retornar. Diz que é como se você tivesse roubado o último suspiro dele.*

Ele não a entendeu na época. Mas Lucie sabia...

CASSANDRA CLARE

Amanhã, disse ele a si mesmo. Ele falaria com Lucie então.

— Belial tinha as garras sobre Emmanuel Gast — disse James. — Ele forçou o feiticeiro a colocar um pedaço de sua essência dentro de Jesse, para que, conforme Jesse crescesse, Belial tivesse uma âncora nele, e um corpo que Belial pudesse possuir nesta Terra.

— Mas por que agora? — disse Christopher. — Por que possuir Jesse agora?

— Porque eu o rejeitei — disse James, cansado. — Porque a tentativa dele de me possuir terminou desastrosamente mal. Não apenas ele não me possuiu; ele foi ferido por Cortana. Ele continua com medo da espada.

— Belial queria fazer um guerreiro — disse Cordelia. — Ele acreditava que se assassinasse Caçadores de Sombras, roubasse as Marcas deles e as desse a Jesse, poderia criar um guerreiro capaz de derrotar Cortana... metade Príncipe do Inferno e metade Caçador de Sombras.

Anna sorriu para ela.

— Mas parece que você lutou e derrotou esse ser. Belial, ao que parece, não era páreo para nossa Cordelia.

A voz de Cordelia estava baixa, e falhando.

— Anna, não. Isso... não foi isso o que aconteceu.

Anna não pareceu surpresa. Ela apoiou a xícara de chá, os olhos azuis fixos em Cordelia.

— Daisy — disse ela. — Conte.

James quis se intrometer, contar a história, salvar Cordelia de precisar dizer as palavras. Ele viu que seus dedos se enterravam no braço de sua cadeira conforme, equilibradamente e sem emoção, ela contou a eles a história desde o momento em que a fada se aproximou dela na Hell Ruelle até a viagem ao Cavalo Branco, sua visão da forja, seu juramento e a descoberta subsequente de que não era Wayland, o Ferreiro para quem ela havia jurado lealdade, mas à Mãe dos Demônios.

Conforme ela falou, Matthew se levantou e foi até a janela. Ele ficou parado ali, as mãos nos bolsos, os ombros rígidos, conforme Cordelia concluía a explicação de que Lilith enviara os demônios para Nelson Square.

— Ela queria que eu entendesse — disse Cordelia — o que significava ter aquele poder. Poder empunhar Cortana como um paladino.

— 591 —

Corrente de Ferro

— Eu jamais deveria ter levado você até a toca — falou Matthew. Ele estava virado para a janela, imóvel.

— Matthew — disse Cordelia, gentilmente. — Não é culpa sua.

Thomas esfregou o braço, onde a tatuagem da rosa dos ventos aparecia através do branco da manga.

— Então esse tempo todo, Lilith está assumindo formas diferentes para manipular e enganar você... enganar a gente. Quando vocês viram Magnus no Mercado das Sombras, não era o Magnus de verdade, era?

Christopher parecia chocado.

— Mas por que...?

— Jamais foi o verdadeiro Magnus — disse James. — Eu deveria ter adivinhado quando ele veio até nossa casa. A magia dele estava da cor diferente.

A testa de Christopher se franziu.

— Mas Magnus foi muito útil — disse ele. — Ele nos ajudou a resolver a questão da *pithos*. — Ele deu tapinhas no bolso do peito, onde o objeto de *adamas* agora repousava. — Por que Lilith faria isso?

James observou Matthew, que ainda olhava pela janela.

— Ela precisava ganhar nossa confiança e nos fazer acreditar que era Magnus. E lembrem-se, ela é inimiga de Belial. Eles se odeiam. Ela não se incomodaria em nos ajudar a derrotá-lo. O que ela realmente queria era que eu a levasse de volta para o Edom, e quase funcionou.

— Preciso contar isso a Magnus — disse Anna. — Ele pode jurar segredo, mas precisa saber. Quem sabe o que mais Lilith pode ter feito, enquanto fingia que era ele?

Houve um murmúrio de concordância. Thomas, com a testa franzida pensativamente, disse:

— Então, se Cordelia é paladino de Lilith, como vocês conseguiram se livrar dela?

James sorriu.

— Seu revólver, Christopher.

— Você atirou em Lilith? — disse Christopher, incrédulo.

— Não parece certo, atirar em um demônio — disse Anna. — Não é justo. Embora, é lógico, eu fique feliz por você ter feito isso.

— 592 —

— Não entendo — disse Christopher. — De modo algum Lilith poderia ser ferida por armas comuns com Marcas. E por mais incomum que seja, o revólver não passa de uma arma com Marca.

— Mas funcionou — protestou Matthew.

— É um milagre que tenha funcionado. Não deveria ter funcionado — disse Christopher. Ele se virou de novo para James: — Mas você sabia que funcionaria, não é?

— Eu tinha fortes suspeitas — disse James. — Você mesmo me contou que realizou todo tipo de encantamento nela, tentando fazer funcionar. Eu me lembrei que você disse que tinha feito um tipo de feitiço de proteção Nephilim modificado. E então eu pensei nos feitiços de proteção.

— Sim — disse Christopher —, mas... ah! — O rosto dele se iluminou com compreensão.

Thomas sorriu um pouco.

— Muito bem, muito bem, expliquem, um de vocês. Estou vendo que querem.

— O feitiço de proteção — disse Christopher. — É feito nos nomes de três anjos.

— Sanvi, Sansanvi, Semangelaf — disse James. — São anjos de proteção. Nos antigos textos, eles são anjos destinados a proteger contra Lilith especificamente.

— Então Christopher conseguiu fazer uma arma de matar Lilith? — disse Anna. — Muito impressionante.

— Ela não morreu — disse Cordelia. — Ela só foi enfraquecida, acho, e fugiu porque estava assustada e ferida. Mas ela não está mais morta do que Belial. — Cordelia olhou em volta, arrasada, para o grupo. — Eu vou entender se vocês precisarem se distanciar de mim. Ainda sou paladino de Lilith.

— James é neto de Belial — disse Anna — e nenhum de nós o abandonou. Esse não é o espírito dos Ladrões Alegres.

— Isso é diferente — disse Cordelia, sua voz um pouco desesperada. — Lilith está unida a mim como Caçadora de Sombras. Ela poderia aparecer a qualquer momento, como sempre foi verdade, mas sempre que eu saco uma arma, isso a *invoca*. Se eu empunho Cortana, então ela também, através de mim. Se vocês acham que seria melhor me jogar à mercê da Clave...

Corrente de Ferro

— É óbvio que não — disse Matthew, virando-se da janela. — Não contaremos a ninguém.

Anna se sentou de novo na cadeira.

— Você não acha que sua mãe seria leniente?

— Minha mãe, sim, Will e Tessa, sim — disse Matthew, assentindo para James. — Mas muitos não seriam. Muitos entrariam em pânico, e Cordelia acabaria na Cidade do Silêncio antes que pudéssemos fazer alguma coisa.

— Talvez eu devesse estar — disse Cordelia.

— De jeito nenhum — falou James. — A escolha é sua, Daisy, o que você quiser fazer. Se quiser que a gente conte a alguém. Mas eu concordo com Matthew. Você não fez nada de errado, não é um perigo, contanto que não pegue uma arma, e a Mãe de Demônios tem motivo para nos temer. — Ele levou a mão ao cinto, onde o revólver repousava. — Nós já derrotamos coisas piores do que Lilith.

— Ela não é nem mesmo um Príncipe do Inferno, e nós derrotamos dois desses hoje — observou Thomas.

Cordelia fechou os lábios com força, como se estivesse se esforçando para não chorar. Christopher pareceu terrivelmente alarmado.

— Ah, o que, hã, lágrimas — disse ele, inevitavelmente. — Horrível... não que você não devesse chorar se quiser, é óbvio. Chore a cântaros, Cordelia.

— Christopher — disse James, sombriamente. — Você não está ajudando.

Cordelia balançou a cabeça.

— Não é Christopher. Ou... suponho que seja, mas não é Christopher me deixando triste. É que... Eu não tinha percebido... vocês realmente pensam em mim como sua amiga, todos vocês?

— Ah, querida — disse Anna, carinhosamente. — É óbvio que sim.

Eu não penso em você como amiga, pensou James, mas tudo o que ele disse foi:

— Vamos enfrentar isso juntos, Daisy. Jamais deixaremos você sozinha.

A ligeira noite de inverno chegou, caindo como uma faca entre um momento e outro, projetando a sala de estar em uma sombra tingida de dourado.

CASSANDRA CLARE

Matthew foi o primeiro a ir embora, depois de pegar emprestado um sobretudo de tweed de James, que o levou até a porta e ficou de pé, encostado à ombreira, exausto, enquanto Matthew colocava as luvas.

— Tem certeza de que não quer nossa carruagem emprestada? — perguntou James, pela quinta vez, quando Matthew olhou para o céu preto-acinzentado.

— Não, vou contratar uma em Oxford Street. É bom andar um pouco. Limpar a mente.

— Me avise se funcionar. — James limpou um floco de neve do ombro de Matthew; não estava nevando, mas o vento estava lançando flocos rodopiando das árvores.

— Não podemos manter tudo isso em segredo — disse Matthew. Ele parecia cansado, as sombras sob seus olhos estavam acentuadas. — Precisaremos pelo menos contar a seus pais.

James assentiu.

— Eu tinha planejado contar a eles amanhã, tudo... espero que Lucie possa inteirá-los das partes que desconheço. Mas com Belial no horizonte, não podemos guardar esse segredo deles. Exceto pela parte sobre Cordelia e Lilith, é óbvio.

— Concordo — disse Matthew. — Talvez Magnus tenha alguma ideia sobre como o encantamento entre elas pode ser quebrado. — Ele apoiou a mão enluvada sobre a mão exposta de James, que estava sobre seu ombro. James conseguiu sentir o leve tremor no toque de Matthew; Matthew tinha bebido um pouco de vinho do Porto na sala de estar, mas não seria o bastante para aquilo. Ele queria chegar em casa, não para descansar, mas para beber até conseguir descansar.

Que tolice minha. Quem diria que brinquedos têm pontas tão afiadas?

— Você não estava lá — disse Matthew. — Não viu o quanto ela ficou feliz quando achou que Wayland, o Ferreiro a escolhera como seu paladino. Eu... eu sei como é fazer uma coisa que você acha que é boa, mas que acaba sendo um erro terrível.

James queria pedir a Matthew que lhe contasse mais. *Que erros você cometeu, Math, pelos quais não pode se perdoar? O que é que você está afogando em garrafas e taças e frascos prateados? Agora que eu posso ver você*

— 595 —

nitidamente, vejo que está infeliz, mas por que, quando é mais amado e mais amoroso do que qualquer um que eu conheço?

Mas a casa estava cheia de gente, e Cordelia precisava dele, e não havia tempo ou oportunidade agora.

— Eu sei, por experiência própria — disse James —, como é viver com a escuridão dentro de você. Uma escuridão que você teme.

Matthew puxou a mão de volta, dando um nó no cachecol em torno do pescoço. As bochechas dele já estavam rosadas de frio.

— Eu nunca vi escuridão em você.

— E eu desconheço que você tenha cometido erros tão graves quanto diz — falou James. — Mas, se cometeu, sabe que eu faria tudo em meu poder para ajudar você a consertá-los.

O sorriso de Matthew era um clarão no escuro, iluminado apenas por postes distantes.

— Eu sei que você tentaria — disse ele.

27

Despertar com asas

Embora um fosse forte como sete,
Ele também com a morte deve lidar,
Nem despertar com asas no paraíso,
Nem chorar suas dores no inferno.

— Algernon Charles Swinburne, "O jardim de Proserpine"

Ariadne estava esperando do lado de fora da casa em Curzon Street há tanto tempo que seus dedos das mãos e dos pés tinham ficado dormentes. Conforme a noite se aproximava, ela observou o acendedor de postes se aproximar com sua escada e uma ferramenta brilhante, e as luzes se acenderam dentro da casa de James e Cordelia também. Ela conseguira vê-los pela janela da sala de estar: Thomas e Christopher, James e Cordelia, Matthew e Anna.

Ela não se importou que Anna foi até Curzon Street depois da batalha no Instituto. É lógico que ela iria querer ver seus amigos e primos. Mas sua casa tinha sido miserável e tensa: Grace tinha se trancado no quarto, e a Sra. Bridgestock estava chorando na sala, pois ela acreditava que o Sr. Bridgestock não deveria ter ido sozinho para a Cidadela Adamant. Só Deus sabia, disse ela, o que aquela Tatiana Blackthorn faria com ele.

Corrente de Ferro

Ariadne tinha se acostumado com sair de fininho da casa usando a entrada dos empregados. Anna não se importaria se ela fosse até Curzon Street, disse ela a si mesma; ela era muito amiga dos Ladrões Alegres e tinha lutado lado a lado com Thomas e Christopher naquela manhã. Somente depois que ela chegou à casa Ariadne perdeu a coragem.

Ela conseguia ver Anna pela janela da sala de estar, seu corpo esguio jogado em uma poltrona, o cabelo, um chapéu macio e escuro, fino e liso como seda. Seu sorriso era gentil, seus olhos azuis, suaves, e Ariadne percebeu naquele momento que a Anna de sua memória jamais sumira de verdade. *Ela ainda está aqui*, pensou Ariadne, hesitando à porta. *Mas não para mim.*

Depois disso, ela não conseguiu entrar, e se viu esperando ao lado de um poste próximo até que a porta da casa se abriu e Matthew apareceu, usando um sobretudo de tweed grande demais. Ele falou com James à porta durante vários minutos antes de partir; Ariadne se abaixou sob uma árvore sem folhas para evitar que ele a visse.

O sol tinha se posto quando Thomas, Christopher e Anna saíram na noite gelada. A respiração deles se condensava conforme eles desciam as escadas. Ao vê-la, Thomas e Christopher trocaram um olhar surpreso antes de se aproximarem; Ariadne estava remotamente ciente de que eles a estavam cumprimentando e dizendo que ela os havia impressionado durante a luta naquela manhã. Ela devolveu os elogios, embora estivesse bastante atenta a Anna, que tinha parado às escadas para acender um charuto.

Ela queria que Anna descesse os degraus. Queria tomar a mão dela, ali na rua, diante de Christopher e Thomas. Mas os meninos já estavam se despedindo e cruzando a rua, o som da conversa e dos passos deles foi rapidamente engolido pela névoa e pela neve.

— Ari. — Anna se juntou a ela na calçada, a ponta do charuto brilhando com um vermelho-cereja parecido com seu pingente de rubi. — Passeando?

— Eu queria ver você — disse Ariadne. — Eu achei que poderíamos...

— Ir para a Sala dos Sussurros? — Anna soprou um anel de fumaça e o observou pairar no ar frio. — Não hoje à noite, creio. Amanhã à tarde, se você...

— Eu esperava que a gente pudesse ir para o seu apartamento.

— 598 —

Anna não disse nada, apenas observou o anel de fumaça se desfazer no ar. Ela era como luz estelar, pensou Ariadne: parecia quente e radiante e próxima, mas, na verdade, estava a incontáveis quilômetros de distância.

— Não acho que isso seja uma boa ideia. Eu tenho uma visita esta noite.

Ariadne supôs que deveria saber. Anna tinha sido clara: nada na vida dela, a respeito da vida dela, mudaria por Ariadne. Mesmo assim, ela sentiu uma pontada dormente, como se tivesse sido atingida por uma lâmina sem fio.

— Hoje — disse ela —, quando estávamos no pátio, assim que fomos atacadas, você me empurrou para trás de você.

As sobrancelhas delicadas de Anna se elevaram.

— *Empurrei?*

E Ariadne soube: Anna se lembrava. Ela mesma tinha revivido o momento uma dezena de vezes desde que acontecera. Anna estava com a guarda baixa naquele instante, o medo em seu rosto era real quando ela jogou Ariadne para fora do caminho e se virou para enfrentar Leviatã.

— Você sabe que sim — disse Ariadne. — Você me protegeria com a própria vida, naquele momento, mas não me perdoa. Eu sei que pedi antes...

Anna suspirou.

— Não estou com raiva de você, nem tentando punir você. Mas estou feliz com quem eu sou. Não quero mudar.

— Talvez você não esteja com raiva de mim — disse Ariadne. Umidade tinha se acumulado em seus cílios, e ela piscou para afastá-la. — Mas estou com raiva de mim mesma. Não posso me perdoar. Eu tive você... eu tive amor... e dei as costas a ele por medo. E talvez tenha sido tolice minha achar que eu poderia retomar, que você estaria me esperando, mas você... — A voz dela tremeu. — Eu temo que seja por minha causa que você se tornou o que é. Dura e luminosa como um diamante. Intocável.

O charuto queimava, esquecido, na mão de Anna.

— Que caracterização indelicada — disse ela, com leveza. — Não posso dizer que concordo.

— Eu poderia lidar com você não me amando, mas você nem mesmo quer que eu ame *você*. E isso eu não suporto. — Ariadne entrelaçou as mãos frias. — Não me peça para ir até a Sala dos Sussurros de novo.

Anna deu de ombros.

Corrente de Ferro

— Como quiser — disse ela. — É melhor eu ir, como você sabe, não gosto de deixar uma dama esperando.

Ariadne não ficou para ver Anna partir; ela não achou que suportaria, então não viu Anna caminhar uma curta distância antes de se abaixar em um dos degraus da entrada de uma casa vizinha. Jogando o charuto meio queimado na neve, Anna apoiou a cabeça nas mãos e estremeceu violentamente, de olhos secos e silenciosamente, incapaz de recuperar o fôlego.

Lucie esperou durante o que pareceu serem muitas horas para que a casa caísse em silêncio. Com Gabriel ferido e na enfermaria, Cecily e Alexander tinham ficado no Instituto. Lucie tinha passado grande parte do jantar brincando com Alexander, deixando que ele andasse na mesa e dando-lhe biscoitos. Em épocas de crise, ela descobrira, se ocupar com o cuidado das crianças significava que ninguém incomodaria você com perguntas.

Por fim, ela foi para o quarto. Tinha ouvido Christopher chegar em casa, e vozes na biblioteca, mas ela havia emperrado uma cadeira contra a porta e estava ocupada fazendo as malas. Não tinha tanta certeza do que se deveria usar para visitar a casa de um feiticeiro na Cornualha e participar de rituais necromânticos. Por fim, ela se decidiu por alguns vestidos de lã quente, seu machado, cinco lâminas serafim, um casaco de uniforme e uma roupa de banho. Nunca se sabia, e a Cornualha *ficava* à beira-mar.

Ela deixou um bilhete apoiado contra a penteadeira, pegou a mala feita e saiu de fininho do quarto. Avançando pelos corredores do Instituto, ela os encontrou escuros e silenciosos. Que bom — todos estavam dormindo. Ela desceu de fininho e entrou no Santuário sem fazer barulho.

O cômodo era uma fogueira de luz. Todas as velas tinham sido acesas, preenchendo o espaço com iluminação tremeluzente. No centro, o corpo de Jesse tinha sido deitado sobre um caixão coberto com musselina, cercado por um círculo de velas brancas, cada uma em um único candelabro longo. Em torno do caixão havia quadrados espalhados de pergaminho, cada um com o desenho de uma Marca: a maioria era de luto, embora alguns representassem honra e coragem em combate.

CASSANDRA CLARE

Os Irmãos do Silêncio tinham feito bem seu trabalho. Lucie ficou feliz porque o Santuário tinha sido mantido selado, exceto por eles. Ela não gostava da ideia de estranhos olhando para o corpo de Jesse. Ele seria uma curiosidade para eles, e ela não podia suportar aquilo.

Lucie apoiou a mala e se aproximou do corpo de Jesse lentamente. Ele tinha sido arrumado com a espada Blackthorn no peito, as mãos cruzadas sobre a guarda em cruz. Uma venda de seda branca estava amarrada sobre seus olhos. A visão fez o estômago dela gelar; ele parecia *morto*, como jamais parecera antes em seu caixão na Casa Chiswick. A pele dele tinha o mesmo tom de porcelana; seus cílios repousavam longos e pretos sobre as bochechas sem cor. Um lindo príncipe das fadas, pensou ela, derrubado como Branca de Neve, nem vivo, nem morto...

Lucie respirou fundo. Antes de Malcolm chegar, ela queria ter certeza. Ela acreditava — ela dissera a si mesma que precisava ser verdade — que Jesse tinha expulsado Belial completamente. Certamente não restava um pedaço do Príncipe do Inferno nele. Malcolm não tinha perguntado — talvez não tivesse ocorrido a ele —, mas ela não podia imaginar que ele aceitasse tentar trazer Jesse de volta se isso oferecesse a Belial uma escora no mundo.

Ela apoiou a mão no peito de Jesse. Estava frio e rígido sob seu toque. *Se ele me tocasse, eu pareceria tão quente para ele — até mesmo escaldante.*

Ela fechou os olhos e *buscou*. Como tinha feito uma vez, ela procurou a alma de Jesse em meio à névoa e às sombras por trás de suas pálpebras. Por um momento, havia o vazio. O coração dela saltou, gaguejou — *e se ele estivesse morto, perdido para sempre* —, e, então, havia luz em volta dela, dentro dela.

Mas não havia a sensação de algo errado que Lucie sentira antes, quando ela dissera a ele que vivesse. Em vez de monstros sombreados, ela viu uma sala empoeirada — ela estava ali dentro, ajoelhada em um assento à janela, olhando para o muro do jardim na direção de uma construção vizinha: Mansão Herondale. No vidro da janela, ela conseguia ver o rosto de Jesse refletido, pequeno e pálido. Ela estava dentro das memórias dele, percebeu Lucie, olhando em torno da sala, maravilhada. Teias de aranha já estavam se formando nos cantos, o papel de parede começava a descascar...

— 601 —

Ela foi levada rodopiando para outra cena, e outra — os corredores decrépitos da Mansão Blackthorn; uma memória de Tatiana Blackthorn, o rosto contorcido em um sorriso raro. Ela estava de pé diante da porta da frente aberta da mansão. Lucie conseguia ver os portões cobertos por roseiras espinhentas à distância. Havia uma menininha de pé atrás de Tatiana, se encolhendo como se estivesse morta de medo de entrar na casa. Os olhos cinza dela estavam arregalados e assustados.

Então Jesse e Grace estavam rindo juntos, subindo nas árvores negligenciadas que cresciam na propriedade da Mansão Blackthorn. Grace tinha uma mancha de terra no rosto, e a bainha do vestido dela estava rasgada, e ela parecia mais feliz do que Lucie jamais a vira. Mas então a memória mudou subitamente. Ela — Jesse — estava na mesma sala com teias de aranha, usando um uniforme formal que era grande demais, e um dos Irmãos do Silêncio se aproximava, com a estela na mão. Tatiana pairava à porta, torcendo as mãos. Lucie queria gritar, esticar a mão e exigir que eles parassem, que a Marca da Vidência seria a sentença de morte de Jesse — mas então a cena mudou de novo. Ela estava na Floresta Brocelind, as árvores banhadas em luar. Jesse estava caminhando pelas trilhas cobertas de musgo, e aquele era Jesse como Lucie o conhecia — como um fantasma.

Então ela estava no salão de baile do Instituto, e agora ela conseguia ver *a si mesma* — o vestido de renda azul que combinava com seus olhos, os cachos escapulindo do arco, e ela percebeu, chocada, que pelos olhos de Jesse ela parecia diferente do que se imaginara. Graciosa, desejável. Linda. Seus olhos estavam mais azuis do que ela sabia que eram, seus lábios eram mais fartos e mais vermelhos, seus cílios eram longos e segredáveis. Ela parecia uma mulher capaz, adulta, que tinha intrigas e segredos próprios.

Ela sentiu o desejo dele por ela, como se pudesse rachar seu próprio peito. *Jesse*, pensou Lucie, embora não estivesse realmente pensando — ela estava estendendo a mão para ele, como sempre fizera, estendendo a mão para puxá-lo de volta para ela. *Viva.*

Eu ordeno que você viva.

Um vento invadiu o Santuário, embora as portas estivessem fechadas. Lucie abriu os olhos e viu as velas se apagarem, mergulhando o cômodo em escuridão. Muito, muito longe, ela pareceu ouvir um tipo de uivo, como um tigre cuja presa foi arrancada dele. O ar estava cheio do cheiro de pavios queimados, de pergaminho e cera de vela...

Sob a mão dela, o peito de Jesse estremeceu e se elevou com um suspiro. Ela cambaleou para trás. Somente então ela se deu conta de que estava tremendo incontrolavelmente; ela se sentiu fraca, drenada, como se tivesse perdido litros do próprio sangue. Ela se abraçou no momento em que as mãos de Jesse se mexeram, balançando — elevando-se até o rosto dele. Ele arrancou a venda, arquejando, suas costas formando um arco para longe do caixão.

Lucie queria ir até ele, ajudá-lo, mas ela não conseguia se mover. Ela balançou de pé conforme Jesse se sentava, a espada Blackthorn caindo com um clangor. Ele agitou as pernas para fora do caixão — ele respirava com dificuldade, seus olhos percorrendo a sala. Lucie viu Jesse observar as velas apagadas, as Marcas de luto no chão, o caixão.

E então ele a viu.

Os lábios dele se entreabriram, seus olhos se arregalaram.

— *Lucie.*

Ela caiu de joelhos. *Ah, você está vivo, você está vivo*, era o que ela queria dizer, mas não havia força suficiente dentro dela para formar as palavras. Os limites do mundo começavam a se embaçar. A escuridão espreitava em torno dela. Ela viu Jesse ficar de pé com um salto. Ele era um borrão branco quando se aproximou dela. Lucie o ouviu chamar seu nome, sentiu as mãos dele em seus ombros.

O mundo girou. Ela percebeu que estava deitada no chão e Jesse estava curvado sobre ela. Lucie ouviu o som distante de uma porta se abrindo, e agora havia mais alguém lá também. Malcolm tinha entrado, vindo de fora, trazendo o frio da noite com ele. O feiticeiro usava um casaco de viagem branco e uma expressão furiosa.

— O que você fez? — indagou ele, seu ódio cortando o chiado nos ouvidos dela.

Ela sorriu para os dois.

— Eu consegui — ela se ouviu sussurrar. — Eu trouxe ele de volta. Eu o *comandei.*

— 603 —

Os olhos dela se fecharam. Malcolm ainda falava, dizendo que eles precisavam sair dali já, precisavam levar Lucie até a carruagem antes que alguém descobrisse o que ela fizera.

E então havia braços sob ela, e alguém a levantava do chão. Carregando-a. *Jesse*, pensou Lucie, agarrando-se à consciência conforme eles cruzavam o piso do Santuário. Ela deixou a cabeça repousar no peito dele, um som em seu ouvido que ela jamais ouvira antes: as batidas do coração de Jesse, firmes e fortes.

Eu fiz isso, pensou ela, maravilhada. Dobradiças rangeram, uma lufada de ar frio passou. Ela ouviu Malcolm dizer alguma coisa sobre colocá-la na carruagem, mas Lucie não conseguia mais aguentar. Ela deslizou para a escuridão e o silêncio.

—

O mais silenciosa e rapidamente possível, Grace encheu sua mala, fazendo-a novamente com as coisas que tinha levado até os Bridgestock quando deixou a Casa Chiswick. Suas roupas, ela sabia, não eram absolutamente práticas para uma visita à Cornualha rural. Sua mãe sempre insistira para que ela se vestisse com o auge da moda feminina — metros de renda, extensões de seda, nada quente ou à prova de água. Mas precisaria servir.

Depois de fechar a valise, ela correu até sua penteadeira. Não dela, lembrou-se Grace. Nada ali era dela; ela era apenas uma hóspede, e não exatamente desejada. Os Bridgestock ficariam aliviados por se livrarem dela. Abrindo uma gaveta, Grace tateou dentro em busca de uma pequena sacola de seda com moedas. Era tudo que ela possuía — não era muito, mas o bastante para uma carruagem até o Instituto. Malcolm chegaria lá a qualquer momento para se encontrar com Lucie. Ela não podia se atrasar. Correndo de volta para o outro lado do quarto, ela pegou a valise, foi até a porta...

— Grace.

Foi como um chute no estômago. A valise escorregou da mão dela e atingiu o chão, derramando anáguas, meias, um xale de lã. Trêmula, Grace se virou lentamente, engolindo em seco contra o próprio medo.

— Mamãe — disse ela.

Ali, com o rosto colérico na superfície do espelho na penteadeira, estava Tatiana. Ela usava as vestes de uma Irmã de Ferro, como fizera da última vez que Grace a vira. Em volta da testa estava preso um aro de ferro, e seus longos cabelos manchados de cinza pendiam descuidados sobre os ombros. Ela parecia a mais velha das três senhoras do Destino, aquela que cortava os fios das vidas humanas.

— Você foi uma menina tola e desobediente, Grace — disse Tatiana, sem preâmbulo ou cumprimento. — Você ajudou outros contra sua família, e me colocou em uma posição difícil com meu benfeitor.

Grace tomou um fôlego longo e lento.

— Está falando de Belial.

Tatiana balançou o corpo para trás.

— Olha só. A fedelha andou xeretando, me espionando. Descobrindo meus segredos. É assim que funciona?

— Não — respondeu Grace —, pelo menos... eu não tinha a intenção de descobrir nada. Eu estava tentando ajudar Jesse.

— Tentando trazê-lo de volta dos mortos, quer dizer — falou Tatiana —, com seus feitiços bobos. Pó de mariposa ativado, de fato. — Ela riu. — Isso mesmo, fedelha... eu sei de tudo. Como você tem sido tola. Não podia confiar que sua mãe sabia o que estava fazendo, não é? São minhas alianças, meu benfeitor, que vai devolver Jesse a nós, não seus experimentos miseráveis.

— O que Belial diz a você não pode ser confiado — disse Grace, sem fôlego. — Ele é um Príncipe do Inferno. Um demônio.

Tatiana riu com escárnio.

— Não foram *demônios* que me traíram. Meu benfeitor cumpriu cada promessa que ele me fez. A palavra dele é mais confiável do que a sua, até onde eu sei. Se não fosse por você, Jesse não estaria agora nas mãos de uma Caçadora de Sombras. E não qualquer Caçadora de Sombras, uma *Herondale*. Como você pode ter feito uma coisa dessas?

Grace quis gritar. Ela quis sair correndo do quarto, correr até o Instituto, até Malcolm e Lucie. Mas não adiantaria. Tatiana a seguiria.

— Você precisa tomar cuidado, mãe — disse ela, o mais firme possível.

— O Inquisidor está a caminho da Cidadela. Ele vai interrogar você.

Corrente de Ferro

— Bobagem — disse Tatiana, com um gesto de dispensa. — Me interrogar sobre o quê? Sou uma velha inocente.

— Sobre Jesse — disse Grace. — Sobre os feitiços de proteção dele. Sobre se você sabia que Belial deixou um pedaço dele dentro de Jesse, para poder possuí-lo. Eu sei, é lógico, que você não devia saber o que o seu "benfeitor" fez. Eu sei que você jamais colocaria Jesse em perigo.

A voz de Tatiana ficou aguda.

— A culpa foi de Jesse — disse ela, espantando Grace. — Se ele não tivesse sido tão insistente em querer Marcas, isso jamais teria acontecido. Como Belial poderia ter adivinhado? Ele presumiu que eu criaria meu filho direito, para odiar os Nephilim e tudo que é deles. Embora eu não soubesse que aquilo aconteceria, a culpa foi minha e do meu menino. Por isso eu trabalhei tanto, Grace. Tanto para trazê-lo de volta *direito*. Com as lealdades certas. Os desejos certos. Os compromissos certos.

Grace estremeceu.

— Você quer Jesse de volta, mas apenas obediente a você.

— Você não entende — disse Tatiana. — Você é apenas uma menina, burra e tola. Não entende o que vai acontecer? A menina Herondale vai trazê-lo de volta, e voltá-lo contra nós. Vão ensiná-lo a nos odiar, a odiar tudo que deu origem a ele. Não entende? *Isso* é o que eles sempre quiseram fazer. Tirar Jesse da família dele. É por isso que você precisa ir e trazê-lo de volta.

— Trazê-lo... de volta? — Grace a encarou. — Quer dizer tentar seques-trá-lo? Roubar o corpo dele de um feiticeiro e... Mãe, não. Não posso fazer isso. Meu poder nem mesmo funciona em Malcolm.

— Mas funcionaria em Jesse — disse Tatiana.

Houve um silêncio terrível. Foi como o silêncio que preencheu a sala depois que Jesse morreu.

— Eu não — disse Grace, por fim — entendo o que você quer dizer, mamãe.

— Deixe que eles o tragam de volta — disse Tatiana, em tom despreo-cupado. — Deixe que façam o trabalho difícil. Então convença Jesse de que o lugar dele é ao seu lado, ao nosso lado. Quando isso acabar, volte com ele, para mim. Vou dar instruções a vocês dois. Será tudo muito simples. Simples até mesmo para você.

CASSANDRA CLARE

— Eu não... — Grace balançou a cabeça. Ela se sentiu fisicamente mal.
— Eu não entendo o que está sugerindo.

A expressão de Tatiana ficou severa.

— Preciso soletrar para você? Você só tem um poder, Grace, uma coisa que a torna especial. *Seduza-o* — disse ela. — Obrigue-o. Faça com que Jesse acredite que ama você acima de tudo no mundo. Torne-o seu, como você jamais conseguiu fazer com James Herondale.

Náusea subiu do fundo do estômago de Grace. A pulsação dela estava acelerada e seu peito estava apertado.

— Jesse é meu *irmão*.

— Besteira — disse Tatiana. — Vocês não compartilham sangue. Você nem é minha filha direito. Nós somos comparsas, você e eu. Comparsas em uma causa comum.

— Não vou fazer isso — sussurrou Grace. Será que alguma vez ela dissera não para a mãe tão diretamente? Não importava. Não havia mundo no qual ela poderia fazer o que Tatiana pedia, mundo nenhum em que ela poderia tornar imundo e horrível o único amor puro que ela já sentira.

Os olhos de Tatiana queimavam.

— Ah, você *vai* fazer isso — sibilou ela. — Você precisa. A força está toda do meu lado, não do seu. Você não tem escolha, Grace Blackthorn.

Sem escolha. Foi nesse momento que Grace percebeu uma coisa que jamais tinha percebido antes. Que sua mãe a amaldiçoara com poder sobre homens, mas não sobre mulheres, jamais mulheres, não porque ela não acreditasse que mulheres tivessem influência, mas porque ela não suportava a ideia de que Grace poderia algum dia ter poder sobre *ela*.

Com o sangue gritando em seus ouvidos, Grace deu três passos para a frente, até estar a centímetros da penteadeira, centímetros do rosto sorridente da mãe. Ela pegou uma escova de prata pesada e olhou nos olhos furiosos de Tatiana.

Com um grito, ela atirou a escova no espelho tão forte quanto conseguiu. O vidro de estilhaçou, a imagem de Tatiana se partiu em cacos brilhantes. Chorando, Grace saiu correndo do quarto.

Quando James fechou a porta atrás de Thomas e dos demais, ele inspirou profundamente. Fazia uma noite fria e nítida, sem indício de neve. A lua queimava como a luz solitária no alto de uma torre de vigia, e as sombras projetadas por postes e carruagens eram fortes e pretas contra o solo branco gelado.

James se perguntou se ele dormiria naquela noite sem medo de pesadelos. Ele se sentia pesado de exaustão, a garganta e os olhos estavam secos, mas havia um fio luminoso de animação que corria sob seu cansaço. Pela primeira vez naquele dia, ele estava prestes a ficar sozinho com Cordelia.

Ele fechou a porta da frente e voltou para a sala de estar. A lareira queimava fraca. Cordelia ainda estava no sofá; ela levantara os braços para arrumar os pentes no cabelo. Ele observou calado da porta quando algumas mechas vermelhas rebeldes caíram sobre as mãos dela: o fogo tornava os limites delas vermelho-sangue com dourado. Era lindo, assim como a curva dos seus braços erguidos, o giro de seus pulsos, o formato de suas mãos hábeis. Assim como tudo a respeito dela.

— Daisy — disse ele.

Ela deslizou o último pente para o lugar e se virou para olhar para ele. Havia uma tristeza incrível em seus olhos. Por um momento, James sentiu como se estivesse vendo a menina que ela fora, sempre que o pai a decepcionava, sempre que se sentira sozinha, desapontada — toda a dor que ela carregara silenciosamente, sem lágrimas.

Ele deveria ter estado ao lado dela. Ele estaria agora, disse James a si mesmo, caminhando pela sala. Ele se sentou ao seu lado, levando as mãos às de Cordelia. As mãos dela eram pequenas nas dele, e estavam congelando de frio.

— Você está fria...

— Não posso ser a *parabatai* de Lucie — disse ela.

Ele a olhou surpreso.

— Do que está falando?

— Estou unida à Lilith — disse ela. — Paladino dela... não posso levantar uma arma, a não ser em nome dela. Como posso treinar com Lucie? Não posso tocar uma lâmina serafim, empunhar uma espada...

— Nós vamos consertar isso — disse James. — Vamos conseguir ajuda... com Magnus, com Jem, Ragnor...

CASSANDRA CLARE

— Talvez. — Ela não pareceu convencida. — Mas, mesmo que a gente consiga encontrar uma solução, nossa cerimônia está a quase um mês de acontecer. Não posso pedir à Clave que... que atrase sem explicação, e não posso explicar sem consequências terríveis. E o resultado seria o mesmo. Os Irmãos do Silêncio jamais aprovariam que Lucie se unisse a alguém que serve a um *demônio*. — A voz dela estava cheia de raiva. — Eu não poderia colocar esse fardo sobre Lucie também. Vou contar a ela amanhã que não tem nada... que não pode acontecer.

— Ela não vai perder as esperanças — disse James.

— Mas deveria — falou Cordelia. — Mesmo que a gente conseguisse me libertar de Lilith, eu sempre terei cometido esse erro. Eu sempre serei alguém em quem você não deveria confiar para ser a *parabatai* da sua irmã.

— Isso é ridículo. — James se lembrou daquele momento no parque, em que Lilith revelara a verdade. Ele tinha ficado furioso. Mas não *com* Cordelia. Ele tinha ficado furioso *por* ela. Ela queria fazer o bem mais do que qualquer outra pessoa que ele conhecesse, queria ser uma heroína porque seria a melhor forma de ajudar o maior número de pessoas. Ao enganar Cordelia como tinha feito, Lilith tinha voltado o que era lindo a respeito da natureza de Cordelia contra si mesmo, como uma fada que torna os desejos mais profundos de um mortal uma arma com a qual ferir a pessoa. — Daisy, você sabe que Lucie e eu estamos unidos a Belial, um monstro pior do que Lilith. Na verdade, isso torna vocês duas mais parecidas. Torna *nós dois* mais parecidos.

— Mas isso não é culpa sua — disse ela, com paixão. — Não pode controlar quem foi seu avô! Eu *escolhi* isso. — As bochechas dela estavam coradas agora, seus olhos, alegres. — Eu posso não ter sabido o que eu estava escolhendo, mas isso faz diferença? Tudo o que eu queria, tudo o que sempre quis, foi salvar meu pai, ser uma heroína, ser a *parabatai* de Lucie. Eu perdi todas essas coisas.

— Não — disse ele. — Você é uma heroína, Daisy. Nós teríamos perdido hoje, sem você.

Os olhos dela se suavizaram.

— James — disse Cordelia, e ele quis estremecer. Ele amava o modo como ela dizia seu nome. Sempre amara. Ele sabia disso agora. — Você estava certo. — Ela tentou sorrir. — Eu *estou* com frio.

— 609 —

Corrente de Ferro

Ele a puxou para perto, acomodando-a contra seu peito. O corpo de Cordelia relaxou contra o dele, sua cabeça contra o ombro dele. James acariciou as costas dela com a palma de uma das mãos, tentando não deixar sua mente pairar até as curvas mornas do corpo dela.

— Tem uma coisa que eu sempre me pergunto — disse Cordelia, com a respiração contra o pescoço dele. — Somos criados para ver demônios, e nós vemos. Não consigo nem me lembrar do primeiro que eu encontrei. Mas nós não vemos anjos. Somos descendentes deles, mas são invisíveis para nós. Por que isso?

— Eu acho — disse James — que é porque anjos exigem que se tenha fé. Eles querem que a gente acredite neles sem vê-los. Isso, eu acho, é o que fé deve ser. Nós devemos acreditar neles como acreditamos em todas as coisas intangíveis, bondade e misericórdia e amor.

Cordelia não disse nada; quando James abaixou os olhos para ela, preocupado, ele viu que os olhos de Cordelia estavam brilhando. Ela levantou a mão lentamente e apoiou a palma na bochecha dele.

— James — disse ela, e ele estremeceu quando ela traçou seu dedo desde a bochecha dele até os lábios. Suas pupilas ficaram escuras, expandindo-se. Cordelia inclinou a cabeça e ele a beijou.

O gosto dela era como mel com especiarias. Doce e picante. Ele segurou a parte de trás da cabeça dela, deixando-se mergulhar no beijo. James a puxou contra si — ela era macia, forte, curvilínea. Perfeita. Ele jamais sentira tanto carinho — nem mesmo sabia do que as pessoas estavam falando quando comentavam sobre aquilo, pois não fizera parte dos sentimentos dele por Grace. Pena e necessidade, sim, mas aquilo... aquela mistura atordoante de paixão, admiração, adoração e desejo — era uma coisa que ele jamais sentira antes, e ele percebeu com algum espanto que pareceu novo, tão diferente, que ele a princípio não soubera como rotular aquilo direito. Ele achou que não era amor exatamente porque era.

Ele amava Cordelia; não, ele estava *apaixonado* por Cordelia. Estava afastando esse pensamento o dia todo, sabendo que não poderia se permitir compreender inteiramente, até que o perigo passasse — até que estivesse sozinho com Daisy, até que pudesse contar a ela...

— 610 —

CASSANDRA CLARE

Ela se afastou, sem fôlego. Seus lábios e bochechas estavam de um vermelho forte, seus cabelos, embaraçados.

— James... James... *precisamos* parar.

Parar era a última coisa que ele queria fazer. Ele queria beijá-la com tanta força que aquilo a tiraria do chão. Ele queria enroscar as mãos no cabelo espesso e macio dela, dizer a ela que a curva de sua clavícula o fazia querer escrever sonetos. Queria provar a depressão na base do pescoço dela. Queria pedir a Cordelia que se casasse com ele de novo, dessa vez, direito.

— Por quê? — disse ele, em vez disso. Aquele não foi seu momento mais eloquente, James sabia, mas foi tudo o que conseguiu dizer.

— Eu... *agradeço* o que você disse sobre como vamos enfrentar isso juntos. — A testa dela se franziu; ela parecia encantadoramente confusa. — Eu sei que você faria qualquer coisa para ajudar seus amigos. Mas não posso depender de você tão completamente, não posso me comportar como se este fosse um casamento de verdade. Não é. Nós dois precisamos nos lembrar disso.

— É real — disse ele, com a voz rouca. — O que nós temos é... é um casamento.

Ela olhou para ele diretamente.

— Você pode dizer que sente por mim o que sentiu por ela? Por Grace?

James sentiu algo se revirar dentro dele. Ódio. Repulsa. Ele pensou na pulseira, nos dois pedaços quebrados em seu bolso.

— Não — disse ele, quase selvagemente. — Não sinto por você nada parecido com o que senti por Grace. Como *jamais* me senti por Grace.

Apenas quando ela pareceu ter recebido um tapa dele, James percebeu o que dissera. Como aquilo soaria. Ela se levantou do sofá, parecendo um pouco chocada, esticando as mãos automaticamente para consertar os pentes no cabelo.

— Eu — começou ela — preciso...

Uma batida soou à porta da frente. O som ecoou pela casa. James xingou Effie mentalmente por provavelmente estar dormindo, então xingou as portas e as pessoas que batiam nelas.

A batida soou de novo, agora mais alta. James se levantou em disparada.

— Isso — disse ele — é quase certamente meu pai. Eu esperava que ele chegasse aqui depois que todos saíssem do Instituto.

— 611 —

Cordelia assentiu. Ela ainda parecia um pouco chocada.

— É lógico que você deveria falar com ele, então.

— Daisy. — Ele segurou os ombros dela. — Não vou falar com ele. Vou mandá-lo embora. Nós precisamos conversar, você e eu. Já passou da hora.

— Mas se você quiser...

— Eu quero falar com *você*. — James beijou a testa dela, então a soltou.

— Espere por mim lá em cima, em seu quarto. Há muito que preciso explicar a você. É desesperadoramente importante. Acredita em mim?

— Ora — disse ela. — Se é *desesperadoramente*. — Ela tentou sorrir, abandonou o esforço, então saiu da sala; ele ouviu seus passos nas escadas. James parou para ajeitar as roupas, não adiantaria dizer a seu pai para sumir, educadamente, se estivesse totalmente amarrotado, então seguiu para o vestíbulo. Sua mente estava cheia com o que ele diria a Cordelia. Como contaria a ela. Ele mal sabia explicar para si mesmo, o que ele suspeitava, o que ele sabia, o que *sentia*. Mas precisava contar a ela, mais do que jamais precisara de qualquer coisa na vida.

James tinha chegado à entrada. Ele abriu a porta da frente, deixando entrar uma lufada de ar frio — e se viu diante dos olhos cinza-gelo de Grace. Ele ficou parado, congelado, em choque quando ela se jogou em seus braços.

GRACE:
1900

No momento em que Grace, de pé na floresta, apertou a pulseira no pulso de James, ela viu algo mudar nele. Era como se ela tivesse pegado uma lamparina e apagado a chama.

Dali em diante, James a amava. Ou acreditava que a amava. Para ele, não fazia diferença.

28

NENHUM HOMEM SÁBIO

Estou preso na teia do amor tão ardilosa
Nenhuma de minhas tentativas rendeu frutos.
Eu não sabia quando cavalguei o nobre corcel
Que quão mais forte eu puxasse suas
rédeas, menos ele obedeceria.
O amor é um oceano de espaço tão amplo
Nenhum homem sábio pode nadar em lugar algum.

— Rabi'a Balkhi

Por um momento, James não conseguiu se mover. Ele ficou parado, imóvel, com choque e horror quando Grace se agarrou a ele, os braços finos tenazes, o corpo pressionado firme contra o dele. Durante anos, ele sonhara com segurar Grace nos braços, com um tipo de fome inquieta, querendo aquilo quase sem saber o motivo.

Agora ele sabia o motivo. E agora, com ela em seus braços, ele sentia apenas repulsa.

— James. — Grace recuou um pouco, embora seus dedos ainda estivessem entrelaçados atrás do pescoço dele. — Eu vim assim que recebi a mensagem.

Que mensagem? Ele não perguntou. Precisava mantê-la ali, percebeu. Se desse a Grace a chance de fugir, ele poderia jamais conseguir respostas.

— Eu precisava dizer a você, querido — prosseguiu ela, os olhos cinza arregalados e sinceros. — Vou terminar tudo com Charles. Não suporto mais, James. Não vou me casar com ele. Nunca houve alguém para mim além de você.

— Graças a Deus — disse ele. James viu Grace sorrir; agora era a sua chance. Ele recuou e estendeu o braço atrás dela, para bater a porta, trancando-a. Quando ele se virou de novo para ela e segurou sua mão, fria e ossuda na dele, Grace permitiu, quase ansiosa. *Ela nem mesmo queria saber onde estava Cordelia?*, pensou James. Se eles poderiam ser interrompidos? Será que ninguém no mundo era real para ela, exceto ela mesma? Será que nada importava além das vontades imediatas dela?

— Graças a Deus — disse ele de novo. — Graças a Deus e ao Anjo que essa farsa finalmente acabou.

O sorriso dela sumiu. James não podia deixar de se maravilhar com o que estava sentindo, ou, na verdade, *não* sentindo. Sumira a necessidade tão forte dela que parecia uma doença. Sumira a sensação de choque e deslumbramento que ele sentia ao vê-la.

Em seu lugar, havia outra coisa. Um ódio crescente.

Os lábios de Grace se moviam, começando a formular questões. Mas James ouviu passos — o som da porta provavelmente tinha despertado Effie. A última coisa que ele queria era ser interrompido. Segurando o pulso de Grace com mais força, ele a puxou pelo corredor até a sala de estar. Depois que entraram, ele a soltou imediatamente, puxando a mão de volta com tanta força que a boca de Grace se abriu com protesto indignado. Ele bateu a porta atrás deles, trancou-a, e se colocou no caminho.

Grace o encarou. Ela estava ofegando um pouco. Objetivamente, ele sabia, ela ainda era bonita. Suas feições, seu cabelo fino, a silhueta esguia, nada disso tinha mudado. Mas agora isso o repulsava, tão certamente quanto se ela fosse um monstro despontando verrugas e tentáculos em todas as direções.

— James — disse Grace. — Qual é o problema?

Ele levou a mão ao bolso, fechando-a sobre os pedaços quebrados da pulseira. Um momento depois, ele os atirou ao chão. Os pedaços tilintaram

quando caíram, parecendo bastante patéticos contra o tapete, duas meias-
-luas enferrujadas de metal curvo.

— "Lealdade Me Ata" — disse ele, debochado. — Pelo menos atava.

O corpo inteiro de Grace ficou tenso. Ele conseguia ver a mente dela trabalhando, ela viera esperando que o encantamento da pulseira ainda funcionasse. Que ela conseguiria encantá-lo. Ao perceber a verdade, agora, ela considerava suas opções.

— Como quebrou?

— Aconteceu enquanto eu estava beijando Cordelia — disse ele, e a viu se encolher um pouco, como se as palavras fossem de mau gosto. Que bom. Ela poderia considerar suas opções o quanto quisesse, ele não tinha intenção de ser cooperativo ou amigável.

Ela semicerrou os olhos.

— Não faz tanto tempo que você estava me beijando... nesta sala.

— Cale a boca — disse James, sem emoção. — Não sou um idiota, embora eu suponha que possa muito bem ter sido, já há alguns anos. Eu deveria simplesmente chamar os Irmãos do Silêncio. Eles podem decidir o que pode ser feito a você. Mas eu queria dar a você a oportunidade de se explicar.

— Você está curioso. — Ele podia ver Grace determinando o preço de suas perguntas, das respostas dela. Isso o encheu de raiva. Ele sabia que deveria chamar a Clave, os Irmãos, mas sua necessidade pela verdade su-plantou tudo. Ela *contaria* a ele o que ele apenas suspeitava no momento, o que ele temia, e precisava, saber.

— Não tão curioso a ponto de suportar você brincando comigo — disse James. — Você sabia o que a pulseira fazia? Sempre soube?

Os lábios dela se entreabriram, surpresos.

— Como você...

— Ela só me fez pensar que eu amava você, ou fez mais do que isso? — disse James, e viu, pela expressão dela, que sua pergunta tinha atingido o alvo. Não havia prazer em ter adivinhado corretamente; ele se sentiu fisi-camente doente. — *O que ela fez comigo?*

— Não tem motivo para gritar — disse Grace, bastante educadamente.

— Vou lhe contar tudo... Deus sabe que não faz sentido proteger ninguém

Corrente de Ferro

agora. — Ela olhou para além dele, para a janela escura. — Depois que Jesse morreu, minha mãe me levou para Brocelind à noite.

— É bom — disse ele — que isso seja relevante.

— É. Tinha alguém lá... um homem encapuzado, eu não consegui ver o rosto dele... que me deu o que minha mãe chamou de um "dom". A habilidade de fazer os homens me darem o que eu quisesse, desde uma taça de vinho até um beijo e uma proposta de casamento. — Ela voltou o olhar para ele. — Mas, ah, a ironia. Não funcionou em *você*. Eu tentei de tudo. Você resistiu a tudo. Minha mãe ficou furiosa, e mais ainda quando você voltou de Cirenworth para Idris e eu disse a ela que você tinha se apaixonado por Cordelia.

— Eu tinha catorze anos...

— Idade suficiente para uma paixonite adolescente — disse Grace, sem emoção. — Você só falava de Cordelia. De como ela falava, de como ela andava, de como ela lia para você quando você estava doente. Da cor dos olhos dela, do cabelo. Minha mãe ficou desesperada. Ela foi até ele, o da floresta. Ele deu a ela a pulseira. Deveria neutralizar o efeito do sangue demoníaco de seu avô em suas veias, disse ela. E funcionou. Assim que você a colocou, esqueceu-se de Cordelia. Acreditou que me amava.

James conseguia ouvir as batidas de seu coração, pulsando nas orelhas. Ele se lembrou de Cordelia, no escritório, tentando fazer com que ele se lembrasse do verão em que teve febre escaldante, da mágoa nos olhos dela quando ele não pareceu se lembrar.

Ele já a amava então.

— Mas a pulseira não era perfeita — disse Grace. — O feitiço que atou você a mim enfraquecia quando estávamos distantes. A cada verão, em Idris, o poder era renovado, e você me amava de novo, e se esquecia de todo o resto. Mas então, neste último verão, você não voltou para Idris, e o feitiço começou a realmente falhar.

James se lembrou do quanto tinha ficado triste porque não iriam para a Mansão Herondale no verão, porque seus pais insistiram em permanecer em Londres para ajudar os Carstairs. Lembranças o atormentaram na época: a caminhada pela estrada até a Mansão Blackthorn sob os galhos folhosos dos espinheiros; longas conversas com Grace nos portões de ferro; a água fria que ela levava a ele em xícaras de porcelana que ela pegava da cozinha.

— 618 —

CASSANDRA CLARE

Mas nada daquilo tinha sido real: ele estava ansiando por uma droga, um sonho febril. Grace o manipulara desde que eram crianças. James sentiu o corpo responder como fazia diante de qualquer ameaça, os músculos se contraindo com ódio acumulado.

— Então foi por isso que você veio para Londres? — disparou ele. — Para puxar minha coleira? Grace, por quê? Eu sei que sua mãe é louca, perturbada pelo luto e pelo desprezo. Mas por que ela se esforçaria tanto para me fazer pensar que eu amo você?

— Não entende? — gritou Grace, e James achou que foi a primeira vez que ele a ouviu expressar qualquer tipo de emoção verdadeira. — Por causa *dele*. Belial. Tudo foi por causa dele. Ele queria controlar você, e ela queria você sofrendo, então os dois conseguiram o que queriam.

James sentiu como se mal conseguisse recuperar o fôlego.

— Belial — repetiu ele. — Era ele na floresta? Ele deu a você essa... maldição?

— Ele chamou de dom — disse Grace, com a voz baixa.

Isso só deixou James mais furioso.

— Há quanto tempo você sabe que eu sou neto de Belial? Sabia antes de mim?

Ela fez que não com a cabeça.

— Eu descobri quando peguei a pulseira de você há quatro meses. Foi Belial quem mandou um demônio para me ameaçar, para ordenar que eu colocasse a pulseira de volta.

James se lembrou, subitamente, do que não se recordava antes — as palavras que Grace dissera a ele na noite em que a Mansão Blackthorn queimou. O dia em que ela colocou a pulseira de volta no pulso dele. *Precisava ser você. Minha mãe me transformou na arma dela, para destruir cada barreira erguida contra ela. Mas seu sangue, o sangue dele, é uma barreira que eu não posso destruir. Não posso atar você sem esta corrente.*

— "Não posso atar você sem esta corrente" — disse James. — Foi isso que você me falou. Não podia me controlar sem *esta corrente*, a pulseira. — Ele começou a caminhar de um lado para o outro diante da porta. Grace o observou; ela parecia sem medo, como alguém a quem o pior já aconteceu, de modo que não restou mais nada a temer. — Então por que você terminou

— 619 —

Corrente de Ferro

tudo comigo, há quatro meses? Como aquilo foi parte do plano de Belial? Ele devia querer usar você para me convencer a me entregar a ele. A deixar que ele me possuísse. Quando eu o vi no mundo de Belphegor, ele ficou furioso porque a pulseira não estava em meu pulso.

— Não era parte do plano dele — disse Grace, com um lampejo estranho de orgulho. — Minha mãe tinha ficado doente, ela não estava lá para me impedir. Eu sei que você não vai acreditar em mim, James, mas eu sempre pensei em você como um amigo. Meu único amigo. E, conforme os anos se passaram, eu odiei usar a pulseira em você. Você era a única pessoa, à exceção de Jesse, que algum dia foi boa comigo, e eu estava ferindo você.

— Então você... você queria me libertar? Não pode esperar que eu acredite nisso.

— Bem, é verdade — disse Grace, com uma pontada de raiva. — É por isso que eu fui até Charles, eu achei que ele seria poderoso o suficiente para suportar a ira de minha mãe quando a saúde dela fosse recuperada. Eu sabia que ela ficaria furiosa porque eu tinha tomado de volta meu poder sobre você. Mas eu estava farta daquilo. — Ela virou o rosto. — Eu estava errada. A ameaça de Charles, da Consulesa... não importou. Eu não percebi o quanto os aliados de minha mãe são poderosos até que fosse tarde demais.

— O casamento com Charles — disse James, sentindo seu caminho de volta entre memórias anuviadas. Será que algum dia sua mente estaria completamente nítida? — Você usou seu poder nele, convenceu Charles a largar Ariadne. A se casar com você.

Ela assentiu.

— Em quem mais usou seu poder? — disse James, a voz ríspida. — Alguém da minha família? Meus amigos? Só funciona em homens, você falou.

— Ele... eles teriam esquecido...

— Pare. — James parou de caminhar de um lado para o outro. — Esqueça. Não me conte. Se você me contar, não posso responder pelo que vou fazer.

Ela se encolheu, e ele a odiou, e se odiou.

— Eu tentei de novo e de novo tirar a maldita coisa — disse James. — Sempre que tentava tirar, eu me encontrava fazendo outra coisa, pensando em outra coisa. Se eu tivesse sido mais forte...

CASSANDRA CLARE

— Não pode se culpar — disse Grace. James achou que ela provavelmente era sincera. — A pulseira foi forjada por um Príncipe do Inferno. Tecido dentro dela está o poder de fazer aqueles que tivessem observado a pulseira e o que ela podia fazer se esquecerem do que tinham visto. Se você tentasse pensar nisso, se seus amigos ou familiares tentassem pensar nisso, eles rapidamente esqueceriam. Não importa seu comportamento, eles aceitariam que você me ama. — Ela inspirou um fôlego trêmulo. — Mas você não amava, não é verdade? Você amava Cordelia, apesar de tudo. Amava tanto a ponto de destruir o feitiço, quebrar a pulseira. — Havia assombro na voz dela. — Eu sei que fiz muito mal a você, James. Mas, sinceramente, se algum mortal neste mundo tem prova da verdade do amor, é você.

James a olhou por um longo momento, observando seus cílios pálidos e úmidos, as faces proeminentes das suas bochechas, a boca que ele um dia achou que morreria para beijar.

— Não consigo imaginar a vida que você teve — disse James, rouco —, que a levaria a me oferecer isso como conforto.

— Não — disse Grace. — Não pode imaginar minha vida.

— Não vou sentir pena de você — disse James. — A pulseira quebrou ontem à noite, e, mesmo no pouco tempo desde então, eu tenho me lembrado. Eu me lembro de Cordelia lendo para mim, de como eu me senti a respeito dela, e pode ter sido paixonite adolescente, mas era novo e maravilhoso e você esmagou isso como se estivesse esmagando uma borboleta com um tijolo. — Ele conseguia ouvir a amargura na própria voz. — Eu me lembro de como, quando você pegou a pulseira de volta há quatro meses, eu senti como se uma névoa tivesse sido levantada de minha mente. Eu conseguia *pensar* de novo. Ando apenas parcialmente vivo desde os catorze anos. Você não apenas me fez acreditar que eu a amava, você subjugou minha vontade de novo e de novo, até que eu não soubesse mais quem eu era. Você sequer entende o que fez?

— Quer que eu diga que vou me redimir — disse Grace, com a voz estranhamente inexpressiva. — Não importa, acho. Eu faço o que for pedido, exceto por uma coisa. Eu vim até aqui para implorar por ajuda porque não suporto mais fazer a vontade de minha mãe.

— No entanto, ainda assim você fingiu que me amava quando chegou, e esperava que eu amasse você — disse James. — Você não *pediu* minha

— 621 —

ajuda, você esperava que eu fosse compelido a ajudar. Por que eu deveria acreditar em qualquer coisa que você diz?

Grace levou a mão à cabeça como se sentisse dor.

— Não importa o que minha mãe fez comigo, eu achei que ela amasse Jesse, e que tudo o que ela fez foi para despertá-lo, ou trazê-lo de volta. Mas agora eu vejo que ela só se importa com ela mesma. Deixar que Belial usasse Jesse como ele fez, que cometesse assassinatos, é injustificável.

James riu brevemente.

— Então Anna estava certa, você puxou Lucie para esse assunto do Jesse. Como se já não bastasse, ainda arrastou minha irmã para suas maquinações.

— Quanto a Lucie...

— Não — disparou James. — Chega. Nem mais uma palavra sua. Você veio até aqui esta noite achando que eu ainda estava sob o poder do feitiço, que eu esconderia você de sua mãe porque era o trouxa que adora você. Você não tinha intenção de contar a verdade...

— Eu não conheço outra forma de pedir ajuda — sussurrou Grace.

A amargura fez doer quando ele falou:

— Eu jogaria você na rua — disse James —, mas esse seu poder não é pior do que uma arma carregada nas mãos de uma criança egoísta. Não pode ter permissão de continuar a usá-lo. Você sabe disso, não?

— Sim. — A voz dela falhou. — Estou me atirando à sua mercê. Não tenho mais ninguém neste mundo. Farei o que você aconselhar.

James se sentiu subitamente cansado. Ele estava exausto; com a própria fúria, o próprio arrependimento. Ele não podia suportar olhar para Grace e pensar em tudo que tinha perdido. Ele certamente não queria ter responsabilidade por ela agora.

Mas não podia arriscar abandoná-la. Enquanto ela e Tatiana estivessem vivas, Grace corria o risco de ser usada como arma da mãe. Quando Tatiana descobrisse que Grace tinha rompido com ela, isso apenas selaria a aliança dela com Belial, seu ódio e sua fúria.

— Precisamos ir até a Clave — falou James. Grace começou a protestar, mas ele balançou a cabeça. — Esse poder que você possui é maligno. Humano algum deveria ser capaz de forçar outros a agir contra a vontade deles. Se você quiser provar que realmente rompeu com sua mãe, vai contar à Clave

Corrente de Ferro

o que sua mãe fez a você, e pedir aos Irmãos do Silêncio que retirem esse poder. Bem algum pode vir dele. Eu vou proteger você de sua mãe e dos demônios dela como eu conseguir, mas não farei isso sozinho. Vou trabalhar com a Clave para ajudar você. Nós não somos amigos, Grace. Não quero essa intimidade com você. Mas vou ajudar você. Você tem minha palavra.

Grace se sentou no sofá, unindo as mãos no colo como uma criança. Por um momento, James se lembrou da menininha que tinha passado para ele a tesoura de poda pelas aberturas da cerca em torno da Mansão Blackthorn, e sentiu uma onda de tristeza.

— Eu não quero olhar para você — disse ele. — Vou chamar os Irmãos do Silêncio. Não pense em ir a lugar algum. Eles vão atrás de você.

— Não precisa se preocupar com isso — disse Grace. Ela olhava fixamente para as metades quebradas da pulseira de prata, onde tinham caído no chão. — Não tenho para onde ir.

James se sentiu enjoado ao sair da sala de estar — fechando e trancando a porta ao sair — e subiu. Como ele poderia ter um dia achado que amava Grace? Mesmo durante o sofrimento do feitiço, ele jamais sentira por ela o que sentia por Cordelia. Ela jamais o fizera feliz. Ele só sentia dor quando ela não estava perto, e presumiu que isso fosse amor. *Nós sofremos por amor porque o amor vale a pena*, dissera seu pai a ele certa vez: James achou que isso significava que amar era suportar angústia. Ele não percebeu que o pai estava dizendo que deveria haver alegria para equilibrar a dor.

O tipo de alegria que Daisy trazia a ele — a felicidade silenciosa de jogarem xadrez juntos, ou lerem, ou conversarem no escritório. Levando a mão à porta do quarto dela, James a abriu, subitamente incapaz de esperar para vê-la.

Mas o quarto estava vazio. A cama estava feita, as pontas do lençol perfeitamente encaixadas. Cortana sumira de seu lugar na parede. Não havia fogo na lareira. O ar parecia frio, o espaço, muito quieto. Desolado. Ele correu até seu quarto; talvez ela estivesse esperando por ele ali.

O quarto dele também estava vazio.

Ele correu para baixo. Uma busca rápida pelo primeiro andar. Não revelou Cordelia. Um grão frio de pesar estava agora alojado em seu estômago. Onde ela estava? Ele começou a descer as escadas de novo, apenas para ouvir passos. James se virou, seu coração se alegrando — então pesando de novo.

— 624 —

CASSANDRA CLARE

Era Effie, usando uma camisola cinza esvoaçante, coberta de babados. O cabelo dela estava preso em rolinhos de papel. Ela suspirou profundamente ao vê-lo.

— Vou lhe contar — disse ela. — Um corpo não consegue uma noite de descanso nesse maldito lugar.

James decidiu não comentar sobre a impropriedade de uma empregada aparecer diante do chefe da casa usando o traje de dormir. Ele não se importava.

— Você viu Cordelia? Sra. Herondale?

— Ah, sim — falou Effie. — Ela estava descendo as escadas, assim, e viu você todo aconchegado naquela loirinha. Ela saiu pela porta dos fundos como um gato escaldado.

— O quê? — James agarrou o pilar da escada para se apoiar. — Não pensou em ir atrás dela?

— Nem por um momento — disse Effie. — Não recebo o suficiente para sair pela neve de camisola. — Ela fungou. — E você deveria saber que homens decentes não abraçam mulheres que não sejam as deles no vestíbulo. Eles alugam uma bela casa em St. John's Wood e fazem isso lá.

James se sentiu zonzo. Ele tinha ficado com raiva ao abrir a porta da frente e encontrar Grace, com raiva porque ela abraçou o pescoço dele, mas tinha deixado que ela o abraçasse, querendo mantê-la na casa. Jamais ocorreu a ele que Cordelia poderia tê-lo visto abraçar Grace, ouvido o que ela disse. *Eu precisava dizer a você, querido, vou terminar tudo com Charles. Nunca houve alguém para mim além de você.*

E qual tinha sido a resposta dele? *Graças a Deus.*

Três passos o levaram à entrada. Um par das luvas de Cordelia estava na mesa de canto; ele as enfiou no bolso, sem querer que ela sentisse frio — a noite estava congelando — ele daria o casaco a ela quando a encontrasse, pensou James.

— Effie — disse ele. — Quero que você chame a Consulesa. Imediatamente. Há uma criminosa traidora na sala de estar.

— Quê? — Effie pareceu intrigada. — A Loirinha? O que ela fez então? Roubou alguma coisa? — Os olhos dela se arregalaram. — Ela é perigosa?

— 625 —

Corrente de Ferro

— Para você, não. Mas chame a Consulesa. Peça que traga o Irmão Zachariah. — James enfiou o casaco. — Grace vai contar a eles o que eles precisam saber.

— A *criminosa* vai contar a eles tudo sobre os crimes que ela cometeu? — disse Effie, parecendo perplexa, mas James não respondeu. Ele já havia disparado pela porta noite afora.

⚊

Depois do que pareceu um dia interminavelmente longo, Will ficou feliz por se retirar para seu quarto, tirar os sapatos e observar a esposa fazer o que fazia melhor: ler. Tessa estava aninhada em um assento diante da janela, o cabelo caindo espesso e lustroso sobre os ombros, o nariz enterrado em uma cópia do livro chamado *A joia das sete estrelas*. Ele sempre se maravilhava com o fato de que, embora a vida dela estivesse cheia de demônios e vampiros, feiticeiros e fadas, sua esposa seguisse direto para a seção de ficção fantástica sempre que eles entravam na livraria Foyles.

Como se ela conseguisse ler os pensamentos dele, Tessa virou o rosto e sorriu para Will.

— O que está olhando?

— Você — disse ele. — Você sabia que fica mais linda a cada dia?

— Bem, isso é estranho — falou Tessa, apoiando o queixo pensativamente na lombada do livro —, porque, como uma feiticeira, eu não envelheço, então eu deveria parecer igual todo dia, nem melhorando, nem piorando.

— No entanto — disse Will —, você continua acumulando esplendor.

Ela sorriu para ele. Will podia ver que ela estava tão aliviada quanto ele por estar em casa, apesar dos eventos longos e alarmantes do dia. A viagem deles para Paris tinha sido mais inquietante do que qualquer um deles tinha deixado à vista — tinha sido necessária toda a diplomacia conjunta dos dois para aplacar o ódio amargo dos Seres do Submundo franceses. Houve momentos em que, sozinho com Tessa, Will expressou sua preocupação com a possibilidade de guerra. Ele também se preocupara com Charles: o menino estivera revoltado e defensivo demais a princípio para perceber o tamanho de seu erro, e então afundou de volta na tristeza amarga. Ele não

⚊ 626 ⚊

quis voltar para Londres também, e tinha concordado em fazer isso apenas quando Will observou que não era mais bem-vindo em Paris.

— Você está preocupado — disse Tessa, interpretando o olhar dele. Quando ela inclinou a cabeça para cima e roçou os lábios de Will, ele segurou o rosto dela. Tantos anos, pensou ele, e cada beijo era novo como o nascer do dia.

Tessa deixou o livro cair no chão, suas mãos subindo para segurar a frente da camisa de Will. Ele acabara de pensar que aquela noite estava melhorando notavelmente quando os devaneios deles foram interrompidos por um súbito grito de horror.

Will se virou, surpreendendo Tessa profundamente, então franziu a testa.

— Jessamine — disse ele, severamente. — Não exagere. Somos casados. E não seja grosseira, revele-se para Tessa.

Jessamine fez o que quer que fazia para se permitir ficar visível para os não Herondale. Aquilo firmava seus limites, fazendo com que ela parecesse mais sólida e menos translúcida.

— É óbvio que eu encontraria vocês dois se beijando — disparou ela. — Não há tempo para essa baboseira. Preciso contar a vocês sobre Lucie.

— O que tem Lucie? — indagou Will, perturbado pela interrupção. Ele não achava que beijar fosse baboseira e estava ansioso para continuar, principalmente depois de um dia tão estressante.

— Sua filha se meteu em um negócio ruim. Não gosto de contar histórias, mas é uma situação terrível que envolve necromancia.

— *Necromancia?* — exclamou Tessa, incrédula. — Se está falando de Lucie ser amigável com o fantasma de Jesse Blackthorn, nós já sabemos disso. Dificilmente é uma surpresa; ela foi amiga dele a vida toda.

— E eu preciso observar que você *adora* contar histórias, Jessamine — acrescentou Will.

— Tudo estaria bem para Lucie se ela só quisesse ser *amiga* de fantasmas, mas não acaba por aí. — Jessamine pairou até a cômoda de Tessa. — Ela pode *comandá-los*. Eu já a vi fazer isso. Eles fazem o que ela ordena.

— Ela *o quê?* — disse Will. — Lucie jamais...

Jessamine balançou a cabeça, impaciente.

— 627 —

Corrente de Ferro

— Sua linda filha invocou o fantasma de Emmanuel Gast, aquele feiticeiro em desgraça. Ela o compeliu a responder às perguntas dela, então, no final, ela... — Jessamine parou, dramaticamente.

— No final ela *o quê*? — disse Tessa, exasperada. — Sinceramente, Jessamine, se realmente tem uma coisa importante para nos contar, ajudaria se não usasse as pausas dramáticas.

— No final, ela o destruiu — disse Jessamine, e um tremor percorreu a forma prateada dela.

Tessa encarou Jessamine como se ela não tivesse certeza de como responder.

— Isso não se parece com Lucie — falou Will, mas uma sensação incômoda terrível tomava conta dele. Ele queria acreditar que Jessamine estava errada, ou até mesmo mentindo, mas que motivo ela teria? Ele jamais achou que ela fosse o tipo de fantasma que prega peças ou faz travessuras. É óbvio que ela também não ajudava, mas isso não significava que contaria mentiras sobre Lucie.

— Por outro lado — disse Tessa —, ela certamente escondeu a amizade com o fantasma de Jesse esse tempo todo. Ela está entrando em uma idade cheia de segredos, acho.

— Vou falar com ela — disse Will, então se virou para Jessamine. — Onde ela está agora?

— Trancada no Santuário — disse Jessamine. — Eu não pude segui-la. Preciso dizer que é um *descuido* que ninguém tenha retirado os fantasmas da lista de criaturas sobrenaturais proibidas de entrar.

— Podemos discutir isso depois — falou Will. Se Jessamine estava mesmo preocupada com Lucie, essa preocupação não pareceu impedi-la de registrar suas queixas habituais.

Jessamine sumiu com um chorinho de ultraje.

— É tão difícil levá-la a sério às vezes — disse Tessa, franzindo a testa. — Acha que tem alguma verdade no que ela disse?

— Talvez uma gota, mas você sabe tão bem quanto eu que Jessamine adora exagerar — disse Will, pegando um casaco. — Vou falar com Lucie e voltarei rápido.

29

Um espelho quebrado

E então o coração se partirá, mas partido prosseguirá:
Mesmo como um espelho quebrado, cujo vidro
Em cada fragmento se multiplica; e forma
Mil imagens de uma que foi,
A mesma, mais ainda mais, quanto mais quebra;
E então o coração fará aquilo que não abandona,
Jazendo em estilhaços, e imóvel e frio,
E exangue, com suas dores da mágoa insone,
E, no entanto, murcha, vendo tudo ao redor envelhecer,
Sem mostrar sinais, pois tais coisas não se pode dizer.

— Lorde Byron, *A peregrinação de Childe Harold*

Cordelia correu.

Ela correu por Mayfair, ao longo das amplas ruas, entre casas ricas e abastadas com luzes douradas mornas escorrendo das janelas. Ela não se deu ao trabalho de usar um feitiço de disfarce, e os poucos transeuntes olhavam diretamente para a moça correndo sem casaco. Não que ela se importasse.

Não tinha um destino em mente. Não tinha levado nada de Curzon Street, exceto o que estava em seus bolsos: algumas moedas, um lenço, sua estela. Ela disparara pela porta dos fundos sem pensar uma única vez em nada que não fosse fugir. O solo estava gelado e ela usava apenas chinelos de seda; conseguia sentir seus dedos dos pés congelando. Era estranho fugir sem Cortana, mas ela fizera o que precisava fazer com a espada mais cedo naquele dia. Odiara fazer aquilo, mas não havia escolha.

Os pés dela derraparam em um trecho de gelo, e ela se segurou num poste, encostando nele para se equilibrar. Ela ainda conseguia vê-los na mente. James, e enroscada nele, com as mãos entrelaçadas atrás do pescoço dele, Grace Blackthorn.

Eles não estavam se beijando. Mas, de certa forma, a casualidade da intimidade deles era pior. Conforme ela observava, Grace ergueu o rosto para o de James; os braços dela o apertaram mais firme e o corpo dela fez pressão contra o dele. Eles eram lindos juntos. O cabelo dele era tão escuro, e o dela, tão claro, os dois eram fortes e esguios, os dois eram dolorosamente lindos. Eles pareciam pertencer um ao outro de uma forma que Cordelia tinha certeza de que ela e James jamais pareceriam.

Pensamentos indesejados vieram pesados e rápidos: James rindo com ela durante um jogo de xadrez, dizendo, *Me toque... faça o que quiser... qualquer coisa...*, a forma como ele recitou as palavras dos votos de casamento deles em Mount Street Gardens. Todos os minúsculos fragmentos de nada que ela reunira e guardara, fragmentos de esperança que formaram um espelho de sonhos através do qual ela via uma vida com James se estender adiante.

Ela estava mentindo para si mesma. Ela via isso agora.

Eu precisava dizer a você, querido. Vou terminar tudo com Charles. Não suporto mais, James. Não vou me casar com ele. Nunca houve alguém para mim além de você.

Cordelia sabia que não deveria estar ouvindo — ela deveria recuar, dar privacidade a eles, se esconder lá em cima, onde poderia se proteger com a ignorância. Mas ela não conseguiu fazer as pernas se mexerem. Congelada no lugar, ela observou, impotente. Observou a lâmina subir, pairar acima de sua vida, seus sonhos, suas ilusões cuidadosamente cultivadas. O golpe prestes a ser desferido.

James exalou aliviado. *Graças a Deus*, respondeu ele.

CASSANDRA CLARE

A lâmina desceu, estilhaçando seu espelho de sonhos. Deixando que caíssem em cacos reluzentes, um dia lindos, abandonados agora para rolarem pela escuridão no redemoinho da vergonha e do horror dela. Até mesmo descobrir que era paladino de Lilith não foi tão terrível quanto aquilo. O escárnio de Lilith ela suportava, e seus amigos a apoiavam.

Mas James devia odiá-la, pensou ela. Ela se viu recuando às cegas pelo corredor, sua mão contra a parede para se equilibrar. Que tola ele devia achar que ela era. Ah, ele tinha afeição por ela. Disso Cordelia tinha bastante certeza, mas ele devia ter adivinhado quais eram os sentimentos dela. Sem dúvida ele sentia pena dela por eles.

Ela precisava fugir dali.

Cordelia saiu de fininho pela escada dos fundos, passando pelo térreo, seguindo até a cozinha. Estava cheia de luz amarela morna. Ela conseguia se lembrar de James levando-a pela casa na noite de núpcias deles, indicando cada pintura, cada item de mobília, com amor e orgulho. Ele jamais deveria ter falado daquela forma, pensou ela. Como se ela tivesse um futuro naquela casa, como a senhora dali. Um dia, Grace estaria no comando de tudo aquilo; ela e James compartilhariam um quarto, e o quarto de Cordelia seria transformado em um quarto de bebê para os bebês certamente lindos deles. Talvez eles tivessem cabelo preto e olhos cinza, ou cabelo loiro e olhos dourados.

Ela olhou em volta quase às cegas, vendo a porcelana decorada que fora dada a ela e James como presente de casamento por Gabriel e Cecily, o samovar que era de sua mãe, a taça de prata que sua avó tinha levado até Teerã de Yerevan. Presentes de amor e orgulho dados na expectativa de um casamento feliz. Ela não podia suportar olhar mais para nada daquilo. Ela não podia permanecer naquela casa por mais um momento.

Ela fugira, para o jardim e para a escuridão, e para as ruas adiante.

Ela ainda conseguia ouvir a voz de James em seus ouvidos. *Não sinto por você nada parecido com o que senti por Grace.* O que ela esperava? Ela havia tecido uma teia de negação com a bondade de James, com os beijos dele, o desejo dele por ela. Provavelmente era apenas o desejo que sentia por Grace, resumido na única forma de expressão que ele permitiria. Ela fora apenas uma substituta. Eles jamais tinham feito um no outro a segunda Marca de casamento.

Corrente de Ferro

Ela começou a tremer — agora que não estava mais correndo, o frio tinha começado a se fazer intensamente notado por ela. Cordelia se afastou do poste, avançando pela neve e lama, abraçando o próprio corpo. Ela não podia ficar fora durante a noite, sabia disso. Congelaria até a morte. Não podia ir para a casa de Anna — como poderia fazer Anna entender sem se fazer parecer uma tola e James um vilão? Ela não podia ir até Cornwall Gardens e enfrentar a vergonha e o horror de admitir que seu casamento tinha acabado. Ela não podia ir até Lucie no Instituto, porque isso significaria Will e Tessa e, de novo, mais uma admissão de que seu matrimônio com o filho deles não passava de uma farsa. Sem falar do novo conhecimento de que, de alguma forma, Lucie e Grace eram conhecidas. Ela supôs que não podia culpar Lucie, não de verdade, mas era mais do que ela aguentava ouvir.

Apenas quando ela passou pelo porteiro diante do prédio de tijolos do Coburg Hotel, Cordelia percebeu que seus pés a estavam levando para Grosvenor Square.

Mas Matthew não mora mais em Grosvenor Square.

Ela reduziu o passo. Será que estava procurando por Matthew sem se dar conta? Para ser justa, Grosvenor Square ficava bem no meio de Mayfair. Ela podia ter acabado ali por acidente. Mas seus pés tinham, sem que ela notasse, a levado diretamente por aquele caminho, e fazia sentido. Para quem mais ela poderia ir além de Matthew? Quem mais morava sozinho, longe dos olhos bisbilhoteiros dos pais? Mais importante, quem mais sabia da verdade?

Esse pode ser um casamento falso, mas você está apaixonada por James.

Ela olhou para a casa da Consulesa e passou direto, ultrapassando Grosvenor Square e seguindo em frente até chegar a Oxford Street. Ela olhou de um lado para o outro da extensão da rua. Normalmente, estava lotada de pessoas e carruagens, barulhenta com vendedores anunciando suas mercadorias de barraquinhas e com a atividade fervilhante das lojas de departamento atribuladas. Mesmo àquela hora, não estava vazia, mas ela não teve problema para chamar uma carruagem contratada.

Foi uma viagem curta até o lugar onde Matthew morava. Whitby Mansions era um prédio parecido com um bolo de casamento, um edifício de pedra rosa que se elevava em pequenas torres e pináculos como espirais de

CASSANDRA CLARE

cobertura. Matthew tinha provavelmente aceitado o apartamento sem nem olhar para ele, pensou Cordelia ao sair da carruagem.

Um porteiro mundano aparentemente entediado apareceu quando ela tocou a campainha de bronze ao lado das portas duplas pretas. Ele a levou para o saguão. A iluminação era fraca, mas Cordelia teve a impressão de muita madeira escura e uma escrivaninha de mogno como aquela que se vê em hotéis.

— Ligue para o Sr. Fairchild, por favor — disse ela. — Sou prima dele.

O porteiro ergueu as sobrancelhas levemente. Ela era, afinal, uma Donzela Solitária, aparecendo no meio da noite para visitar um homem solteiro no apartamento dele. Menina alguma de boa família faria tal coisa. Estava evidente que o porteiro achava que ela não era melhor do que deveria ser. Cordelia não se importava. Ela estava congelando e desesperada.

— Ele está lá em cima, no apartamento seis, terceiro andar. Pode ir. — O porteiro voltou a atenção novamente para a leitura do jornal.

O elevador era luxuoso, cheio de bons acessórios e papel de parede caro. Ela bateu os pés conforme ele rangia lentamente para cima, até o terceiro andar, regurgitando Cordelia em um corredor de carpete vermelho cheio de portas, cada uma marcada com um numeral dourado. Somente agora a coragem de Cordelia começava a vacilar; ela correu pelo corredor antes que pudesse pensar duas vezes e bateu forte à porta do apartamento número 6.

Nada. Então passos, e a voz de Matthew. A familiaridade lançou uma pontada de alívio por ela.

— Hildy, eu já falei — dizia ele, ao escancarar a porta —, não preciso de limpeza nenhuma...

Ele congelou, encarando Cordelia. Matthew estava usando calça e camiseta, uma toalha em volta do pescoço. Os braços dele estavam à vista, desenhos de Marcas espiralando para cima e para baixo deles. Seu cabelo estava molhado e embaraçado. Ela devia ter interrompido o barbear dele.

— Cordelia? — disse ele, com um choque genuíno em sua voz. — Aconteceu alguma coisa? James está em perigo?

— Não — sussurrou Cordelia. — James está bem e... muito feliz, eu acho.

Alguma coisa na expressão de Matthew mudou. O olhar dele brilhou. Ele recuou, abrindo mais a porta.

— 633 —

Corrente de Ferro

— Entre.

Ela entrou em um pequeno corredor quadrado, um tipo de entrada, onde os olhos eram compulsoriamente atraídos para o imenso vaso neoclássico de pé em um canto. Era do tipo grego, o tipo que uma dama de companhia usaria para colocar óleo em uma banheira, mas nesse caso a dama precisaria ter 6 metros de altura. Era todo pintado com figuras gregas falsas envolvidas em um combate ou em abraços apaixonados, Cordelia não sabia dizer.

— Vejo que reparou em meu vaso — disse Matthew.

— Seria difícil não notar.

Matthew não estava realmente olhando para ela, em vez disso, puxava, nervoso, as pontas da toalha em seu pescoço.

— Deixe-me lhe dar o tour mais barato, então. Esse é meu vaso, que você já conheceu, e ali está uma palmeira envasada, e um cabide de chapéus. Tire seus sapatos molhados, e vamos entrar na sala de estar. Quer chá? Posso mandar trazer chá. Ou fazer um pouco; eu me tornei bastante habilidoso com uma chaleira. Ou...

Livre dos sapatos encharcados, Cordelia saiu andando até a sala de estar. Era muito mais bonita do que o vaso. Ela quis desabar imediatamente nos pelos macios do tapete turco, mas decidiu que era um pouco deselegante, até mesmo para o apartamento de Matthew. Mas havia uma fogueira morna e fraca crepitando na lareira, cuja moldura de azulejo brilhava como cacos de ouro, e um sofá com uma capa de veludo. Ela mergulhou no sofá enquanto Matthew envolvia seus ombros com um cobertor e arrumava as almofadas em torno dela como um tipo de fortaleza protetora, como uma criança faria.

Cordelia só conseguiu assentir diante da sugestão do chá. Ela fora até lá para desabafar com Matthew, com *alguém*, mas, agora que tinha chegado, percebeu que não conseguia falar. Matthew lançou um olhar preocupado para ela e sumiu por um conjunto de portas deslizantes, presumivelmente a caminho da cozinha.

Queixo para cima. Conte a verdade a ele, pensou Cordelia, olhando ao redor para o que podia ver do apartamento. O mais surpreendente era como o lugar era bem cuidado. Ela talvez tivesse esperado algo mais parecido com o de Anna, com suas estampas descombinadas e roupas jogadas. Matthew, por outro lado, tinha mobília nova, que parecia ter sido comprada quando ele pegou o apartamento, peças imensas e pesadas de carvalho, devia ter sido um suplício levar aquilo tudo até o terceiro andar. Com um toque elegante, ele havia pendurado seus muitos casacos coloridos em uma fileira de ganchos no corredor. Um baú de viagem contendo vários selos na superfície de lona estava apoiado perto da porta. Oscar, usando uma coleira incrustada de joias, estava dormindo ao lado da lareira, logo abaixo do desenho emoldurado de vários rapazes em um jardim de árvores de plátano — os Ladrões Alegres, percebeu Cordelia. Ela se perguntou quem teria feito o esboço.

Ela se maravilhou de novo com a mera liberdade que Matthew parecia ter. Anna era sua única outra amiga com o mesmo tipo de liberdade, e ela sempre pensava em Anna como de uma geração mais velha, mais madura, simplesmente porque ela sempre estaria anos à frente de Cordelia. Mas Matthew era da idade dela e vivia como queria. A família dele era abastada, é óbvio, muito mais do que a dela ou de seus outros amigos próximos ali — ele era o filho da Consulesa, afinal de contas —, e certamente isso lhe garantia um certo nível de liberdade, mas a maior parte dessa liberdade era própria de Matthew. Caçadores de Sombras eram um povo restrito pelo dever, mas, de alguma forma, ele não parecia ter restrições — ao dever ou a mais nada terreno.

Matthew, que tinha encontrado e vestido uma camisa apressadamente, apareceu com uma bandeja de chá prateada e a apoiou na mesa de canto. Ele serviu e passou a ela uma xícara.

— Você já descongelou? — perguntou ele, puxando uma poltrona de veludo verde para perto do sofá. — Se não, o chá deve ajudar.

Ela bebeu obedientemente enquanto ele se jogou na poltrona. Cordelia não sentiu gosto de nada, mas o líquido estava quente e aqueceu suas entranhas.

— Ajuda — respondeu ela. — Matthew, eu...

— Pode falar — disse ele, depois de se servir de uma xícara de chá para acompanhá-la. — Fale sobre James.

Talvez Matthew estivesse certo; talvez chá *fosse* a solução para tudo. De qualquer forma, alguma coisa libertou as palavras dentro dela. Saíram todas às pressas.

— Eu achei que poderia funcionar, entende — disse Cordelia. — Eu sabia, quando concordamos em nos casar, que James não sentia por mim

Corrente de Ferro

o que... o que eu sentia por ele. Mas houve momentos, não o tempo todo, mas momentos... em que eu achei que isso estava mudando. Que ele se importava comigo. E os momentos estavam se tornando mais frequentes. Mais reais. Eu achei. Mas parece que eram apenas momentos em que eu estava me iludindo. Eram minhas ilusões que se tornavam mais frequentes. — Ela balançou a cabeça. — Eu sabia, sabia como ele se sentia a respeito de Grace...

— Aconteceu alguma coisa com Grace? — interrompeu Matthew, com um tom agudo na voz.

— Ela está com ele agora, em nossa casa — disse Cordelia, e Matthew encostou na poltrona, respirando fundo. — Matthew, não faça essa cara, eu não a odeio — disse Cordelia, e foi sincera. — Não mesmo. Se ela ama James e ele a ama, tudo isso deve ter sido muito ruim para ela.

— Ela não — disse Matthew, friamente — o ama.

— Eu achei que não... mas talvez ame? Ela parecia em pânico. Devia ter ouvido que ele correu perigo hoje. Acho que sentiram que precisavam se ver, depois de tudo. — A mão de Cordelia tremeu, chacoalhando a xícara de chá no pires. — Ela disse a ele que terminaria tudo com Charles. E ele disse: "Graças a Deus." Ela o abraçava... ele a abraçava... eu não pensei...

Matthew apoiou o chá.

— James disse "Graças a Deus"? Quando ela disse a ele que terminaria tudo com meu irmão?

Charles, Cordelia sabia, não se importaria de verdade com o abandono de Grace. Mas Matthew não sabia disso. Ela suspirou.

— Sinto muito, Matthew, isso não é muito legal com Charles...

— Esqueça Charles — disse Matthew, se impulsionando com força para fora da poltrona. Oscar soltou um latido preocupado. — E quanto a James...

— Não quero que você fique com raiva dele — disse Cordelia, subitamente preocupada. — Eu jamais iria querer isso. Ele ama você, você é o *parabatai* dele...

— E eu o amo — disse Matthew. — Mas sempre o amei e o entendi. Agora amo e não entendo nada. Eu sabia que ele amava Grace. Achei que fosse pela forma como ele a conheceu. Ela parecia que precisava desesperadamente ser salva, e James sempre quis salvar pessoas. Mesmo aquelas que nitidamente não podem ser salvas. E eu, de todas as pessoas, não posso culpá-lo por isso.

— Ele pressionou a base das mãos nos olhos. — Mas deixar que ela entrasse em sua casa, abraçá-la com você logo ali... como eu poderia não ficar com raiva dele? — Matthew abaixou as mãos. — Mesmo que somente por causa dele. Grace jamais o fará feliz.

— Mas isso é escolha dele. Ele a ama. Não é uma coisa da qual ele pode simplesmente ser desconvencido. Não tem nada que possa, ou deva, ser feito a esse respeito.

Matthew soltou uma gargalhada afiada e incrédula.

— Você está surpreendentemente calma.

— Eu sempre soube — disse Cordelia. — Ele nunca foi realmente desonesto. Fui eu quem não fui honesta. Eu não disse a ele que o amava. Não acho que ele teria concordado em se casar comigo se soubesse como eu me sentia.

Matthew ficou calado. Cordelia também estava sem palavras: ela finalmente disse aquele pensamento sombrio e terrível que espreitava sua alma. Ela havia enganado James para que se casasse com ela, fingindo uma indiferença que ela não sentia. Cordelia mentira para ele, e recebera aquilo como consequência.

— É que eu não sei o que fazer — disse ela. — Divórcio, agora, depois de tão pouco tempo, me arruinaria, eu acho. Mas não vou... não posso voltar para aquela casa...

Por fim, Matthew falou, com um tipo de precisão vacilante, como um brinquedo de corda ganhando vida.

— Você... você poderia... ficar aqui.

— Com você? — Ela se espantou. — Dormir no sofá? Isso seria muito... boêmio. Mas não daria certo, minha família jamais...

— Não comigo — comentou ele. — Vou para Paris. Eu estava planejando partir amanhã.

Ela se lembrou do baú de viagem ao lado da porta.

— Você vai para Paris? — disse Cordelia, sentindo-se, de súbito, terrivelmente sozinha. — Mas... por quê?

— Porque eu não suportaria ficar aqui. — Matthew começou a caminhar. — Eu fiz um juramento de permanecer ao lado de James. E eu o amo, ele sempre foi tudo que eu não sou. Honesto onde eu não sou. Corajoso onde eu sou um covarde. Quando achei que ele tivesse escolhido você...

Corrente de Ferro

— Jamais foi eu — disse Cordelia, apoiando a xícara.

— Eu achei que ele não valorizava você — disse Matthew. — Então eu vi o modo como ele correu até você, depois daquela batalha em Nelson Square. Parece que foi há mil anos, mas eu me lembro. Ele correu e alcançou você e pareceu... desesperado para saber se você estava bem. Como se ele fosse morrer se você não estivesse. E eu achei... eu achei que o tivesse julgado errado. Então eu disse a mim mesmo para parar.

Cordelia umedeceu os lábios secos.

— Parar o quê?

— De ter esperanças, eu acho — respondeu ele. — De que você veria que eu amava você.

Ela o encarou, imóvel, chocada demais para falar.

— Eu acreditava piamente que James recobraria os sentidos — disse ele. — Céus, quando vi vocês dois na Sala dos Sussurros, achei que em poucos segundos ele estaria se chutando por ter achado que amava Grace enquanto ao mesmo tempo se atirava aos seus pés confessando sua adoração.

Cordelia pensou em Matthew dizendo a ela, no que parecia ser muito tempo atrás, *Eu há muito tempo venho desejando que ele deposite seu afeto em outro lugar, e, no entanto, quando o vi com você na Sala dos Sussurros, não fiquei feliz.*

No entanto, jamais ocorrera a ela que ele tinha qualquer intenção com aquilo além de flertar — os flertes de Matthew, que não significavam nada.

— Acho que eu simplesmente achei que para mim seria o suficiente se você apenas soubesse — disse ele. — Que você poderia... se alguma coisa acontecesse comigo, você se lembraria que eu amo você desesperadamente. E se, por algum motivo, ao final de um ano, você e James se divorciassem, eu teria... bem, eu teria esperado. Mas eu teria torcido para que chegasse o momento em que minhas investidas não teriam sido repugnantes para você.

— Matthew — disse ela. — Olhe para você. *Ouça* a si mesmo. Suas investidas jamais poderiam ser repugnantes.

Ele quase sorriu.

— Eu me lembro — disse ele. — No baile, na primeira vez que conheci você de verdade, você me disse que eu era lindo. Aquilo me conquistou por bastante tempo, sabe. Eu sou muito vaidoso. Não amava você naquela época, acho que não, mas lembro de pensar em como você ficava bonita quando seus olhos brilhavam com ódio. E, então, na Hell Ruelle, quando você dançou e provou a si mesma ser mais corajosa do que todos nós juntos, eu tive certeza. Mas o amor nem sempre é um raio, não é? Às vezes é como uma trepadeira. Cresce lentamente até que do nada seja a única coisa que resta no mundo.

— Não sei o que dizer — murmurou ela. — Apenas que eu realmente não suspeitava...

Ele deu mais uma daquelas risadas roucas, evidentemente direcionadas apenas para ele mesmo.

— Acho que eu deveria ficar satisfeito por ter sido um bom ator. Talvez quando eu seja inevitavelmente expulso da Clave por alguma travessura futura, eu encontre um novo sucesso nos palcos.

Cordelia ficou sem palavras. Ela não queria feri-lo; ela fora ferida por vezes o suficiente e não desejava passar aquilo para outra pessoa. Principalmente para um amigo tão querido quanto Matthew. Apesar de ele falar abertamente sobre o amor, Matthew se portava como um animal ferido, desconfiado e tenso.

— Eu não imagino que você saiba o que dizer — falou ele. — Mas... Eu precisava contar. Você precisava saber como eu me sinto. Eu estava indo para Paris porque me pareceu que James finalmente tinha entendido o que ele tinha, sendo casado com você, e eu fiquei feliz, mas também sabia que não podia suportar ver aquilo. Achei que em Paris eu pudesse esquecer. Em Paris, a gente esquece de tudo.

Ela voltou seu olhar para o dele.

— Sinto inveja de você — disse Cordelia, baixinho. — Temos uma causa comum em nossa mágoa, suponho, mas você pode escapar dela, você pode ir sozinho para Paris e ninguém falaria nada. O que eu mais temo é a fofoca, as coisas que as pessoas dirão quando descobrirem sobre James e Grace. O que minha família vai dizer. O que Will e Tessa dirão, eles sempre foram tão bons para mim, e Lucie...

Sem aviso, Matthew se abaixou de joelhos no tapete espesso. Ele estava ajoelhado diante dela, uma posição que a encheu de um alarme repentino.

— Você não pode me pedir em casamento — disse Cordelia. — Eu já sou casada.

Corrente de Ferro

Com isso, ele realmente sorriu, e segurou a mão dela. Cordelia não fez menção de puxar a mão de volta. Por tanto tempo, pensou, ela vivera com o conhecimento de que James não gostava dela da forma como ela gostava dele. E agora um lindo rapaz estava ajoelhado à sua frente, segurando sua mão, olhando para ela com um fervor silencioso. Durante quase a vida toda, ela sonhara com três coisas: empunhar Cortana, ser *parabatai* de Lucie e ser amada. Ela perdera as duas primeiras. Não podia suportar jogar essa última e pequena coisa fora tão rapidamente.

— Eu não ia propor casamento — disse ele. — Eu ia propor outra coisa. Que você viesse comigo para Paris. — Ele segurou a mão dela com mais força; havia um rubor forte em suas bochechas, e ele falava quase com fervor. — Ouça-me. Você precisa se esquecer tanto quanto eu. Paris é uma cidade de maravilhas, minha cidade preferida no mundo. Eu sei que você já foi, mas não foi *comigo*. — Cordelia sorriu, era bom saber que a vaidade de Matthew não o abandonara. — Nós veremos a Pont Alexandre acesa à noite, iremos a Montmartre, onde tudo é escandaloso, jantaremos no Maxim e saberemos que é apenas o início de uma noite mágica de cabarés e dança e teatro e arte. — Ele inclinou a cabeça para trás para olhar diretamente nos olhos dela. — Eu jamais forçaria minhas atenções sobre você. Nós ficaremos em quartos separados no hotel. Eu serei seu amigo, só isso. Apenas me deixe ver você feliz em Paris. É o melhor presente que você poderia me dar.

Cordelia fechou os olhos. Por um momento, ela estava de volta no carro a motor, e a estrada se estendia adiante, o vento em seu cabelo. Ela havia deixado a mágoa para trás durante aquelas horas. Podia ver um lampejo daquela liberdade de novo nas palavras de Matthew, na imagem que ele pintou de uma cidade de maravilhas. A ideia de deixar para trás a Londres úmida e que lhe partira o coração a fez se sentir livre. Livre da forma como ela queria ser. Livre da forma como Matthew era livre.

Mas minha mãe, pensou ela. E então se lembrou do que Sona lhe dissera naquela tarde mesmo: *Não quero você pairando à minha volta, me papari-cando até o bebê chegar.... O que eu quero para você, mais do que qualquer outra coisa no mundo, é que você siga a verdade de seus sonhos. Nenhum escárnio, nenhuma vergonha, nenhuma parte da opinião da sociedade im-portam mais do que isso.*

CASSANDRA CLARE

— Meu pai — disse ela, em vez disso. — O funeral dele...

— Só vai acontecer em duas semanas — disse Matthew. Era verdade, os corpos dos assassinados deveriam ser mantidos na Cidade do Silêncio até terem sido purificados; eles tinham, afinal de contas, sido usados em um ritual de invocação demoníaca. — Se ainda estivermos em Paris, eu prometo que viajaremos até Idris para participar.

Cordelia respirou fundo.

— Paris — sussurrou ela, testando a palavra. — Mas... eu não tenho nada comigo. Saí de Curzon Street com um vestido e sapatos destruídos.

Os olhos de Matthew se iluminaram.

— Em Paris, vou vestir você com todo um novo guarda-roupa! Todas da última moda, todas as melhores casas de costura. Em Paris, podemos ser quem quisermos.

— Tudo bem — disse ela, ainda olhando diretamente para Matthew. — Vamos para Paris. Com uma condição.

A expressão de Matthew se alegrou com choque e prazer; ele claramente não tinha achado que era esse o rumo que a conversa tomaria.

— Qualquer coisa — disse ele.

— Nada de beber — falou Cordelia. Ela sabia que estava em território delicado, mas era importante. Ela pensou na garrafa quebrada na neve, no Mercado das Sombras. Em Matthew tropeçando, escorregando durante a luta em Nelson Square. Ela não quisera enxergar, mas se havia alguma coisa que tinha aprendido com seu casamento, era que virar o rosto da verdade não ajudava em nada. Ela podia fazer aquilo por Matthew, como ninguém jamais fizera por seu pai. — Um pouco de champanhe, vinho, como quiser, mas não... como meu pai bebia. Não fique bêbado.

Alguma coisa brilhou nos olhos verde-escuros dele.

— Está falando sério? — disse ele. — Eu concordo com isso e você vem comigo?

— Jamais falei tão sério — respondeu Cordelia. — Poderíamos partir esta noite. Sempre tem um trem noturno.

— Então sim — disse ele —, sim, sim. Em Paris, com você, não vou precisar esquecer. — Ele beijou a mão dela e a soltou, ficando de pé. — Vou deixar uma mensagem para James com o porteiro. Ele pode entregar pela

— 641 —

Corrente de Ferro

manhã. Vou dizer a ele que não se preocupe. Ele pode avisar aos outros, contar o que quiser, Anna vai ficar encantada, talvez vá nos visitar.

E ela deixaria mensagens para a mãe e o irmão, pensou Cordelia. Eles mesmo assim se preocupariam, mas isso não podia ser evitado. Ela se sentia energizada, com uma vontade quase física de se mexer, viajar, estar livre de restrições, com o vento às costas e o som do apito de um trem nos ouvidos.

— Matthew — disse ela. — Em Paris, você vai ser capaz de se perdoar?

Ele sorriu ao ouvir aquilo — um sorriso de verdade; seu rosto se iluminou, e Cordelia não pôde deixar de pensar que era um rosto que abriria qualquer porta em Paris para eles.

— Em Paris — disse ele —, vou conseguir perdoar o mundo.

— Tudo bem — falou Cordelia. Em sua mente, ela estava dançando pela Rue Saint-Honoré. Havia música, luz, alegria, a promessa de um futuro que não seria vazio, e tudo com Matthew, seu fiel amigo, ao lado. — Vamos encontrar um casaco para mim.

—

Sair correndo pela escuridão de Londres era bom, mas James percebeu rapidamente que não o ajudaria a encontrar Cordelia. Ele podia tentar adivinhar para onde ela fora, mas os dois lugares mais óbvios — Cornwall Gardens e o Instituto — pareciam improváveis para ele. Se ela estivesse tão chateada quanto ele supunha, a última coisa que iria querer seriam perguntas que só poderia responder parcialmente. E, conhecendo Cordelia, ela nem iria querer empatia, e certamente nada que pudesse interpretar como pena. Cordelia preferiria pegar fogo a que sentissem pena dela.

No fim, não era inútil: ele se abrigou sob as colunatas do lado de fora de Burlington Arcade e se preparou para fazer uma Marca de Rastreamento. Ele se sentia desconfortável Rastreando Cordelia — uma voz baixinha no fundo de sua mente disse que se ela quisesse que ele soubesse onde ela estava, teria deixado uma mensagem. *Mas ela está agindo com base em informação errada*, disparou James de volta para a voz. *Ela precisa saber. Eu preciso contar a ela, sobre a pulseira, pelo menos. Então ela pode decidir sozinha o que fazer, mas pelo menos eu posso lhe fornecer todos os fatos.*

CASSANDRA CLARE

Com uma das luvas dela na mão — delicada, de pelica, com uma decoração de folhas bordadas — James ativou o feitiço de Rastreamento. O puxão familiar o levou numa rota em zigue-zague por Piccadilly, até New Bond Street, e pelas ruas escuras em direção a Marylebone. Ele quase alcançara os degraus da entrada do prédio de Matthew quando percebeu que era esse seu destino.

Seus passos ficaram lentos. Cordelia tinha ido até Matthew? Era bom que ela tivesse ido até um amigo, é óbvio — e Anna provavelmente não estaria em casa, nem sozinha, caso estivesse — e, à exceção de Anna, Cordelia era mais próxima de Matthew entre todos os Ladrões Alegres. Mas, por outro lado, Matthew tinha sido um dos primeiros a saber do relacionamento de James com Grace, até mesmo o confortara quando aquilo terminara, quatro meses antes. (James se sentiu enjoado ao se lembrar.) Talvez ela achasse que Matthew entenderia melhor.

Ele chutou a neve das botas antes de entrar no saguão, onde o porteiro conversava com um sujeito de rosto alongado e fino com um cão na coleira. O porteiro olhou para James com um aceno educado.

— Pode ligar para o apartamento de Matthew Fairchild? — perguntou James, enfiando a luva de Cordelia no bolso. — Preciso falar com ele, e...

Nesse momento, o cão deu um enorme salto até James, que percebeu duas coisas muito rapidamente: o salto tinha sido amigável e o cão era familiar.

— Oscar? — disse ele, colocando a mão na cabeça do golden retriever.

Oscar balançou a cauda com tanta força que o corpo inteiro dele vibrou.

— Bem, um amigo de Oscar é meu amigo — disse o homem de rosto fino, e estendeu a mão para James apertar. — Gus Huntley. Vou cuidar de Oscar enquanto Fairchild estiver fora.

— James Herondale. Matthew está fora? — James parou de fazer carinho em Oscar. — Como assim, fora?

— Eu ia contar. — O porteiro pareceu ofendido. — Ele saiu há talvez uns vinte minutos, para o trem de Paris. Estava com uma mocinha bonita com ele também. Disse que era a prima dele, mas eles não se pareciam nem um pouco. — Ele piscou um olho.

— Ele pegou emprestado comigo um casaco e sapatos de dama antes de sair também — disse Huntley. — Minha irmã vai ficar furiosa, mas Fairchild tem um jeito convincente nele.

— 643 —

Corrente de Ferro

— Se o cabelo dela era ruivo, então não, não é a prima dele — falou James, sopesando a possibilidade de que Matthew e Anna tivessem partido subitamente para Paris, então descartando. Anna jamais teria precisado pegar roupas emprestadas. — É a minha esposa.

Um silêncio terrível e desconfortável se seguiu. O porteiro olhou para James com alarme.

— Como você disse que era seu nome? Herondale?

James assentiu. Parecia muito estranho, de alguma forma, dar seu nome a mundanos, mas o porteiro apenas procurou os papéis da escrivaninha e entregou uma carta dobrada, endereçada a James com a letra de Matthew.

— Ele deixou isto para você — disse o homem. — Deve explicar tudo.

— Sem dúvida uma explicação muito boa para tudo — disse Huntley, que tinha recuado para trás de Oscar.

— E o trem de Paris sai de...? — perguntou James.

— Waterloo — falou o porteiro, e James saiu de novo pela noite, seguido, suspeitava ele, por pelo menos dois olhares de pena.

———

James decidiu pegar uma carruagem contratada até a estação, o que ele percebeu logo que tinha sido um erro. Embora tivesse passado da hora do rush, as ruas estavam cheias, não apenas os trabalhadores estavam voltando tarde do trabalho, mas a noite de Londres estava avançada, e os festejadores da cidade corriam para jantar, beber e para o teatro. A carruagem dele logo parou subitamente em Waterloo Bridge, entre uma massa de diligências, carruagens e cavalos. As batidas e o chacoalhar das rodas tornava difícil para James ler a carta de Matthew, mas a familiaridade com a letra circular e evocativa de seu *parabatai* ajudou. Quando chegaram ao fim da ponte, ele já havia lido três vezes.

Jamie,

Eu jamais achei que escreveria uma carta como esta a você, meu mais querido amigo, mas espero que, quando ela o encontrar, você esteja feliz. A esta altura, você já deve saber que Cordelia e eu

— 644 —

fomos para Paris. Essa não foi uma decisão tomada facilmente. Embora eu soubesse que o que você e Cordelia têm não é um casamento de verdade, eu jurei que o respeitaria, e respeitaria também o que me pareceu a nítida possibilidade de que, sendo o marido de Daisy, você se apaixonaria por ela.

Eu entendo agora que você não vai ser feliz a não ser que esteja com a Srta. Blackthorn. Eu sei que você prometeu a Daisy que ficaria longe de Grace, mas parece que não consegue, o que indica que você deve amá-la. Cordelia é orgulhosa. Você sabe disso tão bem quanto eu. Ela diria a si mesma que precisa aguentar a situação, mas eu a amo, e não suportaria vê-la sofrer durante o próximo ano. Espero que me perdoe — acho que vai. Você deve enxergar que, na situação que temos agora, há quatro pessoas infelizes. Certamente você também deseja que não fosse esse o caso. Certamente você se importa com Daisy mesmo que não a ame, e quer que ela seja feliz. E certamente você vai me perdoar por ter guardado o segredo de meus sentimentos por ela de você — eu jamais tive a intenção de falar sobre eles para ninguém, antes desta noite.

Você sempre riu de minha ideia de que Paris é um lugar de cura mágica, mas acredito que, depois de um tempo lá, Cordelia vai sorrir de novo, e que então nós três poderemos decidir o melhor modo de agir, sem amargura e tristeza.

Sinceramente,
Matthew

James queria trucidar Matthew. Ele também queria contar a história toda da pulseira a ele, implorar por seu perdão por tudo que não tinha visto ao longo dos anos, pela névoa que tinha se agarrado a cada emoção sua, cada pensamento, anuviando todos eles. Matthew precisava tanto, e James não estivera lá para ajudar.

— Vou descer aqui — gritou ele para o condutor, jogando algum dinheiro na direção do homem. Ele saiu às presas da carruagem para um mar de londrinos seguindo para a colina breve que dava no grande arco da entrada principal da Waterloo Station; do lado de fora, havia uma confusão de car-

Corrente de Ferro

ruagens particulares e contratadas, descarregando passageiros e bagagem para os trens noturnos.

Do lado de dentro, a enorme estação de trem estava absolutamente lotada de gente, o burburinho das multidões e dos trens era ensurdecedor. Abrindo caminho pela multidão, James por pouco não foi esmagado por três meninos pequenos usando uniformes da escola Eton com um enorme baú sobre rodas.

— Cuidado com o cavalheiro! — disse um carregador de passagem, irritado. — Precisa de ajuda, senhor? Bagagem?

James quase pegou o coitado pela manga.

— Preciso encontrar o trem para Southampton, aquele que se conecta com a barca de Le Havre. As cabines de primeira classe — acrescentou ele, e viu o rosto alegre do carregador se iluminar com interesse.

— Maravilha, maravilha. Vou acompanhá-lo até o trem pessoalmente. O trem parte na hora exata, parte sim, e encontrar a plataforma é um trabalho difícil, senhor, com os números de algumas delas duplicados...

James seguiu o carregador conforme o homem entremeava pela multidão. Pôsteres alegres acima encorajavam os viajantes a VISITAR A FRANÇA, mostrando cenas da Bretanha, de Paris e da Côte d'Azur. Então eles estavam na plataforma, onde um trem aparentemente moderno com pintura marrom brilhosa se alongava pelo trilho. James entregou seis pence e não ouviu nada do que o carregador disse a ele em resposta. Ele estava ocupado demais olhando.

Os vagões de primeira classe ficavam no fim da plataforma, perto da frente do trem. O ar estava cheio de fumaça e névoa, a plataforma, cheia de viajantes, mas em meio a tudo aquilo, James pôde vê-los. Matthew, entrando em um vagão com uma porta pintada de dourado, então se virando para ajudar Cordelia depois dele. Ela usava um casaco grande demais, seus cabelos de chamas intensas se soltavam dos pentes, mas ela sorria para Matthew conforme ele a ajudava a entrar no trem.

Daisy, minha Daisy.

James tinha acabado de avançar para a plataforma quando a mão de alguém tocou seu ombro. Ele se virou, o casaco girando em torno do corpo, prestes a gritar com quem quer que o estivesse atrasando. Mas o protesto morreu em seus lábios.

CASSANDRA CLARE

Era seu pai. Ele usava um chapéu, um casaco azul estilo Inverness, e uma expressão frenética.

— Graças ao Anjo que alcancei você — disse Will. — Você precisa vir comigo. Agora.

O coração de James parou, então começou a bater de novo; o choque de ver seu pai ali, completamente fora de qualquer contexto que faria com que a presença dele parecesse razoável, fez as palavras lhe fugirem.

— Eu... eu não posso... estou prestes a entrar no trem. — Ele indicou agitado a locomotiva. — Cordelia já está no vagão...

— Eu sei — disse Will. Ele tinha nitidamente saído correndo do Instituto sem se dar ao trabalho de usar um feitiço de disfarce, embora houvesse uma Marca de Rastreamento visível nas costas de sua mão esquerda. Era como ele havia localizado James, sem dúvida. — Eu a vi entrando com Matthew. Aonde diabo vocês três vão?

— Paris — respondeu James. — Depois de todas as coisas terríveis que aconteceram, eu achei que Cordelia merecia se divertir, pelo menos por alguns dias. Jamais tivemos uma lua de mel, nenhuma viagem...

— E você decidiu que *agora* era o momento certo? — Por um momento, Will pareceu exasperado. Sob outras circunstâncias, James sabia, seu pai teria ficado mais do que brevemente transtornado; ele teria percebido como a história que James contava era ridícula e o interrogaria como se fosse o Inquisidor. James sentiu uma pontada incômoda de preocupação. Era evidente que seu pai estava profundamente inquieto.

Will passou a mão pelo rosto, lutando para controlar sua expressão.

— Jamie. Eu entendo, acredite em mim, a gente faz coisas ridículas quando está apaixonado. Mas você não pode ir. Isso é desesperador.

— O que é desesperador?

— Sua irmã sumiu — disse Will.

— *O quê?*

— Ela sumiu, o corpo de Jesse Blackthorn sumiu, e Malcolm Fade está desaparecido. De acordo com o bilhete que ela deixou, ela e Fade pretendem praticar algum tipo de necromancia para trazer o jovem Jesse de volta à vida. Não acho que preciso lhe dizer que tipo de preço esse tipo de magia cobra. — Havia uma linha acentuada nos cantos da boca de Will; James

Corrente de Ferro

raramente vira seu pai parecer tão preocupado. Will normalmente escondia sua preocupação.

— James, ela vai ouvir você se não ouvir sua mãe e eu. Preciso que venha comigo encontrá-la.

Entorpecido de choque, James encarou o pai. Ao longo da plataforma, os carregadores percorriam a extensão do trem de Southampton, certificando--se de que tudo estava pronto.

— É melhor você correr e buscar os dois — disse Will, em voz baixa, e James soube que ele estava falando de Matthew e Cordelia. — Embora seria melhor se não contasse a nenhum dos dois sobre Lucie. Quanto menos gente souber disso, melhor, pelo bem dela.

Ainda entorpecido, James começou a caminhar pela plataforma. O vapor começava a subir das rodas do trem; ele conseguia ver os passageiros pelas janelas, ocupando seus assentos, preparando-se para a viagem.

Ele se virou para olhar de novo para o pai. Will estava sozinho na plataforma, os ombros largos dele curvados, seu olhar fixo no meio do caminho. James achou que jamais tivesse visto Will parecer tão sozinho.

— Todos a bordo! — gritou um carregador, passando por James conforme ele caminhava até a frente do trem. — todos a bordo para Southampton e Paris!

Paris. James pensou em Cordelia, no trem. Daisy devia estar se acomodando em um assento de veludo macio, talvez tirando o cachecol e o casaco, olhando para Matthew do outro lado da cabine, cheia de animação pela viagem que viria...

Ele tentou se imaginar invadindo o vagão, estragando a cena aconchegante com exigências frenéticas. Mas o que ele poderia dizer? Não podia implorar a Cordelia — ou Matthew, na verdade — que abandonassem seus planos, que voltassem, apenas para imediatamente depois sair de Londres, ele mesmo, sem explicação sobre o motivo da partida, ou para onde ia.

Seria impossível. E pior, seria cruel.

O trem apitou. James jamais imaginou que a coisa mais difícil que poderia fazer na vida fosse nada. Ele ficou parado, imóvel, quando o guincho de freios se soltando encheu seus ouvidos. Houve apenas um último segundo durante o qual ele pensou, *Eu ainda poderia correr, conseguiria alcançá-la,*

— 648 —

CASSANDRA CLARE

chamá-la pela janela, e então veio a fumaça e o *tum-tum* das rodas nos trilhos, correndo conforme o trem girava suavemente para fora da estação.

O mundo virou um borrão em torno de James, uma aquarela estragada pela chuva, marrom e cinza. Ele voltou para Will em meio à fumaça acre do trem que partira. Ele se ouviu dizer alguma coisa ao pai, alguma coisa sobre Matthew e Cordelia terem concordado em viajar para Paris sem ele, que ele se juntaria aos dois depois que seu assunto de família estivesse resolvido. Era tudo besteira, pensou ele, distraidamente, e em outro momento seu pai saberia. Mas Will estava distraído demais agora para examinar a situação de perto: ele já levava James de volta pela estação, desviando da multidão conforme assegurava a James que tinha feito a coisa certa. Afinal de contas, eles tinham dezenas de amigos em Paris, e Matthew cuidaria de Daisy — ninguém mais poderia fazer isso melhor — e certamente Paris a animaria depois da perda do pai...

James assentiu inexpressivamente conforme eles voltaram pela entrada arqueada. Will olhou em volta, batendo com a bengala impacientemente na calçada. Sua expressão ficou mais leve, e ele levou James para a frente. Uma carruagem desconhecida esperava na beira da calçada: era brilhante, preta e puxada por dois cavalos cinza idênticos. Encostado na carruagem, esplendorosamente vestido com um casaco branco de lã pura com colarinho de vison, estava Magnus Bane.

— Consegui alcançá-lo pouco antes de o trem partir — disse Will, soltando James, que se sentiu um pouco como um cocker spaniel que tinha fugido em Kensington Gardens e agora era devolvido ao dono.

— O que Magnus está fazendo aqui? — perguntou James.

Magnus empurrou o chapéu branco de estilo trilby para cima e olhou para James.

— Seu pai me chamou assim que leu o bilhete de sua irmã — disse ele. — Se você sabe que alguém fugiu com um feiticeiro, é melhor chamar outro feiticeiro para ajudar a encontrar a pessoa.

— E, por falar em encontrar pessoas, teve alguma sorte? — perguntou Will.

Magnus balançou a cabeça.

— 649 —

Corrente de Ferro

— Não consigo rastreá-los. Malcolm está bloqueando qualquer tentativa. Eu faria o mesmo.

— Tem *alguma* ideia de para onde ela possa ter ido? — disse James. — Uma direção? Qualquer coisa?

— Ela mencionou a Cornualha — disse Will. — Vamos para o Instituto de lá. Pegar uma lista de feiticeiros locais, Seres do Submundo. Magnus pode fazer a eles algumas perguntas sensatas. Eles confiarão mais nele.

— E você precisa me deixar abordar Malcolm, quando o encontrarmos — disse Magnus. A expressão de Will ficou sombria.

— Ao inferno com isso — disse ele. — Ele *fugiu* com minha filha. Que tem 16 anos.

— Eu peço que você não pense assim — disse Magnus. — Malcolm não sequestrou Lucie. De acordo com o bilhete dela, é a meta dela ajudar Jesse. É isso que ambos pensam que estão fazendo. — Ele suspirou. — Malcolm tem um foco nos Blackthorn.

Will pareceu intrigado.

— Tem mais nessa história, e vou arrancar isso de vocês dois antes de chegarmos à Cornualha. — Ele suspirou. — Vou verificar os cavalos. Então partiremos. Podemos chegar a Basingstoke pela manhã; descansaremos então.

Ele saiu batendo os pés, e James conseguia ouvi-lo murmurando para os cavalos. Os cavalos de Magnus, presumivelmente, embora Will geralmente adorasse todos os cavalos. Todos os animais, na verdade, exceto patos. E gatos. *Foco*, disse James a si mesmo. Sua mente girava; choques e reveses demais naquele dia o deixaram tão chocado quanto se ele tivesse caído de uma grande altura.

Ele se acostumaria com a nova situação, ele sabia disso. E, quando se acostumasse, doeria. Apenas o choque amortecia a dor de perder Cordelia — e Matthew —, e quando o choque passasse, a dor seria maior do que qualquer coisa que ele tivesse sentido em associação com Grace. Um dia ele conseguiria chegar até Cordelia de novo, explicar a ela, mas, àquela altura, será que ela se importaria? Ou acreditaria nele?

Magnus ergueu uma sobrancelha.

— 650 —

CASSANDRA CLARE

— Então Cordelia subitamente decidiu ir para Paris com Matthew, no mesmo dia que vocês impediram o assassinato de Charles Fairchild e que Leviatã, um antigo Príncipe do Inferno, atacou o Instituto?

— Sim — disse James, brevemente. — Foi um dia muito longo.

— Você vai me perdoar se eu disser que você não parece alguém cuja esposa acaba de partir para uma agradável viagem a Paris — disse Magnus. — Você parece alguém que acaba de ter o coração chutado em uma plataforma de trem.

James ficou calado. *Nós sofremos por amor porque o amor vale a pena.*

Magnus suavizou o tom de voz.

— Você sabe que Matthew é apaixonado por ela, não sabe?

James piscou — como Magnus sabia? Talvez Matthew tivesse contado a ele, uma ideia estranha, ou ele tivesse adivinhado; ele era muito observador.

— Agora eu sei. Eu deveria ter sabido antes. — Sua cabeça doía constantemente. — Não tem muito que eu posso dizer para me defender. Minha visão estava muito ofuscada. Nesse ofuscamento, magoei Cordelia e magoei Matthew. Não tenho direito de sentir raiva porque eles se foram.

Magnus deu de ombros.

— Direitos — disse ele. — Todos temos o direito de sentir dor, James, e infelicidade. Eu me arriscaria a dizer que Cordelia e Matthew estão fugindo das deles. É natural acreditar que se pode fugir das tristezas. Houve momentos em que eu fugi das minhas até meio mundo. Mas a verdade é que a tristeza é ligeira e leal. Sempre vai acompanhar você.

James inclinou a cabeça para trás. O ar estava cheio de neblina e fumaça; ele não conseguia ver as estrelas. James se perguntou se Cordelia já conseguia vê-las, se o trem já a havia levado longe o bastante de Londres para que o céu estivesse limpo.

— Creio que tem acompanhado Matthew há muito tempo — disse ele. — Temo que durante esse tempo eu tenha… me desconectado das pessoas que mais amo, as pessoas que eu deveria poder salvar dessa dor.

— Você não pode salvar pessoas que não querem ser salvas — disse Magnus. — Só pode ficar ao lado delas e esperar que, quando acordarem e perceberem que precisam ser salvas, você estará lá para ajudar. — Ele parou. — É algo para guardar na mente quando formos ajudar sua irmã.

Corrente de Ferro

Magnus se esticou; Will tinha voltado, esfregando as mãos sem luvas para aquecê-las. Ao ver James de pé arrasado na calçada, ele estendeu a mão para bagunçar carinhosamente o cabelo do filho.

— Eu sei que é difícil, Jamie *bach*. Você preferiria estar em Paris. Mas fez a escolha certa. — A mão dele repousou no ombro de James; ele segurou firme por um momento antes de soltar. — Tudo bem — disse Will, rispidamente. — Não podemos nos atrasar. Todo mundo na carruagem.

James entrou na carruagem e afundou contra um dos assentos de veludo. Deslizando a mão para o bolso, ele pegou a luva de Cordelia, a pelica era suave contra a palma de sua mão. Ele a segurou com suavidade, silenciosamente, conforme a carruagem se afastou de Waterloo e ressoou noite afora.

Epílogo

O vento açoitava a planície rochosa como a cauda de um gato nervoso. Tatiana Blackthorn puxou a capa em frangalhos para fechá-la mais sobre o corpo conforme ela subia com dificuldade até o abrigo de uma colina irregular. Bem abaixo dela, Tatiana conseguia ver a Cidadela Adamant, ficando cada vez menor a distância, cercada pelo fosso vermelho-ferrugem de escória de metal e magma quente. As Irmãs de Ferro descartavam as armas de *adamas* que não podiam ser usadas na lava, de tão perigoso que era o material nas mãos erradas.

Não que elas tivessem notado quando Tatiana roubou um pedaço para si, pensou ela, com satisfação. Elas pensavam em Tatiana como um tipo de Cinderela louca, murmurando consigo mesma pelos cantos cheios de cinzas, encolhendo-se quando se dirigiam a ela, inclinada a fazer longas caminhadas sozinha nas planícies de musgo esmeralda. Ela não podia deixar de se perguntar quando o alarme seria tocado naquele dia. Quando elas perceberiam que Tatiana tinha partido da Cidadela de vez, e que não voltaria.

O alarme seria tocado, mas isso não importava mais. Ela havia lançado o último dado, atravessado o Rubicon. Não havia retorno. Ela não se importava. Estava farta de todas as coisas relacionadas aos Nephilim havia muito tempo. Não podia ser mais rápida do que eles e de seus objetivos, não nessa Terra, mas isso também não importava. Ela escolhera bem seus aliados.

Corrente de Ferro

Naquele momento, ela o viu. Ele estava no alto da colina, sorrindo para ela. Ele estava lindo como nunca, lindo como o pecado e a liberdade eram lindos. Ela estava ofegante quando o alcançou — ele estava encostado em uma rocha cheia de musgo, examinando suas unhas translúcidas. Belial inteiro era translúcido, como se ele tivesse sido feito de lágrimas humanas. Ela conseguia ver através dele a longa extensão de terra vulcânica vazia adiante.

— Está com você? — disse ele, com a voz musical.

— Um belo cumprimento — disse Tatiana. Ela podia ver que, em vez de um ferimento manchando o branco das roupas dele, Belial agora tinha dois, um abaixo do outro. Eles sangravam livremente. Os lábios dela se contraíram. Crianças burras, pensou ela, tão perigosamente tolas quanto os pais delas, ignorantes aos riscos do jogo que jogavam. — Seu plano rendeu frutos? Conseguiu usar o *adamas* que lhe forneci?

— De fato, e seu filho realizou o papel dele com excelência. — Belial sorriu, e, se houve alguma hesitação por trás daquele sorriso, Tatiana não viu. — Essa parte do nosso plano ficou para trás. Nós olhamos para o futuro agora. E o futuro repousa em você. Tem o que me prometeu?

— Sim. — Tatiana pegou o objeto metálico preso em seu cinto espesso. Ela o estendeu: uma chave de ferro, escurecida pela idade e pesada com promessas. — A chave das Tumbas de Ferro. — Ela olhou para trás. Talvez fosse sua imaginação, mas ela achou que tivesse visto pequenas silhuetas saindo em bando da Cidadela, como formigas nervosas. — Agora, me leve daqui, como jurou que faria.

Belial fez uma reverência.

— A seu serviço, meu cisne sombrio — disse ele, e sua risada a envolveu como o doce brilho do láudano, elevando-a conforme o mundo preto e verde sumia ao seu redor.

Carregando-a para longe.

— 654 —

Notas sobre o texto

Sink Street não é um lugar real em Londres, mas aparece no romance de Evelyn Waugh *A Handful of Dust*, localizada ao lado de Golden Square. As passagens que Cordelia lê sobre a toca de Wayland, o Ferreiro (um lugar de verdade que você pode visitar de verdade!) vêm da edição de 1899 de *Country Life Illustrated*; as passagens sobre Istambul (na época, Constantinopla) são de *The City of the Sultan*, de Julia Pardoe, publicado em 1836. "*Chi! Khodah margam bedeh*", dito por Alastair, é uma expressão de frustração; literalmente, quer dizer "Deus, me dê a morte".

Cinco mil libras, a quantia que Elias pede emprestado a James, é cerca de seiscentas mil libras na moeda atual. Uau!

AGRADECIMENTOS

Agradeço muito a todos que tanto me ajudaram com a criação da prosa desta história como contribuíram para que eu seguisse em frente durante os muitos dias tenebrosos de 2020. Agradeço a minha intrépida assistente, Emily Houk; meu anjo da pesquisa, Clary Goodman; meus parceiros de escrita, Holly Black e Kelly Link, assim como Robin Wasserman, Steve Berman, Jedediah Berry, Elka Cloke, Kate Welsh e Maureen Johnson. Obrigada a Fariba Kooklan e Marguerite Maghen pela ajuda com o farsi e Sarah Ismail por traduzir para o inglês o poema de Baudelaire que inicia o capítulo 2. Obrigada, como sempre, a meus agentes, Jo Volpe e Suzie Townsend, e a minha editora, Karen Wojtyla. Abraços a Cat e Rò por me animarem; minha eterna gratidão a minha família e, é lógico, todo meu amor a Josh: já esgotei as formas de expressar o quanto você é importante para mim.

Este livro foi composto na tipologia Minion Pro,
em corpo 11/15, e impresso em papel off-white,
na Gráfica Cromosete

Vire a página para ler

Sempre se deve ter cuidado com livros,

UMA HISTÓRIA BÔNUS COM MAGNUS E JEM.

Albert Pangborn está certo, sabe, disse Jem, casualmente. *Os Nephilim realmente têm direito ao Volume Preto dos Mortos.**

Magnus revirou os olhos.

Jem ergueu as mãos. *Não estou dizendo que concordo com a reivindicação de Albert de que o único lugar de direito do livro é o Instituto da Cornualha. Apenas que, se vamos seguir a linguagem rigorosa dos Acordos, o que estamos fazendo no momento é ilegal.*

O ato ilegal que eles estavam praticando no momento era acompanhar o referido Volume até o Labirinto Espiral para reparação e possível exorcismo, depois de retirá-lo da biblioteca do Instituto da Cornualha. Assim que Jem aceitou a tarefa de examinar os livros de feitiços da biblioteca do Instituto, ele não esperava nada com aquele nível de animação. Era bastante sabido que o Instituto da Cornualha tinha uma grande coleção de livros de feitiços cujo conteúdo poderia muito generosamente ser descrito como questionável. Mas ele e Magnus já estavam na Cornualha havia quase duas semanas quando Pangborn, o diretor do Instituto, reclamou com eles que um dos livros ficava

---

* No original "Black Volume of the Dead". Este termo foi anteriormente traduzido em outros livros como *Livro Negro dos Mortos*. De acordo com a revisão de termos após a leitura sensível, a editora optou pela troca nesta edição para *Volume Preto dos Mortos*. O termo será corrigido nas edições antigas à medida que os livros forem sendo reeditados. (N. da E.)

saltando da prateleira para o chão quando ele não estava olhando. Quando ele relatou que tinha prendido o livro com pesadas correntes e *ainda assim* o encontrou no peitoril da janela da biblioteca na manhã seguinte "como se estivesse admirando a paisagem", Jem decidiu que a questão merecia ser investigada. Quando ele descobriu que o livro de feitiços malcriado era o infame Volume Preto dos Mortos, ele e Magnus perceberam que medidas sérias precisavam ser tomadas.

Agora Magnus fazia uma careta devido ao esforço enquanto agarrava o Volume Preto com as duas mãos, mantendo-o parado. O volume tinha começado a tremer e bater no momento em que o Portal surgiu.

— Você não pode sinceramente me dizer que acha que este... livro de feitiços... recalcitrante... — Ele parou para lutar com a coisa por um momento. — ... está melhor nas mãos grudentas de Pangborn.

Eles são, disse Jem, pensativo, *incomumente pegajosos. Como uma cerca com tinta fresca. E minha opinião pessoal importa muito pouco, pois eu ajo em nome dos Irmãos do Silêncio, e preciso obedecer à Lei.*

— Mesmo assim — disse Magnus. — Vai permitir que este poderoso livro de feitiços entre no centro do poder dos feiticeiros. Vamos passar por aquelas cortinas roxas, aliás. — Ele indicou adiante, para a parede mais afastada.

Jem a examinou com olhar crítico. Magnus os levara por Portal até uma pequena câmara de pedra, como uma cela monástica, na qual, de um lado, pendiam pesadas cortinas de veludo decoradas com renda, algo como um desencontro de tons.

— Eu as tirei de meu apartamento quando o estilo alto vitoriano saiu de moda — prosseguiu Magnus. — Uma pena. Alto vitoriano era uma boa combinação para o Alto Feiticeiro.

Você penderou estas cortinas? Pediu permissão? Desconfiado, Jem começou a puxar as dobras substanciais de tecido.

Magnus falou:

— Nós, Altos Feiticeiros, temos permissão de estabelecer um pequeno espaço particular para nós mesmos no Labirinto Espiral. Para guardar objetos pessoais ou fazer pesquisa.

Como um cubículo em uma biblioteca, disse Jem, mas então parou, porque através das cortinas estava o suposto "espaço particular" de Magnus, e era menos parecido com uma câmara de estudos e mais parecido com uma gruta pré-rafaelita. Um riacho passava pelo centro do quarto, fluindo de alguma fonte desconhecida até algum destino desconhecido por cima de um leito de pedras fluviais, brilhando como escamas de dragão. Por cima do riacho passava uma ponte de pedra, feita para parecer antiga e aos pedaços (ou talvez fosse de fato antiga e aos pedaços, e roubada por Magnus), e acima disso, salgueiros altos derramavam seus galhos. Aqui e ali havia pequenas pilhas de livros encadernados com tecido e couro, alguns no gramado ao lado do riacho, um na ponte, alguns estranhamente amarrados nos galhos dos salgueiros.

Magnus suspirou, satisfeito.

— Aproveite; este é o lugar mais agradável do Labirinto inteiro. O resto é em grande parte pedra fria e úmida e luz sobrenatural. — Ele lançou a Jem um olhar enviesado. — Você parece surpreso. Quero dizer, tanto quanto qualquer Irmão do Silêncio jamais parece qualquer coisa.

Bem, sem ofensa, disse Jem, *mas eu esperava uma atmosfera que fosse mais...*

— Decadente? — disse Magnus. — Sou um ser complexo de muitas camadas, Irmão Zachariah. — Ele examinou o Volume Preto com olhar crítico; parecia ter parado de tremer agora que estava dentro do Labirinto Espiral.

Isso era verdade, é óbvio, pensou Jem, mas Magnus era protetor com aquelas camadas. Ele reconheceu a intimidade que Magnus lhe mostrava ao permitir que ele entrasse naquele espaço. De certas formas, era mais interessante do que os mais estranhos santuários interiores do Labirinto teriam sido, embora fosse sobre esses que Will perguntaria quando eles voltassem.

Will. Por um momento, sua mente estava longe dali, de volta á Inglaterra; uma pontada de preocupação fervilhou em algum lugar de seu peito. Magnus se sentou na grama e estava começando a examinar a pilha de octavos ao lado dele.

Tessa tem um lugar aqui?, disse ele a Magnus.

Magnus ergueu o rosto do livro, as sobrancelhas levantadas.

— Você saberia melhor do que eu — disse ele. — Pelo que entendo, como feiticeira, ela é *bem-vinda* se quiser um lugar aqui. Se seria *politicamente* sábio que a chefe de um Instituto de Caçadores de Sombras tivesse assuntos particulares com o Labirinto Espiral...

— 5 —

Irmãos do Silêncio têm assuntos com o Labirinto Espiral, falou Jem. *Irmãs de Ferro também, se tiverem questões específicas.*

Magnus deu de ombros.

— Você não precisa de *mim* para lhe dizer sobre as inconsistências da Clave quando se trata de relações com os seres do Submundo. Acredito que eles considerem os Irmãos do Silêncio um pouco mais feiticeiros do que qualquer outro Nephilim. De vida longa, presença sobrenatural, adeptos de mantos com capuz... — Ele se esticou e limpou a grama inexistente da calça verde-garrafa. Então levantou o Volume Preto nos braços. — Vamos consertar esse livro de horror barato malcriado?

Não insulte o livro, sugeriu Jem. Ele não gostava da ideia de um livro que se mexia sozinho. Isso indicava possessão demoníaca, embora Magnus alegasse que era provavelmente apenas um feitiço erroneamente ativado de dentro do próprio livro. *Qual é nosso plano?*

— Levamos o livro até o Cofre de Bronze — disse Magnus —, onde livros de feitiços que precisam de certos tipos de... digamos reparos, são mantidos. Vamos?

Do lado de fora do jardim de Magnus, o Labirinto Espiral parecia mais como parecera a Jem da última vez que ele estivera ali. Era um labirinto, e espiralava, de certa forma, mas, além disso, ele não entendia nada da disposição ou organização do lugar. Os corredores eram todos arcos longos e amplos, de modo que o fim de um corredor se voltasse para uma direção diferente do que o início, mas era impossível discernir a que ângulo. Magnus, é lógico, navegava pelas intermináveis passagens repetitivas como se conhecesse o lugar de cor e salteado. Jem não conseguia entender como ele fazia isso; não havia quase marcos ou características para se lembrar, apenas intermináveis prateleiras de livros e a ocasional mesa de leitura de madeira. Ele esperava exibições mais dramáticas e sobrenaturais de magia demoníaca, mas supôs que houvesse muitas partes do Labirinto que ele jamais teria permissão de ver, e provavelmente essas eram as partes mais interessantes.

Eles não encontraram mais ninguém nos corredores. Jem não tinha certeza se aquilo era a própria magia dele, ou se o Labirinto era tão grande que era raro encontrar com outros. Magnus ficou calado — o silêncio pareceu

— 6 —

apropriado ao tom sussurrado sepulcral do lugar como um todo — e Jem ficou sozinho com seus pensamentos.

E, por trás dos pensamentos dele, dos pensamentos de todos os Irmãos do Silêncio, um zumbido grave constante, um coro reconfortante de sangue vital se dispersava pelo mundo todo. Estranho que a maioria dos Caçadores de Sombras jamais sentiria aquilo. Era o próprio coração pulsante deles. Mas, fora daquele coração, apertando-o como um prego contra pele macia, Jem se preocupava com sua família e seus amigos.

Alguma coisa terrível estava acontecendo em Londres, e ele não podia evitar; parte de seu coração estava lá. Tudo parecera calmo quando eles chegaram na Cornualha — eles não tinham recebido mensagens urgentes, nenhuma intimação de desastre até ser tarde demais e eles terem descoberto o perigo do incontrolável Volume Preto. Agora, Caçadores de Sombras estavam sendo assassinados. Alastair e Cordelia tinham acabado de perder o pai, e deviam estar enfrentando o luto de sentir falta de um homem que amavam, mas de quem não gostavam. E a família Blackthorn: Tatiana tinha sido presa por se envolver com necromancia, mas alguma coisa estranha estava acontecendo com a filha dela, Grace, também, e Jem suspeitava de que Lucie podia estar envolvida de alguma forma...

Jem parou de andar abruptamente. Magnus lançava um olhar estranho para ele.

Sim?, disse Jem, educadamente

— Suponho que eu não deveria ficar surpreso por você estar tão calado — disse Magnus, coçando o nariz. — Considerando sua ocupação. Mas...

Peço desculpas, disse Jem. *Eu só estava pensando... nos londrinos. Em todos aqueles com quem tenho laços próximos.*

Magnus assentiu.

— James, é óbvio. Eu sei que você trabalhou bastante com ele para controlar aqueles poderes das sombras dele. Mas imagino que ele tenha dificuldades com a conexão com Belial.

Todos têm, falou Jem. *James, Lucie e Tessa — até mesmo Will. É como uma sombra projetada sobre as vidas deles. E Matthew...*

— Ah, o infeliz Matthew — disse Magnus. — O amor não correspondido o inquieta, mas sinto que há algo mais. Você sabe?

Jem sabia. Matthew continuava esmagado sob o peso da tristeza, paralisado pela culpa pelo que tinha feito, por mais que não intencionalmente, a Charlotte, mas Jem não podia contar a ninguém o que sabia, nem mesmo a Will. Nem mesmo a Magnus.

Nada que eu possa falar, disse Jem.

Magnus apenas assentiu.

— E, é lógico, o que aconteceu com Elias Carstairs. Se você precisasse voltar para Londres...

Jem sentiu uma pontada de saudade nada característica de um Irmão do Silêncio. Ele fechou essa parte da mente com rapidez, trancafiando seus desejos mais humanos. *Não,* disse Jem. *Meu propósito é como um Irmão do Silêncio. Fui designado a essa tarefa e preciso concluí-la.*

— Essa é a natureza do dever? — disse Magnus, começando a caminhar de novo.

Não é apenas dever, disse Jem, seguindo depois de um momento de hesitação.

É... quem sou. O indivíduo é transformado pelo processo de se juntar à minha ordem. Não sou o menino que eu era.

— Não estou dando desculpas — disse Magnus. — Mas ninguém é o menino que um dia foi. Entendo o que quer dizer, no entanto — acrescentou ele. — Pangborn só concordou em nos deixar trazer o Volume Preto aqui porque você estava comigo. Se fosse embora, estaria traindo a promessa que fez. Suas conexões com sua família, com amigos como Will e Tessa, precisa ser deixada de lado a serviço de uma causa maior. Isso eu entendo.

Sobressaltado, Jem percebeu que as paredes de pedra tinham caído, e que Magnus os levava para fora dos infinitos corredores até uma plataforma de vidro preto que pairava acima do que parecia ser um abismo sem fundo. No centro da paisagem cravejada de joias havia um obelisco de bronze polido reluzente, erguendo-se acima dos dois.

Não era da natureza dos Irmãos do Silêncio encarar assombrados. Em vez disso, Jem se virou curioso para Magnus.

Magnus revirou os olhos.

— Estou vendo que os arquitetos entraram na moda da Ordem Hermética da Aurora Dourada e toda aquela baboseira mundana sobre o oculto.

Está bastante em voga no momento. Tudo com superfícies refletoras puras e simbolismo rebuscado. — Ele deu tapinhas no obelisco. — Eu conheci um sujeito em Viena...

É aqui que os outros livros estão?, disse Jem. *É tão... vazio.*

— Ah, não — disse Magnus. — Aqui é como minhas cortinas roxas. Deixe-me ver agora. — Depois de pensar um momento, ele recitou uma frase gutural grave, alguma língua demoníaca que Jem não reconhecia. Com um rilhar, o obelisco começou a recuar no chão, e, ao fazer isso, o chão começou a baixar, formando escadas espirais que circundavam o obelisco. Era surpreendentemente lento, pensou Jem, considerando que era magia.

Magnus estava olhando para ele.

— Você precisa voltar a Londres? — disse ele, gentilmente. — Antes de descermos para o Cofre. Eu sei que você está preocupado com todos lá. *Eu certamente não delataria se você fosse até eles em vez de permanecer aqui entre os feiticeiros.*

Magnus, disse Jem, seriamente, *não.*

— Mas...

Não, disse Jem de novo. *É claro que quero voltar a Londres. Ainda sou humano. Há aqueles por quem ainda sinto amor.*

— Ainda é tão importante para você quanto costumava ser? — perguntou Magnus, baixinho.

Sim, Jem cruzou os braços. *A natureza de fazer um voto*, disse ele, *é que você precisa investir sua vontade em cumprir esse voto. Se eu não puder mais escolher minha ordem, escolher meu dever...* Ele balançou a cabeça. *O que esse voto sequer significaria?*

Magnus ficou calado por um momento. Por fim, ele disse, ainda mais baixo:

— Não foi uma escolha para você.

Jem olhou para o velho amigo fixamente.

Foi sim.

Magnus assentiu.

— Tudo bem. Então vamos. — Ele suspirou. — Talvez isso acabe rápido e nós possamos correr de volta para a Inglaterra de qualquer jeito. Então. Depois que entramos no cofre, precisamos... — Ele parou e semicerrou os olhos, como se tentasse se lembrar de alguma coisa obscura.

Hmm?, disse Jem, educadamente, depois de um momento.

— Bem — disse Magnus —, para restaurar o estado inerte original do Volume Preto, nós precisamos ou garantir que ele seja reunido com seus semelhantes, *ou* precisamos garantir que ele *não* seja reunido com seus semelhantes.

Jem parou subitamente sua aproximação das escadas.

Como é?

— É definitivamente um desses dois — disse Magnus.

E se for o segundo?, falou Jem ainda, pensava ele, muito educadamente. *O que devemos esperar que aconteça?*

Depois de um momento de reflexão, Magnus deu de ombros.

— Não sei — disse ele. — Não sei de um jeito ou de outro. Se fizermos direito ou se fizermos errado, *alguma coisa* vai acontecer, ainda não sei o quê, e nós vamos lidar com isso quando acontecer. É assim que magia de feiticeiro tende a funcionar — acrescentou ele, em tom de desculpas. — Normalmente é à beira do desastre no melhor dos casos. — Ele segurou com cuidado o Volume Preto e começou a descer as escadas.

Sentindo que talvez fosse tremendamente tolo prosseguir — que, na verdade, mostrava uma perigosa falta de prudência e sabedoria pelas quais os Irmãos do Silêncio deveriam ser conhecidos, e que talvez não se refletisse bem para ele estar disposto a seguir Magnus mesmo assim —, Jem seguiu Magnus escada abaixo.

Depois de algumas voltas, as escadas se abriram para uma enorme câmara, ofuscantemente clara. O Cofre de Bronze, supôs Jem, a julgar pelas paredes metálicas polidas. Elas reluziam com um brilho quase insuportável, embora não houvesse fontes de luz que Jem pudesse discernir. Ao longo das paredes, livros estavam empilhados às dezenas, alguns em torres precárias.

— Uma câmara sem sombras — disse Magnus para trás, por cima do ombro. — Muito difícil esconder algo nela.

Jem se juntou a Magnus na base das escadas; apenas então ele percebeu que Magnus usava um par estranho de óculos cujo vidro tinha sido escurecido.

— Óculos de obsidiana — disse Magnus. — Eles ajudam com o brilho. *Uau!*

— 10 —

O Volume Preto dos Mortos tinha começado a se debater nas mãos de Magnus, e uma aura de calor se reunia em torno dele rapidamente. Jem correu na direção de Magnus para tentar ajudá-lo a domar o tomo indomável, mas Magnus balançou a cabeça.

— Vai queimar suas mãos! — disse ele, em voz alta, e Jem percebeu apenas naquele momento que um vento sussurrava pela câmara, um vento alto, gelado, e era difícil ouvir Magnus por cima dele. Tudo estava luminoso demais, e alto demais, e era demais...

Com um ruído de asas batendo, o Volume Preto se soltou das mãos de Magnus e voou até o centro da câmara. Outros livros tinham voado das pilhas deles contra as paredes, e enquanto Magnus e Jem olhavam, colidiram com o Volume Preto. Quando o impacto se assentou, Jem percebeu que os livros tinham se reunido para formar o que se assemelhava à forma de um humano-palito.

Magnus olhou para Jem, as sobrancelhas erguidas.

— Talvez seja apenas um pouco de espetáculo — sugeriu ele. — Ou talvez os livros gostem de ficar no Cofre de Bronze em formato de uma... criatura... de livros... amigável, prestativa.

O monstro-livro deu um passo adiante. Ele levantou os braços e páginas voaram com um apito ameaçadoramente alto.

Então nós não deveríamos ter trazido o Volume Preto aqui, presumo, disse Jem.

— Quem sabe, de fato — respondeu Magnus. — É igualmente provável que essa tenha sido a coisa certa a fazer e ninguém pensou em mencionar o golem de livros. E, por falar nisso, seria uma ideia terrível danificar qualquer um desses livros de feitiços que formam a coisa. Talvez a gente possa apenas deixar aqui. Puxar as escadas de volta depois de sairmos.

O Labirinto é seu, disse Jem, hesitante, *mas não posso imaginar que seja assim que o Volume Preto deve ser guardado.*

— Bem, tecnicamente, feiticeiros não têm permissão de sequer possuir o Volume Preto — disse Magnus, com uma animação irritante. — Mas, no momento, estamos apenas pegando emprestado. Não é culpa minha que ele virou parte de um monstro de livros, é?

— 11 —

Como se tivesse sido insultado, o golem de livros avançou em Jem com um ruído sibilante, batendo nele. Jem desviou para o lado, mas a ponta de um dos livros bateu nas costas da mão dele.

— Acho que não pode nos machucar — sugeriu Magnus. — São apenas livros.

Mas uma dor aguda rapidamente irradiava onde Jem tinha sido tocado pelo golem, como uma queimadura fria. Ele inspirou profundamente, surpreso.

— Bem, tudo bem, acho que pode nos machucar — admitiu Magnus.

— Alguma ideia? — Ele se virou para fora do caminho quando o golem de livros o atacou dessa vez, e assumiu uma posição mais defensiva. — Sob circunstâncias normais, eu simplesmente atearia fogo à coisa toda, mas não consigo nem imaginar as consequências para mim se eu destruísse pilhas de livros de feitiços insubstituíveis.

Não acha que os outros feiticeiros entenderão?, sugeriu Jem. Ele estava segurando o cajado firme na mão, usando-o para se defender da criatura-livro conforme ela avançava contra ele de novo. *Considerando as circunstâncias?*

— Não entenderiam — falou Magnus. — Além disso, os próprios livros de feitiços têm tanta magia, não me surpreenderia se um incêndio não conseguisse destruí-los. Ou apenas os tornasse mais fortes.

Os votos dos Irmãos do Silêncio significavam que Jem jamais podia realmente sentir exasperação do tipo que ele associava com sua juventude, mas ele sentiu que o semblante dessa emoção subia por dentro dele mesmo assim.

Tenho uma ideia, disse ele, ignorando a sensação. *Na lenda original do golem, o monstro podia ser parado quando se escrevia a palavra "morte" em sua testa.*

— Não acho que essa coisa tem uma testa — disse Magnus, desviando do mais recente passo cambaleante em sua direção.

Tem uma cabeça, falou Jem, *na qual eu poderia escrever a Marca da morte que é conhecida pelos Irmãos do Silêncio.*

— O quê? — disse Magnus, elevando a voz. — Existem Marcas secretas que só os Irmãos do Silêncio conhecem?

É óbvio, disse Jem. *Isso em si não é um segredo. Todos os Caçadores de Sombras sabem disso.*

— 12 —

— Eles sabem que vocês têm uma *Marca secreta de morte?* — disse Magnus, parecendo um pouco esganiçado.

Não é uma Marca de morte, na verdade, disse Jem. *É uma representação complexa de... não posso falar sobre isso.* Ele se virou para o olhar de Magnus. *Você precisa confiar em mim.*

— Eu confio — disse Magnus, e o que quer que pudesse ter dito depois foi perdido, pois o golem de livros deu um salto imenso e se chocou diretamente contra a parede mais afastada do Cofre, desabando ao atravessá-la como se a parede fosse de papel. Além dela, Jem podia ver mais bronze reluzente, em um corredor que se estendia para fora. Jem lançou a Magnus um olhar inquisidor.

— Bem — disse Magnus, suspirando alto. — Agora ele escapou para os Arcos de Bronze. E, embora eu goste de fingir que isso significa que não é mais problema nosso... na verdade agora é duplamente um problema nosso. — Ele deu a Jem um sorriso simpático. — Nada de correr de volta para Londres ainda, ao que parece. Tudo bem. Vamos perseguir, vou tentar prendê-lo em algum tipo de gaiola mágica, e nós tentamos a sua Marca da morte.

E se isso não funcionar?, disse Jem.

— Então pelo menos nós o teremos em uma gaiola mágica — disse Magnus. — Tudo bem, Irmão Zachariah, vamos mergulhar ainda mais fundo no Labirinto Espiral, onde os mortais temem caminhar?

Jem tomou um momento para pensar em seus amigos, sua família sofrendo na Inglaterra. Por apenas um instante, ele sentiu um amor quase insuportavelmente poderoso tomar conta dele, tão forte que só pôde suportar naquele momento. Então ele disse:

Suponho que precisemos.